Im Takt von Babylon

ANDRÉ R. LEROSCHY

Im Takt von Babylon

Roman

Bibliografische Information der Deutschen Nationalbibliothek
Die Deutsche Nationalbibliothek verzeichnet diese Publikation
in der Deutschen Nationalbibliografie; detaillierte bibliografische
Daten sind im Internet über http://dnb.d-nb.de abrufbar.

© Autorenkollektiv Lüerstraße, Hannover 2017
(R. Schreyer, A.R. Leroschy, L. Rechder, N. Ryder-Lesch,
R. Stoeberlin, M. Regand, H. Voss)
Basierend auf *Des rapports de la ligne d'ombre*
von Johan Lavendel (2002)
Fertigstellung des Manuskripts Sommer 2004
Umschlagzeichnung: Günter Ludwig (*Manchmal stehle ich mich davon*, 1993)
Herstellung und Verlag: BoD - Books on Demand

ISBN 978-3-7448-4753-7

Inhalt

Une Saison en Enfer	9
I even touch the sky	12
Svanvithe	28
Verkrümmte Nietzschefigur	42
GAD, Himmel und Hölle	51
Schattenbewegungen	71
Lady Eve	85
Peschloinükunk	101
Through the looking glass	112
Der Ayers Rock verglüht	122
Toro und Torera	133
Alles Shanghai	149
Geliebte Beute	164
Diebin erwünscht	180
Zwischen den Welten	195
Tango notturno	214
Sie kennen Henry Blough nicht?	231
Da lachte Herr Möbeus	247
Venus mit Täubchen	259
Farbklecks	274
Lachen verschönere die Nacht	283
Zerlünchen, tanz müt mür!	304

Tutto kaputto	319
GAD krakenhaft	331
Illuminations	340
Aber, Monsieur Juan …?	354
Die Obhut der Ritter von Venzin	361
Allez!	370
Die Sonne ruf ich an	385
An die Nacht gelehnt	398
Turandot hat ein leichtes Spiel	422
Pont d'amour	440
Beinhart, diese Jette	455
Der Speer Odins	466
Umarmung magisch	486
Hellhörig	510
Insel im Wind	515
Im Pavillon. Mit Goll	529
Rosenmund	537
Bleib doch, Stranger!	545
Berauschter Abend	550
Im Nachhinein	551

Verehrte Leserinnen und Leser,

dem Autor lagen die in Frankreich erschienenen legendären *Aufzeichnungen aus einem Kaufhaus* (*Des rapports de la ligne d'ombre*) des Journalisten Johan Lavendel vor, und er sah moralische Veranlassung, vom Einverständnis aller exponierten Personen auszugehen, literarisiert zu werden. Auf den Rat des Germanisten R. Schreyer hin ließ der Autor sicherheitshalber den vorliegenden Bericht ins Dokufiktive ausweichen, romanhaft, wo Persönlichkeitsrechte berührt hätten werden können. Allerdings könnte das Romanhafte auch initial nur als Vortäuschung konzipiert gewesen sein, gesteht der Autor ein (im Laufe der jahrelangen Arbeit habe er den Überblick verloren), um juristischen Spitzfindern Sand in die Augen zu streuen. Da sich der Autor zum Zeitpunkt der Fertigstellung des Werkes von einer bewussten Irreführung jedoch entschieden distanziert, darf sie wohl ausgeschlossen werden. So sind die dargestellten Personen und Ereignisse demnach als im Grundsatz fiktiv anzusehen, wenn auch einige von ihnen sowie manche angegebene Örtlichkeit mehr als nur real wirkende In-Szene-Setzung zu sein scheinen.

J. Lavendel griff in die Romanfassung ein, indem er nach der Durchsicht des Manuskriptes eine Zweiteilung erbat und den ersten Teil mit Rimbauds *Une Saison en Enfer* (*Eine Zeit in der Hölle*) überschrieben wissen wollte, den zweiten mit Rimbauds *Illuminations* (*Illuminationen*).

André R. Leroschy
Hannover, Sommer 2004 / Greifswald 2017

Im Augenblick, da die Nacht anbricht, wird der abnehmende Mond in halber Höhe sichtbar... Aus den hohen Getreidefeldern taucht plötzlich ein Bauer auf, der eine Sense über der Schulter trägt. Der Mond bespiegelt sich darin, und das Blatt der Sense verwandelt sich in eine andere Mondsichel, wirklich wie jene da oben. Ein Augenblick des Wetteiferns, des Doppelsinns. Beide Monde glänzen und wandern in entgegengesetzter Richtung. Aber der Zug rast weiter, beide hinter sich lassend, und wir werden nie wissen, welches der richtige war.

Von Madrid nach Asturien, José Ortega y Gasset

Une Saison en Enfer

Brandung türmte sich, Brandung stürzte herab. Weißes Brodeln riss die Beine weg. Joanas Glieder verschmolzen mit Sonne und Gischt. Sie schrie. Er verstand nichts. Eine Wellenmauer hob sich, verschlang sie. Joanas Blick und Mund waren Panik und Lust. Sie flog ihm an die Brust. Kalt, nass, sprühend. Donnernd brachen Wassermassen über ihnen zusammen. Er hielt sie. Sie war leicht. Glitt an ihm herab. Ihre Brüste wie gefroren. Sie strich sich durch die Haare. Wasser quoll unter den Fingern hervor. Sie war übersät von funkelnden Diamanten.

Sonnenstreifen streckten sich. Ihr Bett war zerwühlt. Der Schrank erbrach quietschbunte Klamotten. Auf dem Teppich vermengten sich abgeschnittene Wollfäden und Papierschnipsel und verwaiste Socken. Auf dem Tisch Bücher, Tassen, Strickwolle. Das Palituch mit den Knotenbommeln. Die Godard-Kassette. Joana liebte die Blonde in *Detective*, wie sie vom Comic aufsah und ihren Freund, den Boxer, mit blassfaseriger Stimme, so sagte sie, anwies: die Linke! Und wie seine geballte linke Faust heranschoss, die Monsterfaust, und doch unendlich zart ans Blanke ihrer Brust stupste.

Er hielt die Ansichtskarte in Händen, die vorhin in der Post war. Auf der Vorderseite Sand, schaumiggrüne Brandung, tintenblauer Himmel mit Cumulusreihe. *Hallo.* Das war nicht Joanas Schrift. *Neidisch?* Die Schriftzüge wechselten. *Sonne knallt, Wasser ist glasklar.* Die Schriftzüge wechselten zurück. *Gestern Fiesta in Las Fuentes, wir mittendrin, um den obligaten. Latinlover zu erlegen. Joana mit Megachancen. Gruß Rita & Maxi.* Und Joanas Blockbuchstaben: *Natürlich will ich nicht!!*

Lächerlich, sagte sich Lavendel, lächerlich, dass er Atembeklemmung bekam, weil sie sich telefonisch nicht meldete, aber melden könnte. Fremde Rufe drängten sich mit in den Hörer.

Sie riefe von der Promenade aus an. Eine Brise vom Meer her wäre spürbar.

Er legte sich zwischen die Kleiderhaufen. Warum nahm er ihr Ausbleiben nicht leicht, wie ihr Zusammensein häufig war, eingebildet leicht und wie ein Echo früherer Schwerelosigkeit! Eingebildet, weil sie anders geworden war. Oder er.

›Du denkst schon wieder was Böses‹, ging sie wider Erwarten auf sein Schweigen ein.

›Wir sehn uns kaum noch.‹

›Kaum noch? Bei dir herrscht Totenruhe.‹ Das Blau ihrer Augen verfinsterte sich. ›Alles ist unter Verschluss. Du schreist nicht. Du fliegst nicht. Du lebst nicht. Du bist nicht du. Ich mach bei dir einen Hänger nach'm andern durch. Ich kann nicht, wie ich will. Im Baukasten find ich zu mir selber. Da ist Power. Da ist Leben. Da fühl ich mich beschreiblich weiblich.‹

Er streichelte sie, als wollte er alles von außen Mitgeschleppte verwischen.

›Deine Brust …‹, sagte er.

›Was ist damit? Ist so glatt, dass dein Blick abgleitet und du nicht mehr an mich glaubst?‹ Sie seufzte. ›Aber du darfst mich nicht wegschicken! Nur bei dir kann ich heulen, und du pflegst mich. Du musst mich liebhaben.‹

Flimmernd hielten Sonnenstreifen die Wände auf Abstand. Stiche zuckten vom Hinterkopf aus seinen Rücken hinab. Die Narbe pochte. Ihm war, als höre er es, das Pochen. Aus der Backstube jenseits der Wohnung drangen dumpfe Geräusche. Bliebe er hier liegen und verwüchse mit dem Boden und verlangsamte die Atmung und ließe Sonne und Regen sich wechseln und Tag und Nacht über ihn hinwegfließen und ließe er die Geräusche von jenseits der Außenhaut entstehen und vergehen und stellte er die Atmung ein – es spielte alles keine Rolle.

Glockengeläut wehte von der Zachäuskirche herüber. Joanas herumliegende Gegenstände bekamen eine zerstörerische Kraft.

Im Gewirr der Haselblätter vor dem Fenster verfingen sich schwere Regentropfen. Die Blätter wankten. Ruppig schlug der Wind sie gegen die Scheibe.

Wenn ihr Renault anhielte, dachte Lavendel, würde die Bremse quietschen. Dann drehte sich der Schlüssel im Hausschloss. Mit fast lautlosem Knirschen. Langsam würde sie die Wohnzimmertür aufschieben. ›Na?‹ würde sie fragen. Die Brauen hochgezogen. Die Augen glitzernd. Freudig und eine Spur beleidigt. ›Na?‹ Als wäre sie nicht Wochen weg gewesen.

Der Regen verflüchtigte sich. Hauchdünn zwischen den Blättern ein Spinnennetz. Die Wohnung war voll unhörbarer Geräusche.

Lavendel litt unter der Vorstellung, dass die Erfahrung des vorangegangenen Dauerns die Erwartung an das künftige Warten belastete. Das Erwartete und das nicht zu Erwartende ließen ihn wie einen Hund leiden, versuchte er sich selbstironisch zu distanzieren. Oder wartete er vielleicht schon lange nicht mehr auf sie, sondern auf die Gewissheit, dass die Ausgewogenheit der bisherigen Tage zerbrochen war: die Frauendechiffrierei beim Frühstück mit Samir, nachmittags fürs Blatt unterwegs zu sein, abends Joanas Hüften zu streicheln und ihren Bewegungen im Dunkeln zu lauschen?

Nichts sonst an diesem Vormittag. Nur das Gespräch mit Geri. Zu tun, als habe es nicht stattgefunden, fiel erst nicht leicht.

Er trat in den Flur oder sah auf die rubindunklen Früchte im Kirschbaum oder hängte ein Handtuch an den Haken oder berührte einen Türgriff. Immer gleiche Bilder stellten sich ein. Was er dachte und tat, war beschwert von Joanas Nichtanwesenheit. Von den Projektionen ihrer Gegenwart, die keiner Wirklichkeit standhielten.

Der Schmerz in der Wunde am Hinterkopf überdeckte nicht mehr, anders als in den Tagen zuvor, alle weiteren Gefühle. Verflüchtigt hatten sich auch die apathischen Selbstbezichtigungen, er sei selber schuld, ja, er habe sie verdient, die Hiebe auf den Schädel.

I even touch the sky

Besuchszeit in der Klinik. Die Straßenränder vor dem Baukasten, nebenan, dem ehemaligen Schwesternwohnheim, waren zugeparkt. Vor seinem Eingang das halb ausgebrannte Sofa. Zwischen Büschen der vergammelte Bauwagen. Die Scheibe in der Eingangstür zerbrochen. Man stieg durch den Rahmen. Nähme er die Treppe vorn, käme wieder das senile Doggenweibchen aus der Theater-WG angestürzt, ihren Männerhass auszutoben. Er tastete sich durch die Kellergänge. Das Licht funktionierte nicht. Finja hatte ihn mal durch die zwölf WGs geschleust. Einige waren mit dem Umbau fertig. Bei andern lagen noch Steine und Sandhaufen und Mischbottiche und Zementsäcke in den Räumen.

Auf der Hintertreppe Altpapierstapel. Joe Cockers *She came in through the bathroom window* vereinigte sich beim Höhersteigen mit dem Schwingen von *I feel so high, I even touch the sky* aus der nächsten Etage. Beim letzten Sommerfest war Joana im Reggaefieber. Sie musste was genommen haben. Ihm fielen Rita Marleys geflüstertes *Wake up* ein und Joanas Lippen, die mitsangen.

Aus der Afrika-WG in der Vierten kam Besteckklappern. Frieder und Finja am Küchentisch. Gemüseauflauf im großen Topf. Ingwer- und Knoblauchgeruch.

Ob er'n Teller abhaben wolle oder'n Pott Tee?, lud Finja ihn ein, aber Joana sei nicht hier. Ein Schlag Soylent Green gehe doch immer, griente Frieder, Frieder im 70er-Jahre-Outfit mit langen Haaren und Nickelbrille und abgetragener roter Bandana. Doch Lavendel wollte nichts essen. Finja schenkte Tee ein. Sie erzählte mit spröder Stimme, wie sich in dem Kotten, in dem sie jetzt als einzige Frau ihre Tischlerlehre begonnen hatte, die Schlotten-Frage geklärt habe.

»Sie müssen mir'n eignes Klo einrichten.«

Lavendel schob die grau-getigerte WG-Katze auf der Bank zur

Seite und zwang sich zur Ruhe, als verdiene er sich damit eine glückliche Lösung seiner Beunruhigung.

Finja hatte hohe mattbraune Brauen, blasse Wölbungen über den schwarzen Wimpern und graue, klare Augen. Die Oberlippe stand etwas vor. Der weiche Mund war ungeschminkt. Das hellblonde Haar war nach hinten gekämmt. Ein Scheitel zog sich schräg zur Kopfmitte hoch, rechts fiel ein Schwung Haare in die Stirn. Von Zeit zu Zeit strich sie ihn zurück. Hinten bündelte sich das Haar in einem knolligen Büschel. An jedem Ohrläppchen baumelte ein haselnussgroßer Goldglobus.

Für die Wichser im Betrieb sei sie als Frau der letzte Kack!, sagte sie und spreizte und schloss die Finger, als schneide sie ihren männlichen Widersachern die Lollis ab. Sie schob sich eine Gabel Grünliches, das herunterhing, in den Mund.

»Mach'n Abflug!«, riet Frieder, »die Fettärsche degradiern dich zur Spielfigur! Zu Dekoration. Die zwiebeln dich und kalkuliern dein individuelles Verschwinden ein. Sagt Bourdieu. Weißte was: Häng ab. Kontemplativ. Sapere aude!«

Lavendel verdross jedesmal Frieders großmäuliges Wiedergekäu angelesener Weisheiten. Oft von Abgott Oskar. Obwohl man ihm in der Sache zustimmen musste. Und Negt sowieso. Mehr noch verdross ihn, dass Joana Frieder bei jeder Gelegenheit als Durchblicker hervorhob, wohingegen er sich ins Endlose verzettle! Dazu versandten ihre Augen die gnadenlose Verachtung derjenigen, die sich auf der Siegerseite wusste.

Finja wirkte immer, als könne nichts sie umwerfen. Unbezähmbar, teilnahmsvoll, flink mit Worten.

»Abhängen wie du? Als Tunix? Nur motzen?«

Frieder feixte wohlwollend.

»Ja. Im Alten Testament war Arbeit'n Fluch. Für Paulus den Einfältigen und andere Arme im Geiste, sagt Adorno, für die diente sie als Sühne und Opener fürs Himmelreich. Und vor 150 Jahren haben die bürgerlichen Herrschenden gewitzt die Arbeit als adelnde Tugend propagiert, um sich angeblich vom Krebsgeschwür des dekadenten und arbeitsfaulen Geburtsadels abzugrenzen. Das haben die Malocher natürlich durchschaut. Sagt doch ein Bürger in *Dantons Tod*: *Unser Leben ist der Mord durch Arbeit. Wir hängen 50 Jahre am Strick und zappeln.* Und heute ... heute grenzt die Workaholic-Finja sich von der prolligen Adelskarikatur Frieder ab, weil der wie Paul Lafargue die rasende Arbeitssucht der Individuen als Harakiri anprangert. Und du – du zweifelst doch schon an meiner geistigen Gesundheit, weil ich nichts vom Arbeiten als Evangelium halte, stimmts? Dabei definierst du geistige Gesundheit als das regelmäßige, gesellschaftlich koordinierte Funktionieren von Geist und Körper – speziell bei der Arbeit.«

»Was machst du für'n Trara! Ich lohnarbeite, um leben zu können. Schluss, aus, Mickymaus.«

Frieder hielt eine dünne Gizeh-Hülle in den Fingern und portionierte Feinschnitt und rollte die nächste Zigarette und rang sich ein kurzes Lachen ab.

»O.k., mach du auf Candide«, brummelte er, »ich geb den Diogenes. I don't bury my thoughts. Die Herrschaft des Leistungsprinzips geht mit'ner entsprechenden Kontrolle der Triebdynamik Hand in Hand, sagt Marcuse. Damit wird das freie Spiel der menschlichen Fähigkeiten unterdrückt. Wogegen ich natürlich protestiere. Weißt eh, die reaktionäre Großoffensive macht auf dicke Hose und verkauft dir deine Selbstausbeutung als demokratisches Unterpfand. Das Unternehmerpack drückt dir seine Sporen in die Weichen. Die kochen ihre Larvenschminke aus deinem Blut und deinem Schweiß.«

»Aus dir wird bestimmt nix gekocht, du Neidhammel.«

»Schnapp, schon wieder sitzt du in'er Falle. Weil nämlich: Neid ist der verächtliche Namen, den die Besitzenden dem wahrhaften Rechtsgefühl der Besitzlosen angeheftet haben. Sagt August Strindberg.«

»Beckmesser!«

»Der Fettpöbel gebärdet sich wie von Gottes Gnaden. Macht

muss sozial gerechtfertigt sein, sonst isse'n Menschheitsverbrechen.«

Frieder schnippte Asche ab und lehnte sich zurück. Wahrscheinlich zufrieden, auch noch Noah Chomsky untergebracht zu haben, wie Lavendel registrierte. Angestrengt machte Frieder einen Zug. Sein Blick fixierte die aufglühende Spitze der Zigarette. Sekundenlang schielte er wie Dürers Teufel.

»You only live once«, konstatierte er, »und deinen Flirt mit dem gesellschaftlichen Schuldgefühl solltest du dir sparen. Oder dass das Ziel der Arbeit nicht auch Glück und ihr Entgelt Genuss sein kann.«

»Das jetzt wieder. Ich weiß«, sagte sie, »das Reich der Freiheit beginnt da, wo die Arbeit aufhört. Wie der olle Marx sagt. Nix Neues also.«

Joanas Blumen seien rettungslos verolmt, wandte sich Finja Lavendel zu. Die Frau sei verduftet und habe mit keinem Wort verlauten lassen, wie lang sie wegbleibe. Und überhaupt – aber er könne ja fragen. Phili sei auf'm Dach. Wenn, dann wisse Phili Genaueres. Dabei ließen ihre grauen Augen ihn nicht los.

Frieder stülpte die Lippen auf, zu einem winzigen Einlass, und sog mit kurzem, speichelndem Zischen und Pfeifen Luft und Essensreste aus Zahnlücken ein. Lavendel fühlte sich fiebrig. Er roch Joana.

Aufstieg im schmalen Treppenschacht wie auf einen nicht endenden Spitzturm. Flimmernd schwül und windstill war es oben. Nackte Bleiche und Rotverbrannte lagerten dicht an dicht auf dem Blechdach. Lagen wie in Boschs Garten der Lüste, nur ohne Ungeheuer, lagen in harmloser Entrücktheit oder saßen, hatten Kopfhörer auf und wiegten sich mit geschlossenen Augen oder jonglierten mit grüngelbrotblauen Bällen. Winni hockte im Schneidersitz auf der Begrenzungsmauer, das Saxophon an den Lippen. Leise verwehten Tonschlieren in der Julihitze. Winni, sagte Joana, hatte Brechts Pseudonym John Kent entlehnt und wollte unter dem Namen ein Theaterstück, dessen Fertigstellung angeblich bevorstand, auf die Bühne bringen.

Phili entdeckte er neben halbhohen Tomatensträuchern und Tabak- und Hanfpflanzen. Sie winkte ihn heran und säbelte ein Stück Kuchen ab. Der Ausschnitt ihres Tops gab mattschimmernde Porzellanhaut ihrer Brüste frei.

Der Rooibos-Tee, den sie ihm ungefragt eingeschenkt hatte, war heiß. Lavendel schwitzte sofort. Das taten auch die anderen ringsum, doch schien das für sie ein angenehmer Teil ihrer Trägheit zu sein. Ihn irritierten, wie immer, Philis ausgestellte Herzlichkeit und der falsche Zungenschlag. Obwohl – ihr Lächeln ... es schien nicht eigens aufgesetzt. Es war wohl Ausdruck ihrer ichsatten Überheblichkeit. Und von Ede, das war aus Joanas Berichten herauszuhören, dem versnobten Anwalt der Haus-WG, ließ sie sich den Hof machen. Lavendel war überzeugt, dass sie seine Widersacherin war, seit Joana sich ihr angeschlossen hatte.

Natalie von den *Öko-Tribaden* aus der Dritten lagerte nackt einen halben Meter entfernt und war, eine Hand schützend über dem Gesicht, in Simone de Beauvoirs *Die Mandarins von Paris* vertieft. Sie werde Schauspielerin, sagte Joana von ihr, alle anderen Berufe halte sie für entfremdend. Ihre Waden waren behaart. Wie niedergetretenes Moos wucherte Achselhaar. Feucht und verklebt. Die freie Hand, auf deren Rücken die Adern geschwollen waren, verwischte auf einer Hüfte Unsichtbares, dann fuhren die Fingerspitzen den Umriss einer Schulter entlang und streiften über die Haut einer Brust. Über deren kleine Erhebung. Die Brustwarze trieb unerheblich auf, himbeerrosig aus bräunlicher Umrandung. Die Hand wanderte weiter, vom Nabel aus, der in einer tropfenförmigen Senke lag, über die Bauchwölbung, eine dunkle Haarlinie entlang, nach unten zur Grenze des Niederwäldchens. Dort verharrte sie.

Der Kuchen schmeckte grauenhaft. Phili lachte hell auf. Ihre Blicke kreuzten sich. Hatte sie verfolgt, wie er Natalie verschlang? Lachte sie deshalb? Fluoritdunkel und glasglänzend umrandete der Irisring tiefbraunes Kristallglitzern. Wenn ihre Lippen aufeinander lagen, wirkten sie ruhevoll. Sie sei immer geradeheraus, hatte Joana behauptet. Er hatte mit Phili telefoniert, als Joana das zweite Wochenende verschollen und mit dem Fahrradschrauber Alban unterwegs gewesen war, wie sich herausstellte. Dass er darüber im Unklaren gehalten werde, hatte Phili aufgeregt. Zumindest hatte sie das mehrfach wiederholt. Ja, manchmal stelle sich die Frau, Joana, einfach tot, wenn man ihr mit Erwartungen komme, hatte sie kritisiert. Davor erschrecke sie. Und sie verdränge mitleidlos. Das erspare ihr Schuldgefühle. Über ihn habe sie sich heftig beklagt, er begreife nicht, was sie sage. Sie sei Luft für ihn. Das hatte ihn geärgert, fragte er Joana doch erfolglos Löcher in den Bauch. Sie hingegen wollte nie was wissen von ihm. Aber ehrlich, betonte Phili, sie habe keinen Einfluss auf sie! Jetzt sei es an ihm, hatte sie ihm altklug nahegelegt, Alban wieder aus dem Loch zu beißen.

»Der Backhokuspokus stammt von Jessie.« Sie wies auf die Frau rechts, die ihr T-Shirt mit der Aufschrift *I* ♥ *JC* über die gekreuzten Knie gespannt hatte und wie in einem Zelt saß, unbewegt, mit kreidebleichem Gesicht, bleich im Schatten eisenschwarzer Haare, mit grünlichen Wildtieraugen, die ihn ausforschten. Die im Licht halb zugekniffenen silberschattigen Lider hatten die Form kleiner Delphine angenommen, die aufeinander zuschwammen, aber nicht von der Stelle kamen.

»Das Gössel ist aus'n USA.« In Philis rauchtiefer Stimme steckte Sonnenknistern. »Wir kennen uns aus Gorleben.«

Er wunderte sich, wie aus einem so schmalen Oberkörper eine so tiefe Stimme stammen konnte. Verlebt klang sie. Wie von Zarah Leander abgehört. Oder war sie über Platons Erkenntnis, tiefe Stimmen verführten zu Wollust und Sichverlieren, gestolpert und praktizierte das wahllos?

»Hättest sie sehn solln, im März, in der Hundekälte! Der Tod auf Latschen! Hatte ihre Bezugsgruppe verloren. Und die Doppelkette Bullen rückte an wie ne ultimative Widerfahrnis.« Großsprecherisch: »Hab das Wolfskind unter meine Fittiche genommen. Sind abgehauen, eh der Kessel dicht war.«

Sie legte ihren Arm um die Amerikanerin, deren Kopf an ihre Schulter sank.

»Drüben war sie'n verkiffter Wildfang, fanden ihre Eltern und haben sie zum Erwachsenwerden in die alte Welt verfrachtet. Als Nächstes geht die Wanderschaft nach Frankreich.«

Erwachsenwerden bei Phili? Was daraus wurde, sah man an Joana. An Philis linkem Nasenflügel flinkerte ein Diamantsplitter. Ein Wunder, dachte er, dass Joana nicht auch längst mit so was angerückt war. Er versuchte sich vorzustellen, was Joana an Phili fand. Weitstehende Backenknochen und flachliegende Augen und volle Wangen und Rundkinn und Linien, halbmondförmig sich hintereinander um den meist grundlos, wie Lavendel noch immer fand, lächelnden Mund ordnend, bildeten das kleine Gesicht. Und Grübchen beim Lächeln. Zeichen für Glück und Fruchtbarkeit, belehrte ihn Joana unsichtbar aus dem Off. Ein offenes, leuchtendes, eigenartig geschlechtsloses Gesicht war das. Umrahmt von burgunderfarbenen Locken, die ein Perlenstirnband zusammenhielt. Wenn sie beim Reden an einer Stelle anlangte, die ihr wichtig war, kniff sie die Augen zusammen. Die Oberlider blieben verschwunden, bis auf schmale Ränder mit dichten Wimpern, die den Blicken etwas Verhangenes gaben. Ihre geschwungenen Brauen bogen sich innen leicht abwärts, und über ihnen furchte sich die Stirn mit zwei senkrechten Falten. In die bräunlichschwarze Augenfarbe mischten sich, wenn sie zur Sonne hochsah, grüne Pünktchen. Ihre Blicke hatten etwas Geistreiches und Unnahbares. Manchmal hatte Lavendel Joanas Gedanken erraten, Phili war undurchschaubar.

»Joana hat mit Rita und Maxi die Biege gemacht«, sagte sie.

Er nickte schlaff. Sie sah entrückt vor sich hin, eine ganze Weile, als lausche sie einer für andere unhörbaren Stimme, dann stöhnte sie, ihr sei es zu heiß, sie sei nicht so'n Sonnentier,

Frieder habe was von'er Tea-Party mit Hausgemachtem und anderem gefaselt. »Vielleicht was für dich?«

Er fragte sich, ob sie es Joana schuldig zu sein glaubte, ihn mitleidsvoll mit sich zu schleppen, und war unsicher, wie er ablehnen sollte.

Aus Winnis Saxophon flossen noch immer perlende Läufe, die über die Sitzenden und Liegenden kletterten und sie umschmeichelten. Manchmal waren es vereinzelte Töne, verirrt fistelnd, dann wieder waren sie abgehoben wie Harfenklänge.

Beim Einstieg in den engen Treppenschacht drehte sich Phili zu ihm um, und er spürte eine wie unabsichtlich ausgeführte Berührung seiner Hand durch ihre Finger, als ob sie Witterung aufnähmen. Dann erfolgte ein energisches kurzes Zugreifen, das ihn mitzog, gleich aber wieder losließ.

»Natalie interessiert dich? Isses wegen ihrer Naturwollsocken? Würdste dich gern mit ihr in die Haare kriegen?«, bohrte sie wie nebenbei.

»N-nein.«

»Auch besser so.«

Dann wollte sie wissen, wie er sich jetzt fühle, so allein in seiner Bäckerwohnung? Lavendel sagte, an allem dort hafte Joanas Gegenwart. Ihr Fernbleiben lösche diese Gegenwart nicht aus. Das hörte sich merkwürdig überschwänglich an, dachte er. Phili sah nicht mehr zurück.

Rauchschwaden weißgrau. Um den Tisch drängten sich Leute, Teebecher vor sich. In der Mitte bauchige Kannen, voll grünlichem Blättergewirr. Der Doyen Frieder führte das Wort. Am zweitlautesten redete Heino, der in einem Copycenter jobbte und im Baukasten wohnte oder auch nicht, das wusste keiner.

Lavendel hatte das Gefühl, Joana sei gerade rausgegangen, den Mund zu unschlüssigem Lächeln verzogen. Phili hatte sich eigenen Tee gemacht, irgendwas mit Ingwer, und ihren Stuhl neben seinen geschoben. Ihre Brüste, sah Lavendel, traten, als sie sich zurücklehnte, in dem engen Top, ihr sicher unbewusst, so in Erscheinung, als sei ihr Oberkörper lediglich schwarz bemalt. Ihre leicht aufgeworfenen Lippen waren einen winzigen Spalt geöffnet, die Brauen flogen hoch. Es sah aus, als schlürfe sie das Gesagte ein.

Lavendel schwieg. Er trank aus Joanas Becher, den er ihr aus Weimar mitgebracht hatte. *Salve* stand darauf, wie auf Goethes Fußmatte. ›Juckt mich nich die Bohne‹, hatte sie damals gesagt, ›deine Fußmatte vom verschmockten Geheimrat. Wiewohl er was Possierliches über'ne Philine geschrieben haben soll. Sagt Börrjes.‹ Säße sie jetzt mit am Tisch, dann drehte sie schweigsam eine Zigarette, rauchte, tränke. Sie bliebe verstummt, erinnerte Lavendel sich, als ob sie darin Erfüllung fände. Wenn sie einbezogen war, hatte sie ein Lächeln im Gesicht und ihre Stimme bäumte sich und flatterte. Immer so, als stehe sie vor dem Ausbruch eines unbändigen Lachens. Lavendel fühlte sich dann unwohl, weil er spürte, sie fühlte sich unwohl, ohne sich das einzugestehen. Wie in den Situationen, in denen er ihr peinlich war. Wenn er vor ihren Leuten den gerade herrschenden Normen nicht entsprach. Indem er, der Geduldete, zum Beispiel das Gespräch an sich riss. Da war ihr jedes seiner Worte eine Zentnerlast. Vieles war ihr eine Last. Auch seine Angst. Einmal hatte er davon angefangen, nachts könne in der Backstube ein Feuer ausbrechen und ihn im Schlaf ersticken. Davon wollte sie nichts wissen. Kein normaler Mensch denke an so was! Aber sie verstehe das Signal. Für sein Unwohlgefühl mache er sie verantwortlich, setze sie ins Unrecht, nur um eine Ausrede zu haben, weil er sich nicht um sie kümmere. Er habe sie verführt und habe ergo die Verantwortung für sie, und jetzt sei sie voller Begehrlichkeit. Wie er dem zu entsprechen gedenke? Wahrscheinlich hatte er sich da verteidigt. Jetzt aber, jetzt reute ihn jede Kritik an ihr. Alle von ihm vielleicht verschuldeten Gründe für ihre oft dramatischen Reaktionen reuten ihn.

Unmerklich war er, von einer Zeitblase umschlossen, in sanfte

Gleichgültigkeit hinübergeglitten. Das Nachher war unbedeutend.

Doch als Katleen sprach, merkte er auf. Das Gespräch drehte sich um Radikalismus. Sie habe genug von solchen Unlebenden, die für Ideen ins Gras beißen, das sei für'n Arsch, bekannte sie, man solle für den Menschen leben, den man liebe. Ihr Gesicht glühte. Die Scheidewand ihrer kühnen Nase wuchs zwischen den großen Atemlöchern ein Stück heraus, was rot im Gegenlicht leuchtete. Sie saß wie entrückt. Ihre Schlüsselbeine spießten aus dem Shirt. Joana hatte sie ein Seelchen mit Plüsch und Troddeln genannt. Den rechten Fuß hatte sie unter dem Tisch aufs Sofa gelegt, zwischen Roberts Beine. Robert aus der Film-WG, mastodontisch wie Nero Wolfe die Sofaecke ausfüllend, barg den Fuß mit einer Hand, die andere streichelte die Katze.

»Unfriede auf Erden ist den Ego-Menschen ein Wohlgefallen!«, knurrte er. Er saß unbequem nach vorn gebeugt. Eine weinartige Ranke an der Wand, mehrfach übereinandergelegt und verschlungen, hing über ihm bauchig durch. Die Katze lag auf seinen Beinen. Hätte er sich zurückgelehnt, wäre sein Kopf zwischen den Blättern verschwunden.

»Kriege sind Raubzüge«, ergänzte Katleen.

Der Doyen hatte die Brille abgenommen und sich die Nasenwurzel gerieben.

»Kriege? Hä? Mann, ich hör komaschlecht, wenn ich meine Brille nicht aufhab.«

Am Reden hinderte die Laberbacke das aber nicht. Er holte aus und sah überall die leidige Lust am Sklavendasein. Sich nicht zu bewegen, klaglos, um seine Fesseln nicht zu spüren, genau dahin trimme Babylon seine konsumverdummten Völkerschaften.

Eigentlich sei Babylon ja eine gottesfürchtige und kulturoffene Stadt gewesen, konterte Phili, der Sitz der großen Liebesgöttin Ischtar zum Beispiel und ihrer Dienerinnen Ninatta, Kulitta,

Sintal-irti und Hamrazuna. Die in Babylon gefangenen und gettoisierten Juden hätten nach ihrer Rückkehr jedoch kein gutes Haar an der jahwelosen Stadt gelassen, an welcher Tradition auch Johannes in seiner *Offenbarung* klebe, nach dem Babylon längst eine Behausung der Teufel sei. Das steuerte Phili zu Lavendels Verdruss noch bei. Und weil sie da wohnten, die Teufel, würden über Babylon – Frieder meine wahrscheinlich New York –, würden also über die verkommene Stadt, die alle Könige der Erde in ihrer Gewalt habe, an einem einzigen Tag alle Katastrophen hereinbrechen. Sie werde im Feuer umkommen! Originalton Johannes.

Heino, nuschelnd und ruppig: »Laber, laber Frittenbude. Hast'es nicht ne Nummer bescheidener?«

»Auf'er Woll-Strit von Bebilon tanzen Teufel um Frieders Thron ...«, rapte der Dottergelbe. Wollte er sich auf die Tour einschleimen?

»Noch isses nicht soweit«, sagte Frieder, der ihn nicht beachtete, sondern Phili dabei wie eine Mitverschwörerin ansah. »Aber auch die stärksten Mauern kriegen Risse, sagt Che. Vielleicht gibts bald überall Orte profitfreier Utopie, so wie hier. Oder wie die Freie Republik Greifswald. Nur reale Individual-Kulturen schaffen lebenswerte Grundordnungen! Hat der Zampano Marx nicht gecheckt, hat Individualität mit Egoismus verwechselt. Dabei muss der Einzelne die Erfüllung seiner Bedürfnisse selbst in die Hand nehmen.«

»Krass! Bruder Marx hats nicht geblickt, aber endlich kommt'n spaciger Bratzkopf namens Frieder der Weise und schubst die Oma vom Nachttopf«, wieder Heino, schwer verstehbar, »boah, nee, das geht gar nicht! Kannste dir abschminken!«

»Das walte Frieder!«, sagte einer mit breitem Mund und dottergelb sich reckenden Haardornen. Alle waren auf Selbstdarstellung aus, da fiel er natürlich durchs Raster, dachte Lavendel.

»Das mit deinen Rissen wird dauern, Che Frieder«, sagte Finja, »wenn du dich weiter zudröhnst. Lies bei deinem Spezi Marcuse nach: In den fortgeschrittenen Ländern wird einer Radikalisierung der arbeitenden Klassen durch eine sozial gesteuerte Lähmung des Bewusstseins entgegengewirkt. Die Entwicklung und Befriedigung der Bedürfnisse verewigen die Knechtschaft der Ausgebeuteten. Da hast du den Salat.«

Sie schüttelte den Kopf. Die Globen an den Ohren schlugen gegen Wangen und Hals. Das Gespräch schwenkte wieder zum Radikalismus und zu Göttern. Der mit dem breiten Mund rollte mit den Augen und forderte Themenwechsel, sonst hebe das Gewächs Gottes hier erneut an zu psalmodieren. Er legte dabei versöhnlich seine Hand auf Philis Arm. Sie entzog sich und reckte das Kinn wie eine Flamencotänzerin und bot Paroli. »Megawitzig! Genauso wie *Warum-ist-die-Banane-krumm?-Weil-sie'n-Bogen-um-die-DDR-machen-musste.* Scherzkeks! Mein Himmel ist frei von solchen Göttern, wie sie dir wahrscheinlich vorschweben.«

»Schwul, ey. Wenn das die Voraussetzung ist, um Theologie zu studieren! Alder, nee ...« Heino lachte meckernd.

Das Doggenweibchen aus der Theater-WG kam unter dem Tisch hervor und postierte sich hinter Phili. Frieder goss neuen Tee auf.

Phili nahm die Stichelei ernst. »Mit meinem Vater«, sagte sie halb zu Lavendel, als habe er daran Interesse bekundet, »war ich als Kind mal in der Nacht zum Palmsonntag in Leningrad in der Isaak-Kathedrale. So'ne Gewalt von suggestiven Ritualen!, sag ich euch. Später wollt ich hinter das Geheimnis dieser Eindringlichkeit kommen.«

Lavendel hatte das Gefühl, ihr besser zuhören zu müssen.

»Wie ich das sehe, sind Demokratie und Christentum unvereinbar. Für mich«, schloss sie, »ist Glaubensarroganz wie Schimmel auf'er Marmelade.«

»Holy shit!«, staunte Frieder beifällig. »Neurotische Zwangshandlungen überall.«

Lavendel fiel ein, wie Joana vermutet hatte, die beiden hätten vielleicht doch was miteinander. Er müsste sich einbringen, überlegte er. Wenn Joana von seiner Schweigsamkeit hörte, würde sie mäkeln, er habe gezielt den leidvollen Verlassenen gemimt, um sie vor den anderen zu diskreditieren. Und dazu in der erpresserischen Hoffnung, sie werde sich noch schuldiger fühlen und ihm das positiv vergelten.

Es war still in der Küche. Waren es auch die WGler leid, wie sich einige nervtötend zu vernünftelnden Gurus aufspielten? Doch Phili schien einen unerschöpflichen Gefallen an dem Thema zu haben. Oder sie buhlte genauso wie Joana um Frieders Anerkennung, wer weiß.

»Mir ist jedenfalls aufgegangen«, wieder Phili, »dass man sich nicht in spirituellen Seifenblasen verkriechen darf. Wär bequem, klar, ne Überbau-Instanz für alles verantwortlich zu machen und auf gnädige Beglückung zu hoffen. Nee, der Einzelne muss sich selber aus seiner polyphagen Kümmerlichkeit erheben. Isser sich schuldig. Sagt Herder. So ungefähr.«

Heino strich seine Spaghettizammeln hinter die Ohren. »Leck mich fett! Wenn ich an die Abermillionen Nullchecker denke, wie die sich erheben. Und jeder mit eigenen Gerechtigkeitsflausen im Kopf. Abgefahren! Gibt'n archaisches Gemetzel.«

»Nischt erhebt sich«, unkte Robert, hatte aber ein erleuchtetes Lächeln wie ein Kugelbauchbuddha. »Die hängen esoterisch ab, und ihre Augäpfel sind nach oben verdreht. Aus Angst. Weil die Nervbacken wie Kinder sind. Gedankenlos.«

»Unterbelichtete Kinder«, ergänzte Katleen, »unterwürfige Frauen, die schwächeren Gefäße, die durch Keuschheit und Demut ihre Männer von der Hoffart reinigen und heiligen sollen. Hat mir mal'n Irrer abverlangt.«

»Wow!«, stieß Heino hervor. »*Keep you doped with religion*«, imitierte er John Lennon, mit Leierstimme. »Ich glaub nur an die Vereinte Föderation der Planeten im Alpha-Quadranten.«

Robert lachte.

»Beim masseneuphorischen Frohlocken von mangastischen Leichtgläubigen, ohne Scheiß, da stehn mir die Haare zu Berge:

Taufe und Demut oder apokalyptische Höllenqualen, du hast nicht viel Wahl«, meinte Frieder. Ekel war ihm ins Gesicht geschrieben. »Und hinter dem deifizierten Irrealen thronen meist furztrockne Verweser, die im Paradies der Dummheit Millionen abkassieren.«

»... und die das kapitalistische Abkassieren heiligen«, übernahm Robert, »Kirche ist die Magd der Macht.«

»*Denn wer da hat, dem wird gegeben, dass er die Fülle habe.* Der Bläh hat sich in meinem Kopf festgefressen«, klagte Frieder.

»*Wer aber nicht hat, von dem wird auch genommen, das er hat*«, förderte dazu mühelos Phili zu Tage. »Sapienti sat!«

»Sowieso«, sagte Heino gereizt, »auf jeden Fall superkalifragilistisch.«

Lavendel griff nach der Kanne, die Frieder zuletzt zubereitet hatte.

»Warte!«, sagte Frieder und sah in die Kanne. »Teeblätter sind wie Ballerinen. Müssen tanzen. Okay?«

Als der grünliche Strahl bogenlos und strichdünn aus der Tülle fiel, so dünn, damit der Tee sich im Fall schon abkühlte, stießen Philis ausgestreckte, schmale Finger leicht an seinen Becher und schoben ihn zentimeterweise weiter. Er musste den Strahl aus der Kanne mit verlagern. Sie tat das nicht versehentlich. Wer weiß, woran sie dachte. Er sah sie kurz an, ohne mit Gießen aufzuhören. Sie hielt den Kopf schief. Die Andeutung eines nachdenklichen Lächelns umhuschte ihren Mund. Einmal sah sie auf. Vielleicht war es Zufall. Ihre Pupillen verdrängten fast völlig die Iris. Das konnte nicht sein, dachte er, bei der Helligkeit. Vielleicht schluckte sie Tollkirschen-Tropfen. Das vorhin luzide, schmelzende Braun der Iris war jetzt eins mit dem geweiteten Schwarz und undurchdringlich. Er hielt ihrem Blick stand, und es war ihm sonderbarerweise, als breite sich etwas Besänftigendes über seine unsteten Gedanken. Dann sah er weg. Die feinen Härchen auf dem Rücken ihres Unterarmes glänzten. Mehrere schmale Goldreife folgten ihren Bewegungen. Die Haut spannte über den Knöcheln ihrer schmalen Hand, die wie ein Kunstobjekt neben seiner Tasse lagerte. Wie beiläufig.

»Das Ziel des menschlichen Lebens ...«, fing Robert an.

»Uuaaah«, gähnte der Dottergelbe.

»... ist die Freiheit vom Wahn«, schloss Robert feierlich. *Mahnend wehn die schwarzen Fahnen. Freiheit ist der Jugend Pflicht.«*

»Abgerocktes Ziel!«, bemängelte Heino.

»Warum nicht die Freiheit zum Glauben an ein Höchstes Wesen?«, widersprach Phili.

»Nee?« Der Dottergelbe rollte mit den Augen und konnte ein weiteres Gähnen nicht unterdrücken. »Haste nich'n irren Brummschädel, weil dich dein Heilichnschein drückt? Glauben ist Kacke, Humanismus ist Kacke, Laizismus ist Kacke, Republik ist Kacke.«

»Gibts was Neues zum Blutrichter Robespierre und seinem Tugendkult?«, verwies Frieder ihn in die Schranken. »Der Mann war nicht ohne!« Er wandte sich an Heino: »*Angehäuftes Eigentum darf nicht das Wohlergehen der anderen beeinträchtigen.* Oder dass man mit Lebensmitteln nicht spekuliern darf! Ist der Hammer! 18. Jahrhundert!«

»Eingefleischter Rousseau-Anhänger eben«, ergänzte Phili.

»Meine Stimme hat er«, bekannte Robert.

»Der Kult ums Höchste Wesen, seine Vergottung ...«, Frieder kratzte sich am Kopf, »Shit, das ist doch wieder so ne Zuchtrute in'er Hand der Machthaber.«

»Vernebelung hungriger Hirne«, ergänzte Robert.

»Tja«, zögerte Phili, »si dieu n'existait pas, il faudrait l'inventer. Sagt Voltaire.«

»Sonst isser gesund, dein Herr Wolter?«, erkundigte sich der Dottergelbe mitleidvoll.

Natalie war eingetreten. »Was sind das für Gottheiten, die für sich kämpfen lassen müssen«, sagte sie, die gar nicht wusste, worum es ging, und quetschte einen Stuhl neben den Finjas und ließ sich einschenken. »Immer werden die niederen Instinkte der Menschen mit nem Gottesmäntelchen getarnt.«

Der Dottergelbe stöhnte was von einem Virus, der um sich greife. Der Tee schmeckte bitter. Finja, die ebenfalls davon getrunken hatte, wollte wissen, was das für'n abartiges Gesöff sei, das sie sich da reinfahren würden. Frieders bleiches Gesicht grimassenhaft.

»Engelstrompete aus Ecuador, handverlesen«, erläuterte er, »*Brugmansia*. Die Indianer kauen das schon ewig und drei Tage. Is'ne heilige Macht für sie.« Im Rauch, der die Küche füllte, hatte sein Gesicht was Schamanisches. »Das Spacigste auf'm Öko-Markt. Da kommt die Revolution auf Taubenfüßen. Das Zeug wächst in jedem verfickten Wintergarten. Und ist allemal besser, als wenn man ne Kröte auspresst und ihren Schleim leckt. Oder schmeckts euch nicht?«

»Nix gsagt is gnug globt«, bekannte Heino. Die Kanne ging reihum. »Und weniger umständlich, als sich von'er Kobra beißen zu lassen.«

Lavendel wurde es noch heißer. Die Dogge visierte die Katze. Ohne Blinzeln und mit zuckenden Ohren und zitternden Nasenflügeln. Lavendel legte gedankenlos seine Hand auf den Kopf der Hündin. Die knurrte, tief aus dem Bauch, und schnappte zu. Von den quatschnassen Lefzen flog Sabber. Lavendel riss die Hand zurück. Aus dem halbvollen Becher in der anderen Hand schwappte Tee.

»Ey! Sie mag keine Männer, weißte doch!«, amüsierte sich Phili. Dann erklärte sie, Winni habe die Theorie aufgestellt, das Tier habe entzündete Ohren. Man dürfe nicht dran rühren.

»Rita und Maxi sollten zum Quacksalber mit der Kreatur! Aber die kriegen das einfach nicht auf'e Kette«, sagte Natalie. Lavendel drückte sich vorbei an der Hündin, einer einzigen großen knurrenden Masse, und ging ins Bad.

Svanvithe

Phili hatte das Fenster, das Bad und Flur trennte und mit Flugblättern beklebt war, aufgedrückt und ihn dabei erschreckt, wie er mit feuchten Papiertüchern an seiner Hose herumwischte. Er stieß mit der Schulter an einen Mauervorsprung und fluchte.

»Wenn du so weiterschrubbst, hast du keinen trocknen Faden mehr am Leib. Kriegst ne Jeans von Ede selig. Liegt in meinem Ashram. Komm!«

Er sollte nichts mit ihr zu tun haben. Doch sie besaß Einfluss auf Joana. Sich an sie zu halten, hieß, an Joana dranzubleiben. Auch wenn er es gerade ihr zu verdanken hatte, dass Joana abtrünnig wurde.

Violettes Dämmerlicht. Ein Hirtenteppich dämpfte die Geräusche. An der Wand ein riesiges Ölbild: vulkanische Feuerschlieren. Mitten im Raum ein schwarzer Futon. Phili war kleiner als Joana.

»Wie wärs mit noch so'm ambrosischen Indianertee? Lindert todsicher jeden Schulterschmerz.«

»Das Zeug schafft mich.«

»Solls auch.«

Sie warf ihm eine Hose hin.

»Zum Sofortgebrauch!«, bestimmte sie. »Ich kann mich umdrehn.«

Er schälte sich aus dem klebrigen Stoff. Sie drehte sich nicht um. Sein Kopf glühte. Vielleicht wegen der ungewohnten Hitze auf dem Dach. Die jetzt, spürte er, unter ihrem Blick in seinen ganzen Körper schoss. Schnell stieg er in die Jeans. Sie waren zu groß, zu weit, zu lang. Er krempelte die Hosenbeine hoch. Man sah seine Erregung.

Ein unterdrücktes Lachen. »Parbleu! Das hat die Legerezza, die Frauen an Männern lieben. Ede übrigens, das letzte Mal, als er die Plünnen anhatte, da hat er mich zugeföhnt: Seine Frau und er schauten sich gegenseitig nur mehr beim Selbstzerstören zu! Und dann hat er so getan, als gebe es die beim Eheweib vermisste Seligkeit an meinem Busen als Trostpreis.«

Verächtlich schnob sie durch die Nase und ließ sich auf den Futon fallen.

»Er hätt mich gern als seine Mutter Theresa ... faltenlos und in Strapsen ... als Privat-Alraune, algolagnisch und apomyzourisch und sonstwas.«

»Apomy ... was?«

»Egal, kannste knicken.«

Ihre Mitteilsamkeit war ihm peinlich. Haftete ihm ein Abglanz Joanas an, vor der sie gewohnt war, ihr Seelenleben aufzublättern?

»Das läuft schief, von Anfang an. Liegt vielleicht an der sowjetischen Schokolade, die es in meiner Kindheit im *Konsum* gab. *Roter Oktober* hieß die. Krasnyi Oktjahr. *Bittersüß wie die erste Liebe* hat die Werbung verheißen. Bonbonsüßes Zeug. Wie die *Creck* vom *VEB Elfe Berlin*. Oder die *Schlager-Süßtafel* vom *VEB Rotstern*. Sehnsüchtig hab ich mir bittersüße Liebe ausgemalt: Im Hintergrund Balalaikamusik und Basiliuskathedrale und das Plätschern der Moskwa und Grigori Melechow aus dem Roman *Tichi Don* – zum Heulen wars. Und dass man den Himmel mit Fingerspitzen berührt!«

Tatsächlich griff sie zugleich nach einem imaginären Oben, bis die Hände wie enttäuscht auf die Matratze zurückfielen.

»Das war mein *Roter Oktober*-Traum. Aber mit Ede bleibt man bodennah.«

Er hielt das nasse Hosenknäuel im Arm. Seine Zehen gruben im Flokati. Das Fenster war zugewachsen. Ein Gewirr von Weinblättern ließ nur spärliches Licht herein. Er hängte die Hose über die Türklinke. Die Tür glitt langsam zu. Ein Spalt Helligkeit blieb. Undeutlich die Stimmen aus der Küche.

Sie habe eine Zeitlang gedacht, bekannte Phili, Ede meine wirklich sie und dass er im Grunde doch einen geraden Charakter habe und bekehrenswert sei. Lavendel war unsicher: Hatte sie vielleicht *begehrenswert* gesagt? Es erschöpfte ihn, sich darauf einzulassen.

»Die Besessenheit der Liebe liegt in der Ohnmacht gegenüber der Fremdheit des geliebten Gegenstandes, glaub ich inzwischen.«

Sie ließ den Satz wirken. Er verstand sie nicht.

»Ich hab noch nicht gewusst, dass sämtlicher Charme der Männer letzten Endes nur den *culs* und *cons* der Weiber nachstellt! Ganz schön b-anal, oder?«

Sie bombardierte ihn mit schönklingender Unverständlichkeit und abschätziger Männer-Verortung und lächelte ihn zugleich mit kühler Mattigkeit an, als habe sie Verständnis dafür, dass er so wie jeder seines Geschlechts war. Obendrein verabreichte sie das Ganze im Frageton, als gebe sie ihm Gelegenheit, etwas geradezurücken. Dabei konnte er allenfalls ahnen, was sie meinte. Sein Schweigen schien ihr nichts anzuhaben. Ihm war so, in klaren Momenten, als wolle sie mit ihrer Geschichte ihren Anteil an Joanas Veränderung in Vergessenheit geraten lassen.

»Da läuft mir unerfahrnen Vorpommerngans im Studentenwohnheim der Räuberbaron Ede übern Weg und macht auf Ritter ohne Tadel. Später, als ich die Sinologie geschmissen hab, kommt er mich in meinem Au-pair-Jahr in Versailles besuchen, ein paar Mal. Hat angeblich dienstlich in Paris zu tun, gibt den bonhomme und führt mich aus und am Ende, vor seinem Hotel, scharwenzelt er was von *faire l'amour*! Das vergolde den Abend! Faselt was von *fille faite* und *tres aimable*! Boulevardeske Anmache eben. Und urplötzlich: Jetzt möcht ich einzipfeln, möcht pudern, möcht ficken. Möchte in deiner frommen Möse mich suhlen. Wirst sehn, wir passen zusammen, ein Gefühlsstrudel saugt uns ein, Stunde um Stunde. Die ganze Nacht gehör ich dir.«

Bei der Erinnerung daran stieß sie die Luft aus.

»Ich sag dir ehrlich, erst hat mich das Wort *ficken* abgestoßen, dann, als ich das Weite suchte, da hat es mich nicht losgelassen, und mir liefs klatschnass die Beine runter. Worte können mich überwältigen. Und hier, als ich zurück war, du glaubst es nicht, da teilt er zum ersten Mal mit, er sei verheiratet. Nach zwei Jahren erfahr ich das! So was von ... von ... Unehrlichkeit macht mich krank! Schweinigeleien im Kopf, aber keinen Arsch in der Hose!«

Lavendel lehnte an der Wand. Da war er wieder, der unter Feministinnen unsterbliche Ekelmann und seine Schuld an aller weiblichen Verderbnis. Jetzt fehlte nur noch, dass sie mit ihrer mysteriösen Frieder-Affäre aufwartete, dachte er, als ihm immer schwindliger wurde. Manchmal noch schob sich seine Fußsohle über die Oberfläche des Teppichs. Kein Kitzel mehr war zu spüren. Seine Haut war taub.

Phili also war verbittert. Leid tat sie ihm nicht.

»Das mit Joana«, wechselte sie das Thema, »also, wennse sich nicht meldet ... Ich würd mich auch verkrümeln, wenns für mich wichtig wär.«

Klar, dass sie abhauen würde. Klar auch, dass sie Joana beeinflusst hatte. Auf zu neuen Ufern! Nur weg vom Ekel-Johan!

»Mal will Joana sich von mir auf Händen tragen lassen«, bekannte er trotzdem, wie zu sich selbst. »Oder sie verführt mich, etwas zu tun, was sie sich zu tun wünscht, wozu sie sich aber ohne mich nie aufschwingen würde. Nie! Und dann wieder bin ich Luft.«

Es sprach sich leicht. Befremdend. Seinem Körper gelang alles von allein.

»Schsch!«, machte Phili, und es war, als legten sich Finger, weiche Fingerbeeren, auf seinen Mund und sie tue einen Schritt auf ihn zu und sehe ihn an, als nehme sie ihn auf in ein erleichterndes Vergessen. Was hatte er sagen wollen? Dass er für Joana ein Schlupfwinkel war? Dass sie mit Zuwendung knausere, worauf er sein Bemühen zu verdoppeln hatte? So dass er in ungestillter Sehnsucht ihr das zukommen ließ, wonach er hungerte. Und dass sie tat, als erdulde sie es, ihm zuliebe, sich verwöhnen zu lassen. Dass er sich sein Werben schöndachte als Umworbenwerden. Idiot, der er war!

Der Schwindel verstärkte sich. Philis Augen und ihr Gesicht wurden unwirkliche Annahme. Sein Herzschlag war außer Rand und Band. Der Tee ... Es musste die Wirkung des Tees sein. Trotzdem hielt jeder Augenblick endlos an. Trotzdem war es still. Ihre Brust berührte ihn. Vielleicht hatte sie ihn fast berührt. Er sollte an seiner Wahrnehmung zweifeln, mahnte etwas. Ihr Haar roch wie eingehüllt in etwas Flüchtiges.

Sie knöpfte sein Hemd auf. Oder er täuschte sich, und ihre Hand streifte ihn nur. Oder gar nicht. Denn sie lag auf dem Futon und sah ihn an. Es war grenzenlos angenehm, am Rande des Begreifens abzuwarten. Das spielerische Schwanken ihres Körpers zu verfolgen. Und wie er auf eine zufällige Berührung hoffte und sich davor fürchtete. Von ihrer Hand auf seiner Brust ging trockne Wärme aus. Er wünschte sich diese Berührung als Dauer. Zugleich war da schuldbewusste Abwehr. Die Wärme ihrer Hand wurde zu Sprühen und Flackern. Er nahm das Fruchtige und Milde ihres Geruchs auf wie etwas, das er kannte, was nichts mit ihm zu tun hatte, aber haben sollte. Ganz nah der Diamantensplitter an ihrer Nase, einer unauffälligen Nase, deren schmale Flügel in wellenförmigem Schwung begannen und sich verliefen. Und vorn, die Spitze, ein Hervortreten, andeutungsweise, ein Schlusspunkt.

Er sah zum Fenster. Sein Blick wollte sich an den Blättern festhalten. Schatten und Licht verwoben sich.

»Wenn dich das mit Joana runterzieht, musst du was tun dagegen. Es sei denn, du hast ne Russenseele und musst dein Leiden kultivieren«, war von weit her zu vernehmen.

In russische Seelen wollte er sich nicht mehr hineinfinden, dachte er. An Tatjanas Petersburger Seele hatte er genug gehabt. Immer hatte die Geistersinnige getan, als sei sie gerade aus dem

Eugen Onegin gesprungen und nun solle ihr die Welt zu Füßen liegen, die mit Vorliebe in Strohpuschen steckten.

Er bildete sich Gurren ein und Kichern und eine Hand, die Wirbel für Wirbel seinen Rücken hochkletterte und wieder hinab. In seiner Vorstellung lehnte er sich in die Hand hinein. Fühlte sich gehalten. Gleichgültig wie und von wem. Sein schnelles Atmen lag wie eine Decke über ihnen. Ich verlier den Boden unter den Füßen, dachte er. Er hätte es gesagt haben können. Die Augen hatte er geschlossen. Ihre Hand könnte von oben nach unten wandern.

»Mach dich lang!« Lapidar. Es musste Philis Stimme sein. »Ich nehm mich deiner Schulter an. Reikimäßig. Oder isses Shiatsu? Weiß selbst nicht.«

Er lag. Sein Hemd wurde abgestreift. Alles ließ er geschehen. Es war das Richtige. Die frische Luft tat gut. Seine Gedanken waren schwer zu ordnen. Es war nicht herauszufinden, warum ihm das, was geschah, unangenehm sein sollte. Sie drückte sein Gesicht ins Kissen. Erst hielt er die Luft an. Dann schlug neuartiger Geruch über ihm zusammen. Etwas Unbeschwertes füllte ihn aus.

Er hörte es rascheln. Als ziehe sie sich aus. Sie kniete sich über ihn. Schenkel nahmen ihn in die Zange.

»Ich leg meine Hände auf deine Schulter«, hörte er, »und sammle deine geschwächte Energie und kanalisier sie und lass sie gestärkt in dich zurückkehren. Du fühlst dich, als zerfließe dein Körper und füge sich dann wieder harmonisch zusammen. Vertrau dich mir an. Kannst du tun. Bedenkenlos. In meiner Familie gab es viele Sage-femmes. Weise Frauen. Seit Jahrhunderten. Alle kannten das Geheime des Körpers.«

Kurz dachte er daran, dass der Schmerz in der Schulter längst verflogen war. Aber dann überkam ihn wieder die Leichtigkeit des Abwägens, die ihn schon beim Betreten des Zimmers überfallen hatte. Ihre Berührung lief wie in abklingenden Echos in seinen ferneren Körper aus. Sie murmelte, sie beschrieb, was die Finger taten. Wörter rieselten nieder wie winzige goldene Splitter. Die Ränder seines Empfindens verloren sich. Er sank in den vorigen Schwebezustand zurück. Es war, als stehe sie ihm wieder gegenüber. Ihr Körper näherte sich und entzog sich. Er betrachtete aus den Augenwinkeln das Zucken ihrer Nasenspitze und wie sich erst die Brauen zusammenschoben und sich ihre Miene dann wieder aufhellte. Nicht von Dauer. Sie lächelte ihr umrahmtes Lächeln. Ihre Lippen ließen die Zähne frei. Er sah auf ihre halb sichtbaren Brüste. Sie verfolgte seinen Blick, als spüre sie ihn auf der Haut.

»Je länger Joana weg ist«, erklärte er – vielleicht erklärte er es –, »je länger sie weg ist, desto endgültiger ist sie für mich die Inkarnation des Weiblichen.«

Ihre Haare berührten sein Gesicht, streiften über seinen Nacken und zwischen den Schultern hinab. Ihre Hände schoben, so kam es ihm vor, schoben Lasten vor sich her und entrissen sie seinem Körper. Es war gleichgültig, wo er sich befand. Hatte er das mit der Inkarnation gesagt? Absurd. Es dauerte, bis ihre Stimme ihn erreichte.

»... Swantje ... mein Zweitnamen ... manchmal haben sie mich auch Svanvithe genannt, meine Eltern ... Ist mir alles eins ... stammt aus der Legende von Svanvithe. Der slawischen Prinzessin. Lieblich war sie und *weiß wie ein Schwan*. Als ein abgewiesener Bewerber ihre Unschuld anzweifelte, verstieß der Königsvater sie. In der Johannisnacht wollte sie ihre Jungfräulichkeit beweisen. Nackt und um Mitternacht wollte sie im Schlosswall zu Garz einen verwunschenen Schatz heben. Nur'ne Jungfrau ist dazu imstande. Erst ging alles gut. Aber beim Verlassen der verwunschenen Erdhöhle sah Swantje sich um, und damit war sie gefangen, im Wall, in der Schatzkammer, gefangen für immer, inmitten aller Edelsteine und Berge von Gold. Bis sie von einem Mann befreit wird, einem beherzten Mann, der an sie glaubt. Mit dem fliegt sie in die Welt.«

Leise sprudelten die Worte. Sie sollten nicht versiegen. Märchenbilder begleiteten das Schweben des fremden Körpers, der seiner war.

»Ede ist kein beherzter Mann.«

Stand er bei ihr? Rötliche Lichtstreifen sah er zwischen ihren Fingern hindurch. Ihre Berührung war das Unentschiedene zwischen Vorhandensein und Vorstellbarem. Er hielt den Atem an, als ihre Lippen auf seine trafen. Sie redete weiter, und ihr Mund wanderte dabei langsam über seinen, suchte ihn kühl und halbtrocken ab und überbrückte Entfernungen.

War es Joana? Sie drückte sich an ihn. Ihre Brüste, ihren Bauch, ihre Schenkel. Joanafinger. Feste, kräftige Joanalippen. Joanahaare überfluteten ihn. Joanageruch überall. Er sah sie mit geschlossenen Augen. Joanabewegungen in der Selbstverständlichkeit des Gewohnten. Sie löste das Perlenband. Mit einem trockenen Klirren fiel es in ihre Hand. Das Gummi, das die Haare hinten zusammenhielt, zog sie heraus. Ein Schütteln. Strähnen waren ein Schwarm Vögel. Flogen über die Lichttupfen, die im Weinlaub lagen. Gaben ihr was Schwereloses, als sie zum Regal ging und das Perlenband ablegte. Und wieder Schritte, um vor dem Spiegel in die Haare zu greifen, sie zu heben und wieder herabstürzen zu lassen. Er war in die Gesten einbezogen, als sie ihm den Rücken zukehrte und es kein Ende fand, dass sie den Stoff des Hemdes über die Schultern zog und ihre Haut hell vor dem Dunkel der Wand und den aus dem Düsteren springenden Feuerschlieren zu schimmern begann, dass sie die Hose abstreifte und die Schenkel bloßlagen und die hohe Rundheit ihres Hinterns, und dass sie wieder nähertrat und ihren Unterleib an ihn schmiegte, als sei er der feste Bestandteil der Luft, die ihn einhüllte. Ihr Gesicht konnte er nicht sehen. Die Vögel streiften seine Brust.

Es waren wenige Schritte zur Matratze, sah er von fern und wie sie sich niedersinken ließ und ihn mitzog, dass er fast auf sie fiel. Seine Hand wie aus Versehen an ihren Brüsten. Unnachgiebigkeit. Ein Schenkel über seiner Hüfte. Jeder Atemzug erweiterte das Grenzenlose. Joanas Augen waren geschlossen. Sonnenhelle Strudel begruben ihn unter sich. Er sah und fühlte und schmeckte ihren biegsamen Körper. Flimmernde Punkte sprangen über sie hin, dass sie sich dehnte, sich hob und niedersank, dass ihr Haar brombeerdunkel loderte, ihr Hals schmaler wurde und ihre Hüften runde Bögen. Sie waren wie ein wegwischbares Bild schon, flogen davon mit ihm, verglühten wie Sternschnuppen. Verloren sich im geöffneten Mundoval eines kosmischen Leuchtens.

»Schiete!«

Von sehr, sehr weit kam das.

»Schiete!«

Joanas Bild büßte an Schärfe ein.

»Schiete!« Phili schnellte hoch. »Der Spinner mit seiner Begräbnismusik!«

Lavendel hielt an dem sich Entziehenden fest. Fiel jedoch auseinander. Ohne den Schutz ihrer Schenkel kein Halt.

»Jeden Nachmittag der Tarantella-Stiefel aus der Mülltonne.«

Von irgendwo nebenan oder unten kam italienische Blasmusik. Wehmütig. Getragen. Er wollte einen Arm heben. Nicht schlimm, wollte er andeuten. Der Arm war zu schwer. Verschwommen sah er, wie sie vor ihrer Anlage kniete. Hörte, wie Lautsprecher knackten. Wie sie bebten. Trommeln, Bongos, Congas jeder Größe brachen los. Afrikanisch und jazzig.

Wieder blickte sie auf ihn herab. Zu seiner Erleichterung kroch sie auf die Matratze zurück. Befestigte ihn. Die Trommelschläge prasselten monoton. Ihre Hände lagen bewegungslos auf seinen Schultern. Er spürte ihre Wärme zurückkommen.

»Bei Ede muss man sich den Weg durch'n Gestrüpp von Haaren bahnen«, sagte sie. Sie war nah. »Drahtige Haare, eisenharte Haare, Esau-Haare, Haarstrudel, Haarfallen. Finger verfangen sich. Deine Haut ist glatt.«

Er trieb davon. Trieb in einer Vielzahl von Gerüchen. Sie überfloss ihn wieder. Ihr Gesicht fand sich. Es roch nach Sommer und süß. Roch nach Luft. Joana konnte neckisch blicken, oft, wenn sie beschickert war, fiel ihm ein, lustig, als platze sie vor Lebensfreude. Und als umarme sie das Glück. Dumpfer das Trommeln. Worte flackerten. Er hatte Mühe, Joana nicht aus den Augen zu verlieren. Das Trommeln endete. Es wurde Zeit, sich umzusehen. Die italienische Marschmusik schleppte sich dahin. Die Menschen lagen sich in den Armen. Karfreitagsprozession. Nacht in Trápani. Sie beide mitten darin. Duft der Orangen- und Zitronenblüten. Flackernde Fackeln. Widerschein, zuckend, auf dem Messing der Instrumente. Kinderrufe in den Häuserschluchten. Joana fror. Wehmut in den Augen. Über Stunden waren das Wimmern der Klarinetten und Jammern der Posaunen und Schreien der Trompeten nichts als ein Erwarten von Abschied. Paukenschläge zögerten im Marschrhythmus. Himmelhohe, straßenbreite Stiefel kamen aus dem undurchschaubaren Dunkel herab und ließen die Hörer sich schmerzerfüllt ducken. Ihr Porzellangesicht. Im Morgengrauen die Helligkeit ihres Leibes und der dunkle Schoß. Er fühlte sich als Betrüger, weil er wusste, er würde ihr niemals ihre Träume von Vollkommenheit und nie erlöschendem Glückstaumel erfüllen können. Auch seine eigenen nicht. Dabei strich sie ihm über den Rücken, besänftigend, tröstend. Aber er fühlte nichts. Vielleicht, kam ihm in den Sinn, vielleicht tat Joana das in gleicher Weise, wenn sie diesen Alban bei sich hatte. »... meine Insel ...«, sagte die andere Stimme, Philis Stimme, aus dem Unbestimmten, »stell dir Blau vor! Saphirblau und noch tieferes Blau! Allertiefstes Blau! Wie mein Pionierhalstuch blau war *wie die Ostsee, die blaue zur Sommerzeit*«, intonierte es leise. »So'n Blau stell dir vor und leuchtendes Grün im Sommer und rauchiges Violett. Das sind die Abende auf der Insel. Ein Vergehen von Licht, was mich schon als Kind ergriffen hat. Am meisten, denk ich manchmal, am meisten vermiss ich diese Farben des Himmels. Immer neue weiße, graue, schwarze Spektakel, wenn sich die Wolken jagen. Furien und Trolle. Oder wenn sie einfach so dahinsegeln. Wie der Abend in die Nacht übergeht, in sprunghaftem Wechsel, so überwältigend sind die Farben der Tage. Das schmelzende Gelb der Rapsfelder! Oder später die roten Säume der Getreidefelder, die sich über die Hügel ziehn. Mohnblumen, so weit das Auge reicht. Über allem dieses dunkle Lasuritleuchten. Das vermiss ich. Im Winter geht das blaue Oben in das weiße Unten über, und das Eis der Ostsee wird blaugrau. Ein fast lautloses Seufzen liegt darüber. Oder silbrig leuchtet und glitzert der Raureif auf den Zweigen, und der Himmel färbt sich türkis über dem helleren Blau des Meeres. Holz- und Torfrauch aus den Schornsteinen verweht im Wind. In der Dornbuschheide, wenn ich da bin, füllt mich die Ahnung aus, wie eins man mit all dem sein kann. Das vermiss ich.«

Die Stimmen aus der Küche wurden laut. Langsam schob sich die Tür auf. Joana zog sich zurück. Ihm blieb die traurige Blechmusik von unten.

»What took you so long!«, zischelte es.

»Sag mir, was dich so an Joana fesselt«, hörte er Phili. »Ist dein Herz *wahnbetöret*? Das singt Vio unentwegt vor sich hin«, hörte er. »Seit Alban sich vom Acker gemacht hat, und sie schwanger von ihm ist. Melodramatisch, was? War jedenfalls mein erster Gedanke.«

Phili war vor dem Fenster ein Teil der Blätterschatten geworden, sah er mit unentschlossenem Blick. Je länger er den Geräuschen folgte, die ihre Bewegungen im Raum hinterließen, desto nüchterner wurde er und schämte sich seiner Willenlosigkeit, schämte sich seiner Indifferenz, schämte sich, ihre Berührung missbraucht und Joana gespürt zu haben.

Sie kam langsam wieder heran. Flüchtig eine Berührung auf seiner Schulter. Vielleicht ihre Lippen. Er hörte ein kurzes Geräusch, als unterdrücke sie ein Lachen. Seinen Arm, den er heben wollte, der immer noch zentnerschwer war, drückte sie zurück.

»Ruh dich aus, Johan. Ich muss los«, sagte sie von der Tür her,

»Jessie wartet sich schon die Füße ab. Vis ta vie, leb dein Leben! Ruf an! Sag mir, wie's dir geht!«

Er wollte sich aufrichten. In seinen Ohren rauschte das Blut. Eine neue Melodie erreichte ihn durch die Mauern. Die Piccoloflöte drängelte und tänzelte über klagenden Akkorden von Posaunen und Trompeten und Klarinetten. Er drückte sein Gesicht ins Kissen. Das Drängeln ordnete sich. Der Geruch war wie die Bilder der Insel, die Phili gemalt hatte.

Widerwillig eigneten sich die Gegenstände klare Konturen an. Als Lavendel durch den Keller nach draußen gelangte und sich die Sonne in seine Haut krallte, ekelte ihn die Vorstellung von jenem braungrünen, trüben Tee, in dem Blattfetzen schwammen, und den er hinuntergestürzt hatte. Der Ekel begleitete die Stiche, welche die vernarbende Wunde am Hinterkopf aussandte.

Von unten bis zum Dach war die Seitenfront des Hauses mit dichtem Wein bewachsen. Lavendel sah zu Joanas geschlossenem Fenster hoch. Aus einem provisorischen Verschlag, weiter vorn, drang Arbeitslärm. Einer mit einem Zylinder auf dem Kopf und in schwarzer Kluft schweißte ein Stahlgestell. Die blaue Flamme fauchte. Neben ihm saß Vio. Sie winkte. Der Ärmel ihrer weiten Bluse verrutschte, unzählige bunte Kettchen und Glücksbänder, ums Handgelenk geschlungen, wurden sichtbar. Der Mann drehte die Gaszufuhr des Gerätes ab, legte den Gesichtsschutz beiseite, hob den Zylinder, schüttelte das lange schwarze Haar. Ohne dass er ihn schon einmal gesehen hätte, wusste Lavendel: Das war der mystifizierte, der soghafte Alban Schratt, auf den Joana geflogen war. Der Mann kam heran. Vios Blicke ebneten ihm den Weg.

Noch im Gehen sagte Schratt, dass ihm das mit Joana, die ganze Geschichte, absolut leid tue. Er sei, bekannte er, als er Lavendel gegenüberstand wie einem, mit dem er immer zu tun hatte, einfach für einen Moment total orientierungslos gewesen.

Die Wochen mit Joana hätten aber was Katalytisches gehabt und ihm seinen Platz gezeigt; und der sei definitiv bei Violetta.

Seine Aufmachung war die eines Leichenbestatters aus einem Western. Zwischendurch hatte er den Zylinder, dessen speckige Krempe ihm bis an die Augenbrauen rutschte, mehrfach gelüftet und die Haare nach hinten gestrichen. Als er Vio erwähnte, ruckte sein Kopf zu ihr herum, und er lächelte. Die aufgeworfenen, durch schwärzliche Bartstoppeln umrahmten Lippen, die an den Rändern wund ausliefen, dehnten sich und klafften schmal auf beim Lächeln und machten das Zahnfleisch sichtbar. Aufgequollen lag es im Lippenspalt. Sich vorzustellen, dass Joana sich in seinen Armen wand und vor Lust schrie, hatte etwas Ekelhaftes.

Das Verhältnis zwischen ihm und Violetta, fuhr Alban fort, sei natürlich extrem angespannt gewesen. Obwohl sie ihn und Joana verstanden und versucht habe, beiden das alles leichter zu machen. Schratts weit auseinanderliegende Augen waren von dunklen Schatten eingekreist.

»Ich will einfach mit der Geschichte nichts mehr zu tun haben«, sagte er. »Phili und die andern schneiden mich seitdem eh. Wir hauen ab. Auf Usedom baut'n Freund von mir'n Flitzeped-Verleih für die ganze Insel auf. Da steig ich ein. Wir wuchten das. Dem Pedalör ist nix zu schwör.« Stumm amüsierte er sich über seine Witzelei. Es erschütterte seinen Oberkörper. »Violetta findets gut. Glaub ich.«

Die Erwähnte sah blass herüber. Sie hatte das Einsame einer unvollständigen Pieta. Lavendel blieb eine Entgegnung schuldig. Ihm war übel. Er ging.

Die Abendsonne fiel schräg durch die Linden und blendete, als er die Haltenhoffstraße, an der Bahntrasse entlang, stadtauswärts fuhr. Der Toyota tuckerte. Rätselhaft, der offensive Auftritt des Alban Schrott, dachte er. Als ob Vio den Verrückten auf Bußgang geschickt hätte. Und rätselhaft auch, wunderte er sich, wie sanft Phili gewesen war. Hatte sie etwas wiedergutmachen wollen? Ihre plüschige Anwandlung hatte sie offenbar aber schnell bereut und war kurzerhand abgehauen.

Warum es sich nicht eingestehen: Er hatte sich bemuttert gefühlt. Da war sie einerseits vielleicht einem nur Frauen erklärlichen Codex gefolgt und hatte die Hand auf ihn gelegt, um ihn vom Schmerz zu befreien wie eine Heilige Elisabeth, und andererseits stieß sie seine Joana-Jammerei todsicher ab. Es war beschämend, für sie beide.

Noch einmal ließ die Sonne ihm Philis Augen kristallbraun aufleuchten. Und ihm fiel ein, wie Tatjana bekannt hatte, dunkle Augen ängstigten sie. Man versinke in Bodenlosigkeit. Ohne jeden Halt werde man hineingerissen in die Finsternis, hineingerissen in einen Abgrund, bevölkert von brandschatzenden, von zerstörerischen Elementen, von zähnefletschenden Dämonen; hinabgerissen zum Beispiel in sein abgründiges Herz. Sie dramatisierte gern, Tatjana, seine frühere Freundin.

Als er in die Henschkestraße einbog, stand sein Entschluss fest, den Teufelskreis von Warten und Enttäuschung aufzubrechen. Es musste was geschehen, das kein Zurück mehr zuließ. Er hatte Erfahrung damit. Als das mit Tatjana in die Brüche gegangen war, hatte er das Antiquariat geschlossen und als Journalist angefangen. Höchste Zeit für einen weiteren Schnitt.

Das brachte ihm Geri in Erinnerung.

Verkrümmte Nietzschefigur

Barsch die Stimme des Bäckers. Zerriges Kinderkrakeelen. Lavendel am Fenster. Blätter wucherten das Fenster zu, draußen und drinnen.

Samir im Handy. Essengehen beim Portugiesen, wie immer? Freitagabend? Ob es ihm was ausmache, wenn er Rodewald Stoeberlin mitbringe, einen schrulligen Bekannten von Heide Hattorf? Er werde ihn mögen. Lavendel sagte aus Gewohnheit zu und versprach, über die Recherche, die er gerade mit Patricia und Daniel in der braunen Szene anstelle, zu berichten. Und seine Verwundung mache keine Probleme!, unterbrach er weitere Nachfragen Samirs und schloss das Gespräch.

Er nahm Joanas Foto vom Schreibtisch. Wie ein Votivbild forderte es Andacht. In ihren Augen glomm es. Die Oberlippenrundung vertiefte sich in die Wangen hinein. Als ob er schmolle, der Mund mit seinen kräftigen Beißlippen, seinen zähen Sauglippen, fülligen Lutschlippen, Knabber-, Verschlinglippen, festlichen Empfangslippen, trotzigen Verweigerungslippen. Millimeterfein gesäumt. Helligkeit, die ihn von der weiteren Haut abhob. Wie Apfelsinenschnitze das Beieinanderliegen der Hälften. Der Schludermund, der geliebte.

Hatte es nicht das abgöttisch Ersehnbare, dieses Gesicht! Und wurde beim Betrachten immer vollkommener!

Das brachte erneut Samir auf den Plan. Mal wieder belade er seine jeweilige Partnerin mit der Erblast seiner unstillbaren Entbehrungen. Sie solle seine Zuflucht sein? Lächerlich! Völlig ungeeignet sei sie dazu. Denn sie suche Sicherheit und Bestätigung, eine Hand, die mit ihr durch Dick und Dünn gehe, durch die Abenteuer ihrer jungen Jahre. Und ganz daneben sei es, wie er sie, mit Platon gesprochen, zur formgewordenen Idee von Harmonie mache. Und absurd, dass der Herr Lavendel sich im vergänglichen Greifbaren das dauerhafte Absolute erhoffe.

Dabei sei seine Vorstellung von ihr nichts als ein Verglühen in etwas Vermutetem.

Lavendel hörte den gelehrten Freund das verkünden, dachte zugleich aber, wie enttäuscht er war, dass Joana ihm in die Klinik lediglich zwei SMS geschickt hatte, eine, die sich empörte, und das sollte witzig sein (Wer ihm erlaubt habe, sich niederschlagen zu lassen?), eine andere, nach einer Woche, die ihm stolz den Aufbruch nach Spanien mitteilte.

Er schwanke zwischen Instinkt und Trieb einerseits, könnte Samir unverdrossen weiteranalysieren, und andererseits ästhetischer, sensibler, intellektueller Kulturalität. Wie all die verkrümmten Nietzschefiguren Europas. Zwischen Dionysischem und Apollinischem – dem uralten europäischen Stereotyp! Und er suche die Formel, mit der er alles im Griff habe. Nein, nein, für ihn selbst sei das Schöne die simple Wirklichkeit. Ohne Vergoldung und Vergötzung. Aus deren Betrachtung schöpften die Wohlgemuten ihre Hauptfreuden. Das lehre Demokrit.

›Du als brahmanisch-atheistischer Svami‹, würde Lavendel hilflos einräumen und als sei damit etwas geklärt, ›du kennst selbstredend keine niederen Erwartungen. Doch ich schlichter Abendländer begreife nun mal, ebenso wie meine Vorfahren, Schönheit als Geist mit sinnlichem Leib. Hast du es nicht mal so genannt?‹

›Mag sein. Manchmal versuch ich mich an ehernen deutschen Worten. Geist muss für euch ja überall mit drinstecken. Das Schlimme ist: Kaum bist du aus dem geheimnisvollen Kreis deiner Angebeteten verbannt, verfällst du in geistzerstörerisches Grübeln und vergisst deine gesellschaftliche Verantwortung und torkelst wie im Halbschlaf von einer vermuteten Paradies-Frau zur andern. Wie ein unerlöster Gralssucher. Ich wette, da hat mal ein fürsorgliches Frauenwesen wie ein nie verglühender Meteor die Finsternis deiner Frühzeit durchquert, und deren Inbild sendet als verinnerlichte Imago aus der Persönlichkeitstiefe Impulse des für dich Schönen schlechthin. Und in diesem traumhaften Schönen verbirgt sich dir das Göttliche. Nebst überirdischer Güte. Damit hast du den Urstoff deiner Frauen-Mythologisierung. So beschränkt ist das.‹

Beschränkt? Lavendel raffte sich auf. Ihm war danach, Joanas Konterfei in den Papierkorb zu werfen. Er sah sich diese Geste schwungvoll vollziehen, fand die Vorstellung abgeschmackt theatralisch und stellte das Bild zurück.

Er sollte sich nicht feige bedenken! Wenn sie wiederkam, musste er verschwunden sein. Damit sie ohne ihn klarzukommen hatte, wie er ohne sie. Die Routinearbeit bei der Zeitung würde einstweilen eben ruhen. Schluss damit, sich in jemandes Erwartung widerzuspiegeln. Ließ sich damit nicht sogar Offenheit für neue Entwürfe gewinnen?

Vielleicht könnte er, ohne Rückendeckung Geris, die Lebensbornsache als Buch ausarbeiten? Er war doch sowieso unzufrieden, wie wenig er in der Redaktion zur Veränderung beitrug. Seine Anstöße tat man neuerdings als nörgelig und destruktive Nadelstichelei ab. Ja, wenigstens an den Nazis sollte er dranbleiben! Er dachte an die völkischen Schwestern und wie sie ihm die unbekannte Telefonnummer zugesteckt hatten. Dort gebe es für ihn das Futter, nach dem er hungere, hatten die zwei Kaderluder gefeixt: Sie würden ihn ankündigen. Es war nicht herauszubekommen, ob sie ihn auf den Arm nehmen wollten.

Er suchte die Nummer in seinen Notizen und rief an. »Kaufhaus *GAD*, Direktion«, hörte er zu seinem Staunen. Die Nummer habe er von Freunden, erklärte er auf Nachfrage. Die hätten sie ihm überlassen, weil er auf der Suche nach einer verantwortungsvollen Beschäftigung sei. Auf Nachfrage, um was für Freunde es sich da handle, erwähnte er die Zwillinge.

Das gehe in Ordnung, er könne vorbeikommen!, hörte er und: Bitte morgen im Büro *Personalmanagement* melden, bei Herrn Schieme! Ehe er nach Details fragen konnte, war aufgelegt. Und wenn man bestimmte Vorgaben seinerseits erwartete, von denen er nichts wusste?

Bis dahin lief alles wie am Schnürchen. Der Absprung konnte gelingen. *GAD* klang vielversprechend. Was den Völkischen daran so wichtig war, würde sich noch zeigen. Das Kaufhaus jedenfalls war eine lokale Größe.

Er saß an Joanas Tisch, wollte ihr schreiben. Um das leere Blatt herum türmte sich ihre Habe. Sein Blick schweifte umher, schon, als übe er sich im Abschiednehmen. Unter einer aufgeklappten CD-Box mit Klezmer-Liedern zog er einen zerlesenen Bachmann-Band hervor. Musikfetzen geisterten durch sein Hirn, eine seufzende Klarinette, ein Geigenjammern, ein trauriges Akkordeon. Dann hatten sie das über und stürzten sich in einen Fröhlichkeitsausbruch.

Auf der Innenseite des Buchdeckels, in pedantischen Majuskeln: ALBAN SCHRATT. Ein Tempotaschentuch als Lesezeichen. Eine Stelle angekreuzt: *Er kann nicht mehr unter Menschen leben. Sie lähmen ihn, haben ihn sich zurechtgelegt nach eigenem Gutdünken.* War das die Masche, mit der sich der Bachmannidiot das Joanaherz geangelt hatte? Als melancholischer Steppenwolf, als Herzensbrecher?

Er schob den schrattigschrottigen Alban zur Seite. Haltung!, befahl er sich. Sollte er gehen, ohne geklärt zu haben, was ihn über die Jahre hin und bis zu lächerlicher Selbstauflösung an sie gefesselt hatte? Wusste er es? Warum ihr mit nebulösen Vermutungen kommen! Sollte sie doch weiter mit dem permanenten Anspruch leben, glücklich zu sein und auch andere dafür einspannen zu können. Versagten sie, würden sie mit Schuldvorwürfen überhäuft, wie gehabt. Protestantisch infiltriert, wie er in seiner Kindheit gewesen war, hatte er alle Vorwürfe für berechtigt gehalten. Darüber hinaus war seine Betörtheit natürlich eine bequeme Lagerstatt für sie.

Neben der hektischen Aufbruchsstimmung auch das Gefühl,

sein Vorhaben sei verhängnisvoll. Nie und nimmer dürfe er von Joana lassen. Der Blick auf den galligen Bachmann-Band aber bestärkte ihn: Da waren längst andere Kräfte im Spiel.

Die Sonne ging unter. Wie um vergangene Einträchtigkeit, es hatte sie ja gegeben, erneut heraufzubeschwören – Vielleicht öffnete sich ja wirklich plötzlich die Tür, und Joana erschien, und alles Fehlgegangene war wie nie gewesen –, vertiefte er sich ins Kochritual, das sie ab und an zelebriert hatten, amüsiert und festlich gestimmt, und er schnitt den Fettrand des Entrecôte ein. Immer war ihm das bestimmt, das weiche Fleisch anzufassen und zu beschneiden, das gewalttätig entatmete, das glibberige, schleimige, den Leichnam, wie sie voll Abscheu sagte, den man da zwischen den Fingern gepackt halten musste. Der jedoch in diesem Zustand, wie er dagegen hielt, nicht mehr war als burgunderfarben gemaserte Materie von gegenwärtig noch ungenießbarer, später jedoch köstlicher Substanz.

Er briet das Fleisch in Butter, bis es sich à point anfühlte, ließ es auf dem Kerzenrechaud durchziehen, füllte Schalotten, Kerbel und Rahm in den schmurgelnden Bratensatz, kochte ihn sämig und legierte ihn mit Crème fraîche und schmeckte den simmernden Sud mit Curcuma und Salz ab, und spätestens jetzt, vom Duft angelockt, stünde Joana neben ihm, wusste er, und würde heißhungrig werden und nach halbharten Lakritzestücken suchen, wovon er sie abhalten müsste, und zugleich würde er das Entrecôte quer zur Faser in Scheiben teilen, und ließe sie einige Streifen Fladenbrot aufschneiden und eine Sauce aus Joghurt und Orangen- und Zitronensaft und Ahornsirup und einem Esslöffel Schnittlauch anrühren und einer sanft glimmenden Schärfe wegen eine Prise Safran hinzufügen und über den Eisbergsalat in der Glasschüssel gießen, die sie den Porzellanschüsseln mit Goldrand, von Tatjana und ihm auf dem Flohmarkt besorgt, vorzog.

Sie könnten beginnen.

Eine Flasche aus dem Chianti-Vorrat, den sie Ostern aus der Toskana mitgebracht hatten, war schon zu einem Drittel geleert.

Im kleinen Hof zwischen Backstube und Wohnhaus, auf Stühlen im Halbkreis, die Kinder des Bäckers: schnell aufgetriebene Teiglinge, mit Brockmanns Futterkalk und Sahneschnitten gepäppelt, flachsblond die achtzehnjährige Tochter und die zwei jüngeren Brüder. Flachsblond ausgezehrt daneben die Mutter. Prallgenährt und in gelbstichigem Weiß der Bäcker selbst. Die Unterarme, allergischer Ekzeme wegen, dick mit Salbe beschmiert.

Alle mit Schüsseln, brechendvoll mit dicken Süßkirschen, auf den Knien. Alle bissen, zutschten, kauten. Die Kerne – flupp – flogen im Bogen in einen Blecheimer zwischen ihnen.

Pling.

»Ups!«, kikste die Tochter erschrocken, als sie den Vater traf.

»Friendly fire!«, warnte der und schoss zurück.

Pling.

»Jippie!«, plärrte der Kleinste.

Die Geräusche der Stadt waren abgeflaut. Ein Kuckuck rief. Es dämmerte.

Vor dem Schlafengehen im Bad. Der braune Klotz ihrer schaumlosen Seife aus Palästina rutschte ihm aus den Händen. In der Handcremedose zwei tiefe Furchen, von Joanas Fingern in die weiße Kraterlandschaft mit Stalagmiten und Trichtern gepflügt. Er sah sie vor sich am Waschbecken stehen, braun und mit durchgebogenem Rückgrat. Und versonnen. Wie zufällig stieß er an die stabile Elastizität ihres Hinterns – und erntete ein hingefauchtes ›Lass die Finger von den Nates‹ oder nur einen undefinierbaren Blick.

›Was denkst du?‹, wollte er nach einer Weile wissen.

›Man kann sich nicht den ganzen Tag das Gehirn verrenken‹, beschied sie ihn.

Oder er lag in der Wanne. Im Fenster die Dämmerung. Hohe

Schaumflocken wie Eisberge auf dem Wasser. Sie knisterten und schillerten matt. Draußen das Herumdrehen des Schlüssels im Schloss. Minuten später stieg sie in die Wanne. Sie seufzte. Und beschwerte sich, dass sie auf dem Abflussstöpsel sitze. Sie wechselten die Plätze. Sie streckte sich in der Hitze und schob ihre Füße unter seine Achseln. Allmählich verlangsamten sich ihre Bewegungen.

›Du hast die zärtlichsten Hände der Welt‹, sagte sie später, ›als ob ein Gott sie gerade geformt hätte.‹

›Welche Art Heilsversprechen schwebt dir da vor?‹

›Ich glaube, dass alles gut sein sollte. Aber das verstehst du nicht. Du bist du. Wenn ich mir wünsche, mit dir verbunden zu sein, dann fasst du mir zwischen die Beine, als ob da meine Seele säße. Wo doch selbst jede Rose ihren Kopf oben hat und nicht in der Mitte. Du verlierst dich im Sex, weil du vorm Menschsein Angst hast.‹

Schon dachte er, dass sie recht hatte, dass er sich schutz- und sinnsuchend in ihrem Körper vergrub.

›Manchmal, wenn ich deine Hände spüre‹, sagte sie da, ›manchmal weiß ich nicht: Meinst du mich? Weil ich mir nicht sicher bin – Du darfst mir nicht böse sein, versprichs mir –, ich weiß nicht, ob ich wirklich dich meine, wenn ich glaube, dass ich dich liebe. Das macht mich traurig.‹

Sie legte sich rücklings auf ihn. Immerhin ersparte sie sich heute ihren Spruch, in Ermangelung eines Besseren sei sie eben jetzt bei ihm. Sie meinte das ernst, glaubte er inzwischen, und es war ihr gleich, ob sie ihn damit verwundete. Aber er dachte auch, dass er ihr öfter im Stillen in gleicher Weise vorwarf, sie sei nicht die Frau, die er sich wünschte. Sie ruhe nicht in sich, sei nicht einig mit sich, sondern unstet und auf der Suche und für ihn nicht fassbar.

Gänsehaut auf den Brüsten ertastete er, und ihre Finger hatten seinen aufgeregten Schwengel eingesponnen. Ihre Zehen waren bemüht, sich mit den seinen zu verschränken. Der süßliche Geruch ihres Halses stieg ihm in die Nase. Er sah sich mit ihr im Getreidefeld, dünne, kräftige Halme streiften die Haut. Ähren schwankten. Mohnblumen glühten. Darüber kreisten und wirbelten im Blau vereinzelte Wolken.

›Als ich fünfzehn war‹, seufzte sie, ›hab ich bis zum Gehtnichtmehr an jemand gedacht. Natürlich auch beim Baden. Und dann hab ichs Wasser abfließen lassen, bin aber in der Wanne geblieben und hab gebibbert vor Kälte. Das war unglaublich schön‹, sagte sie, ›so zu liegen, mich selber vor Augen, und an den einen zu denken.‹

›Und dann? Hast du dir den Tumult des Fleisches ausgetrieben, den teuflischen, und die Dornen der Wollüste – wie Antonius seinen Asmodäus?‹

›Wen? Ausgetrieben?‹

›Durch die Kälte. Seine nackten Füße hielt er in einen Trog voll Eiswasser, im Winter, bei aufgerissenem Fenster.‹

Sie dehnte sich wohlig.

›Ist sie ihm vergangen, die dornige Wollust?‹

›Keine Ahnung.‹

›Typisch. Faselst was. Erfindest was. Denkst, für Joana reichts. Joana, die Amsel, tiriliert vor sich hin und hat nix im Oberstübchen als'n Fliegenschiss. Sowieso weiß ich nie, ob du was ernst meinst. Ich glaub, du weißt es selbst nie. Wie willst du dann meinen Geist erkennen und lieben und ehren? Erzähl lieber eine deiner Geschichten! Warum die schottischen Mädchen nur bei Vollmond geheiratet haben. Oder von der geheimnisvollen, traurigen Lau, wie sie das Lachen lernt.‹

Er entschied sich für die schöne Lau, und Joana drehte sich zurecht, während er erzählte, bis ihr fleischiges Geschlecht die Höhlung seiner Hand füllte und die Finger sich im Haardickicht vergruben. Sie drückte ihr Gesicht an seines und flüsterte, noch eine Myriade kleiner Tode müsse er sie sterben lassen, so und nicht anders, so viele, dass sie sich nie an einen einzelnen erinnere.

Nachts erwachte er. Erdrückend das Bewusstsein seiner Einsamkeit. Er lief durch die Wohnung. Die Maschinen in der Backstube waren noch nicht angeworfen; also war es vor vier. Die Nacht zerfiel in winzige Laute. Die Kälte trieb ihn in Joanas Zimmer. Er legte sich ins zerwühlte Bett. Die Schmerzen im Hinterkopf kehrten zurück. Er versuchte sie aufzuweichen. Das Atmen wurde ihm leichter. Die Dunkelheit begann zu flimmern.

Endlich begann sie ihn zu streicheln. Als ob sie ihn in seiner Ungewissheit nicht allein lassen wollte, nahm sie sein Gesicht zwischen die Hände. Er war nahe daran, sie zu fassen.

GAD, Himmel und Hölle

Morgens hatte Joana sich die Welt immer von Neuem zusammengefügt. Joana, die mit Schlafgesicht aus dem Bad kam und sich eine Schneise durch ihre Müdigkeit bis zur Kaffeetasse schlug und jedes Wort auf die Goldwaage legte, Joana, die ihr frühes Gesicht verzog, mühsam, sofern sie nicht missgelaunt war und höflich sein wollte, wenn er ihr etwas aus der Zeitung vorlas, die in der Regel aber nichts hören wollte und sich schon gar keinen Kommentar abverlangen ließ, denn wenn sein Hirn so auf Sparkurs laufe, dass er ihre intellektuelle Nachhilfe zum Zeitunglesen benötige, noch bevor sie ihren Kaffee getrunken habe, so müsse er das Blatt eben abbestellen, schon allein weil es ihn deprimiere, so viel von der Schlechtigkeit der politischen Selbstdarsteller zu erfahren, und auch weil sie hiervon nicht infiziert werden wolle, und dass sie sich einem unbekannten Glück, auf das er nicht mal mehr hoffe, Schluck für Schluck ein winziges bisschen zu nähern vorhabe.

Auf der Terrasse im Garten hinter dem Bäckeranwesen war zwischen den Lücken der Hecke der 50-jährige Nachbar sichtbar, in Unterhose, über der der grauhaarige Bauch hing. Er sah ins diesige Juliblau und in die Bäume und zur Backstube herüber und rauchte und fasste in die Hose und schob und zog und presste sein Geschlechtsteil.

Am U-Bahn-Kiosk neben dem Krankenhaus Männer von der Nachtschicht aus dem VW-Werk, Bierflaschen in den Händen, Gesichter zerfurcht. Der Wind frischte auf, drückte die Kleidung an die Körper, Jackenrücken blähten sich.

Ein Vibrieren und der dumpfe Gestank von Bremsgummi füllten die Station, als er am Kröpcke ausstieg.

Vor den Cafés in der Georgstraße wurden Stühle und Tische und Sonnenschirme zurechtgerückt. In Schaufenstern erstarrte Sommermode. Gedrängel in Junkfood-Lokalen und Coffee-Shops. In einem Sportartikelladen rannte einer auf dem Laufband. Fenster und Türen des *Schiller-Ecks* klafften auf. Abgestandener Mief von Bier und kaltem Rauch kroch heraus. Davor, auf seinem Sockel, nahm der dazugehörige Dichter alles hin, patinagrün und taubenbekotet.

Das fünfetagige *GAD* fügte sich zwischen gleichartige Gebäudekomplexe aus der Gründerzeit. Die Fassade war durch Friese untergliedert. Risalite hoben die Fenster hervor. Muskelstrotzende Steinhelden und pflanzenhafte Nymphen und nackte Amoretten und Muschelwerke und Girlanden von verschlungenen Akanthusblättern und Palmetten und nackte Eroten und bärtige Köpfe spotteten jeder historischen Zuordnung. Auf den Häuserfronten lag etwas Blendendes. Der Himmel darüber war durchsichtig und seidenblau wie auf japanischen Historienmalereien.

Er trat ein durch das mit Zierarkaturen beeindruckende Portal. Die Eingangshalle war zugleich ein nach allen Seiten offenes Zentrum und bot Platz für tausendfach im Marmorboden gespiegelte, zierliche Lichtgehänge, feudalen Lüsterschein und tropische Pflanzenarrangements und war von einem Wald kathedralenhoher Säulen umstellt. Geschweift wölbte sich über diesen eine buntverglaste, eisenverstrebte Jugendstilkuppel.

Die Rolltreppen am Rand der domartigen Halle trugen ihn ganz nach oben ins hysterische Geschrei der Vögel. Verwaltung und oben waren ihm Eines. Aber da waren nur die Vögel und Schlangen und ein Wickelraum und die Cafeteria und undefinierbarer Geruch.

Er fuhr wieder hinab und fragte an der *Information* nach Herrn Schieme. Eine Rothaarige sah nicht von einem Schriftstück auf. Die zweite Dame musterte ihn übellaunig, mit einseitig hochgezogener Braue und fast in den Nacken gelegtem Kopf, als weiche sie vor etwas Abstoßendem zurück. Unsichtbare Gewichte schienen ihre Unterlider herabzuziehen. Seine Frage nach dem Büro Personalmanagement erregte ihren Unwillen. Ihre Stirn runzelte sich, Oberlippe und Wangen schoben sich mit nach oben, die großporig erodierte Haut, von Bronze-Makeup unvollständig überdeckt, bildete Plissees. Weißblond gefärbte mittellange Haare, großvolumig und starr und wie eine Haube, umgaben das Bemalte.

»Sie meinen das Personalbüro? Sie fragen nach Herrn Schieme im Personalbüro? Wer dort vorstellig werden will, sollte das auch so nennen! So viel Zeit muss sein!«, belehrte sie schrill. Das war Frau Greeliz-Bielek, wie ein Namensschild anzeigte. Über den Schläfen der Frau hingen Schuppen in den Haaren. Ein indigniertes Hüsteln beschloss die Maßregelung.

Herr Schieme, vierte Etage, stellte sich als forellenglatter, schmaler Mann von knapp 30 heraus. Seine Gesichtshaut fiel durch graubläulichen Glanz auf. Das konnte von der Neonbeleuchtung herrühren. Sein Adlatus, wie er ihn gekünstelt vorstellte, Diethelm Adam Löscher von Grünberg auf Blumenthal, der Medienspezialist des Hauses, fertige freundlicherweise die Videoaufzeichnung des Gespräches an, sagte Schieme und ließ langsam die Luft durch die gespitzten Lippen ab.

Man schien vorauszusetzen, dass er wusste, worum er sich bewarb. Das machte die Situation abenteuerlich, also fragte er nicht nach. Vor laufender Kamera beantwortete er Fragen. Was denn, zum Beispiel, Gegenstand seines Studiums gewesen sei? Wieso er seinerzeit das Antiquariat, das doch aus dem traditionsreichen Margastschen Antikenimperium stammte, aufgegeben habe? Was er bei der Zeitung so geschrieben habe? Kündigungsgrund? Ob es ihn, mit seiner intellektuellen Neigung, wirklich zu einer Anstellung ziehe, die unter Ausschluss direkter Öffentlichkeit ablaufe, denn darum gehe es? Ob er die zeitweilige Einstellung von Sozialkontakten als Chance für persönliche Freiheit sehe? Ob ihm vorstellbar sei, sein psychologisches Gespür ganz im Dienst ökonomischer Interessen einzusetzen? Inwiefern er sich als unabhängig betrachte?

Als Lavendel das *GAD* wieder verlassen hatte, fächelte ein leichter Wind die Lindenblätter. Die Straße war voll farbiger und lärmiger und trudelnder Menschenfluten. Haufenweise knallfarbene, schillernde Luftballonherzen und vielfach Snoopy, Daisy Duck und Biene Maja schwankten über den Köpfen. Die ineinanderschmelzende Bewegung war ein gestaltloses Harmonisches. Eine Schwadron Tauben fiel in die Häuserschlucht ein und jagte zwischen Bäumen und Reklametafeln und Luftballontrauben einen unsichtbaren Gegner.

Gegen sieben am Abend läutete das Telefon. Die Stimme von gestern ließ sich vernehmen. Nach Sichtung des Vorstellungsmaterials habe man sich entschieden. Nach Gefühl und Wellenschlag. Trotz großer Nachfrage. Er sei ausgewählt worden: *In den Garten kommen nur die Harten!* Seine Darstellung habe ohne Mühe Gnade gefunden. Alles wurde mit aufdringlich-ironischem Unterton überbracht. Man bitte ihn, sich morgen früh wieder einzufinden, schloss der Anruf, Meldung in der Geschäftsleitung, 10 Uhr, bei Frau Tulecke.

Lavendel war sich nicht sicher, ob ihn die Entscheidung freute. Joanas Spanien aber und Geris Mitteilungen lagen mit einem Mal viel weiter entfernt als gestern. Bliebe er und knüpfte, falls Joana zurückkam, wie selbstverständlich am Vergangenen an, würde er sich das als Bodenhaftung schönreden, dass sie und ihre Erwartungen ihn erneut im Übermaß ausfüllten. Nein. Zu gefährlich. Er musste raus, musste weg.

Auf der Fahrt ins Zentrum, am kommenden Morgen, dachte Lavendel daran, wie er sich früher beim Gang über Kaufhausteppiche elektrisch auflud und dass ihn anschließende Berührungen wie unter Blitzen zucken ließen. An die künstlich zugeteilte Luft dachte er, Luft, die aus Schlitzen in der Decke gepresst wurde, aerosolgesättigte Luft, die verwirbelt und schließlich kraftlos auf einen niederfiel und die Atemwege austrocknete und Nasenschleimhäute zuschwellen und die Nebenhöhlen einen dumpfen Schmerz ahnen und die Augen brennen ließ.

Er trat in das glanzvolle Gepränge der Eingangshalle, heute weniger nervös, und fühlte sich gegen eine beizend süßliche Duftmauer taumeln und als müsse er jede Pore verschließen und das Atmen einstellen. Kinderschreie schrillten, ältere Stimmen waren metallisch hell oder nur dumpf. Worte trudelten als Fetzen, ununterscheidbar oft. Wie Pfeile schossen Rufe vorbei. Hoch und durchdringend fiepten elektronische Geräte. Das ergab ein brodelndes Lautgewühl, ein fühlbares Vibrieren wie die Schwingungen eines allertiefsten Orgeltones, über den sich eine seichte Musikweise ohne Anfang und Ende ergoss.

Als er endlich sein Ziel gefunden hatte, musste er im Vorraum warten. Schließlich riss ein junger Mann die Tür auf, seine Augen lagen wasserhell in dunklen Abgründen, er drehte sich noch einmal zurück und sagte mit einer Stimme, die vor Unternehmungslust strotzte, die E-Mail an den Provider könne sie erst mal cancelln. »Gebongt?«

»Ach, Tschabo«, turtelte es innen, »du bist so gut zu mir. Danke, danke, danke!«

»Nicht dafür!«, warf der Stutzer hin. »Ich bleib dran.«

Er durchquerte federnd-schlaksig und mit knallenden Absätzen den Raum. Ein gedehntes *Ciaociao* und mädchenhaft gacksendes Knickern folgten ihm.

Lavendel, als er eingelassen wurde, sah sich einer Dame gegenüber, massig und mit virilem Gesicht, auf dem noch der gesättigte Widerschein eines vorherigen Strahlens eingegraben lag, so dass er sich in der nachteiligen Lage fühlte, sich gegen vorangegangene Leichtigkeit behaupten zu müssen. Die Dame musterte ihn von oben bis unten.

Ein kleines Radio auf dem Schreibtisch entließ Verzweifeltes: *... wir sind viel zu hoch geflogen dabei dachten wir wir zwei sind schwindelfrei oh schwindelfrei...*

Die Frau stülpte die Lippen nach vorn und wiegte gedankenvoll den Kopf. ...*war das alles nur gelogen hey Babe* ... Dann ein eiliger Sprecher: *Theo und Karl Albrecht vermehrten dank guter Aldi-Umsätze ihr Vermögen innerhalb eines Jahres um 5 Milliarden Dollar* ... Ein überwältigender, undefinierbar süßlicher Geruch, in den sich etwas Fischelndes mischte, hing im Raum.

Er sei hier bei der richtigen Adresse, der Assistenz des Geschäftsleiters Herrn Direktor Kaimann, wurde ihm steife Auskunft zuteil. Die Worte hörten sich an, als reihten sie sich nahtlos auf ein unsichtbares Band. Die wie aus einem ungewöhnlich umfangreichen Hohlraum im Hals hervordringende Stimme der Assistentin hatte etwas Breiiges, auch mit vereinzeltem Knistern darin, als zerplatzten Bläschen im Hals und mischten deren Zerfall in den Silbenstrom. Herr Direktor Kaimann sei zwar, weiß Gott, eingedeckt mit Arbeit bis über die Ohren, aber er wolle sich trotzdem die Zeit für ihn abzwacken. Sie endete mit kläglichem Gicksen, einem völlig verunglückten Gelächter, das sich aus der Brust und zwischen gelblichen Zähnen hervorbemühte. Es erstarb sofort, als die Tür des Chefzimmers aufgerissen wurde und ein mittelgroßer Mann erschien, der eine junge Frau höflich hinauskomplimentierte. Dabei sprang sein Blick von deren teilweise bloßliegendem Busen zur Satrapin Tulecke und zu Lavendel und wieder zurück, mit einem verschwörerischen Blinkern, das wohl das Übertriebene seiner Artigkeit hervorheben sollte. Die Assistentin, eben noch machtvolle Kommandeuse, duckte sich. Sie drehte das Radio leiser.

»Warum so nerviös, Frau Britt?«, gockelte der Mann, und seine Hüfte vollführte einen apachenmäßigen Schlenker gegen die Seite der Frau, die vereiste. »Gewöhnse sich das kleingeistige Abern ab! Bedenken sin was für dienstbare Amöben. Die dürfen Bedenken ham, so viel sie wolln. Wir setzen ihnen ihr Fitzelchen Kopf schon wieder zwischen die Ohren. Aber Sie – Beherzigense das! – Denkense groß! – Seiense sichtbar! – Und lernense die neue Sprache, Mädel! – Und zum Schluss noch eins: Sin Ihre Eltern Terroristen? Oder weshalb sinse so'ne Bombe?«

Er brach in schallendes Wiehern aus und bog sich dabei nach hinten und federte wieder nach vorn wie ein Jazztrompeter, der dem erzeugten Ton mehr Wucht zu verleihen versucht. Er strotzte vor lebemännischer Selbstzufriedenheit. Frau Britt ging. Abrupt wandte er sich der Assistentin zu, schlagartig ernüchtert. Sie wies auf Lavendel, als wolle sie ihn vorstellen.

»Ihr 10-Uhr-Termin, Herr Direktor!«, säuselte sie mit Rosamunde-Pilcher-Blick. Jeder Laut bezeugte Ergebenheit. Kaimann streckte Lavendel den Arm wie einen Rammsporn entgegen und verbat sich, ohne sie anzusehen, von der Assistentin jeglichen Anruf und sagte, unbestimmt: »Ich hab wenig Zeit!«

Er war ansatzweise korpulent. Die kurzen, missfarben blonden – an erfrorenes Gras erinnerten sie –, teilweise auch grausträhnigen, derb-lockigen Haare waren stalinmäßig zurückgebürstet. Grobhäutig war er, mit bläulich gerötetem Gesicht und mit verkniffenem Mund und zugleich vorgeschobener Unterlippe. Der Hemdkragen schnürte den roten Hals ab. Die Figur war zur Imponiergebärde aufgerichtet und von einem Schwall Rasierwassergeruch umlagert. Über dem eng geschnallten Gürtel sprang der Bauch hervor. Ein eisiger Blick verschanzte sich hinter diffusem Lächeln. Lavendel hatte sofort das Bedürfnis, sich gleichfalls zu straffen und eine Fassade zu errichten. Die Hand, die er ergriff, war erschreckend lasch und entzog sich sogleich wieder, als habe sie zuviel offenbart.

»Herr Lavendel, Sie scheinen uns am geeignetsten«, sagte Kaimann ohne weitere Einleitung, als sie sich in seinem Raum gesetzt hatten und er einen dünnen Ordner öffnete. Die Tür zum Nebenraum blieb offen. Er räusperte sich. Die Assistentin saß im Blickfeld. Unbekannte Wege beschreiten zu wollen, sagte er, dazu gehöre Courage! Admirabel finde er das, in hohem Maße admirabel. Wie er das sagte, klang es, als verteile er Almosen.

»Der Reiz neuer Wege ...«, setzte Lavendel zu einer Erklärung an. Kaimann, schweinsäugig, schnitt ihm das Wort ab.

»Ja, sicher. Sie wissen doch als Ortsansässiger«, nuschelte er, als fürchte er, sich beim Artikulieren zu verschleißen, »wir sind ein furchtbar altes Unternehmen. Da hat ne Kaufmannsfamilie zu Eo-Ipsos Zeitläuften gewisse Vorarbeit geleistet. Hat das *GAD* ...«

Eine wegwerfende Handbewegung rundete den Satz ab.

Gewisse Vorarbeit? Lavendel wunderte sich. Sollte das so stehen bleiben? Vielleicht war ja auch die kurze Unterbrechung als Impuls für ihn gedacht, Schlagfertigkeit unter Beweis zu stellen.

»Sie meinen den jüdischen Kaufmann Ascher Gad, der das Kaufhaus 1876 gegründet hat?«, fragte er.

»Nein, nicht *Gab*, das erinnern Sie falsch.«

Sagte er *Gab*? Lavendel war verunsichert.

»Obwohl das auch ...« Kaimann stieß einen amüsierten Lachlaut aus.

»*GAD*, ja. Dessen Kaufhaus wurde von den Nazis zwangsentjudet. Und arisiert, wie man das euphemistisch genannt hat.«

»Ah, Sie ham die Materie ventiliert«, stutzte Kaimann. Sein Tonfall verrutschte. »Sehr foin!«, sagte er brüsk. Das mit dem Impuls hatte Lavendel offenbar fehlinterpretiert. »Dann wissense natürlich, dass der Betrieb nicht etwa klandestin von 'em wildgewordenen Arüseur ... nein, gesetzesgemäß ... der Volksgemeinschaft zugeführt ...« Noch immer schien er verstimmt. Irritierend wirkte auch die Umformung der Vokale, die er jetzt von Zeit zu Zeit vornahm. Es war, als ob er manche Wörter in amüsierter Distanz akzentuieren wollte. »Tatsache ist, nur dem selbstlosen Einsatz des neuen Fürmenünhabers, des vorherigen Kreisleiters Paul, ist ab '39 das Überleben des Hauses zu danken. Und dann, nach dem Verteidigungskrieg gegen den Bolschewismus, ich sag das frank und frei oder mit Arsch in der Hose, ganz wie'se wolln, Tatsache ist, danach stand er mit der Besatzungskommandantur und anderer stünkfoiner jüdischer Müschpoke, die sich in großer Zeit ins Ausland verdrückt hatte, ein ziemlich wüderwärteges Gerangel um das Eigentum durch. Um es ungeschminkt zu sagen: Als Goj hatte er schlechte Karten.

Aber die gerechte Sache hat sich behauptet. Dem Sieger hat der richtige Gott beigestanden, könnte man sagen. Und Juristen, die das Herz auf dem rechten Fleck hatten. Den Traditionsnamen GAD halten wir hoch in Ehren. Für manche«, lachte er, »simmer deshalb schon Philosemiten ... Was solls! Was ich sagen wüll: Der Betrieb wird ständig modernisiert, zum Beispiel is das Gebäude jetzt barrierefrei, aber es is seitdem nich jünger jeworden. Folgeproblem ist, stärker vielleicht noch als in vergleichbaren Großkaufhäusern, die faire Ambivalenz Ware und Entgelt. Und damit simmer beim Bügpoint: der Delüktverhitung. Es heißt ja so trefflich in der *Genesis* ... Wir zitieren das bei der Gelegenheit immer gern ... Machense mal, Tulecke!«

»Meinen Sie *Du, Gad, von Räubern oft bedrängt, lässt dich von ihnen nie berauben; du wehrst sie ab und jagst sie fort*?«, kam es von nebenan wie aus der Pistole geschossen.

Kaimann nickte. Seine Übellaunigkeit war verflogen. Er spreizte die Finger. Sie hoben sich und stießen auf den massiven und spiegelnden Glastisch hinab. Er hatte eine erstaunlich klobige Hand mit kurzen, derben Fingern. Seine Uhr mit goldenem Gliederarmband rutschte über das Gelenk. Er sah Lavendel an. Der aber hatte das Gefühl, nicht wirklich gesehen zu werden.

»Ja. Gad, einer der zwölf Söhne Jakobs. *Genesis! Pentateuch!* Ist doch gut, ne biblische doidsche Leitkultur zu haben, was! Um die Worte der Propheten mit Leben zu erfüllen, fragen wir uns: Wie bewerkstelligen wirs, dass unser rechtschaffner Handel und Wandel vor der Bedrängnes der füdelen Geronten und aufmipfegen Ausländer-Blagen und anderen Räuber gefeit ist?« Das tupfte und pulte und stieß der derbe Zeigefinger in die Luft, die nach seiner gezierten Aussprache stank.

Die Augen, die Lavendel ansahen, waren von verdünntem Hellblau. Die Iris schien sich zu leeren, randlos verlief sie. Die Pupillen darin waren kleine, stechend schwarze Löcher. Es waren Reptilaugen, starr und gefährlich. Seine Stimme hatte etwas Schlüpfriges. Dabei blieben die Lippen fast unbewegt.

»Sehn Sie«, sagte er, »unsere Welt des Lichtes und der Warenfülle – das ist ne Schatzkammer. Die steht weit offen. Dahinter aber gibts ne abgründige und höhlenartige Schattenwelt. Erst nach dem Krieg wurde sie entdeckt. Das Hinten und Vorn ergänzt sich wie Himmel und Hölle. Der eitle Vordergrund, ich sags mal so, der bedarf ner fürsorglichen Beobachtung. Manche sagen ja, ohne Beobachtung sei die Welt nich würklich. Aber ich schweife ab. Wir ham uns zwar, zur Gewährleistung eines fairen Sozialverhaltens, dem Nanozeitalter ein Stück weit angepasst und moderne Maßnahmen getroffen. Piep-Schranken an den Ausgängen. Oder Platinen-Kameras. Sind überall. Etwa in den Augen der Schaufensterpuppen, die als Kunden verkleidet über sämtliche Etagen verteilt sind. Keine Frage, damit simmer noch nich à jour. Und abschrecken kann man nur Gelegenheitsdiebe, horrübüle dûctu: Die Dübesbanden juckt das Kamerazeug nich. Aber auch solchen Störenfrieden jagen wir noch das Stehlgut ab. Wir installieren demnächst X-Ray-Systeme und durchleuchten die Kunden! Trotzdem, und jetzt kommts: Wir ham ja noch die Welt hinter der Welt, unsere Schattenwelt. Geschenk der Gründerväter. Damit betreuen wir das ganze Humankapital, Kunden wie Angestellte – ohne Wüssen der Betroffnen.« Er lächelte hyänenhaft. »Ich hör ja insgeheim immer die Heulsusen vom Betriebsrat jaulen: Müssachtung der Persönlichkeitsrechte et cetera p.p.«

Das walkürische Vorzimmermonument nickte in beflissener Regelmäßigkeit, was ans mechanische Wackeln der Nickdackel-Köpfe in Autorückfenstern denken ließ. Der Mund war strichdünn zusammengekniffen, als werde löffelweise Essigessenz geschluckt. Manchmal entrangen sich der Frau halblaute Seufzer. Auf dem großformatigen Gesicht hatte sich ein listig-kriecherisches Lächeln als anhaltender Muskeltonus festgefressen.

»Butter bei de Fische: Dieses olle Haus besteht aus lauter doppelten Mauern. Wie in romantischen Schlössern zur unsichtbaren Versorgung des Dynasten. Die piekvornehme Kundengesellschaft sollte nicht mit biederen Handwerkern etc. konfrontiert sein. Wir hams beibehalten, das Doppelsystem, die Kehrseite der schümmernden Medaille. Und der Dunkelmann marschiert als Speerspitze der Aufklärung zwischen diesen Mauern, völlig unbemerkt, von der West- zur Ostfront, wennse den Scherz erlauben. Nur unser bestes Pferd im Stall, die Seele vons Janze, unsre Betriebsperle, meine Chefsekretärin, die lübe Tulecke, die weiß noch davon. Und Sie sind hiermit aufgenommen in die Kernfamilie, in der jeder für'n andern einsteht. Alleingänge gibts da nicht. Licht, das nur für sich selber leuchtet, ist Finsternis. Kollektüve Üdentütät ist angezeigt.«

Kaimann hatte sich während seiner fast devot vorgebrachten Huldigung für Tulecke in ihre Richtung verbeugt. Sie hatte ein *Gerne!* dagegengehaucht. Ihr Wogebusen war in Aufruhr.

»Wir ham ja unsren Mitarbeiter, der Ihre Stelle eingenommen hatte, gehen lassen müssen«, erklärte Kaimann missbilligend, »schweren, schweren Herzens! Persönliche Gründe. Wir bedauern das.«

Lavendel ertappte sich dabei, die Zähne Kaimanns, die stets im Verborgenen blieben, wenigstens einmal sehen zu wollen. Manche Silben und Wörter waren durch seine mundfaule Sprechweise so miteinander verklebt, dass man nur aus dem Ganzen rückschließen konnte, was gemeint war. Und streckenweise, das war jetzt periodisch mehrfach aufgetreten, spreizte der Mann Wörter oder Silben und lautete sie um. Er stülpte bei solcher Hervorhebung die schmalen Lippen manieriert nach vorn, und der Mund öffnete sich doppelt weit. Man konnte fast sehen, wie sich das Wort in dem fleischigen Trichter verformte. Das sollte vermutlich auch selbstironisch klingen, tat das jedoch nur mit einem winzigen Hauch, der die Selbstironie sozusagen durch akustische Hypertrophierung wieder aufhob: Eine derartige Persönlichkeit wie er bot eben keinerlei Handhabe zur Ironisierung, hieß das. Er wirkte tückisch und hochfahrend.

»Unser Herr Schieme ...«, sagte er und setzte eine goldgefasste Lesebrille auf, »ohne Perüskop wills nich mehr jehn! *Auf der Nase eine Brülle und im Herzen der Herbst*«, zitierte er – Lavendel wusste nicht, wen – und sah selbstgefällig zur Assistentin, die eine ungläubige Grimasse bereithielt, und dann auf die Akte, »unser schäh-nü-a-ler Schieme«, er dehnte und bog die Silben selbstverliebt und sah auf eine Aktennotiz , »hat Sie richtig beschrieben: Überzeugendes Auftreten, bärtig, bisschen grau schon, rotgrün eingefärbter Schwerenöter, abgebrochnes Germanistikstudium, veritable enddreißig, fotogen, momentan unbeweibt, aber der geborene Womanizer, tougher Idealist, Moralist, bisschen Ökopax, bisschen Castor-Dagegner, bisschen Outlaw, unbestreitbar ein Globalisierungskritiker, investigativ nachhakend, kultüvürter Anarchüst, gemäßigter Nonkonformist. Eigensinnig! Intellent! Kein Schmock! Ausgeruhtes Köpfchen! Kann sich verkaufen! Und – hat der brave Schüme damit etwa nicht recht?! Und denkense nich, ich schlag hier die Verklärungszimbel! Nee! In jedem von euch unlenksamen Kindern von Che Guevara und Petra Kelly steckt doch die Sensübülütät verlorner Träume! Und der Zündfunke glimme, munkelt Schüme in dem Zusammenhang. Manchmal fällt dem Guten ja was Geistvolles ein. So, und wennse Ihrem Psychogramm nischt hinzufügen wolln, begleitense mich in unsre Parallelwelt. Anschließend zeig ich Ihnen Ihre Wohnung. Um die wird Sie manch einer beneiden«, behauptete er.

Die Assistentin hielt ihm mit Frohsinnsmaske einen Schlüssel hin und einen Plan, den er sogleich entfaltete.

»Sehnse!«, winkte er Lavendel heran, und jede seiner Bewegungen verübte Duftattacken, »das ist die Anlage. Dies die Mauern: das rot Schraffierte. Das Schmale: die Verbindungsstränge zwischen den einzelnen Beobachtungszentren. Das geht überwiegend noch nach dem ollen Prinzip der einseitig transluzenten Spiegel, Sie wissen schon, Teilerspiegel, halbdurchlässig, Spionspiegel oder venezianische Spiegel. Sind etwas dunkler getönt. Die Silber- oder Aluminiumbeschichtung ist dünner als normal, die Lackversiegelung nicht schwarz, sondern farblos. Und natürlich ist Lichtgefälle nötig: der auszuspionierende Raum muss hell, der andere dahinter dunkel sein. Is'n Krimiklischee inzwischen.«

Er faltete die Karte zusammen und überreichte sie Lavendel.

»Als Hand-out fürn Anfang. Übrigens erhaltense am Monatsende für ihre 38 Wochenstunden neben dem üblichen Fixum von zweifünf netto außerdem Vergütungen für jede Düngfestmachung, zehn Mark Prämie jeweils. Ihr Vorgänger hatte schlechtestenfalls noch mal die gleiche Summe obendrauf. Und da ist noch die Dienstwohnung. Bedenkense! Vergütung nach BAT: *Bar Auf Tatze.* Wie hört sich das an?«

»Ohne Vertrag?«, wunderte sich Lavendel.

»Sie wolln einen?«, staunte Kaimann und verbog sich die Silben geringschätzig: »Lässt süch einrüchten. Allerdings entgeht Ihnen der Motüvatüons-Bonus. Wir prämieren Loyalütät großzügig. Außertarüflüch regelt sich so was besser. Doch wenn Sie's anders wolln ...«

Lavendel erklärte, er könne ebensogut auf eine schriftliche Abmachung verzichten.

»O.k. Kein bürokratisches Hückhack«, lachte Kaimann kumpelhaft, »so hab ich Sie auch eingeschätzt. Dafür'n Händedruck. Verschwiegenheit übrigens«, sagte er, »ist oberstes Gebot. Zu keinem ne Silbe über Arbeitsplatz und Tätigkeit! Muss sein. Offiziell gibt es Sie hier nich, verstehn Sie! Selbst Schieme ahnt nich, wofür er Sie gebucht hat. Er weiß nur: Sie fallen in mein Spezialressort. Sozusagen ad usum proprium.« Er keckerte vor sich hin. »Also, haltense sich den Rücken frei. Kein Schwanz darf wüssen, dass Sie hier sind! Lassense sich was einfalln!« Wieder Lachen. Wieder wie aus der Pistole geschossen. Als Abbild des unvergessenen CSU-Strauß, Diktatoren- und Kapitalistenspezi, beherrschte er sogar dessen dienliche Kunst des herzhaften Gelächters aus dem Stand.

Lavendel nickte. Tulecke erhielt nun Instruktionen für die nächste halbe Stunde. Sie sagte, sie werde das Kind schon schaukeln und fiel wieder in das grundlose Lachen der Untergebenen, die um Gunst buhlt, ein Lachen, das der Körpertiefe entsprang und in atemlos abgegurgelten Lauten erlahmte. Die Schnepfe fraß ihrem Chef aus der Hand.

Sie liefen den Flur abwärts.

»Die Supervisionsanlage«, sagte Kaimann, »betretense durch nen Flureinlass, wie er sich auf jeder Etage findet. Gleich hinter diesen Zugängen, alles schon im Notausgangsbereich ... Das wär hier, wir ham uns einer von ihnen jetzt von der offiziellen Seite aus genähert ... Gleich dahinter wernse neben dem Telefon Vorrichtungen entdecken, die auf den ersten Blick wie'ne Halterung für die Brandschutzanlage wirken. Das sinse auch. Aber hiermit«, er wählte einen der Schlüssel aus und schloss einen seitlich angebrachten Sicherungskasten auf, »hiermit verschaffense sich Zutritt. Oberstes Gebot: Achtense strükt darauf, unbeobachtet zu bleiben. In den Spiegeln könne alle Bewegung hinter sich verfolgen. Also, Sü schrauben nun diese Sicherung raus. Als kleinen Gag ham sich die Stammväter dieses Sesam-öffne-dich-Mechanismus ausgedacht, dass es in jeder Etage ne andere Sicherung is. Hier in der vierten handelt sichs um die vürte Sücherung von lünks. Kann sogar üch mir merken. Rausschrauben also und dann ... Sehnse ... Öffnense mit diesem langen Schlissel ... So ...«, er drehte ihn im Inneren der Schraubfassung, »so öffnense den Zugang. Achtense auch auf Blünksügnale hier unten ...«

Mit einem Schnappgeräusch sprang die gesamte rotlackierte Metallwand, inklusive Löschschlauch und Axt und Erste-Hilfe-Kasten und Feuerlöscher, einen Spalt weit auf. Kaimann drehte die Sicherung wieder ein, verschloss den Kasten, ließ ihn in die entstandene Öffnung vorangehen, zog hinter ihnen die Tür ins Schloss und hielt Lavendel – es war unvermittelt dunkel – am Arm fest.

»... und schon stehn wir in der Holl Dentree Ihres Ümperiums. Also, noch mal, seiense umsichtig, wenn se die Anlage betreten! Fallsse sich beobachtet fühln, tunse, als telefoniertense. Und die Blünksügnale zeigen jeden Schließvorgang an Türen oder Lift an. Sie wissen demnach, ob sich jemand nähert. Das wird nicht häufig der Fall sein, dieser Flur ist wenig frequentiert.«

Rohe Mauern ahnte er mehr, als er sah. Grob scharrierte Steinflächen. Vernarbt und unfertig. Einen schmalen Gang. Nur wenig mehr als schulterbreit. Die Luft war abgestanden wie in ungelüfteten Krankenzimmern. Als Beimischung das Parfüm Kaimanns: rasiermesserscharfsüß. Die Mischung hatte etwas Infernalisches, so wollte es Lavendel einen Moment vorkommen, und als ob sich Billionen klebrigaggressiver, blumiger Fäulnismoleküle in seine Riechzellen hineinfräßen.

»Sie sollten sich hier lautlos bewegen«, mahnte Kaimann, als er das Licht einschaltete, das, abgeschirmt, nur den Fußboden matt erhellte. Heller, wurde Lavendel aufgeklärt, dürfe es nicht sein, das wäre von außen erkennbar, z.B. da im Spiegel.

»Sie erinnern sich? Von diesem Spiegel aus könnse den Flur überblicken, um sodann unbeobachtet hinauszutreten. Hier, hinter dieser Abschirmung, hamse auch ne Parallelanzeige der Blünksügnale.«

Schon entfernte sich Kaimann den schmalen Gang hinab.

»Ich will Sie nur kurz instruieren«, zischte er. »Diese hier«, er wies auf Apparate in Form einer Haussprechanlage hin, »diese Dünger ham wir mancherorts eingebaut. Sie erreichen hiermit jederzeit mein Sekretariat und geben Ihre Beobachtungen durch. Kurze Rapporte. Alles Weitere wird dann veranlasst. Die Hausdetektive der Normalkategorie etc. tun das Ihre. Wer Reißaus nimmt, hat keine Schnitte. Nachdem keiner weiß, woher wir unsere Kenntnisse haben, ergibt sich somit ein vielschichtiges Absicherungssystem. Jeder hier ist sich wohl einer unbekannten Beobachtungsinstanz bewusst, doch das könnte auch der jeweils nächste Kollege sein, der da undercover arbeitet. Begreifense jetzt die Bedeutung Ihrer Funktion? Sie können sich dabei moralisch unbefangen fühln, von wegen Solüdarütät mit Kollegen oder Solüdarütät generell mit der umfassenden Gruppe der Nüchtbesitzenden und so. Unbefangen, weil – wir berücksichtigen Ihre Biographie. Sie operieren aus dem klassenlosen Nichts heraus! Verdammt!« Er hatte sich gestoßen. »Passense auf Ihre Knochen auf, Herr Lavendel! Ich seh fast nüscht. Dü Latichte taugt nüscht! Also, wie erwähnt, niemand hat Kenntnis von dieser Supervision. Selbst unsere Entdecktive ahnen nüscht. Die sind, bis auf'n Stammpersonal und die Securüty, sowieso nur kurzzeitig hier. Ein Warenhaus-Detektiv-Ring wechselt die Leute ständig aus. Das heißt also, Sie sind gleicherweise auch zuständig für die Fairness unserer Mitarbeiter ihrem Betrieb gegenüber, unser Garant der funktionierenden corporate identity. Und hier«, sagte er – Sie waren in einen anderen Gang gelangt, der sich an der Stelle weitete, nach oben und unten öffnete –, »hier führen schmale Trittverbindungen von Stockwerk zu Stockwerk. Von außen sieht das wie'n stünknormaler Pfeiler aus, mit Spiegel oder'n bisschen aktueller Werbung, ganz nach den Erfordernissen der jeweiligen Abteilung.

In den einzelnen Etagen hamse unterschiedlichste Standplätze, um ins jenseitige Wanderländ zu blicken. In der ersten etwa, in der Beletasch, die Abteilung mit preislich hohen Ünventurverlusten: die Schuhe und die Damenkonfektion. Aber Sie sollen ja selber sehn. Lassense uns jetzt runterkraxeln; ich hoffe, ich schaffs!«

Er tätschelte seinen Wanst. »Die nährreiche Kiche meines Eheweibes macht müch zum Trampeltür«, seufzte er.

Die Geräusche des Hauses: kaum gedämpft und schwer definierbar. Helligkeit fiel durch die riesigen Spiegelflächen. Die Leiter war aus narbigem Eisen. Wo die Hände Halt fanden, trafen sie auf klebrige Kälte. Lavendel fühlte sich doppelt orientierungslos. Der selbstverliebte Parfümierte war ihm zuwider. Und er fühlte sich beobachtet von den Menschen, die arglos an ihm vorbei und um ihn herumliefen. In der nächsten Etage angelangt, zog ihn Kaimann durch verschieden hohe und breite Gänge, wies ihn dabei auf die Bezifferung hin, die – schnörkelig und halb verblichen – das auf den ersten Blick unübersichtliche System übersichtlich machen sollte. Er fühlte einen Druck auf der Brust. Kein Wunder, bei der Enge und stinkig-klammen und zugleich aggressiv parfümierten Luft.

»Und jetzt retour. Himmelwärts!«

Irgendwann gelangten sie wieder an einen Auslass.

»Das ist ab sofort Ihr operatives Terrütorüum, wennse so wolln«, griente Kaimann, »hier wernse niemanden bemerken, der Ihnen in die Quere kommt.«

Mit einer Drehbewegung ließ sein Führer, nachdem er sich ostentativ durch den auch hier vorhandenen Spiegelausguck und mit einem Blick auf die Lichtsignalanlage vergewissert hatte, die Tür aufschnappen. Wieder standen sie in einem Personalgang. Vereinzelt passierten sie Angestellte. Türen, Flure. Es roch nach Essen. Schwingtüren pendelten. Ein kleiner Elektrokarren mit Kartons summte vorbei. Dann erreichten sie einen schmalen Treppenaufgang und stiegen höher. Ein Gang wie unten. Mit leisem Klack sprang die Beleuchtung automatisch an. Gut dreißig Meter Länge maß der Gang. An den Enden knickte er ab.

»So! Da simmer schon!« Kaimann wies auf zwei nebeneinanderliegende Türen. »Zwei betriebliche Wohnungen gibts hier im Juchhe. Links die Ihre, rechts wohnt Frau Heck, Sonja Heck. Eine Nachbarün, von der man nur träumen kann!«, verhieß er vollmundig. »Außergewöhnlich reizvoll übrigens – diese Räumlichkeiten. Pörfectly stümuleitüng an haibrou laik iu! Das ist nicht nur so dahingesprochen. Wer mich kennt, weiß, dass ich meine, was ich sage.«

Kaimann sah ihn dabei an, als gelte es, unberechtigten Widerspruch im Keim zu ersticken. Er öffnete die linke Tür.

Mehr als die unüberhörbare Falschheit des Mannes noch ärgerte Lavendel die ganze Zeit, dass man ihm mit der erwarteten

Spioniererei zynisch unterstellte, er werde umstandslos gegen seine offengelegten Moral-Grundsätze verstoßen. Und sehr lästig war: Dass man tat, als vertraue man ihm blindlings! Dieses im Vorhinein erbrachte Vertrauen sollte ihn vergattern, der dargebotenen Großzügigkeit zu entsprechen. Man überrumpelte ihn. Wirkte er so verbiegbar?

Doch als sie die Betriebswohnung betraten, war das vergessen. Die Wohnung sah bewohnt aus. Sah wahllos möbliert, zugleich auch nach verkommener Spießigkeit aus.

Vielleicht habe er leere Räume erwartet, sagte Kaimann – und sein Tonfall hatte, seit er ohne die Spur des Verschwörerischen war, wieder mehr vom Kehlig-Quarrigen.

Die Wohnung war durchlüftet, gerade als habe unlängst einer während seiner vorübergehenden Abwesenheit den Gerüchen der Nacht Abzug verschafft. Große, wuchernde Grünpflanzen, Palmen und Ficus, fingen das Licht. Eine Wand im Flur war über und über zugerankt. Vielleicht meinte Kaimann das mit *reizvoll*?

Sein Vorgänger habe auf seine Habe keinerlei Wert mehr gelegt. Eine Abtretungserklärung liege bei den Akten. »Anspruchslos, düser Mensch«, fügte Kaimann, dessen Blick durch den Raum schweifte, mit fast missbilligender Betonung, wie es Lavendel scheinen wollte, hinzu. Wenn er etwas verändern wolle, bitte! Kein Problem!, erklärte er mit generöser Pose. Die Schmierage an den Wänden zum Beispiel. Ob das Kunst sei ... Nee, dafür sei er offenbar zu doof. Also: Weg damit! Dann lasse es sich gut leben hier. Er habe schon daran gedacht, sich hierher zurückzuziehen und seine Memoiren zu schreiben. Ernsthaft! Darüber, wie man sich aus dem Dreck hocharbeite.

Und immer noch Dreck an sich hat, dachte Lavendel. Denn was für ein Fatzke muss man sein, um sich für so wichtig zu halten, dass andere über einen lesen wollen.

In aller Ruhe könne er sich umsehen, sagte Kaimann. Und überlegen, ob er sich nun in der Lage fühle, die Stelle anzutreten. Er möge sich in jedem Fall, bitte, bei ihrer aller Trumpfdame, Frau Tulecke, abmelden, die ihm Weiteres mitteile.

»Überstürzense nüscht«, riet er mit krötigem Gewinnerlächeln. »Sie sind jetzt im Tühm. Ich wette«, schmalzte er, »Sie, mit Ihrer welterprobten Üntellügenz, lassen sich spielend eintakten und stelln uns vollauf zufrüden.«

Damit empfahl er sich.

Alleingelassen fühlte sich Lavendel bald, als sähen ihn die Augen eines anderen an, dem das alles gehörte. Überall die Spur des Abwesenden. Sich fortan mit einem phantomartig noch Gegenwärtigen auseinandersetzen? Dessen indirekte Anwesenheit mit der seinen in Einklang bringen?

Eigentümlich fiel das Licht durch große, milchig-trübe Plastikhauben in der Decke. Der Eingangsbereich lag taghell. Zur Rechten erstreckte sich die dickblättrig-grün überwachsene Wand, gegenüber die Garderobe. Beidseits Türen. Zunächst das Bad, daneben die Küche; auf der anderen Seite der Schlafraum. Am Ende mündete der Gang in den großen Wohnraum, den zwei Oberlichter und ein breites Fenster erhellten. Man blickte auf die rückwärtige Glasfront eines gleich hohen Bankgebäudes.

Lavendel, der mehrfach vom Eingang zum Schlafraum, zum Bad, zur Küche und immer wieder in den Wohnraum gewandert war, kam sich zunehmend vor wie einer, der sein Claim absteckte, zügig, ehe ihm einer zuvorkäme.

Das Lächeln der Sekretärin, die es bevorzugte, sich Assistentin zu nennen, war von gleicher grober Kleistrigkeit wie das ihres Dienstherrn, als er seine Zustimmung erklärte. Wie *Woachchch* klang das, was sie erstaunt von sich gab, das werde dem Chef gefallen, dass er nicht entschlusslos rumkäfere!

»Willkommen an Bord!«

Jetzt werde man die schwarzen Schafe nachhaltig vergadern. Fast hatte Lavendel ein *Wüllkommen* erwartet, als Zeichen einer *GAD*-inzestuösen Manie, in affigem Kauderwelsch zu wetteifern. Ihre eben noch streng senkrechten Labialfalten krümmten sich. *Isn't she lucky, this Hollywood girl?*, zweifelte es in ihrem kleinen Radio. *She is so lucky. But why does she cry? If there's nothing missing in her life why do tears come at night?* Die beleibte Frau sah nicht aus, als neige sie nachts zu Tränen. Ihm schwante etwas von der Zwecklosigkeit, sich behaupten zu wollen, und als werde er hier in allem vorbestimmt sein. Entfernt spürte er dabei eine matte, sklavenhafte Lust. Sie hielt als dumpf forderndes Unbehagen an, noch lange, als er das Gebäude verlassen hatte. Er durfte aber, beschwor er sich, auf keinen Fall aus den Augen verlieren, weshalb er ins GAD wollte, dass er ein Ziel hatte.

Schattenbewegungen

An einer Leine beförderte der Bäckerjüngste ein Plastikauto über den Gartenweg. Die marmeladeverkleisterten Lippen flatterten. Das *Brummbrumm*, das sie erzeugten, unterlag weitgehend dem Motortuckern des zwergigen Mähtraktors, auf dem der Vater gekrümmt hockte, mit hochragenden Henkelbeinen und Hinterndekolletee, und über den Rasen kurvte, um sich zuletzt im Knöterichgeschlinge, das die Rückseite der Garage erobert hatte, zu verfangen. Er nahm das Gas zurück, als Lavendel ihn ansprach.

»Wat wollnse? Kündigen? Jetzt? Auf'n Plotz? Wieso'n? Drei Monate müssense schon noch ... Es sei denn, Sie ham'n Nachmieter ... Minimum drei Monate!«

Der Bäcker brachte den Motor wieder auf Touren. Der Sohn linste Lavendel hinterher. Nichts sonst bewegte sich an ihm.

Der Regen ließ nach. Nässe machte Zweige und Blätter schwer. Darauf silbrig Sonne. Silberhell schwebten verspätete Tropfen schräg herab. Silberschwere Tropfen aus den Bäumen kreuzten ihren Weg. An der lichtabgewandten Seite blieb Stämmen und Ästen nur stumpfes Dunkel. Lavendel beobachtete, wie an einem Blatt die Feuchtigkeit herablief, sich an der Spitze glasig sammelte, sich löste und fiel. Das Blatt schnellte hoch. Zwischen den Lindenblättern vor dem Fenster kniete der Bäcker im nassen Gras, unbeweglich, als bete er zu seinem Schutzpatron St. Nikolaus.

Das Telefon stand noch neben dem Bett. Von den Regalen an der Wand, den Bildern, den verstreuten Papieren auf dem Schreibtisch ging Lähmung aus.

Später raffte er sich auf. Er schrieb Samir eine SMS-Absage. Und er teilte seinem Bruder in Süddeutschland telefonisch mit, für nicht absehbare Zeit mache er sich davon. Oh ja, er sei im

Bilde, reagierte der eigenartigerweise sofort, das sei auch schon immer sein Traum gewesen: die Zelte abzubrechen. Einfach nicht mehr der Gute sein, der Fürsorger, in den sich die Familie verbeiße. Das sei oft so lästig.

»Ich beneide dich. Und wie! Ich ... ich muss immer auf Zack sein. Immer funktionieren. Das macht meinen Liebeswert für andere aus.«

Lavendel unterbrach und bat ihn, einigen formalen Schriftkram an seiner Stelle anzunehmen. Ja, räumte er auch ein, Joana sei wohl der Auslöser für seine Entscheidung. Das und anderes. Vor allem jedoch vermisse er den Anschluss an sich selbst. Im Notfall sei er anschreibbar, hier, am Ort, hauptpostlagernd, sagte Lavendel. Aber nur von ihm und niemandem sonst!

Der Bruder versicherte, mit einer Art Streicheln in der Stimme, dass er natürlich für ihn da sei, und das sei so nachvollziehbar, was er mache: Abstand! Obwohl – um die schnuckelige Joana habe er ihn im Geheimen beneidet!

Danach stand Lavendel auf der Treppe zum Garten. Ihm schien es so, als seien die Jahre mit Joana nichts als ein Hinauszögern des unvermeidlichen Ohne-Sie gewesen.

Schwalben-Stukas und Sperlinge und Amseln flitzten durch die Wipfel der Nordmannstannen und Apfelbäume. Der Bäcker stach noch immer im hohen Gras rings um seinen Teich mit dem Schraubenzieher junge Kleepflanzen aus. Sein fleckiges Unterhemd war hochgerutscht und zeigte erste kalkweiße Fettformationen seines kolossalen grau und inselhaft behaarten Steißes.

»Wie besprochen«, beharrte er, »drei Monate Kündigungsfrist! Der Julirest zählt natürlich nicht mehr. Das heißt, nach Adam Riese, Penunze bis Ende Oktober, Herr Journalist!«

Der Anruf Geris, am Dienstag, Geris, des Bosses, dessen Tür jedem offenstand, jedem, wenn er nur loyal war so wie er selbst, Geris, das heißt Gerhards, den man aber tunlichst Geri rief, um anzuzeigen, dass man seine horizontalen Ich-rede-mit-euch-allen-auf-Augenhöhe-Signale dankbar hochschätzte, der Anruf hatte unverfänglich begonnen: Er wisse wohl, hatte er gesagt, Lavendel sei noch sieben Tage krank geschrieben. Gebe es Unannehmlichkeiten mit der Verletzung?

Lavendel fiel ein, wie sein Hausarzt tags zuvor den Heilungsprozess zufrieden kommentiert hatte, als habe er persönlich die Narbenbildung vollzogen. Man sehe schon fast nichts mehr! Aber er solle sich künftig raushalten, wenn neue Schläge drohten. Mit Gehirnerschütterungen sei nicht zu spaßen. Er überlegte, ob er Geri davon in Kenntnis setzen sollte, und hatte ihn dabei vor sich, den Sechziger mit dem kleinen kahlen runden Maikäferkopf auf massigem Leib hinter dem Schreibtisch, von wo aus er mit dröhnendem Bariton, sonor und laientheatergeschult, seine Anweisungen verlautbarte, die er Vorschläge nannte; selbst Banalstem gab er gewichtigen Anstrich.

Gleich nach der Höflichkeitskür war Geri umstandslos zur Sache gekommen. Befremdet hätten die Konzernspitze, also Gehwald, die Schlagzeilen, die Lavendels Recherchen und die Vorkommnisse mit der Kurden-Familie in den deutschen Printmedien nach sich zogen. Er, und damit der Verlag, solle schleunigst aus der Schusslinie. Der aktuelle Ukas laute – hatte Geri mit einer Verdrossenheit gesagt, als ob er die aasige Nachricht möglichst rasch los sein wollte –, die Nazi-Sache nicht weiter hochzukochen. Ohne Wenn und Aber ad acta damit. ›Und dich selber hat Gehwald erst in Hamburg neu verorten wollen, beim neuen Pay-TV-Journal, aber dann hat er den Einfall gehabt, *weil der gute Mann sich keinerseits strafversetzt oder ausgemustert, sondern beschützt fühlen soll* – denn Gehwald schätzt deinen Enthusiasmus und deine Arbeit, das soll ich dir bestellen, ich hab mich auch für dich ins Zeug gelegt, glaubs mir –, aber warte mal, kurze Unterbrechung‹ – die Geräusche im Hörer wurden gedämpft, das Mikro wurde abgedeckt, hörbar dennoch Geris überschwängliches *Pattilein! Nicht vorbeirennen!* und mitleidiges *Du schaust so geknickt, Mädel. Kann dir der alte Geri ein Stück weit unter die Arme greifen?* und drängendes *Du weißt doch, ich lass nicht zu, dass eine bildhübsche Frau leidet. Auf keinsten, du!* Pattis Antwort war unverständlich. Lavendel glaubte, dass sie es nicht mochte, wie Geri sie umschwänzelte, aber als Voluntaristin blieb ihr keine Wahl, dachte er, als da mitzuspielen. *Was? Ist doch knille! Nee! Regle ich, verlass dich drauf, ich regle das. Wozu hat man Freunde!*, war Geri wieder leise zu vernehmen –, dann laut: ›Also, Johan ... wo waren wir? Richtig, ich soll den *Tintenkleckser*, also dich, sagt Gehwald, von der Sache abziehn, bis Gras über die Sache gewachsen sei und bei einem der Buchprojekte positionieren, am besten bei dem über die *Messestadt Hannover, Geschichte und Bedeutung*. Sagt Gehwald. Und er sagt: *Solln andere sich die Finger verbrennen.*‹

›Was befürchtet Gehwald denn?‹, hatte Lavendel aufgebegrt.

›Die Braunen kriechen aus ihren Höhlen – und wir sehn tatenlos zu?‹

Geri betonte, nolens volens spiele er den gestrengen Baas. Und was Lavendel von den Nazi-Unterlagen bei sich habe, solle er herschicken. Für Patrizia. Zur Ablage. Vorläufig. Und im Übrigen solle er sich freuen, das sei doch wie'n Sechser im Lotto, oder?, was Gehwald ihm da serviere? Könne er sich was drauf einbilden!

Soweit das Augenhöhe-Gespräch mit Geri. Lavendel redete sich Indolenz ein, wo er keine empfand. So sichtete er den Berg Neonazi-Papiere und kopierte diverse Informationen auf CD und sortierte einen eigenen Stapel Notizen aus zu den Ludendorfferianern und zum *Bund für Gotteserkenntnis* und zur *Konservativ-christlichen Zentrumspartei* und zu deren reichsdeutschen Veranstaltungen im Sinn der Altvorderen. Die wollte er zurückhalten. Vor allem die Notizen und Fotos zu der *Mädelgruppe* mit den nordischen Zwillingen Fiona und Kristina, in ihren weißen Blusen und bodenlangen blauen Röcken. Er hatte sich an ihre Fersen geheftet, unauffällig, wie er dachte, seit den Feuerreden und den Rundtänzen und dem Getute aus Middewinterhörnern und Hornluren und dem monotonen Getrommel bei der Winter-Sonnwendsause am Rottsberg bei Hildesheim, wo er *Ich hab mich ergeben, mit Herz und mit Hand, dir Land voll Lieb und Leben ...* unbeholfen mitgesungen hatte. Er war ihnen auch gefolgt, den wegsuchenden Edeldeutschen mimend, ins Schulungszentrum der Kameradschaft Elbe-Weser, dem Süderbramer-Hof bei Verden, den sie sich mit anderen Rechtsextremen teilten. Die Zwillinge hielten ihn auf dem Laufenden, berichteten von ihren Sommerlagern der HDJ und wie sie sich lange schon dem gauübergreifenden Werben der Parteioberen der Landsmannschaft Westpreußen vorsichtig entzogen, die auf keinen Tropfen rassereinen Blutes verzichten wollten. Der alte Gauführer wollte sich nicht geschlagen geben: Sie stünden für den reinen Gedanken der Volkserhaltung und wiesen die kerngesunde geistige und körperliche Wehrhaftigkeit auf, die man benötige. Der Heimat und dem Volke treu! Dass die Wahl auf sie gefallen sei, sei eine Auszeichnung! Genetische Aufrüstung!

Aber sie ließen sich so einfach nicht gewinnen, auch nicht für die noble Lebensborn-Brutstätte in Brandenburg, zwischen Müritzsee und Ruppiner Heide. Sie hatten sich Bedenkzeit ausgebeten. Lavendel erklärten sie, so weit seien sie noch nicht, als erbbiologisch wertvolle Mütter die göttliche Sippengemeinschaft zu erhalten. Obwohl – sie fühlten sich geehrt.

Keiner in der Redaktion wusste davon. Sollte erst mal auch so bleiben. Die Pläne für weitere Lebensborn-Residenzen der Reichsdeutschen, noch weniger das bereits existierende Projekt in Brandenburg, die rannten nicht davon. Er würde die Spur wieder aufnehmen und die Sache erfolgreich abschließen. Zu groß war der Druck, seinen an sich selbst gestellten Erwartungen zu genügen. Aber zunächst hatte er die Spur mit dem *GAD*. Schleierhaft nur, was die Schwestern damit bezweckt hatten, ihn auf sie anzusetzen. Oder vielversprechend? Was auch immer, er mochte die zwei. Doch wahrscheinlich brüteten sie jetzt schon ihren Nazinachwuchs aus.

Anders die Geschichte mit der Kurdenfamilie Hanoum. Das war abgegrast. Das konnte Geri haben. Er adressierte ein Kuvert an Patricia und Daniel. *Gruß Jo* schrieb er auf einen Zettel und heftete ihn an die Mappe mit CD und Papieren, in der obenauf die Kopie der Agenturmeldung lag:

Kurdische Familie erneut attackiert. Die kurdische Familie H. ist in der Nordstadt am gestrigen Mittwoch erneut attackiert worden. Sechs betrunkene Jugendliche haben zunächst unter Heil Hitler-Rufen abends vor dem Haus der Familie gestanden, haben sodann die Tür eingeschlagen, sind eingedrungen, haben die Familie obszön beschimpft und die Wohnung verwüstet. Ein gerade anwesendes Journalistenteam ist Zeuge des Überfalls geworden. Der Journalist J.L. vom Abendblatt versuchte zu vermitteln und ist tätlich angegriffen und verletzt worden. Die Polizei hat zwei der Randalierer festgenommen, die anderen sind flüchtig. Die an die Hausmauer gesprühte Parole Ausländer raus! *und mitgeführte verfassungswidrige Symbole werden als verstärkende Hinweise auf eine gemeinschaftlich organisierte, rechtsextrem motivierte, vorsätzliche Tat gewertet.*

Nach Auskunft des stellvertretenden Polizeichefs S. Kämper sei ein beschleunigtes Verfahren eingeleitet worden.

Das Horrorszenario hatte sich eingebrannt. Sturmklingeln. *Heil Hitler!*-Gegröle. Tritte und Getrommel an die Tür. Urplötzlich waren sie in der Wohnung. Sechs maskierte Nazis in Sturmmasken und Kampfstiefeln wie die SEK-Polizei, nur Augen, Brauen und Nasenwurzel, Augen ohne Ausdruck, übergroß. Sechs Uniformierte. Sechs Gestiefelte, brüllende, lederne, schwitzende, bierstinkende, rülpsende, fiebernde Muskel- und Fettmassen. Schlagstöcke. *Kanackenhure, wir ficken dich!* Er wusste, dass sie so waren. Nackte Angst hatte ihn bewegungslos gemacht. Der Hieb auf seinen Schädel war vielleicht ein Versehen.

Lavendel machte sich wieder an den Brief für Joana. Nichts von seiner Enttäuschung!, nahm er sich vor. Wie lang er wegbleibe, wisse er nicht, schrieb er. In der Redaktion habe es Schwierigkeiten gegeben. Man mache ihn mundtot. Er solle dort eine Zeitlang unsichtbar sein. Und da sie das offenbar auch für ihn sein wolle, habe er die Konsequenz gezogen und die Wohnung gekündigt. Die Miete sei noch für drei Monate bezahlt. Sie könne darin wohnen. Was danach werde, regle er noch. Und da er jetzt nicht wisse, mit welchen Worten er seine Gefühle für sie ausdrücken solle und inwieweit sie das überhaupt interessiere, unterlasse er es eben ganz.

Sollte er dick auftragen und schreiben, ihre Unerreichbarkeit habe ihn verkümmern lassen? Wahrscheinlich fände sie das lästig. Oder sie würde kurz weinen. Sie weinte wie erlöst. Oder kindlich hilflos. Es hatte nichts Geschundenes, Verbittertes, Verzerrtes, Gequältes – ihr Weinen. Ihre Tränen rannen. Ihre Augen waren wie Quellen. Es war ergreifend, fiel ihm ein. Es rief nach Fürsorge. Oder war der Vorwurf, den sie nicht aussprechen würde. Die Augen füllten sich, liefen über, Tränen rieselten und sprangen die Wangen hinab, und sie verzog keine Miene und wurde immer schöner.

Nach dem Weinen aber, vermutete er, wäre sie vergrätzt, dass er ihr durch sein Verschwinden Schuldgefühle aufhalste.

Er packte. Zunehmend aggressiv. Es lag ihm doch an nichts weniger, als seine und manchmal ihre gemeinsame Wohnung und damit sie aufzugeben. Er hatte durch sie geatmet, bildete er sich jetzt ein. Unbesehen steckte er noch ein Dutzend alter Videofilme in die Tasche.

Vor dem Christusdorn, der in ihrem Zimmer eine ganze Fensterbreite beanspruchte, hatte er oft auf sie gewartet. Die pfenniggroßen roten Blüten und leuchtend grünen Blattzungen der verzweigten Pflanze, deren Tentakel ineinander verschlungen waren und sich hochreckten und den Blick nach draußen halb versperrten oder fast bis zum Boden reichten, glühten in der Sonne. Auf der trocknen Pflanzenerde lagen ihre abgeschnittenen Fingernagelsicheln, als Dünger gedacht.

Das Handy klingelte. Er rührte das Gerät nicht an. Das Signal wurde fast unhörbar, als er die Haustür zuzog. Als ob er es eilig hätte. Als ob er einem Zusammentreffen mit Joana unbedingt entgehen wollte. Als sei er es, der die Verbindung löse.

Der Taxifahrer verstaute das Gepäck. Aus den halb geöffneten Fenstern der Bäckerei drang lautes Klappern. Der Computerspezialist gegenüber mähte in roten *Puma*-Shorts den Rasen seines Vorgartens und warf ab und zu einen Blick herüber. Die pensionierte Lehrerin vom Haus nebenan rangierte Zentimeter für Zentimeter ihren geliebten alten schwarzen, in der Sonne gleißenden VW-Käfer aus der Einfahrt. Sie winkte ihm zu.

Nach dem Untergang der Sonne erinnerte ein fahltürkiser Streifen im Westen an ihr Verschwinden. Später türmten sich Gewitterwolken, und dicke Tropfen knallten aufs blecherne Sims und die Dachfenster.

Dazu das Geräusch des Hauses, das unausgesetzte Summen, ein an- und abschwellender Akkord, das Summen eines vielstimmigen Chores, ein gedrosseltes Brausen und Tosen und Sausen wie in einer riesigen Muschel, in der er gefangen war und die am Strand lag im unaufhörlichen Wind, ein strömendes Brausen, alle denkbaren Einzeltöne gebündelt und elektronisch verlängert bis in die Ewigkeit. Ihm war, als bewege er sich, eingesperrt in einer abgeschotteten Kapsel, in nicht endendem Schall durch Zeit und Raum. Die Wohnung schien ohne Außenbegrenzung im Organismus des Hauses aufzugehen.

Er fühlte sich leicht. Das spornte ihn an. Er nahm die Küche in Augenschein. Das teure Geschirr und Silberbesteck, in dessen Griffe die Schnörkelbuchstaben AK ziseliert waren, und eine mangellose Auswahl geschliffener Gläser setzten ihn in Erstaunen. Das alles zurückzulassen, musste einer nicht bei Trost sein.

Beschwingt fand er das Erforderliche zum Kochen. Ein Schälmesser für die mitgebrachten Kartoffeln, ein scharfes für Zwiebeln und Knoblauch, eine Stahlpfanne für das Rührei, Töpfe für

Kartoffeln und kleingeschnippelte Möhren, Gewürze in einem schmalen Bord neben dem Gasherd. Er rührte unter die in der Hitze weichwerdenden Möhrenscheiben und Zwiebeln eine Prise Majoran und gemahlene Liebstockblätter. Fürs anschließende Essen in der Küche wählte er Kerzenlicht. Im rötlichen Gemüse fielen kümmelähnliche Kleinteile auf. Bei eingehender Betrachtung erwiesen sie sich als Käferleichen. Er zog mit der Gabel ein halbes Hundert davon an den Tellerrand. Dann kippte er das Essen ins Klo. In der Dose mit den gemahlenen Liebstock-Blättern sah er eine unzählbare Menge der Drei-Millimeter-Tiere krabbeln. Die Dose landete im Müll.

Der Wasserhahn über der Spüle tropfte.

Er verließ die Küche und fürchtete für einen sich hinauszögernden Augenblick, im Dunkel am geöffneten Fenster im Bad stehend, er kollidiere mit der unsichtbaren Gegenwart vorheriger Geschehnisse und werde die schnelle Entscheidung, hierher zu ziehen, entsetzlich bereuen. Unter ihm ein schmaler Lichthof, abgrundtief. Weiter entfernt ein Ausschnitt: die hohen Dachschrägen der Gründerzeithäuser in der Schillerstraße. Lichtreklamen an den Fronten. Gegenüber, beim Büroblock, liefen Wasserstreifen die Fenster herab. In ihnen spiegelten sich helle Vierecke. Schattenhaft der Umriss einer Gestalt, mitten in einem der hellen Vierecke, überraschend deutlich. Sein Blick war erst vorbeigeglitten, blieb nun haften und sah, wie die Gestalt, weiblich, den Arm hob, in die Haare griff, als wolle sie ihrem Nacken Kühlung verschaffen, dann tauchte die andere Hand auf. Er sah das Glühen einer Zigarette.

Ein Blitz zerriss gleißend das finstere Grau über den Dächern. Mit anschwellendem Regengeprassel zog kühle Luft herein. Die jenseitige Gestalt stand unbeweglich. Sie musste sich hinter einem der Fenster befinden, die sich an die seinen anschlossen. Das Licht hinter ihr warf einen matten Schimmer auf ihr Haar. Glitzernd die Wasserperlen auf den Scheiben drüben. Er zog leise den Vorhang zu.

Aus der Küche das rasselnde Geräusch des Kühlschrankes. Über dem Rasseln lag ein hohes, dünnes Sirren. Es verlief sich manchmal in einem wie unabsichtlichen Zirpen, um gleich wieder stetiger zu werden. Als der Motor seine Arbeit beendet hatte, fiel die Anspannung, mit der Lavendel sich dem gebändigten Dröhnen und dem sehr feinen Pfeifen angepasst hatte, in sich zusammen.

Mit schwindelerregendem Schritt über ein Nichts kam er in der Stille an. Doch was Stille schien, war nichts anderes als das nervöse Beben, das seinen Körper ausfüllte, bemerkte er niedergeschlagen, ein Rauschen in den Ohren, als ob sein Blut doppelt schnell durch die Adern raste. Oder er täuschte sich: War es das untergründige Beben des Hauses, unterteilt durch das fortwährende Tropfen des Wasserhahns?

Ihm war auf einmal bewusst, dass sich seine Sehnsucht nach Joana aus der Halbwirklichkeit, in der er sich lange schon empfand, geformt hatte. Ihre zweifelhafte Macht verdankte sich seiner Orientierungslosigkeit.

Als Henry Fonda schon wieder an die Lichtung erinnern wollte, auf die sie früher getreten seien, denn ewig und immer schon kenne er sie, die ihm Vorbestimmte, Eve, Barbara Stanwyck, und als der Sonnenuntergang seine stillen Sekunden einhielt und die Kamera sich Ruhe gönnte, kam Stimmenlärm aus der Nachbarwohnung. Lavendel drehte den Ton ab. Eve sah Henry unverwandt an mit jenem wimpernschlaglosen Blick, der kein Entkommen zuließ. Stumm bewegte sie die Lippen. Geredet wurde drüben.

Lavendel, hungrig, versorgte sich mit einer weiteren Flasche aus dem Chianti-Vorrat und begab sich – um den Eindruck des Zufälligen bemüht: noch immer also wie im Rampenlicht – zu der blätterverdeckten Flurwand und drückte sein Ohr daran. Flamencogesang mit Gitarre und Kastagnetten. Dumpfe Stimmen durchdrangen die auftrumpfende Weise. Ein

Schlagabtausch. Von *Sichverlieren* war die Rede. Die Lautstärke schwankte.

»Ich weiß, ich weiß«, sagte ein Mann und schien eine Gesprächspartnerin zu besänftigen. Frauenversteh-Gesäusel. Dann hämisches Gelächter. Dann war seine Stimme ein Brubbeln. Dann laut:

»Sag ich ja: Schöne solln sich vermehren. Blonde vorneweg. Was? Ja, meinethalben auch Polskablonde. Hässliche verhüten. Spart dem Nachwuchs Kosten fürn plastischen Chirurgen.«

Und wieder nichts. Lavendel trat von der Wand zurück, sah auf dem Bildschirm Eve im Brautkleid mit ellenlanger Schleppe die Treppe herabschreiten. Joana heulte bei solchen Szenen. Er nahm sie dann in den Arm. Hatte sie ihr kindliches Anbucken, ihr Sich-Gehenlassen, im Nachhinein geärgert? Oder war das eine der Rollen, die sie sich bei ihm einräumte, aus denen er aber für sich nichts weiter ableiten sollte?

Ein Geruch, undefinierbar, keimig-schweißig, stieg vom Boden, stieg aus allen Ecken auf, Geruch nach chemischen Mitteln, jahrealtem Staub, Verwesung. Lavendel nahm mehrere Schlucke aus der Flasche. Mit wachsender Benommenheit wurden die Gegenstände deutlicher und beständiger. Seine Blicke folgten den feinen Adern an den Blättern, zwischen denen er stand.

Der Wortwechsel war abgebrochen. Einmal noch hörte er ein Lachen des Mannes. Es schien gar nicht enden zu wollen, als wolle er seine Lunge bis zum äußersten auspressen. Am Schluss klang es wie ein grimmiger Husten.

Lavendel hielt im Bad die Hände unter das kalte Wasser. Es stieg im Waschbecken an, lief schlecht ab, verschwand dann aber mit einem Mal, wie in einem einzigen gewaltigen Angesaugtwerden. Danach ein Röcheln aus der Tiefe. Lavendel starrte sich im Spiegel an. Seine Haare standen verwildert ab. Es war gleichgültig, niemand bekam ihn zu Gesicht. Er hob den Vorhang beiseite. Reglos helle Glasvierecke gegenüber. Keine Schattenbewegungen. Die Leuchtreklamen flackerten. Ihre

Buntheit zersplitterte, als sehe er alles durch eine zerschrammte Brille. Er war plötzlich von einer Unbeschwertheit, in der ihm alles sofort gelingen würde. Kein Nachher war von Bedeutung. Walzerklänge gewannen Oberhand. Man könnte sich drehen und drehen. Romy Schneider intonierte im Romeokostüm mit den beschwipsten Mädchen das Lied vom Gardekorps-Fähnrich und hauchte ihr *Wie silbersüß tönt bei der Nacht die Stimme der Liebenden, gleich lieblicher Musik* und meinte nur eine, ihr Fräulein von Bernburg.

Er verließ das Fenster.

Nachrichten ohne Ton. Anzüge. Vorstecktücher. Ruckende Köpfe. Stoische Mienen. Der kleine Russe mit dem schnurgeraden Scheitel und dem Mäusegebiss legte an einem Gedenkkranz Hand an, tat das gewohnt Überflüssige, hob die perfekt arrangierte Schleife an, zupfte und bewirkte keinerlei Veränderung und verharrte und blickte steinern.

Lebenslang solche Unbilder. Heilloses Heilsverlangen blieb zurück.

Deshalb auch verklärte er Joana und litt, weil er es tat. Erlitt und genoss seine Verzücktheit. Mit jedesmal wie noch nie gespürter Lust auf Berührung, Lust auf das unverletzt Glatte der Haut, mit Angst, seine Finger zögen eine zerstörerische Bahn, grüben sich ein, mit Lust, immer mit den Lippen über das zum Zerreißen Feste, Seidige zu streifen, und mit Angst, sie als unwirklich zu entbehren. Im zweifelhaften Besitz ihres glitzernden Lachens, ihres fast schwerelosen und ansteckend fröhlichen Lachens und ihres Mundes, der hier und dort war, Ertrinken und Überfließen hervorrief und Sehnsucht nach Dauer und Bleiben und Gewissheit und dass ihre Lust mit seiner sich verband und Sterne davonstoben und zerplatzten.

Es roch ekelhaft. Der Geruch stammte vielleicht aus den Polstermöbeln. Der Stoff fühlte sich kniestig-vernützt an. Sein Atmen hatte sich wie von selbst reduziert, seit er in dem ausladenden Sessel saß und von da auf den Bildschirm starrte, der ein winziges Fenster im Dunkeln war. Die Außenwelt hatte jeden anderweitigen Kontakt zu ihm eingestellt.

Mit fortschreitender Trunkenheit spürte er seine Züge aufweichen wie erwärmtes Bienenwachs. Schwerfällig griff er nach dem Glas. Hand und Arm vollzogen weit ausholende Gebärden, als gelte es etwas einzufangen. Als hülfen sie ihm, das Gleichgewicht zu halten, als er sich im Tanz drehte in dem staubigen mexikanischen Dorf, in der Kneipe, im Lärm. Er war Gérard Philipe und zerlumpt und schwitzte und die anderen schrien: *Tanz, Jiorgito!* Er drehte sich, und Nellie sah zu ...

Lavendel schreckte hoch. Braune und glänzende Glieder wippten, bebten, schlenkerten puddingweich. Hüften vibrierten, pralle Schenkel, Hotpants blitzten auf, auch schroffweiße Zähne, fleischige Lippen, chromschwere Straßenkreuzer, ausgestopfte Brustkugeln in winziger Hülle, gedunsene Muskeln mit Tatoos, Fliegenbeinwimpern schwarz ausladend, plumpe Goldketten, Gesäßkerben, aufgeplatzte Münder. Mal überdeutlich, mal verschwommen.

Mit schwerem Kopf schaltete er das Fernsehgerät aus. Er massierte sich die Schläfen. Dass er trank, war ihm jetzt klar, war ein larmoyantes Klischee. Filmfiguren, elende, nachgelebt. Beschämend. Oder war er etwa deprimierter als sonst? Seit er denken konnte war er deprimiert. Sein Leben war jedoch ein einziges Dagegenanleben. Vermutlich hatte er aber um sich die Aura des Deprimierten, der sich aufs Überleben verstand. Deshalb blieben Frauen wie Tatjana und Joana an ihm hängen. Ging es ihnen schlecht, wüsste er, wie sie zu retten waren. Im Hinterkopf lehnte er sie ab, lehnte sie vor allem ab, wenn sie das Dauerrecht auf ein glückliches Leben beanspruchten. Wenn sie ihn in die Pflicht nahmen, ihnen dazu zu verhelfen. Ohne Maß. Have fun! Das war wie sein Trinken. Unsinnige Glückssuche. Statt sich trotzig zu behaupten. Das hatte er sich und anderen stets abverlangt. Jetzt war er aus dem Tritt geraten.

Als sei mit der Erkenntnis alles geregelt, ging er zufrieden zu Bett. Ging weiter, als die Straße zum Weg wurde und die Häuser zurücktraten und er bei dem einen ankam. Sie näherte sich. Im Garten, der in eine hügelige Landschaft überging, mit Zypressen und Thymian- und Lavendelinseln im gelblichen Gras und trockener Erde. Ihre Gesten waren vertraut. Hell war sie wie die helle Erde, auf der sie standen. Die Luft war voll Kräuterduft. Im Haus saßen sie nebeneinander. Über die Wand zog sich ein Bilderfries, das sich in die Landschaft fügte. Er wies auf die Wand, das Bild erweiterte sich. Seine Schulter berührte sie. Phili hatte es nicht bemerkt, dachte er. Ihn füllte es für den Bruchteil einer Sekunde völlig aus. Sein Arm lag auf ihrer Schulter. Plötzlich umschloss ihre Hand die seine. Sie zog seinen Zeigefinger an ihre Lippen. Ihre Zungenspitze streifte darüber. Er löste sich in Wärme auf. Vielleicht sollten seine Lippen ihr Ohr ...

Da erwachte er.

Lady Eve

Die Uhr tickte. Das Vibrieren einer Unzahl von Energieelementen drang durch das ausgehöhlte Mauerwerk des Hauses. Es hielt ihn gefangen. Über allem deutete sich, an der Grenze zum Unhörbaren, ein hohes, gleichförmiges Singen an, wie das Singen von rieselndem Sand in Wüstendünen. Panikartig das Gefühl: Er wusste von niemandes Sorge um ihn. Genauso gut könnte er nicht existieren. Unbeweglich lag er. War nichts als ein Bestandteil der unverrückbaren Gegenstände und anhaltenden Geräusche.

Bis er das Bett verließ. Im Bad horchte er, wie draußen sich Rufe dünn und fern ins einsetzende Sonntagsgeläut mischten. Ein Hund heulte. Ein Auto zog eine monotone Lautschleppe hinter sich her. Als er das Fenster öffnete, erzeugte das Anschlagen des unausgesetzt gleichen weichen Glockentones einen ständig neu sich nährenden Schall mit ineinanderlaufenden Schwingungen. Eine Taube, gegenüber, tippelte den Dachrand entlang, mit ruckendem Kopf und verrenktem Hals. Auf einer Dachterrasse in der Schillerstraße, durch Zypressen und trocknende Wäsche halb verdeckt, schlängelten sich Arme und Beine eines grauhaarigen Tai-Chi-Meisters wie Pflanzen in Wasserwirbeln. Ein rotgelber Fesselballon schwebte lautlos nach Osten.

Nebenan wurde ein Vorhang aufgezogen. Mit dünnem Klappern schlug etwas an die Wand. Durch eine Handbreit Steine und Fliesen nur geringfügig getrennt, stellte er sich vor, setzte sich jemand, ihm den Rücken zuwendend, breitbeinig nieder, mit hochgerolltem Hemd oder heruntergeschobener Hose, um sich geräuschvoll zu erleichtern. Denkbar, dass die Person drüben, Frau Heck oder ihr Besuch, ebenso Verräterisches von seiner Seite her vernahm und sich im Klaren sein müsste, dass umgekehrt er auch sie nicht überhören konnte. So blieb er starr, bis ein Zischen und Rauschen, wohl der Dusche, zu vernehmen war. In diesem Schutz wusch er sich. Er versuchte sich auszumalen, was von den Geräuschen auf Frau Heck hinwies. Als er sich die Brille wieder aufsetzte, stach er sich ein Bügelende ins Auge.

Am Nachmittag verließ er die Wohnung, um in Kleefeld, wo nicht mit Bekannten zu rechnen war, die Stunden im Kino zu verbringen. Der hinter seiner Glaswand verschanzte Pförtner, der den rückwärtigen Zugang des Hauses überwachte, fixierte ihn über die Brillenränder hinweg, bis er nach einem Nicken vorbei und aus dem Haus und im Halbschatten stand.

Ein Flugzeug ritzte eine weiße, lautlose Spur ins Juliblau des Himmels. Der hinterlassene Streif hatte sich quer über einen anderen, im Vorfeld geschaffenen, gelegt, so dass ein riesenhaftes X angekreuzt war wie auf *x-1000malquer*-Flyern. Phili und ihre Wendlandgeschichte fielen ihm ein und Jessies Kuchen und kaum spürbare Hände auf seinem Rücken.

Auf dem Bahnsteig der U-Bahn stand eine Dame und summte. Sie trug einen lila Strohhut. Edith Piafs *Milord* hörte er heraus. Das hätte Joana gefallen. Auch dass die Frau dann, als sich die Bahn näherte, aus vollem Hals in den Lärm hinein *Allez, venez, Milord!* schmetterte. Der Zug rollte aus, die Türen schoben sich zischend auf. Die verstummte Sängerin stieg ein.

Am frühen Abend war er zurück. Er hatte unter Popcorn und Gummibärchen mampfenden und Lollis leckenden und Popcorn und Gummibärchen und abgenagte Lollistiele werfenden Hyperaktiv-Kindern und selbstzerstörerisch Nachsicht heuchelnden Jungeltern und dem Gekrächz und Geflatter der Raben und der Rövardotter Ronja mit ihrem zerzausten schwarzen Flederwisch auf dem Kopf und dem wikingerlockigen Birk und Grausedruden ausgeharrt. Für den Film hatte er sich wie unter Zwang entschieden, weil in einer verborgenen Gefühlsnische noch immer auch Bella ihren Platz hatte. Baschka, geliebte Baschenka. Ein unwirklich schönes und feines Mädchen aus einem fernen Sonnenland. Die Worte zwischen ihnen hatten eigene Geschichten gesponnen. Als er sie anzurühren versuchte, muss er ihr als primitive Urgewalt erschienen sein. Sie wich zurück. Bella, ronjaähnlich, für die er vor langen Jahren zu wenig Gespür hatte. Ihr Erschrecken ließ keine Zeit, seine Gefühle in sie hineinzuschreiben. Ronjas Augen erinnerten an unstillbare Sehnsucht. In der Aufgeregtheit der Kinder ging sie unter.

Aus dem Wandschrank, der sich über die ganze Länge des Schlafraumes hinzog, schlug ihm der Mief von Schweiß, Naphthalin, Lavendelblüte und Staub entgegen. Vor allem Schweiß. Es kostete Überwindung, die fremden Kleidungsstücke zu berühren. Er deponierte sie in einem Winkel des Schrankes. Und fast noch mehr Überwindung kostete es ihn, Eigenes diesem Geruch auszusetzen.

Im Wohnzimmer und im Schlafraum besah er, was Kaimann Schmierage genannt hatte: die Bilder von der immer gleichen Nackten an den Wänden. Ölbilder dabei. Einmal als glutroter Rückenakt, liegend, mit Lichtreflexen auf dem Gesäß. Am besten gefiel ihm ein Aquarell, auf dem sie den Betrachter schräg ansah, aus den Augenwinkeln, in einer Mischung aus Abwendung und Anteilnahme. Mit feinem Kohlestrich waren Gesicht und Hals und Haare und nackter Oberkörper gezeichnet. Die Schatten auf den Wangen waren grünlich. Das gab ihr etwas Morbides.

Stammte daher seine anhaltende Scheu, fragte sich Lavendel, weil sie, die Morbide, ihn von überallher beobachtete? *Charité* war das Bild untertitelt. Sah der Zeichner so seine barmherzige Liebende? Eine senkrechte Folge von Wörtern begrenzte die rechte Bildseite.

Betäubt
von
der
Sichelblüte
des
Monds

Lange stand er im Flur. Die Zeit verrann. Als er sein Gesicht zwischen die Blätter schob und sein Ohr die Wand berührte, nahm er die Stimmen wahr, dumpf und verschwimmend. Manchmal wurden sie anhaltende Lautlinien, bis sie abfielen und versiegten. Oft übertönte sein Herzschlag das ans Ohr Dringende. Mehrmals wechselte er den Standort. Er ritzte sich an etwas Kantigem. Seine Finger, als er das Ohr abgetastet hatte, zeigten Blut. Er gab auf. Vielleicht hatte er sich täuschen lassen, und die Stimmen kamen aus Radio oder Fernseher.

Ließ die Nachbarin immer alle Lichter brennen? Er blickte vom Wohnzimmerfenster aus auf die Glasfront gegenüber. Erst spät kam sie ins Bad. Vor seinen inzwischen überanstrengten Augen flimmerte es. Doch sah er den Schattenriss der Frau deutlich.

Nicht groß war sie, reichte bis auf halbe Fensterhöhe, schien den Vorhang schließen zu wollen, oder doch nicht, holte etwas dahinter hervor, beugte sich hinab, zum Waschbecken wohl, fast verschwand sie, und er sah dann – fahlgrau und ein wenig diffus tauchte sie meterweit entfernt in der Spiegelung drüben auf –, wie sie sich den Pullover über den Kopf zog, mit fließender Bewegung, sah halbkurze Haare mitgezogen erst und befreit dann wieder herabfallen, sah einen schmalen Oberkörper, sah große Brüste, die sie entblößte, indem sie erst die Träger, dann das gesamte Vorderteil des BHs nach unten klappte, den Verschluss von hinten nach vorn schob und aufhakte, und sah wieder nur einen Teil des gebogenen Rückens, bis zur Hüfte, sah die Arme sich heben, es gab ein Vor und Zurück der Gestalt, die Brüste schwangen, ein Tuch umhüllte und flog und sank. Ihr bloßer Körper – das war ihm geradezu spürbar – festigte sich in der Nachtkühle.

Er wollte ins Badezimmer, um den Bildern ihre Geräusche hinzuzufügen. Doch ehe er sich losreißen konnte vom vage Sichtbaren, durchquerte die Frau den Raum und löste sich in der Unbewegtheit des Bildrandes auf.

Eine halbe Stunde vor Öffnung des Warenhauses begann er die Zugangsprozedur zu seinem Arbeitsbereich. Im Sekretariat empfing er weisungsgemäß den Schlüssel.

... dein heißer Talk, der macht mich wild. Ich lieb den Scan von deinem Bild ...

»Sooochen«, seufzte Frau Tulecke in breitester Gemütlichkeit in den gequälten Männergesang hinein, »denn man tau!« Und in abrupt verändertem Tonfall: Er möge bitte alsbald einen Lagebericht geben. Zur offiziellen Vergewisserung, so erklärte sie, hinter dem Schreibtisch stehend, den Zeigefinger aufs Telefon gerichtet: Dass er sich im System zurechtfinde. Er begriff: Auch der Kontrollierende sollte sich nicht unkontrolliert fühlen. Sie begleitete ihre Worte mit ausladender Geste und erinnerte ihn erst an die herkulische Bavaria auf der Münchner Theresienwiese, dann noch mehr an ein Gemälde der gealterten russischen Zarin Katharina II., die monumental und blass und spitzengeschmückt und breitgesichtig und schmallippig ihre Absolutheit demonstrierte. Blass war Tulecke freilich nicht.

Das kleine Radio dudelte. Der Sänger quetschte sein Bekenntnis heraus, zierte sich, als sei es ihm um jedes Wort leid. *... ich krieg nie genug von dir. Drück auf mein Herz, return. Und du bist gleich bei mir ...*

Er gestatte ihr doch, sagte Frau Tulecke und linste mütterlich über eine Akte, ihm zu wünschen, er möge sich schnell einfuchsen, und dass sie ihn daran erinnere, wie vorteilhaft es sei, wenn ihm nachhaltige Erfolge beschieden seien.

»Im Grunde aber«, sagte sie, als bete sie einen Text das zigste Mal herunter, »im tiefsten Grunde – das ist auch meine urpersönliche Ansicht – im Grunde wärs'n moralischer Erfolg, wenns nichts Definitives zu melden gebe, klaro, diewil Ehrlichkeit sich in den Menschenseelen eingenistet hat. Wunder gibts immer wieder, sach ich ma. Wunder im Palast der Wunder ...« Sie schwelgte. »In entspannter Atmosphäre. Unser Soundtrack steuert seinen Teil bei. Ist Ihnen das aufgefallen? Weghören is nich. Das Unterbewusstsein wird infiziert. Morgens dudelt es präinfarktmäßig, nachmittags bisschen poppiger. Die Barschaft sitzt lockerer, Impulskäufe finden statt, Werthaftigkeit wird vermutet, den Reklamanten vergeht die Lust am Reklamieren. Und die Angestellten malochen mit mehr Schmackes – so wie die Kühe bei guter Musik mehr Milch geben. Kleine submentale Wunderwaffe, sacht der Chef«, lachte sie. »So ist auch die Einhaltung der *Zehn Gebote* leichter, unsrer Service-Regeln, die der Chef mal verfasst hat, ein Ranking von Freundlichkeit und Sorgfalt und Aufrichtigkeit bis zur kreativen Verantwortung. Wunnebar! Hamse sich reingebimst, unsre Leutchen.«

Überraschend lachte sie, mit schiefem Mund: »Hö-hö-hö.« Und wieder ernst: »Zum Beispiel das: Wir vermeiden im Kundenservice abfällige Wörter. Alles wird positiv formuliert. Genau wie wir denken.«

Die Sonnentempler-Sekte wurde Ende der 90er-Jahre bekannt, weil sich 74 Sektenmitglieder rituell umbrachten oder umgebracht wurden, meldete der Sprecher des Radios.

Frau Tulecke unterwies ihn, schnell und ohne Pausen, die ihm eine Erwiderung ermöglicht hätten. Nur sekundenweise war sie durch einen nervösen, trockenen Hackhusten unterbrochen. Sie erhob sich, ein mächtiges Schlachtross, walzte unsichtbare Widerstände nieder, entnahm dem Faxgerät ein Schreiben, durchblätterte den Inhalt einer Ablage. Jeder ihrer Schritte verursachte ein Dröhnen. Sie stampfte ihr Gewicht in den Boden, und der leitete das Aufprallen des Fußes in Lavendels Körper weiter. Unter einem weiten Kittel war ihr massiger Unterleib in eine enge Hose gezwängt, die kein anatomisches Detail vorenthielt. *Sparschwein*, fiel Lavendel ein. So hießen für Joana Frauen in solchen Hosen, die ihr Geschlecht zwischen den Schenkeln kamelzehenbreit herausmodellierten, in *Taubstummenhosen*, weil man an diesen Lippen ablesen könne, was Sache sei.

In der Sonnentempler-Sekte fanden sich seit den 50er-Jahren meist begüterte Menschen zu einer Elite mit Auferstehungsmission zusammen.

Sie an seiner Stelle, riet Tulecke, würde ein Auge auf die Lingerie-Strecke haben, wo die Verkleidungskunst exklusive Seidenträume biete. Überhaupt die Hennen-Etage! Da könne er sehen, wie das schwache Geschlecht wirklich schwach werde. Und die Finger lang und länger. Sie seufzte wissend. Oder nur, weil ihr das Bücken und anschließende Wiederaufrichten schwerfiel.

Ach ja, Plastiktüten der Konkurrenzhäuser sollten ihn alarmieren. Und besonders sonnabends und montags jucke es die Runzligen und Holzrussen! Sie könne da Schoten auftischen! Aber auch das Schülergesocks mause wie nichts Gutes! Auf herumirrende Blicke solle er achten, auf unsicheren Gang, vornüber gekrümmte Körper, angewinkelte und angepresste linke Arme. Und auf Grüppchen, die sich gegenseitig deckten. Gern überklebe das Gesindel auch die eine EAN-Auszeichnung mit ner anderen, ner wohlfeileren, klaro! Und dass heute der Sommerschlussverkauf beginne und was das fürs Schwundmanagement bedeute, müsse sie wohl nicht betonen: »Da steppt der Bär!«

Und ... und ... und auf die jungen Mütter mit ihren Quarren auf dem Arm solle er würglich achten, ergänzte sie. Würglich? Tuleckes Gesicht hatte sich infolge der Aufzählung wie unter unsäglichen Schmerzen verzogen. Oder gab das ihren Ekel wieder?

Komm her! Ich hab dir wehgetan, es tut mir leid. Drei Männer. Verschleppt nach Babylon. Gesang im Feuerofen. Wehleidigkeitslamento. *Dann sagt man Dinge, die man nicht so meint. Und schreit und weint ...*

Die Gänge empfand er danach wie eine Zuflucht. Ein Höhlenversteck, das unansehnliche Gehäuse des Heiligen Hieronymus, aus dem heraus er sich bescheiden und rücksichtsvoll betätigen konnte. Oder hatten die jüdischen Erbauer sie sich als katakombischen Fluchtort vorgesehen und hatten darin unbeschadet die Nazizeit überstanden? Probeweise fuhr er mit der Hand über die groben Steinkonturen der Mauer. Im Halbdunkel machten die schroffen Kanten und Rillen und harschen Flächen einen wüsten Eindruck. Er hatte sich die Anlage des verzweigten Gangnetzes auf dem Plan einzuprägen versucht. Sie hatte auf den einzelnen Ebenen durch Umbauten einen jeweils anderen Verlauf erfahren. Zumindest von den Handwerkern, den Maurern, den Elektrikern, die die Anlage eingerichtet hatten oder jetzt imstand hielten, mussten doch manche das Überwachungssystem kennen, überlegte er, als er der ersten Säule zustrebte. Wie garantierte sich deren Verschwiegenheit? Die Bauleute der Pyramiden waren umgebracht worden. Oder eingemauert wie die Inklusen. Die immerhin mit der Hoffnung auf Unsterblichkeit.

Die Säulenhülsen, das hatte er behalten, stellten eine Art Konstante dar. Zwölf von ihnen gab es, vier in jeder Reihe. Die Ecksäulen waren nach Himmelsrichtungen benannt. Sie setzten sich vom Untergeschoss bis in die oberen Etagen hinauf fort. Zwei von ihnen waren allerdings als nicht ausgebaut eingetragen.

Er musste einen Schauder unterdrücken, als er an seinem Ziel angelangt war und nun von ganz oben in den Schlund des von den Seiten her mehrfach aufgehellten Säulenschachtes blickte. Die Leitersprossen schienen sich zu verlieren. Wem da ein Fehltritt unterlief!

So provisorisch vieles wirkte, so raffiniert war anderes ausgetüftelt. Er orientierte sich auf der Karte. Das spärliche Licht der Fußleisten zwang ihn, das Faltblatt auf dem roh zementierten Boden auszubreiten. Die Eintragungen für die üblichen Einwegspiegel, die ein bequemes Beobachten erlaubten, ließen sich ohne Mühe identifizieren. Mit manchen Signaturen wusste er nichts anzufangen. Beispielsweise den frühchristlichen Fischezeichen.

Er tastete sich vorwärts, anders kam er in den düsteren Gängen nicht von der Stelle. Unversehens ragten nämlich sperrige Vorsprünge in den Weg, verliefen Rohre oder Kabel quer zur Laufrichtung über den Boden.

Gerüche sprangen ihn an. Von überallher seichtes Musikgeplätscher, ein lastenloses, hintergründiges, sordino-sachtes, vorgestriges Töne-Geriesel, das die aufgeregten Geräusche des künstlichen Lebens überzuckerte, das elektronische Piepen der Kassen, das Summen der Klimaanlage, die Durchsagen, das Rattern der Rolltreppen und anderes, wie mit dünnem Sirup, ein akustisches Vorhandensein, erschöpfungslos, unentrinnbar und sich im eigenen Klang fortzeugend. Manchmal gelangten Gesprächsfetzen an Lavendels Ohr, wie Schaumkronen auf der Dünung, die an seine Mauer schwappte.

Er erreichte die Fische-Markierung in der zweiten Etage. Auch hier schien es sich um einen Spiegel zu handeln, doch nähergekommen erkannte er, wie grünlich fluoreszierendes Licht den Gang füllte. Er blickte in ein Aquarium. Wasserfarn schwankte. Luftperlen lösten sich von den gewellten Blättern, von Wasserkelchen und von Wurzelfäden, und stiegen hoch und platzten. Guppies flitzten. Aus einem Moorkienholz- und Steineversteck löste sich langsam, getüpfelt und mit stacheliger Rückenflosse und bulligem Kopf und jähzornig roten Augen, ein Buntbarsch. Die Menschen dahinter wateten grün verfärbt über eine absurd möblierte Bühne. So sah es aus.

Bald gewöhnte sich Lavendel an gekrümmtes Gehen. Nach wie vor irritierte es, wenn jemand geradewegs auf ihn zulief, anhielt, sich in einen Sessel warf oder ein Kleidungsstück an sich zurechtzurrte, sich darin streckte und blähte und ihn dabei unentwegt anzustarren schien. Da wich er zur Seite und traute der Unsichtbarkeit nicht.

Unbedingt, nahm er sich vor, musste er sich draußen vom offenbaren Nichtvorhandensein seiner abgelegenen Welt überzeugen.

Zwei mit einer Linie verbundene kleine Kreise auf der Karte

stellten sich als zwei kleine Löcher mit bräunlicher Verglasung heraus. Er überblickte die Menschenmenge einige Meter von oben herab, nachdem er vorher zwei Stufen hatte hochsteigen müssen. Erdgeschoss, Bücherabteilung, unweit der Schokoladentheke.

Er sah, wie ein Angestellter, ein gegelter Hübschling à la Rock Hudson, einem Wagen Buchnachschub entnahm und in die Lücken räumte, und wie gleich daneben ein Mann, in weitem, formlosem Schafwollparallelo mit dicken Wollrippen, und in faltigen Jeans, in einem kleinen Band blätterte. Und wie der Mann sich zusätzlich ein weiteres, ein größeres Buch aus dem Regal griff, das bisherige zusammenklappte, beide in der Linken hielt, nun in dem darübergelegten neuen, großen blätterte, zur Wand gekehrt, also zu ihm, und das verdeckte kleine Buch mit der Rechten hervorzog. Für den Betrachter war er gewiss von vorn noch immer der angelegentliche Leser, schob dabei jedoch das abgezweigte Bändchen, den Bauch einziehend, langsam unter das Wollgestrick, hinter den Gürtel. Nur der Unterarm des Mannes, von hinten nicht bemerkbar, bewegte sich. Nach vollbrachter Tat strich er sich wie eine Schwangere über den Bauch. Lavendel bangte nun fast um ihn, als er das Alibi-Buch, das er die ganze Zeit über weiter, wie im Leserausch, in der Linken gehalten hatte, zurückstellte, dann sich an dem räumenden Angestellten, ihn anlächelnd, vorbeidrückte, die Schlange, die vor der Kasse wartete, anstandslos und bedächtig in seinen ausgetretenen Clogs entlang schlurfte.

Das Anrüchige seiner Situation war, dass das *GAD* es ihm honorierte, je skrupelloser er anzeigte. Und nur das erschloss ihm vielleicht die angedeuteten braunen Interna. Also letztlich doch kein Aus für Johan Lavendel, den Streiter für Gerechtigkeit! Aber er sei erst mal der Erfüllungsgehilfe, der die Eigentumsbestie füttere, hörte er Frieder räsonieren. Nur weil er auf Eis gelegt worden sei bei der Zeitung und bei Joana und sich beides aus dem Kopf schlagen wolle!

Über einen Säulenaufstieg und drei, vier Querverbindungen suchte er nach der Stelle, die in der Karte eine großräumigere Aussparung zeigte: die Umkleidekabinen der Frauen. In den Gängen hing die Luft auch hier dick und klamm. Als die Mauern zurücktraten, kostete ihn der Schritt in die hier vorherrschende Helligkeit Überwindung. Durch simple Platten waren die neun Kabinen mit den eingepferchten Frauen voneinander abgetrennt. Große Spiegel bildeten die rückwärtige Schmalseite. Was sich vor ihnen abspielte, bot sich Lavendel getrübt, wie durch Rauchglas gefiltert. Milchgraue Pigmente schwächten die Farben.

Er blieb längere Zeit. Ungezwungen drehten sich und posierten Kundinnen. Nervöse und geduldige und unwillige und leidenschaftslose und gierige und zufriedene Selbstbetrachterinnen. Knochige, Zierliche, Pummelige, Mächtige, Junge, Alte, Halbnackte, Eckige, Verschwitzte. Stocksteife Frauen und schlangengleiche, mal in Strumpfhosen, unter denen sich schenkellange Baumwollhosen knüllten, mal in zerschlissenen Unterröcken, mal in spärlichen Tangas oder in durchscheinender Seide oder massig in fleischfarbene Mieder gezwängt oder mit halbfreiem Oberkörper, der weiß herabsackte oder knochig geschlechtslos war, Frauen, die ihm wie Gäste in einer ihnen fremden Umhüllung vorkamen, Frauen wie unbearbeitete Rohformen aus Stein, wenn ihr Gesicht unter einem Kleidungsstück verschwand und ihr Körper kein wirkliches Gegenüber war, die leblos waren und dann wieder geglättet und strahlend, Frauen, deren ausladendes Sitzfleisch barockschwer über Schenkel hing, und Frauen, deren Magerkeit geradlinig von den Rücken zu den Beinen reichte, Frauen mit Herz- oder Rosentattoos oder geweihartig prunkendem Schlampenstempel. Frauen, deren Brüste birnig herabhingen. Dazu das metallische Klacken der Bügel an den Haken und das Stöhnen beim Bücken und Aufrichten, die Geräusche, die das schnelle Überziehen der Pullover, Hosen, Kleider und Röcke und deren Wiederabstreifen verursachten, und die sich daneben den angestrengten Kehlen entrangen. Vermengt mit dem gleichförmigen Musikmatsch des Hauses. Doch musste er absolut leise sein, sagte er sich.

Einer aufgeblondeten 30-Jährigen, die die altägyptisch umschwärzten Augen übermäßig aufriss, quollen die Brüste aus dem schwarzen BH. Als sie ihn nach kurzer Verrenkung hinten geöffnet hatte, erwiesen die Übermäßigen sich unvermutet als Kleingebilde mit flachen, schrägen Hofovalen und von bläulichen Striemen gezeichnet. Als sie den Rock herabließ, kam ein spärlicher Strumpfhalter zum Vorschein, der in die Taille schnitt. Darüber ein durchscheinender Schlüpfer aus blassviolettem Gewebe. Der Venushügel war puppenblank, bis auf drei dünne Afrozöpfchen als punktuelle Mittellinie, aus kleinfingerlangen Haaren geflochten. Darunter die Fuge ein strichdünner Ritz, als sei die Vulva in den Körper zurückgeschlüpft. Die Frau probierte BHs und gefiel sich in wechselnden Stellungen. Weiß krümmten sich über ihren Bauch Gewebrisse. Manchmal lächelte sie stillvergnügt und war angetan von sich. Das berührte Lavendel.

Daneben drehte sich ein Kostüm in finsterem Rot. Vielleicht war die Frau darin Ende fünfzig. Wasserstoffblond die hochgeschlungenen Haare. Das gefirnisste Gesicht kantig. Künstliche Wimpern bartdick und kohlschwarz. Oberlider blau. Der Mund groß und wie geronnenes Blut. Als die Frau die Jacke aufknöpfte und auszog, kam ein knitterhäutiger Oberkörper zum Vorschein, mit Schlüsselbeinen und Rippen einer Verhungerten. Ihre Brüste, im knappen schwarzen Spitzen-BH, operativ aufgeblasen. Dünne Adern schlängelten sich darüber. Muskellose Haut hing herab, wenn sich die Arme hoben ...

Rotes Flackern seitlich. In einer Ecke. Blinken in kurzen Intervallen. Das Telefon. Ihm fiel sein Versäumnis ein. Er hob ab.

»Da sinse ja«, ertönte Tulecke, »spätestens jede Stunde solltense sich schon melden«, rüffelte sie.

Über seine Unachtsamkeit rasch hinweggehend, er fange ja

gerade erst an – was seinen Ärger nährte, weil sie damit die Großmut der Übergeordneten heraushängen ließ –, bat sie für mittags zur Unterzeichnung einer hausinternen Übereinkunft. Ansonsten wünsche sie Weidmannsheil. Sie schloss mit einem geflöteten *Tschüsi*. Der i-Schnörkel hatte wahrscheinlich ihre nüchternen Worte zu entschärfen. Das breitete sich im Nachhinein wie eine Schmierlasur über ihre Äußerungen.

Ihm fiel das Atmen schwer. Der unbestimmbare Fäulnis- und dumpfer Staubgeruch schnürten ihm die Kehle zu. Und Schweiß, der auf der anderen Seite ausgedünstet wurde. So kam es ihm vor.

Eine ältere Frau in der vordersten Kabine poste in aller Ruhe und rückte sich ihre aschblonde Pudelkopf-Perücke zurecht, als sei sie eine Bademütze, gab der künstlichen Frisur etwas Entfesseltes, indem ihre Finger den Löckchenwirrwarr hie und da aufplusterten. Endlich zufrieden mit dem Sitz der Haare, übte sie einen bestrickenden Blick. Die papierdünnen Lippen zogen sich in die Breite.

Eine Weile sah er einer mageren Vierzehnjährigen zu, die sich von einer Freundin elastische Kleiderschläuche bringen ließ und sich vor ihr, halb geschamig, halb kokett, krümmte und mit einem Arm die unmerklichen Brusterhebungen abdeckte. Als sie wieder allein war, knetete ihre Linke prüfend den einen und den anderen zwergenhaften Glutaeus, betastete den hervortretenden Darmbeinstachel, fuhr über ihren mehr als flachen Magen und begutachtete ihn von allen Seiten, als forsche sie nach Anzeichen einer Schwangerschaft. Der weiße Baumwollschlüpfer ließ ein dunkles Dreieck durchschimmern. Es wirkte wie ein in Vergessenheit geratener Außenposten in einem anderen Sternensystem.

Lavendel war angespannt und fürchtete, falls ihn ein Anblick fessele, sich dies ab jetzt in dumpfem Moraldevotismus zu verbieten und permanent über seine Position als sophistischer oder triebhafter oder dienstlicher Voyeur nachzugrübeln.

Als eine Frau zwischen den Zähnen bei ihrem Spiegelanblick »Wurst in Pelle!« ausstieß und danach »Fette rote Brägenwurst!« und ein selbstironisches Lachen folgen ließ – In der Nachbarkabine weiteten sich die Augen einer Frau, sie sah die Wand an, als fühle sie sich von nebenan beobachtet und überführt – entstörte ihm das die aufgeladene Atmosphäre.

Er begegnete in einer anderen Kabine einer vielleicht Zwanzigjährigen mit streichholzkurzen Haaren. Jean Seberg! *Außer Atem*! Samir, mit dem er den Streifen mal gesehen hatte, hatte ihm vorgehalten, die *belle américaine* sehe auf den ersten Blick doch wie ein gescheitelter Junge aus und er, wenn er sie möge, habe bisher offenbar seine homophile Neigung verleugnet. Oder, noch verkorkster – Samir mochte Wörter, von denen er hoffte, sie irritierten aus seinem Ausländermund, und die sprach er behutsam aus, wie um ihnen nicht wehzutun –, er sei einer wie jener Chaplin, der nymphophil das Weibliche nur als das Unausgegorene ertrage? Lavendel hatte sich gewunden. Das könne sein, doch, er möge das hinter Jungengleichem verborgene Weibliche. Wenn schon! Man könne ihn seinetwegen als paraphil, wer weiß, bestimmt aber als philogyn oder gynophil oder kallophil, aber nur ansatzweise als nymphophil oder korophil abstempeln. Samir hatte sich über das massenhafte *phil*-Angebot sichtlich gefreut, es aber dennoch als dekadent verworfen.

Mit gekreuzten Armen hob die Seberg ein Kleid über den Kopf, achtete dabei darauf, dass sich das Kabel zwischen Kopfhörer und Walkman nicht verhedderte. Sie entblößte einen vollendeten Oberkörper und vollendete Hüften. Die Haut schimmerte weiß. Das Licht floss spurenlos an ihr herab. Ihre Augen funkelten.

Wieder hatte er aber kurz das lähmende Gefühl, als sei er ungeschützt und als hätten ihn gleich sämtliche Frauen auf dem Kieker, ihn, den kümmerlichen Beobachter. Und schlimmer noch: Stand nicht Tatjana hinter ihm, Tatjana, die ihn kannte wie ihre Westentasche? So hatte sie behauptet. Tatjana, die ihm einflößte, er sehe sich seine weiblichen Opfer zurecht? Er verfälsche. Aus Urangst vor der allmütterlichen Kraft der wirklichen Frau! Was er sich nicht wie frisch geschlüpft vorstellen könne, wie aus dem Bilderbuch weltfremder Marienverkoster, das vergraule ihn. Da sei er wie Renoir, der seiner Marie-Clémentine mit Zeichenblock zu Füßen lag, ihrer seidigen und Sonnenlicht saugenden Frauenhaut mit Perlmuttreflexen ergeben, oder wie Manet mit Berthe Morisot. Oder Degas mit Mary Cassatt. Oder Klinger mit Elsa Anseijeff. Oder Rodin! Immer verletzend sei er! Irrational! Manipulativ! Abseitig! Unmenschlich!

Gleichviel! Sein Blick sprang über den Bauch und die winzige, kreisrunde Kuhle der Geburtsnarbe, und Tatjana, die Hellseherin, verstummte. Blieb stumm, als die Frau spreizbeinig stand und unter hauchdünnem Seidenstoff Schamlippen hervortraten, als seien sie unbedeckt. Sie waren rasiert und klein und fest und bäckchenprall. Nacktschnecken, ein Liebespärchen, in sich gekehrt und runzelhäutig. Prall dazwischen der Klitorisschaft. Über den schwarzen Strümpfen staute sich das Fleisch der Oberschenkel. Er hielt den Atem an bei der Vorstellung, mit den Fingerkuppen an überquellende Weichheit und lustspendende Härte zu rühren. Erschrak aber auch bei dem Gedanken, sich dem Anblick solcher auswechselbaren Unzugänglichkeiten auf Dauer auszuliefern. Das real Nahe wäre durch die verweigerte Erreichbarkeit schmerzhaft irreal. Er verkäme zum Reliquienverehrer.

Wie beim Anblick Joanas war das, wenn sie sich entkleidete. Ihr Körper spannte und dehnte sich. Sie verbat sich seine Blicke.

›Muss ich dir ausmalen, wie frau sich als Objekt deiner funkensprühenden Blicke fühlt?‹, erboste sie sich. Dramatischer Auftritt.

›Ich soll wegsehen?‹

›Du verstehst nichts. Immer beachten Männer die Frau an ihrer Seite nicht einfühlsam genug!‹

Sie stand vor ihm und trank genussvoll in langen Zügen. Ihre

Wangen blähten sich wie die Dizzy Gillespies bei einem längeren Trompetensolo. Die kaum sichtbare Gurgel rutschte auf und ab. Das matte Licht hob die Konturen ihres Bauches hervor, ließ die Querfalte, die sich durch den Gummi ihres Slips in die glatte Nacktheit eingraviert hatte, zum Schattenstreifen werden. Seine Finger könnten ihrem Verlauf folgen ...

Lavendel erhob sich und hastete zu einem weiter entfernten Telefon. Auch wenn die Sekretärin ihn eigens auf die Lingerie-Fährte gesetzt hatte, wollte er vermeiden, seine stündliche Meldung von ein und demselben Apparat, und zwar dem aus dieser bestimmten Abteilung, abzugeben – für den Fall, dass sein Standort bei der Meldung ersichtlich würde. Immerhin funktionierte also seine intellektuelle Kontrolle, machte er sich vor. Was ihm auch gleich wieder sauer aufstieß. Das Ausmaß seiner Verklemmtheit und die Vorstellung, dem Ansturm der Geschlechtlichkeit nicht gewachsen zu sein, forderten ihn. Angesichts der Überfülle an Weibes-Bildern musste er zu abstrahieren beginnen. Und was hatte Tulecke mit *sie an seiner Stelle* gemeint? *An seiner Stelle?* Wirkte er so, als sei er sonderlich erpicht auf derartige Anblicke?

Er sollte ehrlich sein. Seine Crux war seine Primitivität. Er, der sich insgeheim für verstandesorientiert hielt, er war in Wirklichkeit voll Gier nach Weiblichkeit, er wollte besitzen, er wollte gewollt werden. Diese Unfreiheit galt es zu eliminieren.

Peschloinükunk

Abend. Es grollte. Der Hall vervielfachte sich im weiten Gewölbe über der Stadt. Dann Regen. Verhuschtes Tasten erst, bald hemmungslos. Vergeblich spähte Lavendel hinüber. Nichts regte sich in den Fenstern. Er saß im Sessel und ertrug die raue Berührung der Lehne an seinen Armen.

Schließlich meinte er, wenigstens Joanas Stimme stehe ihm zu und griff zum Hörer und wählte seine bisherige Nummer. Da war nichts bis auf ein sanftes Wispern. Es konnte auch aus seinem Kopf stammen. Ein ums andre Mal drückte er die Tasten, legte auf, hob ab, wollte das Freizeichen erzwingen. Hörte, wie das fragliche Wispern in einzelne Segmente eines vielfachen Knisterns zerfiel. Er gab auf. Von nebenan kroch Stille herüber, Stille sank vom Dach herab, als der Regen verstummt war.

Er musste raus, nahm mehrere Stufen auf einmal, verfehlte eine, schlug mit dem Knie an die Wand. Die Notbeleuchtung streute Schmutzlicht ins Treppenhaus. Oft krümmten sich die Stufen nach oben, oft sackten sie ins Unerreichbare.

Die Straße glänzte nass. Gelb, rot, blau die Leuchtreklame in Wasserlachen. Er humpelte in Richtung Steintor, vorbei am verdüsterten Großpoeten, an dem Grünschlieren herabrannen, vorbei am *Schiller-Eck*, in dessen nikotingelben Fenstern sich Gestalten zeigten, deren Bewegungen verzögert waren, als schwämmen sie gegen den Strom, er lief, verfolgt von Krakeelen und Marschmusik, vorbei am pilzartigen Imbiss-Bau und dem Taxistand Ecke Knochenhauerstraße, vorbei an der Kette von Schaufenstern mit starren Puppen.

In der Enge der Telefonzelle hielt er den Hörer und fragte sich, was sich an sein erstes *Hallo* anschließen könnte, worin Joana keine Vorwürfe und knebelnde Erwartungen versteckt hören würde? Sein Kopf war leergefegt. Er hängte ein.

Der Imbiss-Pilz wurde dichtgemacht. Ein Flügelschlag

schreckte ihn auf. Haarscharf an seinem Kopf wirbelte eine Taube vorbei. Er roch ihre strenge Kälte.

Leise schob er die Tür der Wohnung ins Schloss. Von nebenan Musik. Er presste das Ohr an die Wand. Etwas ragte schroff heraus. Hier hatte er sich am Abend zuvor verletzt. Seine Finger ertasteten einen Dübel. Er ließ sich herausziehen.
 Später, im Dunkel des Flurs, sah er zwischen den Blättern an der Wand einen Leuchtpunkt.

Er lag. Der tiefe summende Grundton des Hauses hatte sich des Körpers bemächtigt. Er atmete hastig und oberflächlich und musste sich versichern, es gebe keinen Mangel an Luft.
 Im Eindämmern malte er sich golden aufglühende Birkenblätter aus, sah sich auf den weiträumigen Hof fahren, vorn das Fachwerkwohngebäude sah er, links und rechts die umgebauten Stallungen und Scheunen, die aufgeschossenen Birken und uralten Eichenhünen, den Eingang zum Hauptgebäude flankierend, über den stahlblauen Himmel jagten Wolken, scharf umrissene, sich auftürmende Massive, vereinzelt mit regenschwarzen Rändern, ein trockener Wind, die Blätter raschelten und rauschten, Schatten schoben sich über das Leuchten und gaben es wieder frei – da trat Joana mit Krücken aus dem Haus, ein Bein war eingegipst, sie balancierte die Stufen herab, sie war umrahmt von wechselndem Licht und dem Summen von Fliegen und Schmetterlingen und eindringlichem Blumenduft, in ihren Augen und in ihrem Lächeln sammelten sich spielerisch die eilenden Wolken, das föhnig weiche Wehen, das uneinige und wieder harmonierende Rufen der Amseln, die sirrend-gellen Schlachtrufe der Schwalben. Ein Hund bellte, rannte auf sie zu, sprang hoch an ihr, warf sie fast um. Ihr Lächeln war wie etwas, das aus ihm selbst stammte.

Er warf die Decke zurück. Im Flur war es finster. Kein sternheller Punkt, keine Stimmen. Nur das Rattern des Kühlschrankes und das Vibrieren des Hauses. Und er ein winziges Teilchen des riesigen, bebenden Corpus. Er schaltete die Beleuchtung ein und suchte die Stelle, an der er ungefähr den Lichtpunkt wahrgenommen hatte, schob die handgroßen Blätter beiseite, stieß auf den kleinen Krater, aus dem er den Dübel gezogen hatte. Der Versuch, weiter in die entstandene Öffnung hinein- oder gar hindurchzusehen, schlug fehl. Alles war dunkel. Es war nicht ausgeschlossen, dass die Vertiefung durch die ganze Mauer ging. Er musste den Tag abwarten.

Und wenn es tatsächlich ein Loch war?, fragte er sich, als er aufgewacht war und auf dem Bettrand saß, in unbestimmter Spannung die Nachforschung der Nacht fortdenkend, als ob nicht einige Stunden nervösen Schlafes dazwischengelegen hätten und er nicht den Wecker um sieben überhört und Eile nötig gewesen wäre. Wie erschlagen saß er. Völlig eingenommen vom Gefühl seiner Bedeutungslosigkeit. Dann rissen ihn die Geräusche des Hauses hoch, mit Brausen und Beben, in seinem altersschwachen Raumschiff, rissen ihn durch ein unbekanntes Universum.

Ein vermeintlicher Kunde, gedrungen und mit Hut, legte die Hand aufs Ohr, sah er, und blickte sich darauf um und ging steif und schnurgerade wie ein losgelassenes Ampelmännchen auf eine junge Frau zu, sprach sie an, hakte sich in ihren freien Arm ein und zerrte die Widerspenstige fort, mitsamt dem Kind, das sie fest an der Hand hielt.
    Noch hing Lavendel im Säulenaufgang, mit Blick auf die drei, als eine Hochgewachsene mit künstlichem Gesicht – wie die Mänade aus dem *Denver-Clan*, deren Namen ihm entfallen war. Alexis? – aus Großaugen in kajalschwärzester Umschattung, unter verklebten langen Fliegenbeinwimpern hervor, in den Spiegel starrte, nachtschwarze Medusenlocken schüttelte, botoxpralle Lippen schminkte, sie aufriss dabei, als fauche ein beutelüsternes Wildtier, die Grenzen zwischen äußerem Rot

und dem intimen Rosa der inneren Mundhaut bloßlegte, was Lavendel nicht sehen wollte, sondern statt dessen, als sie sich vorbeugte und die sandfarbene Kostümjacke aufklaffte, die verblüffend kleinen und festen Brüste, bis sie mit einem Ruck den Kopf zurückkriss, wie eine Kobra, die sich zum Angriff anspannte, und die Wirkung der kosmetischen Reparatur überblickte, wobei erneut der Mund aufsprang, als lache oder schreie sie: *Ich werde gewinnen* oder als suche sie sündhaften Ausdruck. Eine mannstolle Boucher-Circe. Fehlte nur, dass sie die Arme ausstreckte, ihn herüberzuzwingen, ihm den Zaubertrank zu reichen, der ihn zum Schwein verwandelte. Über rote Flecken auf den gebleachten Zähnen, wo sie an die bemalten Lippenteile stießen und die er mit Genugtuung registrierte, wischte sie mit einem Tempotuch. Nach der Wahl eines gemäßigteren Lächelns wandte sie sich ab. Das Kostüm saß eng. Sie lief den Weg zur Rolltreppe, lief wie auf Eiern und als ekle sie sich davor, in Kontakt mit dem Boden zu geraten. Mit einem Rollen der Hüften und Wackeln des Hinterns und abgezirkelten Trippelschrittchen wie auf einem Catwalk lief sie, sogar mit der Hand in der Hüfte, und mit unmotiviertem Zucken einzelner Körperteile und als fühle sie sich von begehrlichen Blicken abgetastet.

In der Nähe der Damengarderoben, halb verdeckt von zwei aufgekratzten Teenies in schrillem Plastikoutfit, die ein Kleiderkarussell fledderten, entdeckte er sie wieder. Sie drehte sich vor einem Spiegel und passte mit der freien Hand ihrem Körper ein vorgehaltenes Sommerkleid an. Daneben, zwischen den aufgereihten Kostümen, wehrte eine Trauergekleidete, die aussah wie die Frau des Schneidermeisters seiner Nachbarschaft, alle Vorschläge einer Begleiterin ab.

»Helga, deine Takelasche wirste jetzt los!«, bestimmte die Begleiterin dennoch, die kurze weiße Haare über dem braungebrannten Gesicht hatte und in einer bunten Weste und Jeans steckte, »die ist trostlos. Paul ist lang unter der Erde, und du schleichst noch immer als Betschwester durchs Land.«

Die Femme fatale Alexis ließ ihren Blick über die beiden streifen. Ihre Oberlippe verschob sich säuerlich, schrumpfte, formte in der Mitte zwei schroffrote Spitzen, wie Zarah Leander sie aufgemalt bekam, wenn es ans Männermorden ging.

»Das verstehst du nicht«, wandte die andere mit Leichenbittermiene ein.

»Und ob! Lamentieren war mal! Ende im Gelände!«, befahl die Resolute, die die Ware Stück für Stück musterte.

Mit zwei seidendünnen Teilen begab sich Alexis in Richtung Garderobe. Die Absätze klackten. Lavendel wollte ihr folgen, doch da brach die Schwarzgekleidete in Tränen aus. Sie schluchzte und zitterte am ganzen Körper. Eine Verkäuferin legte ihre Hand auf den Arm der Weinenden. Die Resolute zog am anderen Arm und redete auf sie ein. Die Weinende schüttelte beide ab und hielt die Hände vors Gesicht. Dann knickte sie plötzlich ein und fiel nach hinten in eine Kleiderreihe. Der Ständer drohte umzukippen. Die Kassiererin hastete herbei und schnappte ihn sich. Die Verkäuferin und die Resolute hatten die Weinende aufgefangen. Die Kassiererin brachte einen Hocker. Kundinnen scharten sich um den Vorfall.

Alexis steuerte auf die Kasse zu, die nicht besetzt war, und blickte sich ungeduldig um. Die Gruppe um die Weinende entfernte sich zur Rolltreppe. Die Kassiererin schob die Kleiderständer zurecht. Die Abteilungsdomina, mit strohgelber Hochsteckfrisur, stelzte heran und ließ sich von der Kassiererin den Ablauf des Ereignisses berichten. Wiederholt griffen ihre knochigen Finger nach dem blau glitzernden Schildpattkamm, der ihr Haar zusammenhielt. Dann fragte sie scharf, mit einem Blick auf die verwaiste Kasse und die wartende Alexis, Alphakälte verbreitend, ob den Kundenberaterinnen dieser Abteilung sachgemäße Betreuung ein Fremdwort sei? Drehe man ihnen den Rücken zu, verfielen sie in hilfloses Pischipuschi! In Zukunft seien unliebsame Vorgänge wie der mit dieser Schreckschraube professioneller abzuwickeln!

Sie stöckelte davon, als sei viel Zeit vertan. In silbernen, spitzen Stilettos. Die Kassiererin blickte ihr nach aus kleinen Augen, eingebettet in dickliche Lider. Über der Nasenwurzel ballte sich die Haut in Runzeln.

Mittags die Aufforderung Tuleckes, er möge sich bitte, auf ALLERHÖÖÖCHSTE – Sie bemühte sich, das Wort mit einer Spur Witzigkeit im Tonfall zu befrachten – auf ALLERHÖÖÖCHSTE Empfehlung hin, beim Marketing-Chef, Herrn Ansorg, melden. Natürlich ohne Angabe seiner Funktion! Namen und gut is. Man werde ihn von ein paar Grundsätzen der Arbeit im *GAD* in Kenntnis setzen. Da müsse er durch.

Nachmittags sprach Lavendel vor. Der Raum war von überladenen Schreibtischen eingenommen. Werbematerial stapelweise und Plakatrollen lagen und lehnten im Weg. An einem schmalen Schreibtisch, in dezenter Rave-Couture, saß die junge Frau, Lavendel erinnerte sich, die Kaimann vor seinem Büro so auffällig verabschiedet hatte. Sie hatte Aktenordner um sich aufgebaut, bearbeitete die PC-Tastatur und vermehrte Zahlenkolonnen auf dem Bildschirm.
Es freue ihn, begrüßte Ansorg, ein baumlanger Mensch in den Fünfzigern, den Eintretenden mit schlammweichem Griff. Dann stellte er ihm die Praktikantin, Frau Britt, vor. Sie studiere die Eigenheiten des *GAD*, wovon es sicher einige gebe. Und hoffentlich – horribile dictu – sei sie nicht zur gleichen Erkenntnis gekommen, wie sie im fünften Buch Moses, Vers 33 formuliert sei und worauf die Haute Walaute der Chefetage gern im Scherz verweise: *Auf Beute lauert Gad, und reißt den Opfern Kopf und Arme ab!* Das war an sie gerichtet, doch sie betrachtete den Sprecher verständnislos.
Der sog an der Zigarette. Seinem flachsenden Tonfall entsprachen Kleidung und Körperhaltung. Die Krawatte breitete sich locker über ein rotgrün kariertes und hochgekrempeltes Hemd. Ein Kaschmirsakko hing über der Stuhllehne.

»Hier, im *GAD*«, sagte er »im Tempel der Vanity Fair, kulminiert alles: Basisbedürfnisse, abgehobene Abstraktion, elementare Emotion. Und im Nervenzentrum des Ganzen sitzen wir. Kaffee?«

Ohne eine Antwort abzuwarten, schob er Lavendel eine Tasse hin und hielt die gläserne Kaffeekanne darüber, sah ihn aber vor dem Gießen an, »Milch, Zucker?« dabei fragend, und füllte die Tasse.

»Wir sollten, im Optimalfall, sämtliche wünschbaren Produkte bieten. Tun wir nicht. Wir sind nicht das *Field's* in Chicago oder das *Bloomingdale's* in New York. Auf unseren 32.000 Quadratmetern aber sind wir mit ca. 110.000 Muss- und Kann-Produkten nicht schlecht aufgestellt. Dabei richtet sich unsere Shopping-Strategie natürlich nach den Gegebenheiten. Das alte Gebäude hat den unheilvollen Orlog weitgehend heil überstanden. Und wir versuchen die Ideen des Erbauers, der ja seine Entwürfe von Alfred Messel – Ich sage nur: Pergamon-Museum! – erhalten hat ... Aber über die Geschichte der Einrichtung ... Mann, Löscher, das passt ja wie Faust aufs Gretchen, dass Sie ... Sie kommen wie gerufen!«

Er wies auf den unterdessen eingetretenen „Adlatus" Schiemes, der sich mit einer Mappe vor ihm aufbaute. »Herr Löscher von Grünberg auf Blumenthal«, sagte er mit unverkennbarer Süffisanz, die Löscher wohl mitbekam und der die prononcierte Namensnennung mit einer Handbewegung tilgte, »aber auf die Hervorhebung seiner aristokratischen Wurzeln legt er generös kein Gewicht, um uns Bürgerliche nicht zu verunsichern. Herr Löscher ist Assistent im Personalmanagement und Alphatier in unserem Medienzirkus«, stellte er ihn vor.

Löscher zeigte mit keiner Miene, dass er Lavendel kannte, ihn seit dem Vorstellungsgespräch auch mehrfach im Sekretariat Tulecke angetroffen hatte. Lavendel tat es ihm gleich.

»Worum gehts?« der Kaimann-Kriechling Löscher knipste ein Lächeln an und aus.

»Strukturkomponenten des GAD. Kleine Einführung in die Family. Wie's so flutscht im Takatukaland hier.«

»Interessant«, sagte der Knipser und verbeugte sich, als geschehe das vor der Ehrwürdigkeit ihrer Arbeitsstätte.

Das Telefon dudelte. Ansorg erläuterte ungerührt, man müsse in solchem Fall darum bemüht sein, die gesellschaftliche und kulturelle Sendung einer solchen reputierlichen Konsumstätte wie der ihren kohärent zu umreißen. Dann hob er endlich den Hörer ab und sagte mehrfach *Ja* und dass er sogleich da sei und bat den Assistenten, seine Aufgabe zu übernehmen und eilte davon.

Löscher nickte und setzte sich auf eine Tischecke.

»Inzwischen ist ja hinlänglich bekannt«, begann er, »dass unser Herr Direktor als Kandidat bei der Kommunalwahl im November antritt. Ich bin Moderator eines Thinktank, der die Kaimannsche Erfolgsstory unter die Leute bringt. Des Mannes mit dem begnadeten Händchen. Das fordert Aufwand.«

Er stockte, als falle ihm etwas ein, und er fuhr viel leiser, viel weniger markig fort, sprach jetzt in der wichtigtuerisch zurückgenommenen Weise seines Chefs. Man musste sich anstrengen, ihn zu verstehen. Darum ging es wohl.

»Also zur Sache. Vor 15 Jahren hat unser Herr Direktor die Leitung des Hauses übernommen und modernes durchlässiges Management verfochten. Ex ovo. Sein Konzept hat Essentials, die die angegraute Warenhaus-Hökerei entrümpeln und statt Flickschusterei eine trendoffene, kundenbezogene Verkaufsdramaturgie anstreben. *Omnia omnibus ubique*«, erklärte er verhalten, und seine Finger hatten pantomimische Gänsefüßchen in die Luft geknibbelt. »Alles für alle überall. Das ist seine Vision. Diese anfangs verkündeten Schlüsselqualitäten gelten heute erst recht.«

Nach dem einleitenden Kotau vor *unserem Herrn Direktor* hatte Löscher schneller und schneidender gesprochen, trotz reduzierter Lautstärke. Er hatte ein jungenhaftes, dabei hartes Gesicht.

Das breitspurige Lächeln hatte etwas Abgefeimtes. Die elfenbeinweiße Haut war tadellos rasiert. Das rosshaardicke und kurze Haar trug er gelgeschniegelt und rechts gescheitelt, was den Anstrich der Servilität hervorhob. Die Augenbrauen waren heller als das Kopfhaar, ausgebleicht geradezu. Die Nase, dünn und lang, endete spitz und kontrastierte mit dem eckigen Kinn. Beide Gesichtshälften waren ungleich, fiel Lavendel auf. Wenn man sie auseinandernähme und sie verdoppelt jeweils wieder zusammenfügte, ergäben sich völlig andere Gesichter: ein kantiges, schmales sowie ein schwammiges.

»Kundenorientierte Einstellung«, dozierte der Kaimann-Paladin, »erfordert revolutionäre Wareninszenierung. Kunden werden zu kalkulatorischen Partikeln im gesamten Kaufprozess.« Jetzt zischte er schlangenhaft. »Oniomanieverseucht. Stellnse sich vor: Der Vorgang des Kaufens, der gierige Anbiss, hat für die Provinz-Eier hierorts bereits den ultimativen Spaßfaktor und scheint essentieller, als das Kekaufte in Pesitz zu haben!«

Seine Aussprache hatte sich weiter verknappt und verschärft, kasernenhofmäßig martialisch. Exerzierstiefel knallten aneinander. Gebrüllte Kommandos hallten nach. Erhitzt vergaß der Herr von Grünberg auf Blumenthal die gezierte Leisererei, schmetterte Ps und Ks und Ts heraus. Vielleicht, dachte Lavendel, musste man sich in der Führungsetage des *GAD* nicht nur das leise Genuschel, sondern auch irgendeine barsche Macke zulegen, um beim Leitwolf zu punkten.

»Die Käuferseele muss kochen. Und platterdings sollte die Kapitalzirkulation peschloinikt wern. Was nich flasht, wird runtergepreist. Knatenlos. Ohne Eier in der Hose geht nichts. Das Lager muss frei sein. Kaufanreiz soll'ne Art hypnotiale Trance sein. Mittel hierfür: visuelle und akustische Überraschungseffekte. Klauphaft jetenfalls. T-H-I-P! T-H-I-P!«

Die schmalen Lippen spannten sich um das Schlagwortedauerfeuer und verzogen sich hin und wieder nach links, als ironisiere Löscher etwas – was aber nicht der Fall war, soweit Lavendel das in seiner irritierten Aufmerksamkeit beurteilen konnte. Meist war die geschminkte Frau Britt in Löschers Blickfeld, und diese, stellte Lavendel fest, geizte nicht mit bestätigendem Nicken zu dem militärischen Feuerwerk.

»Das THIP-Programm ist erstens das pestrickende Ampiente statt der früheren schlurigen Krämereinfalt, zweitens die Hypnotisiertheit des Kunden statt psychischer Peliepikkeit, trittens die Inszenierung der Ware statt der Retuktion aufs Protukt und viertens:«, schloss er seine Zusammenfassung, und je mehr seine Stimme Detonation an Detonation reihte, und je mehr die Hacken zusammenschlugen, desto gebannter hing Frau Britt an den Lippen des Redners, und desto mehr ließ der es knallen, und sie wiederum reckte die Brust, deren Warzen von Mal zu Mal unbändiger wurden, woran des Redners Blicke hingen, »viertens«, erklomm die Stimme die nächste Stufe der Erregtheit, »viertens der peschleunigte 30-Tage-Umsatz. Und das wärs schon! *Traum-Hypnose-Inszenierung-Peschloinikunk* is'n pyramitaler Wurf. Die permanente Evaluierung is dem Prokramm implantiert. Und fetzt, weil Herr Tirektor Kaimann dunnemals, als Vorreiter zeitgemäßer Managementmethoden, hopplahopp ne schärfere Kankart einkeschlaken hat und auf *Total Quality Management* kesetzt und ne ultraflache Hierarchie durchgepaukt hat. Das und die legentären Zehn Kepote als Verständniskrücken ... so'n Unternehmensleitpilt taktet die Mannschaft in den Verkaufsprozess ein!«

Der Assistent rutschte von der Schreibtischkante und teilte überstürzt mit, die Herrschaften könnten ja vielleicht inzwischen ... Er müsse stante pede apostolorum weiter. Man solle aber nicht denken, ergänzte er, schon fast an der Tür, dass ein grandioser Programmwurf die ganze Miete sei. Da rotte sich ja leider dieses rattenfreche Kelichter im Haus zusammen, Ich-Larven und Schnorranten, und petiene sich, wie es kerate passe.

»Das zieht ab, das Keschmeiß! Jeder Hansfranz macht großen

Pohei und pocht kaltschnäuzik auf sein Menschenrecht, Anteil am kesellschaftlichen Reichtum zu hapen. Kelichter, wie kesacht.«

Er hatte seine Brandrede wieder an Frau Britts Brustwarzen gerichtet. Jetzt, als habe Lavendel etwas eingewandt, drehte er sich ihm zu, Kopf und sehniger Hals langgestreckt, überraschend schläfrig fast, unberechenbar, wie eine grüne Mamba.

»Tass ist nicht trollig!«, presste er drohend heraus, »si vis pacem, para pellum!«, verhieß er und zog den Kopf wieder zurück und verließ den Raum. Lavendel war erleichtert. Frau Britt beugte sich wieder über ihre Arbeit.

Nach viertelstündigem Warten auf Ansorg, während dem die Blicke der beiden Verbliebenen sich unvermeidlich auch getroffen hatten und Frau Britt jedes Mal wie unter Zwang in etwas wie ein störrisches Lächeln verfallen war, ansonsten aber schwieg, verabschiedete auch er sich.

Let me feel you moving
like they do in Babylon

Through the looking glass

Nur Sonja Heck konnte das sein, die abends vor ihrer Wohnung auf ihn zutrat. Sie redete ohne Punkt und Komma und so, als räuspere sie sich gleich, und zog an einer Zigarette und drehte den Kopf zur Seite, wenn sie den Rauch ausblies. Ihre anfällige Blondheit setzte ihm zu. Dunkle Strähnen durchzogen sie. Schatten unter den Augen ließen sie übernächtigt wirken. Der Rücken der kleinen Nase war ein schmaler, im Flurlicht glänzender Grat.

Er sei gewiss der neue Nachbar, begann sie und beteuerte, sie freue sich. Die Mieter hätten hier immer ein klasse Verhältnis zueinander gehabt. Lavendel versicherte, dass ihm daran auch gelegen sei. Das freue sie, wiederholte sie, ehrlich, das freue sie und ob er nicht auf einen Sprung hereinsehen wolle?

Tatsächlich war die Wohnung geschnitten wie die seine, nur seitenverkehrt. Zu allem Überfluss standen auch die Möbel ähnlich, waren sogar großenteils identisch. Offenbar hatten die beiden, Frau Heck und sein Vorgänger, ihre Einkäufe einträchtig abgewickelt. Ob ihm ein kleiner Sundowner zusage? Sie wies auf einen Schnaps, Bagaceira, einen portugiesischen. Schenkte ein. Leider gehe er zur Neige. Aber demnächst habe sie Urlaub – fünf Wochen Costa del Sol – und da kriege man auch diesen Portugiesen günstig. Und ob sie ihn in dem Zusammenhang mit einer Bitte überfallen dürfe? Es handle sich ums Gießen der Blumen.

Das erledige er selbstverständlich gern, stammelte er. Es kostete ihn erhebliche Anstrengung, ihrer unmittelbaren Nähe und Zuwendung unverkrampft standzuhalten, wo er sie schon ganz anders kannte.

Zunächst mal habe sie noch eine kurze Dienstreise vor sich. In 14 Tagen oder drei Wochen erst lichte sie die Anker direccion Malaga! Und sie habe schon mal an eine Art Probelauf während dieser Dienstreise gedacht.

Selbstredend fand er das eine gute Idee. Also könne sie ihm dann vor der Abreise Schlüssel und Instruktionen übergeben?, fragte sie erleichtert. Er trank aus.

Beim Hinausgehen sah er, dass an der Flurwand, schätzungsweise dort, wo er drüben das Dübelloch mit seinem nächtlichen Leuchten entdeckt hatte, eine alte Wanduhr hing. À la Biedermeier. Das Perpendikel ruhte. In dem geschliffenen Deckelglas spiegelte sich die Flurlampe.

Kaum hatte er die Wohnungstür hinter sich zugedrückt, war er schon an der Wand, um durch die kleinfingergroße Öffnung hinüberzukneisen, wie er es, für sich verharmlosend, dachte. Man sah also durch das Gehäuse der Uhr. Drüben musste die Öffnung breiter sein als bei ihm, sonst könnte er nicht den ganzen Flur und einen Ausschnitt des Wohnzimmers überblicken.

Frau Heck blieb unsichtbar. Er fand den Dübel und füllte das Loch. Nicht dass umgekehrt etwa er jetzt das Objekt ihrer Beobachtung würde. Aber dazu eignete sich die Konstruktion nicht. Und sowieso hielt er Sonja Heck für außerstande, sich zu derlei zu erniedrigen. Er bog alle Blätter beiseite. Einen weiteren Dübel entdeckte er nicht. Dabei ließ ihn die Idee nicht los, dass der entdeckte Mauerschaden nicht zufällig, sondern bewusst und womöglich sogar in Serie angelegt worden sei. Vielleicht hatte sein Vormieter krankhaft die Wände durchbohrt und sich so Einblick in die Nachbarwohnung verschafft?

Die einzige weitere Verbindungswand war im Badezimmer. Viele Möglichkeiten gäbe es da nicht. Lavendel hängte das Holzregal ab. Die Wand dahinter war unversehrt. Der Spiegel über dem Waschbecken ließ sich aus seiner Halterung heben. Und zu seinem Erstaunen stieß er statt auf gemauerte Wand auf Styropor, einen großen rechteckigen Block, der sich aus der Mauerumfassung herausnehmen ließ. In einem Umfang von 40 mal 30 Zentimetern war die Mauer fachgerecht aufgebrochen. Er löschte das Licht.

Vor ihm lag ihr Badezimmer. Wie eine etwas trübe Glasscheibe trennte ihn nur noch ein Spiegel auf ihrer Seite, ebenso durchscheinend wie die vielen im Gebäude unter ihnen. Beugte er sich vor, blickte er in ihr Waschbecken. Links das Fenster. Im toten Winkel das WC. Links gegenüber, in der Ecke, die Dusche. Geradeaus die Wanne. Rechts die offne Tür. Er konnte in den Flur sehen und dahinter schwach auf einen Teil der Schlafzimmertür.

Fast mechanisch verdunkelte Lavendel sein Fenster. Und unwillkürlich hielt er den Atem an, als er sie den Flur herabkommen und ins Bad treten sah und hörte. Was war das für ein Mensch, sein Vorgänger?, fragte er sich, derweil er zurücktrat, voll Angst, überführt zu werden – und wenn es so wäre, dass er sich durch ein Geräusch verriet!

Es war jetzt die gleiche Zeit wie gestern, bei seiner ersten Beobachtung in den Fenstern gegenüber. Das Licht der Lampe schimmerte auf der Haut ihres gebogenen Rückens, als sie Pulli und Hemd, beides auf einmal, hochzog, über den Kopf. Die Brüste fielen heraus, mädchenhaft, aber auch füllig wirkend – vielleicht weil ihr Oberkörper sonst eher schmächtig war. Sie streifte Hose und Schlüpfer ab.

Seine Befürchtungen wuchsen, als sie geschmeidig auf ihn zukam und ihr Spiegelbild überprüfte. Sein Blick wich aus und wanderte die Rinne unterhalb der Brüste bis zum Nabel hinab, dessen längliche, eingewölbte Vertiefung oben von einer schmalen Hautfalte überdacht war, und versank darunter in dunklem Fell, dunkel wie die Strähnen im Blondhaar.

Sie zog ein schlichtes Schlafanzugoberteil an. Lavendel war es, als blicke er auf einen seit Jahren erlebten Vorgang und als sei ihm nicht nur das Geschaute, sondern auch das künftig Schaubare nicht mehr zu nehmen. Und doch: Die von ihm entdeckte Beobachtungsvorrichtung ließ ihn sich fühlen, als ob er einer Schandtat überführt sei. Es bedeutete nichts, wenn er sich sagte, sein Vorgänger habe das alles angefertigt. Das warf er sich eher noch zusätzlich vor, diese Ausrede. Und woraus wäre zu schließen, wenn er länger hier wohnte, und jemand entdeckte die Anlage, dass das alles nicht dem perversen Hirn des Herrn Lavendel entsprang?

Er zog sich ins Wohnzimmer zurück und entkorkte eine Flasche Wein und hoffte auf einen Einfall, der ihm die Unvermeidbarkeit und Schuldlosigkeit an der Einrichtung und an seiner Handlungsweise schenkte. Doch was handelte er schon. In aller Unschuld verehrte er diese Schönheit. Was könnte Frau Heck dagegen haben, wüsste sie es! War es eine Zumutung, sie zu bewundern? *Ein schönes Weib! Der weiße Blick, er sprach von wildem Begehren*, murmelte er verwitternde Heinezeilen vor sich hin, *die stummen Lippen wölbten sich und lächelten stilles Gewähren*. Einmal und noch einmal. Das beruhigte ihn.

Durch das Dachfenster des Wohnzimmers sickerte die flackernde Fahlheit des städtischen Nachthimmels herab. Er sah sein Leben zerfallen und erstarren wie in den frühen Warhol-Filmepisoden, in denen die Kamera über Stunden nichts als ein New Yorker Gebäude observierte, im Wechsel vom Tag zur Nacht. Durch die offene Küchentür drang das Brummen und Knistern und Gluckern des Kühlschrankmotors herüber. Das abschließende Sirren, fein, wie von Zikaden, verstummte erst nach geraumer Zeit. Dann war da nur noch das Wassertropfen.

In der Mittagspause besorgte er sich im Meeresfrüchte-Shop am südlichen Ende des Kröpcke ein Lachsbrötchen. Aus einem afrikanischen Keller-Bistro schallten heftige Stimmen und Bruchstücke eines unbekannten Afrobeats, jazziger, groovender Funk. Knüppelharte Gitarrenriffs. Er blieb eine Weile stehen, um zuzuhören. Es war warm. Regenschwarze Wolken zogen träge aus dem Westen heran und boten kleine Ausschnitte blankes Blau. Skater, die Baggy-Pants in den Kniekehlen, jagten ratternd vorüber. Vor einer Spielhalle lärmten Jugendliche. In einem Spirituosenladen in der Osterstraße erstand er zwei Flaschen Bagaceira.

Als er sich dem *GAD* von der Nordseite her näherte, schritt eine Asiatin auf ihn zu. Sie würde eine Auskunft haben wollen, dachte er beunruhigt und dass er den ganzen Tag noch kein Wort gesprochen hatte. Kurz vor ihm aber trat sie an ein Auto und schleuderte, etwas verächtlich, die öligen dunklen Haare zurück, bevor sie einstieg – wobei sie, als sie sich setzte, die Rückseite ihres weiten Minirocks mit einer schnellen Handbewegung nach oben warf und Schenkel und Hüfte entblößte. Zwei junge Kahlrasierte in der Kluft der Security, aus einem Nebenausgang des *GAD* getreten, marschierten durch die Szene.

»Ey, die gelbe Wurst da«, sagte der eine. »Scharfe Arschmanschette, der Fickfehler. Und ich ohne Bremsen.«

Der andere folgte schwerfällig seinem Blick. Näherte sich dann aber unvermutet schnell der Frau. Die sah das, und die Tür floppte zu, der Motor sprang an, der Wagen fuhr los. Der Kahlrasierte brüllte hinterher: »Isch fick disch, du Hure!« Er trat gegen eine Laterne. Der Mast schwankte.

Die luxurierenden Pflanzenriesen in der Eingangshalle stellten sich wider Erwarten als echt heraus. Lavendel suchte vom Keller bis in den fünften Stock nach präparierten Spiegeln und anderen Spioniereinrichtungen. Am überraschendsten das *Book-Corner* im Erdgeschoss. Hier sahen in ehrwürdiger Abgeklärtheit metergroße Autorenporträts von der Wand herab. Eine Reihe Goethe, Hemingway, Astrid Lindgren und darunter eine Reihe Platon, Schopenhauer und Nietzsche. Die Namen standen dabei. Er bemühte sich, genauso unauffällig zu bleiben wie jener Bücherspezialist, sein erster Dieb, den er beobachtet hatte, hielt ein Buch und blätterte, während er die Dichter und Denker betrachtete und in etwa den Blickwinkel schätzte und zu dem Schluss kam, dass der jenseitige Ausguck identisch war mit Goethes Augen. Das leuchtete ihm ein, weil dieser Klassiker in Kaimanns doidschem Warenhaus wohl nie ausgewechselt werden würde.

Später fiel ihm ein ungleiches Pärchen in der Schreibwarenabteilung auf. Der eine, sehr korpulent, mit eitergelbem Blouson im XXL-Format, spreizte sich und bot sich als Blickfang dar. Hinter diesem Schutz, allerdings gut erkennbar für den nächststehenden Kunden, einen scheuen Afrikaner, Typ Student, steckte unverfroren der andere, ein Schmaler mit Pepitahut und schäbigem Karojackett, das durch groteske, milli-vanilli-breite, an ihm schlaff herunterhängende Schulterpolster wie in den späten 80er-Jahren auffiel, einen Brieföffner ein. Test-Langfinger, die die Wachsamkeit des Personals zu prüfen hatten? Der Kunde verfolgte den Diebstahl mit offnem Mund. Als der Schmale, anscheinend vom Verkäufer unbemerkt, eine weitere Beute verschwinden ließ und dabei dem Studenten aufmunternd zugrimassierte, nutzte der idiotischerweise die Gelegenheit und entwendete ein Farbstift-Set und zog mit seinem Raub in Richtung Ausgang ab. Da aber hatte sich das ungleiche Paar schon an seine Fersen geheftet. Lavendel sah, wie er abgeführt wurde. Und hörte, als er durch die Gänge gehastet war, und nahe am Rand der Verkaufsfläche wieder Kontakt hatte, wie der eitergelbe Dicke dem Schmalen vor der Tür zur *Station* das Weitere überließ.

»Mach du die Arschgeburt fertig, ich muss für kleine Helden.«

Testdiebe waren das nicht. Auf ihre Taktik, zur Nachahmung zu motivieren, fiel am gleichen Nachmittag wieder jemand herein, diesmal am Stand für Exklusiv-Füller. Lavendel verfolgte die drei, bis sie ihren Fang, eine achtbar wirkende Dame, wieder in der *Station* ablieferten. Neben der Tür war ein Security-Mann postiert. Lavendel hörte, bildete er sich ein, den Schmalen beim Herauskommen etwas wie *Schlampe* und *Schutzgeld* und *Olle Schabracke* nuscheln. Als nach einer halben Stunde die Dame bleich das Haus verließ, schien es in der Tat nicht ausgeschlossen, dass sie sich ihre Freiheit hatte erkaufen müssen.

Er stieg hinauf und sah in der Wohnung nach, ob sich nebenan etwas tat. Doch keine Spur von Sonja Heck. Einer Eingebung folgend, notierte er die beobachteten Vorgänge. Mit Datum, Uhrzeit und Täterbeschreibung und Ablauf. Die Aufzeichnungen beschloss er fortzusetzen, sie aber vorläufig nicht an Tulecke weiterzuleiten.

Lavendel gewöhnte sich an das irreguläre Zusammenleben mit Sonja Heck. Intuitiv erahnte er zeitliche Abweichungen, war früher oder ließ sich Zeit und teilte sich in ihren Tagesablauf ein.

War sie morgens gähnend vor ihn getreten, zog sie Grimassen, hob sie langsam die Arme hinter den Kopf, dehnte und streckte sie sich tai-chi-artig wie der Grauhaarige auf der Dachterrasse in der Schillerstraße, wies sie ihm die mal stoppeligen, mal glatt rasierten und von zwei Querfalten unterteilten Achselhöhlen, so bildete er sich ein, der Tag werde ihr, so schwer ihr der Beginn fiel, leicht von der Hand gehen. Begann sie anders, ernst und mit schnellen Griffen, kam sie dann tatsächlich oft später zurück oder gar nicht, sondern erst am nächsten Abend, und saß auch mal auf dem Rand der Wanne und starrte finster vor sich hin. Sein Blick mochte dann kaum ihr Gesicht verlassen. Vielleicht nur, wenn sich der dunkelblaue Seidenunterrock hochschob und oberhalb des Strumpfendes einige Fingerbreit der schimmernden Haut des Oberschenkels freiließ.

Oder sie zog sich den Pullover aus, betrachtete mit Hilfe eines Handspiegels ihren Nacken und die Schultern, drehte sich um und sah wieder ihn an. Immer öfter schien es ihm, als tue sie das im vollen Bewusstsein seiner Anwesenheit und als ob sie ihn in solchen Momenten ihrer gemeinsamen Gegenwart zurechtweise. Bestürzung, Angst, Abscheu im Blick. Oder einfach Erschöpfung. Ihre Augen hatten ein bläuliches Taubengrau. In der Mitte stürzte die an Ferne, an rauchverhangene Herbstluft erinnernde Iris in pechsteinschwarze Tiefe ab. Im Zusammenwirken mit ihren dunklen Wimpern standen ihre Augen in auffallendem Kontrast zum restlichen hellen Gesicht. Wenn Sonja

Heck ihn direkt anzublicken schien, ohne zu plinkern, entdeckte Lavendel nach einiger Zeit ein ganz leicht vibrierendes Zittern der oberen Lider, die fast bis zum Beginn der Pupillen herabgesunken waren, wobei sich die schwach durchgebogenen Wimpern wie schützende Finger ausnahmen. Sie schienen den Blick zur Gänze verbergen zu wollen.

Bot sie eine unvermutete Veränderung, befremdete ihn das zunächst, solange er nicht das Raffinierte des Neuen und die damit verbundene Festigung des eigentlich Vorhandenen durchschaute. Manchmal schien ihm auch, sie stellte ihn auf die Probe, ob er das oft auch nur im Ansatz Abgeänderte wahrnahm. Heute schleuderte sie das Handtuch auf den Fußboden, ohne sich Zeit genommen zu haben, sich nach dem Duschen, wie so oft, ins Badelaken zu wickeln und gedankenverloren zu stehen und vielleicht eine besondere Kühle zu fühlen. Jetzt zog sie sich an, konnte kaum trocken sein, musste es eilig haben, fuhr sich kurz mit dem Kamm durchs Haar und verschwand.

Und es läutete.

Noch nie hatte er das Geräusch hier gehört. Das war seine Klingel. Er wusste, dass sie es war, und geriet in Panik. Zitternd passte er den Styroporblock ein, das heißt, er versuchte es, doch der Block verkantete sich. Er ließ ihn im Waschbecken, schloss die Badezimmertür und stürzte zum Eingang. Sie war weg. Er trat hinaus. Ihre Tür schloss sich. Kurz zögerte er, klopfte dann. Sie tat erstaunt. Sei er also doch da. Er wusste nicht, wie er sich unbefangen geben könnte, lächelte möglichst unbeschwert, wollte es zumindest so erscheinen lassen, was ihm hoffentlich nicht missriet.

Zum zweiten Mal kontaktierte sie ihn jetzt. Warum war umgekehrt er dazu nicht in der Lage? Machte er sich nicht durch seine Zurückhaltung allein schon verdächtig? Sie bat ihn herein. Und als er nach einem schnellen Blick in die Runde herausbrachte, schön seien sie, ihre Blumen, hätte er sich ohrfeigen können. Er hatte ja ihre Blumen gemeint, zu denen sie ihn führte. Aber, sagte er sich, war nicht sein Blick, den er von ihr abzulenken bemüht war, der ihr trotzdem durch den Halsausschnitt hinabwandern wollte, allzu entlarvend? Sowieso war das Wort *Blumen*, fürchtete er, gefährlich nahe, von den Lauten her, an *Bluse* und vor allem an *Busen*. *Blumen* war Blühen und malte schamlos aus, wie ihre Brustwarzen an das Knospen und Entfalten von Blüten erinnerten, wenn sie blassrosa und wenig erhaben erst, dann aber, ausgelöst durch irgendeinen leichten Luftzug oder eine Berührung, sich stupsig wie Igelnasen aufreckten. Er erinnerte sich augenblicklich. Er hatte das beobachtet und er hatte sich gerade bestimmt verraten – was sie, wie er verlegen empfand – durch ein Übermaß an Lächeln wettzumachen suchte.

Und während sie mit ihm von Pflanze zu Pflanze ging, vermochte er doch schon wieder sich für ihre gleitende Art, wie sich Schritt vor Schritt einfand, zu begeistern. Vielleicht wäre es ganz in Ordnung, überlegte er, das stumme Bewundern laut werden zu lassen. Doch Skrupel meldeten sich. Er, der Ertrinkende, stürzte er sich nicht ohne langes Zögern auf die erstbeste Anwesende?

Der gereichte Bagaceira brannte im Hals. Lavendel vermochte nur unzureichend, fand er, auf ihre Hinweise zu reagieren. Diese Blume, diese Buntnessel, erläuterte sie zum Beispiel und näherte dabei zärtlich, zusammen mit der Schnaube der Gießkanne, ihren Bauch der Pflanze. Aus der Schnaube sprudelte es lebensspendend. Sie brauche tägliche Erquickung, hört er. Nein, Wasser!, hatte sie gesagt: Wasser. Ihr Anblick stiftete heillose Verwirrung. Ihm war so, als habe sie auch nicht *Blume,* sondern *Vulva* gesagt: Ihre Vulva brauche tägliche Fürsorge. Er sah aus dem Fenster. Er musste sich, wenigstens aber sein Gesicht verbergen.

Vielleicht könne sie ihm auch mal einen Gefallen tun, bot sie zum Abschied halb fragend an. Er solle doch abends einfach mal rüberkommen, wenn er sich einsam fühle. Hölzern wand er sich. Bald stünde er wieder in seiner Wohnung, wusste er deprimiert, und meilendicke Steinschichten und Glasbarrieren trennten sie von ihm. Es fand sich kein passendes Wort, dem vorzubeugen. Sie händigte ihm einen Schlüssel aus und führte ihn an die Tür.

Der Ayers Rock verglüht

Dass sie seine Blicke als Berührung spürten, malte er sich aus, diese Brüste, und dass sie in leichtes Schaukeln gerieten. Tropfen klammerten sich an ihre Spitzen, als sie sich wusch, und verdoppelten sie durchsichtig, am äußersten Ende weiß, und in ihrer Gesamtheit noch rubinfarbener und fester und härter und straffer als je zuvor.

Heute nichts davon. Leere. Abends klingelte er, wartete, dann ging er hinein. Steckte den Schlüssel von innen ins Schloss. Legte sich eine Ausrede zurecht, falls sie unerwarteterweise einträfe, und nahm sich vor, ein Duplikat des Schlüssels anfertigen zu lassen. Wozu, fragte er sich nicht. Er war beflügelt. Schnupperte, schnüffelte, sog tief ihren überall schwebenden Geruch ein. Eine Mischung aus Rauch und Herb-Süßlichem – unbestimmbar und mit einem Vielfachen an Versprechen. Er setzte sich in einen Sessel im Wohnzimmer. Auf dem Tisch, wie zu seinem Gebrauch, stand die Flasche Bagaceira.

Er drückte sein Gesicht in ihre Handtücher. Da war vor allem der eine Geruch, ihrer. Er durchstöberte die Schränkchen im Bad, fand krampflösende Mittel und Antidepressiva und Kondome. Es gab ihm einen Stich, so wenig von ihr zu wissen. Wieder versenkte er sein Gesicht in die Tücher, deren Aroma ihn an den Anblick ihrer Haut denken ließ. Er begab sich ins Schlafzimmer. Matt von oben das Licht. Seine Füße versanken in Angorafell. Aufgeregt schlug er die Decke zurück. Bettete seine Wange in ihr Kissen. Nahm den übermächtigen Geruch auf und geriet in einen Taumel.

Dummerweise aber dachte er gerade jetzt an die Spekulationen, Geister der Verstorbenen weilten unsichtbar zwischen den Lebenden und begleiteten solche wie ihn mit unsichtbarem Kopfschütteln.

Unentschlossen zog er Schubladen auf, überging zahlreichen

Klippkram, Briefe und Fotos, hielt aber inne, als er die Unterwäsche entdeckte. Ihr Hauch, der über den Hemden mit Spitzenträgern und über Seidentops und spitzenbesetzten Slip-Dreiecken und Tangas lag, über geknülltem Weiß und Schwarz, über seidig Durchsichtigem und Seite über Seite Gefaltetem, war verhaltener, als er ihn in Erinnerung hatte. Er schloss die Augen und wollte über ihre Hüfte streichen, erst die eine, dann die andere, und von da über die vielleicht kühle Wölbung ihrer Hinterbacken, wollte seine Hände unter feinen Stoff schieben und sie atemleicht einhüllen ...

Niedergeschlagen verließ er ihre Wohnung. Unfähig, sich zu entkleiden, warf er sich aufs Bett. Das Schrillen des Telefons schien gleich darauf zu erfolgen. Er wusste nicht, wo er war. Jedenfalls in Quarantäne. Die unerbittliche Joana ausfiebern. Ausweichen. Überdauern. Eine Stimme. Unglaubhaft wie eine Valiumstimme. Es wurde etwas gesagt. Die Mitteilung brach sofort ab. Vielleicht waren Klingeln und Stimme Bruchstücke eines Traums. Er verließ das Bett und riss das Fenster im Badezimmer auf.

Morgens vor dem leeren Spiegel. Wenn er sich darauf konzentrierte, juckte seine Haut an verschiedenen Stellen, und das Jucken wurde zunehmend brennender. Bald war es so, als ob Tausende winziger kochender Fetttröpfchen auf seine Haut träfen und sein Leben sich an seiner Körperoberfläche verausgabte, hoch über dem gelähmten Knäuel des Inneren.

Wenigstens war die Narbe am Hinterkopf verheilt. Verschwunden waren die Hanoums. Fern entsann er sich der Ohnmacht angesichts der nach Gewalt stinkenden Nazi-Glatzen. Auch die Zwillinge hatten sich zurückgezogen. Mit ihnen war auch seine Absicht, hier als Spürnase einen Nazisumpf zu entdecken, ins Bedeutungslose gerutscht.

Über seinem linken Ohr stand ein Bündel Haare widerspenstig ab. In einem Anflug von Überdruss schnitt er es weg. Eine

Lücke entstand. Am Rand der Ohrmuschel reihten sich Verschorfungen, die vom Lauschen an der Mauer stammten. Er war als Verlierer stigmatisiert. Mit dem Fingernagel lockerte er ein Ende der braunrötlichen Kruste. Es schmerzte. Es erregte ihn. Er war am Ende. Am liebsten hätte er sich zurückgezogen. Auf seine Außenwehr war kein Verlass. Doch wohin?

Als ihn Tulecke beim Abholen des Schlüssels musterte und fragte, ob er sich verletzt habe, bemühte er sich um eine wegwerfende Geste. Seine linke Kopfseite hielt er fortan abgewandt. Offenbar sei sein Wirken minenhaltig, murmelte die Sekretärin. Er solle sich vorsehen. Sie sorge sich um alle. Und sie sei ja Ästhetin, durchaus! Wenn er verstehe, was sie meine. Er gehöre doch jetzt dazu. Sie habe alle Körper lieb. Mit allen Makeln. Ob dick, ob dünn. Sie blieben süße Kost, die Männer. Was lohne sich mehr, als sie ganz doll liebzuhaben und ihr unbeholfenes Drängen in sich zu bergen.

Im Duell der Heißsporne dominierte der Kroate Goran Ivanisevic, begeisterte sich ein Reporter.

»Sehnse sich also vor!«, mahnte Tulecke.

Das klang schwelgerisch und dabei tatsächlich besorgt, was ihn stutzig machte. Mit einem Seitenblick stellte er fest, dass sie ihn nicht ansah, sondern in ein Aktenstück vertieft war und dass, wenn er sich nicht täuschte, Schadenfreude ihre Lippen zucken ließ. Im Nachhinein schien ihm der falsche Zungenschlag überdeutlich. Übelkeit erregend.

Aufgehoben war er, als sich die rote Feuertür hinter ihm schloss. Die Augen gewöhnten sich an die glume Beleuchtung. Er käme ihm gelegen, solch ein fortwährender Dämmerzustand, dachte er, in dem es keine wirklich dunkle Nacht, aber auch keinen grellen Tag mehr gäbe.

Die eigenartigerweise jedesmal anders verbraucht riechende Luft in dem wenig mehr als schulterbreiten Stollengang hatte heute etwas Metallisches. Er ließ sich auf dem rohen Zementboden nieder und stellte seinen Reichtum ab: eine Bagaceira-Flasche, eine Büchse Coca Cola, Pulverkaffee, Pappbecher, Plastiklöffel. Den Becher füllte er zu einem Drittel mit Schnaps. Einen gehäuften Löffel Kaffeepulver streute er darüber. Coca Cola stieg zischend bis zum Rand. Er verrührte das Gebräu. Im Becher spratzte und brodelte es. Er nahm einen tiefen Schluck. Es schäumte im Mund, schmeckte gallig-bitter und süß zugleich und brannte pelzig auf der Zunge. Tief atmete er ein und aus und erinnerte sich, dass jener Eggers in Schmidts *Steinernem Herz* Ähnliches zur Belebung zusammengemischt hatte. Er war durchdrungen von der Vorstellung, dass er sich nun wohlfühlen könne.

In der Passerelle unterm Hauptbahnhof wusste er einen Schnelldienst für Absätze und Schlüssel. Ein Schnauzbärtiger trank Tee. Geschwärzte Finger stellten das Tulpengläschen ab. Sie bemächtigten sich des langen, dünnen Schlüssels zum Gänge-System.

Etwas wie *Asbachoo-Ralt!* knurrte der Mann, zog die Brauen missbilligend hoch, die wie die Federn einer Amsel aussahen, und wühlte in einer Kiste mit Sammelstücken. Ein alter Schlüssel wurde eingepasst. Der Schleifstein rotierte, der Stahl schrillte.

Viel einfacher gestaltete sich das Duplikat von Sonjas Schlüssel. Die Nachfertigungen in der Tasche, fühlte Lavendel sich unabhängiger.

Einige Meter vor ihm lief die Frau vom Informationsstand, Frau Greeliz-Bieleck. Storchte x-beinig und dribbelte, fiel von einem sehr spinnendünnen Bein aufs andere, als schwanke der Boden unter ihrem ausladenden Leib.

Drüben, auf den Antennen der Bank, auf deren Armen und Gittern, über die der Abend mit wässrig-flockigen Wolkenschnipseln zog, hockten graue, kleine Vögel. Die Dachterrasse in der Schillerstraße war unbelebt. Die Zypressen ragten bleiern-graugrün empor.

Der Nachschlüssel zu Sonjas Wohnung passte. Erst lüftete er. Den Schlafraum mied er, stattdessen legte er sich im Wohnzimmer auf den Teppich. Bald begann die Decke zu kreisen. Als das unerträglich wurde, sah er ihre CDs durch. Eine Kassette steckte in dem alten Abspielgerät. *An dich!* stand darauf. In fester Handschrift. Die Hülle war leer. Er merkte sich die Zählerstellung: drei-sieben-sieben. Und drückte die Play-Taste.

»... ins Innere von Australien«, war ihre Stimme zu hören. »Desert. Zum farbwechselnden Felsen. Alice Springs. Das kürz ich jetzt ab. Also, ich sitz auf der Hotelterrasse und trink'n holzig-frischen Brandy-Sour, und der mystische Ayers Rock verglüht im Sonnenuntergang, und ich seh den Mann wieder, wie am Abend zuvor, den kanadischen Arzt. Sein Blick hat mich gestreift, und ich denk: Der isses. Hat sich hierher zurückgezogen, wie ich. Hab mich auf'n Klönschnack mit ihm eingelassen. Hat auch Bruce Chatwin gelesen in der Hoffnung, er könne für sich ne Traumbrücke zum geheimen Wissen der Aborigines schlagen. Zur Erkenntnis. Er glaubt auch, dass jeder Naturraum ne eigene religiöse Energie hat. Was ich sehr mag, ist seine total natürliche Weise, mich anzusehn und mich mit vorsichtigen Fragen aufzuschließen. Ich wollte erst nicht. Hatte nen Kloß im Hals. Hätte immerfort heulen können. Schale um Schale hat er entfernt. Wir haben uns phantastisch verstanden. Sind in derselben Nacht intim geworden. Unheimlich positiv. Endlich wieder das Gefühl, als Frau was wert zu sein. Mein Freudenöl sprudelte ohne Ende. Er is'n guter Mensch. Drei Tage und Nächte Paradies. Wir sehn uns wieder in Spanien.«

Lavendel schaltete ab. Sonja, mit ihrer heiseren Stimme, hatte fast tonlos berichtet. Er spulte weiter zurück.

»... für mich. Aber du weißt nicht was ich meine. Ich möchte völlig offen sein. Ich hab Vertrauen zu dir. Ich muss jetzt unbedingt mit jemand reden. Ich hab mich lang genug allein damit geplagt. Ich will dir nichts aufbürden, Ann-Kathrin. Nur reden. Vor zwei Jahren hat man mir'n Karzinom aus der Schulter geschnitten. Bösartig. Danach Chemo und so. Es bleibt ne Chance. Wenn sich innerhalb von zwei Jahren nichts nachbildet, sei ich durch damit, hat der Arzt gesagt. Ich bin ihm dankbar, er hat mir nichts vorgemacht. Die Zeit ist um. Ich bin noch da. Aber ich glaub nicht mehr an mich. Halt mich nicht für wehleidig oder todessüchtig, aber ich lauf immer durch Friedhöfe und mal mir meine Beerdigung aus. Mir fallen dabei auch die sonderbarsten Gespräche wieder ein und Begegnungen auf meinen Reisen. Oder ich hab ne Gier in mir, so'n sehnsüchtiges Festhaltenwollen. Und Wut. Oder auch Unsicherheit, was ich zurücklasse.«

Lavendel wollte nichts mehr hören. Seine Neugier war perfid. Zu seiner Betroffenheit kamen Enttäuschung und Entsetzen. Schrecklich war doch, sich vorzustellen, dass sie nach dem Kanadier lechzte oder gar an den Tod dachte, wenn sie sich im Spiegel betrachtete, und er sie dabei beobachtete und begehrte.

Oder sollte er im Grunde nicht sogar erleichtert sein? Er musste sich nicht mehr überlegen, ob und wie sie zu gewinnen war. Für ihn lief da nichts. Aus dem Verborgenen heraus könnte er für sie da sein, wenn sie ihn brauchte. Er ließ das Band auf Drei-sieben-sieben zurücklaufen.

Als sie wieder eingetroffen war und er aus der gewohnten Distanz ihre schnellen Handbewegungen verfolgte, musste er sich geradezu ermahnen, ihren Anblick zu genießen, musste sich ins Gedächtnis zurückrufen, wie jeder ihrer Griffe, jede Geste, jede Krümmung ihres Körpers ihn vor kurzem noch hatte fiebern lassen. Jetzt vermutete er in allem Angst, die sich nur unzureichend verbarg.

Dann war er wieder überfordert, als sie läutete und ihm gegenüberstand – mit einer Wolke des bekannten Duftes. Und war wie ertappt, als halte er noch immer das Gesicht in ihre seidenweiche Wäsche und spüre deren Nachgiebigkeit an seiner Haut. Sie stand in der Tür. Was, wenn er sich ihr wie unter Zwang, in unerhörter Zutraulichkeit, näherte? Als sei da ein bedingungsloseres Zugehören entstanden, das einfach kein Ausweichen mehr duldete?

Sie dankte fürs Gießen. Er konnte nur abwinken, verstockt geradezu, und *Bis zum nächsten Mal!* murmeln und sie und sich verfluchen, nachdem die Tür geschlossen war, sie, weil sie unverzüglich gegangen war, und sich selbst, weil es an ihm gewesen wäre, sie hereinzubitten, und dass er sie mit Sicherheit mit seiner lädierten Kopfseite entsetzt hatte.

Am nächsten Morgen war es doch wie immer. Das Kränkliche, Darbende, das er in ihrem Gesicht anfangs geargwöhnt hatte, war unauffindbar. Gähnend und zerrupft erschien sie, hob das Pyjamaoberteil über den Kopf, bot ihm die Brüste, wie er sie kannte: voll und rund und fast zu schwer und marzipanfarben und mit zarten und kleinen und wie nie berührten Ausläufern. Und, wenn man genauer hinsah, in unablässiger Bewegung, wie die unruhige Oberfläche eines Sees, auf dem man dahintreiben könnte.

Das waren die gleichen Griffe, mit denen sie sich den Büstenhalter anlegte, dessen Verschlussenden vorn ineinanderfügte, das Kinn vorgeschoben, ihn mit beiden Händen um den Oberkörper herumführte, mit flacher Hand die Brüste in die Stoffschalen legte, die Arme durch die Träger schob.

Doch, es war wie immer. Er sprach zu ihr. Er dehnte sich aus in der Umschreibung und Verkleinerung seines Gefühlstumultes und ruhte in der Antwortlosigkeit, die ihm vergönnt war.

Er konnte die Operationsnarbe auf ihrer Schulter nicht entdecken, auf keiner Seite. Sie war wunderbar verheilt. Er wollte sich darüber freuen, war aber skeptisch.

Es hatte sich eingespielt. Zeit wurde gewichtlos. Bei der Morgen- und Abendmeldung im Sekretariat, den periodischen Rapporten und gelegentlichen Zwischenanrufen hatten sich stereotype Sätze verselbständigt, oft schienen sie schon vor ihm da zu sein, so dass er nicht wusste, ob sie schon gesagt worden waren. Aufgegeben hatte er, die versiegelte Tür, wie er sie für sich nannte, zu inspizieren. Unweit seines täglichen Zugangs ins System, in einem unbeleuchteten Seitenstollen, der im Plan nicht verzeichnet und ihm deshalb lange nicht aufgefallen war, gab es nämlich nach wenigen Metern kein Weiterkommen. Eine massive Stahltür versperrte den Weg. Sie hatte zwar einen Knauf, aber keinerlei erkennbaren Schließmechanismus. Die Beunruhigung ihretwegen war abgeklungen.

Und am Imbiss-Pilz sagte er *Schollesalat* oder *Seelachspommes* oder abends auch *Lachsbrötchenbier*. Die zierliche Türkin schob ihm seinen Cola-Becher mit einem Lächeln hin. Noch war er nicht am untersten Ende angelangt, bestätigte er sich, wählte noble Speisen, mied Pommesschranke und Knüppel mit Gerümpel. Beim Getränkeeinkauf im Basement des Hauses stellte er die Wein- und Wasserflaschen aufs Band und händigte die angezeigte Summe aus und ging. Dass keine neuen Formulierungen verlangt wurden, empfand er als wohltuend, so blieb die nach außen gerichtete Wortzuweisung den Zwiegesprächen mit Sonja vorbehalten. Sie waren seine stummberedte Gegenwart.

Ungern hielt er im unteren Kaufbereich der Überflutung durch Bilder, die ein gewaltiges Panorama ergaben, lange stand. Zumal die Staubluft der Klimaanlage seinen Aufenthalt einschränkte. Die Nasenschleimhaut trocknete aus, seine Riechfähigkeit stumpfte ab. Wie gehabt. Doch bevor es zu spät war, zog es ihn, abseits der Parfümattacken des Nordausgangs, zu den Vitrinen im hinteren Eingangsbereich West: Zwischen Pyramiden kastaniengroßer goldumhüllter Ballotins und kuvertierter Orangenstäbchen und kandierter Ingwer- und Pfefferminztäfelchen und mit Kakaopuder bestäubter Trüffelkugeln und seidig glänzender Blättchen aus zartschmelzender Bitterschokolade um goldbraun geröstete Haselnüsse und schwärzlicher Krustenpralinen und feuriger Kirschbatons und kandierter Zitronenschalen und fruchtig dunkel kuvertierter Birnenscheiben und getrockneter Tomate in Schokohülle und knuspriger Fondantpralinen mit Rosen- und Veilchenduft und Karamell und Ylang Ylang und schokolierter Ziegenkäsestückchen mit Nuss zum Aperitif und vielfarbiger Marzipankonfekts und Macadonia-Amaretto-Röllchen und glasierter Maronen – zwischen all dem walteten zwei würdevolle weißhaarige aufmerksame säuberliche Konfiseurinnen, führten feinfühlig Silberzangen in die unerschöpflichen Vorräte, einschmeichelnd, wogen in kleinkrämerischer Sorgfalt und füllten hauchdünne Cellophantütchen.

Manchmal war da auch eine alterslose, zierliche Brünette. Sie wirkte trotz gewandter Regsamkeit abwesend. Haut und Gesichtsform hatten einen tatarischen Einschlag.

Sein schweifender Blick vereinnahmte alles, Lavendel war in Benommenheit zugehörig, auch wenn er wusste, dass der süße Genuss Sodbrennen heraufbeschwören konnte, war zugehörig den Spuren von Kiefernholz und Honig, dem bitterschwarzen Duft und dem Unbeschreiblichen des Ganzen, nicht fähig, sich der prickelnden, erotischen Wirkung zu entziehen – auch der von Wohlgerüchen umgebenen untadeligen Brünetten. Die Leichtigkeit ihrer Darreichungen war ebenso erlesen wie die Ware, die sie berührte. Das Blut aller widerstandslos angezogenen Menschen schien in mühsam gebändigter Wallung. Man regte in nahezu andachtsvoller Stimmlage an, womit die Tütchen zu füllen seien. Manchmal waren zurückhaltende Gesprächsfetzen aufzuschnappen, die auf erstaunliche Kennerschaft schließen ließen. Wörter flackerten auf, die er schnell vergaß: *Theobromin* oder *Serotonin*. Aber auch Wörter behaftet mit Wohlgeruch und exotischer Ferne. Sie schwebten und zergingen: *Chocolat du plantation* oder *São Tomé* oder *La Maison du Chocolat*. Dazu gewann der Duftschwall an machtvoller Substanz und stieß auf noch hemmungslosere Inbrunst, als gelte es, sich endgültig zum Hier und Jetzt zu bekennen. Ein Leben ohne Schokolade sei möglich, aber sinnlos, fasste eine Dame es kategorisch zusammen.

Wieder im System, riss Lavendel sein verheißungsvolles Tütchen auf und begann das Erworbene zu verschlingen. Er war entschlossen, sich der zu erwartenden Geschmacksexplosion völlig hinzugeben. Entschlossen, die Moleküle in der Mundhöhle sich entfalten und kühlen Schmelz Zunge und Gaumen beglücken zu lassen. Und wie die knackigen Stücke sich erwärmten und sich aufzulösen begannen und sich zum Rand der Zunge hin ein Bukett von herber Würzigkeit entwickelte, was nichts als köstlich war. Doch schmälerte sich schon sein Genuss durch die Überlegung, die Schokolade könne sich nicht mit dem eingenommenen Schnaps vertragen. Und natürlich kündigte Joanna ihm an, sein schwächlicher Pylorus schließe todsicher wieder nicht ausreichend, und Magensäure krieche die Speiseröhre hoch und werde ihn leiden lassen. Sie wollte ihm die Naschorgie vergällen. ›Dein Medikament, dieses Magnesiumtrisilikat‹, hörte er sie schulmeisterlich mahnen, ›bildet im Magen Magnesiumchlorid, das neutralisiert die Magensäure, und es kann aber auch bei Problemen der Pumpe dazwischenfunken und zu Müdigkeit und Atembeschwerden führen. Überflüssig fast, hinzuzufügen, dass es besonders für Hypochonder wie dich, aber auch für den Rest der Menschheit, die Wirkung von Schlafmitteln beeinträchtigt. Ganz schlimm wird's, wenn du gleichzeitig mehrere Mittel einnimmst.‹

Für diesmal schlug er Joannas Warnungen in den Wind und leerte die Zellophantüte und berauschte sich noch am Nachgeruch, als sich erste Anzeichen der Überreiztheit zeigten, wenn er sich nicht täuschte. Er nahm zwei der dazwischenfunkenden Pastillen.

Es musste windig sein. Ein Mann war an der Säule vorübergeeilt, hatte kehrtgemacht und einen Kamm herausgezogen. Der kahle Kopf spiegelte. Am Haarkranz links hatte sich der Wind ein unförmiges dünnes Bündel zurechtgeknäult, das nun der Mann strähnenweise über die blanke Höhe verteilte. Sein Hemd war bis oben zugeknöpft. Die Adern am Hals traten wie vollgesogene Blutegel hervor. Auch über den roten Handknöcheln drohte das Hemd zu platzen. Mühsame Bewegungen vollführte er.

Lavendel klomm weiter. Seine Fingerkuppen, heiß und wund und aufgeschürft durch das Dahinstreifen über die schroffen Seitenwände der Gänge, schmerzten. Einige der Nägel waren gesplittert und gebrochen. Er musste achtsamer sein, sagte er sich müde. Das Klettern strengte an. Er hustete. Aus der Tiefe des Magens stieg beizendes Brennen auf.

Toro und Torera

Warum die Veränderung? Ein Riesengewächs mit dicken Blättern verhängte die linke Spiegelhälfte. Das hellblanke Spiel ihrer Bewegungen – Sie hatte den Duschvorhang zurückgezogen und kauerte eine Weile schauernd im Badetuch – wurde damit zu einem zufälligen Ereignis. Sie ging hin und her. Eine freie Hautfläche leuchtete. Ein Arm fiel herab. Ein Rückenmuskel bog sich. Ein Splitter Hals. Eine Haarsträhne. Der plötzliche Schlenker einer Brust. Während er die kaleidoskopartigen Farbsprenkel und den in seiner Straffheit vorstellbaren Körper hin und wieder auftauchen sah, dachte er und – als verhelfe das Blätterhindernis zu emotionalem Abstand – beschrieb er sich, was er spürte, als kontrolliere tatsächlich jemand, ob er sich Rechenschaft ablege, dass ihm der Atem stocke nämlich, vor Gier, nein, das traf es nicht, er wollte sich berichten, aber dann beschäftigte ihn der Zweifel an seiner authentischen Begeisterungsfähigkeit, an der Unverfälschtheit seiner Emotionen überhaupt; doch spüre er ein inneres Zittern, beruhigte er sich.

Bis Sonja sich wieder näherte. Ihre Finger waren müheloser, als die seinen es wären. Sie hielt einen Lippenstift neben den Mund, prüfend. Die Lippen waren verführerisch genug. Sie dürfte sie nicht verdecken. Oder besser doch! Die Farbe, die sie auftrug, mattbräunliches Rosa, war die Farbe ihrer Brustspitzen. Reife Himbeeren. Raue, feste Früchte, die sich mit den Zähnen einfangen und beknabbern ließen. Wie auch ihre vollen Wangen. Die übrigens, das hatte er mal gelesen, Auskunft über die Beschaffenheit des Gesäßes geben würden. Bei ihr traf es zu. Wie auch schon bei Joana. Auch bei Tatjana, erinnerte er sich. Schade, dass er bei Bella diesbezüglich im Unklaren bleiben würde. Lächelte Sonja, bildeten sich Grübchen am Wangenrand, und die ein wenig unregelmäßigen Zähne kamen zum Vorschein. Die Oberlippe stand ein Stück vor, was ihr etwas

Kindliches gab. Ihre Lippen furchten und verkniffen und wölbten sich, so dass seine Lust erwachte, sie ganz nahe vor sich Worte bilden zu sehen, die nur für ihn allein gedacht waren.

Sie saß nackt und mit gespreizten Beinen auf dem Wannenrand. Ihre Hand im Schoß drückte die Härchen beiseite. Ein silberner Ring wurde sichtbar. Ein winziger Diamant in der Mitte. Das war neu. Wie konnte sie! Er mochte es nicht. Er fand es abscheulich. Auch, dass ihre Vorhaut beschädigt war. Wie in einer Schlaufe hing der Ring. Sie hob ihn an. Sie zog. Die rosige Schlaufe dehnte sich. Die kirschkerngroße Klitoris trat perlmuttsilbern hervor.

Der Blick, den Sonja dabei auf ihn gerichtet hielt, gewann etwas Zufriedenes. Sie hatte Gefallen an der Herumschnipselei. Jeder sollte wissen, dass sie mit dem Herausschneiden des Karzinoms fertigwurde: indem sie den Schnitten in ihren Körper das Drohende nahm und Schnitte machte, die an Lust erinnerten?

Er genoss die Aufregung, als er sich vorstellte, sie könne, wenn er sie jetzt anriefe, die Kleidungsstücke abgeworfen, auf und ab defilieren, und wie sie dabei den Hörer hielte, wie der Schimmer vom Dachfenster über ihre Haut und ihre goldglänzenden Haare spielte und wie sich ihre Worte auf ihn bezögen.

Bis auf das verhaltene Tosen und Brausen des Hauses, das er normalerweise nicht mehr wahrnahm, wie das periodische Rumoren des Kühlschrankes und das stete Wassertropfen: Nichts. Oder doch: Gemurmel? Was tat sie? Hatte sie das Wohnzimmer verlassen? Im Bad war sie nicht. Den Blick zum Schlafzimmer verwehrte das Blätterdickicht. Er rannte zum Spähloch im Flur zurück. Nichts.

Jetzt galt es. Wenn er das Kabel des Hörers dehnte, konnte er mit dem Telefon bis zur Wand gelangen. Er kniete. Er wählte. Er vertat sich. Wie in seinen üblen Träumen, wenn er die Knöpfe nicht tief genug zu drücken imstande war oder er mehrere gleichzeitig erwischte oder sie auf dem Apparat in veränderter

Reihenfolge angeordnet waren und die Ziffern im Halbdunkel unlesbar blieben.

Schließlich hörte er den Durchlauf der Zahlen. Dann ein Klacken. Und da war die Stimme eines Mannes. Kam sie aus ihrer Wohnung? Lavendel starrte den leeren Ausschnitt des Wohnzimmers an. War jemand gekommen? Der Mann redete schleppend, als sei ihm Sprechen beschwerlich, eher war es ein Gurgeln. Nicht dem Anrufer galten die Worte. Dass er sich Mühe gebe, sagte er, das müsse sie doch spüren, wenn ein bisschen guter Wille in ihr stecke.

Nach einem Schweigen, als wolle sie das Gespräch beenden, fragte sie ungehalten, und ihre Stimme kam von nebenan und zugleich aus dem Hörer, wem er damit imponieren wolle? Ihr etwa? Die melodramatischen Spielchen habe sie satt, satt, satt. Der Mann rief ungläubig ihren Namen, und der Kontakt brach ab.

In Lavendel wollte Triumph aufkommen. Zugleich beunruhigte ihn die Frage, welche Fehlschaltung ihn in ihre aktivierte Leitung brachte. Zu einem neuerlichen Anlauf, sie zu erreichen, fehlte ihm der Mut. Und was eigentlich hätte er ihr zu sagen gehabt?

Der schnell abgedrehte Streifen, in dem er seit Wochen mitwirkte, dauerte an und erweiterte sich täglich. Bilder in vorhersehbarem Wandel fanden sich ein. Schnittstellen verfugten sich. Er folgte fremder Regie. So fühlte er sich.

Manchmal war es ihm, als öffne und schließe sich drüben leise die Wohnungstür. Er sah in Dunkelheit. Einmal ging die Wohnzimmertür auf. Mattes Licht fiel heraus. Sonjas nackte Umrisse darin.

Seit er im Bad den Durchblick geschaffen hatte, hatte er Sonja nicht mehr in den Fenstern gegenüber sich spiegeln gesehen. Immer zog sie den Vorhang vor. Ihm blieben die Gucklöcher.

Er war unten dabei, aus dem Mauerabseits heraus, den Schmalen im Karojackett und den XXL-Dicken beim Diebemachen bis in die Lebensmittelabteilung zu eskortieren. In bestimmten Zeitabständen, augenscheinlich eine feste Quote im Blick, steckten sie den Kunden etwas zu oder praktizierten selbst, dickfellig lauernd, den Trick mit der Falschauszeichnung, lösten hier einen Aufkleber, hefteten ihn dort an und behielten das auffällig abgestellte Objekt im Auge. Fiel jemand darauf herein: Zugriff. Den Hergang sah Lavendel als Eintragung in seine internen Notizen vor und widmete sich bald einem gut genährten Ehepaar, beide in weißem T-Sirt mit *Mallorca 95,8*-Aufdruck, das, ein wenig voneinander getrennt, doch in erkennbarer Abstimmung, in zwei Caddies ein durch die Bank identisches Sortiment, vor allem Wein und Schnaps und Knabberzeug und Süßigkeiten, zusammenstellte. Schließlich deponierte es den einen Wagen am Fischstand, sah er, fuhr den anderen zur Kasse, bezahlte. Draußen übernahm eine Tochter, der Mutter wie aus dem Gesicht geschnitten und ebenfalls mit Mallorca-Shirt, und begann die Ware in Taschen zu packen. Frau und Mann spazierten, wie erwartet, durch die Sperre zurück, griffen sich den abgestellten Caddie, der Mann beförderte ihn durch die Gänge, er hing dabei verdrossen, hing wie ein nasser Sack über dem Wagen, im Vorbeischieben wählte die Frau eine Dose Cashewnüsse aus, sie reihten sich bei der gleichen Kasse wieder ein und wiesen seelenruhig der Kassiererin den vorigen Bon und die Dose vor. Die Ware wurde mit der Auflistung verglichen und bestätigt. Man bezahlte die Nüsse und schob die gesamte Ware seelenruhig in Richtung Tiefgarage. Die Tochter hatte inzwischen den geleerten Wagen zurückgebracht und hatte die vollen Tragetaschen weggeschleppt.

Lavendel machte Meldung und mixte sich einen halben Becher Schnaps-Cola-Kaffee, SCK, wie dazu Geri in seiner Abkürzungsmanie sagen würde, trank in winzigen Schlucken und schloss die Augen. Sonja, stellte er sich vor, ging in ihrem Badezimmer auf und ab, schattenhaft, wie am Anfang, in den Fenstern gegenüber, dann bruchstückhaft durch die Urwaldblätter hindurch sichtbar. Bis das Telefon rief.

»Gute Nase, Herr Lavendel! Ham die Taschen des Trios geflöht. Ne Goldgrube!«, freute sich Tulecke. Lavendel wusste schon fast nicht mehr, von wem die Rede war. Es folgte eine der kurzen, unmotivierten elsterhaften Lachsalven Tuleckes. Vermutlich blähte sich ihr Hals dabei puterrot. Dann war er wieder mit seinen Gedanken allein. Die Klimaanlage zwängte die feuchte Fiebrigkeit des Tages in die Gänge.

Schwülwarm war es auch in der Wohnung. Träge Helligkeit sank vom Oberlicht herab. Lavendel notierte die Vorgänge. Er fühlte sich damit kurz seiner früheren Welt zugehörig. Inzwischen hatte er eine aufschlussreiche Sammlung ausgepichter Pseudodetektiv-Tricks beisammen. Als er das neue Blatt zu den übrigen packen wollte, waren sie unauffindbar. Er musste sie verlegt haben.

Mittags verließ er das Haus. Am Kröpcke sah er in einem Menschenknäuel Joana die Rolltreppe zur U-Bahn ansteuern. Sie trug seine nepalesische, braunrote Flickenjacke. Er drängte sich in den Pulk, ergriff ihren Arm und wusste aber schon einen Bruchteil vorher, dass er sich irrte. Ablehnung in dem zugewandten Frauengesicht. Die hellen Augen, die ihn fixierten, waren türkisblau ummalt, einschließlich der verklebten Wimpernborsten. Sie gingen in den grünblauen Lachen verloren. Die goldenen Jackenknöpfe mit den eingeprägten Swastiken blitzten. Die von hinten und vorn Schiebenden rissen sie weg. Ihre Haare waren links zu dünnen Afrozöpfen geflochten, sah er noch, Wollfäden in allen Farben waren eingeknotet. Auch Lametta. Auch kleine Messingglöckchen. Ein Strudel zog sie in die Tiefe.

Er rückte in der Schlange vor, hatte keinen Hunger, war zum Imbiss-Pilz getrottet, weil es Mittag war und weil er seit seiner

Kindheit mittags zur Essenseinnahme trottete und weil dieses schnelle Essen gleich vor der Tür wartete. Jetzt erst traf ihn die Enttäuschung. Es hätte auch Joana sein können. Hatte sie seine Jacke verkauft? Aber wieso Enttäuschung? Er war doch abgehauen. Trotzdem schmerzte es.

Im Hintergrund der Bude mengte eine Frau Frikadellenteig. Hob aus einer Wanne wassertriefende Brötchen. Die nachgiebige, vollgesogene Schwere der aufgeweichten Teigstücke lag in der schüsselförmigen Handbeuge, wie die Fülle einer Brust sich in eine Hand schmiegte. Vergewisserung der Nachgiebigkeit durch winzige Regungen der Finger stellte er sich vor.

Er sagte: »Das Gleiche!« Man hielt ihm ein Schaschlik mit tranigem Krautsalat hin. Currygrün und rindenfarbig.

Auf einem freien Metalltisch hockten zwei Tauben. Die Köpfe ruckten. Pommesstücke hingen im Schnabel. Die Krallen mayonnaisebesudelt. Sie starrten ihm entgegen. Im letzten Moment schwirrten sie ab, schwerfällig.

Dass es dunkler geworden war, hatte Lavendel erst nicht bemerkt. Böiger Wind wirbelte Staub auf. Das Verbotsschild *Tauben bitte nicht füttern!* schwankte. Die Glühbirnenkette rings um das gläserne Imbissdach schaukelte. Er hatte sich untergestellt. Erste Tropfen fielen. Bald schossen sie dicht herab. Leute sprangen über Pfützen, die sich in Pflastervertiefungen sammelten. Die Straße leerte sich. Um ihn herum der Geruch von Würsten und Curry und altem Fett aus Papierschalen und Mündern. Vereinzelt Gelächter. Dicke Wasserschlossen knallten und platzten auf den Asphalt.

Am Nebentisch verkroch sich eine junge Frau in den Armen des Begleiters. Er hatte die Enden seiner Jacke um sie gelegt wie die Glucke ihre Flügel um ein Küken. Sie blickte ihn an, als sauge sie ihm die Gedanken aus dem Hirn. Er sah mit narkotisiertem Lächeln auf sie herab. Daran änderte sich lange nichts.

Vom Dach des *Leder-Centers* stürzte wasserfallartig blanke Flut. Das *GAD* war dunkel verweht. Das Warten machte die

Menschen stumm. Vereinzelte Böen trieben Regenschauer überraschend in die trockenen Winkel. Der Schirm einer Dahinrennenden stülpte sich um.

Später wurde der Regen sachte. Die ersten verließen den Schutz. Ein Alter mit rotgedunsenem Gesicht kam heran. Er war in einen basaltgrauen, nassen Schmuddelanzug eingeknöpft. Langsam sank er auf eine Bank nahe der Taxi-Bucht. Aus dem rechten Stiefel ragte hinten ein Schuhlöffel heraus. Langsam griff seine rote Hand unter die Bank und beförderte aus Kartonresten einen Pappteller mit weißem Brei. Die Hände drehten und kippten den Fund. Rote, starre Finger schaufelten das Weiße in den aufklaffenden Mund und verschmierten das stoppelige Gesicht. Einmal schüttelte der Alte die Finger, Essensreste flogen auf den Gehweg. Er hielt den Teller schief. Der Brei rutschte auf die Hosenbeine. Der Mann leckte die Finger ab.

Die junge Frau am Nebentisch hatte sich aus der Jacke des Mannes geschält und rührte in einem Rest Kaffee. Sie wies auf eine Schwarze. In knackenger Hose stand die am Tresen und bestellte.

»Die Afrotrulla ... du findest die sexy, merk ich doch«, fragte sie, »welche Wertung zwischen eins und zehn?«

»Was?«, fragte der Mann verwirrt.

»Ihr Arsch. Du Schuft, du!«, sagte sie, »mein Traummann guckt nie nach andern Ärschen.«

»Wofür hältst du mich!«, empörte er sich geschickt.

Sie strich ihrem Begleiter mit gekrümmten Fingern durchs bürstige Haar, als kratze sie falsche Gedanken aus seinem Kopf. Der Mann tat abschätzig und widmete sich ihr innig; dabei glupschte er zum Tresen hin, neugierig geworden.

Der Alte stellte den leeren Teller neben sich auf die nasse Bank, wischte den Brei von der Hose, leckte die Hand ab und ließ sich seitlich kippen und bettete den Kopf auf den Arm und zog die Beine an und schloss die Augen.

Das sachte Regnen hielt an. Neben Lavendel unterhielten sich zwei ältere Männer. Den einen, im beigen Blouson, erkannte er wieder. Ein Windstoß riss einige über den kahlen Schädel gebreitete lange Haare unversehens aus ihrer Lage und ließ sie hochflattern. Die Bassetwangen zitterten beim Sprechen. Der Hals quoll über den Kragen. Seine Hände ragten aufgedunsen aus den Ärmeln hervor. Er hatte eine pfeifende Atmung. Der andere Mann hatte schulterlange, tiefschwarze Haare und ein zerklüftetes Gesicht. Am Mittelscheitel sah man mehrere Zentimeter graue Farbe, als erstrecke sich da eine Rinne voller Schuppen. Leere Bierdosen standen neben seinem Teller.

»Das'n schlimmer Fisch«, sagte er verdrießlich und schob die zerfledderte Scholle und Kartoffelsalat von sich, »schmeckt rauf wie runter.« Seine Zähne standen vor. Sein Reden war mit Gespeichel unterlegt.

»Escha, mei Guudster, eemal am Dache de Blautze voll mit Warm!«, sagte mit gefülltem Mund der fast Kahle im engen Hemd, »mussde ham.«

Ein Mädchen rannte in Richtung Kröpcke. In einer unhörbaren Wolke von Akkorden und Rhythmen. Rosige Fußsohlen in Flip-Flops. Die wehmütige Blasmusik fiel Lavendel wieder ein, im Baukasten, vor Wochen. Die beiden Männer verrenkten die Hälse, sahen gleichfalls dem Mädchen nach. Als höre sie die italienische Musik, als sei sie beflügelt und als spüre sie die Beobachtung, beschleunigte sie, in ruhigen, langen Sätzen. Erst stießen ihre vollen Brüste mal seitlich, mal oben, mal unten gegen ihr weißes T-Shirt. Dann legte sie einen Arm quer über die Brust. Dann war das Mädchen verschwunden.

»Vielleicht«, überlegte der Schwarzgefärbte, der den halbvollen Teller und die Dosen in den Abfallkorb geworfen hatte, »wenn solche Huris vorüberfliegen ... vielleicht erforsch ich noch die Analogie von Universum und Frauenfüdli. Das Universum als unfehlbare Sphäre oder so, in seiner ästhetischen Widerspiegelung im ... im ...«

Der Kahle nickte beifällig.

»Götterspeis uff Beenen, sach isch ma. Hauptsach, du transformierst die Auswüchse deiner Instinkte zu Bseudo-Guldurarbeit«, sagte er und griente zu Lavendel herüber und bleckte die Zähne, »dafür gibts öffentliche Binunnsen. Brauchste, willste auf Begel bleim. Hätt auch'n Didl für dein Brojechd: *Der gefesselte Bromedeus rasselt mit de Gedden*. Un ferdsch.«

»Hä?«, grimassierte der Schwarze schwerhörig.

»Oder: *Der dressierte Mann löckt wider den Stachel.*«

»Was für'n Stachel? Das Frauendings meinst du, das Mösendings?«

»Nu ähmde, stehst du wieder auf der Leidung. Wennde mich frachsd«, bekannte er leise, doch der Wind trug jedes Wort herüber, »ich hab noch ganz andere Phantasien.«

Der Schwarze nickte mitwisserisch.

»Weeßde Bescheid!«, sagte der Kahle, »kopfüber an die Deckenhaken, de Sau. Mit dem Messer ... Damaststahl zweiunddreißiglagich ... de Kleidung ... Fetzen für Fetzen ... wie das Schwein quiekt ...«

Der Schwarze kicherte. Sie entfernten sich.

Noch fielen vereinzelt Tropfen. Lavendel sah voll Abscheu auf sein Essen und beförderte es in den Abfallbehälter. Nach einer Weile, als die Männer außer Sichtweite waren, überquerte er die Straße, sprang durch Pfützen und keuchte und rannte wie gegen eine feuchte Wand.

Sonntag, früher Abend. Er nahm das Blätterdickicht hin, das ihm nur mehr halbe Sicht ließ. Ihm träumte, wie oft schon, angesichts des Glanzes auf der Biegung des Rückens und der Schattigkeit der Rinne, in der Sonjas Wirbelsäule lief, wie seine Augen seine Finger wären und ihrem Streicheln kein Ende bevorstehe. Ihm träumte, als sie das Frotteetuch um ihren Körper schlang, mit unnachahmlicher Geschmeidigkeit der Arme, dass sich dieses Sekundenschnelle zur Dauer umwandelte und seine

Fingerpioniere dann über ihre Nacktheit und das Gekräusle des Lustwäldchens, das fast unmerklich auf ihrer porzellanhellen Bauchwölbung entsprang, über dessen sprossenden Widerstand liefen oder, lieber noch, dass er niederkniete vor ihr und die dünnen Härchen, die sich wie feine Spinnweben über das Lippenpärchen darunter zogen, durch lautloses Pusten zu wellenförmigen Verbeugungen veranlasste, dann über die Seidenstraße zog und sie mit den Fingern teilte, den Ring mit dem Diamanten verdeckend.

Sie hatte sich mit dunklem Puder und Pinsel smokey eyes gemalt und getupft und zur Nachtschwärmerin gemacht.

Küchengeräusche. Bratengeruch. Die Blätter an der Flurwand, rings um sein Gesicht, hingen schlaff herab. Die Pflanze war länger nicht gegossen worden. Er bildete sich ein, das leichte Knirschen der Messerschneide durch Gemüse zu hören.

Klingeln. Sieben Uhr. Nah schritt sie vorbei. Schritt. Hochhackig. Punktierte ihr Da-bin-Ich. Ihr Kleid war in der Taille geschnürt und aus hunderten langen schwarzen losen dünnen Bändern zusammengesetzt. Bei jedem Schritt der Bienenleibigen wichen die Bänder von den hohen Beinen. Bei der geringsten Bewegung blitzte weiße Haut in aufklaffenden Einschnitten.

»Endlich!«, stöhnte ein Mann im Staubmantel, »Vestalin!«, und pathetisch: »Trostfrau!«, und überreichte einen Strauß langstieliger roter Rosen und griff mit weitem Armausholen, als begehe er eine Kulthandlung, um ihren Leib. Schwer zu sagen, ob es der war, dessen Stimme Lavendel bereits kannte. Größe, Statur, Tonlage – er war sich sicher, er kannte ihn. Oder nicht? Als sich der Besucher umdrehte, kam, es war absurd, eine silbern- und messingglänzende Halbmaske, Mund und Nase freilassend, zum Vorschein. Graue Haare waren nach vorn gestrählt. Von Schläfe zu Schläfe spannte sich der lederne Haltestreifen um den Hinterkopf.

»Komm her!«, presste er heraus – Die Blumen lagen kaum auf

der Truhe, eine Einkaufstüte mitten im Flur – und krümmte sich nach vorn, weil er sie erheblich überragte, um die Widerstrebende auf Hals und Mund zu küssen.

»Ekliges Abgelecke!«, protestierte sie.

»Willste nach unten, fängste bei'ner Frau oben an.« Seine Hände vergruben sich unter den Bändern des Kleides.

»Die lächerliche Maskerade!« Sie schob ihn von sich. »Wenn ein fickeriges Männchen unter Strom steht ...«

»Fake for Fun! Schützt vor zänkischen Zerlinas und anderen Dschinn«, sagte er leichthin, »mach dich nackig, aber zackig! Lass uns am Busento lispeln und im feuchten Grunde knispeln!« Es war unsäglich abstoßend, unsäglich billig, was er hervorstieß. Aber sie schien es nicht zu bemerken. Gefiel es ihr? Er wirbelte mit ihr ins Schlafzimmer. Sie ließ sich mitreißen.

Ein gedämpftes Gemenge von Japsen, Röcheln, Poltern, Knarzen und Stampfen bildete sich Lavendel ein zu hören. Dann lange nichts. Sonnenreflexe, von irgendwoher widergespiegelt, zuckten über den Flurboden.

Es konnte nicht anders sein, dachte er, als dass der Sexwütige sie erpresste. Und sie zwang sich zur Hinnahme. Oder war es Lust am Leiden? Fügte sie sich in ihre Erniedrigung, wehrlos und mitempfindend, weil sie sich rätselhafterweise schuldig fühlte, wie Sonja, die erhabene Sünderin in Dostojewskijs *Schuld und Sühne*? Sonja, die Unergründliche. Sonja, die jede Last für den Reue heuchelnden Liebhaber auf sich nahm?

Lavendel brütete vor sich hin. Einen Moment lang stieg er durch verwinkelte, stinkende Petersburger Mietshäuser und duckte sich in kärglichen, düsteren Kammern. Raskolnikoff sank vor Sonja zu Boden und küsste ihren Fuß. Sie erbleichte, die gramerfüllte Büßerin, und sprang auf wie vor einem Wahnsinnigen. Im Nebenzimmer lauschte Swidrigailow.

Lavendel fielen noch weitere märtyrermäßige und in beknallten Dichterhirnen durch ihr Leiden verklärte unerträgliche Frauengestalten ein, bis die Tür aufgerissen wurde und der

Maskierte in exhumierter Nacktheit durch den Gang lief. Vor dem Garderobenspiegel hielt er an, der Teufel, und musterte sich von oben bis unten, bügelte auch mit gespreizten Fingern die durcheinandergeratene Frisur nach vorn. Die Augen waren hinter der Maske schwarze Höhlen. Kratzen und Schaben am schweinehäutigen Schmerbauch, mit verrenktem Arm auch am Rücken. Zwischendurch Griffe nach dem baumelnden Geschlecht. Er hob ihn, wog ihn, molk ihn, den molchgrauen Zipfel, die lilarote Eichel zwischen den Fingern, drückte sie und ließ sie wieder fallen.

Er verschwand im Bad hinter dem Duschvorhang. Das Wasser prasselte. Er fluchte. Lavendel fragte sich, ob er die Maske abgenommen hatte. Später wurde der Vorhang wieder aufgerissen. Er vergewisserte sich. Die tropfende Wüstlingskarikatur, mit Maske, wandte ihm den Rücken zu, lüftete die Maske, presste mit den Fingern ein Nasenloch zu, schnäuzte Schmodder ins Duschbecken, schüttelte die Finger, wischte einen noch verbliebenen Rest ins Tuch, das er sich, Pfützen hinterlassend, aus dem Regal gezerrt hatte, schnaubte noch einmal hinein und rieb sich die Nase sauber, warf das Tuch in die Ecke, griff das nächste heraus und frottierte sich ab und wickelte sich ein und drehte sich zum Spiegel.

Auf dem Wannenrand sitzend, zitierte er Sonja herbei. Er streckte der Nackten die blaugeäderten Füße entgegen.

»Schneeflittchen, mach mir die Maria Magdalena! Tränen für meine geschundenen Füße. Trockne sie mit den Haaren. Ist das nicht von Alters her Brauch bei deinesgleichen?«

»Wie debil ist das denn!«

Er lachte röchelnd.

»So isses. Ein ekelhafter, herumirrender Weltling bin ich, und ich heb dich empor zu mir und treib dir die Dämonen aus.«

Zu Lavendels Erleichterung ließ sie ihn stumm abblitzen und verschwand. Geräusche aus der Küche. Der Mann, mit zufriedenem Grinsen, knotete das Tuch fest und ging. Lavendel wechselte in den Flur. Er sah den Mann die Einkaufstüte ergreifen.

»Jamon Ibérico de Bellota aus der Extremadura hab ich, Eichelschinken, vom Ibérico-Schwein, das in Kork- und Steineichenwäldern herumgestreunt ist. Ein Gaumenschmaus! Pikant! Fast wie Haifischflossensuppe. Die war nicht aufzutreiben. Und dazu zwei Flaschen schwarzen Spanier«, schwatzte es, »kompatibel mit rubinroten Venuslippen, mit dem Purpurleuchten deines Tors zur Unterwelt. 95er Rioja. Aus der Rioja Alta. Holzfassgelagert. Amerikanische Eiche. Dunkles Stierblut. Ein Kitzel für die Geschmacksknospen. Höhepunkt unseres Bacchanals. Gib zu, da künden sich Ausschweifung und Leidenschaft an.«

Er verschwand in der Küche. Das Plop des gezogenen Korkens war zu hören und Gluckern und Schmatzen.

»Mhh. Ein Fumé!, sag ich dir. Was Lasziges, was Erotisierendes ... Moschus, Ambra, Erde ... Morbid ... Herbst und Vergehn und Auferstehn ... Ein voller Körper. Ahh ... Ein ausgereifter Schmelz ... Ein feuchtes Weib ... Ihr beischläfriges Räkeln. Riecht nach Toro und Torera!«

Er prustete ein verstümmeltes Lachen. Jetzt hatte seine Stimme etwas von der Nonchalance des Marketing-Mannes Ansorg. Sonja war mit Schüsseln im Wohnzimmer verschwunden. Es war still. Bis der Mann rief:

»Ich hab noch mehr.«

Keine Antwort.

»Cazu Marzu. Eine Offenbarung. Was sag ich: Die Offenbarung!«

Keine Antwort.

»Schafskäse aus Sardinien. Eine Geschmackssensation, kannst du mir glauben.« Er hatte die Stimme erhoben. »Die lassen Käsefliegen auf den reifenden Pecorino los. Und was tun die? Legen brav ihre Eier auf den Käse. Dauert nicht lang, und die Fliegenlarven schlüpfen, und ihre Verdauungssäfte weichen den Käse auf. Und wenn er reif ist, wimmelt er von Maden. Wirste gleich sehn.«

Schweigen.

»Die Fackel der Liebe entzündet sich in'er Küche!«, rief er.
Stille.
»Weißt du«, gab er nicht auf, »an was ich denke, wenn ich den weichen Käse und das rosige Trockenfleisch seh und wenns mir auf der Zunge zergeht? Weißt du, was ich natürloch denke? Denken muss! Weißt du das?«
»Interessiert mich'n feuchten Kehricht!«.
Er erschien mit einem beladenen Tablett in der Küchentür, lauthals und in schwulstiger Übertreibung *Ich nah dem Lande, wo in den Armen glühender Liebe selig Erbarmen still' meine Triebe* trompetend.

Lavendel hatte angeekelt ausgeharrt. Um Mitternacht, im Bad, lag über ihren Bewegungen Müdigkeit. Nackt putzte sie sich die Zähne. Der massige Mann, der wieder auf dem Wannenrand hockte und sie inspizierte, musste Kaimann sein, dachte Lavendel mit seltsamer Sicherheit. Oder nein, da fehlten seine gezierten Vokalverhunzungen. Vielleicht doch Ansorg? Oder ein anderer. Der Stimme des Mannes war die stählerne Elastizität des frühen Abends abhanden gekommen. Lavendel lauschte dem Dialog, der aus einer verhunzten Screwball-Comedy stammen könnte, dachte er.
»Wenn du dir die Vogelnester untern Armen wieder wachsen lässt – würd mich nicht wundern!«, sagte er gereizt.
»Kommt jetzt der Höflichkeitsaustausch post coitum?«
»Madamchen, Madamchen, ich meins gut mit dir: Das sieht nach härenem Esau aus, die Zotte zwischen deinen Beinen. Selbst meine Frau lässts wegepilieren, im *Fell weg!*-Studio.«
»Schön für dich. Und vorhin, wer hat da was vom Tempel im Märchenwald gesülzt?«
»Inter fascies et urinam nascimur.«
»Was? Tob doch deine testosteroiden Kinderfickergelüste mit deiner Nacktschnecke aus, wenn sie so ne begehrenswert Geschabte ist!«

Ihre Reaktion erheiterte ihn. »*Oh Mädchen, mein Mädchen, wie lieb ich dich!*«, stimmte er gekünstelt an und erhob sich, wählte sich eine Zahnbürste aus dem Glas und schabte und schrubbte sein Piranha-Gebiss, dabei die *Mädchen*-Melodie, untergründig, tief aus dem Hals heraus, fortsetzend.

»Spuren beseitigen?«

»Du hast kein' Schimmer«, malmte er schaumig, »das frisst sich in die Haut, das Sekret deiner Pfefferbüchse. Ein Tempelritter wie ich steht im Licht. Kann mir keine altvettelischen Ausdünstungen erlauben. Gäb'n Trara!«

»Steck doch in Zukunft deine Schlangenzunge nur noch in die Schnalle deines Ehegespenstes, in die präpubertäre!«, giftete Sonja.

»Bist biestig, Lady Zerlina!« Er trocknete sich den Mund ab. »Das sin Gesetze des Lebens. Dein Widerwirker hat nun mal zwei Seelen in seiner Brust. Die eine nährt die andere. Hamse nich wieder lamourt aufs Feinste? Weiß der Geier, was du willst! Hier«, schnaufte er und klatschte ihr auf den Hintern, »dein Hottentottenarsch glüht noch immer!«

Am folgenden Morgen hängte Lavendel nicht den Spiegel aus und entfernte nicht den Dämmblock und rüstete sich nicht vorzeitig zum Warten. An diesem Morgen zog er sich das noch verbliebene Stück Schorf vom Ohr und versuchte seinen Bart zu kultivieren. Seine Hand war fahrig, weshalb er sich verschnitt und der Bart stellenweise ausdünnte. Und er betrachtete die rissige Haut am Nagelbett und wie sich um seine Augenwinkel juckende blutrote Fissuren scharten, vom Kratzen mit den zersplitterten Nägeln. Der im Spiegel hatte niemandem etwas zu bieten.

Ein Geräusch von drüben ... Um zu wissen, was geschah, brauchte er nicht hinüberzublicken. Kein Wunder, sagte er sich, dass er Überdruss empfand. Und er fasste den Vorsatz, seine Gefühle zu kasernieren. Hin und wieder könnte er Sonja mit den Blicken begleiten, doch auf jeden Fall ohne Anteilnahme. Mit welcher begrifflichen Lautfolge erfasste man zum Beispiel das, was vergangene Nacht Sonjas Körper an Veränderung erlebt hatte?, fragte er sich. Für das Letztgültige benötigte man vollkommene Begriffe. Sie böten Zugehörigkeit zu einer Ordnung und könnten verklärende Verstecke sein. Aber schon für den Vorzustand waren sie kaum zu finden, geschweige denn für das – in seinen Augen – Entwürdigte. Zum Beispiel für Sonjas absolut schöne Oberlippe oder ihren oft schwingenden, von der Schwere befreiten Gang. Alles erschien ihm jetzt grundsätzlich verändert, grundsätzlich entfremdet.

Alles Shanghai

Der Morgen stand oder zögerte oder verrann. Lavendel dämmerte dahin. Kein Weckalarm setzte einen merkbaren Einschnitt. Er wünschte sich, dass nichts an ihn herandringen und er anteillos an der Oberfläche des Unverbindlichen lagern könne, im gleichförmigen Brodeln und Summen des Hauses, in dem alle erwartbaren Geräusche unablässig keimten, aufschossen und verfielen, getrieben von energieverzehrenden Maschinen, unruhigem Stimmengewirr, Telefonsignalen, Transportfahrzeugen, Rolltreppen, Manövern des Fahrstuhls.

Der Graue absolvierte seine Tai-Chi-Übungen, als gehe ihn nichts sonst in der Welt etwas an. Es war, als verschiebe er mit den Händen die Wolken. Bettwäsche flatterte an der Leine.

Apathisch ließ sich Lavendel von der ununterscheidbaren Musik wie von einer trägen Welle lauwarmen Abwaschwassers nach unten spülen. Er kauerte im Gang, sein Blick verlor sich im Halbdunkel. Ihn überfiel die Vorstellung, er richte sich auf diese Weise in einer Vorstufe der Unendlichkeit ein. Bald wieder fand er es nicht erträglich, dass seine Gedanken nur um seine Beschwerden und seine Sehnsucht und um Bilder kreisten, die er viel zu selten so interpretierte, dass sie künftig Gutes für ihn abwerfen könnten. Er müsste das Positive der Vergangenheit in die Jetztzeit herüberretten. Dankbarkeit empfinden. Er vermochte es nicht, weil das Erinnern zu mühsam war. Seine Tage verstrichen in Beliebigkeit. Zerfielen in oberflächlich markierte Bruchstücke. Eines war, nach Abweichlern vom Diebes-Einerlei zu spechteln. Das Gros der Langfinger setzte auf Raschheit, die aufmerksame Beobachter zu übertrumpfen gedachte. Natürlich lenkten gerade die Überstürzten den Verdacht auf sich. Der normale Kunde bewegte sich wie trunken und gemächlich. So auch die Könnerdiebe. Die meisterten ihr Vorhaben in toten Blickwinkeln und bewegten sich in einer Art erweitertem Stillstand. Das rang ihm Respekt ab.

Später beschloss er, den Telefonweckdienst zu beanspruchen. Sogleich lief und kletterte er in seine Wohnung zurück. Als er jedoch in den begrüßenden Telefonton hineinhörte, hemmte ihn das, die herausgesuchte Nummer zu drücken. Er war voll Misstrauen. Die Tonhöhe klang seltsam anders. Sie kam ihm fremd vor. Verunsichert und widerwillig wählte er dennoch und gab den Auftrag durch.

»Sieben Uhr dreißig ... Nein, natürlich nicht sonntags.« War er das, der sich da nicht verstolpert hatte und in das bereitgehaltene, servile Lachen, das ihm entgegenschlug, misstönend einstimmte?

Zurück über die Personaltreppe. In der dritten Etage belauschte er im Vorüberschlendern zwei Verkäuferinnen in der Fitness-World. Sie schichteten Sportschuhe auf. Eine wetterte über Nepp. Sie hatte ein weiches Gesicht mit hellblonder Umrahmung und eine raue Art, die Wörter zu formen. Abrupt und wie unpolierte Fremdkörper traten sie auf, jedes für sich.

»Ringeltauben! Schäbig! Alles Shanghai!«, sagte darauf die andere. Sie hob ihr Gesicht kurz an, ein kleines Gesicht, von einer fast eckig geschnittenen Louise Brooks-Frisur eingefasst, und pustete mit vorgeschobener Unterlippe in den Pony, der über die Nase franste. Die Haare flatterten im Luftzug und deckten runde dunkle müde Augen auf, machten es sich dann aber wieder bequem auf Nase und Stirn und vor den Augen.

»Vertrau keinem, Olesja, die Wadenbeißer lügen dir die Hucke voll«, sagte sie. »Der Maulheld Kiesnitz vornedran! Seine Besugo-Augen sin Lügenaugen. Und die Preise sin Mondpreise!«

»Ich hab kein gutes Gefühl, wenn wir langsamer arbeiten.«

»So mies, wie die uns hier bezahln, so mies können wir gar nich arbeiten.«

Lavendel entfernte sich und dachte wehmütig daran, wie er sich zusammen mit Joana über die zwölfjährige Kodderschnauze Zazie bei Louis Malle amüsiert hatte, die auch so unter ihrer dunklen Pony-Markise hervorlugte und bei ihrer Abfahrt aus Paris frühreif erklärte, sie sei älter geworden. Und ihm fiel ein, wie Luc Bessons Mathilda, zwölfjährig und mit diesem struppigen Bubikopf der Zigeunerinnen Otto Muellers, ebenfalls unter ihrem Pony-Vordach hervor, dem verwirrten Léon zu verstehen gab, sie sei bereits erwachsen. Joana hatte keine Louise Brooks-Reinkarnationen erkennen können.

Er ging und fuhr planlos durchs Haus. Seine Speiseröhre brannte. Die Finger der alterslosen Brünetten am Schokostand schwebten über luftig gerollter Schokoladenborke und satt glänzenden Aranzini und Champagner-Trüffeln, mit Puderzucker bestäubt, und Ingwer-Stäbchen in Zartbitterschokolade und milchweiß überzogenem Orange-Marzipan. Eine der älteren Verkäuferinnen wies mit unanfechtbarer Erhabenheit eine Käuferin zurecht: Ihr Trüffelangebot sei reines Handwerk! Der sparsam verwendete Zucker sei Roh-Rohrzucker! Synthetisches suche man vergebens. Im Himbeertrüffel finde sich Himbeermark! Im Canache-Trüffel Biosahne! Alle vier Tage werde das gesamte Sortiment erneuert.

Als er das Prickeln in seiner Nase registrierte, welches das Anschwellen der Nasenschleimhaut anzeigte und vom Abschied des Riechsinnes kündete, verließ er die Halle und landete, halb schon anosmatisch, in der Cafeteria vor einem Becher Kaffee. Fisch- und Kohl- und Schweinebraten- und Kaffeegeruch vermischten sich, das nahm er fast dankbar wahr. Die Besucher saßen zwischen dicken Einkaufstüten. Lavendel sah der Afrikanerin hinter der Kasse am Ende des Verkaufstresens zu. Sah, wie ihre schlanken Finger die Geldscheine entgegennahmen.

Das Stimmengewirr schwoll an. Machte man die Richtung der abgegebenen Worte sichtbar, dachte er, sähe man nur einen kleinen Prozentsatz auf einen direkt ins Visier genommenen Partner prallen, die meisten würden als verirrte Achsen quer durch den Raum schießen und sich kreuzen, hielten sich nicht in der Horizontale, würden viel öfter wegtauchen als aufsteigen. Fußboden und Decke und Wände und die angesprochenen Gegenüber retourierten die Lautstrahlen abgeschwächt. Er säße, dachte Lavendel, nähme man alles zusammen, inmitten eines undurchdringlichen, aber berechenbaren vielsehnigen Netzes aus Vektoren und Leitstrahlen und Tangenten und Transversalen und wäre nie gemeint. Vielleicht würde Börrjes ein System für diesen Zustand finden, fiel ihm ein.

Hallo, lieber Herr Nachbar! Man hört und sieht gar nichts von Ihnen. Passt es Ihnen noch, sich um meine durstige Flora zu kümmern? In allerspätestens fünf Wochen bin ich zurück. Darf ich Sie dann zum Essen einladen? S.H.

Dreipfennig-Kuvert, Schlüssel. Das dünne weiße Papier klebte in seinen verschwitzten Fingern. Hatte sie ihm eben erst den Brief unter der Tür durchgeschoben? An die *durstige Flora*, ihre Flora, ihre Blüte, durfte er nicht denken. Sie spielte nicht mit Worten. Er war der Fehlgeleitete.

Als er den Dübel herauszog: Nichts. Leere. Es war sofort da, das flaue Gefühl, das er hatte, wenn er fürchtete, verlassen worden und eine Äußerung schuldig geblieben zu sein. Er ging hinüber.

Als sei sie gar nicht hiergewesen seit seinem letzten Besuch – geschweige denn der Maskierte, Kaimann, wenn er es war –, so unberührt sah ihre Wohnung aus. Er öffnete Klappen, strich über Kissen, zog Schubladen heraus, atmete ihren Geruch. Ergriff den obersten der wolkenweichen Slips, knüllte ihn sacht in der Faust, öffnete die Finger, und in leichter Selbstverständlichkeit weitete sich das Zusammengepresste auf der Handfläche und schmiegte sich an. Er schloss die Finger darum und zog sich zurück.

Nachts prahlte Samir mit seiner erblühten Freundschaft zu Eco Umberto. Samir Dange bollywoodlike und glamurös. Umberto sei gestrandet, sagte er nebenhin. Er komme nicht weiter mit seinem Opus Magnum über die Schönheit. Genauso wie ihr

Freund Rodewald Stoeberlin. Ihn wundere das nicht. Wer tüftele nicht alles schon am Evangelium des Schönen! Also schicke er den Verzweifelten jetzt die Formel der idealen weiblichen Rückenlinie: x = A y² B^y ·e^{ay³}. Wenn A = 0,5-1 ist; B = 0,4-0,5; e = 2,718 (natürlicher Logarithmus); a = 0,001. Mal eben errechnet, behauptete er und tänzelte mit ausgebreiteten Armen der Sonne entgegen. Lavendel blieb zurück und irrte durch ein Geflecht schmaler Vorstadtgassen, wo hinter Koberfenstern Frauen kauerten und übergewichtige Dekolletés auslegten, wo Brüste sich hoben und senkten, ungebändigt und ausladend wirbelten und schaukelten und schwebten, marmorweiß mit blauer Aderninkrustierung, abweisende Brustkugeln schneeig und bläulich überhaucht, kegelmäßig andere und straff und geneigt, Brustwerk zwiebelförmig oder silikonkantig, Zwillingsbasteien, von Alter und Wetter erodiert, aztekische Mondpyramiden, machtvolle Domkuppeln, mit zerrissener Haut, Ballons, wie rohe Eier aus- und eingepackt, hinderliche Poller, betonstarr, der Schwerkraft zum Hohn, und blickscheue Piepmätze, Stupsbrüstchen, picassoscheppse Brüste, rotglühende Buckel, körnige Rundlinge auf mageren Rippen, unwirkliche Kegel mit aufgesetzten Puffern, blasse mit eingestülpten oder hervorstehenden, mit durchbohrten und ringbehangenen Warzen und geschwollenen Höfen, mit zerbissenen Zitzen, mit Spitzen, die schielten oder sich tropfenförmig herabbogen oder Stacheln waren und Zündkappen an Seeminen, auch weißliche Höfe hatten, weißlich wie die Brust, auf denen sie lagen, und mit bläulicher Corona wie der Saturngürtel, und dunkle Höfe, nach außen hin verblassend ...

Morgens erhob er sich erschöpft. Vom Vortag her war es stickig heiß im Sekretariat. »Geht doch!« Tuleckes Worte wichen, unverständlich erst, vom Gewohnten ab. *Am Ätna hat die Gefahr für die Bevölkerung deutlich abgenommen. Der Lavastrom ist zum Stillstand gekommen,* informierte das unsichtbare Radio. Er finde sich doch prima zurecht, nach nur einem Monat!, lobte die Sekretärin. Man halte große Stücke auf ihn! Ein geglückter Fang sozusagen sei er, sie gebe hier Herrn Direktor Kaimann wieder, anstellig und ein Umsatzgarant, setzte Tulecke ihre fragwürdige Laudatio fort. Verunsichert registrierte Lavendel, dass ihn diese Anerkennung im ersten Moment befriedigte. Ihr Blick galt inzwischen wieder den ausgebreiteten Papieren. *Ich bin so schön ich bin so doll ich bin der Anton aus Tirol*, sang es zwischen den Aktenbergen.

Aber in Rechnung stehe, schränkte sie ein, dass merklich die stille Jahreszeit heraufziehe. Er werde sehen: Je dunkler und kürzer die Tage würden, desto mehr werde geklaut. Eine Steigerung der Quote also sei anstrebenswert. Beispielsweise auch in Bezug auf das Personal.

Das anfangs Tapsige ihrer Worte war in Verbindlichkeit übergegangen. Als ob sie aber das Förmliche mildern oder sich davon distanzieren wollte, krauste sie die Stirn und verzog den Mund teenagerhaft zur Schnute.

Er musste die Augen schließen. Ihm war schwindlig. Wuchtig ihre Schritte. Ein Dröhnen hörte er, ihr Lachen. Hörte den steinernen Koloss des Kommandanten Don Gusman unter Donner und Blitz und Geisterstimmen nahen, hörte seine dumpfen Tritte und das drohende *Nein!*

»Nein!« Das hatte sie gesagt. Ein Nein, das über *Meine gigaschlanken Wadeln san der Wahnsinn für die Madeln* hinwegfegte. Nein! Denn gemessen an den Verlusten des Unternehmens, bezogen auf die Zahlen des letzten Jahres, habe sich bisher wohl nicht viel verändert. Eine Tranche von präterpropter 0,03 %, hochgerechnet über 12 Monate, habe er aber doch wettgemacht. Nein, kein Minuswachstum mehr; immerhin, also, bitte, ein vielversprechender Start!

Auf einem ihrer feisten Finger wuchs ein dicker Siegelring. Aus unerklärlichem Grund brach ihr abgründiges Lachen erneut hervor, tief aus der Leibesfülle, es währte nur kurz und wurde zwischen den Kiefern zermalmt. Sie sah auf ihr kleines

Radio und lauschte. *Wippe ich mit dem Gesäß, schrein die Hoasn SOS und wolln den Anton aus Tirol.*

Als er in die geöffnete Tür des Fahrstuhls trat, schlug ihm Sonjas Geruch entgegen. Bestürzend die Ahnung einer phantasmagorischen Gegenwart. Während der Abwärtsfahrt ließ er den Menschen im Spiegel, der er war, nicht aus den Augen. Aus dem Geruch formte sich angesichts dieses Bildes jedoch nicht die kleinste Andeutung einer erinnerbaren Anwesenheit Sonjas. Als er den Fahrstuhl verlassen hatte, hielt er eine Sinnestäuschung für möglich. Möglich doch, dass er Sonjas Duft als chemische Substanz in sich gespeichert hatte und dieser zeitweilig alles restlich Wahrnehmbare überdeckte? Er hinderte die Fahrstuhltür daran zuzugleiten, trat noch einmal in die Kabine zurück und überzeugte sich von der Übermacht ihrer unsichtbaren Spur.

Die Eingangshalle vibrierte. Das Laute und Bewegte und Glitzernde war unerträglich. Auch befürchtete er ein Stranden und dass seine Schritte nichts mehr von einem Ziel wüssten.

Hinter der Lebensmittelabteilung war der Flur zu den Personalräumen einzusehen. Lavendel konnte durch schmale Schlitze – er tippte auf eine Luftabzugsattrappe – das Mitteilungsbrett studieren. Da gab es eine Tafel: *Unser Code of Conduct: Werte im Schulterschluss leben!* Und zentral, in Riesenlettern, Kaimanns Zehn Gebote: *Ethik-Charta des GAD*. Rechts daneben die aktuelle Wochen-Message der Geschäftsleitung. Termine, Umsatzzahlen, Personalangaben wechselten einander ab. Den Abschluss, wie immer, bildete der Dank für das überwältigende Engagement der großen *GAD*-Familie und, auch wie immer, ein Leuchtfeuer, eine Anregung, wie es hieß, zur inneren Einkehr, in Form eines traditionellen Vermächtnisses der deutschen Leit- und Liedkultur, diesmal von Christian Scriver:

Der Schlaf wird fallen diese Nacht
Auf Menschen und auf Tiere;
Doch einer ist, der droben wacht,

bei dem kein Schlaf zu spüren.
Es schlummert Jesus nicht,
sein Aug auf mich er richt't.
Drum soll mein Herz auch wachend sein,
daß Jesus wache nicht allein.

Rauchend traten aus dem Aufenthaltsraum die Frau aus der Sportabteilung mit ihrem weichen Gesicht, Olesja, und die Brünette vom Schokoladenstand. Sie standen sich wortlos gegenüber.

Die Zeile *sein Aug auf mich er richt't* haftete Lavendel im Gedächtnis. Wussten es alle? Rechneten sie ständig damit, beobachtet zu werden? Deuteten sie illusionslos die hintergründigen Anspielungen des Familienoberhauptes?

Die Dunkle sah in den Spiegel neben den Anschlägen, an dessen Stirnseite die notorische *Check your smile!*-Anweisung klebte. Die Blonde hob der Dunklen eine Strähne aus der Stirn und schob sie hinters Ohr. Sie tat das langsam, und die Hand strich weiter über die Kopfseite nach hinten, setzte wieder vorn an und bedeckte die Wange der Brünetten, die sich hineinneigte. *Podruga moja* hörte er die Blonde dabei sagen, wehmütig und als wolle sie der anhaltenden zärtlichen Schweigsamkeit einen Namen geben. Er hätte gern gewusst, was das hieß.

Röchelndes Husten ertönte hinter der Tür der Personaltoilette. Die beiden drückten die Zigaretten aus und waren gegangen, als die kunstblonde Frau Greeliz-Bieleck heraustrat und sich wie entkräftet an die Wand lehnte, mit schafigem Gesichtsausdruck und Ringen unter den veilchenfarbenen Augen. Jetzt erst fiel Lavendel die an der Tür angeklebte Mitteilung auf: *Nutzen Sie Ihren Aufenthalt, um 10 Sekunden herzhaft zu lachen – oder lächeln Sie 60 Sekunden. Sie gewinnen Freudenhormone, wir gewinnen Kunden!* Frau Greeliz-Bieleck zog einen silbernen Flachmann aus der Handtasche, trank einige Schlucke und verstaute wieder, ohne hinzusehen, das nicht vorgesehene Freudenhormon.

Er lief weiter durchs Haus. Später kam er an der *Information* vorbei. Ipsen saß mit darin. Girrte und schmachtete mit Greeliz-Bieleck und deren heute fuchsrothaarigen Kollegin. Greeliz-Bieleck lachte ihr schrilles Lachen, ihr Blick, als sie des einen Gruß nickenden Lavendel ansichtig wurde, ging erst reaktionslos durch ihn hindurch und sprang dann von Strahlen auf Missbilligung um. Halb umgewandt zu dem Schönling und der Fuchsrothaarigen, zeterte sie naserümpfend: Es sei degoutant, wen man alles auf die zivilisierte Menschheit loslasse!

Die Liedzeilen und die beiden Russinnen waren Lavendel bald entfallen. Er war unruhig, blieb aber der Höhle hinter den Spiegelscheiben fern. Das unnahbar Nahe war niederschmetternd. Bedeutungslos musste es werden. Das war er sich schuldig. Dafür Weltoffenheit. Er hatte die Kopfhörer mitgenommen, schob eine unbeschriftete Kassette in den Walkman. Hohe Knabenstimmen aus einer anderen Welt. Leicht und lastenlos. In einem kaum fasslichen, himmelweit sich dahinziehenden und schlichten Cantusfirmus das *Gloria Patri* aus Monteverdis *Magnificat*.

Zufrieden registrierte Lavendel, wie ihn angenehme Spannung erfasste. Wie er körperlos den düsteren Kriechgang verließ. Sich einpasste in wunderbar geordneten Rhythmus. In den Zusammenklang eines majestätischen Generalbasses von Orgel und Kontrabass mit den Läufen zweier Strahltenöre darüber, einer des anderen Echo, und den beständigen und flimmernden Knabenstimmen. Glaubte sich aufgehoben im Unerreichbaren. Dazu trank er. In Mund und Hals brannte es, Wärme durchflutete den Leib und nahm die dumpfe Schwere. Die Akkorde waren jeder Vorstellung entzogen, seraphisch, eine nahtlose Reihe funkelnder Edelsteine. Leuchteten und erloschen und leuchteten wieder auf. Geschliffen. Erhaben. Nachhallend in einem losgelösten Akkord. Unhaltbar. Bis ein neuer Klangstrom den grauen und engen Gang weitete, den Gang, in dem das schwächliche Licht zu seufzen schien, und bis er sich und seine Umgrenzung wieder aufgab, Arkaden sich öffneten, Rundbögen sich streckten, Blätter und Bestien verschlungene Voluten wurden, Ranken schlanke Strebepfeiler umschlangen, Säulen himmelwärts wuchsen, aus ihrer Starrheit sich lösten, sich dehnten und licht wurden, auseinanderrückten und sich schwindelerregend in nahezu unsichtbaren Gewölben verloren. Die Tenöre wieder. Sie tändelten. Übertrieben. Tändelten durchs *Spiritui*. Tremolierten. Balzten. Wetteiferten. Protzten. Verhöhnten sich. Lachten wie läufige Hyänen.

Samirs Schritte unhörbar. Das Schöne sei ein Auftakt des Betrüblichen. Gleichmütig könnte er das gesagt haben. Die Wände schoben sich zusammen.

Lavendel strandete doch wieder bei den Garderoben. Eine Frau mit abstehenden, ährenfahlen Haargräten über den Ohren kreiste um eine unsichtbare Tabledancestange, in einem blütenbedruckten, presswurstengen Unterkleid. Als sie verschwunden war, aufgetakelt und kriegerisch, haftete Lavendels Blick an einer jungen Frau. Manchmal flog ein irritiertes Lächeln über ihr Gesicht. Seine Abgestumpftheit verflüchtigte sich, als sie sich entkleidete, so als ob man nichts anderes als das im Sinn haben könne. Oben nackt, hatte sie den Zippverschluss der Jeans sich teilen und die blanke Bauchwölbung hervortreten und im untersten Winkel der Öffnung dunkle Schamhaare hervorlugen lassen. Viel Zeit ließ sie ihm, die Tatoo-Lettern zu entziffern, die sich wie ein Regenbogen und halb überwachsen spannten: *Lovenest For The Truehearted One.*

Als sie restlos nackt war, besah sie sich geringschätzig, hielt die Lippen aufeinandergepresst, die Lider etwas geschlossen, die Brauen wie zwei Flügel, die im Dunkel der Nasenwurzel entsprangen und zu den Horizonten flogen, die Stirn gerunzelt. Die Arme hingen herab. Sie stand, als habe sie sich dazu durchgerungen, sich seinem Blick geduldig darzubieten und widerstrebe dem aber doch zugleich. Zeitweise verlagerte sie ihr Gewicht von einem Bein aufs andere.

Et nunc et semper. Die Knabenstimmen verausgabten sich. Er war ausgeschlossen. Wollte es auch sein. Wünschte sich das Wahrnehmbare als andere Realität, wünschte, er sei, wie auf dem Chassériau-Bild, einer der Alten im Hintergrund und sehe der badenden Susanna zu, von weitem, und der Vorgang erstrecke sich folgenlos in die Unendlichkeit und nichts geschehe wirklich. Alles nur, weil die stumme Nackte ihn an Joana erinnerte, an Joana, an ihre Gestalt, so oft vor Augen, Joana, deren Körper für unbestimmtes Dauern geschaffen schien, wie dieser vor ihm, dem alles Flüchtige fehlte.

Das Gesicht war unvertraut. Auch die langen dunklen Haare, die sie mit schnellem Ruck des Kopfes über die linke Schulter zurückbeförderte oder die sichelförmig nach oben gebogenen Wimpern. Die Augen standen enger zusammen, waren mehr grünlich als blau. Die Nase war dünn, wie der Mund, der Nasenknorpel wies einen kleinen Spalt auf und trug Sommersprossen. Das Gesicht war schmal und streng. Bis auf die Augen. Sicher konnten sie einen anstrahlen. Und sie hatten etwas Bedingungsloses.

Ihrer stillen Entschlossenheit hatte er nichts entgegenzusetzen. Sie sah sich selbst an, als male sie sich mögliche Verkleidungen aus oder als sei sie versöhnt mit ihrem Sich-selbst-Genügen oder aber als schlürfe sie das Prickelnde der Situation, in der jeden Moment jemand den Vorhang aufziehen könnte. Ihn erschreckte dieses verwirrende Körperebenbild Joanas derart, dass er sich lange – in bußsüchtiger Scheu – den Blick auf ihr lovenest verwehrte. Jardin de Ohanna. Joanas Schoß. Den berührungsverwöhnten.

Der Moment seines Schauens sollte mit keinem Maß der Zeit messbar sein, wünschte er sich. *Et in saecula saeculorum.* Das spröde Heiligmäßige der Knabenstimmen wurde lästig. Er riss sich den Kopfhörer ab. Sie fasste nach ihren Sachen, die am

Haken hingen. Ihre Brustwarzen zitterten hochmütig, sobald sie begann sich anzukleiden. Dabei schien sie sich so wenig wie möglich berühren zu wollen.

Sie hob von der Erde eine navyblaue Seidenbluse und einen weißen Pullover, förderte eine Schere aus der Tasche, zerschnitt die Plastikbefestigungen der Preisschilder, manipulierte mit einer schmalen Zange die Diebstahlsicherungen, schlug sie in ein Papiertaschentuch ein, stülpte sich die Puffärmelbluse über das T-Shirt, stopfte beides in die Hose. Darüber den Pullover. Sie hängte die Tasche um und ging. Er sah, wie sie das Papiertuch mit den Sicherungen in den Abfallbehälter des Vorraumes fallen ließ.

Jetzt! Er rannte los, gebückt, die Hände seitlich, wie Fühler, an den Mauern entlangstreifend. Aus den Steinen waren Blüten gequollen. In allen Farben sprangen sie auf. Die Finger griffen in Seidenweiches.

In fieberhafter Eile hangelte er sich ins Erdgeschoss hinab. Von der Westsäule aus entdeckte er sie. Sie bewegte sich nicht so vollendet, wie er es erwartet hatte. Nicht aus der Körpermitte heraus. Die Arme steif. War nicht sie selbst. Anders konnte es nicht sein. Verschwand viel zu schnell im Streulicht der Straße.

Wie lang blinkte die Lichtanzeige am Telefon schon und signalisierte Tuleckes *Sie ham sich nich gemeldet*? Hob er ab, wüsste er keine Erklärung für sein Versäumnis, wüsste auch nicht, um wie viel er sich verspätet hatte. Tulecke würde besorgt tun. Er würde Ausflüchte ersinnen und sich dabei verfluchen, weil er es tat, obwohl niemand es ihm abverlangt hatte. *Reine Routine, mein kurzer Durchruf, sach ich ma* würde sie erklären. Lavendel hob nicht ab.

Das Schummerlicht war an der sternförmigen Verzweigung rings um die Ostsäule aufgehellt. Jemand gehört niemand. Die Schriftzüge, mit dickem Filzstift an die Mauer geschrieben, hatte er noch nie beachtet. Vielleicht hatte sich sein Vorgänger damit auf seiner Route durchs Labyrinth Mut gemacht.

Nach der Begegnung mit der Joana-Doppelgängerin war er schweißnass. In der Stunde des Wolfs trieb es ihn aus dem Bett. Er streifte durchs System. Die Enge war gewachsen, die Windungen waren düsterer geworden, die Mauern näher gegeneinander gerückt. Ihr rauer Schurf hatte sich vertieft. Das Atmen fiel schwerer. Er saugte die abgestandene Luft des Hauses ein, er roch sie und spürte sie, die Erinnyen, die von verdrängter Schuld wussten, er bekam Angst und stürzte hinaus auf die Straße und wartete erst in einer der Stehpinten am Steintor das Vergehen der letzten Nachstunden ab, trank zwischen papageienbunten Jaybirds und bleichen Nachtfaltern und überdrehten Dragqueens mit streichholzlangen Twiggy-Wimpern, Geschäftemachern mit schweren Goldketten, kettenrauchenden Taxifahrern in Ballonseidenblousons, schweißigen Nazikolossen und der immer gleich gekleideten Alten mit den Zahnstümpfen, die von Zeit zu Zeit ein erschreckendes Lachen von sich gab: einen von der Höhe herabfallenden fünffachen Lautausstoß. Dazu schlug sie sich auf die Schenkel, mit einem kurzen, schnappenden Geräusch. *Alle sind verrückt*, stieß sie hervor. Keiner merkte auf. Eine Großnase lallte: *Egal, wie gut es dir geht, Bill Gates besser. Egal wie voll du bis, Rudi is Völler*, kam geläufige Antwort. Einer mit ACDC-Shirt: *Egal, wie dicht du bis, Goethe war Dichter.* Keiner lachte.

»Mein Chef hat gedacht, ich sammel Arschkarten«, sagte die Großnase. Der mit ACDC-Shirt erkannte blind am Gluckern des Bieres dessen Marke, erkannte sie beim Einschank aus der Flasche ins Glas. »Ich nagel mir'n Hering ans Knie, wenn ich nich ... die Geräusche sin wie'n Pulsschlag. Wie wenn'n Balg nuckelt an'er Mutterbrust.«

»Hau wech, Aldda«, die anderen, »hau wech den Scheiß! Auf'e Völkerfreundschaft! Unser letzter Wille: sechs Promille.«

Dann wieder im Haus. In einer Ecke seines Flurs kauerte er, die Decke um sich geschlagen – bis er schließlich doch in die andere

Wohnung ging und nach noch längerer Zeit sich in Sonjas Bett verkroch und ihr Duft ihn einhüllte und er sich im Halbschlaf ihre Hand mit den rosafarbenen Nägeln dachte oder auch Joanas sonnenbraune Finger, auf seinem Bauch, die sich spannten, sich krümmten, sich in die Haut krallten, weiße Striemen hoch bis zur Brust zogen, während ihre Haare ihm übers Gesicht fielen und neben Brunnen Palmen sich silbrig aneinanderschmiegten und das Laub von Feigenbäumen rauschte und schwerer Duft sich ausbreitete, Glockenschläge über die Dächer rollten, Fontänen sich über die Wogen von Düften hoben und mit singenden, sprudelnden Lauten ineinanderklangen, und ein Flötenton sich mit feiner Spur verlor ...

Er verließ Sonjas Wohnung und wartete bei der Frau mit den gallegrünen Wangen.

Die Tage begannen sich in ihrer Monotonie zu gleichen und Geschehnisse sich zu vermengen und Zusammenhängendes ohne Übergang zu zerfallen und fernzurücken. Immer seltener blickte er aus dem Badezimmerfenster. Die Tiefe des Lichtschachtes wurde unermesslich. Das mechanische Tentakeln des Tai-Chi-Mannes, der wie ein Kranich die Flügel ausbreitete und die Hände wie Fächer bewegte, war ihm unheimlich geworden.

Inzwischen erkannte er die Anzeichen des schlechten Gewissens bei Kunden schon im Vorhinein. Er vermied es hinzublicken. Er strich durch die Gänge. In einigen brauste ein übelriechender Schirokko. Andere waren wie altersstarre Adern in einem sterbenden Riesenmonstrum. In ihnen haftete wochenalte, gesäuerte Abluft, zigtausendfach in fremde Nasen, Münder, Lungen eingesogen und verbraucht wieder ausgestoßen und wieder aufgesogen und erneut ausgepresst. Amorph die Schallwelt des Hauses auf allem Beweglichen und Unbeweglichen. Sie drang in alle Körperöffnungen.

Manchmal kam es ihm vor, als hätte er bis zu dem Moment, in dem er den Schokostand aufsuchte, nur geringste Atemmengen aufgenommen, um hier desto tiefer Luft holen zu können. Sauerstoff, gesättigt mit bittersüßem Aroma, füllte dann die abgelegensten Verästelungen seiner Lunge, stellte er sich vor. Dazu betrachtete er die verschnörkelten Buchstaben Duft von Madagaskar und dachte an nicht endenden Genuss. Manchmal dämmerten auch Ansätze von Erinnerung herauf, in denen sich Schokoladenduft mit Liebe verband. Jemand hatte davon gesprochen. Die zerknitterten Gesichter der älteren Verkäuferinnen erblühten in der Mitte der Düfte.

Die Brünette hatte graue Augen wie feiner Nebel. Immer war sie für sich, dachte er. Einmal wünschte er sich, sie würde inmitten ihrer Schokoladenberge, nachts, im menschenleeren Gebäude, langsam ihre Kleidung für ihn ablegen. Er stellte sich vor, wie die Krisselhärchen ihrer Scham sich unter dünnem Stoff abzeichneten. Wie feine dunkle Schokolade. Und stellte sich weiter vor, wie sie litt im Fremden und doch zufrieden war, weil der nächtliche Raum um sie übervoll war von an- und abschwellendem und übermütigem und schmerzlichem Klingen, von Balalaika und Akkordeon und russischen Stimmen mit endlosen Akkorden in der Taiga-Endlosigkeit.

In einer Art Gelähmtheit blieb er zwischen den Geschossen. Stalin hatte alle resignativen Lieder verboten, so Tatjana, Tatjana mit den schmalen Hüften, als sie an einem Russenlokal vorbeigekommen waren, aus dem Gesang martialischer Männer- und ausgelassener Frauenstimmen erklang. Hingerissen war sie und wehmütig und fand kein Ende, erzählte vom todtraurigen Daniil Charms zur Zeit der Leningrader Belagerung durch die deutsche Soldateska, erzählte von Tolstojs Katjuscha mit ihrem großen Herzen, bei der nächtlichen Osterfeier, und von Gladkows Marussja unter trunkener Sonne.

Geliebte Beute

Aus der Säule heraus, in halber Höhe, an die Leiter geklammert, hatte er einen Blick auf das Wäscheareal der Damen. Direkt unter ihm befand sich eine Nische zwischen hohen Regalwänden. Ein Vorhang trennte sie ab. Manchmal sah Lavendel darin auf das brunette, kupferrot gesträhnte Haar der Abteilungsleiterin und wie sie den Rücken dehnte und die Beine streckte und sie knetete.

Beata Dulcezza stand auf einem Schildchen an der Seite dieses provisorischen Kabuffs. Sie hatte ein romanisch-längliches Gesicht, in dem alles ein bisschen groß und ausdrucksstark war. Die Haare hatte sie hinten hochgebunden, jedesmal auf andere Weise, mal als röhrenförmige Verdickung, mal geknotet, mal als Kugel. Heute spitzten die Haarenden aus dem Knoten, zeigten aufwärts. Sie hatte Besuch: Ipsen, der einer der Einkäufer des Hauses war. Zu ihm fiel Lavendel immer das rollige *Tschabo* ein, mit dem Tulecke diesen bei seinem Antrittsbesuch verabschiedet hatte.

Wenn der Tschabomann vorbeikam, zog die Abteilungsleiterin ihn beiseite und schloss den Vorhang. Sie küsste ihn mit weit geöffnetem Mund und sagte, er sei ein Mistkerl. Ipsen lehnte dabei lässig an der Wand. Er war groß und schlank, trug enge Jeans und Westernstiefel und T-Shirt unter dem Sakko und ein Kettchen mit Silberkreuz. Sein Kopfhaar hatte die gleiche Kürze wie sein Dreitagebart. Er hatte einen Ring im linken Ohr und Schatten unter den Augen.

Einmal hatte er seine Hand unter ihren Kostümrock geführt, und sie hatte die Augen geschlossen und geschwankt und die Augen dann wieder aufgerissen und auf den Vorhang gestarrt und sich am Tisch festgehalten und die Lippen geöffnet, und Ipsen hatte ihr rasch mit der anderen Hand den Mund zugehalten.

Einmal, als seine Hand sich wieder den Weg zwischen ihre Schenkel gebahnt und ihr Kopf nach hinten gefallen war und sie schwer geatmet hatte, hatte Ipsen sich währenddessen im Spiegel der Säule betrachtet, seine Miene dabei wechselnd, die Augenbrauen hochgeschoben, als übe er einen bestimmten Ausdruck ein. Und ausgerechnet, als seine Gesichtszüge Lavendel an einen beutegierigen Schakal denken ließen, meinte er beiläufig, sie wecke das Tier in ihm.

»Wenns man so wär!«, hatte sie gestöhnt.

Lavendels Armmuskeln erlahmten. Sie amüsierte sich: Das mit der Raumbeduftung sei ein Schlag ins Kontor. Die Klimaanlage haue alles weg. Er: Das Zitrusaroma an der Fischtheke und der Welcomeduft in der Eingangslobby würden die Kauflust anregen, das sei nachgewiesen. Dann tauschten sie Papiere aus. Zahlen häuften sich, von Strings aus einer italienischen Colli und bescheidenem Umsatz war die Rede, Vorwürfe klangen an.

»Is'ne Lachnummer!«, verwahrte sie sich. »Sextoys für ausgezehrte Borderline-Chicks mit spindeldürren Size-Zero-Körperchen, Body-Mass-Index 18 rückwärts und mit Schenkellücke. Unsre Stammkundschaft ist normal gebaut. Die Fetzen verunstalten das Bein obenrum. Der Dubs schwappt über. Du solltest die Kommentare hörn.«

»Bin ich lebensmüde? Bei der Gemengelage! Deine tortenschlingenden Hässletten und Speckbarbies und naturbelassenen Drallinen mit selbstgehäkelten Tampons! Die kommen vom Höxken zum Stöxken. Nee, du! Sind démodé. Aber das hier! Schenialer Fietscher! Retuschiert dezent! Deine Goldies sind außer sich, wett ich drauf! Stell dir vor: So ne Faltenschickse geht wie durch'n Wunder ihres Hüftgoldes verlustig, ums in blasierter Faltenschicksensprache auszudrückn! Und die ohne Popscherl kriegn was mit Turnüre. Superschenial, oder? Und erst die *wonderbum*-Strumpfhosen und Push-ups! Da sind auch bei 80er-A-Frauen die B- oder C-Körbchen voll. Regulierbar bis atomic boobs. Mit Stoßdämpfern und allem Chichi. Rolliges Zeug! Der Chef sagt«, Ipsen hob die Schultern, »es schmücke den doidschen Frauenkörper.«

»Das sagt dein Herr Superwichtig? Der Schmu ist mir hinten

vorn wie höher! Der mag ja kompetent sein in irgendwas ... aber in Damenmode? Halt mir bloß seinen hochmögenden *ordre de Obermufti*-Murks vom Leib!«

»Was geht mit dir, Süße? Eines Tages stehst du Sturkopf im Regen. Del tutto! Mit all deiner Schneidigkeit. Horribile dictu: Hier ist Durchstecherei an'er Tagesordnung.«

Seine Augenlider waren wie mausgraue, schwere Deckel halb heruntergezogen. Sie machte sich an seinem Gürtel zu schaffen. Blassgrün und schuppig umschlang er seinen Bauch. Vorn der Schädel einer Giftnatter. Die gekrümmten Zähne sichtbar. Die schmale Hand der Dulcezza bedeckte den Schlangenkopf, als sie das Gürtelende durch die Schlaufe riss.

»Weiß ich doch. Aber seit wann bedeutet Macht denn Weisheit?«, begehrte sie auf.

Die Schlange streckte sich. Die Schuppen glänzten. Das aufgerissene Maul schob sich zwischen den Fingern der Dulcezza hervor.

»Da bläst sich'n Klugarsch auf, haste nich gesehn, und denkt, wir würden auf kein' Fall merken, wie blödsinnig das is, was er sagt, und wie er sich innerlich daran weidet, wie ausgefuchst er uns Lullis was unterbuttert. Der Fisch stinkt vom Kopf her. Und keiner von euch gepamperten Fruchtzwergen hat die Eier, ihm seine Grenzen zu zeigen. Mich eingeschlossen. Wie mir das auf'n Senkel geht, dass ich das schlucke! Aber ich muss meinen Job behalten.«

»Immer easy going, Süße!«, riet er mit schwerlidrigem Tangoblick. »Du mit deinen Beißreflexen. Verdammte Tat, bist du aggro! Macht Falten, sag ich immer. Whatever!«

»Engstirnigkeit ist das Schlimmste.«

Er fingerte an den Knöpfen ihrer Kostümjacke herum und öffnete sie.

»Aber ich geb zu«, sagte er, »manchmal ist auch mein Adrenalin am Kochen. Wenn ich am Drücker wär ... ich würd den ganzen Klumpatsch umkrempeln.«

Meuchlerisch griente er und rollte mit platzsparender Bewegung und umstandslos ihr dünnes Shirt hoch und zerrte den BH über die Brüste. »So'n geiles Equipment wie du hat jedenfalls keine!« Die Brüste verformten sich zwischen seinen knetenden Händen. »Zwei Kilo Möpse.« Dann knetete er ihren Hintern. »Und so'ne wohlpoportionierten Antipoden. Macht mich sekundenschnell zum Burner.«

Sie hielt die Augen geschlossen, als koste es sie Überwindung, ihn anzusehen. Eine ganze Weile. Dann biss er erst in ihre linke, dann in die rechte Brustwarze und ratschte langsam seinen Zipper herab.

»Ach, mein gebildeter Ipsiman, mein Adonis, mein Meuterer ... wetzt jetzt du das Messer?«

Zur Abwechslung hatte er die Augen geschlossen. Ihre Hand in seiner Hose. »Ich muss den Marktwert ... meiner Ich-Aktie forcieren«, presste er heraus, »auf Hardliner machen, die Charisma-Muskeln spielen lassen, Pflöcke einhaun.« Seine Stimme war belegt. Ihre Hand arbeitete. Seine Lider sprangen auf und sanken wieder herab.

»Hauptsache, mein genialer Modeschröpfer findet noch ein Sekündchen Zeit, mich zu lieben!«, raunte sie und verbiss sich in seinen Hals. Ihre Hand fuhrwerkte derb in seiner Hose auf und ab. Die Natter duldete es.

»Was meinst du, Ipsi, ich komm heut Abend zu dir. Ich mach uns'n leckerschmecker Risi-Pisi. Oder cock au vin? Sinnlichkeit verschwendet sich. Die Erde dreht sich andersrum.«

Er stieß sie zurück. »Bist du gaga? Vielleicht bin ich nicht allein. Hab meine Verpflichtungen! Weißte doch! Und jetzt lass das Rumgekrame da unten!«

»Tzzzzz – was weiß ich schon! Und? Wer isses? Eine deiner üblichen Kussinen? Oder deine Venus von Kilo, die Tulecke, dein neues Gspusi?«, giftete sie.

»Wer isses, wer isses? Wie kommst du drauf, dass es ne Frau ist? Überhaupt: Frauen mit Erfahrung sind anstrengend. Frauen sind wie Schnee. Unberührt sind sie am schönsten und am einfachsten handzuhaben.«

Ipsen zog den Zipper hoch und schob das spitze Schwanzende der Natter unter deren Kopf. Dulcezza richtete ihr Kostüm.
»Scheißkerl!«
»Du engst mich ein«, beschied er sie.
»Ham wa jelacht! Der wilde Mustang – immer auf der Suche nach darbenden Mauerblümchen. Ach nein, nach dem Schneeweißchen.«
Die weiteren Ausführungen der beiden blieben unverständlich. Lavendel entschloss sich, in die nächste Etage weiterzuklettern, ehe ihn die Kraft in den Armen verließ. Die Stimme der Dulcezza klang nach der Zurückweisung nicht wie abgestorben und als ob sie Ipsen genau das heraushören lassen wollte, sondern belustigt. Frotzelnd. Oder erbost. Ipsen ging.
Aus dem Anna Magnani-Gesicht der Abteilungsleiterin, die in ihrem Kabuff regungslos verharrte, wich die aufgesetzte Heiterkeit.

Außer Atem war er oben angelangt. Seine Muskeln zitterten. Und plötzlich durchbrauste seinen Kopf ein unsinnig wilder Rausch. Am liebsten hätte er den Kopf gegen die Mauer geschlagen oder zumindest die Fäuste, bis der Schmerz ihn einhalten ließe. So erlöst war er. Denn von jetzt auf gleich würde alles wirklich anders werden, von Grund auf. Das Bisherige war abgeschlossen. Musste abgeschlossen sein. Er hatte es begriffen. Hatte er sich bisher treiben lassen, hatte er zugesehen, hatte er mitgespielt: Das war unumstößlich zu Ende. Ihn engte man nicht mehr ein. Er hatte seinen Plan.
Noch in der Mittagspause, als er im Bad die erforderlichen Messungen vornahm und danach auf dem Weg zum Baumarkt an der Christuskirche, in dem er eine billige Akku-Bohrmaschine und Stahlwinkel und Dübel und Spezialschrauben besorgte und sich zwei Gipskartonplatten zuschneiden ließ, schwelgte er in seiner Begeisterung.
Ruhiger wurde er vor Ort. Denn noch immer befremdete das

Gefühl, ihre Wohnung zu betreten. Er hängte im Badezimmer den Spiegel über dem Waschbecken ab. 14 Zentimeter Mauerstärke waren zu füllen. Er dachte an eine einfache Lösung: erst die L-Winkel an den Innenseiten des Durchbruchs befestigen, dann den Styroporblock wieder einpassen, dann von jeder Wohnung aus die Platten aufschrauben. Schon wäre das Sichtfenster verschlossen. Die Trennung wäre vollzogen.

Während er, nun wieder in seiner Wohnung, die Bohrung vorbereitete, bedachte er die Möglichkeit, dass Sonja, hatte sie Kenntnis von dem Durchbruch, nunmehr sofort Bescheid wüsste, dass er wiederum diese Vorrichtung inzwischen kannte – und benutzt haben könnte, wenn er jetzt etwas daran änderte.

Doch sie wusste nichts! Davon war er überzeugt.

Weich drang der Bohrer an den markierten Punkten ein, kleinfingertief. Die Maschine jaulte. Acht Löcher pro Wandseite. Problemlos. Bis er, schon auf der Gegenseite, auf Widerstand stieß, wohl weil hier härterer Stein vermauert war. Er legte den Hebel auf Schlagbohren um. Das Geräusch wurde schrill. Gerade als er den Druck verminderte, war er durch: Mit einem Ruck sprang der Bohrer in die Wand. Plötzlich quoll es aus dem Loch, mulmig und trüb erst. Und spritzte wasserklar, als er das Gerät erschrocken zurückzog, spritzte in dünnem Strahl heraus, ohne sich zu erschöpfen. Das Zuflussrohr musste getroffen worden sein. Mit einem Handtuch verstopfte Lavendel das Loch, um die Flut zu bändigen. Für eine Weile erfolgreich; bis es feucht aus dem Stoff hervorquoll und die Wand herabrann. Einen Pfropfen fest hineindrücken, direkt in das entstandene Bohrloch, am besten in das lädierte Rohr, das müsste man, dachte er, andernfalls liefe das Wasser ins Mauerwerk und natürlich auch in Sonjas Bad.

Ein Handtuch, stramm gerollt, lenkte als notdürftiger Damm den Sturzbach in sein Bad. Es überschwemmte die Wand. Mit weiteren Tücherbarrieren deichte er das Fluten so ein, dass es direkt in sein unter dem Durchbruch hängendes Waschbecken gelangte, den aufgeweichten und mitgeschleppten Mörtel ablagerte und ablief.

Er wollte mit dem Pfusch nichts mehr zu tun haben.

Später fiel ihm ein, das Wasser völlig abzustellen. Den Haupthahn fand er unter der Gastherme. Tatsächlich wurde der Strahl kraftlos und versiegte. Die Klospülung rauschte mit einem Schwall und war danach gleichfalls tot. In den aufgedrehten Hähnen gurgelte es nur noch.

Eine dicke Fliege durchquerte in unablässigen Schleifen und wie orientierungslos und mit wütendem Fluggeräusch den kleinen Raum und prallte immer wieder gegen das Fenster, als ob sie es durchstoßen wollte. Manchmal verharrte sie stumm an einer Stelle. Dann war die Stille von dem Warten auf das Wiederbeginnen des wütenden Fluges gefüllt.

Auch in der Küche floss kein Wasser mehr. Um freier atmen zu können, öffnete er das Fenster. Wolken schraffierten den fahlblauen Himmel. Auf einer Antenne warteten Krähen. Sie stießen abwechselnd kurze, angestrengte Krächzer aus, mal drei, mal vier in Folge. Als ziehe man mit schneller Umdrehung ein rostiges Uhrwerk auf. Dann wechselte eine einzelne auf einen Dachfirst, auch während des Fluges ihr trockenes *Krrr-Krrr* schreiend, wie zum Zeichen ihrer absoluten Lufthoheit. Unten im Lichthof zerlegten Monteure eine Maschine.

Er wrang die Handtücher aus, umwickelte sie mit Plastiktüten und drückte sie wieder in die vorige Lage. Dann war er ratlos. Einen Klempner zu rufen, ließen die Umstände nicht zu.

Vielleicht war sein Vorgänger mit dem Schädel gegen eine der schrundigen, verwinkelten Mauern des Systems gerannt oder war kopfüber in einen Säulenschacht hinabgestürzt.

Lavendel war im Gang gefallen, hatte seine Beine vergessen, seinen Körper vergessen, die Beschwerden des Erinnerns vergessen. Die stickige Luft empfand er wie eine fremde Haut, die ihm nicht nah genug sein konnte. In der Garderobe stand der Bagaceira, dachte er, sein Lethe-Wasser, sein ewiger Frühling, alles erleichternd. Er tastete sich weiter, kam an, trank und schluckte sogleich die Magenpastillen. Dachte kurz daran, wie sich in seinem Magen Magnesiumchlorid bildete und des Zuckers Herr werden würde. In den Ecken lagen zerknüllte Papiertücher, Büchsen, Plastiktüten und Becher und Flaschen. Süßlichbitteren, modrigen Geruch bildete er sich ein. Eine Frau mit faltigem Bauch und braun und mit hungrigen Beckenknochen und mageren Brüsten und spitzendurchbrochener, blumiger Unterwäsche hielt etwas Grünschwarzes vor sich hin. Wieder angekleidet, verstrich ihr Zeigefinger Parfümtropfen hinter den Ohren, unter dem Kinn, auf den Innenseiten der Unterarme, als ob sie sich ängstigte, nach erodierender Leiblichkeit zu riechen.

Die Oliven waren salzig. Als er die Plastiktüte mit den Zähnen und mit Hilfe einer Steinkante aufgerissen und den rosigen Lachsschinken weich und klumpig in den Fingern hielt, fiel ihm ein, wie Joana ihn weggeschoben hatte. ›Ich bin nicht gewillt, deine Beute zu sein‹, hatte sie aufbegehrt.

Angefangen hatte es mit des Bäckers Katze, die plötzlich durch die Gartentür hereingeschlichen und durch die Wohnung gestrichen war. Klein und rosa und lanzettförmig hatte der Katze die Zunge aus der Schnauze gehangen. Bei seinem Näherkommen war sie Hals über Kopf geflohen. Später hatte Joana nackt auf dem Wannenrand gesessen und die Füße getrocknet. Klein und rosa hatte eine winzige Labienspitze aus dem Schamlippendunkel herausgesehen. Als Joana sich zurückbeugte, verzog sich das umschließende Lippenpaar in offenem Lächeln, entfaltete sich, und neben dem einen wurde kurz ein weiteres sichtbar, dünn und lachsfarben und wie das Kelchblatt einer Blüte sich aufrollend und rundend am Rand und feucht glänzend – bis die fleischige Dunkelheit sich wieder schloss.

›Wieso Beute?‹, hatte er gefragt.

›Is doch'n allbekannter Mythos. Blühende Mädchen wie ich sin'ne beliebte Beute für verwitterte Männer wie dich.‹
›Blühend ist deine Phantasie.‹
›Vor allem bistu'n Verführer. Umgürtest dich mit süßer Versuchung, wie jeder echte Teufel. Begehrst meine Zuneigung und meinen Körper. Und ich kann nicht widerstehn, weil du mich in ausgeklügelter Weise denken lässt, ich bins, die dich verführt, und weil du mirs teuflisch schön machst. Weil du meine Muschi so verwöhnst, dass ich mich nach Fortdauer verzehre.‹
›Verzehren? Das will ich erleben.‹
›Du willst mir doch nur dein Ding reinschieben und mich vollspritzen. Und mir sipperts literweise raus, das kladdige Zeug.‹
›Ich geb zu ...‹
In den Spiegeln Frauenbewegungen, Frauengelenke, Frauenhaut, Frauenverdruss, Drehen, Begaffen, Sichschönfinden, Sichhassen, Schweinchenrosa, Kalkweiß, süßliche Ausdünstung ...
Er schreckte hoch, war eingeschlafen. Eine Frau hatte das nackte Bein auf den Hocker gestellt. Rote und bläuliche und grüne Flecken überzogen es ab dem Knöchel aufwärts. Sie rieb darüber hin. Mit gequältem Blick.
Er schwitzte und litt unter den Bildfetzen, die sich festzufressen suchten. Dachte, er müsste aus dem Ansturm der Bilder ein Bruchstück herauslösen und auskosten und veredeln, so wie es Bertoluccis Jason Kinsky schaffte, der am Flügel seine zufälligen Blicke auf Nacken, Fuß oder Schulter Shandurais zu sehnsüchtigen Ton-Phantasien werden ließ, die sich ohne Antwort genügten. Eines wie das andere ein Teil des flüchtigen Schönen.
Doch ihm verwandelte sich das Sichtbare nicht. Er entschied sich zu gehen. Beim Hinaufsteigen begleiteten ihn die tanzenden Schatten in Philis Zimmer und die wehmütige italienische Musik. Wie ihre Finger sich bewegten, davon hatte er keine Vorstellung mehr, schon gar nicht, wie sie sich anfühlten.

Die Notizen zu den Detektiv-Tricks waren unauffindbar. In dem vorliegenden Kuddelmuddel kein Wunder, sagte er sich und begann systematisch zu suchen. Was auf Tisch und
Sideboard stand, schichtete er um und riss Schubladen heraus. Nicht auf dem Flurboden, nicht in Küche, Bad und Schlafzimmer fanden sie sich. In den Hosentaschen nicht. Es gab Phasen, vermutete er, die sich seinem Erinnern im Nachhinein restlos entzogen. *Eindeutig Korsakow*, würde Joana diagnostizieren, Gedächtnisschwund, unheilbar.

Oder gab es eine einfachere Erklärung, die alles andere als beruhigend war, dass nämlich jemand das Zeug an sich genommen hatte und er das wissen sollte, dass es so war? Als unaufdringlichen Hinweis, sich nicht um diese Angelegenheit zu kümmern. Schnüffelte die Security bei ihm herum? Wollte man ihn einschüchtern? Dazu brauchte es nicht viel, gestand er sich ein und wünschte sich keine Wiederholung der Hanoum-Erfahrung. Besser wohl, er schaffte beiseite, was er noch an Aufzeichnungen hatte.

Vor dem provisorischen Kleiderschrank stehend, sah er eine Möglichkeit darin, die Papiere unter einen der Einlegeböden zu kleben. Solch eine Maßnahme würde man von ihm vielleicht nicht erwarten. Er räumte die unterste der drei Platten frei. Sie lag lose auf Querstreben. Er zog sie heraus. Hartfaser. Resopalbeschichtet. Er würde Tesafilm besorgen, überlegte er. Schon war er dabei, die Platte wieder einzufügen, als seine Finger an der Rückkante in eine Vertiefung gerieten. Die hintere Schmalseite, stellte er fest, war ausgehöhlt. Das spreißelige Material war herausgekratzt. Papier lag darin. Mit den Fingerspitzen zog Lavendel einige Bündel Geldscheine heraus. 80 bis 90 Hunderter.

Sein Vorgänger musste ein gesteigertes Sicherheitsbedürfnis gehabt haben. Umso unerklärlicher, dass er beim Auszug seine Barschaft vergessen hatte. In einer Art Schuldgefühl hielt Lavendel dem Raum den Rücken zugewandt. Auch die übrigen Einlegeböden fand er bearbeitet. Das mittlere Fach war leer.

Im oberen steckten zwei blasse Farbbilder, Computerausdrucke. Der Maskierte und eine Unbekannte waren auf dem einen auszumachen. Beide nackt. Auf dem Sofa in Sonjas Wohnung. Im Hintergrund buschig die Buntnessel. Auf dem anderen Foto stand ein sehniger Mittvierziger. Auch in Sonjas Wohnzimmer. Dem Mann gegenüber eine andere Unbekannte. Ihm war, als kenne er sie. Mit ihrer verdrehten Haltung wirkte sie wie ein Modell.

Lavendel schob alles zurück. Der Fund drängte zur Aufklärung. Die herbeizuführen fühlte er sich aber außerstande.

Am Abend Nässe in der Wand. Er würde sich hier nicht mehr waschen können. Den Haupthahn aufzudrehen hieß, sogleich das aus dem angebohrten Loch strahlende Wasser auffangen zu müssen. Es würde dennoch ein Teil direkt ins Mauerwerk fließen.

Er schaltete das TV-Gerät ein. Die Kamera verfolgte Wale. Der Raum füllte sich ozeanisch grau und grün. Noch mehr Wasser. Er mitten darin. Vor der fahlen Lichtquelle schienen seine Arme fleischlos zu sein, ohne Sehnen, Muskeln und Haut.

Die Toilette in der U-Bahn-Station war nur einen Katzensprung entfernt, 100 Meter. Die Edelstahltür schwang leicht auf. Weiße Kacheln. Schlackenfrei. Steril. Poliert. Blumenaroma. Großzügig. Grand Marble Hall. Links hinterm Eingang ein Tisch. Dahinter, zusammengeknickt, ein blasser, magerer Mann. Ein Teller mit Münzen. Ein Behältnis mit bunten Gratiskondomen, Werbeaktion. Rechts vorn eine Batterie Waschbecken und eine lange Spiegelfront. Im hinteren Teil, links, Toilettenkabinen. Rechts Urinale. An der Stirnseite Automaten. Dort hielten sich zwei junge Männer umschlungen. Große starre Fischgesichter. Aufgestülpte Fischmäuler. Ihre Küsse waren Verschlingen. Am Ellenbogen des einen war eine schwarze SS-Sonne eintätowiert.

Lavendel verschanzte sich hinter der von ihnen entferntesten

Kabinentür. Die Geräusche, die er verursachte, schienen ihm unmäßig. Es missglückte, sich lautlos zu erleichtern. Das Summen der Klima- und Entlüftungsanlage hatte etwas Bleibendes und Tröstliches. Man könnte sich in einem Schiffsbauch befinden. Darunter aber tausende Meter Haltlosigkeit.

Die Waschbecken glänzten und schienen sich gegen Befleckung zu wehren. Die lösliche Seife beschwor unbestimmbare Exotik herauf. Beim Hinausgehen wanderte sein Gesicht durch die Spiegelfront. Als hätte er Sonnenbrand, schien es rot verschwollen. Seine Art zu sehen war hier schonungsloser als oben in der Wohnung. Affenarschrot hätte Joana das genannt. Das Haar war strähnig, der Bart wucherte.

Zurück unterm Dach. Obwohl Rita Hayworth es war, die ihm das Leben zur Hölle gemacht hatte, zuckte Glenn Ford nicht mit der Wimper. Sie schob ihren Körper näher, als wolle sie ihn mit ihrer fiebernden Lebendigkeit überfluten. Ihre Lippen verhießen ein erotisches Flammenspiel, und sie war doch ewige Jahre schon verwest und splitternde Knochen oder einfach Asche, dachte Lavendel und befürchtete, bald wie Flaubert, wenn er künftig eine Frau sah, zugleich ihr Skelett sehen zu müssen.

Er hatte Joana auseinandergesetzt, das filmische Leben betäube ihn wohl, vor allem aber illusioniere es ihn und bringe sein Eigenes erst ins Bild, gebe ihm einen Begriff oder Gegenbegriff und lasse, der Künstlichkeit wohl bewusst, den Widerspruch vergessen. Gern hätte er ihr das unumstößlich erklärt, wie diese Erzählbilder letztlich der Idee seiner Wirklichkeit oft näher waren als das von ihm nur unvollkommen begriffene Wirkliche selber. Als er das sagte und sie dabei ansah, kam er sich wie ein Artist vor, den nach wenigen Verrenkungen die Kraft verlassen hatte. Seine Gedanken versuchten Volten zu schlagen und verhedderten sich, fürchtete er.

›Hört sich beschädigt an. Ich weiß nur, dein Leben verflüchtigt sich in fremden Bildern. Du lebst nicht, nicht wirklich‹, entschied sie.

Es war Jacke wie Hose, ob sie Recht hatte. Das Trinken tagsüber machte ihn schwerfällig, versetzte seinen Körper jedoch nachts in ein rasendes Beben.

Nur für Sekunden schien er in Schlaf gefallen zu sein. Er schreckte auf. Frühere Momente des Erwachens mit Joana, im Übergang zwischen Nacht und Tag, blitzten auf. Er hatte sich in jedem der Augenblicke verzehrt, in dem das traumhafte Versinken so schön nur war, weil es in seinem äußersten Empfinden das jeweils unmittelbar letzte zu sein schien. Vor Augen lag noch die helle Ebene ihres Rückens. Wessen Rücken? Überdeutlich die Schwärme von Härchen. Es war ein unberechenbares Fließen über weite geschwungene Hänge und Senken. Weizenfelder streckten sich bis zum Horizont, die Halme, geheimen Richtungsgesetzen unterworfen, streckten sich als sommerliche Weite und in zephirischem Windgekräusel und im Wirbel und auseinanderstrebend. Er war in eine selige Schwerelosigkeit gehoben ...

Als es ihn dann wieder aus dem Schlaf riss, leuchtete wie ein herabstürzender Stern die Erinnerung an Wohlgefühl auf. Joanas Brüste waren wie versteinert. Oder waren es Sonjas Brüste? Oder die der Unbekannten? Ihm fielen plötzlich die baumelnden Goldgloben am Ohr von Finja ein und Philis sarderdunkle Augen. Doch dann entsetzte ihn der Gedanke, dass Joana ihm ewig jung in Erinnerung bliebe.

Er presste die Lider zusammen. Und bald gärten, kreisten, sprangen Bilder in ihm, schnellten auseinander, schoben sich vage wieder zusammen, waren nachtverstecktes Delta, waren hautfahle Halbinseln in diffusem Dunkel, die massige Gebirgsbögen wurden, sich weitende Talgründe und sich verformende, sich öffnende, aufbrechende, fleischige Frucht, zum Verschlingen lockend mit Erdgeruch. Im Aneinanderrücken dachte er seinen Leib als den ihren. Er spürte das Anderssein wie in einem furorartigen Dopaminrausch. Ihm war auch, als presse eine riesenhafte Faust ihn zusammen, als sei er nur noch ein zuckendes, zitterndes, dem Zerbersten preisgegebenes Genital, das ihn ausfüllte und bis in seinen Kopf vordrang und gegen die Schädeldecke drückte, unter irrem Schmerz durch die berstende Knochenschale brach ...

Endlich sprang er auf. Im System erwartete ihn der betäubende Schwall von Gestank, der seine Vermutung, dass das Nebensystem in die Abluftzirkulation des Hauses einbezogen war, dass die verbrauchte Luft aus Küche, Werkstatt und Kloake und verwesendem Unbekanntem durch die Gänge gepumpt werde und dies seine Luftzufuhr darstelle, bestätigen wollte. Der Versuch, sich klare Luft vorzustellen, einen Wintertag mit Schnee, darüber Sonne und Kristallglitzern auf blendendweißer Fläche, zerbrechlich kalte Luft, dünn und millionenfach zersplittert – der Versuch misslang.

Er musste die Gänge verlassen, war aber unentschlossen, nahm den Fahrstuhl hinab, querte das Parfümerieviertel. Der trockne Luftzug zwischen den Bücherständen war wohltuend. Die Bücher türmten sich. Sie hatten etwas Verlässliches. Um eine Säule herum waren Klassiker drapiert. *Wilhelm Meister* obenan. Er dachte an den Nachmittag im Baukasten und wie ihm dort bei Phili dieser Roman eingefallen war und er entschloss sich zum Kauf. Auf dem Umweg durch die Schokoladenflut gelangte er zur Rolltreppe und hoch in die Cafeteria.

Die Afrikanerin reichte ihm an der Kasse Kaffeekännchen und Milch. Ihre langen, an der Grenze zwischen Ober- und Unterseite vom Braunen ins Gelbliche überwechselnden Finger waren an den Gelenken rußdunkel. Wie auch die Handlinien. Sie sagte etwas, ohne dass er auf den Sinn achten konnte. Ihre Worte flossen nahtlos ineinander und waren in einer auf- und absteigenden Satzmelodie fast gesungen. Er zahlte den Betrag auf die schmale und marzipanrosige Handfläche und hob die Schultern und ließ sie fallen und versuchte ein Lächeln.

In einer Ecke löste er das Buch aus der Folie. Am Nebentisch schlürfte ein junger Mann Kaffee und las in der heftgroß zusammengefalteten *Financial Times*.

»Business is my lifestyle«, sagte er nebenbei zu einem 17-jährigen leichtbekleideten Girlie. Es war gebräunt und hatte eine kleine, himmelan strebende Adventsnase und einen Piercring im Nabel.

»Shit happens!« Ihre Stimme hatte etwas Papageienhaftes. »Nee, Witz!«, fuhr sie bitter fort, »du hast nix aufer Kirsche wie Banken und Poppen!«

Tulecke. Lavendel sah gerade noch, wie sie von der Kasse kam und einen Tisch nahebei einnahm. Sie bewegte sich, als ob sie befürchtete, anzuecken.

»Und für dich Puparsch hätt ich mir fast Silikontüten nähen lassen!«, empörte sich das Mädchen.

Der junge Mann faltete die Zeitung umständlich neu.

»Silikon macht das schon ...«, betete er gedankenlos einen Werbespruch nach. »Summa summarum bist du'ne Nervensäge!«, warf er hin. Seine Augenbrauen wölbten sich angestrengt und gaben seinem Gesicht den Ausdruck fortwährender Fassungslosigkeit: darüber, wie grenzenlos einfältig seine Begleiterin war.

Lavendels Blick sprang über die Seiten des Romans. ›*... und was meine Füßchen betrifft*‹, las er, *rief sie, indem sie schnell unter den Tisch reichte, ihre Pantöffelchen heraufholte und nebeneinander vor Serlo hinstellte* – ›*hier sind die Stelzchen*‹ ... ›*Ein reizender Gegenstand!*‹ *rief Serlo;* ›*das Herz hüpft mir, wenn ich sie ansehe.*‹

›*Welche Verzuckungen!*‹, *sagte Philine.* ›*Es geht nichts über ein Paar Pantöffelchen von so feiner, schöner Arbeit; doch ist ihr Klang noch reizender als ihr Anblick ...*‹

Samir würde gottergeben mit den Augen rollen, dachte Lavendel. Das *schöne* Geräusch, das *schöne* Aussehen, würde er rufen: nichts als phantasierte Mythisierung! Pantoffelphilie. Bedingt durch sexuelle Vereinsamung und archaischen Trieb! Aber wenigstens friedlich, diese Sublimierung.

Lavendel verließ die Cafeteria und begab sich noch in der gleichen Etage ins System. Die Niedrigkeit der Gänge zwang ihn, wie üblich, den Kopf einzuziehen. Vom verkrampften Nacken aus schoss der Schmerz hoch bis zur Stirn und sandte Blitze in den ganzen Kopf. Er kehrte dem System wieder den Rücken.

Die Wohnung war voll Licht. Sonne lag drückend auf den Dachfenstern. Er legte seinen Einkauf zu dem Wust auf dem Tisch. Als er das Fenster im Badezimmer aufriss, schwappte feuchte, schwüle Luft herein.

Diebin erwünscht

Als sie kam, die Diebin, Joana, wie er sie vor Jahren kennengelernt hatte, mit grünen Augen in keiner Weise Joana allerdings, nicht eindeutig klar überdies, wieso er an Joana dachte, noch, sollte er hervorheben, noch an Joana dachte, als sie den Vorhang aufriss, zur gleichen Zeit wie vor zwei Tagen, in der gleichen Kabine, da sprang der Funke über, wie beim ersten Mal. Er genoss es. Sollte er nicht?

Um ihren Zauber abzuschütteln, müsste er sie vielleicht nur nüchtern beobachten. Beispielsweise wie die Wimpern oben kümmerlich, schlupflidbedingt, nur millimeterschmal in Erscheinung traten. Und die leichten Schatten unter den Augen. Sie gaben ihrem Gesicht etwas Angegriffenes, als ob sie ihre Grenzen überschritte. Und die Pedanterie, immer die gleiche Kabine zu benutzen, und dass sie, wenn sich das schon sagen ließ, regelmäßig kam – doch aber mit wechselnder Dauer vermutlich. Mal in Hast auch, wie jetzt, wo sie nur die Schuhe abstreifte, ihm den Rücken zukehrte, die weite Hose hinabrutschen ließ. Die Muskelstränge, das war nicht zu übersehen, traten an den Schenkeln hervor, als sie sich bückte und sich in eine futteralenge Hose zwängte. Eine Sportlerin. Fußballerin vielleicht. Er sah sie über das Feld rennen. Und als sie bis zur Höhe der Oberschenkel hochgezogen war, die unvorteilhaft enge Hose, vertieften sich die Falten zwischen Pobacken und Beinen. Kurz zeigte sich die Wölbung ihres Geschlechts. Ohne sich aufzuhalten, stieg sie in ihre eigene, weite Hose. Verließ die Kabine, brachte neue Kleidungsstücke mit, allerdings nur pro forma, wie sich erwies. Vermutlich übte sie den selbstsicheren Doppelhosengang.

Ihre Gehetztheit wurde zu seiner. Sie war nicht mit einem Blick zu umfassen. Das Licht schmiegte sich an den nach vorn gebogenen Hals. Ihre Bewegungen waren voll Spannkraft, sie war Diana im Jagdfieber.

Umstandslos zog sie den Vorhang auf, ließ ihn aufgescheucht zurück, wandt sich noch mal her, als hätte sie sich doch auf ihn besonnen, zog einen Lippenstift aus der Tasche, malte blitzschnell einen Kussmund auf den Spiegel, besah ihn sich, näherte ihr Gesicht, schob ihren Mund nach vorn. Für einen Augenblick sah die Oberlippe aus wie eine Schwalbe mit windschnittig gespannten Flügeln. Sie drückte die Lippen auf das Glas und verschwand.

Er blieb im Halbdunkel. Mischte sich sein Getränk, bildete sich den Wirbel der Schmerzen im Kopf als Wohltat ein. Was war das? Wem galt der Kuss?

Er hastete zur Toilette der U-Bahn-Station. Der Raum erschien ihm größer als gestern. Die Handvoll Anwesender verlief sich. Ein hochgewachsener, drahtiger Mann, Mitte sechzig, in vertragenem Schwarz, feudelte den Boden unter den Waschbecken, klatschte den Wischmopp auf die Fliesen und schob dabei einen Eimer mit dem Fuß vor sich her. Wenig entfernt stand und lehnte ein blondierter 30-Jähriger mit langen, schwermütigen Lidern, hatte die Arme über der Brust verschränkt und sah und hörte zu. Lavendel umrundete den gebeugten Alten und verschwand in der einzigen Kabine, deren Tür offenstand.

Gewitzte Denker habe es schon immer gegeben, verkündete der Alte. Abgetan als Schwarzseher. Schopenhauer beispielsweise würden heute die Habitualgrinser als Querulanten abstempeln. Inhaltliche Kritik hätten Mitläufer und erst recht Machthaber schon immer als unreife Empörungskultur verleumdet, erinnerlich von Wilhelm Zwo bis zu den braunen Stiefeln, von Ulbricht bis Strauß und the Fat Man aus Oggersheim und dem – ach, was solls …

»Den Schopenhauer schätzen Sie besonders, oder, Herr Möbeus? Kommt der auch in Ihrem Buch vor?«

Man hörte ein angestrengtes Schnaufen. Vielleicht bückte der Alte sich. Oder er versuchte in einer unzugänglichen Ecke zu wischen. Lavendel war für den Hall des Gespräches dankbar. Die Geräusche, glaubte er, die sich aus ihm befreiten, mochten so weniger auffallen. Trotzdem überwand er nur langsam die Scheu, sich gehenzulassen.

Während der *Herr Möbeus* Genannte erst richtigstellte, von einem Buch könne nicht die Rede sein, es sei nichts als ein Beitrag für die Hattorf-Akademie – Lavendel wurde hellwach –, und während er dann von der geldfetischistischen Verbrauchsreligion sprach, die ohne ihren sozialistischen Widerpart ins Schleudern komme und deshalb stellvertretend Islamisten provoziere, weil die in ihrem berechenbaren Araberstolz heißblütig reagierten und damit einen idealen äußeren Unfreund abgäben, und deren hochstilisierter Gefährlichkeit wegen man Schutzgesetze erlassen könne, die dem eigenen, per se unmündigen Konsumvolk die Eigenständigkeit prätotalitär und nachhaltig austrieben –, während Herr Möbeus das ohne Punkt und Komma herbetete, jedes Wort wie gestanzt, während dessen gab Lavendel allen Widerstand gegen das konvulsivische Rumoren, das rotierende Stechen und Gedränge in seinem Darm auf. Ihm war schon übel geworden. Seine Entleerung vollzog sich mit rapider Gewalt und unter gleichzeitiger Befürchtung, sich übergeben zu müssen. Und zugleich mit dieser Befürchtung drückte er die Spülung, so dass sie halbwegs den begonnenen Fäkalausbruch überdeckte, den er während des paarsekündigen Rauschens vollendete.

Arbeitsgeräusche vor der Tür, ein Schubbern und nasses Schlappen und Klatschen. Dann ein Räuspern. Lavendel atmete regelmäßig gegen das flaue Gefühl in seinem Magen an. Langsam verminderte es sich.

»Wieso nicht genussbetäubt von einem Reiz zum andern torkeln, lemurenhaft im Sog der Spaß-Masse?«, fragte Herr Möbeus ironisch, und der andere meinte trotzig, er kenne nichts Genussvolleres als das glückliche Ineinanderaufgehen mit seinem Geliebten.

»Wenn er aus Begehren resultiert, der Glücksrausch des unverkümmerten Einzelnen, und sich damit selbst genügt, verflacht er auf Dauer und wird banalisiert«, gab Herr Möbeus ungerührt zu bedenken. »Sinnvollerweise aber ist Glücklichsein den meisten nichts anderes als der Zustand des Nichtunglücklichseins. Und weltgeschichtlich hat Glück keinen Stellenwert. Sagt Hegel.«

»Also – mir ist die Weltgeschichte in solchen Fällen piepegal. Wennse mich fragen, dann ist Herr Hegel ein Miesepeter. Mein schlauer Mann sagt immer, Glücklichsein ist das Ziel der menschlichen Existenz.«

»Womit wir zurück bei Aristoteles wären«, brummte Herr Möbeus.

Seine vorherigen Ausführungen schienen Lavendel in ihrer lautstarken Vereinnahmung der Anwesenden als Ohrenzeugen dünkelhaft. Er hatte seit Längerem niemanden mehr solche weisheitsgetränkten Sätze absondern hören. Sie erinnerten heftig an den rivalisierenden Sprüche-Abtausch im Baukasten. Frieder hätte jetzt mit so was wie *Suffizienz statt Effizienz!* punkten wollen.

Trotzdem hörte er ausgehungert auf die Wechselrede der beiden, vor dem Hintergrund der pinkelnden und sich vor den Spiegeln frisierenden und links und rechts stöhnenden Männer, und wusch sich nach dem Verlassen der Kabine die Hände, wusch sie sorgsam und trocknete sie sorgsam und verzögerte seinen Aufbruch.

Später ging er zur Hauptpost. Ihm wurde ein verschnürtes Bündel ausgehändigt. Neben Privatpost und Rechnungen auch ein Schreiben der Staatsanwaltschaft: Man habe die Ermittlungen im Fall Hanoum eingestellt, die Familie befinde sich in Abschiebungshaft. In der aufkommenden Wut sichtete er die persönlichen Briefe. Einer von Joana. Ihre Schrift hätte er unter Tausenden erkannt. Er liebte das Bauchige und dann wieder Zierliche ihrer Buchstaben, liebte es, wie der Aufstrich vom *g* zu den folgenden Buchstaben energisch spitz war oder wie das kleine *h* aussah, als jumpe es davon. Ein weiterer Brief war von seinem Bruder, einer ohne Namen und einer von Violetta Temme, also Vio, aus dem Baukasten.

Lavendel befühlte Joanas Kuvert, als ob sich so der Inhalt herausfinden lasse. So sehr ihn der Brief freute, weil er an ihre seltenen früheren erinnerte, so sehr hatte er auch ein unangenehmes Gefühl. Eigentlich, dachte er, und befand sich schon wieder auf der Straße, war er womöglich besser dran, nichts vom Inhalt zu wissen. Alles bliebe in der Schwebe. Oder sogar fast so gut wie begraben. Das dachte er auch noch, als er schon das Kuvert aufriss und ihm mehrere eng beschriebene Zettel entnahm. Er schob sie zurück.

Am Kröpcke angekommen, setzte er sich auf eine Bank neben dem Blätterbrunnen. Zwei Nazi-Skins dösten neben einem unleserlichen *Mahnwache*-Schild vor sich hin.

Ein mannsgroßes, kahlgerupftes Huhn streckte Vorübergehenden ein Flugblatt entgegen und rief dumpf: »Verhindern Sie den Kannibalismus unter Hühnern! Sorgen Sie für artgerechte Tierhaltung!«

»Haut doch ab, ihr Rettet-die-Wale-Spinner!«, erregte sich ein Mann.

Kleine Jungen spielten am Brunnenrand, der eine erstarrte Gartenwildnis vortäuschte. Grünmetallene Großblätter lagen hingebreitet wie ergebene Schöße. Vom Wasser übersprudelt, glänzten sie feucht. Eine Taube badete. Eine andere trank. Glockenschläge kamen von der Marktkirche herüber. Russen sangen *Kalinka* mit Akkordeon und Balalaika. Vom Fisch-Shop hinter ihm zog ranziger Bratgeruch heran. Die Sonnenschirme knatterten im Wind.

Hallo Liebster, schrieb Joana, *dein Bruder hat deine Adresse rausgerückt. Erst dachte ich: Du gemeiner Mensch willst nichts mehr von mir wissen! Hast Probleme in der Redaktion und mit mir und schmeißt alles hin. Willst Abstand ... Ich auch, geb ich zu. In Spanien habe ich erkannt, wie viel mir Alban bedeutet. Ich weiß, du magst ihn nicht. Kann ich nachvollziehen. Je mehr ich ihn kennenlerne, desto mehr bewundere ich aber, was er tut, wie er denkt. In vielem seid ihr euch unheimlich ähnlich. Ein bisschen betapst. Ich würde euch gern nebeneinander sehen. Oder euch beide haben. Er gibt mir das Gefühl, dass ich ihm dabei helfen kann, seinen Weg zu gehen. Und er ist immer für mich da. Du weißt, wie wichtig mir das ist, weil ich nicht allein sein kann. Dann hab ich keine Lust zu essen und sonstwas. Bin wie ein Katzentier frisch nach dem Wurf.*

Du warst da schon anders. Tut mir leid, dass ich dir das vorgeworfen hab, als wärst du abartig. Ich bin jetzt schlauer. Du hast als Kind den Glauben an die Menschen verloren, und dein inneres Kind lässt ihn dich immer weniger wiederfinden. Weißt du noch, wie du mir gleich zu Anfang unserer Beziehung gesagt hast, ich sei für dich die Frau, die du in deiner Mutter nie hattest: liebevoll, ehrlich, klug, souverän, zupackend, lebensbejahend, verständnisvoll und so. Das hat mich erst stolz und dann, weil es ja eine Erwartung war, unheimlich fertiggemacht, wo ich doch meistens das Gegenteil von all dem bin. Das hast du schnell gemerkt, und ich glaube ja, du hast dich dann mit Sex betäuben und all die 'Wunder und Weihen' suchen wollen, die dir sonst verschlossen waren. Und weil ich das so dachte, hab ich genau die Seite meines Wesens auch weit aufgemacht. Dabei hab ich noch so viele andere. (Manchmal hab ich auch gedacht, für dich ist alles, was du erlebst, wie ein guter oder schlechter Witz. Das ist deine Verteidigung. Damit überlebst du.)

Du hast mich nie bedrängt. Aber auf mich wirkte es so, als hättest du stumm erwartet, dass ich dich in Liebe einspinne (wiederhole ich mich?). Ich habe an diesem stummen Leiden mitgelitten. Du redest darüber wenig, doch ich glaube, du weißt, dass ich es weiß: Deine eigentliche Sicherheit ist dir dein Leiden – an der Welt, an dir, an mir ... (Vielleicht täusche ich mich da auch?) Dein tatsächliches und eingebildetes und vielleicht sogar ersehntes Leiden. Deine depressive Grundstimmung ist für dich das Normale. Du bist irritiert, dass nicht alle so sind – bei all der verschwiemelten Heuchelei und Abscheulichkeit und Betrügerei und Erbärmlichkeit unserer Mitwelt. Ich seh dich im Halbdunkel sitzen und ein biologisches Dämmerdasein fristen. Du igelst dich ein und grübelst und bist ungreifbar und bist dabei, dich einzuäschern. Witzigerweise hast du mir auch auf dieser Grundlage Sicherheit geboten. Ich wusste, woran ich war. Andererseits bist du ein tönerner Koloss. Wenn man meint, man könne sich blind auf dich verlassen, wenn man den schlimmsten Blues hat, dann wendest du dich ab, weil du dich selbst im Innersten als noch leidender empfindest und daran aber nicht erinnert werden magst oder selbst auf mehr Trost hoffst. Nur mit dem kleinen Kummer kann man zu dir kommen, den verkraftest du supergut.

Ich wollte im Hellen sein und habe mir gewünscht, dass du mich bejahst. Ich will im Jetzt leben: nicht gestern oder morgen! Ich will lachen.

Einmal hast du mir erklärt, du wärst im Grunde deiner Seele einfach nur absolut harmoniesüchtig. Und weil dein Harmoniebedürfnis in dieser rattigen Welt meist ungestillt bleibe, würdest du Abstand halten oder leiden. Das hat mir Schuldgefühle gemacht (Du weißt ja, wie ich mich dagegen wehre. Sorry!). Bei allem hat es mir was ausgemacht, dass du dich nie kindlich geömmelt hast mit mir. Einfach so. Du kämst dir verlogen dabei vor, wenn du es tätest, hast du gesagt. Ich war manchmal am Ende meiner Weisheit. Dir richtig beizustehn, bin ich nicht sattelfest genug. Ja, vermutlich auch zu schwach, aber ich weiß, meine Schwäche ist der Schatten meiner Stärke (hab ich mal wo gelesen).

Uff! Das ist der längste Brief meines Lebens. Tut mir leid, dass ich dich traurig gemacht habe. Ich liebe dich noch immer. Aber das Zeug zum Doppelstecker hab ich (jetzt) nicht. Ich halte zu Alban, ausschließlich. Vio hat Schluss gemacht mit ihm.

Ende der Woche hol ich meine Siebensachen, und wir fahren mit dem Bulli von Frieder nach Usedom. Alban sagt, er hat dir davon erzählt. Vielleicht sehn wir uns vorher noch? Ich fange dort ganz neu an und schau mich an der Uni Greifswald um.

Vergiss mich nicht! (Tut mir wirklich leid!!!) Joana

Unaufhörlich sprudelten und rauschten die Wasserspeier des Brunnens. Einer der Spunde balancierte mit verbundenen Augen auf der schmalen Ummauerung. Die anderen schrien, wie er die Füße zu setzen habe. Einige gaben falsche Hinweise, andere warnten. Er entschied sich bei jedem Schritt neu.

Lavendel war ruhig geworden. Dass Joana sein Leiden an der Welt zu einem Schlachtengemälde ausgemalt und seinen Pessimismus als Grund für ihre Abwendung ausgab, war verständlich. Er hatte gewusst, dass sie so schreiben würde. Und er begriff, wie irreal seine mitgeschleppte Vorstellung war, mit ihr zusammensein zu können. Doch das galt auch umgekehrt: Sie und er, das passte nicht.

Abends. Der Himmel brannte lichterloh über den Dächern und streckte Feuerzungen bis in den letzten Winkel seines Badezimmers. Im Waschbecken flitzte ein Silberfischchen. Unermüdlich versuchte es die fast senkrechte Beckenschräge hochzugelangen. Das spitz auslaufende Schwanzende zuckte.

Er hielt die restliche Post in Händen. Mechanisch riss er den nächsten Brief auf. Sein Bruder hoffte, die Selbstfindung schreite voran. Und das Telefon stehe nicht still. Er habe sich dazu durchringen müssen (Widerstehe einer den Frauen!), die Information mit der Postlagerung weiterzugeben.

Selbstfindung?, dachte Lavendel. Er wollte nur hier sitzen und wollte den Wall um sich wachsen spüren und, so geschützt, vielleicht einen alten Film sehen, der ihn nicht überraschte. Und ganz nebenbei erhoffte er Informationen über die Nazis; nicht zu vergessen. Ein maßvolles menschliches Dilemma, alles in allem, wenn überhaupt. Selbstfindung war aus dem Programm gestrichen.

Später griff er nach dem Brief Vios. *Ich konnte nicht mehr mit ansehen,* schrieb sie in einer ungestümen Schrift, *wie sich Alban dazu zwang, immer mit mir zusammenzusein, nur weil das Kind von ihm ist. Als das vor zwei Monaten mit Joana abging, da wusste er noch nicht (ich ja auch nicht), dass ich Legehenne werden würde. Wahrscheinlich wäre dann nichts von allem geschehen.*

Als ich neulich sah, wie du mit ihm geredet hast, hab ich mir gedacht, dass du ihn doch vielleicht gehasst hast, weil er was mit Joana hatte. Aber du hast total unbeugsam gewirkt. Ich habe dich bewundert. So möchte ich auch sein, habe ich mir gedacht, wenn ich an Alban und Joana denke und wie sie zusammen gewesen sind. Aber ich war unglücklich. Ich war unglücklich, war aber nicht darauf erpicht, auf Opfer-Zicke zu machen. Und nie hab ich Stärke gelernt. Im Vertrauen: Angst hat mich von kleinauf begleitet. In schlimmen Situationen läuft ein Kribbeln durch meine Wirbelsäule, das Herz schlägt mir bis in den Kopf, die Knie zittern, die Füße tragen mich nicht mehr. Sag selbst, zur Heldin tauge ich nicht. Aber ich bemühe mich.

Als Joana wieder aus Spanien kam, hat Alban den Bajazzo markiert, und sie hat sich vor Lachen nicht eingekriegt (Lauter unechte Gesten und Geräusche). Ich habe gespürt, dass er immer noch was am Laufen hat mit ihr. Lange bevor er es vielleicht gemerkt und mir dann gesagt hat. Und letzte Woche habe ich ihm gesagt, dass er verduften solle, er gehe mir auf den Zeiger (Ist natürlich gelogen.). Seitdem wohnt er bei ihr. Gut, dass sie bald wegziehen. Gut und kotzerbärmlich!!!!

Damit er es nicht so schwer hat, habe ich ihm gesagt, ich hätte sowieso nicht gleich mitkommen können. Will erst das Studium hier durchziehen, und dann läuft ja noch mein Ding mit der Oper. Bin einfach abgehauen, als er packte. Jetzt tut's mir leid. Aber was dich betrifft, glaube ich, habe ich mich getäuscht. Ich wollte dich so sehen, als den Coolen. Du warst aber damals gar nicht so ruhig, denke ich. Hast das mit Joana nicht einfach weggesteckt oder hast Zores in deinem Job gehabt und konntest nicht drüber reden ... Oder warum lässt du dich nicht mehr blicken? Phili hat irgendwoher erfahren, wie man dich erreicht. Und weil sie die Frau ist, mit der ich hier offen reden kann, habe ich mit ihr auch über dich geredet, und sie meinte, ich solle dir einfach schreiben, wenn ich meine, ich wolle es. Viel Glück für dich! Violetta

Wie durch einen Nebel nahm er die Worte auf und wunderte sich, wie er in andere Gedanken einbezogen war. Ihm fiel dann auf, dass sein Denken der letzten Wochen sich ausschließlich um seine Person drehte. Wenn von Denken überhaupt die Rede sein konnte. Bestens, sagte er sich und wusste es trotz der spürbaren Lähmung im Kopf besser und ärgerte sich darüber, dass er sich selbst immer wieder etwas vorspielte, von dem er wusste, dass es gespielt war. Bestens also, machte er sich weiter vor, dass er längst Abstand hatte zu dem, was da draußen geschah. Auch zu Violetta natürlich, der Blassen, um deren Hals und Handgelenke sich bunte Ketten wanden, und die einen ansah, als sei jedes Wort, das man sprach, womöglich das letzte, dem sie zuzuhören vermochte, nämlich dann, wenn es ihr nicht irgendwelche Türen zu irgendeiner Erkenntnis öffnete. So hatte sie mit am Tisch in der Afrika-WG gesessen, erinnerte er sich. Einmal hatte sie auch vom Opernhaus erzählt, was für ein nickeliges Glücksgefühl sie als Statistin habe. Inzwischen singe sie sogar im Chor mit und tanze. Aber jetzt stimmte wahrscheinlich gar nichts mehr für sie. Wieso auch überließ man sich der Hoffnung, dass etwas, was gut war, so bleiben würde? Es sah wirklich so aus, sagte sich Lavendel – und dachte, ihn jetzt zu hören, wäre Wasser auf die Mühlen Joanas –, als sei das Wesentliche des Lebens das Schreckliche. Und hatte dabei flüchtig ein Bild vor Augen, Vio als ägyptische Tempeltänzerin. Singend dazu, magischen Gesang.

Wenn er die Briefe weglegte, war alles erledigt, oder? Antworten würde er sowieso nicht. Doch da war noch der absenderlose Brief. Er entnahm dem Kuvert ein Blatt, beide Seiten mit schwarzen, geschmeidigen Schriftzeichen und verschwenderisch großzügigen Versalien eng gefüllt. Unterschrift: *Philine*.

Hallo, kann man anders als erwartet handeln – oder ist alles in einem großen Plan vorgesehen? Bei der Vorstellung zwei graust es mir. Bin ich doch schon ewig auf der Flucht vor der Einvernahme und der dog-

matischen Enge, angefangen mit dem Volksgemeinschaftsgeschwafel von anno Pankow.

Aber bei Vio frage ich mich, ob sie wirklich nicht anders kann. Immer dreht und wendet sie sich, wie es für andere gut ist – und ist betrübt oder froh, und findet das jeweils unabänderlich. Aber darüber wollte ich nicht schreiben. Allerdings beschäftigt sie mich ganz schön. Und dann hängst auch du da mit drin. Die ganze WG war neulich von Vio zur Opern-Probe mitgenommen worden. Jetzt habe ich den Verdacht, dass Vio in der Traviata-Geschichte ihre Opfermentalität immer wieder bestärkt sieht und dass sie da ihre unerfüllte Sehnsucht nach Alban widergespiegelt hört (Wenn sie nicht überhaupt sich als Märtyrerin erlebt. Neulich hat sie mir mit Tränen in den Augen vom schrecklichen Ende der Maria Spiridonova erzählt.).

Ich könnte mir vorstellen, dass du manche dieser Verdi-Passagen gut abkannst ('Che risolvi, o turbata anima mia' (Denk nicht, dass ich mich lustig mache!)). Ich habe ja gemerkt, wie dir damals, als du hier warst, das italienische Wehklagen unter uns gefallen hat. Und ich Armleuchter habe es mit Afro-Trommeln vertreiben wollen. Seit du da warst, hören sich diese Tarantellas und herzzerreißenden Prozessionsmärsche von dem Krassnick aus der Theater-WG anders an. Berührend. Merkwürdig.

Und damit bin ich doch noch zum Anlass gekommen, weshalb ich mich melde. Als du bei mir warst, warst du erst total entmutigt, hatte ich den Eindruck. Und ich glaube, du bist es dann nicht mehr so sehr gewesen. Aber ich hätte dich vielleicht doch nicht so schnell allein lassen sollen. Jedenfalls habe ich das danach gedacht.

Mit Joana und Alban und Vio hat sich alles von jetzt auf nachher verändert. Joana hat dir doch geschrieben? Sie hat geschworen, es zu tun. Als sie zurückkam, ist Alban rettungslos auf sie abgefahren. Alle haben das mitgekriegt. Und keinen wundert es, dass sie die Biege machen wollen.

Da es damals auch für mich gut war, mit dir zu reden, fände ich es schön, wenn wir das wiederholten! Philine ('dont l' âme rêveuse appareille pour un ciel lointain')

Lavendel ging das Schreiben zweimal durch, weil er das Gelesene erst nach und nach mit sich in Verbindung brachte. Dann legte er Joanas und Vios aufgefaltete Briefe neben den von Phili. Er versuchte sich vorzustellen, wie die Schreiberinnen davor saßen und grübelten. Er misstraute den Gedanken, die ihn hierbei überfielen. Diese Inhalte hatten wenig mit ihm zu tun, sagte er sich. Erst recht nicht französische und italienische Sätze. Die verstand er nur ansatzweise und ließ es dabei bewenden.

Es war also endgültig. Joana war Schnee von gestern. Er müsste jetzt ruhiger sein können. Nichts war mehr zu ändern. Ob er weiter hier im Haus war und sich betäubte, ob er schlief oder wach lag – alles einerlei. Er könnte sogar an Gehwalds Messebuch zu arbeiten beginnen. Oder sich als Zaungast in das Lebensborn-Projekt einschleichen. Jedoch wozu? Er war sicher, auch solche Tage würden konturenlos verstreichen, weil er doch nichts bewegte.

Eine Zeitlang stand er am geöffneten Fenster im Bad und sah zur Straße hinüber und auf die zuckende Leuchtschrift der Versicherung und auf das Geflacker und den eintönigen Farbwechsel auf den Dächern und an den Fronten. Ein schwacher Abglanz des Leuchtens fiel ins Halbdunkel des Hinterhofes.

Ihm war kalt. Sein Herz pochte unregelmäßig. Sein Atmen verkümmerte. Er war moluskenhaft schlaff. Als sei sein Körper knochenlos und niemals wieder einer Anspannung fähig.

Morgens. Vielleicht würde er die Diebin wieder sehen, war sein erster Gedanke. Doch dann saß er erschöpft auf dem Bettrand, dachte an Joanas Brief, und fragte sich wieder, was den, der hier in einer fremden Wohnung saß, veranlasste, freiwillig in der Tristesse von Dunkelwelt und modriger Luft auszuharren? Wollte er sie zurückerleiden? Wollte er leiden, um sich bedauern und daraus definieren zu können? Hatte sie recht mit ihrer Leidenstheorie?

Und ewig wird der Himmel brennen, etwas, das wir Liebe nennen, kann so wie die Glut der Sonne sein ... Trompeten schmetterten. Männerstimmen schluchzten. Tuleckes Blick bohrte sich in sein Hirn.

Obwohl er zu früh dran war, begab er sich in die erste Etage. Die Kabinen waren zur Hälfte belegt. Nichts fesselte. Er wartete.

Hatten sich ihm, dem nach Zuwendung Gierenden, nicht anfangs, erinnerte er sich, die beobachteten Frauen inflationär aufgelöst und einzelne Körperparzellen ein monströses Eigenleben angenommen? Später hatte er die Augen der Frauen gesucht und sich damit der Ganzheit genähert. Entdeckte er lächelnde Spannung, glätteten sich Hüften und Brüste und Schenkel. Verdrossene Blicke machten den Körper zum Vorwurf.

Eine Weile war er voll Genugtuung, vorangekommen zu sein. Doch dann schalt er sich einen Doppelmoralisten, der sich zwanghaft an die Brust schlug, als ob er immer noch einem unsichtbaren Publikum Selbstkritik schuldete.

Zwei Tage waren vergangen, und sie kam zur gleichen Zeit, in die gleiche Kabine. Riss mit Schwung den Vorhang zurück und wieder vor, nahm den winzigen Raum in Beschlag, hängte ausgesuchte Stücke an den Haken, stellte die Handtasche auf die Konsole, rückte sich den Hocker zurecht, ließ sich nieder, lehnte sich an die eine Seitenwand, stützte die Beine gegen die andere. Sie sah kränklich aus. Die Haare ungewaschen. Nach einigem Kramen beförderte sie aus ihrer Tasche ein Päckchen Waffeln. Sie riss es auf. Er hörte das Zubeißen und das verhaltene Knirschen. Sie entnahm der Handtasche eine Klammer, bündelte die Haare am Hinterkopf, straffte sie mit einer Handdrehung und klammerte sie fest und betrachtete ihn. Schleichende Feuer entdeckte er in ihrem Blick. Sie zog das Sweatshirt über den Kopf. Dann das T-Shirt. Lehnte sich mit bloßem Oberkörper wieder zurück und biss in die nächste Waffel. Zufrieden allmählich ihr Gesicht beim Kauen, zufrieden ihre Brüste, die sich mitbewegten.

Doch plötzlich sprang sie auf. Streifte die Jeans ab. Er hatte darauf gehofft. Oder es befürchtet. Diesmal trug sie einen Slip. Sie drehte sich, strich sich von der Brust abwärts über den Bauch. Ihre Haut hatte den milchkaffeebraungrünlichen Grundfarbton der Sizilianer.

Ihm den Rücken zukehrend, zog sie den Slip über eine Pobacke herab, als gebe es etwas zu prüfen. Auch, als wisse sie, dass jeder Bruchteil ihres Körpers ihn krankmachte. Er wollte sie berühren. Diebin Joana und Nicht-Joana. Sie strich über die Gesäßbacke, sah über die Schulter und zu ihm, als spüre sie sein Verlangen, und ihre Haltung festigte sich. Abwehr? Erregung? Wie bei Sonja ließ sich das Gefühl heraufbeschwören, dass sie ihn verführen wolle, und er durfte das Offenschamige genießen, war nicht mehr nur der Spiegel, der ihr Abbild für die Flüchtigkeit eines Momentes in sich barg, wenn ihre Hände über Hüften und Arme strichen und Tausende kleiner Gänsehaut-Stippen zurückließen und die Brüste sich unter dem Greifen verformten und ihre Papillen ragten, als ob ihr ganzer Körper sich in diese erigierten Verdickungen dränge.

Dann ging es schnell. Eben noch hatte sie sich gewiegt im Rhythmus des Hauses, hatte dann eines der Hemden, die am Haken hingen, zuunterst angezogen, hatte wieder schnell was auf den Spiegel gekritzelt und war verschwunden. *Take it easy!* stand jetzt da. Sie genoss wohl den höhnischen Dialog mit den Geschädigten. Oder wollte sie als Verschwundene in vieldeutigen Spuren vorhanden bleiben? Alles in ihm war Hunger nach der blassbräunlichen Haut, nach dem Anblick von in Lust gefrierender Haut der Diebin. Als räche sich Joana für die Loslösung, die er sich abgerungen hatte. Wie oft auch hatte Samir versucht, ihm diese Frau auszureden!

›Anbeten ist Selbstpreisgabe‹, hatte Samir verzweifelt getan, ›du kriegst doch nichts ab dabei. *Das Schöne bleibt sich selber selig*, weißt du doch. Du bist Knecht deiner Projektion. Du lässt dich unterbügeln. Deine permanente Verlustangst nicht zu vergessen! Je zugeknöpfter sie ist, desto hartnäckiger begehrst du sie.‹

›Weiß ich, weiß ich alles. Auch dass sie nicht wirklich ist, denk ich oft. Wenn sie weggegangen ist, hab ich Zweifel, dass es sie gibt.‹

›Als was gibt?‹

›Schlechterdings gibt. Als warmherzige und schöne Frau, so wie ich sie mir zurechtträume.‹

›Warmherzig?‹, fragte Samir ungläubig nach. ›Und treu wie Penelope, stimmts?‹

›Danach sehn ich mich.‹

Samir lachte auf.

Im vollen Fahrstuhl zwischen Erdgeschoss und der Vierten tauschten sich die giftzüngige Greeliz-Bieleck und die strenge Blonde aus der Damenoberbekleidung aus. Greeliz-Bieleck gellend und die Vokale in die Breite ziehend, alemannisch gefärbt und mit feuchtem Anklang und prahlerisch, als sei ihre Aussprache mit liebenswerter Exotik geschmückt, verfluchte ihre *sperma*nenten Golf-Turniere: mehr Last als Lust! Ach herrje, wer hätte das gedacht, tat sie verwundert. Zugegeben, beim Bridge habe sie ein glücklicheres Händchen! Die strenge Sportsfreundin unterkühlt: Bridge, na ja, gelegentlich auch das, wer Dusel habe, gewinne. Bisschen puschelig das Ganze, und insipid, oder? Dagegen Golf: Von Mal zu Mal steigere sie ihr Handicap. Greeliz-Bieleck war verstummt.

Zwischen den Welten

Lavendel war auf dem Weg zurück. Einmal war es ihm, als sehe er weiter vorn im Gang eine Bewegung. Eine Schattenfratze. Unmöglich. Er hielt an. Vor seinen Augen verschwammen die seitlichen Lichteinfälle und Mauerreflexe und das stumpfe Grau, die sich vor ihm erstreckten. Er setzte seinen Weg fort, unsicherer, als wate er durch Treibsand.

Samir Danges Anrufbeantworter meldete sich mit einem fast gesungenen *Hallo! – Was haben Sie auf dem Herzen?*, das abbrach, als er selbst abhob. Sogleich überschüttete er Lavendel mit Vorwürfen: Mit solch einem Freund müsse er sich nun herumschlagen! Sang- und klanglos zu verschwinden!

Lavendel freute sich über Samirs Stimme und über die Besorgtheit. Dann musste er erklären. Er deutete eine Art Wallraff-Aktion an. Die unsichere Telefonleitung verbiete es, ausführlicher zu werden.

Samir schaltete um auf mitverschworen und schwärmte von einer neuen Lichterscheinung in seinem Leben, von Ragna, einer Norwegerin. Er brenne. Die Kundalinischlange sei erweckt. In der Wonne öffne sich der Kosmos. Eros sei wieder dämonisch! Hier stockte er. Und übrigens, sagte er, habe in den letzten Wochen eine Frau aus dem Baukasten angerufen, ein paarmal, und nach ihm gefragt: Phili.

Nun gab Lavendel Eile vor, und Samir sagte, auch er sei im Aufbruch, zu einem großintellektuellen Komplott gegen den globalen Finanzfaschismus. Der Umsturz sei mal wieder nahe. Motto: Jeder Reiche sei ein Dieb oder eines Diebes Erbe. Franz von Assisi. Also – er halte immer einen Platz für ihn frei, sagte er. So verabschiedeten sie sich.

Als Lavendel den Hörer vom Ohr nahm, fragte er sich, ob Joana Phili vorgeschickt hatte, um sich nach ihm zu erkundigen. Und die spulte loyal eine ihrer karitativen Übungen ab. Ausgelöst durch seinen larmoyanten Auftritt bei ihr. Des Gefühls von damals entsann er sich nicht mehr. Aber Philis Hand tauchte auf, die seinen Becher, in den er Tee einschenkte, langsam weiterschob. Die Finger streckten sich und bogen sich leicht nach oben und sahen völlig unangestrengt aus und als lägen sie schwerelos in einem Luftstrom. Wie die der Afrikanerin, fiel ihm ein. Noch dieses Bild vor Augen, suchte er Philis Brief heraus. Vielleicht war seine Abneigung gegen sie nichts als Hilflosigkeit. Sie musste den Kopf hinhalten für das klägliche Enden seiner Joana-Verbohrtheit.

Mit *Dont l'âme rêveuse appareille pour un ciel lointain* endete der Brief. Mühsam übersetzte er: ...*deren Seele / Herz – träumerisch / grübelnd – sich aufmacht / vorbereitet – für / auf – Himmel – fern.* Hieß das also: *Phili, deren Seele sich träumerisch zu einem fernen Himmel aufmacht*? Ein Zitat, von dem sie annahm, er kenne es? Sie überschätzte ihn. Und Phili sentimental? Kein Wunder, dass sie das nicht auf Deutsch sagte. Sie war wirklich eigenartig. Er verstand nicht, was das mit ihm zu tun hatte. Aber die Sprache war schön. Er hatte plötzlich Lust, ihr zu antworten. Von seiner Zurückgezogenheit gab er damit nichts auf.

Hallo Phili, begann er also und schrieb, dass ihre Zeilen ihn an den Nachmittag erinnerten, an dem ihre Worte und Hände das Wirre in ihm zu ordnen versucht hätten. Das habe er erst später bemerkt. Da, wo sie ihn shiatsumäßig oder sonstwie berührte, habe er aus dem gefühlstauben Nichts heraus eine Handbreit Körpergefühl gehabt, daran erinnere er sich. Weiter schrieb er, die Nachrichten, die jetzt eingetroffen seien, kämen ihm wie aus einer entlegenen Welt vor, hätten ihn jedoch nicht gewundert. Einfach weil sich das, was geschehen sei, in seiner Möglichkeit schon angekündigt habe. Seine Abwesenheit enthebe ihn glücklicherweise des Druckes, sich allem direkt zu stellen.

Es fiel ihm schwer, Wörter in die passende Form zu bringen. Nach längerem Überlegen, das ihn fast zum Abbruch des Schreibens gebracht hätte, weil seine Gedanken davonflogen, fuhr er fort: Niemanden, der ihn kenne, wisse er jetzt nahe. Und niemand erinnere allein durch seine Gegenwart daran, dass seine Gefühle durchschaubar seien und offenlägen. Niemand andererseits könne sich, weil er die Gefühle in irgendeiner Form teile, berechtigt fühlen, einzugreifen und Erwartungen an ihn vorzubringen. Er denke an diese Einbetoniertheit in einen trauten Freundeskreis, in dem aber fast jeder eine Lüge sei, unwillentlich oder bewusst, wie es die Notwendigkeiten seines Lebens eben vorzugeben schienen. Ihrer leichthändigen Art, ihn mit sich selber ins Reine kommen zu lassen, entsinne er sich gern. Auch daran, dass es so jemanden gebe wie sie. Sie habe ihm geholfen, jetzt einfach geschehen zu lassen, was geschehe. Das sei die Chance desjenigen, dem man nicht auf die Finger sehe. Weil der Mensch heute sowieso ein beobachteter Mensch sei, müsse man die Freiräume heiligen.

Das Geschriebene hörte sich verschwurbelt an, merkte er. Auch redete er ihr nach dem Mund. Das ärgerte ihn. Da war kein freier Zugang zu Phili, und er wusste keinen Zweck des Schreibens mehr. Er beschloss dennoch den unbeholfenen Wisch einzuwerfen, wie er war. Der Vorgang musste abgeschlossen sein.

Um den Ansturm der unwillkommenen Memorabilia abzuwehren, trank er in kleinen Schlucken und nahm das Zwiegespräch mit sich wieder auf und gestikulierte und mahnte sich theatralisch zur Besinnung, dass er nicht immer tiefer ins Uneigentliche schliddern dürfe. Ganz allmählich näherte er sich dem Übergang zwischen Wachheit und lähmender Müdigkeit. Oft schien er das Atmen zu vergessen. Sein Körper geriet dabei in ein dumpfes Begehren. Aber vielleicht verwechselte er die Signale seiner Sinne, dachte er noch.

Dann riss er aus Versehen eines der kleinen Bilder im Flur, ein Landschaftsmotiv, herunter. Das Glas schlug auf und zerschellte. Glassplitter knirschten unter der Sohle. Das ließ ihn an bloße Haut und eindringende nadelscharfe Glasspieße und aufgerissenes Fleisch denken. Er warf die Scherben in den Müll. Als er den kleinen Stich aufhob, fielen zwischen Bild und Rückkarton blaue Scheine heraus. Fünf Hunderter.

Spätnachmittags zur U-Bahnstation. Natürlich hätte er die Personal- oder Kundentoiletten im Haus benutzen können, doch es zog ihn hinaus. Gleich neben der Tür saß der magere, vornüber gebeugte Alte, Herr Möbeus. Um sein hohlwangiges Gesicht wuchs ein weißgrauer Vollbart wie eine Hecke, die grauen schulterlangen Haare waren aus der Stirn gekämmt und im Nacken zusammengebunden. Die Augen hinter einer John Lennon-Brille mit dünnem Rand heischten Respekt. Herr Möbeus hatte etwas von einem asketischen Hippie. Lavendel wusste inzwischen, dass er untertags, nachts aber der Kasache, wie man ihn nannte, Dienst tat.

Neben Herrn Möbeus stand wieder der Industrieblonde. Wie aus einer Schwulen-Retorte sah er aus. Seine Augen waren geschminkt. Mit seinen manikürten Händen betastete er achtsam sein getrimmtes Oberlippenbärtchen und seine Frisur, die vorn in modischer Stachligkeit, den Enden einer Laubharke ähnlich, aufwärts zinkte.

In Richtung Lavendel, der sich dem rückwärtigen Bereich zuwandte, froh, sich gleich erleichtern zu können, sagte er: »Oh, oh, des sieht net gut aus.«

Es blieb offen, was er meinte und zu wem er es sagte. Doch bezog Lavendel es auf sich. Er rettete sich zu einer der hinteren Kabinen. Die Kacheln blitzten. Sein Gesicht glitt in der Spiegelfront als etwas Fahlfleckiges vorüber. Als er die Tür hinter sich zugezogen und Platz genommen hatte, ereiferte sich die hohe, etwas näselnde Stimme des Blonden.

»Diese Affigkeit der Jungen!«, klagte er, »Jugend ist so was Famoses und verplempert sich in Kindsköpfen.«

»An Kinder!«, berichtigte Herr Möbeus. »Shaw sagt: an Kinder.«

»Sie sin aber auch gnadenlos. Patati patata! Sehnse sich die pubertären Nacktschädelschweine droben am Kröpcke an, da sind so zarte Gesichter bei – kleine, arschsüße Zuckerbengel! Schmackos! Das verliert sich und vergeudet sich.«

»Die erleben das anders, die Schreihälse.«

»Ach, Ihr leidenschaftsloser Abstand zu allem, Herr Möbeus! Den hab ich nich.«

In Lavendels Leib rebellierte es. Noch immer hatte er Hemmungen, sich in aller Öffentlichkeit, so kam er sich hier vor, gehenzulassen. Aus den anderen Kabinen war gepresstes Stöhnen, waren vereinzelt knatternde, pfeifende, gedehnte Darmlaute zu hören. Er befürchtete, sie würden ihm zugeschrieben.

»Au ja, das wär was«, freute sich der allzu Blonde nach einigem Hin und Her diebisch, »wenn schon die jungen Racker nach dem klassisch Vollendeten fiebern würden. So einem würd ich gern beikommen.«

»Dem Gealterten erweist sich das Endliche«, gab Herr Möbeus zu bedenken. »Der Fetisch Jugend wird karnevalesk. Du hast zugesehn, wie das Leben dir die Jugend genommen und das Jetzt irrelevant gemacht hat. Materie erkennst du als das reinweg Uneigentliche und die Idee als das Zentrale. Sie ist anwesend in den Dingen.«

»Ja? Ich bin aber noch immer fürs Eigentliche oder, nee, Uneigentliche. Sie bringen mich ganz durcheinander, Herr Möbeus«, gestand der. »Ein Fünf-Sterne-Essen zum Beispiel mag ich oder'n gepflegtes Tröpfchen oder sich ganz phantasievoll in die Wolle zu kriegen – halt was Handgreifliches. Nich so die bröseligen Ideen.«

Lavendel hatte sich unter hinnehmbaren Krämpfen erleichtert und sogleich die Spülung betätigt. Dann hatte er sich gewaschen, hatte sein Gesicht in kalte Wasserhände gelegt, hatte die Finger als befremdende Einzelteile gespürt. Den verschwitzten Hals, dann die Haare hatte er unter den Wasserstrahl geschoben, dessen Berührung fast schmerzte.

Herr Möbeus schüttelte gerade verneinend den Kopf auf die gespannte Frage des allzu Blonden, ob seine Schrift für die Akademie nächstens abgeschlossen sei, und nickte, als die Münze in den Teller fiel, und sagte, das sei ein endloser Prozess, ja, früher habe er auch der Illusion angehangen, er könne sogar seinen Roman, an dem er seit reichlich zwanzig Jahren arbeite, in absehbarer Zeit vollenden. Der Blonde sah auf seine Armbanduhr, auf eine von zweien, die er trug, und erklärte Herrn Möbeus, auf dessen verwunderten Blick hin, er brauche jetzt zwei Uhren, eine für sich mit der hiesigen Zeit, und eine für seinen Liebsten, der gerade in Singapur sei, mit dessen Zeit. So fühle er sich verbundener. Herr Möbeus lächelte verständnisvoll und vertröstete einen, der nach Jurij fragte, dass der jeden Moment komme, er finde ihn ansonsten draußen. Dabei beschrieb sein Zeigefinger einen Kreis.

Als Lavendel aufgemuntert die Treppe hochstieg, schoss ihm durch den Kopf, dass er endlich an seinem Vorhaben, sich die Diebin zu sichern, arbeiten musste.

Musstemusstemusste ratterte es in ihm bei jeder Stufe. Die zentimeterdicke Trennwand zwischen ihnen sollte sich auflösen. Er war plötzlich vernarrt in die Vorstellung, sich einen Übergang nach drüben zu verschaffen. Aus dem stinkigen Abseits in ihre Garderobe. Schon beschäftigten ihn technische Details. Ließen sich nicht aus den Spiegeln der Damengarderoben Türen machen? Er sah sich die Wasserwaage anlegen, Scharniere montieren, Magnetverschlüsse anschrauben. Handfeste Vorstellungen. Erlösend war das. Entschlossen kehrte er ins GAD zurück.

Zwei turtelnde Tauben auf dem gegenüberliegenden Dach bekamen nicht genug, sich mit dem Schnabel gegenseitig durchs Gefieder zu fahren, begleitet von einem leisen Kollern. In den Straßen war Ruhe eingekehrt. Die Sonne hielt sich im Westen wie eine Ertrinkende über dem zerglühten Horizont.

Stunden später tappte er durch die Gänge, schirmte den Schein der Taschenlampe ab, vielleicht war der Nachtwächter auf unvermuteter Route unterwegs. Die venezianischen Spiegel würden das Licht dahinter verschwommen erkennen lassen. Immer wieder hielt er an, wartete auf das Schlürfen, auf das metallische Klicken der Türen, auf das Klacken der Hundepfoten. Alle halbe Stunde war damit zu rechnen.

Er besah sich die Konstruktion der Garderobenspiegel. Von der Rückseite aus war nichts zu machen. Allenfalls waren Schrauben, die spitz herausstanden, zu lockern. Er müsste vorn in die Garderobe. Morgen. Er würde sich einschließen lassen. Der Entschluss elektrisierte ihn. Als sei die Gefahr, jetzt entdeckt zu werden, besonders groß, schlich er auf Zehenspitzen durch die Gänge zurück in die Wohnung.

Dann war er eingenickt und erwachte, schweißgebadet, als auf dem Bildschirm eine Platinblonde mit zurückgeworfenem Kopf auf einem Männerkörper stöhnte und ihren Busen zerrte und quetschte. Lavendel bekam keine Luft. War auch noch eingezwängt zwischen schneckenglitschigen Gliedmaßen, Schenkeln und Armen. Davon hatte er geträumt. Mannsbilder, links, rechts, auf Saunarosten. Oben, unten schweres, triefendes Schnaufen. Patschen auf schwammige Bauchwänste. Keuchen. Ausdünstungen, übelkeitserregend, verstopften seine Poren, schlossen ihn ein, sickerten in seine Lunge, schwappten, waren stechendheiß allgegenwärtig und unabweislich.

Er lauschte lange in die Wohnung Sonjas. Zog sich dann aus, fand den Bademantel unter der Schmutzwäsche, die sich in seiner Wanne häufte, und ein Handtuch, und schlich hinüber. Voll Angst, sie sei, unbemerkt, schon zurückgekehrt. Die Wohnung roch berückend nach ihr. Er knipste das Deckenlicht gleich wieder aus, dafür die Taschenlampe an, hockte sich in die Dusche, zusammengekauert wie ein furchtsames Tier, jeden Augenblick gefasst auf das Geräusch des Schlüssels, auf eine übernächtigte Frau, blass, krank, siech, mit Koffern und zu Tode erschrockenem Blick, wenn sie ihn entdeckte, und er ließ ein Wasserrinnsal auf sich herabrieseln. Verteilte die Spärlichkeit über den Körper. Ihm war schwindelig. Die nasse Haut juckte. Er fror. Mit dem Tuch rieb er die Duschwanne trocken, den Mantel nahm er zum Abfrottieren.

Welk hing das Grünzeug vor dem Spiegel, sah er erschrocken. Er hatte ihre Pflanzen vergessen. Nackt rannte er durch die Wohnung, ließ den Strahl der Lampe wandern, goss, ließ bei der Buntnessel überlaufen, hörte den Schlüssel, stockte, atmete in die Stille, hatte sich getäuscht, dachte an vielleicht restlichen Schmutz in der Dusche, unterbrach das Gießen, wischte mit dem Bademantel noch einmal durch das Duschbecken, bewunderte trotz allem, woran er alles dachte, schlüpfte in den jetzt klammen Mantel, war geradezu high vor überquellendem Pflichtbewusstsein und Erfolg. Und schlich in seine Wohnung zurück.

Am folgenden Tag entschied er sich für ein Versteck. Er musste darin die Abendkontrolle der Abteilungsleiter überdauern. Welche Winkel bei der Abschlussrunde der Hausdetektive und Abteilungsleiter am beliebtesten waren, wusste er. Auch die Toiletten wurden argusäugig überprüft. Blieb allein die Möbelabteilung, vierte Etage. Dort wurde nur sporadisch kontrolliert.

In der Mittagspause begutachtete er die französischen Betten. Eines, mit widerstandsfähigem, großgeblümtem Bezug, war hochzuklappen. Platz für drei. Gut, dass hier die Möbel nutzungsgerecht, auf diverse Pseudozimmerchen, die labyrinthartig angelegt waren, aufgeteilt waren. Dadurch auch kaum überblickbar.

20.45 Uhr lag er im Bettkasten des Grand lit *Happy Night*. Es geschah lange Zeit nichts, außer dass sein Herz wild pochte und sein Magen knurrte und es unaufhaltbar rumpelte in ihm. Er verschränkte die Arme, presste sie auf den Bauch. 21.30 Uhr.

Staubsauggeräusche schwollen an und verebbten. Stimmen erhoben und verloren sich. Alles ging seinen gewohnten Gang.

Nach zwei Stunden kroch er hinaus. Hinter einer Sitzgarnitur kauernd, wartete er den Rundgang des Nachtwächters ab, hielt den Atem an, als der, mit einem Schäferhund an der Leine, in der Ferne zwischen Standuhren auftauchte, einen flüchtigen Blick über die Möbelgruppen wandern ließ und wieder verschwand. Die Tür fiel zu. Der Schlüssel klickte. Eine halbe Stunde blieb ihm. Mit wenigen Bissen verdrückte er eine BiFi und zerkaute danach eine Mundvoll der mitgebrachten Oliven. Die Lampen summten. Die Überwachungskameras an der Decke drehten sich und blinkten. Gebückt robbte er zwischen Sesseln und Sofas zu den Rolltreppen. Die Teppiche unter den Sitzgruppen waren weich wie Moos. Sie schluckten die Geräusche. Zu den Rolltreppen. Der einzigen Möglichkeit, in die erste Etage zu gelangen. Er verfolgte das Kreisen der Kameras.

Gebückt kroch er die Rolltreppe hinab. Kein auffälliger Laut. Lief der Wachmann auch heute alle Etagen hintereinander ab, von oben nach unten, und legte dann eine Verschnaufpause ein? Es war nichts zu hören. War er schon durch? Nur das Ticken der zahllosen Uhren, höllisch laut. Die Schläge von Big Ben überlagerten einander mehrfach. Los jetzt!

Zwischen Kleidern, Mänteln, Hosen, Jacken, Strandmoden hindurch zu den Garderoben. Die Beine zitterten. Alle Vorhänge standen offen. Ein paar Schritte noch. Da war ihre Kabine. Die Spiegel vorn und im Rücken und an den Seiten gaben das Bild einer Jammergestalt wieder. Er übersah sich.

Mit zitternden Händen schloss er sämtliche Vorhänge zur Hälfte. Wer einen flüchtigen Blick in diese Garderobe warf, ließ sich vielleicht täuschen. Für die Dauer des Sägens würde er den Vorhang ganz zuziehen, so hatte er das geplant, um den Lärm zu dämpfen.

Dann untersuchte er die Kabine, die fahl im Licht der Nachtbeleuchtung lag. Der Wandspiegel hing an einer durchgängigen Rückfront. Rings um den Spiegel: eine schmale weiße Lackfläche. Hier einen Durchbruch vorzunehmen, bliebe nicht spurlos.

Vergleichsweise niedrig waren die Kabinenwände vorn und seitlich, waren an die viel höhere, oben in die durchbrochene Deckenabhängung übergehende hölzerne Rückwand, die durchgängig die ganze Breite der Garderoben einnahm, angefügt und jeweils mit einer Leiste am Boden und in der Höhe an ihr fixiert. So hoch, wie diese alles haltende Rückwand reichte, war sie ihm von hinten, von seinem Beobachtungsplatz aus, niemals vorgekommen. Halb so hoch hatte er sie dort vor Augen, schätzte er, ein Stück höher als die Kabinen hier. Gab es über seinen Gängen ungenutzten Hohlraum?

Das jedoch war jetzt nicht von Belang.

Es blieb nur – Er betastete, was er sah –, die Schrauben an den Leisten zu öffnen. Von Vorteil war, dass die Diebin sich gerade die letzte Kabine ausgewählt hatte. Hier endete die Rückwand, musste demnach seitlich irgendwie aus der Halterung zu lösen sein. Allerdings bliebe ihm nichts anderes übrig, als die Rückwand rechts und in zwei Metern Höhe aufzusägen, gerade so, dass die Trennstellen verborgen blieben, wenn er die Deckleisten wieder darüber befestigte.

Er kauerte hinter dem halb zugezogenen Vorhang, als er die Schlüsselgeräusche hörte und die Flügeltür schlug. Schritte. Schritte, die verhielten, die weitergingen, die ein Scharren waren, die näherkamen, die ihn wieder auf seinen verkrampften Magen achten ließen. Bis die Tür zuschlug.

Taschenlampe. In fieberhafter Hast suchte er den passenden Schraubenzieher. Er begann mit der Querleiste. Alte Schlitzschrauben. Mühelos, nur von schwachem Quietschen begleitet, ließen sie sich aufdrehen. Die Kabinenteile schwankten. Die Rückwand ließ sich ein Stück wegdrücken. Seine rechte Handfläche war wund, im Gelenk meldeten sich Stiche. Es verging viel Zeit. Die gelösten Schrauben legte er in eine Reihe auf den Teppich, die Leiste lehnte er in die Ecke. Ein Schluck aus der Flasche. Warme Wirbel im Kopf. Wollte er tatsächlich sägen in dieser Stille, die ihm unberechenbarer schien als irgendeine andere Stille jemals zuvor? Wo die Säge ansetzen? Taschenlampe aus. Hinter den Vorhang. Es war entschieden.

Die Tür. Schritte. Schritte. Die Tür. Eine halbe Stunde jetzt wieder. Vorhang. Taschenlampe an.

Als er mit dem Holzbohrer erst, dann mit dem breiteren Schraubenzieher eine Serie nebeneinanderliegender Löcher in die Hartfaserplatte drehte, wutentbrannt, weil die Platte anfangs undurchdringlich schien, daumendick der Widerstand, dann aber das Werkzeug nach hinten knirschend durchbrach, war es hinderlich, dass die Rückwand nur unzuverlässigen Widerstand bot. Er drehte die Schrauben wieder ein. Musste das unterbrechen, weil der nächste Durchgang bald fällig war.

Vorhang. Taschenlampe aus. Schweiß am ganzen Körper. Tür. Schritte. Tür.

Halbe Stunde Freiraum. Vorhang zu. Hände trocken wischen. Taschenlampe an. Letzte Schrauben. Wieder ein Loch neben das andere. Der Stahl knirschte. Endlich ließ sich die Spitze der Akku-Säge einschieben. Er umwickelte das Gerät mit seinem Pullover. Grauenvoll laut fraß sich das Blatt voran. Seine Arme, immer hochgestreckt, waren wie Blei, als er, eine waagrechte Linie denkend, die Säge vorantrieb. Die glühend heiße Säge. Es war ihm auf einmal einerlei, ob er entdeckt wurde. Dann war es eben vorbei. War irgendjemand im Haus, im Verkaufsbereich, musste er doch dieses Geräusch hören, redete er sich ein. Das Sägeblatt brach sich seine Bahn. Bis zur Wand.

Er holte Atem. Begann mit der Löcherreihe, um in die Senkrechte sägen zu können. Immer durchdringender die Geräusche. Pause.

Taschenlampe. Vorhang. Lange vor der Zeit. Das Keuchen dämpfen. Tür. Schritte. Tür. Vorhang. Taschenlampe.

Der Sägelärm füllte die summende Stille. Um ihn zu ersticken, goss er Schnaps über das heiße Blatt und in den klaffenden Spalt. Brühe rann herab, als er fortfuhr mit seiner Arbeit, dabei die Schulter gegen die rechte Kabinenbegrenzung drückend, wodurch die Holzplatte sich etwas zur Seite bog. Die Schnittfläche würde auf diese Weise durch die Wand verdeckt bleiben, wenn sie zurückfederte. Noch vor Ablauf der Sicherheitsfrist schrammte die Säge in den Fußboden. An die Gefahr, überrascht zu werden, hatte er nicht mehr gedacht. Gebückt arbeitend, malträtierte ihn Sodbrennen. Er unterdrückte Husten, zog die Schrauben heraus und hielt gerade die gelöste Rückwand, mit dem Spiegel und der Ablage daran, nur mit den Fingerspitzen, als die Tür aufflog.

Er erstarrte. Taschenlampe aus. Vorhang: zu spät. Schritte. Schritte ... Tür. Puh! Noch mal davongekommen.

Taschenlampe an. Er brauchte einige Zeit, um sich zu beruhigen. Dann arbeitete er schnell. Die Platte nach hinten gehoben. Kurz Erleichterung in seinem stickigen Dunkel dahinter. Zwischen beiden Welten. Geräte aus der Kabine. Das Sägemehl, halb klebrig verklumpt, halb staubtrocken in den Teppichboden eingedrungen, weggebürstet. Die Scharniere. Magnetkontakte an die überstehenden Leisten. Eine Schraube als Griff. Die kleinen Schrauben waren im diffusen Licht nur zu tasten. Die Platte war Tür. Sie schabte schwergängig über den Boden. Anheben. Zurück in die Kabine. Leisten an ihren alten Platz. Jetzt waren sie Blenden. Schrauben in der Mitte abgekniffen und wieder eingepasst. Alles nicht wirklich stabil. Im schwachen Licht sah die Rückwand unversehrt aus. Er zog die Vorhänge wieder auf. Wischte mit der Jacke über die Kabinenwände. Bemühte sich noch einmal um den Teppich. Mit einem nervenden Ächzen ließ sich die Tür öffnen. Als seine Finger durch den entstandenen Spalt durchzugreifen vermochten, nach wenigen Zentimetern, hob er die Tür an. So ging es. Er schloss sie. Zwei rückseitige Riegel noch.

Dann saß er dahinter. Das Herz schlug bis zum Hals. Er brach sich zwei Magentabletten aus dem Streifen, stürzte ein paar Schlucke hinunter. Er fror. Gestalten im Dunkel des Ganges bildete er sich wieder ein. Phantasierte er? Gestalten, die heranschlichen oder sich entfernten. Er hörte Wispern. Er brach auf. Die Tasche wog schwer.

U-Bahn-Station. Der Kasache schien aufrecht sitzend und mit offenen Augen zu schlafen. Als Lavendel wieder gegangen war, erinnerte er sich schon nach wenigen Schritten nicht mehr seiner Erscheinung im Spiegel. Wie er früher eine gesicherte, feste Vorstellung seines Außenbildes haben konnte, wunderte ihn.

Die Geräusche auf der Straße hallten in der Nacht lauter. Die Gesichter waren fahl.

Ava Gardner legte den Kopf zurück. Sie war blass. Ihre Lippen öffneten sich. Ihre Augen, wie pechschwarze Kohlestücke, beschworen Clark Gable. Nach kurzer Umarmung machte er sich los. ›Du bist ein seltsamer Mann‹, sagte sie.

Als er auf dem Sofa erwachte, schien es ihm, als sei er nur für einen Augenblick in Schlaf gefallen. Rohmers Pauline saß wortkarg und braun und kindweiblich und zauberisch und feinnervig mit ihrer Cousine Marion am Strand. Marion rief flammend nach der einzigen und wahren Liebe. Zwei Studenten gerieten darüber in ein langatmiges Wortgefecht. Die Wellen rollten heran. Lavendel gähnte, das Gähnen hinterließ schmerzende Leere im Kopf.

Im Badezimmer riss Lavendel das Fenster auf. Es war noch keine Spur vom Ende der Nacht zu ahnen.

Das Sich-Erheben bezog ihn kaum mit ein. Als sei ihm die Verantwortung für sich selbst genommen. Über der Dächerkontur stieg der Morgen auf. Die Tauben saßen auf dem tiefer gelegenen Sims, auf dem sich manchmal, später am Tag, die Katze sonnte. Ferne Vogelstimmen markierten das Zögern des Morgens. Über den Horizont, von der Abendseite her, ergoss sich zusehends ein zögerndes Blau. Der Graue auf seiner Dachterrasse streckte seine Hände und bog sich wie eine kältestarre Schlange.

Als Lavendel den Schlüssel holte, brannten die Augen im

Neon-Licht des Vorzimmers. Er hörte Tulecke etwas sagen, vielleicht auch fragen, doch er wandte sich, kaum spürte er das Metall des Schlüssels hart in der Hand, mit einem diffus gemurmelten Laut zum Gehen. Er fror und war sich seiner völlig ungewiss.

Daher ging er in die Wohnung zurück, und wühlte in den Klamotten seines Vorgängers und zog eine schmutzig-weiße, weite Lammfellweste heraus, deren Außenleder an den Säumen und auf dem Rücken flowerpowermäßig bestickt war und vorn bis zum Kinn reichte. Ihm fiel ein, wie ihn zu Beginn seines Aufenthaltes der modrige Geruch der hinterlassenen Sachen abgestoßen hatte. Der Geruch schien sich verflüchtigt zu haben. Oder er war inzwischen abgestumpft und Teil der Moderwelt, hatte vielleicht auch, der meist zugeschwollenen Nase wegen, einiges Geruchsvermögen eingebüßt.

In das Lammfell vergraben, lief er die Gänge entlang. Die Luft stand brackig. Er wartete in der Garderobe. Sie würde erst morgen kommen, wenn es wie immer ablief. Aber er wartete. Das Fell war weich am Hals. Es bewahrte seine Körperwärme.

Eine nicht mehr junge Japanerin schraubte sich in ein schlauchiges, lachsfarbenes Abendkleid mit voluminösen Fledermausärmeln und kehrte ihm, um es zu schließen, den Rücken zu und tastete mit verrenkten Armen und Fingern nach dem ebenfalls lachsfarbenen Reißverschluss. Unter dem hochgesteckten schwarzen Haar, zwischen den aufklaffenden Teilen des Kleides, hatte sie eine verwaschene Tätowierung, die, vom breiten Gummizug des weißen BHs durchtrennt, bloßlag, eine Muttergottes mit Tuch über dem Kopf, die ein Jesuskind an sich drückte. Meist war nur dessen Gesicht zu sehen.

Er zwang sich zu einer Unterbrechung und nahm sich die Eingangshalle vor. Im Parfümeriebereich stand der Typ mit dem Pepitahut und dem Schulterpolsterjackett. Neben ihm der ungeschlachte XXL-Mann: Sie waren beide weißhaarig, weiß wie das cremige Weiß einer frisch aufgebrochenen Kokosnuss und hatten das Vertrauenerweckende aller weißhaarigen Weisen. Lavendel sah, wie eine übertrieben geschminkte Dame sich etwas aus einem Probeflakon hinter die Ohren tat. Routiniert versenkte die XXL-Hand etwas in ihrer offenen Tasche. Nach ein paar Metern griffen sie zu. Verständnislos erst, dann erschrocken sah die Frau drein, als die Detektive an der Kasse ein Edelparfüm aus ihrer Handtasche fischten.

Lavendel platzte der Kragen. Er meldete den Hergang. Tulecke bekannte frostig, sie verstehe die Welt nicht mehr.

Basement. Lebensmittelmarkt. Innerhalb drei Stunden elf Vorkommnisse. Nichts Bedeutsames dabei. Aber es brachte Melde-Freiraum für morgen. Morgen wollte er frei bleiben.

»Stolze Bilanz!«, staunte Tulecke. Den Hauptgnatz jedoch hätten sie dabei wohl kaum mit der Security an der Backe, betonte sie, was er nicht verstand, denn er überlegte, sollte er klarstellen, dass nicht er heute in besonderer Form sei, sondern die Leute wie wild geworden seien. Das hätte seine morgige Abstinenz erklärt. Abgelenkt war er auch durch die aufgebrachte Beata Dulcezza in der Dessousabteilung. Sie debattierte mit Ipsen. Ein geöffneter Koffer zwischen ihnen. Dulcezza hatte wie in Abwehr die Hände erhoben. Er förderte einen Haufen Korsagen zu Tage. Ipsen verdrehte die Augen und strich sich dandyhaft übers Minimalhaar. Prozentzahlen über erwarteten und vorhandenen Krumpfwert wurden laut. »Vanity sizing!«, postulierte er hochtrabend, und sein Zeigefinger und Daumen bildeten ein kleines O. »Damit kriegen wir sie alle!«

»Wozu?«, begehrte sie auf.

»Wie *wozu*? Überhaupt, was'n los?« Ipsen und musterte sie argwöhnisch von oben bis unten. »Die Dulcezza in flachen Tretern? Hast du die Fraktion gewechselt?«

»High-Heels sind anstrengend wie Sau.«

»Du veräppelst mich: Das is ja grade der Witz.«

»Für dich isses witzig. Mir machts den Rücken kaputt.«

»Die Tulecke hat ne Expertise rumgehn lassen, wonach aus

der Absatzhöhe von Frauenschuhen auf die sexuelle Erregbarkeit ihrer Trägerinnen zu schließen is.«
»Von *der* kommt der Schrott? Was soll'n das? Sie selber ... stell dir diese Frauenmasse in solchen Schühchen vor!«
»Is'n kulturhistorischer Fakt, steht da, in High-Heels sin die Beine langgestreckt und die Frau hat'ne Körperhaltung und konvulsivische Bewegungen wie beim Orgasmus. Das hat den Chef total überzeugt: Is verkaufsfördernd, hat er entschieden.«
»Da hat er vor Lust gesabbert, dein Stupor mundi, stimmts? Und du ... du auch?«
»Find ich klasse dekadent.«
»Mensch, zieh Leine!«

Den Tag darauf saß er, als hätte er 24 Stunden bewegungslos verbracht. In seinem Kopf pochte es. Er fröstelte, trotz Lammfell, das ihn nur unzulänglich einhüllte. Er saß und nahm nur winzige Schlucke, wollte nicht zu rasch den Rand der Noch-Nüchternheit übertreten. Er fürchtete, sie werde eine andere Kabine wählen müssen, weil die gewohnte im Moment vielleicht besetzt war.
Bis sie achtlos etwas an den Haken hängte und in den Spiegel sah. Ahnte sie wirklich etwas? Und wenn! Sie war da! Und fuhr sich mit einem Stift über die Lippen. In einem winzigen Aufklaffen in der Mundmitte, schattenhell in rötlicher Höhle, rosig, fleischig, hervordrängend, war die Spitze der Zunge sichtbar, eine Spitze kleiner, heller Verwundbarkeit – die Lippen vielleicht bald vorsichtig öffnend, das blassbraune Rot, Lippe über Lippe, aufbiegend, aufdrückend, sie dehnend, hervordringend, die schmale Öffnung füllend. Er konnte sich diesen Lippen bis auf Armeslänge nähern. Eine Wendung, ein Vorbeugen, und sie könnten ihn fassen, als gelte es eine Unendlichkeit in einem einzigen Verschlungenwerden zu erleben.
Schnelle Bewegungen, wie oft. Das weite Hemd. Ein Pullover. Drehen. In die Länge dehnen. Ausziehen. Ein Hemd, zwei

Knöpfe nur. Sie verließ die Kabine. Ratschte den Vorhang zu. Schuhe, Jacke, Tasche blieben zurück.

Jetzt. Nicht denken! Beklemmende Sekunde. Wirklich? Die Riegel. Finger an der Kante, am Schraubengriff. Ziehen. Die Spiegelwand schleift über den Teppich. Anheben. Langsam! Nein, schnell! Leise! Leise! Leise! Die Tasche am Haken ist offen. Geruch nach Süßigkeiten: Himbeeren, Schokolade. Die Hände fliegen. Suchen! Was suchen? Abschnitt einer Eintrittskarte: Jazz-Nacht. Kamm. Spiegel. Entsicherungszange. Puderdose. Schminkstifte. Waffeln. Kondome. Eine Lage durchlöcherter Schießscheiben. Vier 50-Mark-Scheine. Visitenkarten mit Gummi darum: *Aurora*, mit Bild einer Sonne über der Stadtkulisse und klein gedruckter Adresse. Ausweis. Ihr Foto ist trostlos. Er sieht sie anders. Schnell. Er muss verschwinden. Das Papier wie Glut in der Hand. *Jamila Tarit*, *Rev - - owstraße 10* entziffert er noch, als er alles zurückstopft. Sofort weg! Er drückt die Rückwand zu. *Rev - - owstraße 10*, wiederholt er das Wortbruchstück, um es im Gedächtnis zu behalten. Und: *Jamila Tarit*. Wenigstens der Name.

Der Vorhang flog auf und wieder zu. Sein Blick hing an ihren Wimpern, dann an ihren Fingern, die den Hemdrand fassten. Sie schälte sich in einer einzigen Bewegung heraus. Die Brüste sprangen. Ihre Hand tauchte in die Tasche, kam mit der Zange heraus. Die Sicherungskapsel am mitgebrachten weißen Shirt fiel auseinander. Sie hob die Stücke auf. Alles in das obligate Papiertaschentuch. Dann stand sie urplötzlich regungslos, rank und hoch aufgerichtet und geradezu witternd, horchend, den Blick in die Ferne gerichtet. Die Brüste hoben und senkten sich schnell. Die Warzen pralinenbraune Stiele. Sie erweckte den Eindruck geballter Kraft. Ohne abzusetzen, wand sie sich in das weiße Unterteil. Kurze Drehung. Er sah nichts mehr, sein Blick war wieder zu träge für ihre Schnelligkeit, hielt an etwas fest, ohne es noch aufzunehmen. Über den weißen Stoff, der wie Haut auf ihrem Oberkörper lag, der vorige Pullover. Dann das

Hemd. Die Finger knöpften, flink, von unten nach oben. Sie griff die Tasche, lächelte zufrieden und trollte sich.

Mittags verließ er das Kaufhaus. Die Helligkeit der Fassaden, der Schaufenster, der Straße, des Autolärms blendete ihn. Sein Schritt sollte sich beschleunigen. Er verspürte den Zwang, sich vor den Angriffen des Lichtes wegzuducken und kniff die Augen zu schmalen Schlitzen. Sie brannten, waren dem Wind ausgeliefert. Dennoch war er tatendurstig.

Im Stadtplan fand sich unter *Rev - - owstraße* nur die Reventlowstraße, wie er vermutet hatte. In einem Blumenladen ließ er, ohne den Schritt weiter zu bedenken, einen Strauß Sommerblumen zusammenstellen und ihr schicken. Ohne Grüße. Er lief weiter, war noch nicht am Ende. Auswüchse einer Gefangenenpsychose schienen ihm auf einmal seine bisherigen Gedanken um Sonja: Er wie fremdgesteuert, käfigtierhaft und stumpfsinnig und williges Opfer einer sinnlichen, brütenden Atmosphäre. Um all dem zu entkommen, beschleunigte er. Die Sonne drängte sengend aus den Wolken. Er suchte die Schatten der Markisen und Vordächer und formulierte Variationen von Abbitten an Sonja, als laufe sie neben ihm her. Seine Notlage sollte bedacht werden! Die Kaserniertheit. Dabei fiel ihm ein, er musste schleunigst ihre Wohnung in Ordnung bringen, durfte keine Spuren hinterlassen. Oder hatte er sie schon beseitigt?

Und war bei einem Vorverkaufsladen angelangt. Das Hemd klebte an Armen und Rücken, hing fest, behinderte ihn, als er die Tür aufstieß. Drinnen noch schlimmeres Gedränge, feuchte Hitze, Zigarettenrauch. Ein Alter mit zerknitterter Jacke, leichenblass, Zigarette im Mundwinkel, blaue Tränensäcke, sah auf, fragte bärbeißig, gab qualmend Auskunft. An den Wänden Plakate. Udo Jürgens am elfenbeinweißen Flügel, Westernhagen mit Hut, Brittney Spears wie eine Barbypuppe.

Er entschied sich für Louisiana Red, Blues, übermorgen. Als er dran war, hörte er eine fremde Stimme nach Karten für Louisiana Red fragen. Zwei nebeneinander und eine direkt dahinter. Er müsse es ja wissen, brummte der Alte und hielt ihm drei hin.

Lavendel verließ beflügelt den grauen Laden. Vor ihm gingen drei laute deutsch und türkisch schwadronierende junge Männer. Als ihnen eine junge Frau mit Kinderwagen entgegenkam, riss der ihr nächste Mann den Arm hoch, als wolle er sie ins Gesicht schlagen. Sie wich erschrocken aus. Der junge Mann aber führte die Hand weiter, an den Kopf, den Anschein erweckend, er ordne seine Frisur. Dabei grinste er den zwei anderen Männern zu. Lavendel ärgerte die rücksichtslose Angeberei. Er bemühte sich, der Frau durch ein Lächeln darüber hinwegzuhelfen. Sie achtete nicht auf ihn, hielt ihn vielleicht für einen Kumpel der drei, den die Szene amüsierte.

Er nutzte den Schatten der Markisen, wollte am Imbiss-Pilz vorübergehen, bezwang sich aber, er sollte Kräfte sammeln, jetzt, wo es aufwärts ging. In zwei Tagen, abends: Louisiana Red! In zwei Tagen: Jamila. Vielleicht Jamila, die Ungarin, oder Jamila, die Libanesin. Er stellte sich an, nahm Kartoffelpuffer und Apfelmus, das Fett troff, quoll dick und honiggelb, floss ins Apfelmus. Grünlicher Saft und gelb-durchsichtiges Öl vermengten sich. Er warf den halbvollen Pappteller in die Abfalltonne. Puffer und Mus leckten an Ketchup und Pommes-Resten. Er kaufte Kuverts. Setzte die Anschrift in Blockbuchstaben. Jamila. Der Name hatte Magie. Sein weiches Beginnen. Ein Namen wie ein elementares JA. Eine der beiden Eintrittskarten für nebeneinanderliegende Plätze schob er in den Umschlag. Morgen hatte sie alles. Er, der Unbekannte, würde in ihren Gedanken sein. Schimärisch. Aber vielleicht suchte sie nicht nach einem Bild, sondern war vom Rätselhaften als solchem gefesselt.

Tango notturno

Mehrfach trieb es ihn zur U-Bahn. Er stand in der Windwalze der einfahrenden Züge und sah den Lichtern der ausfahrenden nach. Lief den Bahnsteig entlang. Gegenüber umklammerten sich ein halbwüchsiger Junge und ein Mädchen. Aneinander erstarrt. Nach einer Ewigkeit endete die Umklammerung. Sie sahen sich in die Augen, bitterernst. Dann, ebenso bitterernst, küssten sie sich. In strenger Ausdauer, als sei eine grausame Pflicht zu erledigen. Plötzlich rissen sie sich voneinander los und blickten, ohne weitere Berührung und ohne Blickkontakt, in den dunklen Tunnel. Die hohen Schuhe des Jungen klafften seitlich auf, halb waren die Stulpen umgeschlagen. Aus ihnen wuchs der Junge heraus, dünn und müde.

Auf dem Kröpcke maschinengewehrschnelles Trommeln, Klatschen, monotones Singen. Rasseln in schnellem Takt. Afroamerikanische Capoeiristas in weißen Hosen und bloßem Oberkörper, im Kreis, zuckten und stampften. In der Mitte duckten sich zwei und lauerten und wanden und drehten sich und schwangen die Beine. Auf den Gesichtern der Umstehenden lag ein Widerglanz ihrer Begeisterung.

Seine Behausung empfing ihn mit Schwüle. Er öffnete das Badezimmerfenster. Ein Schwarm Tauben flog vorüber und mit ihnen zog ein Geräusch von an- und abschwellendem Wind über trockenen Gräsern und Schilf. Am Ende des Lichtschachtes, auf halber Höhe, entdeckte er die kupferfarben und weiß getigerte Katze, die ihren Mauervorsprung in der spärlichen Sonne einnahm, die zwei-, dreimal ihre Tatze nassleckte und dann mit ihr über Augen und Nase und Ohren strich.

Die Geräusche der Straße und des Hauses schlossen sich mit dem Denkbaren zusammen und waren lauter als ihre Wirklichkeit. Je länger er auf dem Bett lag und zum hellen Viereck des Dachfensters sah, desto unerträglicher wurde das.

Mittags am Imbiss-Pilz Bier und Korn. Beim zweiten Schnaps fühlte sich sein Zahnfleisch wund an. Mit der Zungenspitze drückte er dagegen.

Am Abend hatte er sieben Stationen zu fahren. Einer blies vor dem Umblättern der Zeitung auf die Blattränder. Einer bearbeitete seinen Laptop. Eine lackierte sich die Fingernägel. Der scharfe Geruch hing im Waggon. Wo der Pinsel abgerutscht war, beseitigte ein Killerstift die Flecken. Ein Bekiffter versuchte Klimmzüge an der Haltestange und rutschte ab. Ein Taubstummer machte wegwerfende Handbewegungen. Eine ließ Kaugummiblasen platzen und räumte mit schmaler, kleiner Zunge die Reste von den Lippen. Zwei Punks mit zerdrücktem Irokesenschnitt sangen Rockiges und hielten eine Büchse hin. Niemand gab was.

Lavendel lief den Rest zu Fuß und stand endlich in der Reventlowstraße vor dem fünfstöckigen Backsteinbau aus der Gründerzeit mit breiten Simsen und Sandsteinköpfen und -ranken und -blüten. Sumpfblüten. Ihren Namen fand er nicht auf den Klingelschildern. Dafür auf dem obersten die *Agentur Aurora*.

Daneben eine Kneipe, *Fanny*, in einem niederen Bau. Man nahm keine Notiz von ihm. Bandoneon-Musik und Stimmen und Rauch. Eine Espressomaschine zischte und bruddelte. Vollbesetzte Tische. Am ersten rief jemand nach der Bedienung: Tischrunde! Und er hielt dazu ein Weißbierglas hoch. Sein Nebenmann schrie: »Lieber ne Runde am Tisch als ne Dünne im Bett«. Er wurde niedergebuht.

An einer Seitenwand zog ein überlebensgroßes weibliches Akt-Foto in verschwommenem Schwarzweißraster den Blick auf sich. Darunter in Sütterlin: *Der wahre Mensch ist der nackte Mensch*. Die Nackte posierte als antike Göttinnenstatue in einer halbrunden Nische. Mit Filzstift war ein Herz an die Wand gemalt. *I ♥ Franziska* stand darin. Ein Blumenfresko bildete die umrahmende Ädikula. Die Espressomaschine meldete mit einer Serie von Schnalzern den Vollzug der Arbeit.

Vielleicht käme Jamila vorbei. Lavendel durchquerte mehrere schmale Durchgangsräume und blieb im hintersten. Er hatte seiner Deckenschrägen wegen etwas von einer Kapelle. Die Schrägen waren verglast. Von seinem Platz aus konnte er das oberste Stockwerk des benachbarten Backsteinhauses und sein Dachgeschoss und Lichter in den Mansardenfenstern sehen. Er trank Bier, sah hinüber, zu den breiten Schornsteinen auf dem First, die in zahnstummelartigen Röhren endeten. Manchmal gingen Lichter in den Fenstern an und aus, vielleicht die der Agentur *Aurora*.

Am nächsten Tisch zwei Frauen.

»Mir macht Uli noch immer zu schaffen«, die eine. Das aschblonde Strubbelhaar sah aus, als hätte sie sich gerade aus dem Bett gewühlt. Aus den weiten Pulloverärmeln schoben sich, wenn sie nach ihrem Glas griff, kurze und kräftige Hände.

»Ich krieg noch'n Caipi«, die andre zur Bedienung.

Im Glasdach spiegelten sich, mit zunehmender Dunkelheit, die Einrichtung und die Leute. Er saß am vorletzten Tisch des Raumes und hatte die Beine übereinandergeschlagen, sah er. Die Weste lag über dem Nebenstuhl. Die beiden Frauen gestikulierten. Am letzten Tisch zwei junge Männer. Einer knipste von Zeit zu Zeit nervös sein Feuerzeug an. Es brannte eine Weile. Sein Gesicht war der Flamme zugewandt. Lavendel hörte den anderen schwärmen, dass er damals doch noch mit diesem Küken vom Schützenfest zusammengewesen sei.

Die, die ihn so angegeiert habe: *Hallo, willste meinen Namen heut Nacht stöhnen?*, der andere.

»Hat mich angeblich inner Uni gesehn. Null Ahnung! Bisher unter meinem Radar geflogen. Aber du, ey, noch keine hat mich so geil angemacht. Keine, ich schwörs. Hat erzählt, was sie'n paar Nächte durch geträumt hat: Immer rumgeschnurrt mit mir. Ehrlich: mit mir. Hat sie gesagt. Und ich kenn die nicht!«

»Super Masche!«

»Hab mein Kampfstrahlen verstärkt und mich bald so gefühlt,

als hätt ich in echt schon mit ihr inner Kiste gelegen. Und noch nie hab ich so weiße Haut gesehn und noch nie hab ich so was Steinhartes wie ihre Arschbacken und Titten in die Finger gekriegt! Und sowas von pitschnass die Muschi!«

»Echt?«

»Hättste sehn solln! Und hörn. Lange Fäden. Glasklar. Das lief so raus, als sie nackt dastand. Tropfte aufn Teppich, wenn die Fäden rissen. Klatschte richtig. Ehrlich, ich konnt nich anders, als da hinsehn. Sie auch. Sie hat sich erst geschämt, glaub ich. Aber als sie in mein Gesicht gesehn hat, wurde sie ganz sanft. Wahnsinn!, hab ich nur sagen können, is affengeil! Und später hab ich immer gedacht: Hätt ich sie doch ausgeschlürft.«

»Ich weiß nich. Klar, ich seh das gern, alles, tutti frutti, wo sie rosa sin, die Mädels, und was da so abgeht. Aber schlürfen, nee, voll eklig, nee!«

»Das lief warm aus ihrer Muschi. Is, als wärste drin.«

»The incomparable deliciousness of a vagina ...«, der andere neidisch.

»Mann, und dann so'ne enge Pflaume! Boah! Hab gleich abgeschossen. Aber denkste, die hat mich rausgelassen? Ging immer weiter im Text.«

»Die dümmsten Bauern ...«

Lavendel sackte weg. Genoss es, nicht einbezogen zu sein und erinnerte sich, wie schnell ihn Zwiegespräche langweilen konnten, vor allem mit wenig bekannten Männern, und wie er nach Ausflüchten gesucht hatte, um dem sich selbst genügenden Gewäsch zu entrinnen.

»Vergangenheit ist nie einfach vorbei«, die Aschblonde. »Erinnerung ist Gegenwart.«

Er mündete in eine große Gesamtheit, glaubte Lavendel zu fühlen, in ein zirkulierendes, ruhevolles Gewässer. Und später, als er allein saß und die Bedienung ihm nach und nach weitere Biere hinstellte und er sich einbildete, ihre Schritte und Körperdrehungen und Gesten vollzögen sich im immer gegenwärtigen

Zweivierteltakt mit klarem Voranschreiten und synkopischer Hinhaltung und mit Zucken der Hüften, und als er für einen Moment in glückliche Selbstverlorenheit versank, da vergaß er, wie unter Zwang, immer wieder auch zu den dunklen Mansarden hochzustarren und genügte sich darin, das Gesicht der schwarzgekleideten Tangera zu bewundern. Traumwandlerisch gelangte sie zwischen den Tischen hindurch. Sie war die Einheit eines Absoluten. Er liebte es, wie sich das Unbeschädigte erhielt im Lärmen und Dunst. Reiz ist Schönheit in Bewegung. Irgendwer hatte das gesagt. Genau das wars.

Schließlich traute er seinen Beinen nicht mehr. Vielleicht riss er alles Mögliche um, wenn er aufstand. Seine Bewegungen würden nicht schön sein. Ihm war bewusst, dass auch die Jahre mit Joana nur ein Zustand im Anschein des Glücks waren, das er sich ausgemalt hatte. Eine Fortsetzung der Wunschwelt seiner Jugend. Hatte Samir nicht so was gesagt? Bestimmt hatte er das. Und wie oft musste ihm das längst Bewusste immer neu bewusst werden?

»Noch eins?«, fragte die Kellnerin und sah auf ihr Schäfchen Lavendel herab wie Zurbaráns heilige Margarethe von Antiochia. Und mit einer Stimme! Urzustand auch darin.

Er hatte den Knacks hinter sich, er war betrunken. Kleist hatte Unrecht: Das Paradies war nicht verriegelt. Auch wenn Glück nichts anderes war als Selbstbetrug, räumte er fatalistisch ein, als er sich zurück ins Zentrum bemühte. Aber er sollte darüber noch mal mit Samir sprechen, nahm er sich vor, über die wendige Kellnerin beziehungsweise über die Frage, ob die Nichtbewusstheit von eigener Schönheit zugleich auch deren Voraussetzung sei. Das durfte er nicht vergessen. Du meinst den Anschein, den Anschein der eigenen Nichtbewusstheit!, würde Samir präzisieren. Das Wissen um die eigene Grazie lösche diese in Zeitkürze aus, würde er konstatieren. Oder gerade das würde er nicht sagen. Aus welcher trüben Voreingenommenheit er ihm herstamme, dieser Spleen von der paradiesischen apfelfreien Nicht-Erkenntnis? So ungefähr. Samir war zum Schießen, wenn er den Gelehrten gab, dachte Lavendel jetzt, und ihm war zum Heulen, wie rührend Samir war, wenn er zum Beispiel nicht davon abzubringen war: Ein bisschen Kleist muss sein! Vielleicht sang er das als Roberto Blanco-Karikatur. Grenzen verwischend. Aber warum Kleist? Er verlor den Faden. Was wollte er nicht vergessen? Ob Schönheit nur dem Betrachter eine subjektiv solche war und mit dem Körper- und Geisteszustand der Trägerin wenig zu tun hatte? Solch einen Unsinn sollte er vergessen. War es das? Oder ob der Entdecker der Schönheit mehr Anspruch auf deren Nutzung als die ignorante Trägerin selbst habe? Seine Gedanken stolperten, wie er selbst, ins Ausweglose. Was kümmerte ihn die Kellnerin? Was kümmerte ihn das abstruse Palaver über die Schönheit! Was kümmerte ihn Jamila! Nur im Zustand der naiven Ursprünglichkeit liege die natürliche Grazie, die wahre Schönheit, würde Samir sich versteigen, wenn man ihn reden ließe, und *Kleist, immer wieder Kleist* raunen und dass das Paradies doch verriegelt sei.

In Toreinfahrten lehnten junge Männer, Flaschen gingen von Hand zu Hand, träge, und russische und türkische Laute empfingen und begleiteten und verließen ihn. In düsteren Hauseingängen verdächtige Bewegungen. Hastige Geräusche. Aus geöffneten Türen kleiner Clubs und Bars und Kneipen und Trinkhallen flogen beunruhigende Gerüche und Stimmengewirr und Gelächter und Sirtaki und Flamenco und arabische Melodien wie verschlungene Spruchbänder und Songfetzen, unverständlich geslangter Nuschel-Rap mit *Keep it real!* Und *Yo, brother* und *Fuck*.

Der Himmel war blauschwarz. Spärlich die Mondsichel. Das restliche Rund war grau ahnbar. Türhüterstatuen im Eingang einer Disko. Wie überhitzte Dampframmen ratterten Beats. Die breiten Rücken hielten ihnen stand.

Als die Straße sich nach Westen öffnete, mischte sich in die

Schwärze diffuses, finsteres Grün. Er lief durch kaltes Licht und schroffe Schatten.

Vor seinem Aufbruch wollte er duschen, am folgenden Abend, und er kauerte schon in Sonjas Dusche. Doch die Vorstellung, unversehens öffne sich die Tür, war mit einem Mal so stark, dass er seine Sachen gegriffen und sich verdrückt hatte. Er fror noch von der vergangenen Nacht.

Als er an der Konzerthalle eintraf, kamen ihm viele entgegen. Schilder an den Türen meldeten, das Konzert sei ins *Capitol* verlegt. Halb war er erleichtert, schwankte auch auf dem Weg dorthin, ob er nach Hause gehen sollte. Vermutlich war sie nicht gekommen. Sein Plan war so oder so gescheitert. Aus nächster Nähe hätte er beobachten wollen, wie sie auf den Menschen neben sich wartete. Oder wäre zu spät gekommen, um dem unausgewogenen Anfangszustand zu entgehen. Er wäre aus sicherer Warte immer dabei gewesen. Unverbindlich hätte er ihre Stimme hören, sich vorbeugen und sie riechen wollen.

Gewühl im *Capitol*. Beißender Qualm. Vorn saßen welche auf dem Boden. Er quetschte sich durch die feuchtheiße Menge. Sie zu entdecken war im spärlichen Licht fast unmöglich. Die Bühne im Dämmer. In der Mitte, im grellen Lichtkegel, hockte Louisiana Red und hatte seine verstärkte Gitarre in der Mache. Ohrenbetäubend. Beugte sich weit hintüber. Das Gesicht schweißnass. Die Hände am Instrument. Die Finger selbständige, kleine, rasende Wesen. Ein Widderkopf als dicker goldner Ring am kleinen Finger sprang auf und ab.

Aufgerissene Augen der Hörer. Im Boogierhythmus zuckten Köpfe und Schultern und Hüften. Lavendel gelangte im Halbdunkel von vorn nach hinten und auf der anderen Saalseite wieder nach vorn. Manche starrten ihn bissig an, als störe er ihre Andacht. Er holte sich Bier und schwitzte. In der Pause wurde es heller. Immer wieder ging er die Gesichter durch. Sie war nicht dabei. Überfallartig war er sich der Gefahr bewusst, auf Bekannte zu stoßen und drückte sich an die Wand, und da nahm er auch, bewegungslos in der grauen Unruhe, ihr feines Gesicht wahr. Bellas Gesicht. Baschkas, des meydele mit shwartse eygeleck. Älter geworden. Joan Baez ähnlich. Eine Weste mit Blumenblüten trug sie. Sie war nach Finnland verschwunden. Oder nach Schweden. Der Mund der Frau war uferlos. Bella? Nie und nimmer war das Bella.

Louisiana Red mit seinem *Lowdown Backporch Blues*. Es klang nach schwülem Süden, nach trägem Mississippi und giftigen Sümpfen, nach melancholischem Trotz und leichtsinniger Verführung und Faulkners Betrunkenheit, und Lavendel schlug sich langsam in Richtung Treppe durch. Das Hemd klebte am Leib. Die Leute standen wie einbetoniert. Wippende Bluesrockinstallationen. Bogen sich, ihr Wippen und Schlenkern unterbrechend, unmutig zur Seite, wenn er sich durchzwängte. Er stieg nach oben in noch drückendere Schwüle. Vorn an der Balustrade entdeckte er sie. Sie konnte ihn schwerlich sehen, doch zog er sich weiter zurück. Was sollte geschehen? Louisiana Red verzerrte das breite furchige Gesicht. Schweiß rann darüber. Er stülpte die Lippen vor und sog sie wieder ein. Er ächzte rau und fispelte heiser und schrie sich die Seele aus dem Leib und jammerte, als spüre er noch immer die Sonne auf endlose Baumwollfelder und seinen von Peitschenstriemen zerfetzten Rücken brennen und müsse mit blutenden Händen Sack für Sack mit der weißen Watte füllen. Er erinnerte Lavendel absurderweise aber auch an seinen Vermieter, den Bäcker, wenn dieser vor seiner Gartenhütte saß und selbstgebackene Sahnetorte verschlang. Jamila, klein und schmal und fast verdeckt in der Menge. Ihr ernstes Gesicht, mehr sah er nicht. Weiter als je schien sie entfernt.

Klatschen, Pfiffe, Johlen am Schluss. Dann stieg er knapp hinter ihr die Treppe hinab. Sie lief steif, dachte er wieder. Er war unglücklich, weil er sie nicht ansprechen würde, und spürte eine Welle ratloser Lust in sich, als sie sich mal umdrehte und ihr Blick über ihn hinweggestreift war und er ihre Wange zum Greifen nahe und in unwahrscheinlicher Glätte sah. Sie stieg in die Straßenbahn. Um sich nicht verdächtig zu machen, blieb er zurück. Jetzt erst spürte er die durchdringenden Stiche im Kopf, als die Bahn, in den Schienen ruckend und schwankend, mit schrillem Mahlen von Stahl auf Stahl in der Kurve, davonrollte.

Der hohe Sternenhimmel und die frische Nachtluft trieben ihn voran. In der U-Bahntoilette angekommen, merkte er, wie verschwitzt er war. Zugleich war ihm kalt. Er hielt den Kopf unter den brausenden Wasserstrahl. Vom Kasachen hatte er für eine Mark ein Handtuch bekommen. Ein knabenhafter Stricher, den er hier noch nicht gesehen hatte, rangelte mit einem betrunkenen Seriösen in Grau, der ihn abtastete. Auf Besoffskis stehe er nicht, quetschte der Puppenjunge heraus, schon gar nicht in der Schlotte, ließ sich aber dennoch begrapschen und warf einen abschätzenden Blick auf Lavendel.

Neben dem Kasachen, auf einen Stuhl gelümmelt, auf dem tagsüber Herrn Möbeus' Aktentasche lag, hing ein älterer Bursche, übernächtigt, dem Kasachen wie aus dem Gesicht geschnitten. Lavendel fiel ein, ihn öfter an der Imbissbude gesehen zu haben. Als Lavendel einen Abschiedsgruß murmelte, fragte der Bursche, gewiss Jurij, halblaut, ob er was brauche. Stoff? Willste dich inne Luft sprengen? Dabei änderte er seine erschlaffte Haltung um keinen Millimeter, ließ nur einen Seitenblick über ihn hinwandern. Oder'n diskreten Lover? *Es saugt und bläst der Heinzelmann, wo Mutti sonst nur saugen kann ...* Die Zähne Jurijs bogen sich einwärts, die Reißzähne, wie bei einem Hai. Vielleicht hatte er sich auch verhört, dachte Lavendel. Er sah den Dealer an und wartete, ob er die übliche Angebotsliste herunterbetete. Aber auch der lauerte auf eine Reaktion. Der alte Kasache sah, wie es seine Gewohnheit war, durch alles hindurch auf die gegenüberliegende Wand.

Mit einer flüchtigen Geste, die alles bedeuten konnte, wandte sich Lavendel ab und lief zur Post. Am Nachtschalter gab er ein Telegramm an Jamila auf. Es enthielt das morgige Datum, die Uhrzeit 17 Uhr, und den Namen der Kneipe neben ihrem Haus: *Fanny*.

Die Wolken schoben sich hastig mit platter Unterseite und aufgeplustertem Buckel über die Stadtluft. Der freie Himmel dazwischen war pastellblau. Es wurde frischer. Doch schienen die Menschen in Sommerstimmung. Lavendel aber befiel von Zeit zu Zeit eine Art Schüttelfrost.

Den Tag über hatte er kaum getrunken. Er hatte dem Wenigen so viel Aspirin beigemischt, dass ein Nachlassen aller irritierenden Körpersignale zu registrieren war. Trank er, entzog sich seinem Blick kurz, ausgelöst durch jede Veränderung seiner Haltung, der gewonnene Halt, er verfiel in unkontrollierbares Kreiseln; aber gleich kehrte wieder Ruhe ein.

Als er das *Fanny* betrat, weit vor der Zeit, war ihm, als habe er das Ziel seiner Anstrengungen erreicht und als solle er sich nun wieder zurückziehen. Ihn hatte, als die Tür hinter ihm zugefallen war, jeder Mut verlassen.

Man erkannte ihn nicht. Er ließ sich am Tresen Grappa geben. Die Espressomaschine röchelte. Die Gespräche leicht überdeckend, wirbelte Tangomusik durch den Raum. Nach mehreren Gläsern hatte sich Lavendel gelöst und verstand das Tasten und Atemanhalten der Musik. Sein Körper belastete ihn nicht. Dafür stellten sich Bedenken ein. Wenn Freunde Jamilas bereits in der Nähe säßen und ihn, den vielleicht auffälligen Neuzugang, beobachteten? Ihm war, als müsse er sich davor fürchten, überführt zu werden.

Sie kam. Nur sie. Ihm stockte der Atem. Sie nickte grüßend hierhin und dorthin, ihn beachtete sie nicht, und blieb am äußersten Ende des Tresens stehen, unweit des Eingangs, und hatte alle Zeit der Welt und plauschte leise mit der gestrigen Bedienung im schwarzen Rock, die eben den Dienst angetreten hatte. Das sah unverdächtig und zufällig aus. Ihr Blick streifte auch ihn erneut. Sie trug eines der kurzen, ärmellosen Sommerkleider, das sie mit seiner Hilfe erlangt hatte. Rote Mohnblumen auf sattgrünem Grund. Ihre Haare waren hochgesteckt. Ihre Arme hielt sie unter den Brustblüten, die sie damit betonte, locker gekreuzt. Manchmal hob sich der rechte Unterarm, und ihre Finger glitten am Hals hinab und blieben ausgestreckt, wie schützend, auf dem Ausschnitt ruhen. Dann setzte sie sich an einen Tisch, so, dass sie die Tür im Blickfeld hatte. Sie war zu früh, wollte diejenige sein, die sich als Erste auf den anderen einstellte.

Eine Menge Selbstvertrauen schien sie zu haben, Unvorhergesehenes zu meistern. Das entmutigte ihn. Er sah sie im Tresenspiegel zwischen Pernod-, Campari- und Osborneflaschen, sah, wie sie auf die Uhr blickte, sich schnell erhob, sich näherte. Instinktiv wollte er sich wegducken. Doch sie begab sich zur Telefonbox. Der Stoff des Kleides trug auf. Mal traten ihre Pobacken und Schenkel wie nackt hervor, mal lösten sie sich ins Ungewisse auf. Die Anmut des geneigten Kopfes und die Biegung des Halses rührten ihn.

Manisch und unergiebig die gleichen Gedanken wie am ersten Abend im *Franzi*. Wussten sie von der Kostbarkeit des Bildes, das sie abgaben, die Kellnerin oder sie? Vielleicht, so wälzte der träge Fluss seiner Überlegungen sich weiter, vielleicht war ihnen durch vielfache Bekundung anderer bereits zur Genüge bewusst, was von ihrem Schönsein zu wissen war. Vielleicht war längst jede ihrer Bewegungen eingehüllt in dieses Bewusstsein. Hatten sie von dem Wert erfahren, den das Feine ihrer Bewegungen für andere besaß und wussten sie von der Sehnsucht, die sie damit entfachten und spielten sie sie gezielt aus? Oder bedachten sie, dass dieses Gefüge von Schönheit und sehnsüchtiger Betrachtung durch Tausenderlei gefährdet war? Oder waren sie unabhängig von anderer Einschätzung? Oder wussten sie von nichts?

Dieser Ort animierte zu nichtigen Reflexionen über Schönheit. Oder war es Jamilas unbegreifliche Nähe? Ein Anhänger am Ohr blinkte. Sie kehrte an den Tisch zurück. Lavendel bestellte fast tonlos ein Bier. Er nahm das Glas in Empfang und wagte die wenigen Schritte an die nächste Wand und steckte, was er sonst nie tat, Markstücke in einen Geldspieler. Lichter zuckten. In der blinkenden Frontscheibe des Gerätes entdeckte er sie wieder. Ellenbogen auf dem Tisch. Ein wenig mohnblühender Rücken, ein wenig Schulter, ein wenig Oberarm. Das floss ineinander und war ein sanfter, gekrümmter, glänzender Bogen um die schattenlose Achselhöhle. Den Mund hatte sie geschürzt, einen Winkel etwas nach oben gezogen. Sie hielt ihr Gesicht ruhig, sah beobachtend nach draußen und dann in den Wandspiegel, zog die Brauen hoch, zog sie zusammen, öffnete die Haare. Er ließ den Apparat summen und klingeln und jaulen, was die melancholische Tangomusik beleidigte, und hoffte, nicht zu gewinnen, keine Aufmerksamkeit durch das Herabprasseln von Münzen zu erregen. Sich weiter im Wandspiegel betrachtend, zog sie dünne Klammern aus dem Haar, fuhr mit den gespreizten Händen beidseitig zum Hinterkopf, mit den feinen Händen, dessen Rundung folgend. Zwischen den Fingern empfand sie sicher samtweiches Kitzeln, auch als sie die Haare aufschüttelte und sie aus den Fingern fließen ließ, dass sie sich über die Schultern breiteten.

Er vergewisserte sich des Weges, ging einige Schritte lang direkt auf sie zu und nahm, ihr schockierend und wundervoll nah, am freigewordenen Nachbartisch Platz und atmete erst wieder, als er sich gesetzt hatte. Rücken an Rücken mit ihr. Ihm war, als berühre er bereits damit Unantastbares, geängstigt, er würde hintenüber kippen und wie ein Plumpsack auf sie fallen. So stützte er sich auf die Tischplatte.

»Mach mir bitte noch'n Cappu!« war plötzlich ihre Stimme im Raum. Lavendel wollte die Laute festhalten. Weich waren sie, mit einem Zusatz von Brüchigkeit.

Das Mädchen kam. Die Tasse klirrte.

»Danke!«

Er hob das Glas, vielleicht fing es ihr Bild. Doch das Glas war fleckig stumpf.

Sie verschob, als sie das Zuckertütchen aufgefetzt, wie er hörte, und den Inhalt in die Tasse gerührt hatte, den Stuhl. Er schmeichelte sich, dass sie ihn dabei hatte anstoßen wollen. Oder war es ein Luftzug, den er gespürt hatte. Er hätte nicht zu sagen gewusst, wo sie ihn berührt hatte, an Arm, Schulter oder Rücken.

Dann wurde ihm klar, dass sie jederzeit aufbrechen könnte. Die Dauer von ein paar Schlucken Kaffee blieb ihm. Sein Herz begann zu hämmern. War das der Zeitpunkt, an dem er sie ansprach? Fast hätte er losgelacht. Als ob das Ansprechen eine seiner Optionen wäre! Auch vor seinem Eintreffen hier, ja, schon bei der ersten Planung, war ihm doch wenig zweifelhaft, gestand er sich ein, dass er nicht den Mut dazu hätte.

Dennoch packte ihn mit höhnischer Wucht das Bedürfnis, sich direkt an sie zu wenden, Worte auszutauschen. Nicht berühren wollte er sie, reduzierte er sich sein Bedürfnis. Das hatte sich zurückgezogen. Aber ein an ihn gerichtetes Wort wollte er. Gesichert als etwas Bleibendes. Nur war er außerstande, den Anstoß zu geben. Stattdessen schob er seinen Stuhl, so unmerklich es gelang, zurück, Millimeter für Millimeter. Vielleicht bildete er sich nur ein, dass er etwas ausrichtete. Die Knöchel seiner Hände, die sich am Tischrand festkrampften, traten weiß hervor. Bis er erschöpft abbrach. Nach einer behutsamen, leichten Drehung des Kopfes vermochte er einen schnellen Blick über die Schulter zu werfen. Kaum eine Handbreit trennte ihn von dem dunklen Behang ihrer Haare. Er könnte aufstehen und wie aus Versehen mit der Hand über diese Haare streifen.

Mit angestrengter Behutsamkeit tat er, als strecke er sich. Dehnte sich stetig nach hinten. Die Ausstrahlung ihres Körpers nahm er wie eine unentrinnbare Schwerkraft wahr. Als die

Rückenlehne des Stuhles knisterte und ächzte, dröhnte ihm das in den Ohren. Aber niemand schien von den Geräuschen Kenntnis zu nehmen. *Percanta que me amuraste.* Er verstand nicht, was gesungen wurde. Wieder eine winzige Drehung des Kopfes, eine rasche Vergewisserung nach hinten. Da war das Dunkel der Haare, sehr nahe. Der Schweiß brach ihm aus und rann an Schläfen und Hals herab, so fühlte es sich an. *Dejándome el alma herida*, klang es wehmütig. Es war entschieden, er musste ihre Haut mit seiner Haut spüren, das Gefühl aneinanderliegender Rücken haben, deren Aneinandergeschmiegtheit ihm eine lange schon vorgewusste zu sein schien. Er sah sie beide wie ein lose beieinander ruhendes Paar, sanft angelehnt und schlummernd und in einem gemeinsamen Rhythmus atmend. Und er war der truehearted one.

Wahrscheinlich hatte er erwartet, dass es ihn wie ein Blitzschlag durchzuckte und mit tausendfachem Leben erfüllte, wenn die Berührung erfolgte. Aber als Jamila eine unerwartete, gar nicht sehr heftige Bewegung machte und dabei an ihn geriet, fuhr ihm der Schreck in die Glieder, war er gelähmt. Ihr verwirrender Samtschleier Haar war für eine Ungreifbarkeit lang über seinen Nacken gehuscht. Starr aufgerichtet, hörte er sie sich erheben, am Tresen bezahlen und hörte den Cafetier *Ciao dann, Jamila!* rufen. Hörte das Klappen der Tür. *El espejo está empañado.* Jeder Ton der Musik schmerzte.

Weißzottig verhangen der Himmel. Blaue Risse wie Adern darin. Der Tag hielt sich in der Schwebe. Lavendel stand am Fenster. Er wusste nicht, was noch zu gewinnen war. Jeder einzelne seiner Gedanken rotierte bruchstückhaft um sich selbst, stieß an Widerstände, war lange unverstehbar, dauerte dann beharrlich fort und okkupierte zählebig den verfügbaren Raum.

Er hatte unruhig die Gänge verlassen, hatte auf der Post wieder einen Packen umgeleiteter Rechnungen in Empfang genommen. Dazwischen einen Brief. Enttäuscht sah er auf die nicht erwarteten Schriftzeichen. Sie waren weiter und schwungvoller als diejenigen Joanas. Dabei wollte er doch gar keine Nachricht von ihr. Vielleicht war es nur ein eingespieltes Ritual, das ihn nach ihrer Schrift suchen ließ. Absender war Phili.

Vor dem Spiegel im Bad beschloss er, unbedingt das Loch im Wasserrohr zu schließen. Er könnte es mit angewärmtem Wachs, mit Ohropax versuchen.

Doch dann ging er erst ins Wohnzimmer und öffnete den Brief. Phili. Noch als er das Kuvert aufriss, wurde ihm bewusst, dass er die Stunde, die er bereits in der Wohnung war, immer mit dem Bewusstsein verbracht hatte, etwas für ihn Bedeutsames warte. Die Übermittlerin war dabei als Person kaum mehr vorstellbar.

Toi, mon ami, si proche et loin tain,
 du gehst wohl nur alle paar Wochen zur Post? Keine Zeit? Kein Interesse? Um nicht entdeckt zu werden? (Dein Abtauchen könnte auch ein Ansporn sein, dich ausfindig zu machen!!)
 Vor dem Wintersemester, Ende September, Anfang Oktober, habe ich meine Zwischenprüfungen. Noch knapp vier Wochen. Unter andrem über Mallarmées L'après-midi d'un faune (Keine Ahnung, was dem Zugedröhnten durch den Kopf ging! Seine Ergüsse hielt er für das Röcheln einer sterbenden Kunst. Hat was!). Und ich überlege und überlege, ob ich mich fürs kommende premier semestre nicht doch an die Sorbonne melde. Ich könnte ein Stipendium kriegen! Aber ich müsste sofort nach der Prüfung los.
 Jessie ist schon dort. Die Nobeleltern haben ihr eine monptimäßige Bleibe im 18. Arrondissement, Montmartre, besorgt. Wohl auch in Erinnerung an ihre Vorkriegsikonen Henry Miller und Anaïs Nin und so. Oder wegen der fabelhaften Amélie. Der Vater ist ein Nachrichtenagentur-Mann. Jessie will partout, dass ich bei ihr wohne. Ich glaube auch, nach Paris muss ich. Ich habe hier kurz vor knapp allerdings noch was Lebenswichtiges zu klären. Ich würde gern mit dir darüber

reden. Aber du willst ja verschollen sein. Wie Joana und Alban in ihrem Heringsdorf.

Diesbezüglich ist Ruhe im Baukasten eingekehrt. Wie bei Ede. Ich habe ihn endgültig in die Wüste geschickt. Hatte nicht mehr das Gefühl, eine Schuld abtragen zu müssen. Ihm gehe es wie dem trauernden Schmied Wieland, hat der kulturbeflissene Mensch noch gewehklagt, weil seine Schwanhilde ihre Flügel wieder aus dem Versteck hole. Alles, was er sagte, triefte vor Selbstmitleid und Lüge.

Und Vio, die Verlassene, tut so, als sei sie bereits kurz vor der Niederkunft. Aber nur, wenn es um den Putzdienst geht und so. Keine verargt ihr die Frauenzimmerlichkeiten. Sie reibt sich den Bauch mit kalt gepresstem Kokosöl gegen erwartbare Dehnungsstreifen ein. In ihrer Oper macht sie immer noch das leichte Mädchen und singt und tanzt ballerinenmäßig. Ende Oktober sei dieser Film jedoch definitiv gelaufen, sagt sie. Ihr Bauch werde schon einen Tuck trommelig, und der hibbelige Homunkulus fange an ihr die Tätowierung darauf ganz ungehörig zu dehnen. Allein schon wegen Vio und der Oper lohnt es sich für dich, wieder aufzutauchen. Letzte Woche waren Finja, Winni, Börrjes, Natalie und ich da. Kein Italiener würde das Italienisch hier zwar verstehen, glaube ich, aber wir fanden es fantastisch. Vio tanzt seelenvoll. Wie Kybele beim Schöpfungstanz. Als ob ihre Bärmutter eine eigene Welt entstehen lassen wollte. Und spätestens bei Cosi alla misera *im zweiten Akt war ich endgültig hinüber. (Entschuldige die Herzensergießung. Schuld ist die Musik, die meine hausbackene Philinen-Natur mitreißt. Du solltest dir das anhören, damit du weißt, was ich meine!)*

Katleen ist von Vios Bauch so entzückt, dass sie auch so was haben will. Robert lächelt nur vieldeutig dazu.

Und traurig, traurig: Die Dogge musste eingeschläfert werden. Die Männer können aufatmen, immerhin. Auch wartet ein gewisser Mauervorsprung im Badezimmer auf sein Lieblingsopfer. Und ein unterwärtiger Tarantella-Typ wundert sich über die Freundlichkeit einer vorher toxischen Oberwärtigen. Jetzt fehlt nur noch, dass du dir endlich einen Ruck gibst und auftauchst! Philine

Sich auf Philis Sätze einzustellen, war ihm erst schwergefallen. Doch die Leichtigkeit, mit der die Zeilen aufs Papier gemalt waren und wie sie sich anhörten, voller seltsamem Esprit, hatte ihn nach und nach immer mehr gefangen.

Als wolle sich der Himmel verschließen, wurde die Wolkendecke gleichförmig grauer. Lavendel versuchte sich Wärme vorzustellen. Auch versuchte er, sich in Phili hineinzufühlen. Er spürte die Gespanntheit des Gesichtes und das Zittern der Augenlider. Die Sonne über ihrer Insel erhitzte die Haut. Doch keinerlei Gedanken waren ihm hinter ihrer Gesichtshaut vorstellbar. Wie ein Schutzmantel ergriff die gewohnte Lethargie wieder von ihm Besitz.

Sie kennen Henry Blough nicht?

Die Zeit floss über ihn hinweg. Er verließ das Haus nicht, versackte in bleierne Müdigkeit, schlief oder lag bewegungslos auf einem Haufen Jacken seines Vorgängers, die er zu seinem Ansitz hinter der Damengarderobe geschafft hatte. Er hatte es weich, verlor sich zwischen Nacht und Tag, gelähmt auf der Stelle tretend, muskellahm, ausgelaugt in der sich dehnenden Gegenwart, im Takt von Babylon, ein Sandkorn in einem unübersehbaren Vielfachen, zerrieben zwischen stinkendem Mauerwerk.

Träume, die wie Blüten aufknospten, stellten sich nicht mehr ein. Was geschah, war ohne Geheimnis. Immer später kroch der Goldball der Sonne hinter den Türmen der Landesbank hervor. Lavendel überließ sich den Tagen. Sie hatten nichts mit ihm zu tun. Ihr Vergehen hatte ein eigenes Maß. In den Aquarien dümpelten Guppies und Platies und Neonfische und Schmucksalmler und beglotzten ihre Doppelgänger im rückwärtigen Spiegel. Frau Greeliz-Bieleck hatte den abgespreizten kleinen Finger im Haar und kratzte sich oberhalb der Schläfe, Schuppen rieselten. Dass er denselben Namen führte wie früher, empfand Lavendel zeitweilig als irreführend. Gut, dass er kaum benannt wurde.

Die Nächte wurden kühler. Manche Stammgäste am Imbiss-Pilz nickten ihm zu. Im Waschsalon am Ende der Königstraße hatte er eine Begegnung mit Frieder aus dem Baukasten auf den letzten Drücker vermieden. Die wahllose Aufdeckung des Körperlichen, die im Garderobenbereich herrschte, hielt ihn betäubt. Nichts zwang ihn, die selbstgewählte Unfreiheit abzuschütteln.

Doch hingen seine Blicke nun fest an Gesichtern, immer mehr am wechselnden Ausdruck von Gesichtern, von Menschen, die sich unbeobachtet fühlten. An einem Mund mit arglosem Lächeln, an offenen Blicken, an Haaren, widerspenstigen oder spielerisch verschönenden. An Händen auch, deren Zartgliedrigkeit oder Abgenutztheit. Das Eigene war unversteckt und verräterisch. Die demonstrativ sich weisenden Vulven, die ausdruckslosen schmal- oder dicklippigen Öffnungsränder gab es noch. Sie entfachten kein Gefühl. Seine rastlose Besinnungslosigkeit war aufgebraucht. Ohne Erregung sah er Frauen sich enthüllen, gleichviel, ob sie selbst das Enthüllte für etwas Besonderes hielten und so zur Schau stellten oder sich zu verbergen suchten im Unverborgenen der Kabine. Wenn ein Lächeln sie lebendig machte, lächelte er zurück, so gut er konnte.

Tuleckes strohige Haare waren über das Wochenende kognakfarben geworden, ihre Gesichtshaut indianisch rot. Ihre Fingerkuppen, als sie ihm die Abrechnung vorlegte und ein Bündel Hunderter hinblätterte, verbreiterten sich spatelförmig.

Es waren weniger Scheine, als er überschlagen hatte.

»Weniger?«, ging sie auf seine Verwunderung ein. »Ist wegen der Rückstellungspauschale«, erklärte sie.

»Was für'ner Pauschale?«

Tulecke zögerte. Ihre Kinnlade verschwand in einer Fettmasse unterm Gesicht. »Passivposten sind, wartense mal, sind die Wohnung plus Nebenkosten, zum Beispiel Strom, 1200 Mark, ja.«

»Hieß es nicht, die Wohnung laufe kostenfrei? Ich hatte Herrn Kaimann so verstanden?«

»Sie ham Herrn Direktor Kaimann so verstanden? Ach, das war sicherlich so'n Späßken von ihm. Unser Herr Direktor Kaimann kennt sich doch mit solchen Kinkerlitzchen nicht aus. Manchmal sagt er was so dahin, weil er'n gutes Herz hat.«

»Er sagte, er meine, was er sage, erinnere ich mich.«

»Versteht sich doch von selber. So isser: wie'n Vater. Sag ich doch. Is eh klar«, erklärte sie spöttisch, »dass so'ne Wohnung, in zentraler Lage und fast schon Penthouse, entsprechend in Anschlag gebracht wird. Was nix kostet, is nix wert.«

Um aufzubrausen war Lavendel zu müde.

»Hauptsache«, sagte Tulecke und sah ihn von schräg unten aus kupfernem Gesicht heraus an und strich dabei mit breiten Händen ihre Bluse glatt, »Hauptsache, Sie bewahrn sich Ihre Freudigkeit und ...!«

Sie schloss den unvollendeten Satz mit fünf abgehackten Lachstößen.

Jamila hielt sich an ihre Zeit und nahm ihre Diebstähle mit großer Seelenruhe vor. Die Vertrautheit wurde intensiver.

Hatte er Kaimann anfangs öfter grimmig durch die Wogen des Erschreckens seines Personals kreuzen sehen, so gab es jetzt länger keine Spur von ihm. Ipsen stenzte durch die unteren Etagen und trug ein vereistes Bringerlächeln. Kam er, beschäftigte sich die Belegschaft rastlos. Wurde er von der Seite her angesprochen, drehte er sich auf dem Absatz um und vollführte die Armbewegungen eines Ballerinos. Er wirkte durchatmet vom Bewusstsein eigener Vollkommenheit. Beata Dulcezza besuchte er seltener.

Kiesnitz' Glatze war sonnenverbrannt. Sein dicker Kopf balancierte auf magerem Schiefhals. Fleischige Steilfalten schoben sich in der Stirnmitte zusammen. Häufig half er der Russin, Olesja, bei Räumarbeiten. Gern berührte er sie, wie in Gedanken oder zufällig, immer an anderer Stelle. Als habe er sich vorgenommen, ihren Körper einmal völlig abzutasten. Seine Augen quollen übergroß aus den Höhlen, sein Mund war feucht, seine zipflige Oberlippe kragte vor.

Einmal beschwerte sich Olesja: »Ich mag das nicht.«
»Dass ich deiner Arbeit den letzten Schliff gebe?«
»Sie wissen schon!«
»Sei nicht muckseh! Bist in guten Händen bei mir!«
»Na huj!«, zischte sie.

Die Louise Brooks-Verkäuferin kam dazu, und Lavendel hörte sie fragen, ob das in eine Verführung von Abhängigen ausarte? Kiesnitz befiel ein nervöses Blinzeln.

»Darauf sinse wohl aus, Sie und Ihre Nitschewo, dass Ihnen mal jemand an'e Wäsche geht?«
»Huch, Sie meinen, jemand mit nem Hirn wie'n Luftballon?« Er erstarrte.
»Wie Sie uns Frauen doch kennen, Herr Kiesnitz. Oder haben Sie Fracksausen?«
Seine Augen schwollen noch weiter an.
»Sie sollten Ihre Zunge ...! Sonst ...« Er rang nach Worten. »Sortierense die Ware«, wies er sie an, »wenns geht ohne destruktives Gequackel!«
Er verdrückte sich.
»Jawollja, spricht Olja.« Louise Brooks verschoss Salven unversöhnlicher Blicke.

Am Schokoladenstand bedauerte es Lavendel, wie selten ihm das Entrückende dieser Düfte zugänglich war. Die alterslose Brünette hielt den Blick gesenkt und verwahrte sich in singendem, rauem Deutsch und als ob sie ungerechtfertigt Intimstes preisgebe gegen die hingeworfene Behauptung eines Kunden, ihre feinschokoladige Ware stamme von einem nur zehn Stunden gerührten Kakaobrei, das habe er gehört.
»72! Unsere Grand-Cru-Schokolade wird bis zu 72 Stunden in der Concha zerkleinert, zerrieben, zerruschelt. Erwärmt und belüftet. Angenehme Aromen bilden sich, bittere Stoffe werden beseitigt!« Das trug sie unerwartet nachdrücklich vor und sah aus, als sei sie die Schokoladenhandwerkerin selbst, die die Concha kurble und in der Muschel feinste Kakaomasse erzeuge, welche in der Auserlesenheit der Düfte immer paradiesischer wurde.
»Drei Tage und Nächte!?«, nahm der Mann die Auskunft andächtig auf. Er schien bekehrt. Sein schlohweißer Schnauzer war in der Mitte nikotingelb. Das schmälerte die Würde seines Staunens und ließ auf ein eingeschränktes olfaktorisches Vermögen schließen. Nicht auszuschließen, dass er nur ahnte, wie auch Lavendel, wovon gesprochen wurde.

Ein Herr im hellen Mantel aber gab zu bedenken, ob der Kakao nicht gerade dann, wenn er dermaßen lange so fein zermalmt und dabei fast zum Kochen gebracht werde, wie er wisse, seinen natürlichen Geschmack verliere.

Sie lächelte ihn darauf nur an, die Brünette, und der köstlich mild und bitter durchdringende Duft des Verkaufsstandes schien jetzt ganz allein von ihr auszugehen. Für einen Moment, war sie in Gabriela-wie-Zimt-und-Nelken verwandelt, und es hätte Lavendel nicht gewundert, wenn sie mit bloßen Füßen durch das Kaufhaus getanzt wäre und schokoladeske Fußabdrücke hinterlassen und alle mitgerissen und den Männern magische Kräfte zugeführt hätte.

Die hilflose Erregtheit der ersten Tage überfiel ihn viel gedrosselter, in seltenen Schüben, aber nicht weniger unausweichlich. Dann steckte er vorübergehend in dem unablässigen Wechsel von Begehren und der Einsicht in die Verwehrtheit des Gesehenen und in dessen ungewisse Realität. Das führte zu einem nutzlosen Vibrieren seines Körpers, das sich immer weniger verstetigte.

Die Afrikanerin in der Cafeteria hatte in der vergangenen Woche zu seiner Überraschung, als er den Kaffee auf dem Tablett an der Kasse abstellte, bemerkt: *Kaffee verkehrt – viel Sahne, ja?* Nein, hätte es gesagt haben können, denn sie goß wortlos viel Sahne auf den Kaffee und lächelte ihn an. Im ersten Moment hatte er es als ein Zeichen des Wiedererkennens angesehen, und ein Aufzucken von Freude wollte ihn stocken lassen, als die Finger ihrer Linken, behutsam und biegsam und leicht bebend, wie es schien, schon das bauchige Sahnekännchen umfassten, noch unentschlossen, und eher war es nur die Andeutung eines Zufassens. Er musste etwas missverstanden haben.

Von seinem Tisch aus konnte er auf den Kröpcke hinabsehen. Am äußersten Ende lag der Brunnen mit seinen grün oxydierten

Blattornamenten. Doch meist sah er zu der Afrikanerin hinüber. Sie tat ihre Arbeit und hatte keinen Blick für die abgefertigten Gäste. In seiner Erinnerung, die unaufhörlich das kleine Ereignis abspulte, immer wieder, wurde aber aus der Feststellung, als die er ihre Worte gehört hatte und die ein Gespür für seine Gewohnheiten anzeigte, allmählich eine neutrale Frage. Ihre Äußerung und die fast gleichzeitige Geste schrumpften zur Bedeutungslosigkeit und wurden Teil ihrer mechanisch vollzogenen Tätigkeiten. Ihre Freundlichkeit war doch nur ein Reflex. Anders konnte es nicht sein.

Lavendel erwog tatsächlich, die Cafeteria künftig zu meiden, das leichte Zittern ihrer Finger und ihre Worte, in ihrer Vieldeutigkeit, nicht noch einmal zu erleben und sich zum Narren zu machen. Soweit sein Verstand. Denn er erwog es nicht ernsthaft. Wollte lieber Narr sein als ohne Träume.

Meist regnete es in diesem September. Einmal jedoch klebten einige Wolken wie überflüssige Requisiten an der himmlischen Oberfläche, die Sonne tauchte auf, und es war erstaunlich warm.

Nach dem Mittagsvollzug im Imbiss-Pilz, als er auf dem Weg zurück ins Haus war, sah Lavendel wieder Frieder, im Gespräch mit dem Dealer Jurij. Die beiden waren auf dem Weg zum Steintor. Kurzentschlossen folgte er ihnen, den Lindencorso hinab, und von da zum alten Friedhofspark am Brennerkreisel.

Lavendel kannte Frieder nicht wirklich. Mal hatte Joana sich über ihn erbost, wie er sich aufspiele, er texte einem die Seele aus dem Leib und geriere sich als Mastermind. Öfter wunderte sie sich, woher er seine Märker kriege. Weder studiere er, noch gebe es geregelte Zeiten für ihn. Man rede vom Drogenverticken. Heino vermute sogar, das LKA habe ihn eingeschleust. Robert halte ihn für einen Erb-Rentner, Typ Reemtsma, der sich über die Ödnis seines Erb-Lebens hinwegkiffe.

Vor dem *Fix-Point* warteten einige auf den Freischuss. Sie bettelten und pöbelten Vorübergehende an. Er querte die Straße.

Ein 8-Jähriger radelte in schlingernden Wellenlinien. Dazu schmetterte er die immer gleiche Liedzeile: *I'm a Love-machinegun.* Am Turm der Christuskirche, der wie ein abgenagter Maiskolben aussah, hingen die Schönwetterwolken fest. Auf dem Klagesmarkt dahinter wurden Verkaufsstände abgebaut. Gemüseabfall, Obst- und Kistenberge türmten sich. Zerlumpte wühlten darin. Vom hinteren Ende des Platzes dröhnte gewalttätiges, blechernes Trommeln, das ein Dutzend Streetdrummer aus leeren Ölfässern herausschlug.

Frieder und Jurij verschwanden im Alten Park. Das Getrommel hörte sich an, als würden durch das Riesengebiss eines stählernen Mahlwerkes Häuser und Mauern und Autos zerkleinert. Zwischen den Ahorn- und Eichenbäumen und Eschen und Buchen und Ulmen des vormaligen Judenfriedhofes waren die zwei untergetaucht. Picknickgruppen lagerten auf Decken neben grauen und bemoosten und schiefen Grabsteinen mit ausgewaschenen Epitaphen und Gettoblastern. Überall Hunde. Im Geäst eines Ahorn-Wunschbaums hingen verblichene Tücher. Er ritzte ein Gedicht der Hoffnung in den Himmel. Türkische Musik und Roots-Reggae mischten sich ins ferne Dröhnen der Trommeln.

Frieder und Jurij ließen sich in einiger Entfernung nieder bei einem Mädchen in unförmigen Armeestiefeln und tarnfleckigem Unterhemd. Ihr kurzes, verschnittenes Haar leuchtete feuerwehrrot.

Lavendel hatte den Stamm einer Buche im Rücken. Ihre Rinde war stellenweise abgeplatzt. Links ein Pärchen, Mann und Frau, in der Sonne. Der Mann mit dem Kopf auf ihren Beinen. Bob Marleys *Sun is shining, the weather is sweet* erinnerte an den Nachmittag auf dem Dach des Baukastens und an Philis eilige Worte, als sie wegging: Er solle anrufen.

Einen Moment lang machte ihn die Entdeckung der Stille glücklich, die jeder Teil der Natur in sich zu bergen schien und die sich gegen Lärm behauptete. Die Frau in der Sonne war hochschwanger. Ihre Brauen waren kunstvoll zu den Schläfen hin verlängert und verzweigten sich dort. Auf dem oberen Lidrand reihten sich Silberkügelchen. Glasperlenketten waren um Fußknöchel und über den Rist und unter dem hochhackigen Schuh hindurch gewunden. Die Schwangere streichelte die Stirn des Mannes.

Warum sah er nicht das Gegebene jeweils als das Ideale an? Die vergiftete Beziehung zu Joana, die ihnen beiden nicht gut tat, war glimpflich beendet. Warum nutzte er das, statt in Selbstmitleid seinen Rückzug als Verkriechen zu empfinden, nicht als wunderbare Chance? Er schloss die Augen und döste. Und hatte den Aufbruch der zwei Männer und des Karottenschopfes verpasst. Im Grunde war er erleichtert. Oder hatte er etwa gehofft, dass Frieder ihn entdeckte und ansprach? Er sah am Stamm entlang und durch die Blätter nach oben. Manchmal blitzten kleine Stücke Blau im grünen Dickicht. Die Schwangere war von der Sonne überflossen. Sie glitzerte. Ihr weißer Bauch hob und senkte sich langsam.

Lavendel musste ins Haus zurück.

Seit vorgestern, tat Tulecke am nächsten Morgen pikiert, habe er nichts gemeldet. Flaute? Seien die Herbstfarbenen fromm geworden? Lavendel war außerstande, darauf einzugehen.

Er hatte die Fellweste fest um sich gezogen und merkte jedesmal auf, wenn ein Vorhang der Kabinen sich bewegte. Von Jamila jedoch keine Spur.

Eine Südeuropäerin zog seinen Blick auf sich, mit glänzendem Gesicht und kleinen Augen und dichten, kurzen Wimpern, deren Enden abgeschnitten schienen. In Eile streifte sie ein Shirt nach dem andern über und legte es nach augenblicksschneller Prüfung wieder ab. Jedesmal rutschte dabei eine Brust aus dem schmalen, netzartigen BH. Sie hob den dünnen Stoff wieder darüber. Beim nächsten Ausziehen hopste die Brust erneut heraus. Die Warze prunkte. Lavendel hätte den Zeitabstand angeben können, in dem die Frau mit schmalem Handschäufelchen die entsprungene Brust unterfasste und mit der schmalen anderen Hand den Trägerstoff vom Körper abzog und den Handinhalt hineinfallen ließ. Jedesmal verbog sie sich, die Warze.

Das Telefon blinkte schon wieder. Er hatte nicht vor, darauf zu reagieren. Das Signal brach nach einer Weile ab, was ihn beunruhigte. Er nahm ein weiteres Aspirin.

Mittags ging er aus dem Haus. Als er den Schutz der Gänge verlassen hatte, überfielen ihn Licht, das messerspitz in Stirn und Schläfen eindrang, und die Unbegrenztheit und ließen ihn straucheln. Sein Körper vermisste die enge Führung der Mauerspalten. Je freier und offener das Begehbare vor ihm lag, desto mehr unsichtbare Behinderung stellte sich ihm in den Weg. Die Vielzahl von Menschen, deren nicht überschaubare Wege er kreuzte, war ein farbenwirres Dahinströmen. Und kurz noch schleppte er das Geräusch des Hauses mit, bis sich schockartig sein Fehlen anzeigte und ihn zusätzlich orientierungslos machte und andere Geräusche irritierend die noch erinnerten Geräuschfetzen überlagerten.

Vom Kröpcke her Balalaikamusik und russischer Schluchz-Gesang. Ein Pflastermaler vervollständigte den kobaltblauen Umhang seiner Madonna. Schwarzrotgold-Fahnen hingen auf halbmast. Etwas war geschehen. Neben der Uhr lümmelten Nachwuchsglatzen in grünen Bomberjacken und in Stiefeln. Vielleicht waren seine Schläger darunter. Die Vorstellung ließ ihn kalt. Lustlos skandierte einer *Doidschland-denDoidschen, Ausländarrrauss!* Die anderen fielen ein. Sie versuchten ein markiges Brüllen. Ein paarmal, dann dünnte das Geschrei aus, als sich zwei Streifenpolizisten näherten. Die Glatzen rannten davon.

Lavendel registrierte, dass die Gesichter nicht mehr die aus den Gängen gewohnte grauschattige Härte aufwiesen, sondern ihre Züge weicher waren im milden Licht. Die aufgebrachte

Gestik der Redenden verunsicherte ihn. Er bemerkte irritiert, er war unfähig, das Geschehen ringsum anders als selektiv wahrzunehmen. Es waren zu viele Bilder.

Die olivgrünen Glatzen brüllten vom Bahnhof her: »Wach auf, wach auf, du doidsches Land! Du has genuch geschlaafn!«

Da stieß Schieme auf ihn. Lavendel war ihm seit seiner Vorstellung nur hin und wieder im Verwaltungstrakt begegnet. Sie hatten sich zugenickt. Schieme hatte ein gut aufgelegtes *Howdi* hinzugefügt. Selbst im hellen Mittagslicht hatte seine Haut einen dünn-bläulichen, quecksilbernen Schimmer. Lavendel willigte ein, ins *Greco* mitzukommen.

Neben der aseptischen Sauberkeit des alerten Schieme bedrückte ihn sein elender Zustand. Schieme kippte bereits das zweite Zuckertütchen über Cappuccino-Schaum und Kakaostreusel und meinte, immer mal wieder falle beim Chef sein Name, so mit dem Unterton, ja, der Herr Lavendel, ein tough guy, der passe super ins Konzept. Dabei beaugenscheinigte Schieme ihn wie ein dressiertes Unikum, für das er einen Naschhappen bereithielt. Und fragte dann, was er von dem Irrwitz mit den Twin Towers halte. Das silberne Löffelchen im Cappuccino hinterließ eine braune Spur. Einen schmalen Ring.

Lavendel fühlte sich von den Ereignissen ausgeschlossen. Er zuckte mit den Schultern. Dass er den weltweit marodierenden CIA-Amis jede Art Verrohung zutraute, dass sie die Sache skrupellos sogar selbst eingefädelt haben könnten aus Kapitalinteresse, das behielt er für sich. Und fragte, um weiterer Zudringlichkeit auszuweichen, seit wann Schieme im Haus arbeite. Schieme biss an. Er holte aus, unterbrochen nur durch winzige Schlucke. Sein alter Herr sei ja im selben landsmannschaftlichen Verein wie der Chef, und da habe sich die Sache mit dem Job hier manierlich geregelt. Ohne das hätte er heute noch immer die ärmliche Computerklitsche in der Nordstadt an der Backe und lebte von der Hand in den Mund und bimste arbeitslosen Sekretärinnen in der Volkshochschule den Affengriff ein, und sein Leben bestünde bestenfalls aus Abtanzen, Steuerzahlen, Fensterputzen, Rechtsfahren. So wäre er alt geworden und immer kleiner und übersehbarer, bis er ganz aus der Welt verschwunden wäre.

Seine Augen schillerten. Vielleicht spiegelte sich darin auch nur das Treiben auf dem Kröpcke draußen. Von Zeit zu Zeit folgten Schiemes Blicke Vorübergehenden wie einer Beute, die ihm entging.

Aber so dicke sei man deshalb nicht, schränkte er ein, der Chef und er. Jeder spiele seine Oper. Hin und wieder sei er mit seinen Eltern bei den Kaimanns eingeladen. Draußen im Speckgürtel, Isernhagen, in dieser Gated Community, der barrio privado, wo sich die Eitelkeitsklasse durch Videokameras und hohe Mauern und Wachen abschirme. Und da gebe es Frau Kaimann zu entdecken, Freija, der eher was Scheues und Dienendes eigne. Und Kaimann selber, da lerne man eine ganz andere Seite kennen: so puschenherzlich zu seiner Grand Old Lady! Einmal sei auch dieser Mister Graue Eminenz dabeigewesen, Henry Blough.

»Sie kennen Henry Blough nicht? Da geht Ihnen was durch die Lappen!, sach ich nur. Ein Big Player!«

Die Abende in der Kaimann-Villa – also: extraordinär! Damast und Silber und Devotionalien und Kerzenlicht von mythischen Dreizack-Candelabros, solchen altnordischen Elhaz-Runen! Und die holde Gattin dackle sich ab.

»Das Futter – immer auserlesen!«, sagte er und grinste. An Donnerstagen zum Beispiel gebe es Erbsenallerlei! Beim ersten Mal habe Jot-Emm erklärt, sie seien zwar gute Katholiken – und er habe auf eine Art Hausaltar mit hölzerner mater dolorosa aus dem Grötnertal und mit ewigem Licht und andrem Schnickschnack gedeutet –, würden aber auch ihrer nordischen Herkunft und Berufung gerecht. Beispiel Erbsen! Die seien das dem Gott Donar heilige Gericht, und deshalb speise man donnerstags grundzipiell was Gedeihliches aus Erbsen. Und am

Freitag, und dabei blinzelte er seiner Frau zu, ihr zu Ehren, der unvergleichlichen Frejia, der sehr privaten Schutzgöttin des Kaimannschen Heimes und Herdes, ihr zu Ehren gebe es immer eine Feierstunde. Mega privat.

Schieme schloss seine panegyrischen Erinnerungen und lächelte. Es war ein verschlagenes Lächeln, als säßen sie bei einer Verschwörung.

»Beim ersten Mal gabs ne Hausbesichtigung. War vor allem ne Präsentation seiner Sammlung deutscher Schlachtengemälde. Blut und Pulverdampf! Sein liebstes war'n Kupferstich der Kreuzerkorvette *Freya*, unter Dampf und mit doppelt gerefften Marssegeln. Der Exzentriker schwadronierte wie'n Wasserfall. Schließlich von Faust als dem Inbegriff des *doidschen Wesens* und dass das Faustische die Bedingung des *doidschen Führungs-Integrals* sei. Hab höflich genickt. But, I don't care! Und in seinem Herrenzimmer, auf dem Schreibtisch – was meinense, was sich da stapelt?«

»Konzepte christlich-nordischer Verkaufsstrategie im Warenhandel.«

Schieme blubberte fröhlich in sich hinein.

»Sie! Das gefällt mir! Wir müssen öfter mal ... Ein Haufen handbeschriebenen Papiers isses, ja. Erste Kapitel seiner Autobiographie, der Geschichte seiner Kindheit und Jugend hinterm Eisernen Vorhang.«

Lavendel zweifelte für sich, dass es dafür einen Markt gab. Schieme verzog nur süffisant den Mund. Lavendel fragte sich auch, ob da von ein und derselben Person die Rede war. Kaimann puschenherzlich? Oder war es so, dass er, der freiwillige Gulaginsasse Lavendel, sich die Menschen zurechtdachte, bis sie seinem ureigenen Theatrum Mundi entsprachen? Und Kaimann schrieb er die Rolle des Schurken zu Unrecht zu?

»Dieser Blough übrigens«, ergänzte Schieme und kratzte mit dem Löffel den restlichen, süßen Milchkaffeeschlamm aus der Tasse, »wenn der aus Zürich einfliegt, überschlägt sich Jot-

Emm regelmäßig. Tanzt um ihn wie um nen erhabnen Hodscha. Zum Beömmeln! Wenn einer die Kunst der getarnten Geldvermehrung aus dem effeff drauf hat, dann Blough. Da steckt Pappe hinter, sagt mein Vater. Realisierense mal die gigantischen Renditen des Konzerns! Mir imponiert das, wie so'n ausgewichster Moneymaker den deutschen Finanzmicheln die Milliönchen rausleiert. Ist ja wie ne dicke Milchkuh, unser Staat. Da ist Geldmelken Pflicht, oder? Null Steuern – ein Kinderspiel. Ich mein, das allein wär keine Kunst, weil unser *GAD*, als Tochterfirma, natürlich am Tropf der Mutter hängt und erst mal alle Gewinne an sie abführt, irgendwohin ins steuerbillige Ausland, und dafür kreditmäßig jede Menge invasiven Schamott reingesteckt kriegt und, logisch, durch Lizenzgebühren und Rück- und Zinszahlungen so irre belastet ist, dass ständig rote Zahlen geschrieben und kaum Steuern gezahlt werden können, und natürlich geben wir an einen weiteren Ableger mit Sitz in einer Steueroase Kredite, also, das machen die anderen Unternehmen der McKinsey-World auch. Aber dass wir schon im dritten Jahr zig Millionen der Finanzkasse abzapfen und die Belegschaft Lohnreduzierungen hinnimmt, wie die Schafe, das verdanken wir Blough. Genial! So musses laufen. Wir leben ja nich hinterm Mond. Immer auf Du und Du mit dem Sankt Schröpfius und zwischendurch mal'n Deal mit der Heiligen Konkursula. Pleiten können ja so gesund sein. Toll, was? Wer das für unmoralisch hält, der hat die freie Marktwirtschaft nich kapiert. Steuerschlupflöcher auftun ehre den gepflegten Abenteurer, sagt Blough. Und die Steuerprüfer kämen eh nur alle 15 Jahre mal vorbei. Keine wolkige Rhetorik bei ihm. *A penny saved is a penny got* hat er mir auf'n Weg mitgegeben.«

Zwischen den Lippen des semimafiösen Schieme lag ein Streifen bräunlichen Rückstandes.

»Au – au – au«, klagte er plötzlich, nach einem Blick auf die Uhr, »mal wieder festgequatscht. Muss mich ins Haus verpfeifen.« Er ging zwei Schritte, kehrte um: »Was mich aber immer stört, ist die hinterhältige Art, in der Jot-Emm über Abwesende ramentert, gern in Bloughs Gegenwart, über die Mutanten und hirnlosen Gnome, mit denen er ackern müsse! Schlechtleister allesamt! Da frag ich mich natürlich, was so'n Storyteller über einen selbst so verzapft. Über seine Sekretärin zum Beispiel: Die fühle sich als Mutter der Kompanie. Die nützliche Idiotin habe nich das Rad erfunden, sei ne Unterbelichtete mit Schleimspur, sagte er. ›Schau der in die Augen: Da is keiner zu Haus!‹ Wie auch die dämlich grienende Friederike von Seebach aus der Kosmetik oder die Heulsuse Ettinger aus dem Basement. Oder das Reff Greeliz-Bieleck von der Info: betriebswirtschaftlich überflüssig wie'n Kropf, doch interaktionell, sozusagen als sein Dionysosohr, sei die Dickmadam brauchbar. Ein bisschen bauchpinseln, ich erinnere mich, wie er das gesagt hat, und die Schlumpfinen kämen auf Knien angekrochen. Aber letztlich sei das der Gipfel der Toleranz, solche Plattköpfe zu ertragen, um mit Voltaire zu sprechen. So hat er sich selbst verherrlicht.«

Als Schieme das losgeworden war, eilte er mit einem saloppen *Atschö!* davon.

Die Mauern schlossen sich wieder hinter Lavendel. Dann ein Alarmanruf.

»Zwei Weibsen im Anmarsch. Proletten! Zum Damenbereich! Potentielle!«, warnte die Bellizistin Tulecke kurzatmig, als renne sie den beiden hinterher.

Tatsächlich erschienen bald zwei junge Frauen in Jamilas Garderobe. Es interessierte sie das sogleich weggehängte Kleid in Schwarzblau wenig. Die eine, eine Asiatin aus der Singapore-Airlines-Werbung, war höchstens 18, die andere, eine vielleicht 20-Jährige, war anämisch und hatte die graugelbliche Haut einer Leberkranken. Kurze Haare, weder blond noch braun, hielten sich ermattet am Kopf. Sie war schmal wie ein verhungerndes Fohlen und sommersprossig und hatte eine aufgeworfene kurze Nase und hing an der Asiatin mit umflorten Blicken. Sie trug Jeans und ein spärliches Bustier, das von winzigen Brusterhebungen ausgebeult war. Unterhalb der Busensenke sprangen die Rippen rachitisch vor. Der Nabel war eine unmerkliche Vertiefung in der Muskelplatte mit einem Knubbel als Mittelpunkt.

Die Ältere zerrte den Kragen des weiten Hemdes der asiatischen Freundin herab. Die runzelte die Stirn. Die Augen verengten sich, die Mongolenfalten traten hervor. Der kleine Mund der Bleichen traf auf karamellgelbe Haut, wo Arm und Brust zusammenstießen, sog sich fest und drückte anschließend die Zähne hinein und ließ die Zungenspitze über die Stelle kreisen und gab sie dann feucht glänzend wieder frei.

Die Asiatin knöpfte sich unwillig zu. Sie lehnte an der Seitenwand, die sich leicht bog, und versuchte der Blassen eindringlich etwas klarzumachen, zurückhaltend, als wisse sie von seinem Lauschen. Als sie sich vorbeugte, zeigte sich zwischen zwei Knöpfen der linke Brustkegel.

Die Erhiztheit der Blassen flaute ab. Die Asiatin entledigte sich nun umstandslos des Hemdes und der Hose. Schimmernd die Haut ihres Hinterns außerhalb des spärlichen Baumwollslips.

Das schwarzblaue Kleid schmiegte sich an. Die schmalen Träger ließen den Oberkörper bis zum Ansatz der Brüste frei. Die Blasse glättete den Chiffon auf dem Körper der Freundin. Die leichte Hülle floss herab und flog in weichem Schwung, wenn die Asiatin sich drehte, sich bog und einen Tanzschritt machte, soweit das die enge Kabine zuließ. Sie lächelte zufrieden ihrem Spiegelbild zu, was die andere dazu reizte, sie erneut einzufangen. Die Umarmung ging in ein Ringen über, begleitet von Küssen und Streicheln und Kitzeln. Die Asiatin kicherte und gluckste und hielt aber still, als die Magere den seidigen Stoff des Gewandes raffte, über Knie und Schenkel, bis zu den Hüften, und eine Hand in das weiße Höschen schob und es herabzog, spärliches und wie geöltes und in der Mitte gebündeltes und nach den Seiten palmblattförmig gefächertes Schamhaar aufdeckend und *Girrrrl, I'll eat you* hervorpresste.

Die Asiatin wollte sich befreien. Schließlich umschlang sie selbst die Blasse. Sie verbogen sich wie in einem trunkenen Milonga und fielen plötzlich gegen den Spiegel. Er schien sich unter der Belastung durchzubiegen und mitsamt dem Rahmen aus den Angeln fliegen und den Riegel sprengen zu wollen, was Lavendel, der erst die Gefahr nicht begriffen hatte, dazu zwang, sich mit ausgebreiteten Armen gegen die dünne Trennwand zu wuchten und dem Druck gefühlvoll zu begegnen. Ein zu großer Kraftaufwand seinerseits würde die Spiegeltür zur anderen Seite hin aufstoßen. Zitternd pressten die beiden sich an seinen Körper. Ihre Unruhe sprang direkt auf ihn über. Für einige stumme Takte waren sie eine fiebrige Dreiheit. Schwarze Haare raubten ihm die Sicht. Dann ließ der Druck nach. Blitzschnell zog auch er sich zurück. Die rechte Hand der Blassen griff ins Leere, mit langen Fingernägeln. Kleine Drachen waren aufgemalt. Nur der Mittelfinger war kurzgeschnitten. Und Lavendel sah gerade noch durch die Nebenkabine, wie sich eine Verkäuferin zielstrebig näherte. Sah, wie sie den Vorhang einen Spalt weit öffnete und den beiden wie nebenbei »Die Damen benötigen Hilfe?« zuwarf.

»All o.k.!«, versetzte die Blasse und sah aus, als wolle sie der Störenden die vier spitzen und den einen kurzen Fingernagel in die Kehle rammen. Die Asiatin war in der Bewegung erstarrt. Die Verkäuferin zog sich zurück.

Da lachte Herr Möbeus

»Gestern hat sich'n Unbekannter nach Ihnen erkundigt«, ließ sich Tulecke am Telefon vernehmen, »sagt Frau Greeliz-Bieleck von der *Information*. Ob Sie hier anzutreffen seien?« Ihre Stimme klang, als ringe sie ein äußerstes Befremden nieder. »Mal unter uns: Der Chef findet das bestimmt nicht juxig, dass irgendwelche Heiopeis hier rumschnüffeln. Er erwartet Sie zum persönlichen Briefing. In zehn Minuten, Ostschacht III.«

Einige Minuten hing Lavendel schon in den Streben des engen Säulenschachtes, ohne Blick nach unten ins manchmal Aufgehellte und dann wieder dunkle Bodenlose, und überlegte, ob Kaimann diesen nicht unriskanten Treffpunkt gewählt hatte, um ihm das Gefährdete seiner allgemeinen Lage zu veranschaulichen. Er blickte über die Ansammlung von Kommoden sowie Schuh- und Dielenschränken hin. Vereinzelt tauchten Kunden auf. Von außen war dieser Durchstieg, das wusste Lavendel, als Spiegel getarnt.

Stimmen näherten sich, diejenige Kaimanns, die aus einem immer mehr sich weitenden Krötenhals zu quellen schien, und eine unbekannte.

»Nennense das Erlebnisraum?«, brauste Kaimann auf, »düses Sammelsurüum. Völlich verdreckt!«

»Der Cleaning Service ...«

»Doidsch, sprechense doidsch, Mann!« Kaimann erregte sich immer mehr. »Ihnen fehlt ... So drückt sich Krämermentalütät aus. Ühre Gurkentruppe fährt den Karren ... Ich führ hier doch keinen x-belübügen Saftladen!«

Die kleinlaute Zusicherung, die mit brüchiger Stimme folgte, ließ spürbar werden, wie der Kaimannsche Machtüberfall dem Angesprochenen die Luft abschnürte. Lavendel, an die Leiter geklammert, wie ein flugunfähiger Vogel im Käfig, ahnte: Kaimann inszenierte seine Philippika so, dass sie auf ihn mitgemünzt war und er sich am besten gleich ein *Paterpeccavi* abrang. Ängstlicher Hass, wie er verwirrt bemerkte, kam in ihm auf.

»Sü blamürn dü ganze Ünnung!«, rüffelte es. »Der Laden muss ... Üllusüonstheater! Schwummerüg muss ühnen sein, Krethü und Plethü. Von Schuldgefühlen gepoinügt, wenn Sü unsre Angebote verschmähe. Verstanden?!«

Dann war es ruhig, bis ein »Avantü, dülettantü! Substrahürnse süch!« folgte und eine ganze Weile später Kaimanns Stimme sich leise ins pappige Synthetik-Glissando der Loungemusik des Hauses einflocht. Er ließ sich nicht sehen und bat Lavendel um dreimaliges Klopfen zum Zeichen der Anwesenheit und meinte leutselig, immer müsse die Kuh ehebaldigst vom Eis, also, ohne Umschweife: »Nur zu meiner Beruhigung«, sagte er, »Ihre causa ... Üst das roiner Zufall, dass ausgerechnet hier nach Ühnen gefragt würd?«

Man unterstellte ihm einen Verstoß gegen das Credo der Absprache? Lavendel ärgerten die affektierten Vokaldreher und Nuscheleien Kaimanns heute besonders. Und dass er es nicht für nötig hielt, verstehbar zu artikulieren. Für so unterwürfig und handzahm hielt er die Leute unter seiner Fuchtel. Lavendel gab sich naiv, er könne sich den Vorfall nur schwer erklären, erklärte er.

»Vielleicht wird ja nicht nur ausgerechnet hier gefragt«, gab er zu bedenken und war froh, nicht in Kaimanns Fischaugen blicken zu müssen. »Meine Abwesenheit könnte privat Anlass zu Spekulationen geben.«

»Sü schlüßen nüch aus, dass Ühr Aufenthaltsort erkundbar soin könnte?«

»Ich bin um Distanz zu allem bemüht.«

»Üch muss Ühnen sücher nücht wüderholen, dass Ühr offüzüelles Nüchtvorhandensein ein Baustein unserer Iberwachungsstrategü ist. Düssüdente Gedanken ... Okay. So was übersieht man salomonüsch. Dü loyale Akzeptanz unserer Fürmenphülosophü überstrahlt alles andere. Oin redlecher Mütarboiter üst oin demitüger Arboiter üm Woinberg des Herrn. Sü verstehn? Non urinat in ventum! Er üst kein Hasardeur, er beißt nicht üne Hand, dü ühn fittert.«

Lavendel war nicht sicher, Kaimanns luschige Ausführungen richtig verstanden zu haben. Oder ob er überhaupt verstanden werden wollte.

»Üch verlass müch auf Sü«, menschelte der Unsichtbare auf einmal, »Sü machen Ühre Sache ja im Allgemeinen zu unserer Befrüdegung. Jetzt muss üch aber ... Pressetermün. Muss den Lumpenjägern verdeutlüchen, dass es höchste Zoit ist für mehr Ehrlüchkeüt üm öffentlüchen Umgang. Nennen würs Künd boüm Namen: chrüstlüche doüdsche Loütkultur. Unter uns: Üch wüll oüne Wende! Auch wenns müch gesundhoütlüch ürrsünnüg strapazürt. Üt ständs mü Overkante Anderlüppe – oder wü das hoüßt. Üch kann nur loüse sprechen ... Dü Stümme ... Üch kann Ühnen sagen, gestern den ganzen Tag ärztlüche Konsultatüonen ... Horrübüle düctu: Dü iblüchen Molesten ... Moüne Ärzte ham mür abgeraten ... Aber bevor Gerichte durchs Haus goüstern: wo Rheumatüker fünf Oünhoüten Cortüson krügen, bün üch müt hundert Oünhoüten oüngestügen ... Nur damüt Sü oünen Maßstab ... Moüne Blutzuckerwerte ...«

Kaimanns letzte Worte waren nur mehr ein Raunen, als hätte er sich bereits entfernt, als sei er zu gebrechlich, sich auch nur noch eine klare Silbe abzuringen. Es ging unter im Klangstrom.

Die Leiter stank metallisch sauer und nach Verrottung. Lavendel fühlte sich eingeknotet in ein dichtes Fangnetz und schloss nicht aus, dass der cholerische Egomane Kaimann selbst sogar dem Nimbus erlegen war, er sei Vorkämpfer für Transparenz und Gleichberechtigung.

Als Lavendel den ungewöhnlich stark besuchten Toilettenraum betrat, winkte der allzu Blonde. Er lehnte an seinem gewohnten Platz an der Kachelwand, neben Herrn Möbeus. Wie einem längst erwarteten Bekannten winkte er. Seine Worte gingen fast unter in den vielen Geräuschen und halblauten Unterhaltungen der übrigen Anwesenden.

»So'n Hals hab ich! Die Nacktschädelschweine wieder! Immer mehr Zulauf! Ich seh mich schon mit rosa Winkel auf'er Brust rumrennen.«

Lavendel hatte den Haufen inmitten des Kröpcke gesehen: mit Fleck-Tarnhosen einige, andere mit Lonsdale-Pullovern oder Jacken mit Tyr- und Gibor- und Odalsrunen. Und natürlich mit DocMartins als Untersatz. Verkleidung, um dazuzugehören.

»Jedenfalls gehts den Bürscherln net um an kulturelln Diskurs«, ergriff das Wort ein gebeugter großer Sechziger mit weißblonder, frisch geföhnter Gerhart Hauptmann-Mähne und rosaceaglutigem Gesicht, Redakteur an einer Tageszeitung, wie Lavendel wusste, »sondern um adoleszente Schaumschlägerei. Eo ipso logisch: Sie stammen aus aaner Welt des gäistigen Inzestes, gell, sozusogn. Wennse de Pappn aufmachen ...« Seine Worte, die er eitel kredenzte, bemühten sich um wienerischen Beiklang. Dabei war der Typ waschechter Hannoveraner, wie Lavendel wusste. »Xenophobe Muster wern midder Muttermüch aufgsogn, gell. Unds andere is eh des Barbarische und deshalb Böse.«

»Gehört zum Prinzip des reziproken Altruismus: Fürsorge nach innen, Feindseligkeit nach außen«, belehrte ein Hochgewachsener, der am Spiegel leicht in die Knie ging, um sich zu kämmen, sein Spiegelbild. Der Redakteur war unbeeindruckt:

»Net woahr, soichene Muster bewahrn eh davor, den Schweinehund in si selba zu entdecken! Und de feschen Schmocks der Bewusstseinsindustrie, bittschön, de spinnerten Fernsehnasn, de ham eh nix Bessers z'tun als des mit ihrn trichinösn Talkshows zu unterfüttern.«

»Famos, wie Sie das verhackstücken! Jetzt bin ich mal mit Applausen dran. Man müsste Sie knuddeln, Meister der Feder«, rief der allzu Blonde.

»Na servas! Des passt scho. Alles zu saaner Zeit, mei Liaba, gell«, schmunzelte der Redakteur und glühte weiter: »Nur um des abzuschließen: Aus Minderwertigkeitsgfüh wern's zu Angstbeißern, de depperten Bürscherln, und steigern si gegenseitig mit Schisslaweng in an Mutrausch, wenns was woin. Dann entglasen Döner-Imbisse mit Kawumm oder legens jemanden zamm', wia's sogn.«

»Jeder Schuss ein Russ, jeder Stoß ein Franzos, so kennen wir sie, die Deutschnationalen«, sagte Herr Möbeus, der aufmerksam zuhörte, »Gewalt ist der Maßstab der Primitivität.«

Lavendel ging nach hinten. Er trat ans letzte Urinal, um endlich seine zum Zerreißen gespannte Blase zu leeren. Dann machte er sich an einem Waschbecken daran, Gesicht und Hals und Haare gründlich zu säubern. Die erstaunten Blicke anderer prallten an ihm ab, sagte er sich mit einer Genugtuung, die er aber nicht wirklich empfand.

Ein schmächtiger Mann mit schütterer Scheitelfrisur und in staubheller Windjacke klinkte die Tür einer Klo-Kabine auf, öffnete sie zu einem schmalen Durchlass und wand sich um sie herum ins Innere. Ein Beiger.

»Die sind also auf der Suche nach Werten, diese unglückseligen Trüffelschweine«, sagte der blonde Schauspieler gerade ironisch, als Lavendel wieder nach vorn kam. »Kratzt Sie das nicht an, Sie als Humanisten, Herr Möbeus?«

»Der sogenannte homo novus vertut in der Regel die Chance, seine geistige und magische Kraft zu entwickeln«, sinnierte der Grübelsüchtige mit fester Stimme. »Der Technikgläubige unterliegt dem Machbarkeitswahn. Er verkümmert vorm Computer. Er entwickelt seine eigentliche Gabe, den Geist, hin zur Überflüssigkeit. Dabei ist die Gleichung sehr einfach: je zahlreicher die Spezies Homo sapiens ist, desto mehr muss das Menschliche in seiner Würde im Vordergrund stehen. Die technische Dynamik, die die menschliche Aktivität überflüssig macht, ist nur sinnvoll für eine menschenarme Erde. Die technischen Entfaltungspotentiale übersteigen die menschlichen und globalen bei weitem. Eine Ethik der Begrenzung fehlt!«

Hatten eigentlich die Ausfälle dieser Volkstribunen eine andere Funktion, als sich selbsttherapeutisch den Frust vom Leib zu reden?, fragte sich Lavendel und erschrak: War er jetzt so defätistisch geworden, dass er den wenigen misstraute, die noch laut meuterten?

»Objektive sittliche Kontrollinstanzen fehlen«, insistierte Herr Möbeus. »Die Nutznießer des sich entgrenzenden Marktes haben die Regierungen in der Hand. Die Demokratien verstümmeln sich zu Wirtschaftsdiktaturen.«

Er schloss kurz die Augen, wie ein Pianist vor seinem Einsatz, und atmete konzentriert, als ob sein ganzes Sein sich auf seine Fingerkuppen, aus denen gleich aller Klang hervorgehen würde, verteilen sollte.

Dabei seien Demokratien dazu prädestiniert, die Gefahren des Kapitalismus zu bannen, doch sie gingen unter den globalen Angriffen in die Knie, sagte er leise. Und fast nicht mehr hörbar: Inhalt und Ziel der Staatsordnung dürften nicht das Gewinn- und Machtstreben sein oder das Eigenwohl, auch nicht irgendwelcher Kirchen, Stichwort Laizismus, sondern das Wohlergehen des Volkes, das Gemeinwohl.

»Oh, Herr Möbeus«, platzte der blonde Schauspieler in das Schweigen, »ich hör aus Ihren Worten doch heraus: Die Vernünftigen werden sich durchsetzen.«

Sein raumgreifendes Lächeln hüllte den Sitzenden ein wie klebriger Kitt.

»Charmant, charmant, mai Buttakipferl!«, grollte der Redakteur. »Wos is? Moanens humanistische Vernunft?«

»Ja, an die glaub ich!«, begeisterte sich der Schauspieler und machte einen ballettösen Körperschlenker.

»Huma-huma-täterä!«, grölte einer von den Waschbecken her, ein Blaugesichtiger in verschlissener Cordjacke, »hu-ma-nisch-isch-am-Arsch-vor-bei.«

»Naa, i waas net, sgibt sicher Anläss gnug«, ignorierte der Redakteur das Grölen, »Anläss, die Vernunft zu fliehn. Glaums ma des, je mea die fläkulenten Umständ aaner Zeit ihrn Menschen den Schneid abkaufn, gell, desto mea phantastische Fluchtwöidn führnse sich zGmüt. Kamma dene ned verübeln, gell, wo die Ungleichheit explodiert und der clash of civilisations droht! Is eh wuarscht.«

Der Schmächtige hatte sich durchgedrängelt und erhob seine bebende Stimme gegen Herrn Möbeus: »Ich bedauere, meine Herren, ich bedauere, etwas muss ich berichten«, sagte er, und die Stimme schien jeden Moment versagen zu wollen, »die Gleichsetzung von Vernunft und Menschlichkeit und womöglich sogar Demokratie«, jetzt hatte er sich gefangen, und die Worte gerieten ihm immer lauter, »das ist grundfalsch! Humanismus ...«

»Hu-mo-risch-musch ...«, äffte der Betrunkene an den Waschbecken den Mann nach.

»Humanismus ist dem Wesen nach widernatürlich!«, rief der Schmächtige jetzt sogar. Die Windjacke geriet in Aufruhr zusammen mit den eruptiven Bewegungen des Mannes. Das karierte Hemd unter der Jacke war bis obenhin zugeknöpft. Um den Hals hing dem Mann, das gab ihm etwas Verkleidetes, auf karierter Hemdbrust liegend, eine robuste Kette mit Thorshammer. »Der Mensch bedarf arteigener Führung! Haben wir die? Haben wir die?«, insistierte er. »Ich bitte Sie: Überall wird gejüdelt, überall herrscht Verausländerung! Entnordung! Volkstod durch Blutsvermischung und Kreolisierung!«

»Oiso, hearns, wos ... «, protestierte der Redakteur. Doch der kleine Mann schnitt ihm das Wort ab. Er zerhackte die Wörter und ratterte Silben in den Raum.

»Sehn Se sech um! Un geist! Ab schaum! Das dik tiert die öf fen tli che Mei nung! Gei stes kran ke! Gut men schen! Ar beits scheu e!«

Er legte eine Pause ein. Um gehetzter und nicht mehr die

Worte hervorhebend fortzufahren: »Ich warne Sie: die Urmacht erhebt sich. In den national befreiten Gebieten, da fegt die junge, die nordische Garde, der Noie Mensch ... heimattreue deutsche Jungs sind das mit volksbewusster Einstellung, unsre Artamanen, die ritterliche Kampfgemeinschaft auf doidscher Erde, der Noie Mensch erledigt die undoidsche Mischpoke. Der Sturm merzt die Pestträger aus. Ihre Herzen werden verbrannt.«

»Hearns ...«, ließ der Redakteur nicht locker.

»Jetzt hören Sie!«, blähte sich der Mann auf. Die Stimme schrillte. »Der Glaube der jungen Doidschen ist der Kampf. Ein heiliger Orlog. Parasiten werden mit der Axt herausseziert. Zum Schutz der gesunden Heimat! Doidschland ist größer als die BRD! Unsere Helden glauben an den Volksgeist und an das große Stirb und Werde. Weil es das Jüngste Gericht ist, das Vierte Reich, das tausendjährige Reich der arischen Erlösung! Mit den ererbten Rassetugenden und arteigenem Gotterleben und arteigener Sittlichkeit. Errichtet auf der geschmiedeten Nibelungentreue zu unseren Ahnen.«

Alle schienen versteinert.

»Doidsche verbluten in mehrtausendjährigem Ringen für ihre historische Obliegenheit.« Die Wörter knallten aus ihm heraus. Sein Redeschwall wollte nicht enden. »Seit dem Cherusker Armin! Sie fechten mit heldenhafter Willenskraft und zäher Ausdauer für den nationalen Aufbau! Widukind, das Lützowsche Freikorps, Horst Wessel! Viele, viele Edle!« Der Schmächtige eiferte sich wie unter Hypnose, er dampfte geradezu vor Stolz. Mehrfaches scharfes Rucken des Kopfes bekräftigte das Gesagte.

Herr Möbeus hatte die Stirn gefaltet. Ohne mit der Wimper zu zucken nutzte er die Pause und zählte mit ruhiger Stimme und stoisch auf: »Arminius also? Warum ordnen Sie neben dem nichtdeutschen Cheruskerführer nicht auch noch Karl den Großen, den nichtdeutschen Frankenführer mit seinen nichtdeutschen Vielvölker-Vasallen in Ihre deutsche Ahnengalerie ein?

Tut mir leid, die deutsche Nation gabs erst als Antwort auf den Eroberungszug Napoleons.« Er lehnte sich zurück. »Sie meinen also, wir sollten stolz sein auf tausendjährige Ausbeutung von Lehenspflichtigen und Leibeigenen, auf Errungenschaften wie Bruderkriege, Judenpogrome, Menschenverkauf, Euthanasie und viele Grausamkeiten mehr? Stolz auf tausendjähriges Unrecht? Stolz auf das Anzetteln von Weltkriegen? Stolz auf Denkverlust und Gewissenlosigkeit!«

»Sie«, stieß der schmächtige Mann hervor, »Sie!« Es schien, als habe es ihm die Sprache verschlagen vor blanker Wut. »Sie Herr vom Stuhl«, giftete er schließlich, »Sie sind ein Schandmal! Im Verein mit Ihren soliloquistischen Grottenolmen und dem Schönbrunner Grantler und dem übrigen roten Rotz... Meinetwegen delirieren Sie hier in Ihrem Loch über Tugend und Gleichheit als der Seele jeder Republik!« Er reckte sich auf und blickte mit bluthungrigem Scharfrichterblick auf Herrn Möbeus hinab. Der saß ungerührt und schwerblütig, eine in Gothicschwärze gehüllte Vinylacetat-Skulptur von Duane Hanson. Die Adern auf seinen gefalteten, altersfleckigen Händen traten hervor, wie echt, knotig blau. Er wiegte den Kopf.

»Ich kann Ihre Sorge nachvollziehen, was die Irreführung und Rückgratlosigkeit vieler Menschen angeht«, sagte die Skulptur. »Doch können Sie dem doch nicht mit der absurden Idee Ihrer nationalen Superiorität beggenen. Kommen Sie zur Vernunft! Es ist an der Zeit, die entmündigende Herrschaft des Menschen über den Menschen zu beenden, das Leben des einen auf Kosten des anderen. Ich bitte Sie ...!«, versuchte es Herr Möbeus noch einmal.

»Wieder hintrotten im tausendjährigen Gänsemarsch der Vorurteile? Mein Herr, ist das das Ahnenerbe, was Ihnen als Destination vorschwebt?«, ergriff der Redakteur seine Partei in zornigem Hochdeutsch.

Der Schmächtige platzierte eine Münze auf dem Teller, als sei sie zerbrechlich, machte auf dem Absatz kehrt und ging. Der

Schauspieler sah ihm verstört hinterdrein und dann auf den Redakteur und schließlich auf Herrn Möbeus.

»Igitt – dabei sieht der Mann irgendwie schnuffig aus ...«, sagte er kleinlaut.

»Wie'n Biedermann! Des is ja die Drangsal, gell«, sagte der Redakteur, »a Volkserwecker im Schafspelz! Aus'am schiechen SS-Verein krochen sans, die Manderln, is kaa Schmäh. Na, servus! A scheiß neache Zeit. I bin fuart.« Er knöpfte sich umständlich seine Jacke zu.

»So was von irre!«, schüttelte der Schauspieler noch immer den Kopf.

»Ist ein einzelnes Sackgesicht durchgedreht, hält man es für irre, molestiern einen viele auf gleiche Weise, spricht man von einer politischen Bewegung«, erklärte Herr Möbeus zornig und zugleich resigniert und als wolle er den Vorgang abschließen. »Wenn einer schnöde den Besitz der Wahrheit für sich behauptet, ist das ein Machtanspruch, der jede Verständigung ausschließt. Die leise Stimme der Vernunft muss lauter werden.«

»In der Bütt würde so'n Schnulli jede Menge Lacher ernten«, behauptete ein Unbekannter, der ganz und gar nicht nach Lachen aussah.

»Das Scheitern der Option Menschheit verlachen?«, sorgte sich Herr Möbeus, »damit betreten wir den Urgrund absurder Existenzbejahung.«

Lavendel war zumute, als erwache er. Der Aufenthalt hier unten wurde trostlos. Die Schattenboxer beruhigten sich nun gegenseitig, tauschten Bestätigungen aus. Er musste ins Freie. Ihm schloss sich einer an, ein Kleiner mit eingeschweißtem Lächeln. Der redete jetzt so eifrig, wie er vorher geschwiegen hatte.

»Horch, der Ärcher gehd fei alls waida, sag i Ihna. Des mi'm braun' Gschwerdl. Di hom nix anders. Di mecherd wos glaum, die junge Leud. Allmächd, ko mer verschdehn ...«

Lavendel hastete die Stufen hinauf, der Mann blieb in den Eingeweiden des unterirdischen Bahnofsbaues zurück.

»Doidschland erwache!«, krawallten die Naziskins an der Kröpckeuhr rotzig. Die Mannschaften zweier Streifenwagen hatten sie umstellt. Die Glatzen brachen plötzlich aus. Rempelten, stießen Gaffer um, schlugen sich eine Schneise wie ein Taifun – und waren verschwunden.

Dann der Schock. Einer Reklametafel entstiegen, schwebte Phili, vielleicht Phili, in einer Traube anderer Kunden den Marmorniedergang aus der ersten Etage herab, als Lavendel die Rolltreppe aufwärts fuhr. Phili, das helle Gesicht von dunklen Haarstrahlen umrahmt. Als seien tausende dünne Antennen ausgefahren. Er war erleichtert, dass sie vor sich hin blickte, auf die Stufen konzentriert, und ihn nicht entdeckte. War diese Softpunk-Lady Phili? Ihr Mund überraschte mit schwungvollem Amorbogen und Lippenherz, als böte er sich zum Kuss. Sie trug einen samtigen Anzug in Turmalinblau. Die Hose spannte an den Oberschenkeln.

Er war niedergedrückt von seinem abgerissenen Äußeren, und doch bedrängte ihn schließlich der Gedanke, er müsse auf sich aufmerksam machen. Unentschlossen starrte er auf sie, als sie das Podest in der Mitte der zweiläufigen Treppe erreicht hatte. Dann wieder riss er seinen Blick los, aus Angst, sie spüre seine Gegenwart. Er verfolgte sie aus den Augenwinkeln heraus und drehte sich sogleich um, als er vorüber war, sah ihren Rücken zwischen anderen, sah auf die Beine unter dem dünnen Stoff. Eine Aura des Unzugehörigen bildete er sich ein, umgab sie. Auf den letzten Stufen wurde sie langsamer, ihr Blick schweifte über den Verkaufsraum. Diese verhaltene Selbstgewissheit, das war sie.

Er verlor jede Hemmung, drängte sich durch nach unten, ihr hinterher, eilte an den Parfümerie- und Schmuckständen vorbei zum Ausgang und sah sie unter den Linden in Richtung Steintor gehen. Ihre Haltung hatte etwas Aristokratisches. Das biegsame Wiegen des Hinterns übertrug sich auf den ganzen Körper. Es sah aus, als berühre sie kaum den Boden. Das lag an den dünnen Absätzen der Schuhe. Er glaubte ihr helles Klacken zu hören.

Vor einem Einrichtungshaus zog er sich hinter einen Tisch mit preisreduzierten Daunenkissen und Mohairdecken zurück.

»Superwackelarsch, wa!« Ein Mann neben ihm in FCBayern-Trikot und -Kappe. Blicke, die der sich Entfernenden nachkrochen. Ein Giemen und Pfeifen begleitete jeden Atemzug des Mannes. Lavendel lief weiter.

Die Schuhe schon zeigten, wie wenig er von ihr wusste. Nach seiner Erinnerung trugen die Baukasten-Leute *Mutter Erde*-Schnürschuhe. Vielleicht übte sie für Paris. Einmal blickte sie sich um. An ihre tiefe Stimme erinnerte er sich. Nur mühsam war vorstellbar, dass sie ihm Briefe schrieb und auf seine Meinung Wert legte.

Kurz vor dem Niedergang zur U-Bahn stürmte ein Unbekannter auf sie zu, tat, als sei er außer sich vor Freude und umarmte sie. Lavendel sah nur seinen breiten Rücken, sah nicht, wie sie sich verhielt. Denn zugleich war eine Gruppe ausgelassener Afrikaner aus dem U-Bahn-Schacht hochgerannt. Als sie in Richtung Steintor abgezogen waren, waren Phili und der Mann verschwunden.

Wieder im Haus, suchte Lavendel den Schutz der Garderobe. In Gedanken sah er sie die Treppe hinabsteigen und sich suchend umblicken und die Straße entlanggehen. Seinetwegen? Weil es sie reizte, ihn zu finden? Doch wieso kaprizierte sie sich auf ihn? Er wollte seine Ruhe.

Abends lief er zum Imbisspilz. Die sonderbare Abwesenheit seines Vorgängers ging ihm durch den Kopf. Er misstraute der offiziellen Version, der Mann habe seine Wohnung freiwillig verlassen. Die Hinterlassenschaften, vor allem die Hunderter aus den Verstecken sprachen dagegen. Das Geld lagerte inzwischen auf der Post. Es Tulecke auszuliefern, verbot sich. AK schien Vorbehalte gehabt zu haben. Er sollte es ihm gleichtun.

Venus mit Täubchen

Um sich drüben zu waschen, zerrte er die Kleider herunter wie eine überflüssig gewordene Haut. Begeisterungslos spürte er seinen Körper. Er war abgemagert und schwitzte und fror in einem, wollte nur noch Wasser an seiner Haut spüren, dann sich in Decken hüllen.

Der Schlüssel machte Schwierigkeiten. Er ließ sich nicht vollends einschieben. Lavendel rüttelte leicht am Türknauf und gleichzeitig am Schlüssel, bis er sich herumdrehen ließ. Nur – die Tür war lediglich einen Spalt aufzudrücken. Durch die schmale Öffnung sah er im Flur eine Tasche liegen. Er prallte zurück.

Sonja? Er hatte an ihre Rückkehr nicht mehr gedacht. Geräuschlos, hoffte er, zog er die Tür heran, litt unter dem Schnappen des Schlosses und schlich in seinen Flur. Er bog das Laub beiseite und blickte nach drüben.

Es war nicht Sonja. Die Frau war kleiner und wirkte jünger. Sie kam ihm bekannt vor. Sie stand im Flur, umwickelt mit einem von Sonjas Badelaken, und horchte. Die Haare waren hochgebunden wie zu einer auseinanderfallenden Getreidegarbe. Nach einer Weile ging sie ins Bad zurück. Er hörte sie den Duschvorhang zuziehen und ihr Prusten unter dem aufgedrehten Strahl. Fast spürte er ihn kalt herabprasseln. Er sehnte sich nach dem prickelnden, einhüllenden Wasserfall. Und war erleichtert, wenigstens Sonjas Spiegel wieder eingehängt zu haben, aber auch, zugegeben, den Verschluss der Wand nicht geschafft zu haben.

Dem Abdrehen des Wassers folgte ein kurzer Moment Stille, dann stand sie mitten im Raum. Goldglanz auf der Haut. Die schwarzen Wimpern zu filigranen Zacken gebündelt. Das Wasser troff an den Wangen entlang, unters Kinn und von dort auf die kleinen, marmorstarren Brüste herab. Das ein wenig in die Breite gehende Becken und der aufgewölbte Bauch und muskulöse Oberschenkel umrahmten einen bernsteinfarbenen Schoß. Die Wasserströme sammelten sich im Gekräusel, fanden keinen Halt und stürzten zu Boden.

Wie um seine Schaulust zu befriedigen, wandte sie sich um. Perliges Glitzern rann über ihre Rückseite. Das Wasser hing in den hellen Härchen, die in der Rinne des Rückgrats und auf dem gewölbten Dreieck des Steißbeines und bis hinab zur Teilung der Pobacken wuchsen. Ihr Hintern war voll und weiß und von Gänsehaut überzogen.

Sie rieb das Gesicht trocken und lächelte ihrem Abbild im Spiegel zu. Tiefblau waren die Augen, die Nase klein und mit dünnem, fast unmerklich aufgebogenem Rücken, was ihrem eher rundlichen Gesicht einen Schuss Verwegenheit gab. Die Wimpern verschleierten den Blick. Die Schwärze der fast buschigen Augenbrauen kontrastierte mit ihren Haaren, als sie diese nach dem Abtrocknen öffnete. Sie hatten ein bräunliches Blond und waren von gebleichten Strähnen durchzogen und fielen halblang herab.

So selbstverständlich hantierte die junge Frau und benutzte Sonjas Gerätschaften, als tue sie das seit langem. Das Gefühl, sie sei ihm bekannt, verunsicherte Lavendel wiederholt. Sie cremte sich mit Sonjas Lotion ein. Sogleich hatte sie die richtige Flasche ergriffen. Ihre Finger verschoben die Brüste. Noch steckte offenbar Kälte in ihnen, doch die Brustwarzen hatten bereits ihre anfänglichen Kälte-Runen verloren und glänzten wie helles Nougat und schwammen auf der milchigen Haut des Untergrundes und verloren sich schließlich an den Außenrändern wie etwas Zufälliges. Eingekerbt in die Gipfel der halbsteifen Warzen waren waagrechte Rillen.

Wie an den Armen, so erstreckte sich auch von weit über dem Nabel bis zur Scham hinab ein Streifen heller Flaumhärchen.

In seinem Kopf gab es nichts als sachliches Beobachten, versicherte sich Lavendel, und dass es nach den vielen sonjalosen Tagen einfachste Nachbarspflicht war, dieser Frau mit Blicken eine Art Geleitschutz zu bieten. Auch wenn ihre Unberührbarkeit auf die übliche Weise verstimmte. Welche Abgeklärtheit ihm, dem neutralen, dem geradezu wissenschaftlichen Visitator, auch seine früheren Beobachtungen in Erinnerung rief, bei denen ihm Kopf und restlicher Körper der Gesehenen oft nicht zusammenpassen wollten, sowohl was ihre Seitenentsprechung, als auch das Oben und Unten betraf und was den Eindruck von charakterlicher Unausgeglichenheit aufdrängte. Hier war das nicht der Fall. Alles passte, resümierte er. Möglich, dass sich daraus für manche eine besondere Anziehung dieser Frau ergab, sozusagen wie eine Art Naturgesetz. Diese Anziehung zu akzeptieren wäre demnach nichts als natürlich.

Sie sah aus, als sei sie von Sauberkeit durchdrungen und weiträumig duftend umgeben und mit einer Spur Lustigkeit um Augen und Mund. Ihr Anblick rief ihm das Klebrige seiner eigenen Haut erneut in Erinnerung. Sich des tagealten Hautüberzuges von getrocknetem und neu aufgeweichtem und – in seiner Vorstellung – wieder verkrustetem Schweiß zu entledigen, käme einer Loslösung von vielem, was ihn zuvor angewidert hatte, gleich, war er überzeugt.

Kurz überlegte er, noch einmal in die U-Bahn-Toilette zu gehen. Doch scheute er sich, schon wieder Herrn Möbeus unter die Augen zu treten, als ob er sein Eintreffen würde begründen müssen. Und vor allem genügte ihm nicht die übliche Gesichts- und Halswäsche, die man sich dort erlaubte. Den Haupthahn im Bad aufzudrehen verbot sich. Noch immer war die Bohrstelle nicht abgedichtet. Daher entschloss er sich, Mineralwasser ins Wasserbecken zu kippen und sich am ganzen Leib einzuseifen und abzuwaschen. Doch mochte er seine Wäsche nicht in der Gegenwart der Frau vornehmen, die aus einer Kosmetiktasche Lippenstift und anderes hervorgekramt hatte und sich zum Spiegel beugte. Ihre Wimpern flatterten. Ihm war, als rieche er ihren Atem. Sie gab den Lippen ein erdbeerfarbenes Rot. Ihre Zungenspitze glitt über die Oberlippe. Die ebenso lackierten, langen Fingernägel machten die kleinen, zierlichen Finger tierhaft aggressiv, waren reißende Raubkatzenkrallen. War es das, was sie sein wollte: unzähmbar, verletzend? Wollte sie die Sanftheit ihres übrigen Körpers vergessen machen? Das Lächeln, das immer wieder, wie von selbst, über ihre Züge glitt, schien das im einen Moment zu bestätigen, im anderen aufzuheben.

Die dem Fenster nächste Brustwarze bündelte dessen Helligkeit in einem rötlich durchleuchteten Glühen. Hauchdünne, leicht aufgerichtete Härchen und feine Gänsehautpapeln bedeckten die Brust.

Als sie zurücktrat und sich musterte, kam ihm das so vor, als wolle sie sein Urteil hören. Sie setzte sich auf den Wannenrand. Mit den Handflächen streifte sie über den Bauch und drückte ihn an seiner vollsten Stelle, wie um das Dahinterliegende auf den gesamten Körper zu verteilen. Dann umrundeten die Hände die Brüste und schlossen sie kurz ein. Von dort wanderten sie über die Hüften und die Beine und weiter an den Innenseiten der Schenkel hinauf. Die Rechte streckte sich über das Geschlecht. Zog sich langsam zurück, die Härchen striegelnd. Sie blieb auf dem Bauch. Die Finger teilten sich, schoben sich hinab, teilten das kurze seidig glänzende, hauchfeine Haar, das ein dünner Schleier über den fleischigen Lippen war, Zeigefinger außen, Mittelfinger in der hellrosigen Schneise, die linke Lippe zwischen sich, schoben sich hinab, die Finger mit den erdbeerfarbenen Nägeln, hinab zwischen die auseinanderweichenden und aufquellenden und spitzbogig oben sich treffenden und dabei den kleinen rosa Rundkopf entblößenden Innenlippen und verschwanden und versanken in feuchtem Glitzern und tauchten auf und umspielten die Klitoris, brachten Tausende von Nerven in ihr zum Toben, stellte er sich vor, bis sie sich stählern aufstemmte.

Alles war da in einer Farbe, die vollen Schenkel und Außenlippen, die zarten Innenlippen. Und allseitig und dünn, ein heller, durchsichtiger Vorhang, Haargewebe. Nichts schrie: Sensation!

Nichts trumpfte auf: Ich bin das Wichtigste der Welt! Nichts forderte: Verfall mir! All das sah so selbstverständlich aus, so liebenswert, so vertrauensvoll, wie eine lächelnde Einladung und erregende Preisgabe.

Auch war es, als versichere sie sich ihres Körpers. Dann brach sie ab, schnüffelte an den Fingern, nahm sich vom Wannenrand ein buntes Hemd, schlüpfte hinein, knöpfte seine untere Hälfte zu, zog einen dünnen Slip über, schlang einen knielangen weißen Wickelrock um die Hüften, den sie seitlich mit einer Schleife zuband. Nach kurzem Überlegen zog sie den Slip wieder aus. Sie kreiste auf dem Absatz. Der Rock schwang und legte den nackten Hintern frei.

Dann verließ sie das Blickfeld. Mittels einiger Tetrapacks Mineralwasser füllte er das Becken, entkleidete sich wieder und schaufelte mit den Händen Wasser auf Brust und Schultern und genoss das Herabrinnen, füllte erneut die Hände und bestrich seinen Körper von oben bis unten und seifte sich ein. Unter seinen Füßen vergrößerte sich die Lache, als er mit erneuten Wassergüssen die Seife abspülte. Allmählich löste sich der Klitsch von der Haut.

Gerade da klingelte es an der Tür. Er schauderte. Das Bild der fremden Frau, eingewickelt in Sonjas Badetuch, schoss ihm durch den Kopf. Er warf den zerknüllten Bademantel über. Der weiche Stoff haftete an den Gliedern. Es klingelte wieder. Gerade als wisse man von seiner Anwesenheit.

Barfuß öffnete er, bemüht, den Einblick in den chaotisch zugerümpelten Flur zu versperren. So, wie er sie gerade gesehen hatte, stand die Frau vor ihm und hielt beide Arme halb hoch, in der Linken eine Weinflasche und einen Korkenzieher in der Rechten. Zugleich mit dieser Geste und mit feinem Angeruch kam das Wissen um ihre vorige Nacktheit.

»Bitte, bitte entschuldigen Sie den Überfall!«, strahlte sie ihn an. Sie war sehr hübsch. Hatte eine Frische, die nichts ins *GAD* passte. Ihre Stirn war in gespielter Verzweiflung gefurcht. Sie machte die Rechte frei und streckte sie ihm hin. Die Hand, die gerade erst auf ihrem Schoß gelegen hatte, dachte er.

»Maschka Herbig. Ich bin Sonjas Freundin«, sagte sie, »Sonja Heck, mein ich, und bin für'n kurzen Stop-over in der Stadt. Ein, zwei Tage. Sonja hat mir die Wohnung überlassen. Und ich wollte mir grade Wein zum Abendbrot aufmachen, aber der Korken is abgebrochen, und Sonja hat gesagt: Wenn was schiefgeht – in Not und Drangsal soll ich mich an Sie wenden, Herr Lavendel. Und die Not is groß!«

Lavendel spürte kaum mehr den nassen Frotteestoff auf der Haut und wie die Kälte an den Beinen hochkroch, als sie ihm nicht nur die beiden Teile hinstreckte, sondern auch einen Schritt auf ihn, auf die spaltweit geöffnete Tür zu tat. Er rührte sich nicht von der Stelle und betrachtete die Flasche und den Korken. Sie hatte seinen Namen drollig zerdehnt. Wie Love-Endel hatte es geklungen.

»Bisschen dämmrig hier?«, meinte sie und sah sich um. »Hier draußen.«

»Geht schon!«, wehrte er ab. Um sie abzuwimmeln, sagte er, er wolle sich nur rasch ankleiden und bringe die Flasche gleich vorbei, und zwar möglichst ohne Korkreste im Wein. Sie tat dankbar und lud ihn – Das dürfe er ihr auf keinen Fall abschlagen! – auf ein Glas ein. Wenn sie schon solche Umstände mache.

Erleichtert trat er zurück. Ihre Unverblümtheit war befreiend, wenn sie auch bedrängte, staunte er. Er zog sich rasch an.

Der verbliebene Korkenrest zerbröselte, als er den Korkenzieher hineinschraubte. Mit Hilfe eines Bechers und eines Kaffeefilters reinigte er den Wein, einen Beaujolais, der billig roch und von dem er mit Sicherheit Sodbrennen bekäme, und goss ihn in die Flasche zurück, zögerte dann aber, weil ihm einfiel, wie vor langen Jahren Tatjana in den Monaten vor der Trennung jeden Abend eine Flasche Beaujolais geleert und ihm das angekreidet hatte. Dieser Mann bringe sie um, hatte sie mit beaujolierter Grabesstimme ihren Freundinnen auseinandergesetzt, was er am Telefon mitbekam. Und sie ließ ihn wissen: Er lasse sie emotional verdursten, sie müsse sich betäuben, sich abstumpfen, er sei herzlos, verkopft, destruktiv, unsensibel, sadistisch. An mehr erinnerte er sich nicht, während er schon den hinterhältigen Wein in den Ausguss laufen ließ. Danach öffnete er eine Flasche seines inzwischen erneuerten Chianti-Vorrates und angelte den Korkenrest aus der Beaujolais-Flasche und füllte um.

Sie öffnete und erklärte, sie freue sich, dass er komme. Ihre Stimme klang aufgekratzt. Dazu betonte sie manche Silben so nachhaltig, fiel ihm auf, dass es an ihrer beteuerten Freude gar kein Vorbeihören gab. »Verrat mir den Kniff«, duzte sie ihn übergangslos, »wie du den verhunzten Korken rausgekriegt hast? Genial!«

Sie hielt die Tür einladend offen. Da er nicht gleich Anstalten machte, der Einladung zu folgen, legte sie eine Hand auf seinen Arm: »Bleib! Nur ne Minute!«

Linkisch kam er sich vor, wie er sich so bitten ließ. Und ihm war plötzlich daran gelegen, ihr nicht zu missfallen. Ein solches Gefühl war lange wie weggeblasen gewesen. Das machte ihn unsicher. Sie wirkte ungewohnt natürlich.

Sie ging in die Küche und sprach von dort aus weiter, erhob aber nicht die Stimme. Er musste hinterher.

»In dem Fischladen am Platz gabs so'n elefantastisches Angebot an bretonischen Austern.« Der Inhalt einer Tüte prasselte ins Spülbecken. Es roch streng, roch nach See, nach Hafen und Fischkutter und nassen, zerrissenen Netzen. Die Schalen klapperten. Mit dem abgespreizten kleinen Finger der Linken schob sie von Zeit zu Zeit nach vorn fallende Haare hinters Ohr. Dabei tropfte Wasser aufs Hemd.

»Also, abgemacht – du stehst mir beim Scharmützel Mensch gegen Schalentier bei? Es geht ums Überleben.«

Er nickte. Sie hielt das glänzende Muschelfleisch unter den Wasserstrahl. Ihre Finger strichen langsam und prüfend darüber. Das erinnerte an vorhin.

»Du könntest das Weißbrot schneiden!«, wies sie ihn, der herumstand, an, als seien sie beide hier zu Hause.

Als er nach einem Messer Ausschau hielt, kam sie, und ohne ihn wegzubitten, fasste sie seinen Arm, wie um sich festzuhalten, beugte sich vor ihm über die Arbeitsfläche und wählte aus dem Messerset an der Wand ein passendes aus. Es schien ihm nach einigen Sekunden, als sei es ihre Absicht, ihn jede Falte ihres Gesichtes und jedes der feinen Härchen, die von der Schläfe her in die Wange ausliefen, wahrnehmen zu lassen. Und dass er sich an ihre aromatische Frische gewöhne.

Im Wohnzimmer knipste sie die Leuchten an, die auf der Kommode und dem Regal standen und verschob das bereits zweifach aufgedeckte Geschirr, bis die große Schüssel und ein Teller mit Zitronen ihren Platz hatten. Dann saßen sie. Geschickt hantierte sie mit den schorfigen Schalen und dem Messer, durchtrennte am Schloss die Hälften. Die gallertige Masse schwappte im perlmuttweißen Gehäuse, wenn man es kippte, und das Licht brach sich vielfarbig im kristallinen Muschelbett. Hingabevoll drückte die junge Frau eine Zitronenspalte über ihrer ersten Auster aus und schlubberte und schlotzte nach Herzenslust mit vorgeschobenen und feucht glänzenden Lippen.

»Lass uns anstoßen.«

Sie fand, dass der Wein doch klasse schmecke und fragte, ob er wisse, dass Aphrodite – der griechischen Version nach – aus einer Auster heraus dem Meer entstiegen sei, rosig und feucht, und damit den Eros geboren habe? Das habe den Ruf der Austern als aphrodisische Köstlichkeit begründet. Und Casanova solle jeden Morgen im Bad fünfzig rohe Austern verdrückt haben, um seine Manneskraft aufzufrischen. Und Balzac hundert.

Lavendel hatte plötzlich und störend vor Augen, wie sich der Maskierte breitbeinig auf diese Couch gefläzt haben könnte.

»Mein französischer Freund Pierre jedenfalls«, sagte sie, »mein Meister in Sachen Renoir, der schwärmt davon, wie lüstern sie aussehn, die Muscheln, wie sie so nackt in der Schale liegen und einen ansehn und wie sie sich quabbelig und feucht anfühln, wenn man sie berührt. Am liebsten verputzt er sie *au naturel*.«

Wieder konnte Lavendel, durch ihre Worte angeregt, beim Anblick der schlüpfrigen Teile nicht umhin, sich ihre zarten, feucht glänzenden Labien, dann leider aber plötzlich auch diejenigen Joanas vorzustellen. Das machte ihn wenig gesprächig.

Die Gastgeberin legte hin und wieder Esspausen ein, um in die Polster der Couch zurückzusinken. Dabei verzog sich ihr Rock und gab den Blick auf die muskulösen Oberschenkel frei. Zu wissen, dass nur noch eine winzige Spanne Tuch sich verschieben müsste und ihre hellhaarig überhauchte und verschlossene Vulva mit der rosigen Mitte würde vor ihm liegen, machte ihn zunehmend nervöser. Er konnte sich dabei immer weniger des Eindrucks erwehren, dass sie sehr wohl wusste, was da geschah, auch wenn sie sich nicht daran zu kehren schien. Und dass sie wusste, wenn sie das nachgiebige Muschelfleisch einsaugte und mit der Zungenspitze nachhalf und damit zu spielen schien, welche Assoziationen das beim Betrachter freisetzte. Doch ihr Gesicht war nur unschuldiges Genießen und nichts sonst.

Nach vollbrachtem Schlürfen streckte sie sich, als müsse sie entspannen, streckte sich in ganzer Länge auf der Couch aus und schloss die Augen und bot ihm weiteres Körpertheater mit katzenlangsamem Dehnen der Beine und des Unterleibes.

»Mann, hat das gutgetan«, seufzte sie. »Die glatten, weichen Teilchen sind richtig mundgerecht. Und eingebettet in die Schale! Ich liebe die Natur. Den Herbst zum Beispiel, wenn die Eicheln von den Bäumen falln und wie so'n Fruchtbecher die halbe Eichel umhüllt. Schützen und Locken ist das. Da hat ein Eichelhäher seine Freude dran, oder? Jedenfalls bin ich pappsatt.«

»Glaub ich dir.«

»Hört sich an, als wär die Sinnenlust für dich ne Heimsuchung«, sagte sie und sah bedauernd auf die leere Flasche Wein und sank wieder zurück, die nackten Beine bald bis obenhin

sichtbar. Sich von neuem odaliskenhaft räkelnd. Das brachte ihn leider immer mehr von seinem Entschluss ab, den Besuch zu beenden. »Ich könnte noch ne Flasche rüberholn«, schlug er vielmehr vor. »Und dann sagst du, was dich hergeführt hat.«
»Aber vergiss nicht das Wiederkommen, Stranger!«
Ihr ganzes Verhalten sollte ihn warnen, wusste er, doch beruhigte er sich, er sei auf jeden Fall der Situation gewachsen.
Als er mit einer Chiantiflasche wiederkam, lag sie unverändert so, als sei sie zu erschöpft für jedwede Regung oder als höre sie in sich hinein. Er schenkte die Gläser voll.
»Schmeckt *féérique*, wie Pierre sagen würde, zauberhaft. Passt gut zu dem andern«, urteilte sie und war wie neubelebt. Sie kehrte sich ihm wieder zu, stützte ihren Kopf in die eine Hand, die andere, die das Glas abgestellt hatte, ruhte auf ihrer Hüfte. Eine Hälfte des weit geöffneten Hemdes fiel herab. Die rechte Brust schimmerte. Die andere lag im Dunkel.
»Also, was hat dich hergeführt?«, fragte er.
»Otto Mueller.«
»Der Maler?«
»Du kennst ihn? Selten genug, dass ihn wer kennt. Aber hier in der Stadt der Ausstellung ist das wohl anders. Überhaupt, dass es endlich ne echte Überblicksausstellung gibt, das ist was Besonderes. Die Bilder wern ja nur alle Jubeljahre ausgestellt, weil ihre Leimfarben auf der rupfigen Leinwand schon ganz spröde sind. Und die Gefahr, Fälschungen aufgesessen zu sein, ist auch nich gering. Welches Museum will sich da schon blamieren, wenn Hunderttausende Besucher die Exponate begutachten! Aber die hier sind garantiert echt.«
Lavendel wünschte sich, dass sie ihre Positur nicht veränderte, die ihn jetzt, wo sie von Malerei sprach, an erdige Modigliani-Bilder, an liegende Odalisken-Akte auf dem Diwan, denken ließ. Und der Teil ihrer Brust, der sich ins Licht wölbte, hatte etwas Bestätigendes. Die leicht im Schatten liegenden Augen glitzerten. Es war ein unangestrengter Moment, wie er ihn seit

Ewigkeiten nicht mehr erlebt hatte, dachte er. Und plötzlich wusste er, woher er sie zu kennen glaubte: Sie glich dem Mädchen auf den Zeichnungen drüben. Dem apokalyptischen Gesicht mit giftig-grünlichen Wangenschatten. Auch den anderen Akten drüben. Grünlich war aber nichts an ihr. Und sie glich aufs Haar einer anderen Frau, vor deren überwältigendem Bild er im Maschseemuseum oft gestanden hatte: der mitreißenden Heroin auf David Golls großem Gemälde *Frühlingssturm*.

»Mueller stilisiert«, erklärte sie. »Bei ihm is das'n Idealisieren der ursprünglich Weiblichen. Seine Art der Schönfärberei ... Aber lassen wir die Fachsimpelei. Das Thema Otto Mueller ist für mich nich nur eins aus Kunstinteresse, sondern es hat was von Ahnenforschung und Selbstfindung«, meinte sie. »Sagt dir der Name Otto Herbig was?«

»Nein.«

»Mein Urgroßvater! Also, stell dir mal vor, wie meine Urgroßmutter Elisabeth Lübke diesen gewissen Herbig in zweiter Ehe heiratet. Er is auch Maler. Aber das is ne Geschichte für sich. Aus der ersten Ehe, und zwar mit Otto Mueller, bringt Elisabeth ein Kind mit: meinen Großvater Josef. Meine Urgroßmutter und Otto, Otto Mueller, haben sich noch während der Schwangerschaft getrennt. Er hatte ihr zuviel Boheme im Blut, zuviel Zigeunerhaftes. Seine Mutter war ja Zigeunerin. So nannte man das seinerzeit.«

Sie legte eine Pause ein. Lavendel überlegte, was an Maschka einem zigeunerhaften Klischee entsprach.

»Mein Vater jedenfalls, um es kurz zu machen, war'n gutgläubiger Sozialistenmensch und Kunsterzieher im SED-Staat und hat sein Leben lang versucht, Material über und von OM, so hat er ihn getauft, aufzutreiben. Aber allenfalls kam er an Lithos und Skizzen ran. Sein Wertvollstes is ne Studie, so von 1904, zu nem späteren Ölbild, *Venus mit Täubchen* heißt es. Also aus Muellers sogenannter Tizian-Phase. Das Ölbild dazu is verschollen. Nur'n Foto gibts. Na ja, und unsre Studie. Und die zeigt die erste

Frau von OM, mit richtig ausgearbeitetem Kopf und Körper, als Venus. Sieht wahnsinnig gut aus. Und weil er die Zeichnung zur Zeit meiner Geburt gekriegt hat und weil OM seine erste Frau Maschka genannt hat, hats ihm mein Vater nachgetan, und deshalb studier ich auch Malerei und versuch OM zu begreifen und hoffe, dass nicht zu viel von seiner Revolte gegen Konventionen in mir schlummert.«

Ganz schön viel habe sie davon geerbt, und das schlummere auf erregendste Weise gar nicht, hätte er gern gesagt. Ihre fast unverdeckte Modigliani-Nacktheit verschloss ihm den Mund.

»Das wär ja was, immer alle Fesseln abzuwerfen! Kannst du dir das bei mir vorstelln?«, empörte sie sich. Sie wollte seine Antwort. Er bewegte den Kopf vieldeutig.

Ihre Hand zwirbelte während des Erzählens eine Haarsträhne, danach streifte sie durch die Mulde ihrer Taille und weiter zur Hüfte und weiter über den Oberschenkel und formte seine Gewölbtheit nach und zog mit den Fingerspitzen das Ende des hier übereinanderliegenden Wickelrockes, das hin und wieder nach hinten rutschte, in die akkurate Lage zurück. Das brachte die Hinterbacken in Erinnerung.

»Auf Hiddensee, wo er mit Maschka und dem halben *Brücke*-Tross bei Gerhart Hauptmann war, wahrscheinlich alle im revolutionären Lichthemd am Strand, als bukolische Schwärmer, da wärn wir natürlich auch gern gewesen, die ganze nachgeborene Kunsterzieher-Family Herbig. Nee, blieb unerreichbar für uns Parteilose. Aber an den Moritzburger Teichen bei Dresden warn wir! Ich versuchte mir immer vorzustelln, was da in Old Mueller ablief, dass er die Menschen und die Landschaft so sinnlich malen konnte.«

»Viel kenn ich nicht von ihm«, sagte Lavendel und dachte an dessen Zigeunermädchen und an Joanas verzweifeltes Augenverdrehen, wenn er von seiner Fahndung nach Louise Brooks-Mathilda-Zazie-Bubiköpfen angefangen hatte, weil er da manchmal Mueller gestreift hatte.

»Auf seinen meisten Bildern sehn die Frauen zigeunerhaft aus, halt auch typisiert nach Maschka. Die war sein Hauptmodell. Seine anderen Partnerinnen hatten später oft ihre Züge.« Sie lachte versonnen. »Ich finde ja«, schwärmte sie, »diese unbekleideten Frauen haben was Magisches und Erdiges, Maria und Lilith, keusch und verführerisch. Nacktheit verschmilzt mit dem ausgeblichenen Grün von Gras und Schilf und Blättern. Da sin Einsamkeit und Versehrtheit und Leidenschaft.«

Lavendel fühlte sich wohl in ihren Worten von der Besessenheit eines anderen, die zu ihrer wurde und die ihr Körper in seiner trägen und verspielten Laszivität widerstrahlte. Ihre Finger waren reine Zärtlichkeit, fand Lavendel, wie sie so am Haar entlangglitten. Sie schien in einer anderen Welt zu weilen, auch wenn ihr Blick auf ihm lag.

»Und immer is Sommer. Auch für mich waren die Sommertage die schönsten Momente meiner Kindheit.«

Er schloss die Augen und hörte Phili von ihrer Insel und deren Farben reden. Aber da waren nur Andeutungen, an die er sich erinnerte. Maschka dagegen war ein fleischgewordener Traum. Einer von denen, dachte Lavendel, wie sie ihn in diesem Haus unaufhörlich anfielen, mit verstörender Lebendigkeit. Verwirrend nichtvirtuell. Mit Bewegungen und Worten, die Phantasie entzündeten, als ob sie von ihm erdacht wären – und als ob die Frau sich überhaupt in seinem Sinn inszenierte. Genau das, sagte er sich mehrfach: Doch er wünschte es sich anders.

»Mir gehts gut jetzt«, bekundete sie mit einem flaumweichen Unterton und Schlafzimmeraugen, »das heißt, mir gings vorhin auch schon gut – und dazwischen.«

Wie sie das ausdrückte, das *dazwischen*, ging es Lavendel durch und durch, erotischer konnte es nicht klingen, ein weiches Zischen, als trage dieser Laut Unausgesprochenes in sich, *Vulva* und *Schoß* hörte er darin. Es war gerade so, als weise sie, wie schon Sonja vor Wochen, ihn magisch auf das Dazwischen hin, das ihre sich öffnenden Schenkel boten, und darauf, dass auch sein Verlangen auf nichts als auf das Paradiesziel zwischen ihren Beinen gerichtet sein müsse.

»Da solls ja'n Manuskript gegeben haben ... Mein Vater hat in den Archiven danach gestöbert ... Von Old Mueller ... Ein Versuch, einige Seiten, ein Bekenntnis ... Wie Hauptmanns *Buch der Leidenschaften* ... Viel erotischer ... Über ne Beziehung zu nem jungen Mädchen ... Oder Jungen ... Man weiß es nich genau.«

Er konnte nicht anders, als sie unablässig zu betrachten. Alles könnte so leicht sein. Er war Feuer und Flamme. Sie würden sich umarmen. Alle Dämme brächen. Er würde ihre Haut riechen. Ihren Venushügel würde er an seinem Bauch spüren. Zwischen seinen Lippen würden sich ihre Brustwarzen verhärten.

»... is unauffindbar! Besser so – man wär nur über ihn hergefalln.«

Sie redete und redete in einem Zug. Die Worte, träge und wie absichtslos und doch vielleicht lüstern und miteinander versponnen, umschmeichelten ihn. Sie streichelte über ihre Hüfte und Schenkel bis zum Knie und zurück.

Mit dem Aufruhr seines Körpers wuchs aber auch ein unbestimmter Argwohn: Er war ihr nicht gewachsen, seine Wünsche würden nicht standhalten, er würde versagen, würde mit verunsichertem und erschlaffendem Schwengel vor dem geöffneten Austernschoß dem Eindringen entgegenfiebern, eindringen wollen, unbedingt wollen, aber nicht können – und resignieren. Und was, wenn sie seine Besorgnis bereits spürte? Schon unterstellte er, sie bemaß ihre Körpersignale danach, wie sich schnellstmöglich seine ängstliche Abwehr noch überwinden ließe. Der Gedanke daran hatte einen schalen Beigeschmack.

Er musste weg! Es blieb kein anderer Ausweg: Abrupt richtete er sich auf und dankte für wunderbaren Mueller- und Austerngenuss und alles andere, bemüht, das nicht ironisch, nicht als höfliches Lippenbekenntnis, sondern herzlich klingen zu lassen. Plötzlich stammelte er – er fürchtete, dass es sich so anhörte – und brachte mit hastiger Stimme, als er beabsichtigte,

Erklärungen vor, die von der hohlen Entschuldigung, wie lang er sie schon behelligte, bis zur Ausrede, er sei ganz mallerig vor Müdigkeit beziehungsweise habe auch noch was zu erledigen, reichten.

Seine Worte schienen ihm ein klägliches Lavieren, aber er hätte sie nicht gegen andere auszutauschen vermocht. Unpassend auch, dass gleichzeitig die wilde Zuversicht in ihm flackerte, akkompagniert durch eine geradezu schmerzhafte Erektion, sie würde ihn zum Bleiben zwingen und nichts würde eine rauschhafte Vereinigung hemmen.

Doch sie blickte nur bestürzt. Furchte die Stirn. Zur Unzeit fiel ihm jetzt auch Shirley MacLaine ein, wie sie in *Spiel zu zweit* Robert Mitchum ansah und die Stirn krauste und wie die Brauen sich aufbäumten und sie nörgelte: *Jerry, Jerry, was willst du denn noch hier?*

»Die Minute is doch noch gar nich richtig um!«, beteuerte Maschka.

Ehe sie Gelegenheit zu weiteren Einwänden fand, stammelte er, er habe sich wohlgefühlt, wie könne es auch anders sein! Und brach auf und verließ den halbdunklen Raum und sah noch, wie Maschkas Mund ungläubig offenstand, lockender konnte sich Erstaunen nicht ausdrücken, und verließ die Wohnung und gelangte in die seine und dachte, dass das ein übler Abgang war, wusste aber nicht, ob er das aus ihrer Perspektive so beurteilte oder aus der seinen. Und stand vor den Aktzeichnungen. Sie glichen Maschka aufs Haar.

Farbklecks

Die auf der Couch Liegende begleitete ihn wie ein frischer Schmerz, als er die Treppen hinab und zum Kröpcke flüchtete. Er wusste dabei immer weniger, ob er enttäuscht war, wie er oben noch dachte. Enttäuscht, dass seine aufgeflammte Lust ungestillt blieb? Oder etwa, dass sie überhaupt aufgekommen war? Lachhaft! In einem animalisch durchfluteten Zirkus wie dem *GAD* konnte man nicht unsinnlich oder vernünftig sein! Wieso nannte er Unsinnlichkeit Vernunft? Was war denn einfühlsamer Genuss anderes als ein Feuerzeichen von Vernunft? Selbstkritik jedenfalls war, unter diesen Umständen, nichts anderes als viktorianische Selbstverstümmelung!, erklärte er sich, die wenigstens sollte er sich ersparen.

What shalls!, markierte er den Abgeklärten, als er die Treppen zur U-Bahn hinabstieg. Bald würde er vergessen haben. Maschkas Gesten und der verschleierte Blick, hatte es sie wirklich gegeben? Waren sie nicht eher der wochenlangen Gegenwart erotischer Unerreichbarkeiten entsprungen, nicht zuletzt der Gegenwart der Maschka-Zeichnungen mit ihrer morbiden Lüsternheit?

Schwer zu sagen, ob der Kasache einen wiedererkannte, wenn er mit steinerner Miene und einem angedeuteten Ruck des Kopfes auf den Gruß reagierte. Nach dem grellen Flackern der Nacht droben war der Toilettenraum von noch strengerem Weiß. In die Gesichter der Männer aus dem Balkan, die in einer Gruppe standen und verhandelten, waren scharfe Linien geschnitten.

Lavendel zog sich in eine Kabine zurück, schob die Hosen bis unters Knie, setzte sich und schloss die Augen. Maschka streckte sich auf den Polstern aus. Hände wanderten im Bad über ihre Hüften. Ihre Hände, seine Hände. Seine Hände an Eisenstreben. Kaimanns gedämpfte Stimme. Kaimanns vereister Blick. Die

Hände der Brünetten vom Schokoladenstand. Die Hand Philis an der Tasse. Maschkas bloße Schenkel.

Nebenan wurde die Tür aufgeklinkt. Flüstern schlug hin und wieder in kaum unterdrückte Halblaute um und in Geräusche von Reißverschlüssen und aneinanderstreifendem Leder und Stoff und verhaltenem Lachen und feuchten Schmatzlauten und geräuschvollem Nutscheln und Stöhnen.

Doch ordneten sich seine Gedanken. Seine Flucht war kindisch. Angefangen mit derjenigen vor Joana. Endend mit der vor sich selbst. Er war in einer Sackgasse. Seine Apathie im Haus war grenzenlos. Er war erniedrigt. Auch wenn die Erniedrigung eine nur ihm ersichtliche und nicht öffentliche war. Das verringerte jedoch nicht das Maß seiner Scham.

Wieder tauchte Maschka auf. Faszinierend an ihr war die Unwillkürlichkeit. Sie war frei. Wie Phili, dachte er. Phili, die immer rätselhafter wurde. Hatte sie wirklich nach ihm gesucht? Er war es nicht wert. Vielleicht war sein ganzes Verschwinden nicht nur kindisch, sondern auch ein koketter Erpressungsversuch: Um Joana Angst zu machen.

Manchmal schlug ein Körper schwer gegen die Zwischenwand. Das ständige Flüstern verstummte, kam nur vereinzelt wieder, stoßweise und abgerissen. Kurz dachte Lavendel an die schlüpfrigen Austern. Die Zunge strich über das Glitschige, Schwabbelige des Muschelfleisches, ohne Widerstand. Die weichen Teile schmeckten stumpf und nach nichts. Er konnte sich den Geschmack Joanas nicht mehr vorstellen.

Ernüchtert verließ er die Station und sah sich auf dem Platz um. Der Vorverkaufsladen war nur zwei Blocks entfernt. Die Weste zog er enger um sich. Im *Greco* saßen Leute in farbiger Helligkeit. Aus der Spielhalle drang das Jaulen und Knallen von Spielgeräten. Aus dem Sisha-Café daneben dudelten Flöten. Kunterbunte Plastikstreifen im Eingang zum Sexkino schlängelten sich im Luftzug. Aus dem afrikanischen Keller wirbelte Beat in scharfem Essensdunst. Vorbei an noblen Ladenpassagen, gespickt mit Pelzen und Antiquitäten und Haute Couture und Parfüm, kam Lavendel und bilanzierte alle paar Meter eine weiterführende Erkenntnis. Maschka war nicht Sonja. Sonja war nicht Joana. Keine Körperlichkeit war ihm eine wirkliche. Wärme war nur mehr ahnbar. Seine Sehnsucht war substanzlos. War vermutet. War Überlebenwollen.

So traf er in der Nebenstraße und vor dem Laden ein. Die Schaufenster waren plakatverklebt. Keine Anzeige wies auf die Mueller-Ausstellung hin. *EAGLES. ACDC. RAMMSTEIN.* Das *London Philharmonic Orchestra* mit Kurt Masur. Auf Plänen von Theater und Oper entdeckte er *La Traviata*. Nächste Aufführung Freitag. Joana hatte seine Opern-Abneigung verachtet und ihm Banausentum vorgeworfen, fiel ihm auf dem Rückweg ein. Er hatte zugestimmt, aber hatte eine Erklärung versucht: Er verabscheue das Posieren der Stars und sei ungern zahlender Zeuge von Selbstbeschwipstheit. Joana hatte gesagt, sie wolle sich einfach freuen, Oper sei auch ein Traum, und auf seine Bedenken pelle sie sich ein Ei. Daran dachte er, als Regen einsetzte, mäßig und fein, als habe er sehr viel Zeit.

In der Wohnung vermied er Geräusche. Tropfen hingen am Fenster. Gegenüber, in den Büroräumen, war Licht, es fing sich in den Regenspuren. Vertiefte er sich in ihre Helligkeit, nahm das Glitzern ab und zeigte ein verzweigtes Leuchtmuster – wie ein Blatt, von dem nach langem Modern nur dünne, skelettierte Adern blieben. Nicht eines der Muster ähnelte einem anderen.

Als die Fenster drüben sich verdunkelten, lastete der Nachthimmel über den Dächern. Er schaltete die Deckenlampe ein und setzte sich an den Tisch. Maschkas Ebenbild sah von der Wand herüber. Er hatte das Durcheinander der Briefe vor sich und legte seine Handflächen darauf und wollte sie spüren. Dann nahm er einige Schlucke aus der Bagaceira-Flasche. Sein Mund brannte. Nahm er einen der mitgebrachten Videofilme in die Hand, kannte er dessen Inhalt bereits bis zum Überdruss.

Gegen vier weckte ihn das unheilvolle *Confutatis maledictis flammis acribus addictis* aus Mozarts *Requiem.* Auf dem Bildschirm ein orientalisches Interieur. Bemalter Plafond, Wandteppiche, Kissen, schwere Draperien, Pompons. Tiefernst eine Blonde. Wie gegen Widerstand, als lähme sie unüberwindbarer Tardaismus, entledigte sie sich ihres schwarzen, reich gefältelten, großzügig weiten brokatenen Rokokokleides mit Spitzen und Rüschen und Glitter. Unter düsterem Toben der Bässe reichte sie als Opfergabe dar, eines nach dem andern: Schultern, Brüste, Bauch und Schenkel. Zögerlich. Nach Trost barmend schluchzten die Sopran- und Altstimmen: *Voca me cum benedictis,* und sie stand breitbeinig. Hell und voll wie der Mond ging ihr Hintern über zurückweichendem, schwarzem Horizont auf.

Schlüsselübergabe wie jeden Morgen. Meist achtete Lavendel nicht mehr auf die Anwesenden im Sekretariat. Vielleicht sprang Artikuliertes, in mittlerer Stimmlage, als verselbständigte Lautpartikel durch den Raum, traf auf, tropfte von ihm ab, blieb zurück. Das Metall des Schlüssels in der Hand war das Zeichen zu Kehrtwende und Abschiedsgruß.

»Müssen wir uns Sorgen machen Ihretwegen?«, hielt ihn Tulecke mit zügelnder Handbewegung zurück. Sie blickte über die Brille hinweg. »Ihre Hinweisrate ist seit Tagen rückläufig. Alles im Lot soweit?« Sie stieß ein holpriges, kurzes Lachen aus. »Gibt ja so Phasen, da wills nich so. Weiß jeder.«

Da sie jetzt erneut lachte, unentschieden schlingernd in der Tonhöhe und scheppernd, bis ihr der Atem auszugehen begann, musste er ihr doch direkt ins Gesicht blicken. Es war cayennerot, glühender als sonst.

In diesem Jahr wird es keinen festlichen Einzug der Wiesnwirte geben. Auch keinen ersten Anstich durch Oberbürgermeister Ude und kein Feuerwerk am Abend. Die Terroranschläge auf die USA wirken sich auf das Oktoberfest aus.

Sie hielt es noch eine Weile durch, das verunglückte Lachen.

... wanna touch your hand an explode like a star ...
»Was die Kontrolle des Personals angeht, da ham wir so'n Fall«, hielt sie ihn noch einmal zurück. »Sie sind doch hin und wieder in'er Cafeteria, oder? Was ich sagen will: Eine der Kassiererinnen rechnet falsch ab, hat man uns gesteckt. Wenn da was dran is, kriegen wir die am Arsch. Auf jut Doidsch jesacht.«

Wieder ihr Lachen wie über einen gelungenen Scherz.

»Es handelt sich um unseren Schwarzkopf. Der so schwarz gar nich is, sechs bis sieben Uhr, würd ich sagen. Also, so'n Farbklecks is ja was Originelles fürs Gesamtbild. Hat unser Herr Schieme durchgesetzt. Aber wer weiß, was die Dinger einem bei der Bewerbung vorflunkern. Na, ich will nichts gesacht ham. Is ja ne Deutsche, nach den Papieren, aber was heißt das schon! Bis sich so was Reingeflicktes erdet, brauchts Generationen. So lang ham wa im *GAD* keine Zeit.«

Dickhalsiges Prusten warb um Einverständnis.

»Wir wärn Ihnen dankbar, wenn Sie mit in die Bresche springen, die Grundlosigkeit der Anschuldigungen gegen unsre liebe Schwarze zu beweisen. Ja? Dass Sie mit darauf achten, ob die Summen, die genannt wern, auch im Display erscheinen. Verstehn Sie? Ob die Kasse überhaupt bedient wird, und so. Das sollte man im Blick ham. Und wenn ja, isse aus'm Schneider.«

In der Buchabteilung bot der zentrale Präsentiertisch keinen Otto Mueller. Dafür Bildbände über die Habsburger. Alles uninteressant, dachte er, bis er Phili, als gotische Steinfigur abgebildet, entdeckte. Maria von Burgund nannte sie sich. Sie hielt einen Jagdfalken. Er wunderte sich, und auch, am Nebentisch, es war wie verhext, dass er wieder auf Phili stieß. Nämlich auf einem Renoir-Großband. Er blätterte. Schleierhaft, weshalb Maschka neben Mueller gerade Renoir in den Himmel hob. Diffus-verwischte Sfumato-Pinselei. Unscharfe, luftflimmernde Pastellkonturen. Wahrscheinlich war der Mann kurzsichtig geworden, sah die Welt verschwommen und mit rauchigen Schatten. Das ließ seine Frauen sich ähneln. Sie hatten Juliett-Binoche-Münder. Und das ließ das Gesicht der Marie-Clémetine, einer Näherin vom Montmartre, die später die berühmte Suzanne Valadon wurde, wie zu lesen war, an Phili erinnern, wenn sie den Blick niederschlug. Vor allem die Nase war es. Unauffällig und klein. Allerweltsnase. Bisschen keck.

Er riss sich los. Und reine Neugier war es, sagte er sich, dass er sich doch wieder in die Cafeteria begab. Neugier, wie man die nette Afrikanerin zu überführen versuchte. Die hinter der Kasse saß. Untadelig. Die Haare streng zurückgekämmt und hoch am Hinterkopf zusammengebunden und lose herabfallend.

Lavendel schob das Tablett mit einem Becher Kaffee und einem Croissant vor sie hin. Über ihr Gesicht flog das dunkle Lächeln, das bezauberte. Vielleicht hatte er es sich auch nur vorgestellt. Einfach weil sie wieder, mit einem schrägen Blick zu ihm nach oben und mit Sonnenwärme darin, das Milchkännchen fasste, mit ihren zerbrechlichen Fingern, und Milch in seinen Becher goss, ohne zu fragen, aber genau die passende Menge fand. Sie hielt das Kännchen mit solcher Leichtigkeit, als sei es aus allerfeinstem, hauchdünnem Porzellan. Kaum dass sie es berührte. Aus eigener Kraft schien es sich zwischen ihnen zu halten.

Ein paar Meter entfernt nahm er Platz. War sie ohne Kunden, wischte sie die Arbeitsflächen hinter dem Büfett sauber oder ergänzte Vorräte. Keinen Moment blieb sie untätig. Er sah sie hinter den Glasaufbauten mit Kuchen und Sandwichs. Als der nächste Kunde sich der Kasse näherte, saß sie schon wieder, saß kerzengerade, so dass sich die Brüste unter dem dünnen, uniformen Dress hervorhoben. Keine weitere Veränderung ihres geschäftsmäßigen neutralen Ausdrucks war zu entdecken.

Er tat, als lese er in der mitgebrachten Tageszeitung über den Anschlag auf die Twin-Towers. In Wirklichkeit musterte er die Wände, ob hinter Spiegeln oder Bildern Kameras installiert waren. Es sah nicht so aus. Und eine doppelte Mauranlage mit Blick in die Cafeteria gab es nur teilweise, das wusste er aus dem

Plan. In der Lüftungsanlage an der Decke könnte allerdings eine ferngesteuerte Kamera Platz finden. Durch die breiten Schlitze ließe sich der Raum weiträumig absuchen.

Als er zusammengepackt hatte, richtete er seinen Aufbruch so ein, dass er ihr zunicken konnte. Sie antwortete mit einem Lächeln.

Oben auf dem Flur begegnete er zum zweiten Mal einem ihm Unbekannten: lässig dahinschlenzend, nicht im hausüblichen Arbeitskittel der Lagerarbeiter oder Angestellten, sondern in speckiger schwarzer Motorradlederjacke und engen Jeans. Der Mittelgroße, Stämmige, Typ Klaus Löwitsch, hatte kurze graue Haare mit ausladenden weißen Koteletten, die zur geröteten Gesichtshaut kontrastierten. Bevor er am Ende des Ganges um die Ecke bog, warf er einen Blick zurück auf Lavendel, der vor seiner Wohnungstür stehengeblieben war.

Das Bild Maschkas an der Wand wirkte im Nachmittagslicht ungefährlich. In der Nachbarwohnung war es still. Später besorgte er Getränke. Eine Stunde lang hielt er sich am Imbiss-Pilz auf. Gegen halb sieben begab er sich zum *wash & dry* in der Königstraße.

Anderthalb Stunden Country von Johnny Cash bis Tony Joe White. Drei Maschinen nebeneinander liefen mit seinen Sachen. Wenn das Wasser nicht brauste und die Geräte nicht geräuschvoll rotierten und die Fidel und Mundharmonika sich zurückhielten, musste er dem penibel gestylten turkodeutschen Jungmanager neben sich lauschen, der, ein New Economy-Magazin in Händen, sich mit einem Freund über die verdiente Todesstrafe für Öcalan einig war. Des Öfteren sah der Sprecher beifallheischend zu Lavendel herüber. Die Luft war stickig-feucht und verqualmt.

Es war für Ende September ein warmer Abend. Die Linden beidseits der Straße wiesen im matten Grün schon vereinzelt welkendes Gelb auf. Manchmal waren Vogelrufe zu hören, wenn das Lärmen der Motoren aussetzte. Von weitem sah Lavendel in einer Schar Angestellter die Afrikanerin aus einem Nebeneingang des *GAD* treten. Von lockeren Seidenstoffen in warmer Buntheit umschwebt. Er passte sie ab. Sie erwiderte seinen Gruß und verzögerte den Schritt, als ob sie sich zu einem Gespräch bereithalte oder vielleicht an Umkehr denke. Ihre Augen waren kohlenschwarz und verdunkelten ihr Gesicht. Ihre hohe Gestalt in den fließenden Stoffen schien ohne Erdhaftung. Von Zeit zu Zeit traf sie ein rascher und sanfter Windstoß von vorn, der in den ersten herabgefallenen Blättern raschelte und diese kreiseln ließ und den feinen Stoff ihres Gewandes an den Körper drückte und ihn für einen kurzen Augenblick noch geschmeidiger werden ließ, so dass es aussah, als dränge er ins Freie.

Sie ging vorüber, und er überlegte, ob er ihr folgen und sie doch ansprechen solle. Zuvor hätte er aber die Taschen mit seiner Wäsche loswerden wollen.

Im Haus zurück, war es in der Nebenwohnung noch immer völlig ruhig. Ruhig und dunkel. Er schloss auf. Es sah aus, als habe Maschka nie diese Räume betreten.

Dann legte es Ava Gardner als Vamp darauf an, den schwarzgekleideten Robert Taylor zu verführen. Cordelia Camerons Finger waren eigentlich diejenigen der Afrikanerin und wanderten langsam und wie unirdische Fremdkörper an Rios verschwitzter Hemdenbrust hoch. Ihre Augen waren schwärzer noch. Sie sah in diesem Moment auf Lavendel und tat das wie Carola Neher, wenn sie mal wieder ein Herz knock-out schlug. Er dachte an seinen Artikel über diese Polly mit der messerscharfen und berückenden Stimme. Und weiter fiel ihm ein, dass Maschkas Malerahne Otto Mueller zur gleichen Zeit wie die Neher in Breslau gelebt haben könne. Vielleicht war auch er ihr verfallen. Ava Gardners Haut leuchtete, ihre Züge waren weich.

Lavendel schnitt im Bad die Barthaare ab. Es dauerte lange,

bis er zuerst mit der Schere, dann mit dem Rasierer die Stoppeln beseitigt hatte. Die Haut an Kinn und Wangen war fahl. Sie fühlte sich trocken an. Danach stutzte er die Kopfhaare.

Nachts erwachte er und schwebte und war noch gefangen von einem Traum, in dem die Annäherung einer erst unbekannten Frau nicht hatte enden wollen, bis sie sich herabgebeugt hatte. Über ihre nackte Haut war der rastlose Wind gegangen. Ihr Gesicht war das Bellas. Seltsam. Ihre Haare hatten seine Brust gestreift. Sie hatte ihn umarmt. Das war nie geschehen. Ihre Haut war unerwartet warm gewesen. Er hatte ihr Lächeln und ihre Umarmung nicht als Unentrinnbarkeit empfunden. Das Schweben hielt noch an, als er feststellte, die Flinte war losgegangen. Der Geruch von Sperma stieg ihm in die Nase, als er die Decke zurückschlug. Er war glücklich. Nach kurzem war er wieder eingeschlafen.

Lachen verschönere die Nacht

Pfützen auf den Basaltplatten des Opernplatzes. Skater zogen surrend und klappernd über die breiten Stufen des Aufganges und ratterten mit Höchsttempo kantapper, kantapper um den erhabenen Bronze-Marschner herum. Zwischen den massiven Säulen vor der gläsernen Abschirmung der klassizistischen Opernfront glommen kerzenähnliche Kandelaber als Ausläufer dramatischer Wunder. Im Vestibül schließlich überrollte ihn die Flutwelle pompösen Gold-, Kristall- und Marmorglanzes.

An die Schlange vor der Abendkasse trat von außen eine Frau heran und hielt zwei Karten hoch. Ihre Lippen waren rissig wie vertrocknete Erde. Die Wartende direkt vor Lavendel war sofort mit Geldscheinen zur Stelle, sah sich zu ihm um und schlug ihm vor, sich am Kauf der Karten zu beteiligen. Sie hatte einen breiten, freundlichen Mund und haselbraune Augen, die schwarz umzirkt waren. Die übermäßige Schwärze nahm ihrem Blick das Eigene.

Lavendel gab den verlangten 50er und empfing die Karte. Die Verkäuferin verließ vergnügt die Halle. Lavendel beneidete sie um ihre gute Laune.

Kaum hatte er Platz genommen, spürte er den kühlen Strom der Klimaanlage. Seine neue Bekannte, rechts von ihm, zog aus ihrer Tasche eine Partitur und klemmte eine kleine Lampe daran. Es ging los. Auf der Bühne entspannen sich unstete Erscheinungen aus Licht und Farbe und wehendem Stoff. Dazu der geisterhafte Beginn der Ouvertüre. Dann, in Rokoko-Kostümen, Gäste und Flora und Violetta Valery und Alfredo Germont. Man musste sich also den Salon der Kameliendame selbst vorstellen, dachte Lavendel enttäuscht, die prunkvollen Möbel, die opulenten Gerichte, das schwelgerisch überladene Interieur und schummerige Kerzenlicht.

Die Frau neben ihm blätterte zügig um, das abgeschirmte

Lämpchen erhellte die Seiten. Manchmal fiel ein Lichtstreif auf eine bronzefarbene Musiv-Agraffe; winzige Glasstücke stellten einen Vogel mit gebreiteten Schwingen dar, der sich auf ihrem Busen hob und senkte.

Als Alfredo sein *Libiamo* sang und die Gäste berauscht einstimmten und schwankten und in Lachen ausbrachen, las Lavendel in ihrem Klavierauszug: *La notte abbella e il riso*, und darunter: *Lachen verschönere die Nacht*. Das sollte er sich merken, dachte er bitter, als Mantra für seine *GAD*-Nächte. Er wurde durch den Chor der Gäste, die an Aufbruch dachten, abgelenkt, sie sangen von der Morgenröte, die sie nach Hause weise: *Si ridesta in ciel l'aurora*. Von *Aurora* war ja seit kurzem mehrfach die Rede, und Lavendel hatte Jamilas Visitenkarte vor Augen. Ihn belustigte die Vorstellung, wie sich die Diebin auf die übliche Weise für einen Opernbesuch ausstaffieren würde. Aber da sang schon Violetta zögerlich: *A me, fanciulla, un candido e trepido desire,* und er fand durch einen längeren Blick auf den Auszug heraus, dass es *Fühl wie ein Kind zum erstenmal zitternd ein süßes Bangen* bedeutete.

Als gebe es das gar nicht, dass man sich so traumhaft ausdrücken könne, schüttelte die Nachbarin den Kopf und atmete schwer; die Möwe auf ihrem Busen taumelte. Und tatsächlich präsentierte die Darstellerin auf der Bühne, sie hieß Jadwiga Nias, ihr zitterndes Bangen in einer Weise, die wie ergreifende Befangenheit erschien; und das Orchester schien mitzubangen.

Noch sperrte Lavendel sich, musste aber einräumen, dass er Verdis Plädoyer für ausgelassene Lebenssehnsucht und für erschrockene Todesgewissheit verstand – weil ihm Joana einfiel, weil ihm ekstatische Momente mit ihr einfielen. Nur ... Joana jetzt ... Er bemühte sich um ihr Bild, doch schoben sich andere Gesichter darüber. Auch schloss sich der Vorhang. Das Klatschen hielt sich in höflichen Grenzen. Stille im Raum.

»Hier ziehts wie hech soppa«, hörte er von hinten.

Eine andere Stimme behauptete, die Nias habe was Ägyptisches, was Koptisches, und dass sie der Stratas gleiche.

»Ob Cotrubas oder Sutherland oder Stratas oder Fleming, alle Belcantisten sind mir lieb«, sagte die vorige Stimme geziert.

»Die Sutherland vielleicht weniger, was meinst du? Tendenz Singassel. Oder Kanari. Zwitschernd. Und überhaupt – bisschen primadonnig, oder?«

»Da falln mir ganz andere prima Tonnen ein.«

»Dein Montserrat Caballé-Trauma wieder! Aber erinnerst du Kiri te Kanawa?«

»Und ob! Wie Anita. Anita Cerquetti. Gott hab sie selig.«

»Dämonisch!«, sagte der Erstere. »Und weißt du noch: in Wien, Volksoper, die Bartoli? Mamma mia! Das *Sempre libera* – molto espressivo! Wahnsinnige Leidenschaft!«

»Cecilia! Herrlich!«

»Nur *herrlich*? Natürlich: Göttlich isse nich, weiß ich doch, göttlich is nur die Russin, die eine.«

»Die! Oh! Du wirst sie erleben. Sie glüht. Ich muss mit dir nach Petersburg. Unbedingt! Die weißen Nächte … Und dann SIE, die Sphinx: zum Sterben schön! Jeder Hauch ein arioses Wunder. Ein allerheiligstes Mysterium! Feuerbrände in deinem Kopf. Oder sie als Tatjana im *Onegin*: Dein Herz zerspringt!«

Der andere belustigt: »Mit einem Wort: …?«

»Die Erlöserin!«

Sie verstummten. Lavendel kritzelte auf den Rand einer Programmseite den Satz vom Lachen, war sich jedoch nicht sicher, ob er ihn richtig behalten hatte. Dann las er im Programm, dass der *Coro di Zingarelle* bald nach der eigentlichen Pause an der Reihe war. Eine der Zigeunerinnen musste Vio sein.

»Un verre Schampü? Wolln wir?«, kam es von hinten.

»Sausebrause? Whenever!«

Nach der Pause bewunderte Lavendel die fließenden Arabesken, die die Hände der Nias in die Luft zeichneten, etwa wie sie die drängenden Haare zurückbeförderte. Auch ihre tränenerstickte Stimme, wie sie *Ah no* oder später *Gran Dio!* keuchte. Und dabei raste sie über die Bühne. Aber dann verflachte das allgemeine Lamento, und der Vorhang fiel.

Wieder später wandelte eine Schar illustrer Gäste auf die Bühne. Man schäkerte und schnabulierte Trauben und nubbelte und nippte an Gläsern – und wich zurück, als unter Stakkatorhythmen eine Schar Zigeunerinnen hereinstürmte. Wehende Farbwirbel mit bunten Rockfetzen. Bloße Beine flogen, Tamburine wurden geschlagen und den Herren Glutblicke zugeworfen. Die Damen taten mitunter entsetzt, vor allem als sich der Tanz wiederholte und die Zigeunerinnen ihr *su via, si stenda un velo sui fatti del passato* sangen. Im Auszug las Lavendel: *Wen wollt für alte Sünden ihr heute noch belangen? Vergangnes bleib vergangen, gebt Acht auf das, was kommt.*

Das sollte er sich hinter die Ohren schreiben. Und endlich entdeckte er Vio. Nicht wiederzuerkennen war sie. Und unterschied sich. Sprang nicht so entfesselt wie die anderen, fand er, versandte dafür aber umso bedeutungsvollere Blicke und schwang kokett die Hüften und griff dann nach Händen der Gäste und tat, als lese sie in ihnen und machte aufmunternde oder auch bedenkliche Gesten, die sie dann durch ein Lachen abschwächte.

Was musste sie das für eine Überwindung kosten! Er bewunderte sie. Wenn er diese sprühende Frau mit der verglich, die er zuletzt hinter dem Baukasten hatte sitzen sehen, sichtlich dem Zylinder tragenden Alban angehörend und sich darin genügend, so war der Wandel nicht zu glauben. Aber dann erinnerte er sich, dass er sie ähnlich erlebt hatte, als Joana mal mit ihr und Phili für zwei Tage in sein gemietetes Ferienhaus in Dänemark eingefallen war. Die Frauen rannten nackt am Strand entlang und ins Wasser. Er sah den braunen, wasserglänzenden Körper Vios, sah die Haare flattern. Joanas braune Brüste bibberten und sprangen. Der Wind war stürmisch. Die Böen fauchten und zerrten an den Haaren. Dann kamen die drei auf der Sandschräge zwischen Wasser und Dünen zurückgerannt. Möwen segelten und wirbelten und schrien. Übermütig die drei. Phili schleuderte die nassen Haare zurück. Sie war die kleinste. Er hatte allen Reiz der drei Joana gutgeschrieben. Vio war die Schmalste. Phili hatte ihn irritiert, sie war nicht Scarlett O'Hara, wie sonst, sondern machte auf Melanie Wilkes. Ihr Gesicht war ein dunkles Ganzes. Es hatte ein ernsthaftes Lächeln. Da war es auch, dass Joana in den wenigen Stunden dort auf Distanz zu ihm bedacht war. Nachts teilte sie notgedrungen die Kammer mit ihm. Selbst Küsse waren zu laut. Sie hatte sich seiner geschämt, war ihm nach der Abfahrt der drei Frauen aufgegangen. Er hatte ihrem Atem gelauscht und darauf, wie der Wind schroff an den Hauswänden entlang wütete und verebbte und ungestüm von neuem begann.

Die Matadoren und Piccadoren preschten herein, und die feinen Damen in ihren ausladenden Reifröcken und üppigen Spitzenärmeln kreischten und klatschten.

Lavendels Nachbarin bekam offenbar Schwierigkeiten. Sie blätterte vor und zurück. Aber das ging unhörbar vor sich, weil auf der Bühne alle gleichzeitig sangen und das Orchester Empörung und Ingrimm der Beteiligten unterstrich. Absurderweise hörte es sich für Lavendel so an, als seien Gesang und Orchester in walzernden Dreivierteltakt verfallen und steigerten sich so zum Fortissimo, woraufhin alle fluchtartig die Bühne nach verschiedenen Seiten verließen, derweil noch Trompeten und Posaunen und Kesselpauken und Trommeln ein wildes, schnelles Ende suchten.

Zurückhaltende Ovation. Danach vereinzeltes Gemurmel. Man war dem Finale nahe.

Violetta auf dem Sterbelager, ausgemergelt und mit matten Gesten. Vor dem Spiegel schloss sie ab mit allem. Im feinsten Pianissimo folgte das *Addio del passato*. In mitfühlendem Piangendo schmachtete das Orchester. Das Bein der Nachbarin lehnte an dem seinen. Mitgerissen von den Zigeunerinnen, hatte sie das nicht bemerkt, Lavendel rückte ab. Nach einigen Takten setzte sie nach. Schließlich fand er sich mit der Berührung ab. Wärme floss herüber. Das Orchester steigerte sein waberndes Tremolando. Alfredo kam, die zerbrechliche Nias stieß ein dem finalen Blutsturz abgetrotztes *ei vien! ei vien! Amato Alfredo! Amato Alfredo!* aus, und die Liebenden lagen sich in den Armen. Und unversehens war die Oper zu Ende.

Begeisterter Applaus. Bravos von allen Seiten. Seine Nachbarin lächelte Lavendel mit müdem Strahlen an.

»Wer weiß, vielleicht erwischen wir ja wieder mal die letzten Karten«, sagte sie, als sie schon fast am Ausgang waren, und Lavendel empfand sie viel unmittelbarer – vielleicht, weil sie mit hängenden Armen vor ihm stand. »Was wär unser Leben ohne das artifizielle Elysium?«, sagte sie versonnen. »Vielleicht, dass sich dadurch das Leben zurückverwandelt in Imagination. *Glühend fühlst du kaum, dass Schatten alle Bilder sind, die um dich leben!* Trakl. Man muss ihn mögen.«

Lavendel erschrak vor dem Übermaß ihrer Gefühle und gab ein unfertiges Lächeln zurück. Dann nutzte er die Gelegenheit, als sie mit einer Bekannten ein paar Worte wechselte, zu einem Abschiedsnicken. Trakl?, dachte er noch, da hatte sie sich wohl vertan.

Als er aufgewühlt ins Haus zurückstiefelte, fiel ihm ein, wie Phili von ihren Eindrücken geschrieben hatte. Plötzlich hatte er ihre Stimme im Ohr und wie sie von Svanvithe und deren Schatz erzählte. Ausschau hatte er nach der dunklen Frau ein paar Mal, aber natürlich nur nebenbei, gehalten. Wäre ja auch absurd, hatte er sich gesagt, wenn sie sich gerade an dem Abend erneut zu einem Besuch entschlossen hätte.

Einer Eingebung folgend, ohne Überlegen, riss er das bekritzelte Blatt aus seinem Programm. Die Seite war von einer bräunlichen Kopie des Plakates für die Premiere im *Gran Teatro La Fenice* in Venedig eingenommen. Unter den Satz vom Lachen schrieb er einen Gruß und das Datum und seinen Namen. Er faltete das Blatt, steckte es in ein Kuvert, adressierte es an Phili und frankierte. Sogleich rannte er die fünf Treppen hinab und lief die zwei Straßen zur Hauptpost und versenkte den Brief im Kasten. Danach hatte er das Gefühl, nicht bei Sinnen gewesen zu sein.

Der Sommer schien zurückgekehrt. Lavendel stand am Imbisspilz an.

»Bockworscht nackisch«, bestellte vor ihm einer; seine gelstarren Haare wiesen vorn den hippen Aufwärtsschwung auf.

»Was'n das?«, fragte die türkische Aushilfe hinter dem Tresen.

Der Mann erklärte in breitem Hessisch. Prahlerisch überzeugt, seine Mundart mache ihn unwiderstehlich. Lavendel fiel leider die schwankende Greeliz-Bieleck mit ihrer pfälzischen Mundart ein. Die Türkin heuchelte Aufmerksamkeit, während ihre Finger routinierte Griffe vollzogen.

»Wo kommsten du von wech?«, fragte sie.

»Hesse«, sagte er stolz.

»Isch von Bottrop«, sagte sie. Aber das interessierte den mit der Bockwurst nicht mehr.

Lavendel schob seinen Fisch-Pappteller zwischen die anderen mit Curry-Wurststücken und Chickendöner und Bratwurst und Pommes und Kartoffelpuffer und die Colabecher und die Hände.

Er hatte den Mund voll Fisch und war dabei, eine Gräte mit der Zungenspitze auszusondern, als Jurij aus der Passage des Elektro-Centers hervortrat. Neben ihm ein Typ in steifer Kunstlederjacke und rosshaarschwarzem Haar. Eine Tolle fiel ihm ins Gesicht und verlieh ihm ein unheilvolles Aussehen. Beide paradierten den Corso auf und ab und gestikulierten.

Jurij verschwand allein in der Passage. Der finstere Typ in der Lederjacke stand wie angewurzelt. Lavendel sah, wie er wenig später in die Passage hinein Zeichen machte. Er legte die geballten Fäuste Daumen an Daumen, als trage er Handschellen. Mehrmals wiederholte er das. Dann schlenderte er davon. Zwei Grünspechte mit Schäferhund kamen vom Kröpcke heran. Ohne Eile.

Er bemerkte, wie Jurij aus der Passage trat und Frieder auf ihn stieß, und wie beide, nach einem Blick auf die Grünspechte, die zum Steintor hin unterwegs waren, in die Gegenrichtung gingen. Es irritierte Lavendel, Frieder schon wieder zu sehen.

Ihm fiel die Tea-Party im Baukasten ein, und wie er anschließend in einem unkontrollierten Treiben von Bildern versackt war. Dennoch war ihm, wenn er jetzt daran dachte, auch leicht zumute.

Der vertraute Mischgeruch aus Desinfektions- und Reinigungsmitteln mit schwer unterscheidbaren Aromazusätzen wie Tanne und Zitrone und Apfel überwältigte Lavendel jedesmal, kaum hatte er den ersten Schritt in die Stationstoilette getan.

Herr Möbeus kauerte auf seinem Stuhl, wenn man das bei dem großen Mann sagen konnte, inmitten einer Gruppe von Gästen, und schien, wie es seine Art war, abzuwarten, ob sein Einsatz geboten sein würde. Für einen Moment verdross Lavendel die Einmütigkeit des Klüngels, aber auch die Aufforderung, die von ihm ausging, sich in ihn einzufügen.

Der Redakteur war da, mit seinem hochroten und wie aufgeschürften Gesicht.

»Servus, Servus, mei Lieber!«, rief er einem mustergültig frisierten Herrn nach, der dem Ausgang zustrebte. Zu Lavendels Erstaunen lehnte Jurij müde in einer Ecke. In der zweiten Kabine von vorn, die er favorisierte und die ihm den Hörkontakt zu den Diskutierenden sicherte und deren Graffiti- und Sprüchemalerei ihn am wenigsten störte, schloss Lavendel sich ein. Anfangs hatte er abgelegene Kabinen bevorzugt, mittlerweile waren ihm die Rede-Duelle wichtiger als abhörsichere Zurückgezogenheit.

»A wos!«, erboste sich der Redakteur, »für die Reiche des Geistes geht si des net aus. Es sei denn, sie san käuflich. Hearns, wenn i's Eahna sog: Des Groß-Volk kotzt si aus in seim verstümmelten Prol-Sprech und fühlt si dabei als Meisterstück der Schöpfung. 's Ghirnschmoiz is ranzig. Schaugts in die Mittags-Talk-Shows! A Auflauf von Dummtölen! Gemma, gemma, der Pieptonwortschatz doat is a woschechte Koprolalie!«

»Ich glaube ja«, behauptete eine unbekannte Stimme, »solche Sendungen realisieren zynische Mittelschichtler, die sich an den herausgekitzelten Grobheiten ergötzen und im Wohlgefühl des eigenen kulturellen Hochwertes sonnen.«

»Das ist der späte Triumph der 68er«, ergriff ein weiterer Unbekannter das Wort, »wollten die nicht den Proletkult der 20er-Jahre reinstallieren?«

»Oh, da geben sich Klugschieter die Ehre«, raunzte der Redakteur, als gelte es, unliebsame Eindringlinge abzuwehren. Unbehaglicher Gesprächsstillstand trat ein. Eine Wasserspülung rauschte.

»Hörnse auf mit TV-Events: Was da tagein – tagaus an Katastroquark gesalfert wird! Grenzdebil! Genauso, was sich *Comedy* schimpft. So stufen die Macher unsre Apperzeptionsfähigkeit ein! Unterste Schublade! Zehn-Gehirnzellen-Niveau«, sagte in heftiger Rage eine andere nie gehörte Stimme aus dem Hintergrund.

Eine der früheren, zurechtweisend: »Keiner zwingt Sie an die Glotze. Sie sind frei!«

»Frei?«, wieder der vorige, immer hitziger, »is doch'n Gerücht! Ich muss dafür zahln. Hab also'n Recht auf'ne Qualitätslieferung. Und sowieso: Freiheit? Is'n Privileg der Reichen. Von Gottes Gnaden«, fügte er höhnisch hinzu. »Denen bedeutet Freiheit, sich gewissenlos auf Kosten der Armen zu bereichern und zu prassen. Is ja Gottes Fügung, dass die Armen arm sin und bleiben! Oder etwa doch nicht?«

»Auwehzwick! Wozu taugt denn dann Bildung«, war der allzu Blonde resigniert zu hören, »wenn sie einen die Welt ungeschminkt sehen lässt und einen deprimiert! Nee! Lieber bunte Knete im Koppe! Und an was Erfundenes glauben – und glücklich sein!«

»Wohl wahr«, ergriff bedächtig Meister Möbeus wieder das Wort, »die angebliche Freiheit, der Zuwachs an persönlicher Freiheit im Kapitalismus soll die hinterrücks erfolgende Entfernung der sozialen Freiheit kaschieren. Humanistische Bildung ist der Subgesellschaft dann lebensfern. Sieht man es aus dem Blickwinkel der technischen Entwicklung, so eilt diese der ethischen Mit-Entfaltung der Benutzer uneinholbar voraus. Sie merkens nur nicht. Die beherrscht eine nebulose Nationaleitelkeit. Oder ein Körper- oder anderweitiger Ego-Mythos. Der Machbarkeits- und Fortschrittshörige ist der eigentliche Werte-Destruktivist. Aufgeklärte Bildung sollte den ihr eigenen Widerspruch mit reflektieren.«

»Oh, oh, Herr Möbeus. So schwarz in Schwarz heute?«, war der Schauspieler zu vernehmen. »Sie sollten vielleicht mal raus hier«, rief er, ins Pathetische wechselnd, »raus aus dem Orkus, raus aus den menschlichen Abgründen!«

»Den Abgründen von Defäkation und Flatulenz? Von Diarrhö und Obstipation? Gut gebrüllt, Löwe«, lachte der Redakteur und freute sich. »Waßt wos, des hat wos vom frühen Botho Strauß.«

»Ich mein ja nur«, nahm der Schauspieler sich sogleich zurück. »Manchmal, das stimmt schon, da erschreckt es mich, Ihr objektives Denken, Herr Möbeus. Dann kommts mir brutal vor. Und desillusionierend. Ich als Schauspieler, ich liebe aber das Spiel mit der perfekten Illusion.«

»Das hast du hier! Oben, draußen, da verliern sich Gedanken und Worte und verrücken nichts. Hier unten ... Ach, machn wir uns nichts vor, Bernhard, was wir hier unter uns denken, ist auch fast wie nie gedacht.«

»Oiso ziaht ma bessa aufs Land, is doof, haut des nächstbeste Flietscherl an, rammelt, hälts Maul, hackelt, haut eine, geht in d'

Kirchn? Wie Heidewortdrechsler Arno Schmidt weiland vorgschlogn hot«, schaltete sich der Redakteur zornrot ein.

Doch Herr Möbeus fuhr schon fort: »Und was das andere angeht, Bernhard, hier waltet wahrhafte Entäußerung! Dies ist ein Refugium der Notdürftigen. Hier ist sich das Luxussäugetier Mensch nah. Vielleicht auch in jämmerlicher Gestalt. Und weiter: Was ist gegen die Unterwelt als solche vorzubringen? Ohne sie fehlte der lebensumfassenden vertikalen Trinität die Grundlage. Die Harmonie des Seins wäre zunichte.«

Aus einer der Nachbarkabinen hörte Lavendel unterdrücktes Stöhnen. Es verdoppelte und teilte sich, als stellten sich Frage und Antwort aufeinander ein. Es überhastete sich nach einer Weile zu kung-fu-artigen Lauteruptionen.

»Ach, Herr Möbeus«, ertönte des Schauspielers Näseln: »Da sag ich was dahin, und Sie nehmens richtig ernst. Oft, Herr Möbeus, wünschte ich mir, dass Sie zuversichtlicher wären.«

Nun geschah etwas Ungewöhnliches. Aus der Starrheit des Herrn Möbeus, nachdem es in ihm heftig gearbeitet haben musste, brach sich ein Lachen Bahn. Ein von den Fliesen zurückschnellendes Lachen.

Ein zerborstenes Keuchen, das durch den Raum geisterte. Niemals bisher hatte Herr Möbeus gelacht. Während des Ausbruchs schwiegen die Übrigen. Das Lachen versiegte. Noch nie auch hatte Lavendel den Raum so von Stille angefüllt erlebt. Die Geräusche in den Nachbarkabinen waren zum Erliegen gekommen.

»Zuversichtlich?«, stieß Herr Möbeus hervor. »Zuversichtlich? Ja, Kant hält Zuversicht für eine Pflicht. Überhaupt, was ist in den vergangenen zweieinhalbtausend Jahren allein hier im Abendland über Zuversichtlichkeit und menschenwürdiges Leben philosophiert worden! Den meisten ist das Nachsagen schon die beglückende Tat.«

»Da simulierens Tatkraft! Werfen mit Worten um sich wie mit Nebelkerzen. Fordert a so a Schani von den Law-and-Order-Politikern zum Beispiel mehr Eigeninitiative von den Menschendraußenimlande, so maant er damit, dass das soziale Netz weiter zerlöchert wern soll«, assistierte der Redakteur, drang aber nicht ans Ohr des Mahners vor.

»Ach, Bernhard! Schlankweg so *zuversichtlich* meinst du?«, wiederholte Herr Möbeus. »So ist unser Leben nicht angelegt. Kennst du auch nur einen Vertrauenswürdigen, also einen nicht ideologisch Berauschten, einen nur, der uneingeschränkt zuversichtlich wäre? Einen Einzigen?«

Lavendels halbherzige Bemühungen wurden – mit Herannahen einer sich von selbst steigernden und endbestimmten Verkrampfung in seinen Eingeweiden – immer ernsthafter und von seiner Absicht unabhängiger. Als sich die Spannung ihrem Zenit näherte und in Erleichterung umzuschlagen versprach, durchschoss ihn eine Art innerer Lichtstrom, der das eigene begrenzte Wollen auflöste, der zum rauschhaften Gefühl des Einswerdens mit allem Vorstellbaren wurde und einen Zustand äußerster Ruhe nach sich zog. Und ihm wurde blitzartig und grundsätzlich seine gegenwärtige *GAD*-Situation klar. Er war am Ende.

Die Spülung rauschte kurz und verschluckte das Gespräch draußen. Das Papier war an der Oberseite weniger rau. Lavendel lehnte sich schließlich zufrieden und ernüchtert zurück.

»Zuversicht?«, spenglerte Herr Möbeus weiter. »Die Armut frisst sich wie ein Steppenbrand in die Völker.«

»Armut ist keine Schande, sagte der Reiche und jagte den Bettler vor die Tür«, merkte ein Unbekannter an.

»Ja. Armut zersetzt die Gesellschaften – und Ich-Gier und Skrupellosigkeit und blutige Rachefeldzüge der Erniedrigten«, führte Herr Möbeus weiter aus. »Wer kann sagen, dass er froh ist zu leben, so lang eine Milliarde hungernder underdogs ein Schattendasein fristet. Überleg doch, Bernhard: Fünf Prozent der Menschen besitzen drei Viertel des gesamten Geldvermögens der Welt! Kein Wunder, dass sich da manche lieber Bomben um den Leib binden, als ihr Leben zu verdämmern. Ich sag dir, nur der Illusionslose und Pessimist ist Realist. Wie Montesquieu ein Pessimist war, ein hochmoralischer! Ich glaube sogar: ein hoffnungsvoller. Nimm ruhig auch Sartre dazu. Blinde Zuversicht und Optimismus aber sind das Privileg von Denkverweigerern und Heuchlern.«

Wieder trat ein längeres Schweigen ein. Wahrscheinlich standen sie da und nickten bestätigend oder zogen die Stirn kraus, zum Zeichen tiefverwurzelter Ideologie- oder Lebensskepsis, dachte Lavendel.

»Ich kann mir nicht helfen«, sagte eine Stimme, »mir ist das zu misanthropisch. Oder als ob man sich an nichts mehr freuen dürfte. Und außerdem erinnere ich Kant, der hat doch ... hat der nicht gesagt: Optimismus ist sittliche Pflicht.«

In das eingetretene Schweigen fielen Herrn Möbeus' Worte, seine Stimme klang resigniert.

»Doch, doch! Freun Sie sich an der Schönheit natürlicher Gegebenheiten, an unübertrefflichen Kunstwerken, an kristallklaren Gedankenläufen, am Edelmut mancher Menschen! Der Kulturpessimist Freud hat das genau so gehalten.«

»Und die Liebe, oder, an der soll man sich doch auch freuen?«, fragte der Schauspieler fast zaghaft, ohne eine Antwort zu erhalten.

Der Redakteur war es, der begann, die Stimmung aufzulockern. »Wos i immer sog«, erklärte er sibyllinisch, »heit kommts drauf an, den Wolf zu zähmen. Die Kandare scharf anzuziehn!«

Lavendel kam unterdessen, als man sich nun über Herrn Möbeus' Worte den Kopf zerbrach und in ein moderates Streiten geriet, immer erschreckender zu Bewusstsein, dass er sich verkroch, zahnlos und hasenherzig. Er musste zurückkehren. Schon diese Einsicht machte ihn tatenfroh. Er fühlte sich durchströmt von berauschender Souveränität, geborgt aus dem Wissen um die fulminanten Ideen, die hier zur Sprache kamen.

»Was noch bleibt, wollt ihr wissen?«, war Herr Möbeus zu vernehmen. »Früher waren die französischen Enzyklopädisten des 18. Jahrhunderts und deren antik-hellenischen Nachwehen ein Lichtblick. Auch wenn mir bewusst war, dass die Aufklärung die Ursprungsvision verbogen hat und dass den meisten die Aufklärung zur Schamlosigkeit missraten ist.«

»Und jetzt?«, beharrte der Schauspieler.

»Die ganze Antike ist doch indiskutabler Tinnef!«, mischte sich glücklos ein Unbekannter ein.

»Jetzt?«, sagte Herr Möbeus. »Da flammten '68 alte Träume auf: von Wahrhaftigkeit. Erinnern Sie sich? Dutschke! Der pazifistische Gesetzlose! Der bescheidene Menschenfischer, der aufrief, die strukturelle Gewalt der Institutionen und von deren Charaktermasken zu enthüllen und die Haut hinzuhalten! Tempi passati! Und jetzt?, fragen Sie, was jetzt noch bleibt? Absolute Gerechtigkeit? Gibts nicht. Über der Gerechtigkeit liegt es wie Mehltau. Lenin hatte Unrecht. Gerechtigkeit kann nicht auf den Leichen von Millionen Opfern aufbauen. Das Allgemeine ist die Unwahrheit. Sagt Kierkegaard. Bildung degeneriert zu geldwertem Stückgut für hirnakrobatische Quizlinge oder Nachbeter. Gedächtnismumien! Bildung tappt herum in einem Nebel von romantisch-krausem Gottglauben und romantisch-idealisierender Demokratiehoffnung. Aber vor allem karessiert sich das apokalyptische *1984* ein. Mit Zuckerguss, versteht sich.«

Ungewohnt forsch verließ Lavendel seine Kabine, ließ einen zähen Faden der tropisch riechenden Seife auf die Hände schnellen, wusch sich gründlich. Auf einmal war Überdruss greifbar. Er war sie leid, die Diskutiererei. Und war es leid, wie sich die Jünger in Heilserwartung um den Settembrini-Verschnitt Herrn Möbeus scharten, mit nichts anderem als romantischer Kapitalismusflucht im Sinn. Doch, doch, auch er bewunderte Herrn Möbeus. Den Humanisten in der Bildungswüstenei. Der jedoch unterderhand seinen Visionen den Laufpass gab.

Hing dieser Schatten eines Mannes nicht wie ein halb leerer

Kartoffelsack auf seinem Stuhl! Hin- und hergerissen zwischen Vergeblichkeitseinsicht und Bildungskult. Und sie sammelten sich da, die Widerständigen, und schlugen ihren Unmut ab wie ihren Urin. Erleichtert konnten sie danach wieder einstimmen in den Chor der Angepassten, neuem Missmut entgegen, der Redakteur, der Schauspieler und sonstwer.

»Ich will dir was sagen, Bernhard«, erklärte Herr Möbeus, »der pessimistische Realismus ist der Nährboden für den erforderlichen Wandel des allgemein gezähmten Denkens zu einem freien Denken! Und nur das unterminiert das Herrschaftswissen.«

Man grübelte, in Szene gesetzt wie eine Rodinsche Skulpturengruppe sorgenvoll Denkender. Dann stellten sich wieder Worte ein. Lavendel schob sich durch die Traube der Palavernden und legte sein Scherflein auf den Teller.

»Alles paletti?«, fragte der Schauspieler anbiedernd.

Lavendel nickte und fing einen nachdenklichen Blick von Herrn Möbeus auf. Er war beschwingt, wie lange nicht mehr, als er über den Platz eilte und sich, wie üblich, ins *GAD* zurückzog.

Beim Passieren ihrer Wohnung hörte er ein Geräusch. Leise zog er seine Tür zu und sah durch das Mauerloch. Es war Sonja. Sie stand, wie Maschka kürzlich, regungslos im Flur – als erwarte sie jemanden. Ihre Gepäckstücke lagen aufgerissen. Dann kam Leben in sie. Sie blickte durch den Spion. Stieg danach über das Gepäck und ging ins Wohnzimmer. Er hörte sie sprechen. War jemand bei ihr? Nach Minuten erschien sie wieder, schob die Taschen beiseite und verschwand im Bad.

Der Spiegel-Durchblick war geöffnet. Seine Hände bebten. Er hielt den Atem an. Mit schnörkellosen, ja erschöpften Bewegungen entledigte sie sich der Kleidung. Ihre Haut war kaum gebräunt. Für vier Wochen Spanien war das eigenartig. Ihr Schamhaar war entfernt. Sie wurde immer weniger. Spürte sie noch die Hände ihres kanadischen Liebhabers auf der Haut?

Sie kam heran. Musterte sich. Suchte nach Anzeichen ihrer Krankheit?

Dann klappte der WC-Deckel. Er hörte das Knipsen des Feuerzeugs, hörte ihr Ausatmen, sah die Rauchwolke. Sie schlüpfte in die Pyjamajacke, stieg in die Hose. Schlottrig weit alles. Sie drückte Zahnpasta auf die Bürste. Später spritzte sie sich Wasser ins Gesicht, zwei-, dreimal, trocknete sich ab, cremte sich ein, bis die Haut glänzte, fuhr sich mit einem Kamm durchs Haar, den Kopf schiefgelegt. Das Licht erlosch.

Er blieb auf dem Sofa, fürchtete sich, den Raum zu verlassen, Dunkelheit hereinbrechen zu lassen, als tilge das die vergangene und kommende Zeit. Er schüttelte den Kopf über seine Beschwingtheit des Nachmittags.

Im Morgengrauen schreckte er hoch. Seine Glieder vibrierten. Der Puls pochte heftig. Er bekam keine Luft. Sein Mund war geöffnet und trocken. Bilder flatterten durch seine Vorstellung. Sie ließen sich nicht halten. Maschkas und Sonjas Bewegungen verschmolzen. Unvermittelt wusste er, dass Sonjas Warten an der Tür ihm gegolten hatte. Hätte er eintreten müssen?

Ich hab den wilden Mann markiert, jetzt ist der Ofen aus. Der Schuss ging voll nach hinten los. Ich schleiche mich nach Haus. Tuleckes Leib schwankte. Oder war er es, der schwankte? Sie hatte ihm ein Zeichen gegeben zu warten. So hatte er es interpretiert. *Das stehn wir durch ein Leben lang, auch wenn die Fetzen fliegen,* sang es trotzig und blechern auf dem Schreibtisch. Tulecke sah durch ihn hindurch. Sie summte mit. *Als Reaktion auf die verheerenden Terroranschläge hat die NATO den kollektiven Verteidigungsfall festgestellt. Bundeskanzler Schröder erklärte, Deutschland werde ...* Sie schaltete genervt die Nachrichten aus. Rang sie mit sich, doch etwas zu sagen, unterdrückte das aber? Er ging.

Sonjas Ankunft hatte ihn erleichtert. Aber das verflüchtigte sich im Dunst der Gänge. Seine Verantwortlichkeit ihr gegenüber empfand er stärker denn je. Vielleicht als Wiedergutmachung für sein rabiates Eindringen bei ihr – und für das Nachlassen seiner Abhängigkeit.

Mehr am Rande registrierte er Jamilas Kommen. War denn ihr Tag? Er beobachtete sie wie eine fast Fremde. Was schleppte sie da für hauchdünne Kleider an! Konnte sie selbst all das Zeug tragen? Vielleicht lebte sie vom Verschachern? Er bewunderte, mit welcher Gelassenheit sie sich umkleidete. Wenn sie das Zeug weiterverkaufte, wozu dann die Anprobe? Vielleicht gehörte das zu ihrem Händler-Ethos: Sie musste sich mit den Stücken identifizieren können.

Unmöglich, sich dem Schwung ihrer Hüften zu entziehen. Oder der Schenkelfülle, dem Nabelgrübchen, der sanften Bauchgewölbtheit. Er musste in ihre Augen sehen, im Graugrün der Brandung versinken. Zeitweilig waren sie nur Pupillenschwärze, nur hypnotisierende, rauschhafte Schwärze und die duftende Süßigkeit der mit leisem Knistern vom Silberpapier entblößten kakaodunklen Schokolade, an die er denken musste, mit Heißhunger, an den feinen, süßherben und überwältigenden Duft, wenn er sein Gesicht, ihre Haarflut als Versteck, an ihrem langen Hals verbarg, seinen Mund an ihrem Nacken, hinter dem Ohr, erst dem einen, dann dem anderen, die zarteste Haut, Milchkaffeehaut, einschlürfbar, aufleckbar, die auf seinen Lippen schmelzende Haut, zerfließende Haut, Café au lait-Haut, seinem Streicheln, seinen Lippen dargeboten und Vorgeschmack von rosigem Muschelgrund.

Ruckartig beugte sie sich vor, zu ihrer Handtasche, mit energischem Kinn und schmal aufeinandergepressten Lippen. Die Knorpel auf der Biegung des Rückens traten hervor, eine Kette kleiner Anhöhen. Und richtete sich schnell auf. Die Brüste sprangen, sah er, sprangen hoch in der schnellen Bewegung und flammten auf oder war es der blendende Schein einer Lampe, die ihn in seinem Verschlag einfing, ihn aus dem Nichts riss. Sie ganz nah. Vorgebeugt. Wie auf dem Sprung. Schon über ihm. Das sah er noch.

»Ding-dong!«, sagte sie. So hörte es sich an.

Er warf sich vom Stuhl. Fiel. Oder er sprang hoch, riss ihn um dabei, den Stuhl, er stürzte krachend, verfing sich, er fiel selbst, hob den Arm vors Gesicht, zerrte die Weste darüber. War in den Haufen Dosen gestürzt, in Flaschen, Becher, Papiertücher. Sie weiß alles, schoss es ihm durch den Kopf. Und was sollte das kindische *Ding-dong*? Er versuchte sich aufzuraffen, gleichgültig, welchen Lärm er verursachte, verkroch sich, die Weste als Schutzmantel über sich, verbarg sich im Abseits, sah den Lampenkegel weiterstreifen, verzog sich hinter den Vorsprung zum Gang. Die Spiegelfläche voll huschendem Leuchten. Der ausgeleuchtete Raum ohne ihn.

Irgendwann wurde es dunkel. Was für ein Schauspiel! Mit nicht geringer Verachtung sah er sich die Rolle des Gefallenen geben; authentisch sozusagen. Alles gespielt, klar. Soweit sein Versuch, sein Gesicht zu wahren.

Als er sich, vom Rückteil der Garderobe her, unhörbar einen Weg zwischen dem verstreuten Unrat suchend, wieder näherte, sah er sie im Aufbruch, die Sommerkledage überm Arm, wie sie den Vorhang aufzog. *I* ♥ *Fanny* stand mit Lippenstift auf den Spiegel geschrieben. *Fanny*? Sie spielte auf die Kneipe an. Sie meinte ihn, ihn und sie, wie sie beieinander saßen, Rücken an Rücken. Sie wusste, wer er war. Hatte alles durchschaut. Sie wollte ihm nichts Böses. Das war kein Angriff. Sie war auf seiner Seite. Deshalb ihr *Ding-dong*. Ihm fiel ein Stein vom Herzen. Sie wollte nicht zerstören. Nicht bloßstellen. Oder doch? Was redete er sich ein! Was hoffte er!

Der Tag war grau. Es hatte geregnet. Es war eine Stunde nach Jamilas Überfall. In den Alleebäumen der Georgstraße fauchte scharfer Wind. Die Wipfel der Linden wogten und bückten sich. Einzelne Äste gebärdeten sich störrisch, andere fügsam. Blätter wirbelten. Die Fußgänger schienen sich zu eiligen Gruppen zusammenzuschließen und sahen missmutig aus. Schilder klapperten. Die Sitzbänke waren nass. Der Wind ließ an die See denken. Für den Bruchteil einer Sekunde sah Lavendel Joana und Vio und Phili den Strand entlangrennen und hörte atemlose Rufe.

Es war ungefähr Mittag. Er hielt sich an den gewohnten Ablauf und wollte zum Imbiss. Die schwere Wolkendecke klaffte auf, Sonne überschwemmte die Straße. Sie schmolz zu grellem Gold. Er lief ein paar Schritte, blieb dann wieder stehen, sah dem flatternden Grün der Bäume zu, wandte sich dann um und ging zum Haus zurück. Seit wann wusste Jamila Bescheid?

Am Schokoladenstand vorbei gelangte er zu den Fluchttreppen. Kaum im System angekommen, besann er sich eines anderen, verließ die Gänge und suchte die Cafeteria auf. Die Afrikanerin saß, wie erhofft, an der Kasse. Er näherte sich ihr in der Reihe der Anstehenden und fühlte sich sicherer. Einer hinter ihm summte, summte ohne Unterlass die gleiche Melodie, die gleiche Melodie aus 14 Tönen, den wortlosen Ausklang des Beatlessongs *Love*.

Ihr Gesicht war aufgequollen. Sie war unverhältnismäßig stark geschminkt. Sie bestätigte ihre Vertrautheit durch das wortlose Einschenken der Milch.

Einen Sitzplatz fand er in Sichtweite von Eingang und Büfett. Am Nebentisch legte eine Feingekleidete ihren Mantel ab. Sie strahlte die sinnliche Würde der gealterten George Sand aus, wie er sie auf einem Foto gesehen hatte. Geruhsam fischte sie mit dem Löffelchen den Teebeutel aus dem Glas, umwand ihn mit dem anhängenden Faden und quetschte ihn aus.

Ein gedrungener Mann, Ende fünfzig, mit Cäsarenfrisur und weichem Gesicht, trat an ihren Tisch. Lavendel drehte sich halb weg.

George Sand sah auf: »Ach, Professorchen?«
Er legte seinen Mantel über eine Stuhllehne.

»Mir wär nach'm leichten Chablis«, sagte er.
»So früh?«
Britt, sah Lavendel, sprach mit einem Unbekannten, räumte ihr Geschirr weg und verließ die Cafeteria. Der Unbekannte nahm ihren Platz ein. Vielleicht hatte Tulecke sie auch auf die Kassiererin angesetzt. Die schien das nicht wahrzunehmen. Einmal allerdings suchte sie seinen Blick, bildete er sich ein.
»Es gibt keine optimale Blattform!« Der gedrungene Mann drehte sein Weinglas. »Die optimale Form des Rotorblattes hängt laut Kollege Forg von der Geometrie der Störung in der Zuströmung ab.«
Jetzt ging es Lavendel auf, woher er den Mann kannte: Als Student hatte er ihn, zusammen mit dem erwähnten Forg, der ihm fast wie ein Zwilling glich, in einem interdisziplinären Seminar erlebt. Seine Sorge, der Mann würde sich seiner erinnern, verflog. Der Blick des Professors hing im Ungefähren.
»Was du nicht sagst. Forg? Der Philosoph? Seine Frau hab ich bei einer Ausstellung getroffen. Ich mag sie«, sagte die Dame.
»Ja, ja. Aber dass Strömungen und Turbulenzen und Wirbel akustische Signale verursachen und der Propeller beim Beschleunigen die Obertonreihe durchläuft, stell dir vor«, hörte Lavendel den Professor rätselhaft antworten, als er den Tisch verließ, »das behauptet Forg jetzt und dass Platon diese Reihe im *Timaios* als Grundtöne des Kosmos beschreibt.«
Lavendel ging schnell. Es quälte ihn, nicht zu wissen, ob Jamila sich gegen ihn wenden würde.

Die Katze lag auf ihrem Mauervorsprung, als er das Fenster im Bad öffnete.
Reine Routine, dass er den Spiegel abnahm, als er später Geräusche aus der Nachbarwohnung hörte. Sonja führte eine Spraydose mit der Rechten in Schlangenlinien um ihre Frisur und nebelte sich ein. Er fühlte fast, wie seine Nase sich verklebte. Der Klodeckel klappte an die Wand. Sichtbar waren ihre Un-

terarme, die auf den Schenkeln lagen. Sie hielt den Kopf so weit nach vorn gebeugt, dass er die Haare herabhängen sah. Er bildete sich ein, das leise Wiescherln zu hören, mit dem sie sich erleichterte. Sie riss eine Anzahl Papierstücke von der Rolle, hörte er, und hielt sie zerknüllt in beiden, nebeneinander liegenden Händen, wie ein Gebetbuch.

Er schloss das Fenster, spürte noch immer den blendenden Strahl von Jamilas Lampe in den Augen. Die Überzeugung, der Leuchtüberfall sei ein Zufallsspiel gewesen, wollte Oberhand gewinnen. Denn hätten ihre Zeilen, wären sie für ihn gedacht gewesen, nicht spiegelverkehrt geschrieben sein müssen? Daran klammerte er sich.

Zerlünchen, tanz müt mür!

Es hatte geklingelt, bei ihr, und Lavendel hatte sich im Philodendron postiert. Bei der kleinsten Bewegung raschelten die vertrockneten Blätter. Der Maskierte brach herein, überschwänglich, und schwenkte einen Blumenstrauß.

»Dein Heckenschütze hat sich nach dir verzehrt«, schnarrte er, ließ einen Plastikbeutel fallen, und hob Sonja, die Blumen noch in der Hand, hob sie hoch und presste sie an sich.

»Wers glaubt!«, wiegelte sie ab.

»Du reizest mich vor allen, Zerlünchen. Tanz mit mir!«, trällerte er und schnaubte ein beifallheischendes Lachen und riss sie enger heran. »So süchtig bin ich nach meiner kessen Sonja-Krabbe. Süchtig, glaubs mir. Nicht zuletzt nach ihrem grüffügen Posteriör!«

Die Wangen unterhalb der Maske quollen wulstig auf. Sie befreite sich aus den Polypenarmen, die hinabgewandert waren und ins Volle gegriffen hatten.

»Du platzt hier rein und reduzierst mich auf mein rückwärtiges Fettdepot«, schimpfte sie. Aber dann überlegte sie es sich anders und schob den angesprochenen Körperteil heraus und wackelte. »Vielleicht hast du damit ja recht ... Das ist deine Schatztruhe ... sagst du doch immer ... dein Allerheiligstes, dein Sanktuarium, dein Seligmacher!«

»Menschenskünd, hab üch das vermüsst«, triumphierte er, »deine sukkulenten Geschmacklosügkeiten.«

Kaimanns kindische Gespreiztheit. Sein Gelächter schepperte metallisch. Oder war es doch nicht Kaimann? Ein Imitator? Die Haare des Mannes waren rapsgelb gefärbt. Oder eine Perücke? War er wieder im Fregoli-Wahn mit seiner Annahme, dass der Direktor maskiert als ein anderer, als der primitive Lüstling, auftrat? Nur weil er ihn in der Rolle eines Kotzbrockens sehen wollte? Doch da war diese pseudodistinguierte Manie, die *ü* und *i* und zu verformen. Womöglich aber das Markenzeichen der ganzen lüsternen *GAD-Elüte*?

»Du Aas!« Der Maskierte umschlang sie von hinten. Sie blickte über die Schulter, aus den Augenwinkeln, wand sich aufreizend und wippte und kreiste kokett mit den Hüften. Er schubberte sich an ihr. Sie kicherte, er stöhnte. Sein Stöhnen war ein stümperhaftes Deklamieren von Stöhnen. Pflichtschuldig steuerte sie langgezogene Laute des Lustgefühls bei.

»Your dirty mind ...«, presste sie heraus. Wie eine Auszeichnung klang das. Warum machte sie das mit?

»... is my joy forever. Jetzt heraus mit der Wahrheit, warst du deinem Prüster der Lübe treu? Wenn nicht mösenmäßüg, dann wenügstens üm Herzen?« Er schob sie unter das Licht und sah ihr prüfend von oben nach unten über den ganzen Körper.

Lavendel hatte keine Zweifel, dass Sonja dies alles nicht nur als das, was es war, als schmieriges Klamottical und zotige Pöbelei, durchschaute, sondern sich bemühte, das Spiel nicht ausschließlich nach seinen Regeln ablaufen zu lassen.

Der Maskierte legte mit einemmal seine penetrante Übermütigkeit ab. Er zog die Widerstrebende zum Wohnzimmer.

»Alles in trocknen Tüchern. Ham das Fischlein an der Angel«, sagte er geschäftsmäßig. In seiner Stimme schwang Zufriedenheit. »Auch während Ihrer Abwesenheit simmer tätig, Commander. Hübsches Lüstchen.« Er wies ein gefaltetes Papier vor und verstaute es wieder. »Dazu die CDs und Bildmaterial. Wir wissen, wo der Frosch die Locken hat.«

»Und jetzt?«

»Gibts Hendl in Eigensaft«, prustete er.

Sie verschwanden um die Ecke. Nur Murmeln drang bis zu ihm. Lavendel verhakte sich in den dürren Ranken.

»Willst du dich beklagen?« Das war der Maskierte wieder, der kurz im Flur erschien, aus dem Beutel ein Päckchen zog und zurück ins Zimmer verschwand. Lange wieder nichts. Dann sie. Zerknäultes in der Hand. Ins Bad. Er in der Wohnzimmertür.

Zog das Sakko aus. Nahm die Krawatte ab und steckte sie in die Jackentasche. Trat zum Flurspiegel. Beide Hände am Kopf. Handflächen und Finger drückten, pressten, schniegelten die unnatürlich gelben Haare, die sich sträubten, von hinten nach vorn.

»Fertüch?«, drängte er.

»Alter Molch!«

Sie schürte den Trashtalk.

»Ja, und? Üch fühl müch eins dabei«, verfiel der Maskierte wieder in seine stupide Affektiertheit, »müt einer gewüssen Vulgüvaga, dü üch ungern teile müt kanadüschen Medüzünmännern und anderen bucklügen Lochschwagern! Wenn ich an die hecküge vagüna dentata denke, das erotüsche Naschwerk, oder wü deine schöne zarte doidsche Pfürsüchhaut ...!«

Lavendel wechselte den Standort.

»Komm schon!«, trieb der Maskierte sie an. Sonja stand im Bad vor dem Spiegel, in High Heels und schwarzer Reizwäsche, in Seide, die über die Brüste kroch, sich um die Nabelkuhle zu Tüll verdünnte, der ihre Hüften bloßlegte und doch nicht und mit Goldpailletten gespickt war. Sie lockerte das Gewebe.

»Die Pömps!«, krächzte er, »vergüss die Pömps nicht, wilde Hummel!«

Sie rollte die Augen nach oben. Was war das? Sie hasst den Kerl! Sie hasst ihn! Wunderbar! Herrliche Frau! Oder? Routiniert tupfte sie ein paar Tropfen Parfüm auf Hals und Arme. Sie wollte ihn nicht riechen, nur sich.

»Nichts vergess ich«, rief sie. Im Weggehen drehte sie sich noch einmal und warf ihm einen verführerischen Seitenblick zu. Lavendel, ertappt oder nicht, wurde übel vor Anspannung.

»Ah! So isser lüüüb, der naschsüchtige Käfer. So lüüüb ich üüühn«, hörte er es draußen schleimen, »mit seidenen Klopshaltern und Seidenbisschen mit Muschi drin.« Manche Worte in die Länge gezogen. Lavendel wechselte in den Flur.

Mit wiegenden Schritten strich sie auf und ab. Der Blick des

Maskierten klebte an ihr. Fahrig knöpfte er das Hemd auf und streifte es ab. Die Hosen rutschten nach unten. Er trat den Stoffklumpen mit den Füßen zur Seite. Tat, als wolle er Sonja fangen. Sie floh mit halbherzigem Kreischen ins Wohnzimmer. Mit wedelnden Armen er hinterher. Sie kam wieder, verkroch sich unter seinem Mantel. Er stieß ein viehisches Keuchen aus. Sein halbsteifer Bürzel baumelte fahl aus schlammgrauem Haarwust heraus. Der Maskierte tat, als sehe er nichts und streckte, primatenhaft verkrümmt, die Arme aus. Tapste in zögerlichen Schritten voran. Wie mondsüchtig. Rief und dehnte dabei die Worte und quetschte und säuselte sie, als ob er die Gesuchte mit ihnen einfangen wollte:

»Versteck dich nicht, Spalt-Türchen! Gold-Löckchen, weck meine unkeuschen Geliste und treib deinen Schabernack mit ihnen!«

Er stieß an den Türpfosten und talpschte ihn ab und verfiel in quäkiges Dahlen.

»Büst du das? Geschmürgelt und kalt! Lübste Herrün, erbarmungslose Herrün! Ihr sekkürt euren Knecht aufs Teuflüschste. Ihr tretet die Lübe eures Knechts müt Fißen!«

Er presste sich brünstig an den Pfosten und bedeckte ihn mit schmatzenden Küssen und tat, als wolle er ihn begatten. »Dein Buhlteufel wüll den Honigmund wundkissen!«, tölte es, »komm zu deinem Luzüfer! Ich versenk mein Lücht in deiner dunklen Grotte.« Er keuchte und schnappte nach ihren nackten Beinen, verstummte, ging vor ihr auf die Knie, raupenprall und aschgrau, umschlang die Beine, beschnüffelte und beleckte sie mit Hechelzunge wie ein Hund und schmatzte und fuhr mit dem lappigen, roten Fleischstück an ihrem Schenkel hoch und schob in baalischer Gier den Kopf unter ihren Mantel. Sie kreischte, stieß ihn zurück, kam aus ihrem Schlupfwinkel hervor, er fiel, er lag auf dem Rücken, schlenkerte alle Viere hilflos und fuchtelte und sabberte:

»Doch ühre Scharmlüppen und ühr Gesäuge sün mür geneigt.«

Sonja stand breitbeinig über ihm.

»Was? Scham oder Scharm? Sprich deutlich, Kakerlake! Willst dich einsüßeln, ja? Nich mit mir! Und von wegen *geneigt*? Dass meine Möpse hängen, meinst du?«

Sie schwenkte das halbnackte Gesäß vor seinem Kopf und tat, als achte sie darauf, außer Reichweite seiner tapsig grapschenden Klauen zu bleiben. Jederzeit könnte er sie erreichen, wenn er wollte, sah Lavendel, doch der Mann schien seine Unterwürfigkeit ausgedehnt zu genießen. Bis er schließlich sie rabiat packte, wie mit wieder erwachten Kräften, sie in die Ecke drängte und dabei aus seiner mitgebrachten Tasche einen weißen Stoffballen fischte und entrollte, eine Jacke, die er ihr überstreifte, eine Zwangsjacke. Sie sträubte sich vergebens. Sie trat nach ihm. Sie beschimpfte ihn. Er riss ihr die Schuhe von den Füßen und warf sie hinter sich. Sie torkelte. Mit einer einzigen Bewegung zerrte er ihr den Seidenslip herab, drückte ihre Schenkel auseinander und trieb zwei Finger in ihre Vagina, als wolle er sie nach und nach an eine fleischfressende Pflanze verfüttern, und stieß sie zur Spiegelkommode und schlug ihre Stirn darauf. Ihr Hintern ragte in den Raum. Die Zwangsjacke verrutschte. Die Brüste fielen heraus. Aus seiner Hose am Boden zog er einen schwarzen Flechtgürtel, wickelte ihn halb um die Faust und schlug auf die bloßen Backen ein. Rote Striemen. Sie stöhnte. Fluchte. Wand sich. Konnte den Schlägen nicht entkommen. Oder wollte es nicht. Sie könnte sich fallen lassen, könnte sich der Zwangsjacke entledigen, dachte Lavendel verzweifelt noch, als der Maskierte genug hatte und den roten Hintern tätschelte und ihre Beine weiter auseinanderzerrte, in die Hand spuckte, ihre Anusrosette befeuchtete und seinen halbsteifen Klöppel hineinzudrücken versuchte in god's loophole. Mit törichten Stößen, als agiere er in einem Klamaukfilm. Ihre Brüste schlenkerten. Sie solle sich verdammt noch mal locker machen! Als er erfolglos blieb, riss er Sonja hoch und stieß sie ins Schlafzimmer.

Stille drüben. Es war widerlich, widerlich, widerlich. In regelmäßigen Abständen nahm Lavendel kleine Schlucke. Zerrbilder fielen übereinander her und zeigten immer geschmacklosere Varianten seiner Machtlosigkeit. Es blieb nur die flaue Genugtuung, nicht direkt gefordert zu sein.

Und er fragte sich, was Jamila gesehen hatte. Nahm sich vor, von ihrer Garderobenkabine aus nach hinten zu leuchten. Rätselte, was in ihr vorging. Entsprang ihre Aktion dem Misstrauen der routinierten Diebin? Vermutete sie schon länger, beobachtet zu werden, und zeigte sich dennoch nackt und stahl trotzdem? War der vermutete Spannemann dem anspruchsvollen *Aurora*-Geschöpf ein Extra-Prickel?

Von der Wand her verspottete ihn Maschka. Der portugiesische Schnaps versengte sein Inneres und befreite die Gliedmaßen. Gedanken flackerten. Geräusche suchten ihn heim. Lispeln und Wispern und Zischeln halluzinierte er. Jamilas Worte – Mitleidsworte für den in der Hinterwelt? Hatte sie seinen Herzschlag gespürt und gab ihm Worte als Zeichen der Übereinstimmung?

Stille wieder. Er musste sich vergewissern. Vielleicht war nichts geschehen. Vielleicht war alles ein Alptraum. Vielleicht war Sonja noch im Urlaub.

Das Flurlicht sprang geräuschvoll an. Ungeahnte Kräfte bildete er sich ein. Lavendel wuchs und fühlte sich allem gewachsen. Natürlich musste er barfuß sein. Eins mit Boden und Wänden. Die Tür nur anlehnen. Nur winzige, butterweiche, minimal über der Schwelle der Lautlosigkeit liegende Geräusche durften entstehen, wenn sein Schlüssel sich langsam drehte. Er ließ sich in den Zylinder einschieben. Eine halbe Umdrehung genügte. Seine Finger verfuhren wie im Schlaf. Wussten um die Stärke der Tür, deren Kante sie umklammerten und die sie geräuschlos aufschoben. Jetzt war ein Stöhnen zu hören. Oder er bildete es sich ein, weil alles so leise war. Weil niemand in der Wohnung war. Nein, doch, ein Stöhnen. Seine Arme schabten an den Hemdärmeln, so vorsichtig er sich auch regte. Das Licht im Türspalt zeigte die herumliegenden Kleidungsstücke des Maskierten und die Schuhe. Die beizend-scharfe Süßlichkeit von Kaimanns After-Shave, bildete er sich ein, füllte den Raum. Nur kurz schoss ihm durch den Kopf, dass jeden Moment sich die Tür öffnen und der aufgeschreckte Beischläfer erscheinen konnte. Er griff sich die Kleidung, schlich ins Wohnzimmer. Zog die Tür zu. Deckenlicht. Auf dem Tisch Essensreste. Abgebrannte Kerzen. Die Couchkissen zerwühlt. Er sah Maschka, wie sie sich streckte. Sonja ließ sich nicht vorstellen. Auch nicht der pralle Leib des Maskierten mit ausgefahrenem Stößel nebeninunterüber ihr.

Lavendel war angeekelt. Er wollte zerstören. In den Anzug Löcher brennen. Ihn zerstückeln. Worauf wartete er? Es war ein glatter Stoff. Nirgends eine Schere. Die Hosenbeine zerfetzen? Eines der Messer auf dem Tisch fiel ihm in die Augen, und währenddessen hatte ihn längst die Einsicht eingeholt, wie beschränkt seine Einfälle waren. Und die Brieftasche? Ein paar Hunderter steckten darin. Ein Bündel Kreditkarten. *Jakob Maria Kaimann.*

Er zog das Blatt aus der Seitentasche des Jacketts, einen Computerausdruck, den Kaimann vorhin geschwenkt hatte. Eine Übersicht. *J.L.* stand da. Dann zwischen Schrägstrichen: *Akteurin (Aurora) J. Tarit / MA 8-2000 / Alter 22 / Haare dkl., lg. / Augen grün / Konfektionsgröße S-M /* Dann jeweils Kurzangaben zu *Tag, Zeitfenster, Ware, Preis / Zur Kenntnis genommen Tulecke / CD-JL.29*

Er schob das Blatt zurück. Es gab keinen Zweifel mehr. Wieder zerbrochene Lautfetzen. Lust? Entsetzen? Stammten sie von ihm selbst? Er musste verschwinden. Seine Knie waren wie Watte. Zurück in den Flur. Erste Anzeichen eines Schwindelgefühles. Kaltes Kreiseln im Kopf. Wut. Angst. Scham. Noch blieb das Kreiseln innerhalb der Schädelwände. Als ob es sie dehnte und sie zersprengen wollte. Er stützte sich an der Wand ab und stieß an die Garderobe. Ein Bügel klapperte. Im Schlafzimmer wurde es still. Vielleicht war es auch vorher schon still gewesen. Er schlich weiter. Als er die Außentür zuzog, meinte er noch zu sehen, wie diejenige des Schlafzimmers aufging.

In seiner Wohnung lehnte er an der Wand. Also Kaimann. Woher wusste man das, was auf dem Blatt vermerkt war? Warum wurde Sonja unterrichtet? Steckte sie unter einer Decke mit Kaimann? Sein Kopf füllte sich mit eisiger Kälte. In Wellen stieg sein Mageninhalt empor. Er erreichte das Klobecken und erbrach sich. Dann kniete er auf dem Boden des Badezimmers, tastete nach dem Haupthahn und drehte die Wasserzufuhr an. Er musste alle Kraft aufwenden. Die dünne Fontäne schoss aus der Wand. Der Spülkasten des Klos lief voll. Er zitterte vor Kälte, wusch sich Hände und Gesicht, trank, spuckte aus. Das Wasser schmeckte faulig. Er stellte es wieder ab. Seine Finger waren kraftlos. Wasserzungen rannen die Wand herab und ins Waschbecken.

Mit Schnaps spülte er den Mund aus, verspürte nur den Wunsch nach Wärme, zu liegen und sich zuzudecken. Hatte Sonja sich überhaupt für die Liste interessiert? Hatte man gezielt an der Damengarderobe nachgeprüft? Oder? Er malte sich aus, wie man ihn auf Schritt und Tritt im Bild hatte.

Auch jetzt? Hirngespinste! Diesem Einfall dennoch folgend, lief er ins Bad, ergriff seinen Spiegel, der an der Wand lehnte, ließ das Deckenlicht von vorn darauf fallen. Er sah ganz deutlich alle Gegenstände des Raumes. Fast machte es ihn zufrieden: Die Anlage funktionierte beidseitig. War sie demnach nicht von seinem Vorgänger, sondern von Sonja installiert? Doch wieso sollte sie das tun?

Er dachte noch, er müsste das aufgestaute Wasser im Mauerdurchbruch beseitigen, fror aber, verließ das Badezimmer, wollte ins Bett, traute diesem jedoch, noch auf dem Flur, nicht die ersehnte Wärme zu, warf die Fellweste über und fügte sich drein, nichts anderes mehr zu tun, als sich in ein schwebendes, wirbelndes Versacken hineinzutrinken und richtete sich mit

Kissen und Decken auf der Couch ein und setzte die Flasche an. Da kam neuer Argwohn: Wenn schon der Spiegel so präpariert war, warum nicht auch die restliche Wohnung! Der Gedanke überschnitt sich mit einer weiteren Überlegung: Hatten sein Vorgänger und Sonja sich verabredet, sich abwechselnd zu beobachten?

Lavendel fühlte, wie sich in ihm und um ihn aus den Fragen neue Erdhaftung bildete. Gab es überhaupt einen Vorgänger? Halluzinierte er alles? Als Traum im Traum. Die gedachte Sicherheit ebenso wie das Verunsichernde, die Liste, die Bemerkungen? Er müsste sich noch einmal vergewissern. Doch waren seine Glieder inzwischen wie nicht vorhanden, bewegten sich allenfalls ataktisch und in äußerster Fernheit.

Mengenweise Bildmaterial? Er verwildert im Vergessenwollen? Eine Dokumentation seines Niedergangs? Oder hatte Kaimann gebluflt? Hatte er doch sicher gleichzeitig daran gedacht, wie er nach Belieben an Sonjas rundem Hintern zerren und sie mit den Lippen, mit den Fingern besudeln und sich auf dem Teppich wälzen würde. Sonja spreizbeinig. Sonja in Seide schwarz. Sonja, die geknechtete Königin. Er müsste los. Die Wohnung filzen. Müsste durch die Gänge. Müsste überprüfen. Müsste nach Kameras sehen. Licht ins Dunkel bringen. Die Schwere aus dem Kopf verjagen. Das ermüdende Brodeln darin. Sich aus Kaimanns Spinnennetz losreißen. Er müsste wissen, ob ein Vorgänger ... ob Sonja ... ob das versteckte Geld ... die Bilder von Maschka ... die Liste ... der Mann in Leder ... die verschwundenen Notizen...

Lavendel fiel zurück. Fast hätten seine Füße den Boden erreicht. Fraglich, ob das Berühren des Bodens sinnvoll wäre. Gesichter flogen vorüber. Konturenlos wie das Innere des Raumes, in dem er dahintrieb. Der sich weitete. Der unermesslich war. Gefüllt war mit Musik. Der Musik, die unsichtbare Säulen erkletterte. Tonranken, die sich in der Höhe berührten, im Dunkel, in der Kälte des Raumes, und wieder auseinanderstrebten:

Violinläufe. Darunter verschlingende breite Cello-Bass-Endlosigkeit. Aus der Tiefe die Altstimme, *Erbarme dich, mein Gott*, und Motorengeräusch. Abschwellend. Schnitt. Langsames Dahingleiten durch ein Waldviertel. Geräuschlos fast. Blicke auf Häuserfronten. Buschwerk hinter Efeumauern. Klinkermauern. Motor verstummt. Totale. Tannen. Das Haus zugewachsen. Mattes Licht im Erdgeschoss. Halbtotale. Seitlich durch die Büsche. Zweige wischen dunkel vorbei, Zweige teilen sich. Offene Rasenfläche. Totale. In warmem Licht Terrasse und hinter breiter Glasfläche der Wohnraum. Menschen wie Abziehbilder. Ein Mann öffnet die Tür zum Garten. Großaufnahme Gesicht Kaimann. Schnitt. Blick in den Garten. Schnitt. Halbtotale. Kaimann zurück in den Hintergrund. Silhouetten vor Kaminfeuer. Schnitt. Großaufnahme Hände im Dunkel. Eine Flasche, im Flaschenhals ein Tuchfetzen. Feuerzeug. Das Ende des Tuches glimmt. Großaufnahme Flamme. Schnitt. Kamera unruhig. Stufen hoch zur Terrasse. Menschen vorm Kaminfeuer. Die Scheite. Leises Knistern. Kurzes Bersten eines Astes. Sprühendes, zischendes Harz. Sesselgruppe. Köpfe. Gestikulieren. Gläserklirren. Schnitt. Knistern des Kaminfeuers anhaltend. Großaufnahme Flasche mit brennendem Tuch. Ihr Flug aus der Verschwommenheit. Im Herankommen klarer. Schwenk Wohnraum, Parkett, Teppiche, Blumen, Bilder. Sanftgoldene Unversehrtheit. Splittern von Glas. Schnitt. Überstürzte Kamerafahrt. Dunkle Terrasse Richtung Garten. Knistern des Kaminfeuers immer lauter, Schreien immer lauter und das Sprühen und Zischen. Lichtfetzen auf Rasen. Niedrige Tannenzweige. Dunkelheit. Keuchen. Von weit her das vorige Violinenmotiv ...

Er musste die Füße auf den Boden stellen, musste sich aufrichten, stehen, gehen. Belastendes vernichten. Auch wenn das Licht schmerzte. Den Nachschlüssel fand er im Chaos des Flurs. Er raffte Hilfsmittel zusammen, eine Taschenlampe, ein Feuerzeug, den Plan. Wozu den Plan? Der war nutzlos. Einen Plan von den Verstecken hinter den Verstecken, von den Bildfallen benötigte er.

Er verlangsamte seine Bewegungen. Als er den Türgriff in der Hand hielt, war in seinem Kopf ein dumpfes, schmerzhaftes Sausen. Er trat an die Wand und sah durch das Dübelloch. Sonjas Flur lag im Dunklen. Etwas hatte sich verändert, wusste er. Ihm fiel seine unendliche Wut auf Kaimann ein. Seine bisherige Ahnungslosigkeit war beschämend. Eine Riesenlast türmte sich auf. Als er das Deckenlicht ausknipste, kreiste das Durcheinander des Raumes um ihn.

War er das, der ungestört an ihrer Wohnung vorbei und ins System gelangte? Erst tastend? In einer neuen Filmsequenz, im matten Dämmerlicht der Spiegel zur Zooabteilung? Er stieß sich den Kopf. Musste lachen. Gebückt, aus Vorsicht immer tiefer, drang er in stickige Finsternis vor, die beim ersten Abstieg wieder aufriss. Aus den Glasschlünden und engen Stollen quoll tönendes Brausen, tuwinischer Kehlgesang, der keiner Sprache bedurfte. Jeder Schritt reizte unerklärlicherweise zum Lachen.

Vielleicht lachte er über das Lauern, das er überall spürte, wo er sich bisher in der Sicherheit des Unwissenden befunden hatte. Vielleicht lachte er, weil er sich die Bedrohung nur einbildete und weil er so unbeholfen war und sich stieß und wundscheuerte und weil er doch den Weg zur Frauengarderobe im Schlaf zu gehen vermochte und er dorthin wollte, weil es dafür auch einen triftigen Grund gab. Oder weil ein Bein nachschleifte, wie er bemerkte. Das Knie tat ihm weh, als seine Hand danach griff. Er konnte kaum auftreten. Oder lachte er, weil er aus dem Takt geraten war, weil Zwänge an Bedeutung verloren?

Etwas Frohgemutes stahl sich aus der Dunkelheit und in ihn, etwas Schmetterlingsbuntes und geradeso Leichtes, das herüberdrang von der Seite derjenigen, die über das Wissen verfügten, die die Sphäre, in die er unwillentlich einbezogen war, dirigierten. Zu denen er nie gehörte. Er war Zuschauer. Nichts sonst. Der dem von sich eingenommenen Kaimann ermöglichte, den Mythos der eigenen Macht auszubauen. Das schien ihm lachhaft. Lachhaft, wie er sich dem untergeordnet hatte. Und auch dass sich ihm irgendein übergreifender Plan andeutete und er die Gedanken der Machtverbohrten ahnen könnte.

Sein Hinabhangeln an der Leiter und das Weitertasten hatten etwas geschmeidig Unbestimmtes. Als er schließlich im Garderobenhintergrund eintraf, streikte die Taschenlampe. Das Flämmchen des Feuerzeugs duckte sich unter seinen Atemstößen und verbrannte die Finger. Auch der neue Schmerz war zum Lachen, befand er und begann Wände und Decke abzuleuchten, ohne Vorstellung, wie das aussah, wonach er fahndete. Winzige Objektive? Das Flämmchen entriss dem Dunkel schrundige Kerben und Vertiefungen. Seine Finger forschten mit. Die erhobenen Arme verursachten schlagartig heftigen Schwindel. Oder war es der verkrümmte Nacken? Oder das flackernde Licht? Rote und gallegrüne Schlieren trübten seinen Blick. Ein Rauschen, an- und abschwellend, wie von unablässig vorbeiflatternden Riesenvögeln, fraß sich in die Dunkelheit und wollte seinen Schädel sprengen, als eine Riesenwoge Lärm, nein: Geräusch, nein: Töne angeschwemmt wurde. Und doch leichte Töne. Feine Töne. Töne wie ein Treiben aufgestöberter feinster Glassplitter. Bruchstückhafte Akkorde, die sich zunehmend verdichteten. Die seinem Wissen um einen letztmöglichen Klang entsprangen, als habe sein Innerstes verschlungen, was ihn umgab, und gebe es wieder preis. Mit hellen Stimmen. Monteverdis *Anima mea dominum*. Konnte man solche karge Lust halluzinieren? Die Spiegel schienen zu leuchten. Licht sickerte verstärkt aus den Kaufräumen herein. Oder war das schon immer so? Knisternd und blendend strahlten in den Garderoben die Leuchtkörper auf, als sei Tag. Tenöre stimmten ein verzücktes *Et exultate* an. Die Töne strömten, nach dem ersten Erschrecken, so sehr aus dem Geläufigen hervor, dass nichts Befremdliches mehr sein wollte an dem absurden Geschehen. Er musste nur unbeweglich stehen, so verging die Zeit langsam. *Deum salutavi.* Hohe und tiefe Töne zwischen Verbleiben und Auflösung. Stillstand. *Deposui.* Smaragdene Wirbel im eiskalten Wasser. Wie Sonnenreflexe und Glitzern über Wasser. Zerflatternd im Raum ohne Ende. Schwebende Bögen. Für einen Bruchteil von Zeit waren die Töne Ewigkeit. Doch das hinterhältige Wissen um deren bevorstehenden Verlust verdünnte das auffliegende Hochgefühl. Und die schwebenden Bögen reichten ins Nichts, als sie plötzlich abbrachen und Stille eintrat. Blieb das Summen der Lampen. Nichts stimmte mehr. Das Bewusstsein der Gefährdung wurde übermächtig. Er drückte die provisorische Tür auf. Stand in der Kabine Jamilas. Trat nach draußen in die Unbelebtheit der Halle. Weiße Tücher über den Tischen und Ständern. Die Spiegel rings warfen sein Bild zurück.

Das Klappen der Schwingtür. Der Dienstmann. Er hielt den zerrenden und knurrenden Hund zurück. „Ruhig, Rin Tin Tin, ruhig!" Lavendel stand wie angewurzelt.

Eine neue Welle Musik. *Sicut locutus est.* Siegestrunken. Von allen Seiten herabfallend. Lavendel hatte Angst. Alle Lautsprecher des *GAD* waren voll aufgedreht. Der Schäferhund stieß ein wildes Bellen aus. Er zerrte. Aus den unteren Etagen antwortete weiteres Bellen. Lavendel stürzte zu den Garderoben zurück.

Im Geifern und Bellen verzerrte sich das *Gloria*, drang hinter die Garderobe, drang durch die getarnten Löcher und Sehschlitze, vermischt mit den weit ausgreifenden, ausgelassenen Rufen der Tenöre, drang in jede Pore. Er riss sich die Hände auf, stieß an die Decke, schürfte sich an der Wand, wusste auf einmal mit Gewissheit, dass über seinen niederen Gängen irgendetwas sein musste. Warum waren sie so nieder, die Hallen jedoch viel höher? Ein zweites Gängesystem? Mit einem zweiten Irrläufer wie ihm darin? Der durch die immer verschlossene Tür, die Stahltür, hineingelangte? Er rannte. *Gloria patri et filio et spiritui sancto.* Traumfetzen von zärtlich-falschem Zugedecktsein ließ er zurück. Er rannte. Nur weg. Er hatte kein eigentliches Ziel.

Jeder Schritt war wie eine Loslösung von sich selbst, von dem, der er bisher gewesen war – als ob er die eine Ohnmacht verloren hätte, um in einer noch viel größeren zu versinken. So gelangte er zum Abstieg. Hing in der Säule. Hob die Arme. Wäre außerstande, sich zu verteidigen, könnte niemals zuschlagen, sich niemals losreißen, wenn man ihn packen würde. Die Arme waren überschwer, waren mit Mühe nur anzuheben, waren unfähig, mehr als sie selbst zu sein, etwas zu tragen, etwas zu treffen, Faustkraft zu sein. Sie waren Last. Er griff in die Sprossen, hing, wusste auf einmal den Abgrund unter sich. Die Soprane so ruhig. Das Gebell wütend. Er sah hinab. Die Versuchung, sich fallen zu lassen, schmeichelte sich ein. Sich einfach fallen zu lassen. In schwarze, tiefe Ruhe. Doch klammerte er sich fest. Die Musik brach ab. Das Bellen noch. Es hallte. Verstummte dann. Nur Knochen seine Arme. Sehnenlos, muskellos, zitternd. Die Taschenlampe rutschte aus der Hosentasche. Sie fiel in den Schacht und schlug gegen die Streben und zerplatzte unten klirrend. Er schob seine Arme tiefer ins Metallgestänge. Sie sollten wie verschweißt sein damit, für immer.

Später vermochte er sich hochzuhangeln. Er langte im oberen Flur an. Nichts deutete auf eine Verfolgung hin. Ihm fiel auf, dass das Licht nicht angesprungen war. Nur die grüne Notbeleuchtung glimmte alle paar Meter. Es war halbdüster. Unlicht. Vor seiner Wohnung angelangt – oder hatte er sich gar nicht entfernt? –, löste sich von der Mauer ein Schatten, wollte fliehen oder auf ihn zuspringen, es war nicht klar, es gab ein Aufeinanderstürzen, Lavendel wollte sich befreien, was vielleicht missverstanden wurde als Angriff, jedenfalls traf ihn ein Hieb in den Magen, dass er ächzte und nach vorn kippte und mit der Stirn gegen das Gesicht des unsichtbaren Gegners prallte, der gleichfalls aufstöhnte und Lavendels Kopf wegstieß und dann mit einer Hand seinen Hals umklammerte und mit der anderen ihn an der Jacke heranzerrte, weshalb sich Lavendel hilflos fallenließ und im Fallen gegen die Tür schlug. Der Schlag dröhnte im Kopf nach. Dröhnte lange nach.

Die Nebentür wurde aufgerissen. Sonja. Licht. Der unsichtbare Gegner nahm kurz Gestalt an. Zu kurz, als dass der nach Luft schnappende Lavendel hätte erkennen können, wer gebückt wegrannte. Sonja beugte sich zu ihm herab. Er war in tiefer Schwäche gefangen.

»Was machst du nur?« Darauf konnte er nicht antworten, weil sie seine Entsetztheit verstärkte. Er kam mit ihrer Hilfe auf die Beine, ließ sich von dieser Stimme einhüllen und lehnte an der Mauer zwischen den Wohnungstüren. Sonja stand im Schein, der aus ihrem Flur herausfiel, und hatte ihren Bademantel an. Ihre Füße waren bloß. Er registrierte das mit halbem Blick. Welche Bewandtnis hatte es damit? Sie erklärte etwas. Nur vereinzelt drang das Gesagte bis zu ihm vor. Er war apathisch. Es war ihre Stimme, in die er gebettet sein wollte. Willenlos zu sein wurde zunehmend verlockender. Sie zog ihre Tür bis auf einen Spalt zu. Beide standen im Finsteren.

»Pack das Nötigste zusammen, ich bring dich raus. In zwei Minuten!« flüsterte sie und schob ihn in seine Wohnung.

Tutto kaputto

Das Treppenhaus schluckte die Geräusche. Wände, Geländer, Stufen taumelten vorüber. Sonjas Gegenwart hielt ihn im Gleichgewicht. Es fiel kein Wort. Unten angekommen, nickte sie dem Pförtner zu. Laue Nachtluft schlug ihnen entgegen, sie ernüchterte nicht.

»Keine Zeit für Erklärungen«, sagte sie. »Kriegst du von Maschka.«

Untergehakt zog sie ihn weiter. Sie erreichten die Taxis. Sonja schob ihn ins erste, instruierte den Fahrer, drückte ihm einen Schein in die Hand.

»Alles Weitere im *MA-NU*«, sagte sie zu Lavendel. »Ich muss zurück.« Sie beugte sich in den Wagen. Finger legten sich auf seine Lippen.

»Schade, dass wir uns nich irgendwo anders getroffen haben. Alles is nich danach«, sagte sie und schlug die Tür zu. Die Berührung seines Mundes hatte Lavendel irritiert. Er dachte, er könne wieder aussteigen, sie umarmen. Er wollte es tun. Doch sie fuhren bereits. Die Farben der Nacht vermischten sich.

Nach einiger Zeit verlangsamte der Wagen die Fahrt. Schrottplätze zogen vorbei, Lagerhallen, Container, Kaianlagen, Kräne. Die Fahrt hätte endlos weitergehen können. Lila-frostig der Schriftzug *MA-NU* über dem Verdeck eines dickbauchigen Schiffes. Der Fahrer half Lavendel heraus. Sie waren am Nordhafen, an einem Seitenkanal. Die Brücke aufs Schiff, eines ausrangierten Vergnügungsdampfers, schwankte. Sie wurden eingelassen. Rockmusik. Der Fahrer tauschte mit dem Türsteher ein paar Worte und übergab Lavendel. Der wurde in trübfarbenes, hämmerndes Halbdunkel geschoben, an einen Tisch. Pfeiler gruppierten sich um eine erhöhte Bühne, auf der sich eine Schwarzhaarige im Kunstnebel schlängelte. Sie knetete die Brüste, sie fasste zwischen die Beine. Ihre übertriebene Ekstase vervielfachte sich in metergroßen Bildschirmen an den Wänden. Ihr Mund schnappte nach Unsichtbarem. Manchmal kroch die Zunge hervor, als quelle ein Eingeweide aus dem Leib. Farben eruptierten. Anstelle des Schamhaares wand sich ein Tatoo-Drache grün den Unterleib empor. Sein Rachen rotes Geifern. Die Krallenschwingen bis zu den Oberschenkeln ausgebreitet. Die Nackte glänzte metallisch. Lichtblasen flippten durch den Raum.

Plötzlich Maschka. Sie stellte ein Glas mit milchig-grüner Flüssigkeit ab. Ihr Gesicht hatte im matten Licht etwas Dämonisches.

»Trink!«, schrie sie, »siehst tutto kaputto aus!« Er wollte sein Unverständnis formulieren. Es war aussichtslos. Die an- und abschwellende Geräuschflut aus den Lautsprechern würde seine Worte niederwalzen. Maschkas Kopf kam näher. Die Tänzerin verschwand zwischen den Pfeilern, den Atlanten und Karyatiden, gipsweißen nackten Muskelmännern und Frauen mit praller Oberweite und klobigen Sterzen. Bildschirme flirrten. Farbstrudel klumpten. Ein lächelnder Frauenmund tauchte auf. Mit zurückweichendem Zoom sank die dazugehörige Frau auf ein Bett nieder.

Maschka trug ein hautenges Kobra-Shirt.

»Gleich!«, schrie es an seinem Ohr. Ihr Blick war bei einem Gast, der am Tresen mit dem Barmann sprach. Sie zog ihren Rock glatt und trat zu dem Neuankömmling, dessen Gesicht mal einen unterwürfigen Ausdruck annahm, mal zu beseeltem Grinsen wechselte, als sie mit ihm sprach. Wobei die Frau an den Wänden ein Hemd über den Kopf zog. Die Haare lagen wie ein Passepartout ums Gesicht. Ihr Körper bewegte sich verlangsamt, oft sah sie wie eine Madame-Tussaud-Figur aus. Ein Mann in Shorts lümmelte auf dem Bett. Seine Hand knetete seinen Auswuchs. Eine Kamera biss sich fest an den erdschweren Brüsten der Frau, eine zweite tänzelte um ihre Hinterngloben und die gespreizten Schenkel, bis sie sich an überdimensionierten

Schlauchbootlippen dazwischen festbiss, eine dritte fixierte das Gesicht des Mannes. Lavendel schloss die Augen und trank. Sein Magen ballte sich zusammen.

Eine Hand auf seiner Schulter. Maschka zog ihn hoch. Er hatte Mühe, gerade zu stehen und Fuß vor Fuß zu setzen und den Klub zu durchqueren und über die instabile Brücke zu kommen. Das Wasser gluckste. Gerettet stand er auf dem Pier. Ein rauer Windstoß ließ an Kälte denken. Sein Kopf dröhnte. Maschka dirigierte ihn über den Parkplatz zu ihrer Rennsemmel, wie sie witzelte, schob ihn in einen alten BMW und startete. Die vorbeifliegenden Lichter verursachten Übelkeit. Er schloss die Augen.

»Bis man annimmt, dass du das *GAD* verlassen hast, dauerts«, begann sie. »Der Wachmann hält still. Frisst Sonja aus der Hand.«

Lavendels Kopf fiel zur Seite. Für Sekunden musste er eingeschlafen sein.

»Alles im grünen Bereich?«, fragte sie.

»Sonja ... Sonja Heck vorhin ... jetzt Sie ...?«, überlegte er schwerfällig. »Ich kapier gar nichts.«

»Hoffentlich hast du gefunden, was du im *GAD* gesucht hast.«

»Gefunden?« Es fiel ihm unendlich schwer, ihr zu folgen.

»Reden wir später darüber.« Sie enthob ihn einer Antwort. »Was ich dir jetzt sage, fürchte ich, wird dir nich gefalln.« Sie konzentrierte sich auf den Verkehr. »Fangen wir damit an, dass Maschka nur eine Art Prenonym ist. Maschka für die Otto Mueller-Story. Aline andererseits für französische und englische Kunden. Das sind meine Lieblingsrollen.«

»Rollen?« Er bemühte sich sie zu verstehen.

»Sonja und ich, wir denken uns Geschichten aus, Herz-Schmerz-Geschichten, Dramaturgien aus den großen Gefühlen Schuld und Hass und Rachsucht und Liebe ... Sonja hast du als sprödes Lustobjekt kennengelernt, aber auch als forsches Landei. Wie Mozarts Zerlina. Unheilbar krank obendrein. Sie führt sich manchmal auf wie'n Engel. Fliehe, wer kann! Das is sie natürlich nich wirklich. Und sie heißt auch nich Sonja, sondern Fleur. Wir legen uns für die Agentur ins Zeug. Das is der Job. Als Spielgefährtinnen für Einsame. Agentur *Aurora*.«

»*Aurora* ... Ja.«

»Das Problem is gewesen, dass du das mit der Agentur spitzgekriegt hast. Aber der Reihe nach. Und versprich mir, dass du Fleur und mich aus allem raushältst, wenn du jemals jemandem was davon erzählst bzw. schreibst. Schwöre!«

Er nickte.

»O.k.! Das Ding is im Grunde ganz einfach. Es geht um nen Haufen Geld. Da laufen Total-Life-Stories. Eine der Locations is das *GAD*, die Wohnungen oben und diverse Partien des Hauses. Nie eindeutig zuzuordnen. Überall sin Kameras und Mikros installiert. Auch in'en Personal- und Kundentoiletten. Nadelöhr-Objektive. Upskirt-Kameras. Die Mitwirkenden wechseln. Mal sin sie extra engagiert, mal nich. Ab und zu schiebt Jack junge Ukrainerinnen nach. Firmieren als Praktikantinnen, die Candy-Girls. Alle original. Für Aktionen in den Lagerräumen. Besucher sin maskiert. Du bist einer der Stammspieler und original. Gewesen. Alles online in'em eignen Internetportal. Durchgängig.«

Sie hielt vor einer Bankfiliale an und ließ den Motor weiterlaufen und drehte die Heizung auf. Bleich ihr Gesicht im Schein der Lichtreklame.

»Ich hab Moses, unsern Manager, mit dem Anwalt und mit Jack überrascht ...«

»Jack?«

»Mit Kaimann, dem Direktor. Sie haben Bedingungen ausgekungelt. Ich hab Domain-Namen, elektronische Schlüssel, Proxy-Server und so was rausgehört.«

Ihre Erklärung drang nur ganz allmählich bis zu ihm vor.

»Dass wir noch mehr Hardcore und mehr Barbies auffahren müssten, hat Kaimann gefordert. Frischobst! Gut zugeritten.

Profis! Möglichst Blindinen! Zur Professionalität gehört übrigens, dass wir zum Beispiel zeitweilig in den oberen Aktionsräumen des *GAD* wohnen. Sonjas Wohnung. Nebenan ein verklemmter Blickschieber. Ein Loser, ein intelligenter Langweiler, ein chancenloser Verist, der dem Vordergründigen misstraut. An seinem Seelenkampf und Niedergang weidet man sich, am Lächerlichen des Intellektuellen, am gauche caviar, am dekadenten Kadaver, der durch den Weichspüler gezogen wurde und auf'm Rücken liegt. Der soll sich die Finger verbrennen. Erotikthrill. Dafür der Aufwand mit Spiegeln und Kameras und so. Alles als Life-Stream-Angebot im Internet. Life-chat. Sex online. Für mich wars in Ordnung. Für 200 pro Tag mime ich auch ne mannstolle wetcam-Braut. Übrigens, auf den Mann vor dir war ich angesetzt: auf Arno. Er war für mich der Einzige mit Vollprogramm. Bin ansonsten im Escort-Service.«

»Arno? A.K.? Den gibts also?«

»Arno Kehler. Mein Klient. Dein Vormieter. Dass du mich kennengelernt hast, lag daran, dass Sonja für ne längere Geschäftsreise gebucht war. Kunden haben sich über die Sex-Flaute beschwert. Und weil sich ne gewisse Lara Britt nicht hat rumkriegen lassen, wie ich gehört habe, sich als Dummdeifi nebenbei ne goldene Nase zu verdienen, bin ich eingesprungen. Für mich war das bei Arno übrigens nur'n Geschäft. Anonym. Leihkörpermäßig, wenn überhaupt. Arno is mir gefühlsmäßig nähergekommen. Er hat mich'n bisschen reanimiert. Hängt mit meiner Vergangenheit ...«

»Die Garderoben ...«

»... meiner Vergangenheit zusammen.«

»Die Garderoben sind auch ...?«

»... Jamilas Job. Is dort das Hauptprogramm. Zwischendurch auch andere von uns, auch Amateure mal, meist nur zum Casting.«

»Und ich?«

»Die Geschichte läuft so, dass'n zunächst clever wirkender

Normalo sich als tölpelhafter Augenvögler entlarvt. Am besten, er holt sich ständig ein' runter dabei. Das wird mobilgefilmt. Daran haben die Chatter einen Narren gefressen. Was ich gehört und gesehen hab, warst du aber als Dr. Seltsam ne Mordspleite. Nur der Spiegelumbau in der Garderobe hat die Quote n'bisschen gesteigert. Sonst: ewig zergrübelt. Protest kam selbst aus'er Ecke der intellektuellen Sublimationserotiker, die sonst alles schlucken.«

Im fahlen Nachtlicht hatte ihr Gesicht wenig von der mädchenhaften Weichheit der ersten Begegnung. Es waren leblose Züge.

»Auch Sonjas Story *Das Mädchen vom Land ist todkrank und Opfer eines raubeinigen Verehrers* war vom Ablauf her'n Reinfall. Meine Story mit Arno war *Der Maler und sein Modell*. Hatte zuerst eine gute Quote. Arno konnte genial zeichnen. Hat eine Skizze nach der andern gemacht. Ich war gern sein Modell. Er war'n richtiger Schmücker, wie sich herausstellte. Rücksichtsvoll und knuffig. War gut für mich.«

»War?«

»Is verschwunden. Wie nie vorhanden.«

Lavendel fielen die Zeichnungen in der Wohnung ein.

»Die Bilder von dir – als ob sie einen ansehn. Die sind alle von Arno Kehler? Hat er auch gedichtet?«

»Wieso?«

»Die Texte auf den Bildern ...«

»Sind von Arnos Freund Rodewald Stoeberlin.«

»Stoeberlin kenn ich. Vielleicht ist A.K. bei ihm?«

»Nee ... Lass uns jetzt nich ...! Bitte! Ich weiß einfach nur, dass du plötzlich in seiner Wohnung warst und dass Sonja am Zug war. Arno war'n Umtrieb. Kann sein, dass er sich verdrückt hat. Er war rummelig, du dagegen bist melancholisch. Ich mag künstlerische Männer, melancholische Männer. Ich mag es, wenn die verletzte Kreatur im Mann zum Vorschein kommt. Wenn er nich unverwundbar is. Und als ob er sich von seinen Wurzeln gelöst hätte und die Freude im Leben noch nich gefunden hat. Letzte Woche deine traurigen und müden Augen ...«, gestand sie, »ich hätt dich gern im Arm gehalten. Ich finde meine Gefühle in dir wieder. Das Verlorensein. Und das Aufbegehren dagegen.«

Wieder eine, die einen Nothaken brauchte? Arno war weg, das dödelige Lavendelchen sollte einspringen?

»Du hast mir leidgetan«, sagte sie, »der Point d'Honneur war überschritten, fand ich. Und ich ... ich wollt mich nich mehr als Falschspielerin hergeben. Vielleicht war ich auf einmal auch so gelähmt, weil Arno sang- und klanglos abgehauen is und weil ich mich erinnere, wie Jack vor Moses und dem Anwalt im Wodkarausch geprotzt hat: *Dü Jammerlappen ...*, imitierte sie Kaimann, *von denen beschwert süch keiner. Üs abgefedert. Acht Wochen Laufzeit, dann gübts Nachschub. Frauen mit schöner Fratze. Wer'n leeres Hürn hat, braucht wenigstens'n schönes Gesücht. Und dü Abgehalfterten schweigen wü dü Füsche! Wozu ham wür Leutchen für dü nassen Sachen! Und dü Mädels, wenn sü auf hysterüsch machen ... droh ühnen müt Beschneidung.* Aufschneidereien in der Art. Aber man weiß ja nich ...«

Die Heizung und ihre Worte und wie sie Kaimann nachahmte mischten sich in das gleichmäßige Summen des Motors und schläferten ihn wieder ein.

»Arno muss Belastendes gegen Jack gehabt haben. Denk nich, dass er'n Leisetreter war! Als er weg war, fiel mir das mit Jacks Schweigen der Fische ein.«

»Umgebracht, meinst du, er?«

»Das Widerliche«, überlegte sie, »das Ekelerregende an dem Job is der selbstbesoffne Jack. Gib so'ner verschnudelten Bazille ne Waffe in die Hand, dann gehtse auch los. Erst filibustert er geschwollen daher. Lässt seine Pseudo-Bildung raushängen. *Er nennt's Vernunft und braucht's allein, nur tierischer als jedes Tier zu sein*, fällt mir dazu nur immer Mephisto ein. Ich erleb solche Schwachmaten beim Escort hautnah. Frag nich nach Sonnenschein! Frauen taugen für die zu nix als zur Extrahierung ihres genetischen Materials. Die Genitalien sind der Fokus ihres Willens. Das mit den Larven is auch so'n *GAD*-Special. Oft steckt Kaimann darunter, vermuten wir. Den Psychopathen erkennt man im Dunklen am Achselterror, sagt Fleur, und wie brutal er einen antatzt. Sind aber auch welche von seinen Spießgesellen dabei oder Geschäftsfreunde.«

»Seine Assistenten ...«

»Die nich. Da gibt's ne rigorose sexuelle Hierarchie. Die Trabanten werden an die Mutterdrohne Tulecke verfüttert. Müssen sich ihre Sporen erst verdienen. Das läuft in einem der Nebenräume des Direktionssekretariats. Dahin verschwindet sie am Tag mehrmals. Kannst durch die Wand ihr ekstatisches Alphabet hören, wenn sie die Nachkömmlinge zureitet.«

»Und bei Fleur ...«

»... die Kaimannfreunde. Die werfen die blaue Pille ein und pulvern sich die Nase und fühln sich unwiderstehlich.«

Sie machte eine Pause.

»Je kultivierter ein Mann is, desto triebbeherrschter is er und sublimiert. Die alle gehören nich dazu. Vielleicht gibts da'n verschweinten Männerclub. Kann sein, dass Arno das rausgekriegt hat.«

Sie machte eine Pause.

»Warum machst du da mit, wenn du dich schäbig fühlst?« Jedes Wort fiel ihm schwer.

»Wo krieg ich schneller Kohle her?, hat Fleur anfangs überlegt. Ich hatte Bedenken, mich mit Haut und Haar anzubieten. Ich solle mich nich anstelln, meinte sie. Das sei'n Heidenspaß. Lass mal deinen Körper für dich arbeiten. Lach hinterwangig. Wenn auch nur pro forma. Wenn Männer sich auf Weiber legen, tun sie's nur der Leiber wegen. Solln die Kläglinge doch ihr glitschiges Unwesen treiben, Hauptsache, auch das Geld fließt.

Wir haben also angeheuert, und mein Kopf besorgte die Logistik. Machte mir nichts aus, hab ich mir eingeredet: Ich nehm die Jungs als Märchentante mit auf Phantasiereise und finanzier mir damit mein Studium. Soweit der Plan. Mein Vertrag geht bis Mitte Dezember. Dann hat sichs ausgeludert. Am Neujahrsmorgen bin ich irgendwo in'er andern Stadt in'em andern Land in'em andern Leben und bin ne andre Frau. Bologna vielleicht. Oder Madrid. Ich freu mich aufs Anderswo.«

»Warum nicht Paris?«

»Paris? Pourquoi pas? Notre Dame ... Nich schlecht. Im Haus der Großen Mutter ... da entscheid ich, wie's weitergeht. Bisschen gotische Mystik als background könnte nich schaden. Stimmt.«

»Von einem Leben in ein anderes? Einfach so?«

»Wird schon! Bin ich überzeugt. Das Fremdgebrauchte wird weggehäutet. So wie ich nach dem Waten durch die Sümpfe immer'n Bad mit nem Schuss Sagrotan nehme: Danach bin ich nur noch ich selbst – und fühl mich meinem Traum nen Schritt näher. Dann komm ich mir'n bisschen wie ne Verwandte von mir vor. Die is mir weit voraus. Ich liebe sie. Die hat in Dresden Kunst studiert und is jetzt Ärztin und hat Mann und Kinder und lebt in Greifswald.«

»So normal?«

»Sind Welten dazwischen, ich weiß. Du findest mich materialistisch, stimmts? Oder versaut? Aber im Grunde bin ich wie sie. Ich organisiere mein Leben eben schon lang allein, notgedrungen. Zwei Jahre vermietest du dich als leichte Muse, hab ich mir gesagt, und kapitalisierst das, und dafür hast du fünf Jahre deine Chance und kreist auf nem ganz anderen Orbit. Ich krieg das hin! Ein Leben reicht gar nich aus für all das, was ich noch erleben will. Es gibt Zeitpunkte, da muss man sich neu definieren. Du auch! Jetzt zum Beispiel musst du hier weg. Das is die Hauptsache. Noch länger in der Story – das wär mehr als heikel. Manche Chatter wolln dich absolut raus haben. Wer weiß, was die Jack-Blase anstellt, um die Quote zu halten. Martern und Peinigen fehlen noch im Programm. Snuff-Porno. Ich trau denen alles zu. Am Schluss war die Rede von nem Anschlussprogramm, zwei Weibern und GG-Rubbing und solches Geraffel.«

Sie sah auf die Uhr und legte den Gang ein. »Also – wohin mit dir? Wenn du's nich weißt ... ich hätt sonst nen Vorschlag.«

Lavendel wollte ihn nicht hören, sondern nannte seine frühere Adresse. Sie fuhren los.

»Wie du meinst. Is riskant. Jack wird dich suchen«, erklärte sie, »aber für nen Tag wirds gehn. Hoffentlich.«

»Sozial ausgestiegen und autoaggressiv ... da hab ich mich bis auf die Gräten blamiert«, sagte Lavendel niedergeschlagen.

»Lebensecht.«

In überhöhtem Tempo umfuhren sie die Stadt im Westen. Ihm fiel ein, was er vorhin hatte fragen wollen.

»Du hast einen Anwalt erwähnt. Wer ist das?«

»Man spricht immer nur von *dem Anwalt*. Keine Ahnung, wer er is. Sieht aus wie'n Reklameheld, der Mann: groß, blond, wie geleckt. 'n Saubermann. 'n Bannerträger. Fintenreich. Hat überall die Finger drin.«

Die Schnellstraße lag im Dunkeln.

»An dem Abend, als ich bei dir war, haben uns die Chatter ohne Ende belagert und Verbalejakulate abgespritzt: *Keine Faxen mehr: Anmiezen, ausziehn, den kleinen Mann einkeilen! Ficken, dass die Schwarte kracht.* Unser arrogantes Geschwammle sei zum Kotzen! Die blöden Mützen rasselten mit den Säbeln.«

Sie lachte. Es klang verlegen. Oder als habe sie Angst, mit dem Lachen die Selbstbeherrschung zu verlieren.

»Unter anderen Umständen, ich bin ganz ehrlich, weißt du, die Atmosphäre war ... Überhaupt wars'n Moment, der aus allem rausfiel ... Jedenfalls«, bekannte sie, »war ich durcheinander. Wie du warst und wie du mich angesehn hast, das war wie ... Ich hab mich inne andere Zeit zurückversetzt gefühlt. Und dazu hat mich auf einmal verunsichert, dass du wahrscheinlich wusstest, dass ich halb nackt war. Hab mir gewünscht, es nich zu sein, andererseits aber, du würdest auf mich zugehn. Ich war durch'n Wind. Und dass für uns meine Otto Mueller-Phantasien Wirklichkeit wärn, hab ich mir gewünscht. Und dass ich keinen Hehl daraus machen müsste, für das Anrührende offen zu sein.«

Eine Pause entstand.

»*Kann denn Liebe Sünde sein*«, trällerte sie leise, »*darf es niemand wissen, wenn man sich küsst, wenn man einmal alles vergisst vor Glück?* Das hab ich gedacht, als ich merkte, du willst dich aus'm Staub machen. Ich hätt dich gern umarmt. Ich glaube, du hättest mir gut geschmeckt. Als Nachtisch. Aber du rennst urplötzlich los, gerade als ob du den tausenden Blicken auf die Schliche gekommen wärst, die uns ... Und weißt du, ich habs auf einmal sehr bereut, dass ich mir so lang schon ne Blöße gebe. Ich dachte auch, ich muss sofort da raus.«

»Du vermisst Arno«, sagte er lapidar. Ihre Bekenntnisse wollte er nicht.

»Stellvertretend für'n anderen vielleicht n'bisschen. Aber darum gehts nich, sondern ...«

Der Satz blieb unvollendet. Sie waren eingetroffen.

»Ehrlich nich«, sagte sie noch.

Wie nach einer langen Reise stand Lavendel an der Gartentür. Drinnen war niemand. Sie holte die Tasche aus dem Kofferraum. Ihr Blick wanderte den flachen Bau entlang. In der Backstube war Licht. Dann sah sie ihn an.

»Was hast du eigentlich gedacht, als du mich so ...«, sie zögerte, »... ohne was an – gesehn hast? Oder hast du nich?

Er machte eine unschlüssige Handbewegung.

»Nein, sag nichts ... jetzt nich... «

Ihre Stimme war spröde. Vielleicht lag es an der sternenklaren, aber mondlosen Nacht oder an der grauen und kalten Stummheit des Hauses, dass ihre Gesichtszüge einmal von verschwommener Weichheit und dann wieder voll scharfer Schatten waren.

Als er nach seiner Tasche griff, atmete sie hörbar ein und aus und nickte mehrfach. Sie öffnete die Autotür.

»Dass du's so lang ausgehalten hast, so gedeckelt ... Eingekreist von allen Seiten ...«

»Ich wusste ja nicht ...«

»Ja, eher sollte ich fragen, wie ichs so lang aushalte«, sagte sie, »aber jetzt schlaf dich erst mal aus! Dann sehn wir weiter.«

Das klang halb fragend, halb auch bekümmert. Sie wartete aber keine Antwort ab, stieg ein und fuhr davon.

GAD krakenhaft

Herüberdämmern. Mit geschlossenen Augen hielt er sich im Schwebezustand. Ohne Gefühl des Zugehörens zu irgendwas Bekanntem.

Veränderte Geräusche begannen zu beunruhigen. Vogelrufe lösten sich aus dem unbewussten Ganzen. Er lag, registrierte er, angekleidet auf seinem Bett in der alten Wohnung. Durch die großen Fenster fiel Helligkeit. Es musste nach Mittag sein. Die Uhr war stehengeblieben. Das fortgesetzt aufheulende und wieder verstummende Motorendröhnen, das von der Henschkestraße kam, deutete auf Schichtwechsel in der nahen Maschinenfabrik hin.

Aus der Dusche schoss klares Wasser. Weggespült wurden die Bedenken, redete er sich ein, dass er hier stand und nicht preußisch-devot das Schlüssel-Zeremoniell absolvierte und nicht in den stickigen Löchern des *GAD* herumkroch oder sich nicht gegen die undurchsichtige Vereinnahmung wehrte.

Im Vorratsregal in der Küche fand sich eine Dose mit Nudeleintopf. Auch Zwieback. Auch zwei Flaschen *Vittel*. Die Räume waren fremd geworden. Tote Fliegen auf den Fenstersimsen. Der Garten wenig verändert. Der Christusdorn hatte Blüten. Seine Erde war feucht.

Joana fiel ihm ein. Vielleicht hatte sie diesen Alban oder Alberich oder wie er hieß inzwischen verlassen? Doch das sollte nicht sein Problem sein, sagte er sich. Der Kühlschrank war leergeräumt. Auch ihr Zimmer war völlig kahl, so kam es ihm vor. Dabei standen die Möbel noch da. Ohne ihren persönlichen Klimbim hatte das Zimmer etwas Unwirkliches. Schloss er die Tür, kam es ihm wie ein Versiegeln vor.

Auf dem Schreibtisch lag ein Zettel Joanas. Als sei nichts geschehen, war da kurz die frühere Intimität. Lavendel atmete ein paar mal tief durch. Viel zu selten hatte sie ihm geschrieben. Er hatte das vermisst, war von Tatjana mit kleinen, flinken, zärtlichen Briefchen verwöhnt worden. Selbst Bella hatte ihm was zugesteckt, zerknüllte Zettel, mal eine blaue Murmel, mal eine Nuss. Im Stillen hatte er von Joana Ähnliches erwartet. Aber da kam wenig. Als habe sie Angst gehabt, sich ihm damit auszuliefern. Auch, er wusste das, weil sie jedes Wort und jeden Satz um und um drehte, ehe sie soweit war, etwas von sich herzugeben. Musste sie sich also erst von ihm lösen, dachte er bitter, ehe sie ihn mit Briefen geradezu überschwemmte.

Hallo, Johan, ich habe meinen ersten Brief hier, den du offenbar noch nicht gelesen hast, weggeschmissen. Du weißt ja eh Bescheid über alles (Dass du meinen postlag. Brief bekommen hast, hat mir Phili gesagt). Es geht mir gut. Ich bin dabei, zu meinem geistigen (?) Ursprung zurückzufinden. Wir (ich & Alban) sind heute (17. Sept.) noch mal zurückgekommen. Alban will Geld beschaffen, das wir auf
   U. brauchen, um ins Radgeschäft richtig einzusteigen. An jeder Schiffsanlegestelle gibt es jetzt ein Depot mit Werkstatt (teilw. in Planung). Die Leute mieten wie verrückt. Schade, dass du nicht da bist, ich hätte gern mehr erzählt. (Vielleicht willst du uns mal besuchen? Ich würde mich echt freuen. Oder vielleicht ist das doch keine so gute Idee?)
   PS. In den Baukasten wollten wir nicht, da sind die Leute mucksch geworden. Ich bin deshalb auf dein Angebot noch mal zurückgekommen (Phili hat auch gemeint, das ist O.K.). Ciao J.

Im Garten stakste die weißgraubraun gefleckte Katze des Bäckers durchs Gras. Sie schien alles neu zu entdecken, zögerte, zuckte zurück, machte unerwartete Sätze. Der kleine Bäckerssohn stand am Staketenzaun, wo ihn der Nachbar mit Fragen festhielt. Der Junge gab seine Antworten mit ratlos hin und her wanderndem Blick, seine gestreckten Arme ruderten mechanisch vor und zurück. Der Nachbar zelebrierte ein permanentes, gackerndes Lachen. Vielleicht glaubte er sich vom Bäcker, dessen Aufmerksamkeit er seit langem suchte, beobachtet.

Mehrfach ertönte das Telefon. Auf dem Display erschien eine ihm unbekannte Nummer aus der Stadt. Er stellte sich vor, es sei Maschka. Er wüsste nichts zu sagen. Vielleicht war es auch Tulecke.

Lavendel setzte sich in Joanas Zimmer an den blanken Tisch. Die Stille der Wohnung tat gut. In Joanas Brief war wieder etwas von ihrem Jungsein, das sich verausgabte und Unvergänglichkeit in Anspruch nahm.

Aus dem Briefkasten quollen Reklamezettel. Er warf das Bündel in die Mülltonne. Die Blechtür des Müllkastens quietschte. Der Bäcker erschien im Fenster der Backstube.

»Hab ich doch richtig gehört, da is wieder wer in'er Wohnung. Erst lässt sich kein Schwein blicken, dann falln Wildfremde ein, und jetzt erweist uns sogar Herr Lavendel persönlich die Ehre«, spöttelte er.

Lavendel hatte das feiste Gesichtsfleisch voll Schweiß und verschmiertem Mehl direkt vor sich und fühlte erst Abscheu, dann aber überraschende Ungezwungenheit – und hätte den Mann fast angelächelt. Im Garten auf der anderen Straßenseite setzte der alte Schneider schneckenlangsam einen Fuß vor den anderen, als ob er gehen lernte.

»Sie übertreiben«, sagte Lavendel nur und fragte dann, wie es mit der weiteren Vermietung aussehe.

»Auch so'n Punkt«, ereiferte sich der Bäcker, »wie soll ich jemand die Wohnung zeigen, wenn se nich da sin. Unter solchen windigen Umständen muss ich natürlich noch'n Monat zusätzlich kassieren, sach ich ma. Und wennse wieder ratzfatz für'n paar Wochen untertauchen, lassense mir'n Schlüssel da.«

»Passt mir gut so«, sagte Lavendel. »Vielleicht verlängere ich ja überhaupt. Wie wär das?«

»Sie sin mir'n Kaliber«, begehrte der Bäcker auf, »rin in'e Kartoffeln, raus aus'e Kartoffeln. Der Juckepunkt is nur, die Anzeige für die Wochenendzeitung is unterwegs. Wennse'n neuen Vertrag wolln, müssense sich schnell entscheiden. Bezahlt hamse ja immer pünktlich.«

Das Fenster klappte zu. Lavendel winkte dem Schneider, der dem Gespräch gefolgt war, und zog sich zurück.

Telefon gegen sechs. Die Nummer des Baukastens. Börrjes, der aber offenbar nicht mit seiner Anwesenheit gerechnet hatte. Obwohl er es jeden Tag versucht habe, sagte er. Phili mache Stress, seit er sich aus dem Staub gemacht habe.

»Versteh ich nicht.«

»Ich auch nich«, behauptete Börrjes. »Oder doch? Du stehst auf'er Fahndungsliste der Afrika-WG. Namentlich der von Phili. Ich sollte jeden Tag anrufen. Und Frieder hört ja sowieso das Gras wachsen und hatte schon ne Spur im Heuhaufen gefunden. Die Leute in'er Stadt, die er angehauen hat, sagte er, hätten den Mund aber nich aufgekriegt. Das hat Phili noch wuschiger gemacht. Du weißt doch bestimmt, dass sie nächste Woche nach Paris abhaut. Frieder bringt sie mi'm Bulli hin.«

»Ja.«

»O.k., du bist also da. Ich sags ihr. Übers Wochenende isse bei'ner Freundin. Bereiten sich auf ihre Prüfung vor. Kein' Schimmer, wannse zurück is. Das wars erst mal.«

Den ganzen Tag über rührte er keinen Tropfen Alkohol an. Was hatte er mit Phili und ihrem Stress zu tun? Seine Unrast hielt an. Er wusste einfach nicht weiter. Fast war ihm, als dehne sich das *GAD* krakenhaft bis hierher zu ihm aus. Beunruhigend: Seine Papiere blieben unauffindbar. Sie steckten weder in der Innentasche seiner Jacke noch sonst irgendwo.

Im Haus des Computerspezialisten, genau gegenüber von Joanas Zimmer, saß abends die Frau am Küchentisch, der Mann lehnte an der Spüle und gestikulierte. Später erlosch das Licht und flammte dafür im Badezimmer auf. Sie zog den Pullover über den Kopf. Lavendel fühlte sich ins *GAD* zurückversetzt. Die Haare wurden mit nach oben gerissen. Dann stand sie im BH vor dem Spiegel. Der Mann betrat den Raum und schob den Vorhang zu.

Als das letzte Licht gegenüber erloschen war, stand sein Entschluss fest. Er nahm die *GAD*-Schlüssel, den Fotoapparat sowie eine Taschenlampe, fuhr mit seinem alten Toyota, der problemlos angesprungen war und dann in das gewohnt unregelmäßige, holprige Motorstottern fiel, ins Zentrum. Auf den regennassen Straßen zerliefen die bunten Licht-Signets der Geschäftsreklamen.

Eine Parklücke fand sich in der Osterstraße. Er passierte den Pförtner, sie nickten einander zu, als sei nichts gewesen. Rechnete man mit ihm? War sein Auftauchen als möglicher Schachzug eingeplant? Er musste auf der Hut sein.

In der Ersten betrat er das System. Eilte zu den Garderoben. Vergewisserte sich, dass kein Wachmann in der Etage war. Zerschlug mit dem Stuhl eine der präparierten Spiegelscheiben. Das geschah mit berstendem Krachen und Klirren. Er stand reglos und wartete. Nichts. Also fotografierte er die schroffen Reststücke in ihrer Halterung sowie die Wände und die Decke des rückwärtigen Hohlraumes. Er wickelte eine Spiegelscherbe in ein Papiertaschentuch und verstaute sie. Dann kletterte er nach oben und war sich dabei immer sicherer, dass direkt über seinem System ein zweites existierte, von dem aus das erste zu kontrollieren war. Zur Überprüfung fehlte wieder die Zeit. Er schloss die Wohnung auf. Sie roch muffig. Er stopfte Unentbehrliches in eine seiner zurückgebliebenen Taschen. Die PC-Aufnahmen und Diebstahlsnotizen entnahm er dem Geheimfach. Der Lageplan des Hauses fand sich im Flur. Seine Brieftasche mit Ausweis, Führerschein und Scheckkarte blieb unauffindbar. War sie entwendet, wollte man ihn zum ausweislosen Niemand erniedrigen? Ihn an sich binden, wie die Mädchenhändler es mit ihrem eingeschleusten Raubgut machten?

Er fotografierte verdächtige Einrichtungsgegenstände. Die Fotoblitze tauchten die Räume in spukhaftes Licht. Der Hauptwasserhahn im Bad war noch zugedreht, bemerkte er. Man vermutete ihn also noch im Haus, lauerte vielleicht genüsslich darauf, ihn mit einer besonderen Inszenierung und endgültig aus dem Spiel zu nehmen. Vermutlich war er also auf Sendung. Er hob den Spiegel ab und nahm den Styroporblock heraus. Das Bad war ihm zahlreiche Aufnahmen wert. Die Vergrößerungen würden eingebaute Kameras hervorheben, hoffte er wieder. Zumindest aber, falls sie doch schon entfernt worden sein sollten, die Vorrichtungen für ihre Unterbringung.

Er hatte die Wohnung schon verlassen, da ging er zurück und nahm die Bilder mit Maschka von der Wand, öffnete die Rahmen, entnahm die Skizzen, rollte sie auf und steckte sie zu allem anderen in die Tasche. Und er konnte nicht widerstehen, den Haupthahn etwas aufzudrehen, dem Wasser freie Bahn zu schaffen. Auf die Dauer würde der Ablauf im Waschbecken vielleicht versanden. Eine Überschwemmung wäre nicht ausgeschlossen.

Anschließend, er hatte sich, wie gewohnt, durch das Loch in der Flurwand versichert, dass drüben kein Licht war, öffnete er Sonjas Wohnung und lehnte die Tür nur an, um das Geräusch des Fahrstuhls oder der Schwingtüren nicht zu überhören, und stellte die Tasche ab. Er saß auch in dieser Wohnung in der Falle. Vielleicht allerdings, das überlegte er, im Flur stehend, vielleicht gäbe es einen Ausweg durch eines der Oberlichtfenster.

Im Gegensatz zu den Räumen drüben waren diese hier aufgeräumt. Die persönlichen Dinge Sonjas, die er gut kannte, ihr Kosmetikkram, ihre Kleidung, ihre Bücher – alles war vorhanden. Ihr Duft, der auch derjenige Maschkas war, lagerte über allem, erinnerte aber auch an Erniedrigung. Dass er sie zur Heilsbringerin erkoren und bei ihr hatte unterkriechen wollen!

Eine Folge seiner Hilflosigkeit, entschuldigte er sich, während der Lichtkegel der Taschenlampe über die Möbel streifte und zum Sofa gelangte und er sich von neuem Maschka vorstellte, wie sie sich anbot.

Lavendel rückte den Tisch unter das Oberlicht, darauf einen Stuhl. Er stieg hoch. Die Plastikhaube ließ sich 45 Grad aufklappen. Im Notfall könnte er sich durchzwängen. Er ließ die Haube offen. Fotografierte die in Frage kommenden Gegenstände. Gerade hatte er sich entschieden, eine halbmeterhohe afrikanische Ebenholzgottheit zu zerschlagen, um auch von ihrem elektronischen Innenleben – wenn es eines hatte – ein Bild zu machen, als das leise Klicken der sich schließenden Außentür zu hören war.

Hatte ein Luftzug die Tür zufallen lassen? Oder ... Er knipste die Lampe aus. Wartete. Lauschte. Kein Laut. Er stand reglos. Mit ungutem Gefühl. Das Summen und ferne Brausen des Hauses schien immer mehr anzuschwellen. Er zitterte, merkte er. Vielleicht, sagte er sich nach einiger Zeit, vielleicht war es wirklich nur ein Luftzug. Nach einer weiteren Minute wollte er davon überzeugt sein. Wollte die Lampe wieder einschalten, als ihm so war, als habe er im Flur einen leisen, dumpfen Stoß und ein Schaben über den Teppich und einen gepressten Atemzug gehört. Also doch! In Panik verstaute er die Kamera, und ungeachtet der Geräusche legte er rasch die paar Schritte zum Tisch zurück, der im fahlen Licht stand, stieg hinauf, war für einen kurzen Moment unentschlossen, was mit der Lampe geschehen sollte und mit der Figur, die er noch mitschleppte, als er unter sich einen Schatten sah und vom Tisch gezerrt wurde. Er dachte nichts mehr, fiel auf eine Person, die ihn sogleich abschüttelte. Die Taschenlampe wurde gegen den Schrank geschleudert und zersprang. Er wurde auf den Boden gedrückt. Ein zentnerschweres Knie bohrte sich in den Magen. Gegen das Oberlicht hob sich ein bulliger Kopf ab. Es roch nach Leder, juchtig streng, schweißig und nach Kaschemme. Finger fanden keinen Halt an ihm. Sein Kontrahent war ein Monstrum und gepanzert und bearbeitete seinen Kopf mit Fäusten.

Lavendel hasste ihn und fühlte sich unendlich schwach. Er wand sich. Vergeblich. Es kam nicht mehr darauf an. Er ballte die freie Hand und drosch mit voller Kraft auf den bulligen Kopf ein. Das war, als geschehe nichts. Die Hand schmerzte. Die riesenhafte Gestalt über ihm schien es darauf abgesehen zu haben, ihm den Kopf einzuschlagen und die Rippen zu brechen. Sie atmete stoßweise, die Gestalt, saugte die Luft an, hielt sie und stieß sie mit einem kehligen, heftigen Knall aus. Der Atem stank aasig. Mit einer Hand drückte der Koloss schließlich Lavendels Kopf zur Seite, mit der anderen verdrehte er seinen Schlagarm nach hinten.

Aus unerklärlicher Scheu hatte Lavendel seine Rechte, die noch immer die Ebenholzfigur hielt, nicht zur Verteidigung eingesetzt. Vielleicht war das sein Glück. Denn sein Gegner rechnete offenbar nicht mehr mit Widerstand und schien zu überlegen, wie er weiter vorgehen sollte. Oder erwartete er jemanden?

Lavendel konnte nur wenig ausholen. Er schmetterte die Figur mit aller ihm möglichen Wucht an den Schädel über sich. Erst geschah nichts, dann sackte der Koloss zusammen, richtete sich aber wieder auf. Einen Moment war nur das schleifende, schabende Geräusch von Leder gegen Leder zu hören. Lavendel schlug erneut zu, jetzt aber, er hatte sich halb frei gewunden, mit größerer Kraft. Mit einem Röcheln kippte der Hüne um. Lavendel kam hoch. Er war bereit, jeden weiteren Angriff abzuwehren. Der Mann stöhnte schwach. Er bewegte sich nicht.

Lavendel verlor keine Sekunde. Tastete im Flur nach der Tasche, gegen die der Eindringling gestoßen war. Verließ die Wohnung. Rannte zur Treppe. Immer mehrere Stufen auf einmal nehmend, sprang er hinab und stellte sich vor, wie er mit dem gewonnenen Schwung jeden, der ihm entgegentrat, überrennen würde.

Bevor er das Treppenhaus verließ, wischte er sich das Gesicht ab. Das Taschentuch war blutig. Der Pförtner sah ihm tatenlos hinterdrein, bemerkte Lavendel erleichtert.

Nach ein paar Minuten war er in der Packhofstraße. Er zügelte seinen Schritt. Aus den Bars schwappten Sturzwellen von Musik, wenn sich Türen öffneten. Eine Blonde bot ihm an, sie könnten es sich nett machen bei ihr. Lavendel atmete auf.

Ungeheuer befreit könne er sich fühlen, sagte er sich auch noch, als er die Innenstadt verlassen hatte. Die Geschichte war aber nicht ausgestanden, wusste er. Wenn man mitbekommen hatte, dass er da gewesen war, hatte man auch mitgekriegt, dass er fotografiert hatte und damit die Installationen im *GAD* zu dokumentieren versuchen würde. Sie würden Fotos und ihn beseitigen wollen. Seine einstmalige Adresse würden sie herausfinden. Länger dort zu bleiben wäre idiotisch, Maschka hatte recht.

Der Spiegel zeigte ihm ein John McClane-Gesicht mit den typischen *Stirb langsam*-Kratzern und -Beulen. Fehlte nur noch das dritte Brandenburgische Konzert in G-Dur, das den Malträtierten unter die Dusche begleitete.

Als das Wasser herunterprasselte, wünschte er sich wieder, die letzten Wochen und Monate würden restlos von ihm abfließen. Diese eine Nacht noch wollte er hier bleiben.

Illuminations

Schwache Ausläufer bekannter Geräusche. Klappern von Geschirr und Schieben von Schubladen und Stühlen und Türen sickerten herein. Er genoss es, das Herandrängende im Halbschlaf wahrzunehmen, genoss die Erinnerung, die die Geräusche wachriefen, genoss auch den Windzug, als sich die Tür auftat und Schritte, fast unhörbar, folgten, und sich die Lamellen der Jalousie einen Spalt öffneten, Lichtlinien das Dämmerlicht durchtrennten, lautlos eine Gestalt zurücktrat in den dunklen Teil des Zimmers, genoss es, wie Joana, wenn sie mal frühmorgens kam, Hose und Pullover abwarf und zu ihm unter die Decke kroch, genoss ihr Flüstern: Bist du wach?
»Kaffee ist fertig.«
Da musste er endgültig erwachen. Kurz sah er in einem der Lichtstreifen Philis Gesicht, als sie das Zimmer verließ.
Dass er sich wunderte, den Klang ihrer Stimme vergessen zu haben, nicht aber darüber, dass sie überhaupt da war, kam ihm erst zu Bewusstsein, als er ins Bad lief und hinter der geriffelten Glasscheibe der Küchentür eine vage Figur sah. Alles schien möglich. Auch dass Joanas Freundin wie selbstverständlich in seiner Wohnung war, ihn weckte und in der Küche vermutlich Frühstück richtete.
Aus dem Spiegel sah ihm noch immer ein anderer entgegen. Er hatte sich seit Sonntag nicht mehr rasiert; der Bart sollte wieder wachsen.
Geruch von Kaffee und Brötchen empfing ihn. Phili am Küchentisch, das brünette Haar überraschend unpunkig, forderte zum Niedersitzen auf. Er wusste in seiner Verwunderung nichts zu sagen. Die Apfelbaumzweige im Fenster hinter ihr schwankten. Sie schenkte ein.
»Joana hat mir'n Schlüssel für dein Rez-de-chaussee-Paradies dagelassen«, erklärte sie und schnitt ein Brötchen auf. Offenbar

verband sie mit dem Besitz des Schlüssels das selbstverständliche Recht, nach Belieben in der Wohnung zu schalten und zu walten. Ihre Worte folgten einander, fast gesungen, wie eine Soul-Linie.

»Siehst mitgenommen aus. Und dein Wuschelbart? Wird er wieder? Meine Tante Celia sagt, ein Mann ohne Bart ist wie'n Brot ohne Kruste.«

Er suchte nicht nach Gründen, warum sie hier saß. Seine frühere Voreingenommenheit hatte sich in Luft aufgelöst. Ihr Sprechen ergriff ihn. Sie schob den Brötchenkorb herüber. Ihm war immer weniger fraglich, ob er dazugehörte.

»Hoffentlich hat mich dein Bäcker vorhin nicht mit den Brötchen von der Konkurrenz gesehn«, sagte sie. »Hab unterwegs auf dem Markt paar Sachen gekauft. Dein Kühlschrank war leer.«

Er verspeiste wie zu seinen kultivierten Zeiten ein Schinkenbrötchen, während Phili, die sich im Gegenlicht verlor, wenn er zu lange hinübersah, auf ihre schnelle Weise Worte fand, und ließ sich auf das seltsame Wohlgefühl ein, das von ihr ausging, und begann zu sehen.

Ihr Gesicht war – wenn sie sich drehte und das Licht darauf fiel – porzellanglatt und fast schattenlos. Jochbögen und Wangen mündeten im Schwung in die gerundete Unterseite. Wie ihr Sprechen gewann es von Silbe zu Silbe an harmonischer Bestimmtheit und erinnerte an das milchige Inkarnat der Frauenporträts von Waterhouse.

»Heut Nachmittag ist die Prüfung in Religionswissenschaft«, berichtete sie in sein Schweigen. »Janka, meine Freundin, und ich, wir treten im Team an. Wir vermuten das *Buch Ester* als Thema. Unsre Prof ist eine von den halbfeministischen Hebräerinnen, die traditionsbewusst die Heiligkeit der Ester preisen und den Ursprung des Parchim-Festes abnicken, unhinterfragt, während wir einfach nur die Königin Waschti lieben. Sozusagen von Frau zu Frau. Waschti ist viel menschlicher, find ich. Kein demütiges Weibchen. Nicht berechnend. Aber ich will dich nicht zureden. Du ... du hast dir also Vio in der Oper angesehn?«

»Nein, das heißt ja, doch, aber rede ruhig!«

Sie wartete.

»Letzten Freitag war ich da«, sagte er schließlich. »Ich dachte, ich treffe einen von euch.«

Sie verzog den Mund. Die Grübchenwinkel an seinen Enden und gleich dahinter die gebogene und um das Kinn herumreichende Falte vertieften sich. Sichelförmig. Solche kinnumrundenden Halbmonde mochte er. Ihm schoss durch den Kopf, wie Joana ihm hier gegenübergesessen und einen ungeduldigen Vortrag gehalten hatte über das mystisch Weibliche der zunehmenden Mondsichel, auf der die gotischen Marienfiguren balancierten und die von uralters her Vergehen und Neu-Entstehen symbolisiere. Persephones Fußspuren ... Weltweite Wurzeln ... Shiva mit der Mondsichel auf dem Kopf ... Das meiste hatte er vergessen.

»Einen von uns?«, fragte sie, und ihre Brauen hoben sich zu noch schwungvollerem Schwung. Und als er nur mit einer vagen Handbewegung antwortete, wollte sie wissen:

»Hats dir gefalln?«

»Vio schon.«

»Ich war dreimal da«, sagte sie. »Jedesmal war es schöner. Wenn zum Beispiel im letzten Akt Violetta wie ein Leichnam aussieht, so wächsern, und wenn sie sich ihr *Addio del Passato* abringt, das nimmt mich mit. Dazu draußen der Karneval, den man als wirre Schatten an der Wand drinnen sieht. Die Welt erscheint nur als das ungewisse Abbild von was Denkbarem. Das gefiel mir. Hab ich die Wahl, ist mir Gewissheit natürlich lieber.«

Philis Hände malten und formten, was sie vor Augen hatte. Lavendel sah ihre Hände wie von ruhelosen Stromschnellen ergriffen. Das dünne Goldgehänge an beiden Handgelenken klimperte einfühlsam.

»Vio sagt, dass sie sich als ein Teil der Musik fühlt. Manchmal beneid ich sie um ihr Entrücktsein.«

Lavendel hätte jetzt fast davon gesprochen, dass er während der Aufführung auch an sie gedacht habe, weil ihre Briefzeilen irgendwie auffordernd gewesen seien, brachte es aber nicht heraus, war sich auch nicht mehr so sicher, was das Auffordernde gewesen war, und ihm fiel Joanas Bewunderung ein, als sie von Phili, der Männermordenden geschwärmt hatte. Er schwieg, wie Phili auch, die ihm einen fragenden Blick zuwarf.

»Sie hat was Besessenes«, fing Phili nach einer Pause an. »Vio, mein ich. Wie der Typ unter mir mit seiner Tarantella-Manie und seinem *Una lacrima sulla tomba di mia madre*-Lieblingstrauermarsch. Erinnerst du dich? Entfesselte machen mir Angst. Am liebsten hab ich, glaub ich, die Ruhe, aus der heraus sich wirkliches Bedürfnis entwickeln kann. Aber ich fürchte, ich fasle. Und du? Was ist mit dir?«, fragte sie. Und nach einer Weile: »Du und Joana, mein ich. Vermisst du sie?« Sie blickte nach unten, vielleicht auf ihre Hände, die in ihrem Schoß lagen. Jetzt sah sie seelenvoll aus, gekonnt, wie Zuccaris Madonna in der Kathedrale von Lucca. »Wär ja normal.«

Eigentlich hatte er keine Antwort.

»Sie hat mich oft verzaubert.«

»*Verzaubert*, aha. So wie du es dir erträumt hast? Und bist du es noch? Oder bist du inzwischen immun gegen jeden Zauber?«

»Nein, bin ich nicht. Fürchte ich.«

Phili vermutete also immer noch eine engere Bindung an Joana. Dass er das richtigstellen wollte, war doch verrückt, sagte er sich. Noch mehr, dass er ohne viel Nachdenken fast davon zu reden angefangen hätte, ihn beginne gerade jemand ganz anderer zu beschäftigen. Sinnverwirrend. Ihre Gegenwart mache ihn sprachlos. Aber bildete er sich das Sinnverwirrende nicht nur ein? Aus der Stimmung des Moments heraus, die ihn einen Ansturm ihrer Reize sich einbilden ließ? Wirklich, er konnte nichts Besseres tun, als den Mund zu halten.

»Fürchtest du?« Ihre Worte waren wie Teile ihres vorherigen Hinhörens. Unmerklich waren sie da und ohne Härte und schlangen sich wie ein melodisches Band durch den Raum, auch als es still wurde danach.

Schon seit einer Weile war die Sonne durch die Zweige gebrochen und fiel schmal über Philis Kopf und Arme. Ein Käfer kroch langsam über den sonnenbeschienenen Ausschnitt des Fensters.

»Ich würde dir gern was sagen. Was mein letztes Jahr betrifft.« Sie sah ihn fragend an, als warte sie auf seine Zustimmung. Er nickte.

»Also – einmal befand ich mich mit einem Menschen in Räumen, in denen ich mich bisher zu Hause glaubte, doch alles änderte sich mit jedem Schritt, den wir zusammen gemacht haben, auch diejenigen, denen wir begegneten, schienen verändert. Unversehens war ich aus dem Bisher herausgetreten. Ich war geflasht. Hab mich erlegen lassen, von einem Blick voll hilflosem Charme. Er hat noch nicht mal mir gegolten. Das war wie ein Ruf, den ich nicht hören sollte, aber den ich hören wollte. Und ich wünschte, dass dieser Mensch sofort und ausschließlich für mich da ist. Und umgekehrt. So was hatte ich bislang nie gespürt. Ein Coup de foudre. Vielleicht kennst du das Gefühl, dass man denkt, alles, was ohne einen bestimmten Anderen vergeht, ist vergeudete Zeit? Oder dass man davon träumt, zu jemandem sagen zu können: Wenn du nicht mehr leben willst, geh bitte nicht ohne mich, versprochen! Und zu wissen, dass der andere sich das auch wünscht.«

Sie brach ab. Er fühlte sich erschöpft. Ihre Herzensergüsse wieder, dachte er bitter, die konnte sie auch für sich behalten. Alle luden sie irgendwas ab bei ihm. Er blickte auf die Frühstücksreste, dann zum Fenster hinaus in die Zweige des Apfelbaums. Wäre besser, diese wider Erwarten innige Bekennerin ginge ihrer Wege. Er vermied es, sie anzusehen. Da war, was er kannte, das Gefühl von Unzugehörigkeit. Er sollte das Gespräch wenigstens auf ein anderes Thema bringen. In seinem Kopf aber gab es keine sinnvollen Gedanken.

»Hast du ne Ahnung, wovon ich spreche?«, bohrte sie.

Ihr Kopf war noch immer gesenkt, glaubte er. In der Backstube nahm die große Knetmaschine die Arbeit auf. Ihr dröhnendes Rotieren setzte sich bis in die Küche fort. Er hörte darauf.

»Was?«, fragte er schließlich. Sie hatte recht, er begriff sie nicht und nicht die Umstände, die sie hier hergebracht hatten, wo sie nicht hinpasste. Sie erschien ihm wie ein Wesen aus einer anderen Galaxie.

»Dass du es bist ...«

Sie sah ihn an.

»Dass du es bist, von dem ich rede.«

Der, dessen Blick sie erlegt hatte?

»Schockierts dich?«

Er schüttelte den Kopf, obwohl genau das der Fall war. In ihren Zügen war nicht die Spur von Ironie oder auch von beängstigender Besessenheit. Sie war doch verrückt. Ihn hatte sie auserwählt? Sie, diese Ungewöhnliche?

Was erwartete sie? Ausschließlich für ihn wollte sie da sein? Das hörte sich wirklich so an, als hätte sie den Kopf verloren. Sogleich bedrückte es ihn aber, dass er nicht spontan positiv überrascht, ach was: nicht sofort überglücklich war. Als hätte er ein Geschenk erhalten und nicht angemessen reagiert. Oder hatte er sich verhört?

»Mann, Johan«, hörte er sie in seine Gelähmtheit hinein, »ich mag dich, verstehst du. Ich wollte, ich hätte dir das schon ewig sagen können. Ging nicht. Du hast nur Joana wahrgenommen. Und als sie weg war, hast du sie vermisst und warst schon gar nicht mehr du selbst.«

Betreten war er, ratlos und niedergeschlagen, dass er sie nicht umarmte und sein Gesicht in ihrem Haar vergrub. Sie war so unerschrocken und hatte sich verletzbar gemacht – musste sie doch mit Zurückweisung rechnen. Er bewunderte sie und schwieg beschämt, während es aus ihr heraussprudelte.

»Es gab so viele Momente«, sagte sie, »die mich dazu gebracht haben, dir als meinem Phantom-Mann zu verfallen. Du hältst mich für plemplem, wenn ich dir das aufzählen würde. Weißt du, als du auf dem Baukastendach plötzlich vor mir gestanden hast oder dann in meinem Zimmer, entre nous, die Tür fiel zu, und du und ich ... Das war mein endgültiger *Roter Oktober*-Traum, glaub mir. Ich habs gewusst, konnt es aber nicht aussprechen. Und dann meine Hände auf deinem Rücken. Ich hab dich gespürt. All meine Sinne haben sich eingestellt auf dich. Ich hab dich besessen. Wahrscheinlich erinnerst du dich nicht. Du ahnst sowieso nicht, wie lang ich schon um dich herumsputnike. So viele Nächte gabs, in denen ich geschlafen oder nicht geschlafen habe, in einer Umlaufbahn so nah bei dir, dass ich ein ums andere Mal verglühte. Dein Name hat auf mich gewirkt wie Schwindelkraut. Ich wollte mich in das Gefühl, das da entstanden ist, hineinstürzen und darin baden ohne Ende. Lach mich ruhig aus! Anfangs war ich blind verliebt, aber im Lauf der Zeit hat sich mein Gefühl gefestigt. Ich bin immer hellsichtiger und immer unersättlicher geworden. Wollte mich unauffällig anwanzen. Hab vor langem zum Beispiel angefangen, deine Arbeiten zu lesen, alle deine Texte. Es war irre. Ich war berauscht. Du hast das geschrieben, was ich auch sagen würde.«

Als sie hinzufügte, immer gehe es ihm um die Gerechtigkeit der Verhältnisse, um Gleichheit der Chancen, davon bringe ihn nichts ab, und das bewundere sie, auch seine manchmal utopischen Folgerungen, da ließ er das so stehen, dachte aber daran, wie sehr er in den vergangenen Wochen zum Antiutopisten verlottert war. Hatte er was Nennenswertes vorzuweisen? Und da taucht Phili auf und glaubt an ihn. Fast war er versucht, sich mit ihren Augen zu sehen. Aber schon mischte sich Joana ein. Wie hatte sie ihn angeherrscht, als er einmal davon anfing, was er gerade schrieb. Nach ein paar Sätzen unterbrach sie ihn fuchtig: Ob sie danach gefragt habe? Er vergewaltige sie. Es! Interessiere! Sie! Nicht!

»Gern hätt ich auch was über deine Kindheit erfahrn«, sagte

Phili, »um dich besser zu kennen. Und noch schlimmer: Vorher hab ichs immer genossen, mal allein zu sein. Das war wie ne Erneuerung. Aber jetzt war das Alleinsein viel zu oft ein Ohne-dich-Sein. Ich fürchtete, es würde ein Ohne-dich-Bleiben werden. Sag selbst, wenn du noch nicht mal zur Kenntnis genommen wirst – was nützen dir da Schlaumeier-Sprüche, um dich über Wasser zu halten! *Nur die nie Wirklichkeit werdende Liebe ist die reine Liebe* hat mich auch nicht mehr getröstet. Mein vorher ruhigeres Dahinfließen von Zeit war jetzt ein Dahinströmen von Verlust. Die paar Male aber, die ich dich direkt erlebt habe, hab ich ausgekostet. Bis ins Kleinste! Und war ruhig. Immer seltener hab ich traurig gedacht: O quel malheur, ich brenne, ich liebe ihn. Froh hab ichs gedacht.«

Lavendel war fassungslos. Flüchtig erinnerte er sich an den Sommernachmittag, als sie von Alleinsein und Verlust gesprochen hatte, aber fast unerträglich war jetzt das Gefühl da, von ihr wie von einer heißen Woge hochgehoben zu werden. Den Boden unter den Füßen zu verlieren. Er sträubte sich. Er sollte ihr sagen, dachte er, dass er ganz und gar nicht der war, an den sie glaubte. Höchstens einer, dem bei der Erwähnung, sie habe alles von ihm gelesen, nur einfiel, wie sehr Joana das abgelehnt hatte. Er sollte sagen, dass Joana noch immer unheilvoll anwesend war, Joana, die sich ihn vielleicht wirklich nur als Langweilvertreiber gehalten hatte und die dennoch eifersüchtig auf alles war, womit er sich beschäftigte, was nicht sie betraf.

Sah sie ihn an? Ihre Wimpern verhängten den Blick. Die dünne Haut der Oberlider, sonst fast versteckt, war als feiner Rand sichtbar.

»Ich hab an einer vagen Hoffnung festgehalten. Meine Fixierung auf dich und du überhaupt – das alles hat für mich meistens nur aus meiner Sehnsucht nach dir bestanden. Ich sag dir, diese Sehnsucht wurde mir unersetzlich.«

Sie verstummte.

»Ich hab nach dir gezittert. Je sais, que l'amour est aveugle«, klang es nach einiger Zeit fast unhörbar von drüben her. Dann redete sie nicht mehr weiter. Vielleicht bereute sie schon ihre Offenheit. Vielleicht kam sie sich wie eine Seiltänzerin vor. Er fühlte sich noch immer hilflos. Sie würde nicht weiter von Liebe sprechen, hoffte er. Nicht wie Tatjana, die in Liebesbekenntnissen zerfloss und ihm danach umso hassvoller das Leben zur Tortur machte, als sie auseinander waren. Tatjanas Bekenntnisse, so stellte es sich ihm im Nachhinein dar, hatten vor allem dazu dienen sollen, seine Liebe für sie anzuheizen.

»Von Ede ging kein Vertrauen aus«, sagte Phili, als müsse sie hinter sich aufräumen. »Lag mit an mir, denk ich. Er blieb mir suspekt. Auch weil er unvermutet auftauchte und verschwand. Eine Zeitlang fand ichs aufregend, begehrt zu werden, aber dann wurde ich verrückt danach, dass du es bist, der mich begehrt. Ich hab mit ihm nicht gelebt. Lebendigkeit ahnte ich erst wieder, seit ich mich an dich verloren hab. Mich an dich zu verlieren macht mir keine Angst, nur, dass ich ohne dich bleibe.«

Ihre Eröffnungen machten ihn trunken. Auch, dass es nicht nur ihre Worte waren, die ihn berührten.

Während sie sprach, beugte sie sich vor, und ihm fiel die ovale Kamee auf, ein Frauenkopf, weißlich auf hellbraunem Grund, die sie am Hals, an hauchdünner Goldkette, trug. Das Stück schwankte, wenn sie redete, löste sich und fiel auf die mattweiße Haut zurück, je nach ihrer Position. Als sie sich zurücksetzte, lag es markstückgroß wenig oberhalb ihrer Brüste, deren Beginn sich im Ausschnitt abzeichnete. Wie kleine Pagoden mit großzügigen Spitzen ruhten sie unter dem Stoff.

»Im Übrigen«, sagte sie, als ob sie ihn beruhigen wollte, »passiert das alles verrückterweise im Grunde unabhängig von dir. Du warst ja gar nicht richtig anwesend, sondern hast auf die Rückkehr des Vergangenen gehofft.«

Lavendel war völlig durcheinander. Er fragte sich, ob sie davon ausging, dass er sich spontan von ihrem Gefühlssturm mitreißen ließ. Unerwartet tauchte sie auf, verstreute wie eine Frühlingsgöttin Blüten, und er sollte ihr sogleich zu Füßen liegen? Wo sie ihn sich vielleicht doch nur eingeredet hatte, weil er unerreichbar vergeben gewesen war an Joana. Ausgerechnet jetzt hatte er auch plötzlich vor Augen, wie sie am Steintor von einem Mann umarmt worden war. Noch nicht mal sein Gesicht hatte er gesehen. War es Ede? Ede, der häufig in Paris geschäftlich zu tun hatte, wohin sie jetzt fuhr. Den sie wie einen ausrangierten Ladenhüter erwähnt hatte. Frieder jedenfalls war das nicht gewesen.

»Ich hab damals befürchtet, im Juli«, sagte Phili bedrückt, »du hättest mich zudringlich gefunden und mich durchschaut und bist deshalb verschwunden. Dazu kam noch die Angst, du würdest dich dauerhaft zurückziehen. Mir fiel nämlich nach und nach wieder ein, was ich von Joana gehört hatte. Wie du als Kind verlassen warst und dich in der Verlassenheit eingerichtet hast.«

Lavendel war froh über die Wendung des Gespräches. Auf die Kindheitsgeschichte allerdings wollte er auch nicht eingehen.

»Dich zudringlich gefunden? Deshalb? Nein, da gabs redaktionelle Herausforderungen. Einerseits. Mag sein, dass auch Trotz ne Rolle spielte, Trotz, weshalb ich ein Angebot meines Chefs in den Wind geschlagen habe. Ich hatte da ne Nazi-Spur und hab mich, ohne davon was zu sagen, verdünnisiert, das heißt ... Na, ist doch wumpe!«, wollte er es locker mit dem Erklären genug sein lassen, fügte nach einer Weile aber hinzu: »Und – da war auch das mit Joana. Das Warten auf sie. Dass sie mich hat schmoren lassen. Das war wie'n Sog und hat mich dazu gebracht, alles Joana Betreffende ausradieren zu wollen. Und dann bin ich immer tiefer im *GAD*, in seiner Trugwelt versackt. Eigentlich bin ich nur davongerannt«, schob er nach, »vor meiner Ohnmacht. Ich hatte nichts bewirkt. Wollte es, ging aber nicht«

»Wie *versackt*?«

Unbeholfen begann er, die zurückliegenden Wochen zusammenzufassen, schilderte den Job und das Venusberghafte des *GAD*. Hütete sich aber, die Garderobe etwa als Bruststätte

Luzifers zu beschreiben, wie sie ihm im Rauschzustand hatte erscheinen wollen. War auch drauf und dran, weinerlich von seinem unaufrichtigen und vergeblichen Kampf gegen die Übermacht des Weiblichen Zeugnis abzulegen und dass ihn Selbstvorwürfe gepeinigt hatten, mit nicht ganz so abseitigen Folgerungen aber wie bei jenem Lenzschen Dorflehrer, der sich selbst entmannte, dessen Name ihm nicht mehr einfiel, weil sein Hirn porös geworden war, fürchtete er, sparte sonst aber nichts aus, nicht seine Entscheidungsarmut, nicht den Schnaps, nicht Kaimann und seine Leute und Sonja und die vergangene Nacht und die bevorstehende Sintflut. Maschka wiederum passte nicht in die Aufzählung, sie blieb unerwähnt.
Phili lauschte.
»Mein Gott«, stöhnte sie, »regt mich das auf! Hauptkampfplatz Venusberg, Baudelaire hat ihn so genannt, den Ort, an dem Fleisch und Geist miteinander ringen. Und für ihn war Courbet ein bedauernswerter, höriger Tannhäuser, weil er sich seinen Venusberg gemalt hat und der dazugehörigen Frau verfallen war.«
Sie verzog das Gesicht. »Nee, jetzt sitz ich hier in aller Seelenruhe und schwafle und weiß eigentlich nicht weiter.«
Sie räumte die Teller zusammen.
»Ich hab versucht, auch auf das zu hören, wovon du schweigst. Ich wollte ... ich will verstehn, was dich bewegt. Das will ich wissen.«
Sie runzelte die Stirn.
»Aber ... du musst sofort weg!«, stieß sie hervor. »Tout de suite! Warum bist du nicht eher ausgestiegen aus dem Hexenkessel? Kapier ich nicht.«
»Ich war eigentlich hinter der Nazigeschichte her, ursprünglich, hab nur ...«
»Und bist du dir mit allem sicher? Ich mein, wenn du so spritig warst ... Mann, Mann, Mann! Ich muss auf Tö.«
Sie sprang auf. Beim Hinausgehen streifte ihre Hand über

seine Schulter. Eben noch in Aufruhr, durchlief ihn eine Welle des Behagens. Aber zugleich kam er sich überrollt vor, zugleich war die *GAD*-Welt wieder aufgelebt, und ihn ängstigte ihre Gefühlswucht. Er sollte ihr sagen, dass er von allem, was sich nach starkem Gefühl anhörte, die Finger lassen wollte, und dass ihre unbekannte Wunschwelt ihn erschreckte. Aber war das die Wahrheit?

Die Spülung wurde betätigt, der Wasserhahn rauschte, dann klickte die Badezimmertür auf, und Phili rief nach ihm. Sie cremte sich die Hände ein.

»Das mit der Sintflut, der jetzt das *GAD* zum Opfer fällt, find ich gut«, urteilte sie, »haben sie sich selbst zuzuschreiben. Gerechte Strafe von ganz oben. Und du rettest wie der altbabylonische Sintflutheld Uta-napisti aus dem Gilgamesch-Epos in letzter Sekunde dein Leben. Am besten auf einer Insel in der Ferne.«

»Bin nicht stolz drauf.«

»Ich muss los«, sagte sie. »Diesmal aber hau ich nicht ab, wie im Sommer, weil ich dich nicht nur reikimäßig betreuen wollte. Gib mal ne Hand, hab zuviel Creme!«

Das schnelle Greifen, Umschlingen, Kneten und Streichen seiner Finger war ein Zärtlichkeitsblitz. Sie salbte, glibbrig, gleitend, schlüpfrig, salbte zartgliedrig sanft die Außen- und Innenfläche erst seiner einen, dann der anderen Hand, sie vom Gelenk bis zu den Fingerballen massierend. Vorhin noch nur ätherische Gebilde, waren jetzt ihre Hände voll sanfter und bestimmender Kraft. Er war gefangen. Auch von ihrem Blick. Vielleicht lag das nur daran, wollte er sich ernüchtern, wie ihre dunkelbraune Iris ein wenig hinterm Unterlid versank und wie sie vom millimeterschmalen Oberlid und den dichten Wimpern verdeckt war. Gefährlich räuberischer Anblick.

»Hierzubleiben wär Unsinn. Oder erst recht, in deiner Redaktion aufzutauchen. Die Kaimann-Leute wollen dich mundtot machen. Todsicher. Hast du Geld? Ich hab mir gedacht, du tauchst ab und überlegst, wie du die Sache zu Ende bringst. Allein oder besser im Schulterschluss mit integren Leuten deiner Zeitung?«

Sie wurde still. Ihm fiel jetzt erst auf, dass der Diamantsplitter in ihrer Nase fehlte.

»Mann, bin ich durcheinander«, seufzte sie. »Wenigstens hab ich keine Prüfungsangst mehr. Ich hab mir gedacht«, sagte sie, »am besten verkriechst du dich in meiner Heimat. Die Insel liegt weit vom Schuss. Und du wärst unterm Schutz meiner Tante Celia. Tu mir den Gefallen! Ich schreib dir die Adresse auf und ruf dort noch vor der Prüfung an. Die Ferienhütte steht leer. Versprich mir ...«

»Ich will mich wehren. Ich glaub, ich wär dazu wieder imstande.«

»Wie du meinst. Aber du wirst ganz und am Stück mehr Wirkung erzielen.«

Sie schrieb ihm die Adresse auf und zog sich eine schwarze Jacke über.

»Piekfein siehst du aus!«, bewunderte er.

Sie standen sich im engen Windfang gegenüber, ihre Hand griff bereits nach der Klinke. Ihr Geruch, nicht beschreibbar leicht, bildete um sie beide, so schien es ihm, eine Schutzzone gegen die schmantig-süßlichen Kuchendunstschwaden aus der Backstube nebenan. Lavendel sah auf ihren Mund, der sich leicht geöffnet hatte, sah auf dessen feine Umrandung, die ihn von der glatten Gesichtshaut abtrennte, sah in der Schwellung der Lippen die haardünnen Kerben sich in die Mundöffnung hineinbiegen, sah, wie über die Unterlippe ein Zucken huschte, sah auch, wie sich ihre Brust hob und senkte, sah in das dunkle Braun ihrer Augen und legte die Finger an die Seite ihres Halses. Die Haut war samtweich. Seine Finger glitten in ihren Nacken. Er spürte den Ansatz der Haare und darunter weichen Flaum. Als seine Hand wieder nach vorn kam, über ihr kleines Ohr, und sich dann um die Wange legte, neigte sie den Kopf hinein und schloss die Augen und blieb reglos.

Sie zu spüren war bestürzend schön.

Ihre Lippen waren dann in der ersten leichten Begegnung trocken und kühl. Ein Laut, fast tonlos, kam aus ihrem Hals. Die Lippen wölbten sich ein wenig, wie um ihn aufzunehmen, bildete er sich ein. Dann löste sie sich. Ihren hastigen Atem spürte er noch. Ihre Brauen hatten sich zusammengezogen, ihre Wimpern verdeckten erst fast ganz die Schwärze ihres Blicks, als betrachte sie entrüstet den Mund, der es gewagt hatte, sie zu berühren. Dann sah sie ihn mit solchem Ernst an, dass er erneut erschrak. Sie zog die Tür auf und stand schon draußen, ihr Haar flammte, leuchtete dunkel, als sie mit gesenkter Stimme etwas sagte, was er nicht verstand, und schloss die Tür. Er sah ihre Silhouette in dem dicken Bleiglas. Sie entfernte sich und löste sich auf.

Aber, Monsieur Juan ...?

War da was, zwischen ihm und Phili? Weil sie, von nahe besehen, immer verlockender wurde, ungeheuchelt und natürlich, und weil sie sich freuen konnte, glaubhaft freuen, und weil die Farbe ihrer Augen an ihre Bitterschokolade und an Kaffee erinnerte und sie sehnsüchtig von rotem Oktober sprach? Und weil sie ihn zu wollen schien und sich mit dem Machtwort Liebe umgab?

Gut, dass Samir jetzt nicht mit ihm auf den Stufen zum Garten saß. Über das Mirakel Phili hätte Lavendel keine Silbe mit ihm wechseln wollen. Denn Samir würde das Erlebte unter die Lupe nehmen: Wen oder was liebe diese Phili da? Sie habe ihr Liebesobjekt doch kaum persönlich vor Augen gehabt. Sie habe sich ein Bild gemacht aus Bruchstücken, die Joana ihr zutrug, und aus seinen redlich-linken Artikeln. Er, als ihr Bewunderter, sei somit eine Verkörperlichung ihres Vorstellungsvermögens. Das Ursächliche bewege sich auf abstrakter Ebene. Unabhängig von ihm selbst. Und wenn er seine Zuneigung an dieser abstrakten Liebe entzünde, auf welcher Ebene des Entfremdeten bewege er sich da wohl?

Die Geräusche der Henschkestraße brandeten auf und verebbten. In ein paar Tagen war Phili in Paris. Wie vielleicht Maschka, von der auch er nichts wusste außer Geschichten, die ihrer Phantasie entsprungen sein konnten. Und er wusste, dass sie ihn nur durch seine Bloßstellungen kannte und trotzdem zu mögen schien. Oder deshalb? Weil sie mochte, wie sich einer erniedrigte? Weil das an ihr Mitleid appellierte? Ihr nachtkaltes Gesicht war eine flüchtige Erinnerung. Auch ihr Wunsch, vom Bisherigen loszukommen.

Er trieb, fühlte Lavendel, in einer sonderbaren Ungehemmtheit dahin und misstraute kaum dem Überschwang des Moments. Und staunte aber doch über seine Naivität, noch immer vor Ort zu sein. Kaimann würde doch seine politische Karriere, und nicht nur die, durch Enthüllungen nicht aufs Spiel gesetzt sehen wollen. Aber sollte er Hals über Kopf abhauen, wo ihm doch gerade sein Zuhause dazu verhalf, wieder er selbst zu werden? Doch, er musste unverzüglich weg, musste auch die Fotos vom Vorabend in Sicherheit bringen, auch die Papiere und die Spiegelscherbe und die afrikanische Statue, die noch im Auto lagen. Womöglich blutverschmiert. Er mochte nicht daran denken.

Philis Insel ... Er könnte diese Frau über den Umweg Insel verstehen lernen. Erstaunlich war doch, wie sie ihn im Handumdrehen in den Schutz ihrer Familie aufnahm. Erschreckend geradezu, mit welcher traumwandlerischen Selbstgewissheit sie ihren Gefühlen anhing – wohingegen er sich viel weniger aus Unbedenklichkeit als aus Zweifeln zusammensetzte. Im Grunde machte sie das Gleiche mit ihm durch wie er mit Joana: sie baute ihrer beider Beziehung auf ihrer Sehnsucht auf. Und was, wenn er sich nicht in ihren Träumen einzunisten vermochte?

Diesen Gedanken schob er beiseite und rief an und kündigte dem Rügener Anrufbeantworter sein Kommen an und packte geradezu beschwingt. Da er keine Vorstellung von Art und Dauer seiner Reise hatte, entschied er sich für einen umfangreicheren Vorrat an Wäsche. Er stellte sich sandige, windgepeitschte Geest-Einöde und sumpfige Marschen wie in Jütland vor. Entsprechend wählte er aus. Selbst Bücher wollte er mitnehmen. Zufrieden hievte er den Koffer und die Taschen und die Bücherkiste in den Toyota. Die Tasche mit den *GAD*-Fundstücken verstaute er zuunterst.

Der blühende Christusdorn bekam seinen Vorrat Wasser. Das würde für ein paar Wochen reichen. Was die Geldmittel anging, entschied er sich, die gesicherten Hunderter des abgetauchten A.K. auszuborgen. Und beim Bruder rief er an.

»Yo, Bro, what's up?«, fing der gutgelaunt an. Doch Lavendel versprach nur, sich schnellstens wieder zu melden, jetzt sei er in

Eile. Für Samir hinterließ er auf dem Anrufbeantworter ähnliche Sätze. Er ging noch mal zurück und brach vom Christusdorn einen Zweig ab und schlug ihn in ein Zeitungsblatt.

Den Schlüssel übergab er in der Backstube, fuhr zur Bank, ließ seine Scheckkarte sperren und gab die Rügener Adresse für die Ersatzkarte an, fuhr weiter zum Polizeirevier, meldete den Verlust von Ausweis und Führerschein und verließ nach Stunden mit Behelfspapieren die Stadt in nördlicher Richtung.

Die Fahrt zog sich hin. Lavendel fühlte sich ausgelaugt. Als ihm einfiel, dass er das Handy vergessen hatte, strapazierte ihn über viele Kilometer die Vorstellung, wieder von den Stimmen der Welt abgekapselt zu sein. Das Vorüberfliegen der Landschaft vertiefte den Eindruck, alles sei ihm unhaltbar und es gebe wenig Endgültiges für ihn. Das rätselhaft Schöne des Morgens war kein gültiger Besitz. Sein Kopf war kein glaubhafter Bewahrer. Die Erinnerung zerflatterte. Noch hatte er Philis Lippen vor Augen, das Verletzliche, das Bejahende.

In einem fernen, abgetrennten Teil seines Denkens formten sich erneut Bedenken, inwieweit er fähig war, so auf diese Frau einzugehen, wie sie es sich erhoffen würde. Tatjana hatte ihm jegliche Fähigkeit abgesprochen, Joana gleichfalls. Er vertraue niemandem.

Im Dämmerlicht erreichte er den Norden der Insel. *Venzin-Hof* hieß es auf Schildern, die ihn durch eine parkähnliche Landschaft, wie Rousseau sie für seinen *Emile* hätte erdacht haben können, zu einem großzügigen Gutshaus, mit umfangreichen Nebengebäuden brachte: In einem Seitenteil brannte Licht. Unter einer riesigen Baumkrone standen zwei Wagen mit Berliner Kennzeichen. Er hielt daneben an.

Celia v. Venzin / Horst Heide. Auf sein Klingeln öffnete eine hochgewachsene, zwanglos gekleidete Frau von Anfang 50. Sie begrüßte ihn zunächst förmlich, wie es ihm schien, taute aber schnell auf, berlinerte, sprach seinen vergeblichen Anruf an und dass det Patenkind Philine sie heutijentags mit Meldungen überschwemmt habe. Der Verdacht, det hänge mit seiner Person zusammen, sei wohl nich abwegich, oda? Und wenna Philinen so sehr am Herzen lieje, seia auch ihnen herzlich willkommen. Er solle sich hier nach Herzenslust verorten. Sie heiße Celia. Und det sei Horst. Damit stellte sie den Mann vor, der an ihre Seite getreten war.

Ohne viel Federlesen bat man ihn an den Abendbrottisch. Er erfuhr von Celia das Nötigste zur Lage. Genussvoll dehnte und verstümmelte sie ihre Wörter im Hauptstadt-Singsang. Det se erst überlecht habe, sagte sie, ihn in Philines Zimmer unterzubringen, aber in der Ferienwohnung drüben habe er mehr Bewejungsfreiheit. Det sei ne Baracke aus DDR-Unzeit, typisches Subbotnik-Machwerk, det als LPJe-Kulturhaus jedient habe, wo den hart robotenden Landarbeitern die schönen Ideale als herrschende Wirklichkeit einjeflötet worden seien. Oder wo sie ihr bissken Bertriebsvergnüjen abfeierten, wennse jeschuftet hattn wie de Ackergäule. Früher habe an der Stelle ein Pavillon jestanden. Schönsta Barock-Jarten, ne Rotunde.

»Da warste ooch ohne Sterben im Paradiese. Aba det kam nich jejen de Bolschewikenkultur an. Immer wech mit dem barocken Krempel, ham se jedacht! Und det enteignete Haupthaus übrijens is von'en Arbeitern & Bauern erst wie'n Bienenstock in winzije Wohnwaben untateilt und später dem Verfall preisjejeben worden. Nacha Wende hammer aus Berlin hochjemacht und det herunterjekommenes Ejentum der Treuhand füa schweret Jeld wieda abjehandelt.«

Horst nickte bestätigend, wenn es angebracht schien, schwieg und aß. Lavendel fielen vor Müdigkeit fast die Augen zu, vor allem des vielen Lübzer Bieres wegen, das die redselige Celia gastfreundlich nachfüllte, wobei sie von der nahen Vergangenheit des Hofes zur weiteren Vergangenheit der Familie überging, aus der einige preußische und schwedische Generale hervorstachen, was sie zu zwiespältigen Kommentaren veranlasste. Allet det habe müttalichaseits uff Philinen abjefärbt, dit sei ja vielleicht nich unaheblich. Der schönjeistije Vater in seina polyjlotten Weltfremdheit dürfte aba vorrangijen Einfluss jehabt haben.

»Und jetzt ihr Westleben!«, flocht Horst überraschend ein. »Philine zwischen allem! Als kleena Poks hat sie dit noch'n bisken mitjekricht, die doktrinäre Heilsbotschaft und die triste Einsicht, wie man uff det jroße sozialistische Jlück hinzuschuften und durchs zu Erwartende dit jejenwärtije Jlücksmanko zu beschönijen habe, und wie man hierjejen protestiert und insjeheim dit kleene Jlück jesucht und jefunden hat. Der Sozialismus is ne jroßartije Idee, der Mensch aber mit seina Unmoral is es nich und setzt sie jejen die Wand, die Idee.«

Jetzt also erfahre Philine im narzistischen Westen det Jleiche in Jrün oder bessa in Jrellschwarz. Werbung und politische Öffentlichkeit hämmerten ihr ein, sie lebe in big happiness, hörte Horst plötzlich auf zu berlinern, und doch kehrten viele wache Menschen der durchimmunisierten Gesellschaft, siehe Sloterdijk, den Rücken, sagte er, ihnen fehle das Prinzip Hoffen.

Oder weil sie sich von der lähmenden Wärme der Gesellschaft lösen, um sich selbst zu finden, deutete Lavendel den Vorgang um, behielt das aber für sich.

Ihr Protest, zeigte Horst sich überzeugt, bestehe daher in der Missachtung des nahen Glücks als eines käuflichen und benebelnden.

»Fah ma runta, olla Bullakopp!«, bremste Celia. Ihr Hotte, sagte sie, verdiene seinen Jeldanteil für die Restaurierung des Anwesens übrijens als Soziologe an der FU Balin, und sie den ihren als Dozentin ana Kunsthochschule ebenda.

»Ick hätte dia ja längstens ine Wohnung jebracht, vastehste«, erklärte sie, »aber eijntlich wollte Philinen sich melden. Wo se doch janz sicha war, dassde kommst. Ne Strippe haste drüben keene. Wat meenste, jehn wa nu trotzdem?«

Im Treppenhaus erreichte sie der Signalton. Im Grunde ist alles nur eine Illusion, dachte er, als er zum Telefon gewunken wurde. Gerade noch tastete er sich durch feuchte Modergänge.

»Bin ich froh, dass du da bist«, sagte Phili. »So froh! Ich musste immer an dich denken.«

Da war sie wieder, mit ihrer Stimme, die Woge, die ihn hob und oben hielt, aber ohne Zweifel gleich unter ihm wegkippen würde.

»Danke, dass du mir den Weg hierher geglättet hast! Wie liefs bei dir?«, fragte er und war unzufrieden mit sich, wie unpersönlich er das herausbrachte.

»Waschti hat mit Ester gleichgezogen. Und meine Thesen zur Wesenhaftigkeit des Heiligen Geistes warn umwälzend. Mein ich nicht im Ernst. Doch ich mag diese Wissenschaft vom Glauben, das Analysieren soziohistorischer Weltflucht und des Opiatenhaften.«

»Und was kommt als Nächstes?«, fragte er.

»Französisch wird kniffliger. Ich muss noch mal Rimbaud, Verlaine und Baudelaire ansehn. Doch wenn ich bedenke, dass ich jetzt Gedichte durchfliege, noch dazu welche, die in Gefühlen schwelgen, statt dass ich jede Sekunde bei einem gewissen Johan bin, dann könnt ich durchdrehn. Wie soll das denn in Paris werden? Bin ganz verzweifelt.«

Jetzt seufzte sie, glaubte er zu hören.

»Trotzdem – ich bin erleichtert«, sagte Phili, »dass du bei Celia bist. Aber jetzt müssen wir aufhörn. Janka und ich feiern unsern Teilsieg. Und dass ich dich gefunden habe, das feiere ich vor allem. Und ...«

»Was?«

»Ich verkneif mir schon immer eine Frage und weiß nicht, vielleicht sollte ich nicht fragen.«

»Dann vergiss sie.«.

»Auf keinen Fall. Sag mir schonungslos: Hast du zwischenzeitlich, also seit Juli, vielleicht mit'ner anderen Frau ... war da was, is da was? Männer denken doch, die Lippen fremder Frauen sind besonders süß.«

»Nicht wirklich.«

»Aber, Monsieur Juan ...? Unbekannte Frauen haben für dich ihren magischen Reiz verloren? Wenn ich bedenke, was Joana von ihrem Hallodri alles zu sagen wusste ...«, wunderte sie sich.

»Na ja, Joana und ihre Sicht auf Männer ...«, gab er ironisch zurück. Voll Unbehagen dachte er daran, dass er an Joanas Rockzipfel gehangen und im *GAD* danach unzählige Lippen fremder Frauen vor Augen hatte.

»Aber du bist aus Fleisch und Blut ...«

»Vermutlich. Doch ich war überreizt. Mein Kopf dröhnte. Ich war entgleist. Musste mich zurechtfinden.«

Das Schweigen nach dem Abschied war bedrückend. Celia führte ihn durch den abenddunklen Garten zur Wohnung und dämpfte vorab jede Erwartung: Schrank und Betten seien von anno dunnemals und die Sitzecke ein Behelf. Dort angekommen, zeigte sie ihm, der nur unaufmerksam folgte, wie der Ofen anzuheizen und die Therme nachts zurückzudrehen sei und wie man mit Kaffeemaschine und Espressokocher in der Kombüse, wie sie sich ausdrückte, umgehe. Er wollte nur noch schlafen.

Er war in Sicherheit. Im Rauschen der Bäume, an und abschwellend, tauchte ein Lächeln Philis auf. Irgendwann verlief es mit den Zügen Ava Gardners und wie sie Clark Gable einen seltsamen Mann nannte.

Die Obhut der Ritter von Venzin

Früh war er wach. Es war still. Im weißgekalkten Schlafzimmer war es feuchtkalt.

Auch im großen Wohnzimmer, dem ehemaligen Kino- und Versammlungssaal der LPG. Über seinen knarzenden Bretterboden, waren jahrzehntelang schwere Stiefel gelaufen, stellte er sich vor. Eine Ahnung des republiküblichen Wofasept-Geruchs hing noch über allem. Zwei alte Gartenstühle, eine Gartenbank, ein lackierter Metalltisch, ein Schrank, dessen Tür von allein aufsprang, ein gusseiserner Kohleofen, zwei ausladende Holzbetten mit hohen Ober- und Unterseiten, die an aufgeschnittene Kisten erinnerten, Nachtschränkchen daneben ... Das verlor sich in dem weitläufigen Raum.

Ein Spiegel in wurmstichigem Rahmen hing im Vorraum. Daneben war eine metergroße und verblasste topographische Insel-Karte mit Reißzwecken angeheftet, Maßstab 1:50.000. Er wunderte sich über die geringe Wassertiefe des Boddens zwischen Rügen und Hiddensee.

Es war kurz nach acht, als er das Haus verließ und aufs Geradewohl durch den Park streifte. Vogelrufe schrammten in der Stille aneinander. Hunde schlugen an. Tauben rucksten und gurrten. Hohe Kastanien, gelblich verfärbt, Birken und Weiden und Platanen warfen lange Schatten. Aufgeplatzte, vertrocknete Schalen lagen unter einem Walnussbaum. Sonnenblitze stießen durch die Laubdächer. Im Gras hingen weiße Tautropfen. Lavendel erreichte einen Wall von Haselnuss-Sträuchern und rotbeerigen Ebereschen und Holunder mit schwarzen Früchten. Er stieg durch ein Meer gefiederter, nasser Farnwedel und über einen Mauerrest und stand auf einem Feldweg.

Auf einer Anhöhe schloss er die Augen. Die Sonne wärmte die Lider. Die Geräusche flossen ineinander.

Er sah über Weiden und Felder und den Park des Gutes. Kraniche standen im Morgennebel. Aufgescheuchte Krähen flatterten und verschwanden in den Baumkronen. Ihr heiseres Krächzen verhallte. Auf der anderen Seite waren die verschilften Ufer des Boddens sichtbar, alles Weitere versank in undurchdringlichem Dunst. Eine Formation Wildgänse glitt mit vorgestreckten Schwimmfüßen und hoch angestellten Flügeln über die Wasseroberfläche, um zu landen.

Wieder empfand Lavendel die Geräusche als Stille. Er entschied sich, Geri endlich seine Ablehnung in punkto *Messe*-Buch zu melden und ihm dafür einen Report über die vergangenen Wochen vorzuschlagen. Dass Phili das Persönliche bei seiner *GAD*-Exkursion heruntergespielt und ihn als den investigativ sich aufopfernden Journalisten hatte sehen wollen, ermutigte ihn. Es sollte ihm bedeutungsloser sein, wie er sich selbst erlebte, wenn seine Rolle anderen anders erschien. Erleichtert, seine Erniedrigung nicht zu Markte tragen zu müssen, lenkte er seine Schritte in weitem Bogen zum Gutshaus zurück.

An der Rückseite seiner Unterkunft standen Apfelbäume um ein durch Findlinge eingefriedetes Rundbecken. Gestrüpp und Wildgras zwischen den Steinblöcken. Grünbraunes Wasser. Als Fontänespeier ein Schwan, mit ergrautem Gefieder und zurückgebogenem Hals. Ohne Strahl. Baumwipfel spiegelten sich in der unruhigen Wasseroberfläche. Müde quakte ein Frosch. Lavendel beugte sich vor. Sein Bild zerlief.

Zwischen dem schneeweißen Hauptgebäude und der mit proletarischem Brass in den Park geklotzten Kulturbaracke traf er auf Celia und Horst. Auf dem Weg lagen mehrere alte Strommasten. Mit einem Vorschlaghammer trieb Horst die Eisenteile aus ihnen heraus. Celia begrüßte Lavendel und schickte ihn in die Küche, dort stehe Frühstück. Dann beriet sie ihn, der sich mit Lebensmitteln versorgen wollte, wo in Bergen er alles bekomme. Und sie wies auf die Holzlege und forderte ihn auf, sich aus ihren gigantischen Vorräten zu bedienen, damit er es abends warm habe.

Bei Tag und von dieser Seite aus betrachtet, wirkte seine Baracke wie ein verwunschenes Gartenhaus, das sich nach Osten hin fortsetzte, ohne bewohnt zu sein. Das Dach dort war eingedrückt und von Knöterich erobert. Bis zum Dach war es auf seiner Südseite mit rotglühenden und baiserweißen Rosen überwuchert. Die Fenster waren größtenteils zugewachsen. Die westliche Frontseite hatten sich Hibiskussträucher mit aufgerissenen scharlachnen Blütentrichtern erobert. Davor lila Lavendelbüsche und verwilderte rote Feuerlilien und ein Ginkobäumchen, dessen Blätter fächerförmige Schatten über die Lilien warf.

»Im Sommer blüht hia'n Feld von Bauernblumen und Kräutern«, schwärmte Celia und zählte auf: »Hirtentäschel, Löwenmäulchen, Phlox, Dahlien, Zinnien, Rittersporn und so. Fetthenne ooch, Vogelmiere, Baldrian, Pimpinelle. Det duftet. Is wie Musike. Jetzt ham wa eben nur noch Halbunkraut: Ringelblumen, Augentrost, Reseden, Margeriten.« Aber sie habe vor, mit Buxus sempervirens een bisskenn wat vonne ursprünglichen pommersch-barocken Flanzenpracht zurückzuimaginieren.

Lavendel erwähnte das beabsichtigte Gespräch mit seinem Chef. Und Celia, die kleine Buchsbaumbüschel in Löcher setzte, meinte, dass er dit natürlich von ihrem Apparat aus führen könne. Alles stehe offen.

Geri war sofort in der Leitung, Er empfing ihn mit einem Gemisch aus Vorwurf und Sorge. Wo in drei Teufels Namen er stecke, hier sei die Hölle los, die Polizei renne ihm die Türen ein, und ob er überhaupt schon informiert sei? Lavendels *Worüber? Er lebe da, wo er sei, ganz abgeschieden!* ließ ihn abgrundtief stöhnen. Alles bleibe wieder an ihm hängen! Noch eiliger als gewöhnlich berichtete er, man habe ihn informiert, und es tue ihm leid, das jetzt sagen zu müssen, sehr leid!, sehr, sehr leid!, aber der Ticker berichte schonungslos, das wisse er ja: Anschlag auf eine Journalistenwohnung. Die Wohnung des Journalisten J.

Lavendel sei Ziel eines Brandanschlages gewesen. Der Anschlag gehe offenbar auf einen Brandsatz zurück, der in die Wohnung geworfen worden sei. In großen Lettern sei ZECKE VERRECKE auf die Straße gesprayt worden. Ein Nachbar habe Verdächtige beobachtet und noch während des Vorfalls die Polizei verständigt. Demzufolge habe die Ausweitung des Brandes auf den angrenzenden Betriebsbereich verhindert werden können. Die Privatwohnung, seine also, sei jedoch total ausgebrannt.

»Tut mir unheimlich leid, echt!«, drehorgelte Geri. »Tut uns allen leid! Ich denke, das ist ne Spätfolge der Hanoum-Recherche, oder? Hast du etwa weiter dran rumgewurschtelt?«

Seine Wohnung in Flammen? Plötzlich fiel ihm Phili ein, im engen Flur, und wie sie sich küssten. Der lastende Geruch aus der Backstube. Joanas Zimmer und wie die Sonne auf dem Durcheinander und den unzähligen Rotblüten des Christusdorns hing. Ihm wurde bewusst, dass die Wohnung ihm schon länger fast nur Erinnerung war.

»Is'n fürchterlicher Schock ... kann ich mir vorstelln«, sagte Geri, »ich weiß, wovon ich spreche.« In seiner Stimme schwang Mitgefühl. Darauf verstand er sich. Woher wohl wollte der Schwätzer wissen, wie einen so eine Nachricht traf? »Dann noch das mit der *Zecke*. Der Begriff passt, aber umgekehrt, nämlich auf die braunen Parasiten selber«, legte er nach, »Nazizecken!«

In Lavendel wechselten Bilder von Flammen und verkohlten Resten und dann wieder sonnigen Momenten mit dem plötzlich doch panischen Gedanken, dass er nichts mehr besaß. Mit einem Mal überfiel ihn unsäglicher Hass auf den foinen Herrn Kaimann. Für ihn kam nur er als Verursacher in Frage. Der Mann hatte seine Rüden herausgepfiffen.

Lavendel äußerte seinen Verdacht und versuchte sich an einer geordneten Kurzfassung über die Ereignisse der vergangenen Wochen. Dass er sich mit dem *Messe*-Projekt nicht ausgefüllt gesehen habe, sondern im *GAD* gelandet sei. Wie er es schilderte, sah sein Aufenthalt dort nach schonungsloser Journalistenplackerei aus. Seine Beobachtungen zu Kaimann, zusammen mit den Hinweisen Maschkas, ergaben das Bild eines mit allen Dreckwassern gewaschenen, skrupellosen, rechtslastigen Blenders, der seine kriminellen Privatinteressen verfolgte – hinter dem breiten Rücken des Kommerzes und seiner Nazi-Skins versteckt.

»Ein Hammerding! Du bist'n Ass! Und das knallhart durchgezogen nach der uralten Journalistenregel, Guillotine oder Harfe. So'n Bericht schlägt ein!«, kommentierte Geri, ohne auf die *Messe*-Arbeit einzugehen, und bat um eine Unterbrechung, er müsse sich beraten. Mann, der reine Wahnsinn! Gleich melde er sich wieder. Lavendel gab ihm die Nummer.

Minuten später war er wieder am Apparat. Lavendel, sagte er, solle ihm die Adresse seines gegenwärtigen Aufenthaltsortes geben, er müsse die ermittelnde Polizei informieren. Äußerste Vertraulichkeit sei selbstverständlich. Und zweitens werde er sich nach der Redaktionskonferenz melden. Gegen halb drei.

Ziellos streifte Lavendel durch den Park. Die Füße schurrten durch welkes Laub. Trotz allem hatte er, als er das Fiasko bedachte, eigenartigerweise immer wieder auch das Gefühl, als ob sich ein Kreis geschlossen habe und dass das in eine erklärliche Ordnung passe. Nicht nur, weil der Anschlag sich wie etwas anhörte, was ihn nicht eigentlich betraf. *Anschlag auf eine Journalistenwohnung* – eine Meldung wie viele. Da war von jemand anderem die Rede. Es ließ ihn kalt. Da war nur immer der Gedanke, dass ein weiterer und definitiver Abschied, wie er im Juli bereits einen vorgenommen hatte, stattfand.

Als Celia ihn am frühen Nachmittag zum Telefon rief, war es wieder Geri. Inzwischen sei eine anonyme Drohung eingegangen, sagte er. Unter dem Eindruck hätten sie sich entschieden, die Story zwar unbedingt zu machen, aber nicht selber. Er habe deshalb Kontakt mit ein paar Sendeanstalten aufgenommen. Eine TV-Option sei schon da. Da stelle man schon ein Team zusammen. Nur müsse Lavendel schnellstens die Leute kontaktieren, Treff an einem neutralen Ort. Spätestens Sonntag. Er werde das glattmachen. Vielleicht lasse sich jemand von denen ins *GAD* einschleusen, wegen weiterer Dokumentation. Man sei megascharf auf die Geschichte, soviel könne er sagen. Und gagenmäßig läppere sich das Ganze bestimmt, auch das werde er hakeln, wie üblich. Er lasse von sich hören, wenn die Sache stehe. Und das *Messe*-Debakel sei gar keines, höchstens für Gehwald. Und wen jucke das!

Lavendel erklärte sich mit allem einverstanden. Oder, so dachte er, hatte er sich verrannt? Litt er unter Verfolgungswahn, und Kaimann kümmerte sich den Deubel um ihn – und die Naziaktionen waren ein spätes Echo auf seine Lebensbornrecherchen? Eher rechnete wohl Kaimann mit seiner Scham und Furcht, hatte er doch sicherlich Bildmaterial genug, um ihn als Journalisten lächerlich zu machen. Oder hatte doch er die gefährlicheren Karten gegen den braunen Kaufhauschef?

Im Verlauf des Nachmittags fuhr ein Wagen auf den Hof. Kripo Bergen. Erst setzte man ihn offiziell und mit Bedauern von dem Brand in Kenntnis, dann fragte man nach einem Täterverdacht und nach seiner Vermutung, welches Motiv tatanleitend gewesen sein könne. Lavendel berichtete von seinen Nazi-Recherchen seit dem Jahreswechsel, ohne die Lebensborn-Geschichte, und schilderte den Hanoum-Zwischenfall. Das sei aktenkundig, wurde bestätigt. Alles wurde mitgeschnitten. Er sprach freimütig, und als sei das Vergangene ohne Peinlichkeit verlaufen, von seiner verdeckten Aktion im *GAD* und dem Verdacht Kaimann betreffend. Das schien die Beamten keinen Deut zu interessieren. Mehr zeigte man sich verwundert, wie dilettantisch der Anschlag auf seine Wohnung gewesen sei.

»Schema F«, sagte der Beamte, der bisher meist geschwiegen hatte. »Laienhaft, aber wirkungsvoll, was die Kameraden in ihrem *Kampf gegen den schleichenden Volkstod* da veranstaltet haben.« Er hatte mit den Fingern das Zitat markiert.

Das hörte sich keineswegs unzufrieden an, hatte Lavendel, der seine Offenheit zu bereuen begann, den Eindruck. Oder war er zu misstrauisch? Schnell jedenfalls erklärte sich der erste Beamte, der in seiner überkorrekten Haltung und Sprechweise gleichfalls irritierte, mit Lavendels gegenwärtiger Wohnsituation einverstanden. Jeder wisse, schützen wollen die Schutzmänner wohl, können das aber nicht mit absoluter Nachhaltigkeit. Deshalb habe man auch, die von der behandelnden Dienstbehörde, in deren Auftrag man, länderübergreifend, tätig sei, gestellte Bitte ernst nehmend, ihn unter Schutz zu nehmen, entschieden, ihn am hiesigen Aufenthaltsort zu belassen. So wenig Aufmerksamkeit wie möglich solle er, am besten vielleicht einen Urlauber mit Strandspaziergang und Café-Besuch vorgebend, erwecken, immer gelassen und ohne jede jüdische Hast, so hätte das früher ja leichtfertig der Volksmund ausgedrückt, und ansonsten sei er, fügte der Beamte mit einem vielleicht klassenbewusst ironischen Beiklang hinzu, in der Obhut der leibhaftigen Ritter von Venzin bestens geborgen. Sofern es in dieser Zeit des Terrors überhaupt Sicherheit gebe. Das galt der hinzugetretenen Celia, die den Aufbruch der Beamten registriert hatte.

Sie lud Lavendel nach der Verabschiedung der beiden zu Kaffee und selbstgebackenen Hefeplinsen ein. Und er müsse nun auch ihr etwas mehr von sich erzählen, drängte sie anteilnehmend. Das tat er, alle prekären Ereignis-Klippen inzwischen gekonnt weiträumig umschiffend. Die Niedertracht des Geschehenen rückte ihm dabei von Wort zu Wort ferner. Und mit jedem Wort schrumpfte die naive Waghalsigkeit, mit der er ins Kaimann-Getriebe hatte eingreifen wollen.

Immer deutlicher stand ihm vor Augen, wie marginal er dabei war. Etwas ändern zu wollen, war illusorisch. Ihm fehlte zwar nicht die Witterung für Niedertracht und Machthunger, aber ohne Zweifel die Besessenheit zum Umsturz.

Später saß Lavendel vor dem Laptop. Arno Kehlers Fotos und der Plan der Geheimgänge lagen daneben. Er hatte das ganze Labyrinth der Gänge durchstreift, aber vielleicht lag Maschkas vermisster Arno Kehler in dem unzugänglichen Seitenstollen. Lag eingemauert in einem Mausoleum, in dem man Missliebige verschwinden ließ. Oder banaler: Er hatte den Zugang zum oberen System gefunden und war dort verunglückt und verhungert.

Trotz des geschwundenen Elans sann Lavendel über eine Systematik seiner Beobachtungen nach. Zumindest sollte alles dokumentiert sein. Und eigentlich, überlegte er, könnte er über AKs Dichterfreund Stoeberlin womöglich herausfinden, was AK gegen Kaimann in der Hand zu haben glaubte.

Später rief Celia ihn wieder ans Telefon, und er vergaß sein Vorhaben. Phili wollte wissen, was sich bei ihm zugetragen habe. Er teilte ihr so abgeklärt, als erwähne er ein Gerücht, die Nachricht vom Brand mit und von der geplanten Sendung, und er schilderte den Besuch der Polizei.

Es verschlug ihr wohl die Sprache. Stille in der Leitung.

»Mein Gott! An wen bin ich da geraten!«, verzweifelte sie nach einer Weile, in der er mehrfach, bis es ihm selbst völlig glaubhaft erschien, versichert hatte, wie wenig existentiell im Grunde der Brand für ihn sei. Eher empfinde er ihn als Bestätigung.

»Ich seh nach, ob was zu retten ist«, entschloss sie sich.

»Besser nicht!«, lehnte er ab. »Wirklich, das ist wie'n Menetekel für mich. Ich möchte nicht, dass du ... Sicher observieren die die Brandstelle, nutzen sie als Köder, um auf meine Spur zu kommen.«

Aber Phili beruhigte sich nicht.

»Wir solln das hinnehmen? Nein! Unmöglich! Und dass du jetzt gar nichts Eignes mehr hast, keine Erinnerungsstücke, das ist unfassbar.«

»Lass uns lieber von deinen Vorbereitungen sprechen«, lenkte er ab und dachte über ihr wunderbares *Wir* nach und ob es ihr nur gedankenlos unterlaufen sein könnte.

Sie druckste, wie fleißig sie habe sein wollen und es auch gewesen sei, aber plötzlich hätten manche Sätze, die sie gelesen habe, eine neue Dimension gewonnen und ihr die Ruhe geraubt. Sie hätten sich aber auch viel besser verstehen lassen.

»Kennst du denn mittlerweile schon was von meiner Insel?«, wechselte sie das Thema. »Ich stell mirs vor, wie du überall sein wirst, wo ich mal rumgerannt bin. Andererseits, mir fällt siedendheiß ein, hat nicht irgendein widerwärtiger Mensch mal gesagt: *Die schönste Frau und die lieblichste Landschaft verlieren bei allzunaher Bekanntschaft*?«

»Ich bin noch gar nicht richtig hier«, beruhigte er sie.

»Pass auf«, sagte sie, »damit sich das ändert: Sei morgen, exakt 12.55 Uhr, in Bergen im *Rügen-Shop*. C'est fait? Ist im Bahnhof! Da gibts die herkömmliche Reiseliteratur, aber auch andern Bedarf. Dort triffst du Klara Weise, der gehört der Laden. Klara kenn ich von der Gingster Schule, damit du auch das weißt. Sie hatte den Spitznamen Anne Kaffeekanne. Wenn du sie siehst, weißt du warum. Sie war ne Frohnatur. Isse immer noch. Und die wird dir was aushändigen, wenn du willst. Einen Schlüssel zur Insel.«

»Ich bin dort.«

Dann wieder, kaum war ihre Stimme weg: Verlassenheit. Aber eine, die angefüllt war mit dem Wunsch nach ununterbrochenem Anhalten dieses Klangs. Ihre Stimme hatte sich festgesetzt in ihm. Lavendel starrte in den Nachthimmel, der so klar und sternenreich war, wie er ihn ewig nicht mehr gesehen hatte. Manchmal kam ein Hundebellen. Erste Nebelstreifen hingen über dem Boden. Es war sehr kalt.

Allez!

Am nächsten Morgen kraftloser Regen und himmelweites dichtes Grau. Ein Anruf bei Geri brachte nichts Neues. Die Konzernmogule in Köln dächten über die Bedingungen der Weitergabe nach. Morgen Vormittag hätten sie die Entscheidung.

»Am geheiligten Sonntag?«, zweifelte Lavendel. »Und wieso die Konzernleitung? Der soignierte Gehwald himself?«, tat er verwundert, zu seinem Ärger in den affektierten Redaktionsjargon verfallend.

»Weil der Brandanschlag auf deine Wohnung in Zusammenhang mit dem Anschlag auf nen Auslieferungswagen steht. Vergangne Nacht. Völlig ausgebrannt.«

Diese Nachricht ließ Lavendel verstummen.

Nach Stunden riss der diesige Wolkenschleier hier und da für Momente auf, und Lavendel fuhr nach Bergen, um sich mit dem Nötigsten einzudecken. Als er aus dem Supermarkt kam, aus dessen lauer Luftströmung, royblacküberzuckert, trieben vereinzelte Wölkchen in Richtung Finnland. Die Sonne verfing sich auf der Straße, die der Toyota, von der Stadtmitte aus, über das Kopfsteinpflaster klappernd zum Bahnhof hinabrollte. Eine Jugendgruppe mit einem Haufen Rucksäcken in der Mitte war wohl eben eingetroffen und lungerte vor dem Gebäude. Ein Mädchen mit kupfergelbem Haar ging auf und ab und putzte sich die Zähne.

Lavendel fand den beschriebenen Shop. Für ihn sei etwas hinterlegt, erklärte er einer stämmigen jungen Frau, augenscheinlich Anne Kaffeekanne. Sie meldete in Richtung Nebenraum, da sei einer, der sich Lavendel nenne. Sehe glaubwürdig aus. Sie schien eine Bestätigung erhalten zu haben. Weniger dass etwas hinterlegt sei für ihn, eher stehe es abholbereit, allerdings, doch, da habe er recht, legen könne man es unter Umständen auch, brachte sie mit belustigter Grimasse heraus, was wieder dem Hintergrund galt, nicht ihm.

»Suchen Sie sich erst mal nen Rügen-Führer aus! Nur nichts vom Fidschi-Plunder hier vorn! Dort!«, wies sie ihn an ein Regal mit großformatigen Rügen-Bänden.

Lavendel hatte sich gerade für einen umfangreichen Band einschließlich des Svanvithe-Märchens und Inselkarte entschieden, als sich Hände über seine Augen legten. Einen Sekundenbruchteil wunderte er sich, wozu die Verkäuferin sich hinreißen ließ, dann aber war da ein zurückhaltender Duft und eine Unangestrengtheit der Hände – und ein vergessen geglaubtes aufgeregtes Wohlgefühl rieselte vom Nacken über den Rücken hinab. Er fuhr herum.

Phili strahlte. Er war sofort einfach nur froh, sie zu sehen. Sie glitt in seine Arme. Glitt und umschlang. Der Druck ihres Körpers machte ihn übermütig. Auch weil ihr Kuss wie eine selbstverständliche Fortsetzung des vorgestrigen war. Es war ein vorsichtiger und kostender Kuss, der tat, als könne er sich viel, viel Zeit lassen.

Sie zog ihn Richtung Ausgang. Anne Kaffeekanne feixte hinter der Kasse.

»Nich lang schnacken, Kopf in'n Nacken«, rief sie zum Abschied, und Lavendel glaubte, es handle sich dabei um einen Geheimcode zwischen den Frauen. Phili fasste nach seiner Hand.

»Nach Venzin, Fahrer! Allez!«

Im Wagen gestand sie, sie habe gestern Abend das lausige Gefühl gehabt, nie im Leben in die Montagsprüfung gehen zu können, wenn sie nicht vorher einmal wenigstens in seine Augen geschaut hätte, um darin zu entdecken, ob es ihm schon ein bisschen ernst sei mit ihr. Das Rauschen der Venzin-Bäume im Ohr: so sei sie bereit für jede Wahrheit.

Langsam ging es stadtauswärts. Er war aufgeregt. Phili legte ihre Hand auf seine, die das Lenkrad hielt. Ihre Hand war schmal und warm. Über den Knöcheln spannte die Haut und war heller. Die Nägel waren länglich und rosa. Ihre Gegenwart verdichtete sich. Sie waren auf der Strecke Richtung Gingst.

»Du siehst schon wieder verändert aus«, sagte er.

»Meine Frise, meinst du? Und?«, wollte sie wissen.

»Attraktive Knäbin, 20er-Jahre-Look«, urteilte er. Mit einem Seitenblick auf ihre Beine dachte er daran, wie sie die Treppe im *GAD* hinabgestiegen und dann vor ihm zum Steintor gegangen war und welchen Tumult ihr unknäbischer Hintern in ihm ausgelöst hatte.

»Und?«, fragte sie wieder, »als la garçonnet bin ich wohl unten durch bei dir? Ich schwöre, da ist alles noch, wie's sein soll. Wie beim unechten Pagen Cherubino in Mozarts *Figaro*. Liebestrunken und mythisch. Der Kierkegaard-Liebling. Cherubina, alla vittoria! Oder bei Viola-Cäsario? Du wirst lachen: Ich hab im Bergener Arndt-Gymnasium in'er Schüleraufführung von *Was ihr wollt* genau die Rolle gespielt. *Verkleidungen sind, wie ich sehe, eine Gelegenheit, deren Satan sich wohl zu bedienen weiß*«, deklamierte sie erhaben, »vielleicht weil sie unwiderstehliche Lustbarkeit verbergen, wer weiß. Mich darfst du nicht fragen. Ich mags.«

»Das mit dem Satan sollte einem Bewunderer deiner Veränderungen also zu denken geben.«

»Das Androgyne ist bloß 'n Scheren-Unfall, ehrlich. Halb und halb wenigstens. Ritsch-ratsch hab ich rumgeschnippelt, weil ich total anders aussehen wollte als Joana. Ist als harter Break gedacht. Um dir keine melancholischen Übertragungen abzuverlangen! Kapez-vous?«

»Hat was Mondänes«, meinte er. Ohne auf die Joana-Anspielung einzugehen. »Wärst du denn lieber 'n Mann?«

»Was? Echt nicht! Unbestimmt wär ich gern, vielleicht, aber Frau dabei.«

»Unbestimmt sinse bestimmt, Miss Viola. Voll und ganz. Nur der diamantöse Auswuchs ist abgängig. Siehst nackt aus, so ohne.«

»Nackt? Ist das nicht zu anzüglich? Oder sogar das Gegenteil? Ede selig hätte mich nie so verunglimpft. Er hat mich mit Klunkergaben überhäuft. Diamonds are a girl's best friend, you remember? Und Kleidchen gabs und Seidendessous. Sein Geschenk des Himmels sei ich. Die Unschuld ... Naturkindweib ... engelhafte Hetäre ... heilige Nothelferin ...«

»Ist ja gut! Ich bin ein Stoffel, und Ede ein Traumprinz. Hast du bereits angedeutet. Und hat er dich auch noch seinen allerwertesten Morgenstern genannt, der ihm vom Himmel gefalln ist?«

»Siehst du! Jetzt taucht so'n weltfremder Stiesel auf, noch dazu der Werweißwasfreund meiner abgängigen besten Freundin, und statt die als Himmelswesen anzubeten, die sich ihm gleich und im Verborgenen angeschworen, spöttelt er über den unvergleichlichen Ede, als sei er eifersüchtig, und dabei hat er sich nicht nur unerträglich lange Wochen ausgiebig und anderweitig herumgetrieben, sondern stellt auch noch meine Engelhaftigkeit in Frage. Von meinem Allerwertesten ganz zu schweigen.«

»Du bist fürchterlich albern.«

»Ist nicht meine Schuld«, beklagte sie sich, »du prickelst mir in Leib und Seele.«

Als ob sie sich davon befreien wollte, knöpfte sie die herbstbunte Jacke auf und stieß erleichtert die Luft aus. Der glatte Stoff der Hose schmiegte sich an.

»Ist das nicht schrecklich?!«, klagte sie, »dass ich schreien könnte vor Glück, mein ich – und du sitzt so böse in der Patsche! Und jetzt noch das mit der Wohnung. Das tut mir unendlich leid, Johan.«

Ihre Hand streichelte leicht über seine Bartstoppeln und seine Wangen.

»Wir werden ne Lösung finden«, versprach sie. »*Es ist entsetzlich, inmitten einer wahnwitzigen Menschheit zu leben* hab ich gestern bei Romain Rolland gelesen. Aber ich glaub, wir kriegen wieder Helligkeit ins Düstere. Und weißt du, was Börrjes sagt: Du solltest in mein Zimmer ziehn, wenn ich weg bin. Was hältst du davon? Hätte was Geniales. Und das von Finja wird demnächst auch leer, glaub ich. Sie hat sich doch wirklich Hals über Kopf in nen Bauern verliebt, als sie mit mir vor'n paar Wochen hier war. In nen Bauern von Rügen, stell dir vor. Davon ab macht bei uns seit'n paar Tagen das Bullenpack seinen Paragraf 129a-Kreuzzug gegen die Achse des Bösen. Hab ich noch gar nicht gesagt. Ein Rollkommando von Spezialpozilisten und vermummten SEKlern mit Stahlhelm und Maschinenpistolen im Anschlag hat morgens um fünf mit viel Tamtam unsre Zimmer erobert. *Hände auf die Bettdecke!* Waren offenbar an Winnis Theaterstück interessiert, von dem sie Wind bekommen hatten. Aber es war unauffindbar. Und auf unsere Speichel- und DNA-Analysen waren sie scharf. Haben überall gekratzt und gepinselt. Wir stehn wegen des 11. September unter Generalverdacht, weil für sie peacige Globalisierungskritiker und Anti-Atomaros dschannahungrige Bombenabdullahs sind.«

»Wenn nicht schlimmer!«

»Ja und stell dir vor, Philine im Fadenkreuz misstrauischer Republikwächter! Zwei Beamte haben mir auf den Zahn gefühlt: Ich hätte im Juli ein Feuer-Fanal über New York angekündigt. Weißt du, auf Frieders drogiger Tea-Party, auf unserer Tea-Party. Vielleicht ist der Baukasten ja komplett verwanzt. Dass ich aus'er *Offenbarung* zitiert hätte, von nem gewissen Johannes von der APO, fand einer der Typen sehr aufschlussreich. APO? *Sie meinen Apostel?* Hab ich gefragt. Oder so, haben sie gesagt. Ich glaube, die haben den Sprüchemacher von Patmos zur Fahndung ausgeschrieben.«

»Deshalb sind die angerückt?«

»Kann sein auch aus Ranküne. Wir hatten da so'n Flyer rumgehn lassen, wir würden den Ernst August vorm Bahnhof sprengen. Plus genaues Datum und Uhrzeit. Und als wir dann ankamen mit unseren Leitern und Gießkannen und dem Ollen einen Wasserguss verpassen wollten, hat uns ne ganze Armee erwartet ... Aber im Ernst, für dich hätte die Anwesenheit der

Mützen ja was Gutes. Wenn nicht das mit deinem Job wär«, seufzte sie. »Ich finds ja schon aufregend, dass ich nicht weiß, was bei mir so alles kommt, aber dass ich von dir noch gar nicht weiß, was wird, das find ich extrem fürchterlich. Das Einzige, aber bitte werd nicht böse, wenn ich das jetz sage, das einzig Gute an dem Brand ist, für mich, dass alles, was andere Frauen in deiner Wohnung berührt haben und was du vielleicht als Erinnerungsheiligtum gehütet hättest, verschwunden ist.«

»So wichtig ist dir das?«

»Ich hab wenig Erfahrung mit so was. Kann sein, ich neige ein wenig zu Eifersucht.«

Lavendel wollte nicht über seine brennende Wohnung sprechen. »Von diesem Wahnsinn am 11. September ... Ich hab in meiner *GAD*-Höhle fast nichts davon mitgekriegt.«

»Das ist fürchterlich, was da abging! Fanatiker! Haben Babel in Flammen gesetzt«, sagte sie. »Börrjes meint aber, das habe das FBI angezettelt. Damits einen neuen Feind zu bekämpfen gebe. Der Feind Islamist sollte ins Hirn der Amis eingebrannt werden. Auch von wegen Stärkung der Rüstungsindustrie und so weiter.«

»Komisch, und ich hab gleich an den CIA gedacht.«

Ein paar hundert Meter legten sie wortlos zurück. Die New Yorker Katastrophe kam ihm wie ein Ereignis auf einem anderen Stern vor. Durch die Alleebäume fielen Sonnensplitter auf die Straße. Die roten Fruchtbündel der Eschen leuchteten wie Schmuckkorallen. Das Grün und Goldgelb der Baumkronen lichtete sich.

»Börrjes is echt'n Lieber«, sagte sie, »jetzt sucht er im Internet nach den Kaimann-Sachen.«

Hohe vertrocknete Gräser, Mäusegerste und Quecke, säumten die Straße und wurden von Windboen, wenn Autos vorbeifuhren, geschüttelt. Mächtige Traktoren mit Pflügen oder breiten, feuerroten Drillmaschinen zogen links und rechts der Straße über die Felder. Ein Gänseschwarm fiel ein. Möwen wirbelten auf und davon.

»Die fressen die Saat gleich wieder weg, die Gänse«, sagte Phili. »Die Bauern fluchen.«

Sie hingen fest in einem Stau.

»Du weißt noch gut Bescheid über das Inselleben.«

»Die Insel kommt in meiner Jetztzeit zu kurz. Aber ich radiere auf keinen Fall meine Vergangenheit aus. Alles behält seinen Platz.«

»Wie deine Freundinnen?«

»Anne Kaffeekanne? Ja, aber die ist keine wirkliche Freundin, wie Joana eine ist. Ich war mit ihr beim Ballett. Das hat uns verbandelt. Joana dagegen ... weißt du, Joanas Seele ist mir nah. Als Zehnjährige hatte ich mehrere Freundinnen, hier in Gingst. Zusammen mit ihnen war ich putzlustig oder todtraurig, wie wir halt so drauf warn. War oft anstrengend, weil ich meilenweit weg von mir war. Die Anwesenden sind über die Abwesenden hergefallen. War nicht mein Geschmack.«

»Bist du nicht tolerant?«, fragte Lavendel.

»Oh ... Gewissensfrage! Also, wenns um winzige Eigenheiten geht, bin ichs. Was Toleranz betrifft, hat mir mein Vater eingebläut: Das Verstehen eines anderen muss nach dessen Grundsätzen ablaufen. Das Tolerieren aber nach gemeinsamen Grundsätzen, wenns um Gemeinsames geht. Ich war zehn. Hab später erst kapiert, was er meinte. Theoretisch weiß ich, wie's geht. Aber auch dass ich's nicht über mich bringe, tolerant gegenüber Intoleranz zu sein.«

»Ich hätte sie gern gekannt, deine Mutter und deinen Vater.«

Sie schwieg. Der Stau löste sich auf. Sie überholten einen Traktor mit ausladendem Ackergerät. Philis Augen waren feucht, sah Lavendel.

»Alles ist anders!«, sagte sie deprimiert. Er legte seine Hand in ihren Nacken, spürte das feine Goldkettchen, an dem die Kamee baumelte oder wieder zur Ruhe kam in der Senke zwischen den Ausläufern ihrer Brüste, die in einem purpurkirschroten Shirt versteckt waren.

»Du wirst ja auch ständig anders, auch farblich.«

»Nur äußerlich«, pflichtete sie ihm bei. »Jetzt sind die sieben mageren Jahre vorbei, und ich werf mich in Schale und umgarne den Johan-Einen pfauenhaft.«

»Sie kleidet sich jetz pfauenhaft, nimmt Johan so in Frauenhaft«, reimte Lavendel.

»Trollo! Von wegen *Ich* sei albern!« Sie entzog sich seiner Hand. Nahm sie aber gleich wieder und schob sie zurück auf ihren Nacken, auf dem sich die Flaumhaare krausten.

»Mmh«, machte sie, als seine Finger sich den Hinterkopf hochtasteten. Und nach einigen Kilometern: »Ich möcht dich verhexen, bis du meinst, vor Sehnsucht zu sterben.«

Sie bogen in den Seitenweg nach Venzin-Hof ein. Phili ließ sich in der Kurve gegen ihn fallen. Sie küsste ihn auf den Hals und nahm sein Ohrläppchen zwischen die Zähne und hielt es eine Weile fest.

»Leider kann ich besser beißen als hexen«, sagte sie. »Aber Hexerei würde bei dir sowieso nicht verfangen, du würdest alles durchschauen, weil du bereits durch viele Hexenhöllen gewandert und weise geworden bist.«

Sie fuhren auf den Hof. Als sie zum Haus gingen, schüttelte ein Windstoß Kastanien vom Baum. Sie knallten ringsum auf den Boden. Phili blieb stehen.

»Oh Mann!«, sagte sie, »was ich das vermisst habe!«

Celia und Phili hielten sich lang in den Armen. Horst hatte sie gleichfalls umarmt. »Tausendschönchen, biste ma wieda hia!«, hatte er gerührt hervorgepresst, aber dann nur noch scheue Seitenblicke für sie gehabt. Auf dem Tisch im Salon stand eine Riesenschüssel Gemüseauflauf. Alles schien genauestens verabredet.

»Da is Kohl mit drinne«, sagte Celia zu Lavendel. »Jehört zum juten Ton, bei'n Insel-Kohlwochen mitzumachen. Kohlfinessen sin anjesacht. Die Zeiten vom schliepichen *Supina*-Einalei sin nu ma vorbei. Spezereien sin anjesacht. Und bevoa Philinen süsch in Paris verkiekt, in ihre Croque Monsieurs, soll se wat Herzhaftet schnabbelian. Wat meenste, Liebelein?«

Später musste Lavendel erneut seine Maleschen mit den Hakenkreuzlern ausbreiten. Dabei konnte er nicht den Blick von Phili lassen. Vielleicht hörte sie zu. Ihre Lippen lagen leicht aneinander. Die zarten Kerben darin schienen sich zu vertiefen. Sie bekamen etwas Überempfindliches und zugleich Indiskretes, als offenbarten sie eine abgründige Schamlosigkeit. Die Unterlippe stand vor wie bei Dürers Venezianerin auf dem Fünfmarkschein und ließ einen dünnen Schatten unter sich. An einer Stelle klaffte der Mund ein winziges Stück auf. Ihr Gesicht war undurchdringlich.

»Chapeau bas!«, sagte Celia, »deine Traute möcht ick ham!«

»Überall dit jleiche Krebsjeschwüa!«, knurrte Horst. »Die rennt hia der totalitären Verjangenheit ihra Eltern hintahea, die Brut, die rechte. Hirnloset Jesocks! Pachulken! Man müsste ihnen Räsong eentrichtan. Kriechen vor Bankstern und Kapitalistenpack, den janzen Vampiren an Hab und Jut der Hilflosen.«

»Mit alttestamentlicha Strenge eentrichtan, wa?« Celia legte ihm die Hand auf den Unterarm. »Mein lieba Nieselpriem«, sagte sie, »nach meenem Jeschmack hört sich dit justemang nach jakobinischa Erziehungsdiktatua an. Wie jehabt. Jeda Joldfasan, jeda SED-Bonze een Präzeptor populi. Und dazu noch du mit deenem Gneisenau im Marschjepäck. Wie hieß et noch? *Bejeistere das menschliche Jeschlecht erst für seine Pflicht, dann für sein Recht!*«

Von den Wänden geruhten die Ahnen herabzusehen. Spitzenverzierte Arme ruhten im Schoß. Landschaften mit Mooren und baumbewehrten Katen streckten und duckten sich im Sturm. Philis Blick war nach draußen gerichtet, in einer Zwiesprache, zu der er nicht gehörte. In Gedanken entführte er sie aus dem Düsteren in durchscheinendere Bilder. Ihre linke Hand lag auf dem Tischtuch, lag wie diejenige der gedankenverlorenen Albaydé, Cabanels melancholischem Geschöpf, lag wie erschöpft, belebte sich unverhofft und strich über den Hals, Halt suchend an der hellen Haut, wie Ophelia, Waterhouses' Ophelia, gedankenschwer sich an einen Weidenstamm stützend. Finger wie Teile einer Blüte. Finger, die sich mitteilten, die mit leichtem Griff, nicht unähnlich dem verharrenden Winken wasserliliengleicher Quellnymphen, geschickt waren, ihn, den törichten Argonauten Hylas, in ihre unergründliche feuchte Unterwelt hinabzuziehen. Andererseits spielte Philis Rechte mit der Gabel. Die letzten beiden Glieder der Finger krümmten sich, wenn sie auf Widerstand stießen. Da war nur biegsame, schmiegsame Leichtigkeit. Er wurde neidisch auf das, was sie berührte.

Celia fragte Phili, ob sie nun entschieden habe, wie lang sie bleibe. Die seufzte. Die Kuppen ihrer Brüste drängelten mit kleinen runden Gipfeln unter dem dunkelroten Stoff. Wie sie sich zwischen seinen Fingern verformen würden, das zu fühlen, musste phantastisch sein. Er dachte daran, wie sie ihm auf dem Dach im Baukasten aufgefallen waren. Hatte er sich da schon ausgemalt, sie zu berühren?

»Wir haben so viel zu bekakeln«, erklärte sie mit wiedergekehrtem Schwung und schaute auf Lavendel. »Zuallererst will ich mit Johan nach Gingst und ihm das Pfarrhaus zeigen und so.«

»Is noch Zeit füan Tässchen nektarischn Xocoatl?«

»Was für ne Frage!«, räumte Phili ein.

Horst machte sich in der Küche zu schaffen, Celia stellte schmale Dreifußbecher vor sie hin. »Tut mia leid, nu wirste Zeuje eener Familienhystarie«, sagte sie zu Lavendel. »Is für uns identitätsspendend, das Xocoatl. Die Aztekensammlung meines Ururgroßvaters hat der Iwan 45 ja verjesellschaftet. Aba det Rezept fürs *Bittere Wasser*, det der jewiefte Ahne aus Venezuela mitjebracht hatte, is uns jeblieben«, erklärte sie. Während ihrer Erklärung fixierte sie ein düsteres, von einem Gewirk feiner Krakelüren überzogenes Kolossalbild im Goldschnörkelrahmen, das bis zum stuckierten Plafond hoch reichte und einen patinadunklen General mit strotzendem Apostelbart in den Raum blicken ließ.

»Jeder nette Gast wird damit traktiert«, warnte Phili. »Wenn er den Trunk nicht himmlisch findet, wird er verfemt. Aber so bitter ist das Zeug gar nicht«, tröstete sie. »Ist nichts anderes als feingemahlene Kakaobohnen, nicht geröstet, mit ner Prise Chili, Nelke und Zimt. Und Kokosblütenzucker. Und Maismehl als Bindemittel. Und Wasser.«

»Und wieso Xocoatl?«, fragte Lavendel.

Celia sah Phili amüsiert an.

»Quetzalcoatl, der gefiederte aztekische Schlangengott, hat die Kakaobohne, die Jötterspeise, aus dem Jarten der Jötter jestohln und den Menschen jeschenkt.«

»Ein Sklave war 100 Bohnen wert«, steuerte Phili Familienwissen bei.

»De Jötter ham jegrollt. Allet wie bei Prometheus, der det Feuer jestohln und den Menschen jebracht hat«, fuhr Celia fort.

Horst kam zurück.

»Nebbich! Verneblungstaktik! Der Jenuss von Xocoatl, meine Schmucke, war uns Männern vorbehalten. Als Aphrodisiakum. *Ick seh mit diesem Trank im Leibe Helenen bald in jedem Weibe!*«, sagte er und grinste Celia mephistophelisch an.

»Männersprüche! Heute gehört Xocoatl allen. Aphrodisiert dich und mich, macht glücklich und putscht auf, wenn du viel davon trinkst.«

Sie schlürften das heiße, zähflüssige Bittergetränk. Lavendel hätte dem Urahn Einfuhrverbot dafür erteilt. Aber er rang sich ein gewundenes Lob des exotischen Geschmacks ab. Phili schaute ihn an, als billige sie seinen doppelherzigen Kniefall.

Im Toyota hing noch die Andeutung ihres Duftes, fand Lavendel, als sie eingestiegen waren. Sie fuhren die enge Allee Richtung Süden. Der Himmel präsentierte sich in kostbarem

Indigoblau. Als ob auch der Motor sein Wohlgefühl teilte, brodelte er sonor vor sich hin. In Gingst parkten sie vor einer hohen Backsteinkirche mit mächtigem Westturm. Das Innere war kalt und schmucklos. Philis Blicke wanderten. Sie sagte nichts. Durch eine Buschreihe gelangten sie später in einen üppig grünen Garten und zum Pfarrhaus.

»Die Zeit hier war schön«, meinte sie nachdenklich. »Das ist immer noch Mutters Garten.«

Sie dirigierte ihn an der Kirche vorbei auf den Friedhof. Die geharkten Sandwege signalisierten Unbetretbarkeit. Schnurgerade Rillen luden wie in einem zenbuddhistischen Garten zur Meditation ein. Spinnennetze spannten sich über Hortensienbüsche. Eine Eiche streckte gigantische Äste über die Gräber. Sie gingen an Reihen mit schmucklosen Steinen, jedoch gepflegten Ruhestätten vorbei, bis sie an eine von mannshohen Zypressen eingefriedete und von Efeu überdeckte Grabstelle kamen. Ein unbehauener Naturstein, fast zugewuchert, neben einem verwitterten, schwarzen Marmorblock, wies auf die Toten hin. *Eheleute Holle Sehlen – Ernst Sehlen* war da eingemeißelt. Darunter: *Es gibt nur Liebe oder Tod*. Hinter dem Stein ein hoher Rosenbusch. Am Stein lehnte ein müder Stein-Engel. Vertrocknete Blüten lagen auf den Efeublättern.

Sie ließen sich auf einer Bank nieder. Eine Weile saßen sie wortlos. Einige Reihen weiter bückte sich ein Mann über ein Grab. Mehrmals sah er zu ihnen herüber.

Plötzlich befürchtete Lavendel, sie würde in einer spirituellen Anwandlung, wie Tatjana sie geliebt hatte, auf ein Zeichen ihrer Eltern warten, das sie als Zustimmung oder Ablehnung seiner Person deuten könnte.

»Beide müssen einsam gewesen sein unter den Menschen hier«, sagte sie aber zu seiner Erleichterung und machte lange Pausen. »Ich hab niemals ein böses Wort zwischen ihnen gehört, nie ... Da war'n stillschweigendes Einverständnis – auch mit mir. Dass der Spruch auf den Stein kommt, darum hab ich mit Celia richtig gekämpft. Nach dem Unfall hab ich bei ihr gelebt. Für meinen Vater hab ich die Zypressen gewollt, für meine Mamutsch die Rosen ... Heut wünsch ich mir was Lebendigeres, nen Apfelbaum zum Beispiel. Eines Tages pflanz ich den.«

Lavendels Blick ging, während sie sprach, über die Inschriften auf dem alten Marmor neben dem schlichten Stein der Sehlens. Vieles war nicht zu entziffern. *Oberst Sigmar von Venzin* und *Freifrau Regina von Venzin, geborene von Glowe* bildete er sich ein zu lesen.

»Meine Mamitschka hat sich den Menschen entziehen können«, sagte Phili, »Oft war sie entsetzt über das Böse in ihnen. Sie hatte so ne Art inneres Feuer. Daran verbrannten die Stasileute sich die Finger. Sie war eine schöne und in ihrer Stummheit stolze Frau. Mein Vater hatte sie und hatte sein Fernweh nach dem Süden. Für ihn warn das die Drogen gegen die Schikanen der Parteimumien. Was er geliebt hat, hat er verklärt. Er war'n besonnener Mann. Wenn er mich angesehen hat ... Ich weiß nicht, ich hab mich ungeheuer aufgehoben gefühlt bei ihm. Du bist in vielem wie er, glaub ich. Siehst ihm ähnlich. Hat auch Celia gesagt. Ganz von'er Rolle ist sie.«

»Aber deine Eltern – warum sind sie nicht weg mit dir? In den Westen. Waren sie so verwurzelt mit der Insel?«

»Abhauen, meinst du? Nein, mein Vater hat auf nen menschlichen Sozialismus gehofft. Er hat einen Aufbruch in der DDR erwartet. So einen wie im Prager Frühling. Zum Beispiel in der Literatur. Und er hatte Freunde in Babelsberg. Die wollten durch Filme Zeichen setzen. Hast du von den *Kaninchen*-Filmen gehört? *Klara*? *Der Frühling braucht Zeit*? Ich hab sie später gesehn. Merveilleusement! Wunderbar melancholisch und voll erwachender Lebenslust wie viele französische Filme. Vielleicht kennst du's aus *Solo Sunny*. Am Schluss, wenn die Kamera auf schneebedeckte, aufklaffende Mülltonnen im Hinterhof sieht, auf Tauben im Müll. Und mit den aufflatternden Tauben hochschwenkt. Alles ist grau. Kriegsspuren. Verputz blättert ab. Gemäuer zerfällt. Die Zeit ist erstarrt. Die Kamera streicht langsam über die Dächer der Ostberliner Mietshäuser. Dazu'n paar magere, hilflose Klavieranschläge und ne wehmütige Saxophonmelodie. Traurig, aber auch'n bisschen vorwitzig. Da kommt was, man spürt, da wird was zum Freuen sein. Da ist Hoffnung auf neue Einsicht, neue Bewegung. Ganz vorsichtig. Auch meine Mutter mochte sie. Da war'n ehrliches Frauenbild, ein emanzipiertes. Das war bei den *Kaninchen*-Filmen schon 1965 so. Wie kleine Blumen zwischen Steinplatten warn sie. Warn allesamt verboten, die Filme. So viel ist bei mir auch angekommen: dass sie auch am Glück des Einzelnen festhielten. Auch er hat auf das Ende der Eiszeit gehofft, mein Vater. Deshalb blieb er.«

Sie schwieg, und Lavendel war froh, dass die Toten sich zurückzogen. Kinowelten lagen ihm näher.

»Mein Vater wusste, einige denken wie er: dass die sozialistische Gesellschaft als Ganzes nicht funktioniert, wenn der berstende Egoismus der üblichen Macher nicht eingedämmt wird. Wenn die verantwortliche Eigenständigkeit der Einzelnen nicht gefördert wird. Man würde das noch erkennen, hat er gedacht. Hat sich aber doch auch gefragt, ob Humanität ne Chance hat im Machtpoker der Herrschenden.«

»Das hat er dir alles erzählt?«

»Ich habs mir später zusammengereimt. Hab seine Predigten gelesen. Warn so *Schwerter zu Pflugscharen*-Reden, Micha 4, kein Wischiwaschi. Unverträgliche Kost für das *Schwert und Schild der Partei der Arbeiterklasse*. Ich bewundere ihn im Nachhinein dafür noch mehr. Als der Unfall war, war ich vierzehn. Sie kamen von'em Konzert in Putbus. Ein Wagen mit vier betrunkenen Fußballfans ist in'er Kurve frontal gegen sie gerast. Kamen alle ums Leben. Rügen ist seither für mich auch die Insel der Großen Todesmutter. Wenn ich zu traurig wurde, bin ich im Park zu meiner Buche gegangen, die ist riesig und uralt. Hab mich druntergelegt und war aufgehoben.«

Sie saßen noch eine Zeit, obwohl der Wind kühler in die immergrünen Büsche blies und in die hohen Rotbuchen.

»Manchmal hab ich das Gefühl, die Sterbewesen sind mir hier ganz nah«, flüsterte sie, »etwas von ihnen.«

Er legte den Arm um sie.

»Verkraftest du noch'n Erinnerungsort?« Sie atmete tief durch. »Mir fällt so viel ein jetzt. Dass mich mein Vater oft zu endlosen Strandspaziergängen mitgenommen hat zum Beispiel. Jetzt kann ich mir erklären, was er dabei empfunden hat. Ich liebe ihn immer mehr.«

Die Sonne ruf ich an

Sie war merklich stiller, als sie auf Nebenwegen Richtung Binz fuhren. Bis sie ihn auf den Jasmunder Bodden aufmerksam machte. Eine Riesenschar schneeweißer Singschwäne startete unter heftigem Flügelschlagen und übers Wasser rennend. Ihr lautes Schreien übertönte sogar den Toyotakrawall. »An den Bodden haben wir mal'n Klassenausflug gemacht. Im Schilf konnte man sich verstecken, im Moddergrund haben wir Versinken gespielt. Nur die Mücken waren ätzend. Und die Lehrerin hatte den Ärger an der Backe, weil alle Kinder danach Pusteln hatten und sich blutigschubberten. Warn keine Mückenstiche. Großes Rätselraten auf ganz Rügen. Bis ein ausgebuffter Dermatologe aus der Uniklinik Greifswald alles aufgeklärt hat. Da gebe es Zerkarien – hab ich bis heute nicht vergessen –, millimetergroße Würmer, die sich erst in Wasserschnecken bohren. In denen entwickeln sich ihre Larven. Ach nee, vorher war das mit den Enten. In deren Ausscheidungen sind die Saugwürmer, dann in den Schnecken die Larven und die fertigen Würmer wieder auf Enten oder Möwen oder Gingster Schulkindern im Röhricht. Am Schluss wusstens alle besser, und die Lehrerin hat bei uns Süßholz geraspelt, damit sie kein Disziplinarverfahren kriegte.«

»Philis Schnurren aus bleierner Zeit ...«

»*Bleiern* ist mir jetzt zumute.« Sie gähnte und bettete den Kopf an seine Schulter. Erst dachte er, sie sei eingeschlafen: Ihre Lider waren herabgesunken, ihr Gesicht hatte sich entspannt. Dann aber sagte sie:

»Mein Vater war da für mich wie die Luft, die ich geatmet hab. Deshalb hab ich mir dann von Anfang an den gewissen Johan Lavendel gewünscht und sonst keinen. Und jetzt musst du da vorn links und dann beim nächsten Grünpfeil rechts und dann beim Museumsschild links und gerade durch und dann rechts.«

»Ah, ja«, sagte Lavendel, als ob er sich alles hätte merken können. Sie fuhren an einem nicht endenden Betongebäude, das man durch die Kiefern sah, entlang.

»Viereinhalb Kilometer Nazi- und Iwan- und NVA-Wahn«, sagte sie. »Prora, der Koloss von Rügen. Idee von Hitler persönlich. Mitten im Krieg von Zwangsarbeitern fürs arische Volk hingewuchtet. Die Ziegel haben KZ-Häftlinge gemacht. Da sollte in Friedenszeiten der KdF-Volksgenosse zwanzigtausendfach per Trillerpfeife aus dem Kurschlaf gerissen werden und zur Kaltwasserwäsche am Spülstein eilen und aus den Sammelräumen fünf Stockwerke runterrennen zum Morgenappell und dann zum Knorrhaferflockenfrühstück mit 1000 anderen in einen der Speisesäle und dann zum volkseigenen Strand und sich leibesmäßig ertüchtigen. Das Arbeiter- & Bauern-Volk durfte später von Binz aus nur'n kurzes Stück den Strand lang wandern. Und dann stand es vor Muschkoten, vor Wachsoldaten, die den volkseigenen Abschnitt fürs Volk gesperrt haben. Da gabs keinen Propusk, keinen Passierschein, um weiterzukommen. Die Vanjas in ihren Armeemänteln und hohen Schuhen in der Gluthitze, und das Volk fadennackend davor ...«

»Du auch?«

»Ich war sogar drin. Eine Pionier-Kompanie der NVA, die da stationiert war, war das Patenkollektiv unsrer Schule. Und einmal im Sommer haben die Angehörigen der bewaffneten Kräfte der DDR zur Förderung der patriotischen Bildung und Erziehung ihr Plansoll uns gegenüber erfüllen müssen und haben unsrer Schule ein Sommerfest mitten im militärischen Sperrgebiet ausgerichtet. War geisterhaft. Das Objekt war voll von Wofaseptmief und dreckfarbenem Linoleum und knallenden Knobelbechern und Befehlsgeschrei und pomadigem Politoffizier. Draußen sangen wir folgsam unser *Soldaten sind vorbeimarschiert im gleichen Schritt und Tritt. Wir Pioniere kennen sie und laufen fröhlich mit, juchhei!* und zwitscherten dann los, mitten durch die Kühlung, so nennt man den Waldstreifen vorm Strand, und rein ins Wasser. Wir fandens wunderbar. Am nächsten Pioniernachmittag gabs ne Wandzeitung mit Selbstgemaltem und Lobeshymnen. Und wer landete auf der *Straße der Besten*? Ach, vergiss es! Schnee von gestern! Die Schaabe im Norden ist auch schön. Und unvergleichlich ist Hiddensee.«

Der abblätternde Putz des Baues hatte die gleiche Farbe wie der Sand. Sie durchquerten einen Hausdurchgang und waren am Strand. Die blaugrüne See war von mäßig hohen Wellen gekerbt. Blitzendes Schillern tänzelte auf der Wasserhaut. Im matt schmatzenden Geräusch der auslaufenden Brandung schlummerte neben dem bombastischen Bau etwas Bedrohliches. Vielleicht war Phili auch so, die lieblich schlummernde Slavin, die aber, falls sie einen Anlass sah, zur Rachegöttin Kali wurde? Es fiel ihm absurderweise nicht schwer, sich ihre schwarzen Augen in Vernichtung sinnendem Furor vorzustellen.

Ein junges Pärchen kam schreiend aus dem Wasser gerannt. Sie glänzten in der Sonne. Der gebräunte Mann athletisch. Sie war blass und verfroren und hatte ein schmales Ephebengesäß und schmale Hüften und Schenkel und einen flachen Bauch. Ihre Haare klebten strähnig an Gesicht und Hals.

»*Ick im Bikini und ick am FKK, ick frech im Mini, Landschaft is ooch da*«, stimmte Phili an. »Als hätten die alles sonst vergessen«, sagte sie wehmütig mit Blick auf die beiden und reihte einige französische Wörter wie glitzernde Perlen aneinander.

»Klingt mal wieder geheimnisvoll«, sagte Lavendel. »Von Bikini ist bei der Frau da jedenfalls nichts zu sehn.«

»Du verstehst wirklich kaum was, wenn ich dir was vorparliere? Dabei siehst du nicht nur'n bisschen wie mein Vater aus, sondern auch wie ich mir den jungen Alain Robbe-Grillet vorstelle. Deshalb kann ich gar nicht glauben, dass du nicht auch französisch denkst.«

»Ihren Bikini ...«

»Weißt du was«, hakte sie ein, »dir fehlt die Hitze eines französischen Sommernachmittags und das Panflötenspiel, um das richtig zu sehn. Mir ist jedenfalls ganz heiß gewesen, gestern

Abend, als ich Mallarmés *Faune* gelesen habe. Der Mittag ist die Stunde des Pan. Hirten träumen im Schatten. Ich hab das Spiel der Syrinx gehört. Und wie das eine flüchtige Schöne, die verwehenden Töne, in einem anderen flüchtigen Schönen, der Lust, sich nacherlebt und seinem Vergehen kurzen Halt verleiht. Wenn das nicht festhaltbare Schöne sich in was anderem wiederholt, hab ich mir gedacht, dann hält es vor allem die Sehnsucht nach sich wach. In dem Moment hab ich mich entschlossen, zu dir zu fahrn.«

»Hab ich also dein Kommen Mallarmés triebhaftem Faun zu verdanken?«

»Du niederträchtiger Mensch!« Sie zog einen Flunsch. »Und ich hab mich jeden Kilometer Zugfahrt mehr auf dich gefreut wie Hulle! Hätt ich lieber'n bisschen geflirtet. Da war'n umgänglicher Herr, der hat mich unablässig umsorgt, mit Kaffee und frischer Luft und Pfefferminz und verfänglicher Konversation.«

»Einer, der auf flatterhafte und faunverwöhnte Amazonen steht?«

Phili schmiegte sich an.

»Besser vielleicht als'n ungetreuer Robbe-Grillet-Klon, der wahllos jungen Frauen nachstellt. Nichts als Heideidei und Knuddeldidu im Kopf.«

Er umfasste sie.

»Was sonst! Und dich seh ich schon lost-generation-mäßig in die abgelebte Poesie der Pariser Jardins und der Ruen von Montmartre und Montparnasse davonschweben«, sagte er so niedergeschlagen wie möglich. Und als wolle sie sein Abschiedsbild untermalen, schob sich eine zerfaserte Wolke vor die Sonne. Statt die Bedenken zu zerstreuen, lachte Phili auf:

»Als Wiedergängerin der Kiki de Montparnasse? Was bleibt mir auch sonst: von Ede missachtet und vom Polterjan Lavendel rüde verstoßen?«

Die See nahm eine obsidiangraue, speckige Färbung an. Sie lag zahm und mit verdecktem Murren und war wie aus einem

Guss. Duckte sich und bäumte sich maßvoll nur auf, um dann wieder in Lauerstellung zu gehen. In stetem Wechsel. Phili zwang ihn stehenzubleiben. Ein Windstoß steilte die Haare, vereinzelt schlängelten sie sich in die Stirn. Sie legte die Arme um seinen Nacken und sah ihm mit belustigter Erzürntheit in die Augen. Beim Lächeln schob sich unter den Augen die Haut zu schmalen Dämmen auf. Sie drückte ihre spätsommerkühlen Lippen auf die seinen. Dann spürte er, wie ihre Zungenspitze über seine geschlossenen Lippen strich, als ob sie ihn öffnen wolle. Eine Hitzewelle durchfuhr ihn. Doch schon löste sie sich. Ihre Zehen versanken im Sand.

»Komisch, ich hatte mir gleich vorgestellt, schon als ich dich das erste Mal sah, dass ich dir das alles hier zeige.«

»Du hast darauf gewartet, während ich mit Joana zusammen war? Wenn ich das geahnt hätte! Und ich leg mich auf dein Bett und lass mich seelenruhig massieren ...«

Sie liefen den langen, sich krümmenden Strand hinab. Immer mehr barfüßige Wanderer kamen ihnen entgegen.

»Seelenruhig nennst du das?«, wunderte sie sich.

»Nicht ganz. Stimmt. Meine Gedanken waren aus dem Ruder gelaufen.«

»Finja und Robert sind nach dem Engelstrompetensolo in zügelloses Elend gefallen. Frieders Zeug war halluzinogen.«

»Zügellos? Ich kam mir später hundeschlecht vor«, bekannte er, »ich hatte die Vorstellung, und das war fast wie Wirklichkeit, mit dir näher ... also ... zu schlafen. Oder du mit mir ... also wir ...«

Sie sah nur vor sich hin.

»Das heißt, dass wirs sind, hab ich zuerst gedacht, dann wars auf einmal Joana, die da war«, gestand er.

»Oh. War ja zu befürchten.« Und nach einigen Schritten: »Der Nachmittag war für mich himmlisch ... Ich mein zum Beispiel auch, dass die Töle nach dir geschnappt hat und dass du in Edes Schlotterbuxe dagestanden hast.«

Sie gingen am trägen Wassersaum entlang. Eine Schar Kraniche zog trompetend in Richtung Süden.

»Wenn ich an etwas glaube, dann an die Liebe. Ich meine nicht die flatterige Verliebtheit, sondern das bedingungslose Gefühl. In meinem Fall die Liebe zu dir«, gestand sie.

»Warum zu mir?«

»Du fragst vielleicht. Keine Ahnung. Weil in deinen Augen Sehnsucht liegt und in deiner Stimme und in deinen Händen ... Ach was, nein! Du verwirrst mich. Natürlich weiß ichs.«

Philis Hand schob sich in seine. Der Sand drang in die Schuhe. Ganz nah am Rand der Wasserzungen ging es sich leichter. Phili schwieg. Sie beförderte mit den Zehen Muscheln aus dem Weg.

»Mein Vater hat mir Geschichten über Geschichten erzählt«, erinnerte sie sich, »immer wenn wir am Hiddensee-Strand lang gingen. Wir sind morgens zu nem Fischer, den wir kannten und der uns auf die Insel übergesetzt hat, und drüben sind wir zur Dornbusch-Heide rauf. Dann hat er was gelesen, und ich hab ihn in Ruhe gelassen und bin los. Und jedesmal rief er hinterher, ich solle aufpassen wegen der Kreuzottern. Ich hab am Rand der Höhe gesessen und aufs offne Meer gesehn. Ganz fern ein Stück unerreichbares Dänemark, die Insel Møn. Über uns Lerchen. Violett die Thymianpolster. Sperbergrasmücken kurvten. Bienen sind von Blüte zu Blüte gesummt. Der Wind hat vom Meer her die Wildrosenbüsche verbogen. Da hab ich geträumt und bin aufgewacht und bin wieder in Träume gefallen, bis ich mich wie neu geboren gefühlt habe. Am Abend sprangen Feuerlohen über den Landrücken und ließen die Dornbüsche brennen, wenn die Sonne blutrot unterging. Mit jedem Mal war ich ein bisschen erwachsener, glaub ich. Und mein Vater wurde von Mal zu Mal schwärmerischer und hat vom *Capri Pommerns* erzählt, von der *Perle der Ostsee*, von Thomas Mann und Ringelnatz und Gerhart Hauptmann und den andern Künstlern, die da waren.«

»Otto Mueller zum Beispiel«, gab Lavendel seine neuerworbene Kenntnis zum Besten. Sie drückte lächelnd seine Hand.

»Genau! Du bist ja doch gebildet! Mein Vater hat mir auch den *Einhart* von Carl Hauptmann hingelegt, der mir viel zu wirr erschien, ich war ja noch'n Gör, und dann hat er mit mir über die Gebrüder Hauptmann-Hysterie der Deutschen gegrübelt. Oder von Mascha Kaléko erzählt, die vernarrt war in die Insel.« Sie verstummte.

»Du und dein Vater ...«

»Molestiert dich das? Anaïs Nin, das hab ich gelesen, hat ihr Leben lang mit ihrem Vater gerungen. So schlimm bin ich bestimmt nicht. Aber ich gestehe, Liebe hatte für mich lange nur das Gesicht meines Vaters.«

Sie hielt wieder an. »Entschuldige! Ich schütte dich zu, und dabei würde ich dir gern fröhliche Leichtigkeit herbeizaubern. Wenn meine Mutter schwermütig dreinblickte, hat ihr mein Vater das *Liebeslied* der Kaléko ins Ohr geflüstert:
Die Sonne ruf ich an, das Meer, den Wind,
dir ihren hellsten Sommertag zu schenken,
den schönsten Traum auf dich herabzusenken ...«
Und weil der Wind gerade ihr Haar aufplusterte und sie die Brauen hochzog und die Augen wehmütig schwarz wurden und der Mund aufbegehrte, sah sie der unglücklichen Kaléko wahrscheinlich ähnlich wie niemand sonst. Darüber und über die Verwandlung der Mutter dachte Lavendel nach, als sie zurückliefen. In weitem Bogen dehnte sich die Bucht nach Norden und streckte sich als Landzunge ins Meer.

»Ich hab das Gefühl«, sagte sie nach einer Weile, »ich müsste schnell wie der Wind mein ganzes Leben vor dir ausbreiten. Wir haben so viel Zeit verloren.«

Auf der Rückfahrt sprach sie wenig. Auf ihrem Handy hatte sie eine Nachricht von Janka. Sie sagte nicht, worum es ging. Ein Unfall zwang zum Verlassen der Allee. Durch die Felder, auf schmalen Betonstreifen, kam die Autokarawane nur im Schritt-Tempo voran. Der Toyota ächzte. Phili, die an seiner Schulter eingenickt war, schaukelte bei jeder Bodenwelle mit. Es ging ein andauerndes warmes Strahlen von ihr aus. Ihr Gesicht war lilienweiß. Er hatte das Fenster herabgedreht und atmete die Luft der frisch umgearbeiteten Erde ein und beobachtete einen Schwarm Vögel, eine brodelnde Wolke schwarzer Pixel. Die Wolke senkte sich, verschmolz mit dem gepflügten Acker und löste sich urplötzlich wieder aus der Deckung. Wellengleich übersprang der Schwarm Hecken und Gehölze. Brausend näherte sich die Wolke, und die Vögel, Stare, fielen mit aggressivem Kreischen in die Baumkronen am Feldweg.

Die Stunden mit Phili, kam es Lavendel vor, waren, als befinde er sich im Auge eines Hurrikans. Er wurde völlig in ihre Welt hineingehoben. Eine Welt aus Vermissen des Erinnerten, aus Sehnsucht und unerfindlicher Großzügigkeit.

Da, ein Misston: Sie hatte ihn auf den ersten Blick geliebt? Ihn? Oder doch das Bild des Vaters in ihm? Diese kluge Frau war ein liebendes Vaterkind. Aber was für ein Vertrauensbonus für ihn! Unverdient. Und beim Kennenlernen bevorzugte sie, was ins Urbild passte ...

Es war spät. In den schattigen Alleen wurde es dunkel. Kurz bevor sie in Venzin eintrafen, weckte er Phili. Traurig warf sie sich vor, wertvolle Minuten verschlafen zu haben, aber sie habe letzte Nacht noch lange gepaukt.

Die Angebote Celias wehrten sie ab. Er habe genug zu essen besorgt, erklärte Lavendel. Und Phili meinte, sie sei sterbensmüde. Und sie nehme morgen früh den Zug um sechs. Johan bringe sie bestimmt. Lavendel war eigenartig glücklich, mit welcher Selbstverständlichkeit sie über ihn verfügte.

»Sonst ... Hotte macht et jerne, is eh früh uffe Beene«, rief Celia ihnen nach.

»Soll er?«, fragte Phili, als sie an den frisch gesetzten Buchsbaumbeeten vorbeigingen. Zeternde Vögel wirbelten durch den Halbschatten.

»Lieber nicht. Am Ende überlegst du dirs und kommst wieder mit ihm zurück. Und ich hab dich weiter am Hals.«

Sie packte in seine Haare und schüttelte ihn.

»Was muss ich anstelln, damit du der Frau, die dir ihre Liebe gestanden hat, in Demut verfällst?«

»Ich bin doch schon philophil, durch und durch.«

»Ach, du, dereinst zahl ich dirs heim! Ich schwörs. Mit einem Übermaß an Liebe. Jetzt bin ich zu geschwächt durch schöne Illusionen. Bin dir ausgeliefert in deinem Sommerschlösschen.«

Die Wohnung war kalt. Beide sprachen sie auf einmal gekünstelt, merkte Lavendel. Sie sahen aneinander vorbei. Da beschloss er, den Ofen in Gang zu setzen.

Als Lavendel mit einer Armvoll Scheite aus dem Holzlager zurückkehrte, lag Phili schlafend auf dem Bett im Wohnzimmer. Einer der Wegepläne des *GAD* war ihr aus der Hand und auf den Boden gefallen. Er betrachtete ihr ebenmäßiges Gesicht und die Hand, die über die Bettkante herabhing. Die Goldreife waren auf den Handrücken gerutscht. Manchmal lief ein Zucken durch die Finger, als wolle sie nach dem entfallenen Papier greifen. Auch über die Augenlider rannen hin und wieder Schauer. Unglaublich, dass diese Frau bei ihm war. Überhaupt war alles, dachte er, was sie geschrieben und gesagt hatte und wie sie ihn betrachtete, alles das war unglaublich. Eine Weile gab er sich dieser Empfindung hin. Dann ließ ihn der Gedanke nicht los, dass er insgeheim von Anfang an von ihr fasziniert gewesen sein könnte und dass er hinter ihrer Schnodderschnauze ein Übermaß an Feingefühl vermutet hatte und die lange Zwischenzeit mit Joana nichts als ein Wegducken vor dem Eigentlichen gewesen war. Wie davor die Jahre mit Tatjana. Sollten die beiden ihm die Versprechen einlösen, die er zuvor Bella zugeschrieben hatte und die nie Wirklichkeit hatten werden können? Die er sich auch gar nicht hätte ausmalen dürfen, wäre er bei klarem Verstand gewesen. Ihm war, als verschmelze Bella mit dieser

Frau. Als kehre er heim. Als habe sein Suchen ein Ende. Als werde er verstanden und genommen, wie er war.

Leise schichtete er die Scheite neben dem Ofen auf. Die Leere der Tage und Nächte im *GAD* fiel ihm ein. Was sonst hatte dort in ihm gewütet als die Sehnsucht nach genau solch einem Menschen wie Phili und dass der ihm zugewandt war? Oder machte er sich was vor?

Der unentschiedene Haaransatz mit nachwachsendem Gekräusel schuf einen Übergang von hell zu dunkel, der nach bestätigender Berührung zu rufen schien.

Ein Grummeln in ihrem Magen. Es klang wie das Gurren einer Taube und löste eine Welle von Fürsorglichkeit in ihm aus. Er breitete die Decke, die über dem Fußteil des Bettes hing, über sie. Vorsichtig zerknüllte er den Sport- und Todesanzeigenteil der Ostsee-Zeitung, legte den Packen auf den Ofenrost, ordnete gitterförmig Späne darüber und wieder darüber armdicke Scheite. Wenn diese brannten, wollte er einen der Kloben auflegen. Er hielt ein Streichholz daran. Der Ofen zog gut. Es zischte und knackte. Papier und Späne standen in Flammen. Die kräftigeren Hölzer fingen Feuer.

Philis Kopf war halb im plustrigen Kissen versunken. Das Haar dunkelschokoladenfarben. Ihm fiel ein, wie ihre *Rote Oktober*-Erinnerungen immer wieder auftauchten.

Ihr Atem war kaum zu hören. Aber das bisschen Geräusch rührte ihn. Müsste Phili, die *La Traviata*-Kennerin, das benennen, fielen ihr wahrscheinlich Wörter wie *vezzoso* oder *suave* ein. Lavendel erinnerte sich an seine Entdeckung im *GAD*, dass Philis Nase, die von einem Modellierer kunstvoll gefertigt schien, derjenigen von Renoirs Marie-Clémentine ähnelte. Die Nasenlöcher waren klein und oval und rosig. Eine schmale Senke zog sich wie ein Schattenband am Oberrand der leicht erhabenen Flügel, die ihren Halbbogen unvollendet ließen, entlang und über den Nasenrücken, dessen Haut spannte. Minimal trat das vordere Nasenende hervor. Das sah schnippisch aus. Hatte aber auch Noblesse. Wer hatte davon gesprochen, dass auch Marc Anton vom Anblick der unübertrefflichen Nase Kleopatras in Bann geschlagen war, was dann den Gang der abendländischen Weltgeschichte erheblich verändert hatte? Im Gegensatz dazu drohten seinetwegen keine globalen Verwicklungen.

Ihre Lippen schlossen lose. Wie dunkelglühendes Fruchtfleisch. Sie sahen aus, als seien sie lang anhaltenden Genuss gewöhnt. Wo sie in der Mitte aufeinander stießen, in einer eigenen kleinen Wölbung, war die Haut durchsichtiger rot. Es verlockte, mit der Fingerkuppe über die feine Riffelung zu streichen. Brauen und Lidsäume spannten sich in schwarzen gegenläufigen Bögen. Dazwischen kindlich helle, sahnigweiche Haut. Schimmer darauf.

Je ungehemmter er sie beobachtete, desto schutzbedürftiger und argloser und einfühlsamer und klüger und sinnlicher und feenhafter kam sie ihm vor. Und bedingungslos den Umständen hingegeben. In einer Art Urvertrauen auf Harmonie, von der er keine Ahnung hatte. Er fühlte sich in diesem Anblick aufgehoben, bis er sie erneut am Steintor sah und wie der Unbekannte sie mit seiner Umarmung vertilgte. Nein, bei aller Hingerissenheit, nicht, dass sie spielte, weder unbewusst noch raffiniert, aber sie würde ihr Gefühl für ihn nicht durchhalten. Wie Joana. Eines Tages erwachte sie aus ihrer Verzücktheit und sprach von Irrtum. Anders konnte es nicht sein.

Er zog sich zum Ofen zurück. Zeit, das große, klobige Stück Holz auf die sprühende Unterschicht zu bugsieren. Vermutlich, dachte er, könnte er sich einlassen auf sie, wie auf keine sonst. Noch war aber Zeit, sich auf die Suche nach Bruchstellen und Scharten in ihrem Heiligenschein zu machen, um sie vom Sockel zu holen.

Um seine Seele zu retten? Wofür? Warum nicht für sie da sein, die sich mit Haut und Haar auf ihn einlassen wollte, wie sie sagte?

Die Schlafende versank in der aufgekommenen Dunkelheit.

Das Flackern vom Ofen her warf unstete Lichtflecke und Schatten an die Zimmerdecke. Es wurde wärmer. In der Küche empfing ihn auf dem Tisch sein Christusdornableger. Er war in ein Glas Wasser gestellt worden. Lavendel belegte Brote. Was sollten eigentlich seine auf Renoir fixierten Nasenvergleiche? Wären ihm im *GAD* andere Kunstbände untergekommen, beseelten ihn jetzt Raffael- oder Waterhouse-Überhöhungen. Hauptsache wohl, sie entschwebte der Profanität? Aller Zugänglichkeit entzogen; und er wäre außen vor?

Als er zurückkam, kniete sie vor dem Ofen. Flammenzungen huschten über ihr Gesicht. Sie hatte die Jacke ausgezogen.
»Tut mir leid, Johan. Erst bin ich erschrocken, dass ich eingeschlafen war, und dann fand ichs schön, so wach zu werden und dich in der Küche hantieren zu hören.«
Das kenn ich, hatte er gedacht. Sie hatte das ins Feuer hinein gesagt, hatte dann aber zu ihm, der im Halbdunkel stand, aufgeblickt.
»Ist noch Zeit zu duschen? Aber wahrscheinlich magst du mich keine Sekunde entbehren?«
»Wohl wahr«, spielte er mit.
»Selbst für ne erpresste Bekundung ist das ziemlich luschig. Da geh ich doch lieber duschen. Aber nimm mich erst in'en Arm. Nach'm Schlafen bin ich sehr schutzbedürftig.«
Er umschloss sie. Warm war ihr Gesicht an seinem Hals. Er spürte den Druck ihres Körpers bei jedem Atemzug.

Bald waren das Prasseln des Wassers und das Rauschen in den alten Leitungen zu hören. Er warf seine grüne Wolldecke über beide Federbetten. Die Kissen kamen an Kopf- und Fußende des dem Ofen nächsten Bettes. Wie eine erhöhte Rasenfläche sah nun der Lagerplatz aus. Er stellte sich eine Manet-Szene vor: Abendessen im Freien. Im Küchenschrank fand sich ein Packen Haushaltskerzen. Er verteilte sie auf die Marmorplatten der Nachtschränke und auf die Stühle. Ein weißes T-Shirt gab die Tischdecke. Und darauf versanken bald große Teller mit der vorbereiteten Mahlzeit. Wein und Wasser und Gläser kamen auf einen Stuhl. In den Fenstern spiegelte sich der Raum. Er zog die Vorhänge zu. Als das Geräusch des Wassers in den Leitungen verstummte, zündete er die Kerzen an und löschte die Deckenlampe.

An die Nacht gelehnt

»Im Privet isses schweinekalt.«

Schuddernd kam sie und strubbelhaarig und in seinem Holzfällerhemd, das ihr unterwegs, Baruch haSchem, über den Weg gelaufen sei, kam zum Ofen und schnatterte zurückhaltend und war befangen wie er. Im Nacken ringelten sich feuchtgebliebene Haare, ringelten sich wie Schlangen. Wenn sie sich bückte, rutschte das Hemd hoch, und es erschien der Ansatz fester Pobacken. Sie schien fasziniert von der Auslage auf dem Bett.

»Wie bei den Picknicks ist das, die mein Vater veranstaltet hat«, schwärmte sie. »Und die Kerzen – das sieht schön aus! Eigentlich hätt ich sie anzünden müssen. Wärst du'n frommer Jude, hättest du das erwartet.«

»Und jetzt, wo ich nicht der Frommen einer bin?«, ging er auf ihr sprunghaftes Geplauder ein.

» ... muss ich dir nicht Evas Schuld gutmachen. Da sie mal durch ihre Sünde das Licht in der Welt verdunkelt hat, müsste ich am Abend vorm Sabbat mit dem Kerzen-Lehadlik die Helligkeit zurückholen.«

»Stimmt, das mit dem Vergehen der Eva haben wir auch noch nicht geklärt.«

»Oh, oh. Das war so'n Akt, meinen Dauermieter Schuldkomplex loszuwerden. Immerhin weiß ich jetzt: wenn ich leide, weil ich einem Nahestehenden was verweigere und wenn ich seinen Kummer spüre wie einen eignen, dann bedeutet der Mensch mir wirklich was. Bei Ede hab ich nicht gelitten. Bei dir schon.«

Sie machte eine nervöse Handbewegung, als verscheuche sie Unwichtiges.

»Würde jetzt einer von den einstigen Genossen dieser einstigen LPG unsere Kerzen sehen«, sagte sie, »würde er uns bestimmt loben: *Nur immer bekämpft den Wattfraß, Jugendfreunde!* Anno

Honecker hätten wir wegen Übererfüllung des Stromspar-Plansolls die *Goldene Hausnummer* gekriegt.«

Erst als sie saßen, gab sich die Beklommenheit. Es galt, das Weinglas waagerecht zu halten und die Teller vor dem Umkippen zu bewahren. Die winzigen Flimmerhärchen auf Philis Nasenrücken leuchteten auf im Wachslicht, wenn sie sich vorbeugte. Der schmale Schattenstrich über der Nasenspitze verschwand. Ihre Beine waren bis oben nackt.

»Hat was Barockes, so'n Mahl«, sinnierte sie, »konveniert uns Venzins. Stell dir Margarete von Valois vor, das treulose Eheweib vom treulosen Henry IV., mit ihrem weißen Leib auf schwarzer Bettwäsche, und wie ein Meer von Kerzen und bengalischen Fackeln ums Liebeslager ihren Kavalieren den Weg erhellt: *zu ihrem schlecht versorgten Gässchen*, wie sie's genannt hat. Oder stells dir besser doch nicht vor!«

Sie biss in ein Schinkenbrot.

»Willst du unbedingt noch was über Ede und mich hören?«

»Über deinen Salonlöwen und Herzensbrecher? *Unbedingt* wär übertrieben.«

»Ich möchte, dass du weißt, warum ich mich so vertan hab. Kann sein, dass ich mir mit meiner Erklärung was vormache, weil ich mich meiner Leichtlebigkeit schäme, seit ich mich dir angeschworen habe. Aber damals wars so, glaub ich, dass ich wissen wollte, was noch so geht – und wie und ob. Da les ich also Fourier mit seinem Vorschlag, ab 18 solle man sich als Frau vier Jahre lang mit Probier-Amants einlassen. Und zufälligerweise les ich zeitgleich bei Diderot von der *Quelle der Lust* und dass sie bei Frauen so tief verborgen liege, dass es keinen erstaune, wenn sie trocken bleibe. War mir nicht geheuer, wer weiß, wie ich auf fremde Berührung reagierte. Jedenfalls war der forsche Ede da in seinem Element. Er redete gern von seinen tiefschürfenden Entdeckungen. Was bei mir herauszufinden war, wusste ich aber längst, nämlich dass ich für mich allein quellentechnisch, so hat Ede das genannt, unerschöpflich bin. Ede, ja, der brüstete sich mit den Erfolgen seiner maskulinen Strahlkraft! Man habe ihm das weiblicherseits zu verstehen gegeben. Denn Frauen seien ein Born der Weisheit und Freudenfülle, habe Hildegard von Bingen erkannt, und er, ihr Entdecker, lasse sich das nicht zweimal sagen und bringe beides zur Vollendung. Er wecke ihren untergründigen Springquell. Ihren Alabasterkörper bringe er zum Schmelzen, warb er. Aber wie er mehr wollte, als ihm zustand, da versiegte der Quell. Seit einem Jahr ist der Phili-Leib wieder jungfräulich. Es sprudelt untergründig.«

»Nicht zu vergessen die jungfräuliche Seele dieser Quellnymphe«, erinnerte sie Lavendel an ihren ersten Brief, »die träumerisch auf Reisen geht. Wenn ich das richtig übersetzt habe.« Dabei konnte er der Vorstellung eines von Maskulinität strotzenden Schönlings und Philiaufreißers, der ihre Gunst einheimste, nichts Erfreuliches abgewinnen.

»*Zu fernen Himmeln*, ja. Hört sich bewegend an, find ich. Baudelaire.«

Philis Kopf lehnte am Eckpfosten des Bettes wie am Mast eines Moorkahnes, mit dem sie durchs Schilf trieben. Sie sah Lavendel unverwandt an, als habe sie ihn das erste Mal vor sich. Bei jeder kleinen Bewegung veränderten neue Schatten ihr Gesicht.

»Weißt du«, sagte sie versonnen, »dass du mir noch'ne Antwort schuldig bist? Nämlich dazu, was dich an Joana so fasziniert. Oder fasziniert hat. Erinnerst du dich? Im Juli im Baukasten ... Du hattest dich mir anvertraut?«

»Ach das. Ja. Benebelt und verzweifelt. Inzwischen weiß ich auch besser, bild ich mir ein, was das war mit mir und Joana. Zum Beispiel dass sie mir als Verkörperung meiner romantisierenden Sehnsucht gedient hat, unfreiwillig. Und auch, dass sie mit ihrem Anspruch, verhätschelt zu werden – ohne dass sie selbst groß auf mich eingegangen wäre –, genau die richtige Ader getroffen hatte: meinen Beschützerinstinkt. Und ich fühlte mich schuldig, weil ich sie mit Haut und Haar begehrte, ohne mich ihr im Gegenzug ganz ausliefern zu wollen.«

»Warum nicht?«

»Weil ich mich fast nie in ihr widergespiegelt gesehen hab. Das hatte ich immerhin bemerkt. Doch sie, charmant schutzbedürftig, hatte ein untrügliches Gespür dafür, wie sie meine Zuwendung jederzeit abrufen konnte.«

Sie schob den rechten Fuß zwischen den Tellern durch und unter seinen Schenkel. Züchtig hinderte sie dabei das Hemd daran, hochzurutschen. Es war nicht herauszufinden, ob sie etwas darunter anhatte.

»Und da hat Don Juan vergessen, dass er im Grunde ein Glückskeks ist?«

Er sah auf ihr Gesicht. Im Handumdrehn war sie mitten in seinem Leben, als sei das ihr angestammter Platz. Und von ihrem Blick getroffen zu werden, ließ jeden Zweifel daran, ob das richtig war, völlig vergessen. Lächelte sie, erschienen die Grübchen.

»Ich?«

Er erschrak bei der Vorstellung, dieses Gesicht könne sich, mit allem anderen, einfach in Luft auflösen, und Phili wäre wieder aus seinem Leben verschwunden und er liege auf dem stinkenden Sofa in seiner *GAD*-Wohnung und suche nach der Bagaceira-Flasche und starre in den Fernseher oder drücke im Flur sein Ohr an die Wand. Schmerzhaft wurde ihm die Vergänglichkeit des Gegenwärtigen bewusst.

Die Stille um sie her ruhte auf vielen leisen Tönen. Von fern kam an- und abschwellendes Motorenbrummen. Es ging in das leichte Knistern im Ofen und in den sausenden Wind ein und in das helle, schleifende Rascheln der Laubbäume im Park. Manchmal lief alles ineinander und ergab ein sehr weites und seismisches Brausen – ähnlich dem im *GAD* – wie ein elektronischer Effekt.

»Ich hatte lange befürchtet, dass mal der Mensch, der für mich gut ist, an mir vorübergeht«, sagte sie in die Stille hinein, »dass es vielleicht mal ne zufällige kurze und missverständliche Begegnung geben würde; dann nie mehr eine. Bei dem Baudelaire-Gedicht *A une passante – An eine, die vorüberging* wurde mir himmelangst. Da heißt es:

... ein Blitz ... dann Nacht! – Du Schöne, mir verloren.
Durch deren Blick ich jählings neu geboren,
werd in der Ewigkeit ich dich erst wiedersehn?
Woanders, weit von hier! zu spät! solls nie geschehn?
Dein Ziel ist mir und dir das meine unbekannt,
Dich hätte ich geliebt, und du hast es geahnt!«

Ihre Stimme vibrierte, als erhebe sich ihre damalige Befürchtung von neuem.

»Beliebtes Muster in manchen Filmen«, versachlichte er den Moment, »da rennen zwei, die sich suchen, immer aneinander vorbei.«

»Max und Lisa in *Lügen der Liebe*.«

Er nickte. »Wenn sie die Metrotreppe hochkommt ...«

»... und schnurstracks weiter ins Reisebüro ...«

»... und Max gerade aus diesem Laden tritt ...«

»... und er jetzt, dicht neben dem Metroaufgang, oben, in entgegengesetzter Richtung geht, wenn nur ein Meter sie trennt und sie sich nicht spürn, wenn sie sich immer wieder verpassen. Ja, so was hat mir immer Angst eingejagt. Jedenfalls, als ich dich gesehen hab, wars Hals über Kopf geschehn. War heillos verstrickt. Du bist es, wusste ich. Warum ich das wusste, weiß ich nicht. Ich war erlöst auf der einen Seite und war unglücklich auf der anderen. Auf jeden Fall wollt ich nicht vorbeigehen, sondern warten. Auf dich. Und Paris war jetzt in meiner Vorstellung nur ne Verlängerung des Wartens. Wenn ich nur wüsste ...«

»Was?«

»Ist doch idiotisch, anzunehmen, dass du was für mich empfindest.«

Knall auf Fall wollte sie, dass er Stellung bezog, jetzt sofort, grundstürzend, alles entscheidend, endgültig? Dabei könnten sie sich doch weiter in dieser Filmszene widerspiegeln. Wehmütig und mitleidvoll sich selbst meinend, weil doch jetzt das Gegenteil eingetreten war und ausgekostet werden wollte. Doch vermutlich meinte sie die Frage, die noch nicht mal eine war, nicht ernst. Vielmehr war das ein kapriziöses, ein flirtendes Fingerhakeln.

»Ich habs mir gedacht, du findest es idiotisch«, tat sie resigniert. Oder resignierte sie tatsächlich?

»Idiotisch? Nein, wirklich ... du bist ...«, fing er überfordert an und wusste nicht weiter und wünschte, er könne sich blumig und weitschweifig herausreden. »Du berauschst mich und schüchterst mich ein, vor allem durch die Art, wie kompromisslos du mit dir selber umgehst. Du bist wunderbar ehrlich – und göttlich schön.«

»Schön?« Sie ließ sich nicht ablenken, oder? Sie wand sich. »Was soll ich damit anfangen? Obwohl es mir natürlich gut täte, glaub ich, wenn du mich vergötterst. Allein schon, weil der potthässliche Paulus verkündet hat, Frauen seien kein Ebenbild Gottes, sondern nur ein Abglanz des Mannes. Der natürlich ein Ebenbild des Allerhöchsten ist. Also, bitte! Aber ich fürchte, wenn du das ehrlich meinst, projizierst du irgendwas auf mich.«

»Kann sein. Jedenfalls versetzt mich dein Aussehen in begehrliche Flammen.« Er verbarg sich unauffällig hinter hoheliedmäßig-biblischem Drumherumgedöns, hoffte er.

»Und? Das findest du bedrohlich, das Begehren?«

»Vermutlich weil ich mir deiner nicht sicher bin, ja.«

»Ach«, sagte sie nur, »du?« Und es war wieder still. Lavendel befürchtete, sie verletzt zu haben. Aber sie zog ihren Fuß, der sich unter ihm vergraben hatte, hervor und streichelte damit über sein Knie. Er schnappte sich den Streichelfuß und hielt die zierlichen Zehen mit ihren lachsfarbenen Nägeln fest.

»Damit mutierst du vom Liederjan zum Dusseljan.«

»Dauert eben, bis die Gewissheit bei mir ankommt«, sagte er. »Wenn ich dich von deinem Gefühl reden höre und noch dazu den zartesten aller Frauenfüße in meinen Händen halte, dann gehts wahrscheinlich in einem Husch mit der Gewissheit.«

Sie lächelte, als ob sie dachte, er habe das nur so dahingesagt.

»Und wenn wir den Kram hier zwischen uns wegräumen und ich überantworte dir ne zweite Fußzartheit dazu, dann bist du molto rapido im Zustand ewiger Phili-Gewissheit?«, fragte sie.

Geschirr und Essensreste waren in die Küche gebracht, die restlichen Kerzen zwischen die anderen drapiert, und im Ofen war nachgelegt. Wieder lagerten sie. Sie streckte ihm ungefragt beide Füße hin. In ihnen war die Kühle des Küchenbodens. Er massierte die kleinen Zehen und die glatten Ballen und folgte mit den Fingern den feinen Furchen, die die Sohlen kreuzten und querten. Wohlig seufzte sie. Schon vorhin war ihm die Andeutung von etwas Zimtig-Lauem, das von ihnen ausging, aufgefallen. Aber da konnte es Tatjana für einen Moment nicht lassen, sich hinzuzumogeln und ihn auf die altägyptische Fußreflexzonenkarte zu verweisen, die sie ihm vor langem schon zu verantwortungsvollem Studium anvertraut habe, denn ihr irdisches Glück hänge, da sei sie sicher, von einer einfühlsamen Bearbeitung bestimmter notleidender Fußzonen ab. Wenn er sie dort doch mal mit seinen Wunderhänden wundersam verwöhnen wollte ...!

Lavendel atmete tief ein und atmete Tatjana aus und drückte die Lippen der Reihe nach auf die weiche Unterseite der gekrümmten Philizehen. Dabei wandelte sich der Eindruck von Zimt zu einer Mischung aus Vanille und etwas Beschwingtem, das an einen luftigen Querflötenklang erinnerte, an eine melancholische Melodie in schneeiger Kälte, einer, von der sie vor Monaten gesprochen hatte, wo von silbrigem Raureif die Rede war und einem Seufzen über allem.

»Du riechst unergründlich«, sagte er, »und zurückhaltend. Im Sommer hast du ...«

»... da hab ich anders gerochen, ich weiß. Da bin ich jeden

Morgen durch das Wäldchen am Mittellandkanal geradelt. Meine Sachen rochen da vielleicht nach Modder und Buchenlaub.«

Sie lächelte.

»Jetzt aber ...« Ihren Körper durchlief eine fast nicht erkennbare, geschmeidige Bewegung, als liege er eingebettet in eine Strömung.

»... *Sechs Monate mit Balsam und Myrrhe und sechs Monate mit guter Spezerei, so waren denn die Weiber geschmückt*«, ließ sie sich feierlich vernehmen. »Ein Jahr lang wurde Ester mit den Wohlgerüchen Arabiens behandelt, bevor sie vor ihren König getreten ist. Bei Waschti wars bestimmt auch so.«

König Lavendel küsste die grazilen Zehenspitzen.

»Ich hab mir von Janka«, bekannte sie, »ein spezielles Duftöl mischen lassen. Mit Vanille. Und mit Quitte. Weil Quitte Liebe verspricht und dass Adam in den Paradiesgarten zurückfindet. Und auch mit Mispel. Und einen winzigen Hauch Kokos.«

Dabei strichen ihre Finger über die eigene Wange, als begutachteten sie den dortigen Duftölzustand.

»Seh ich aus wie'n Posaunenengel? Hab ich Hamsterbacken – oder Pausbacken?«, überfiel sie ihn und blickte drein, als hänge ihr Leben von seiner Antwort ab.

»Pausbacken? Wieso? Nein. Das heißt: kann sein.«

»Was!?!«

»Ja, doch. Ziemlich ... Hm, wenn man genauer ... Kehrseitig. Wenn ich mir ein Urteil ... Ich meine, ich hab ja nicht ... Da scheinst du rundum ... Glaub ich. Pausbackig gesund. Scheint so.«

Und vor allem unwiderstehlich, hätte er sein Gestammel ergänzen können. Sein Blick wanderte von den zierlichen Fesseln, die er in Händen hielt, die Beine hinauf, und er legte den Kopf schief, als wolle er um sie herumblicken und mit Blicken einspinnen.

Sie sah ihn skeptisch an. Begleitet vom Brausen und Knistern aus dem Ofen.

»Sprichst du etwa ... von ...?«

»... von? Nein. Auf keinen Fall. Obwohl die Zulus sagen, dass das ... dass er die Schönheit vollende!«

»Die Zulus? Wirklich? Und du willst dich aber wohl erst noch mal zuluneugierig überzeugen, oder? Vermutest einen gros cul frais? Überaus galant. Weißt du«, wechselte sie schnell das Thema, als sei es ihr unangenehm, ihn auf diese Fährte gebracht zu haben, »wann du mich wie'n Blitz gestreift hast?«

»In Edes Hosen?«

»Da endgültig. Nein, vorher. Glaub mir, blitzartig war alles andre ausgelöscht: Meine große Epiphanie hatt ich, als du mit Joana das erste Mal im Baukasten warst und wir alle über nen französischen Film gesprochen haben, der hieß *Tagebuch des Verführers,* und als du gewusst hast, unter welchen Umständen Kierkegaard den Roman geschrieben hat, auf den sich der Film bezieht. Es war so, dass ich ihn gerade gelesen habe. Als du gesagt hast, dass der Verführer, der als der Unhold erscheint, der sich fast ausschließlich nur mit seinem Opfer beschäftigt, welches man bemitleidet, der sich in die Leidtragende hineindenkt und hineinfühlt – dass ihn diese selbstverzehrende Kraft, mit der er sich ihr verschreibt, in deinen Augen liebens- und bemitleidenswert macht, da hab ich haargenau das Gleiche gedacht. Ich hab mich gewundert, dass keiner bemerkt hat, wie ich entbrannt war. Da war ein gleißendes Licht um dich und um deine Seele und is in mich eingedrungen. Seitdem gehör ich dir.«

»Was du so alles siehst ... Deine Augen überhaupt. Sie warn ... ich mein, sie sind voller Magie. Aber ich hab dich für meine Feindin gehalten.«

»Mir gings wie Chloe, der sagenhaften, als sie Daphnis nackt gesehen hatte. Sie hat nur noch gelacht und geweint und hat nicht gewusst, warum. Alles hat geschmerzt. Sie war traurig und sie hat gebrannt wie Feuer.«

»Und was, wenn Joana geblieben wäre? Immerhin hatte ich da

ne relative Sicherheit, wenn auch die des Ungewissen. Ich hätte von mir aus nicht losgelassen, glaub ich.«

Wieder Stille. Eine Stille, in der alles sich in sich selbst zurückziehen zu wollen schien.

»Spürst du mit mir wenigstens nen Hauch davon, von so'ner Sicherheit? Muss ja nicht die des Ungewissen sein«, fragte sie.

»Du meinst, weil du mir gleich beide Füße anvertraut hast?«

»Vielleicht bist du ja'n Fußfetischist.«

»Auf jeden Fall. Schon allein, weils philinengemäß ist. Hab ich im *Wilhelm Meister* gelernt. Und dass die Anmut schöner Füße unverwüstlich ist. Aber wenn du mir weitere Körperteile zum Opfer darbringst, wird sich meine Besessenheit ausdehnen, epidemisch, und ich bin philiman in Bausch und Bogen.«

»Mmh«, seufzte sie genießerisch, »versprochen? Aber Bausch? Was für'n Bausch? Bögen, hm ...«

»Doch, der Geometer in mir registriert waghalsige Bögen«, bestätigte er und sein Blick wanderte beinaufwärts und über die Höhen und Senken, die sich anschlossen, »er kann sich jede Menge weitere sinuöse Ellipsen und Kreisförmiges und Konvexitäten vorstellen. Philiolinenmäßige.«

»Erst Geometer, dann Philiolinist – als was wirst du dich noch entpuppen?«, tat sie besorgt und rutschte tiefer ins Kissen und schien nicht genug zu kriegen von seinen Studienergebnissen. »Viel Zeit hast du aber womöglich nicht dazu. Erinnerst du dich, dass Kierkegaards Verführer erklärt, jede Liebesgeschichte dauere nur'n halbes Jahr, sobald man das Letzte genossen hat?«, fragte sie.

»Muss ich überlesen haben«, log er und streichelte von der weichen Fußsohle über den Knöchel und die schmale Wade und durch die Senke der dünnhäutigen Kniekehle und von da aus ein Stück, so weit sein Arm reichte, an der Unterseite zuerst, dann an der muskelfesten Außen- und der trocknen, seidenfeinen Weichheit der Innenseite des Oberschenkels hinauf und abschiednehmend wieder herab. Die Glätte ihrer Haut zu fühlen war fast, als würde er selbst gestreichelt werden.

»Ach, Mann!« Philis Stimme schien von immer tiefer aus dem Körper zu kommen. »Alle meine zigtausend Prickelstellen melden Alarm. Wenn ich das jetzt genieße, was deine Hände anrichten, dann denk ich, dass ich, weil er ja leider irgendwann zu Ende ist, dieser Moment, dass ich sofort Hunger nach mehr und mehr und mehr hab. Nach ständiger Wiederholung. Ich hoff ja, dass mich diese Sehnsucht über das Wissen vom Ende hinwegtröstet, weil ich doch denke, dass es ein kurzfristiges Ende ist – dass sich alles wiederholt, wenn auch im Hunger danach. Aber genieß ich vielleicht nur diese Hoffnung und nicht das Streicheln selbst? Ich weiß nicht. Überhaupt, wenn ich weiterdenke – vielleicht wiederholt sich ja doch nichts. Oder es wird schal und verliert sich. Wie bei Pflanzen, die endlos brauchen, bis sie blühn. Und dann, nach der Fruchtreife, gehn sie zugrunde. Wie Agaven.«

Sie war ungewöhnlich aufgeregt, fand er. Ihre Gedanken überstürzten sich.

»Ich versteh gar nicht, was du damit sagen willst. Und überhaupt hast du keine Ähnlichkeit mit'ner Agave«, erklärte er.

»Gras wächst nicht schneller, wenn man dran zieht.«

»Was?«

»Ich meine: Hab Geduld mit mir!«

Sie hatte die Augen geschlossen, als sie weiterredete, als falle ihr das so leichter.

»Es ist doch ... Was die Sehnsucht betrifft ... Zum Beispiel der Orgasmus. Über den Orgasmus müssen wir reden. Ist der wirklich das Höchste am liebestrunkenen Beisammensein? Ich weiß nicht! Das Denken und Hoffen auf Lust«, sagte sie, »und die kleinen Anfänge, die sind das Wundervolle. Oder? Davon bin ich überzeugt. Is doch wie beim genussvollen Essen, wenn der erste Hunger gestillt is. Du isst doch auch nicht ausschließlich auf den gewissen Moment hin, wo du merkst: jetzt bin ich satt. Sondern wegen des Wohlgeschmacks einzelner Speisen. Also wegen des Erlebens währenddessen und der ersten Geschmacksbegegnung. Und das Genießen soll nich versiegen. So wie das Mastroianni und Piccoli und Noiret im *Großen Fressen* wollten.«

»Die essen wenigstens.«

»Verstehst du nich, was ich meine? Das Wichtigste zwischen zwein is liebevolle Sehnsucht. Mit der Erfüllung erlischt die Liebe. Auch darauf hat mich Ovid gebracht: *Ach, wie wirst du genießen, wenn die begehrliche Lust sich nur ein wenig geduldet.*«

»Wenigstens sagt er *wenn* und nicht *dass* und betont damit das Vorübergehende«, schaltete sich Lavendel besorgt ein.

»Du bringst mich ganz ausm Konzept. Ich bin leicht zu verunsichern, so viel ich da schon gelesen hab, steh ich doch erst am Anfang meiner diesbezüglichen Forschung. Aber du hast recht. Platon, von dem er das übernommen hat, glaub ich wenigstens, Platon ist strenger. Für den wird nur in der sehnsuchtsvollen Liebe das wach, was im Unterbewussten schlummert, nämlich die Erinnerung an ein vorzeitliches Wissen um die Idee des Wahren und Hochherzigen. Das hört sich unbestritten super an. Oder?«

»Ich weiß von Platon nur, dass er in seinem *Höhlengleichnis* von'er ursprünglichen Ganzheit spricht und von der Sehnsucht danach.«

»Was ich sage.«

»Und dass diese Sehnsucht sich in Gestalt des erotischen Begehrens zeigt. Und die zielt auf Vereinigung. Ich ...«

Seine Hände umschlossen ihren Oberschenkel und das Beben darin.

»Haarscharf ... das isses«, seufzte sie. »Ich stell mir das auch so vor, wie wir uns im Wahren und Hochherzigen finden. Wenn wir nicht wie Tiere übernanderherfalln und die Sehnsucht abtöten. Mit der Platon-Mitgift wärn wir für alle Zeit aus'm Schneider.«

Sie schien sehr zufrieden mit ihrer Rede.

»Du merkst«, sagte sie, »ich hab in der Zeit ohne dich einiges Wissenswertes zu meiner Lage – und wenn du willst: zu unsrer

Lage – verschlungen. Mehr oder weniger lustvoll. Und gewissenhaft.«

»N-ja, sehr gewissenhaft«, mokierte er sich, ohne zu wissen, ob er dazu Grund hatte, und schickte seine Hände wieder auf die Reise, wieder hinab zur Wade. »Und jetzt willst du Anerkennung. Aber ich als Atheist ... was soll ich denn mit so'ner transzendent vorbestimmenden Ursprünglichkeit! Das Gleichnis schränkt uns ein, unterstellt Gottesfurcht.«

»Du meinst, für dich nitzscheanischen Atheisten ist naturgemäß zu leben gesünder, als Idealen nachzujagen? Und Sehnsucht gibts auch nicht für dich?«

Von dem noch unerreichten Ursprung ihrer Schenkel her erreichten ihn Hitzewellen.

»Was? Nein, also, doch, Sehnsucht ... Es geht um die Eigenpersönlichkeit«, stammelte er und wollte das Stammeln wettmachen, indem er sich um noch einfühlsameres Streicheln bemühte.

»Was greifst du ... ich meine, diese Transzendenz ... Für mich is die Ursprünglichkeit meine erste Vorstellung von dir und mir liebevoll Vereinigten. Und du hast bestimmt auch mal eine Idealvorstellung gehabt und hast sie noch, auch wenn sie verschüttet is, die Fata Morgana von'em Paar, das in der Liebe füreinander aufgeht ...«

Seine Hände kletterten nun an der Rückseite ihrer Oberschenkel nach oben, bis an den Beginn des Hinterns. Sie hatte die Augen geschlossen.

»... bestimmt hast du so'n Bild in dir«, hauchte sie.

»Hab ich. Aber was ist das für'ne Hingabe an einen Augenblick, die du einschränkst und während dessen doch auf die nächste eingeschränkte hoffst?«, lenkte er ab. »Oder hab ich was missverstanden, schon wieder?«

Seine Fingerspitzen fuhren die dünnen Quereinkerbungen zwischen den Pobacken und den Beinen entlang. Ein Erschauern lief durch ihren Körper.

»Du denkst, da rivalisiert was«, sagte sie, und es klang, als breche ihre Stimme, aber auch als habe sie nicht den allergeringsten Zweifel an ihrer mystagogischen Sendung. »Nein. Wie das Schönste das Unaufgedeckte is, so is die leidenschaftlichste Liebe bestimmt die nicht von der Trägheit des Fleisches bestimmte, also die celadonische, die unerfüllte – wenn man dabei immer weiß, dass einem Erfüllung dennoch sicher bevorsteht, denn was die Seele ersehnt, das wird sie erhalten. Die Hoffnung auf Genuss is im Grunde schon der materialisierte Genuss. Zu gegebener Zeit.«

»*Unerfüllt*? Zölibatär hört sich das an. Und nach Josefsehe«, lehnte er sich noch immer auf, »und nach dem Muster: Ich erring mir die Seligkeit durch Mühsal! Auch noch durch selbst herbeigeführte.«

»Wenn nich sogar die Mühsal die eigentliche Seligkeit is!«

»Ehrlich, Phili, bei aller Ehrfurcht vor dir und vor Platon, frickelst du hier vielleicht an einem so holprigen Liebeserzeugungsmechanismus herum, weil du selber nicht an die Dauer von Liebe glaubst? Was halten denn die Millionen Gefühlssensoren in deinem Körper davon? Oder haben die sich schon damit abgefunden, dass du deinen Leib als Kerker der Seele begreifst? Lässt dich meine außerphilinische Hand ganz kalt?«

»Gar nich. Ich bin ein ehrbares Mädchen. Und für das is die Drangsal gewaltig! Allein schaff ichs nich, dass mein Leib und mein Wille eins sind. Du müsstest meine Stirn fühln. Ich hab Fieber.«

»Und eben – das waren alles Fieberphantasien?«

»Nein: tausendfach durchdachte Weisheit. Wissenschaftlich erhärtet. Deshalb nehm ich Abstand von allem, was Ede mir eingeblasen hat, nämlich Lustquelle für ihn zu sein und seine Lust mitzuleben, weil ich geboren sei dafür.«

»Und wenn sich dein Körper gegen die gewonnene Weisheit auflehnt? Oder warum die Gänsehaut hier an den Schenkeln? Heißt das: Aufhörn!? Ovid und Platon platzt der Kragen!? Nicht anfassen!«

»Untersteh dich. Lass sie vor sich hingrummeln, die fünschen Ollen! Ich bin deiner zündhaften Zärtlichkeit verfallen. Du hast recht: Gewisse Erscheinungen hier spotten allen meinen guten Vorsätzen. Und ich hoffe auf ewige Fortdauer. Aber bestimmt grade deshalb, weils nich in'em Höhepunkt enden wird. Deshalb vertausendfachen sich meine Wünsche.«

Lavendel war sich nicht sicher, ob sie sich ein grausames Geplänkel als Vorfreude ausgedacht hatte oder ob es ihr wirklich ernst war, weil sie im Besitz einer Weisheit von rauschhaftem und göttlichem Einssein war, zu der er von sich aus nie Zugang gesucht hätte. Ob das gut oder schlecht war, das zu beurteilen enthob er sich und umsorgte weiter ihre Füße und Beine, die sie ihm überantwortete. Es erregte ihn sehr.

»So'n andauernden präorgasmischen, vorfinalen Zustand auch im Geistigen wünsch ich mir«, liefen ihre Gedanken weiter. »Weißt du, Joana hat mir die Ohren von euren Kosenächten vollgeschwärmt. Ihr Problem war nur, sie hat nich gewusst, ob das'n Unrecht an der Frauennatur war, weil sie durch dich zur schamlosen Genießerin geworden sei. Da musste ich sie auch noch aufbaun. Und was hab ich ihr Scharfsichtiges gesagt: Scham sei das Bekenntnis einer Sünde, doch in der Umarmung mit dir gebe es kein Über-Ich, an dessen Diktat sie sich vergehe! Aber was denkst du, wie wahnsinnig neidisch ich dabei gewesen bin.«

Ihre schwarzen Wimpern sanken langsam nieder. Das war wie bei Maschka, dachte er. Nur hatte bei Phili dieses Niedersinken der feinen Härchenreihen überhaupt nichts Kokettes. Vielmehr war es so, als trage diese Frau die Essenz der Seele alles Weiblichen in sich. Plato und er mussten das zugeben. Das beunruhigte ihn nicht wenig.

»Vielleicht hab ich mir jetzt deine Unbefangenheit verscherzt, und dein Begehren erlischt?«, überlegte sie, »dann wär ein schneller Aufbruch vielleicht schlau. Lieber glimpflich davonkommen und nich auch noch wegen verwilderter Erinnerungen vergrämt sein.«

Er machte Anstalten sich zu erheben und das Feuer zu versorgen.

»Siehst du, du findest meine Idée fixe bekloppt«, resignierte sie, »schon haust du ab.«

Sie hielt ihn mit den Beinen zurück.

»Deine Liebesphilosophie hats in sich«, stellte er fest und entwand sich und musste den halb verbrannten Kloben im Ofen mit dem Schürhaken zerteilen, bevor ein neuer hineinpasste. Funken stoben auf. Vielleicht, dachte er, war ihr mehr daran gelegen, dass ihre beiden Stimmen sich verflochten und sich einem einheitlichen Klang näherten, als dass sie etwas Tatsächliches geschehen ließe.

Der Ofen strahlte eine enorme Hitze aus. Lavendel legte Pullover und Strümpfe ab. Die Rinde des neuen Holzstückes flammte auf, begleitet von einem kurzen Fauchen. Dann zirpte es, als säße dort ein ralliges Zikadenmännchen.

»Wenn eines Tages der süße Rausch der Sinnenlust verflogen, entsteht gar bald der Überdruss. Und was ist dann?«, sprach es vom Bett her, das die Kerzen in Goldlicht tauchten. Es waren nur ein paar Stacheln eines schwarzen Schopfes zu sehen, die über den hohen Bettrand ragten. »Erinnerst du dich?«

»Anaïs Nin nach einer Orgie?«

»Haha, tres amusable! ... Also? ... Letzte Chance!«

»*La Traviata*?«, riet er aufs Geradewohl.

»Dein Glück! Und du hast dir natürlich bei der Stelle nichts gedacht.«

»Ich schäme mich schon wieder, aber ich hab mir nicht gleich alles übersetzt. Eigentlich fast gar nichts.«

»Faule Socke!«

»*Überdruss* hört sich jedenfalls nicht hochkarätig an.«

»Damit kriegt der alte Germont die kranke Violetta rum, zum Verzicht auf Alfredo.«

»Diesen intriganten Fettwanst konnt ich sowieso nicht ausstehn«, sagte Lavendel. »Und außerdem: Violetta und Alfredo versagen sich schließlich doch nichts, oder?«

»Zweifellos ist was dran, an der Geschichte vom Überdruss«, gab sie zu bedenken.

Lavendel kam auf seinen Platz zurück.

»Ich fürchte«, seufzte er, »das wird nicht einfach mit dir.«

Das *mit dir* schwebte im Raum. Blieb unwidersprochen. Auch das erregte ihn. Oder war es, weil sie ihre Beine zwischen seine ausgestreckten legte und seine Hände heranzog, als ob sie ihr Streicheln wieder aufnehmen sollten.

»Auch du hast eben dein Kreuz zu tragen!«

»Um damit durchs Leben zu taumeln?«

»In einem süßen Rausch. Entstofflicht und doch brennend. Weißt du eigentlich, was das Grundelement des Liebesrausches ist?«, fragte sie.

»Du meinst dieses überirdischen Rausches, den wir zwei nie erleben werden?«

Sie, empört: »Was denkst du! Schöner als alles andere werden wir ihn erleben! Wir werden uns mit einer Unbedingtheit umschließen und ineinander verwoben sein, die keine Gedanken mehr zulässt! Bald! Du wirst es erleben. Dein Mannestrieb wird stolz sein Haupt erheben, und ich werde schnurren vor Glück. Du tobst dich aus. Ich tobe mich aus. Dir wird Hören und Sehen vergehen. Dein Weib wird sein wie ein fruchtbarer Weinstock. Wenn unsre Träume zusammenfinden. Wo ich doch glaube, Liebe dauert nur in der Folge des Erträumten an. Das Nur-Reale zerstört den Nimbus. Den aber wünsch ich uns. Als was Mystisches. Lieben ist das auserlesene Mystische. Das bezieht sich auf uns und auf das Kind, das wir haben werden. Und das so sein darf, wie ich es sein durfte.«

Sie begann ihm unheimlich zu werden. Aber dann fielen ihm auf Anhieb mehrere literarische Großwerke ein, die genau das predigten. »Das Andauern von Liebe beruht für dich also darauf«, resümierte er dennoch wenig begeistert, »dass man sich einimpft, erst mal keine Erfüllung zu wollen. Dafür Aufschieben und Schmachten und Verzögern und Verzichten. Genauso wie John Cage es Ally McBeal wissen lässt: *Meinem Verlangen zu widerstehen, darin besteht meine Macht.* Aber im Ernst, Phili, meinst du, selbstquälerisches Sublimieren löst alle Knoten, und unsere Geschichte verharrt auf 'nem ewigen Höhepunkt?«

Joana, dachte er, hätte ihm längst gekränkt den Rücken zugekehrt. Und er war sich selbst unglaubhaft, dass er sich zweiflerisch gab. Dabei würde ihm doch genau solch ein bewusstes Verzichten aus seiner beklagten Abhängigkeit von Frauen helfen. Zumal Abhängigkeit Liebe verhindere, wie Joana ihn gewarnt hatte. Stammte mal wieder von Anais Nin.

»Lust will Ewigkeit. Ja, mach mich nur fertig! Aber wenigstens bist du bei der Vorstellung nich gleich weggerannt«, sagte sie zufrieden. »Ersehnte Lösungen mit Dauergarantie gibts natürlich schon gar nich. Aber das Ersehnen. Und neue Freiheit. Und es erzeugt ne zauberische Glut. Hab ich gelesen. Auch dass es zur Erkenntnis des Absoluten führt.«

Sie lachte ein leises, gurgelndes, tiefes Lachen. Sollte er – wider sein eigentliches Interesse – hoffen? Und tatsächlich war es, als vollziehe sie einen Schwenk.

»Ist doch nich so, dass wir keine Erfüllung wolln. Im Gegenteil: Immer mehr wolln wir sie. Und wir strafen uns nich mit unserem vorläufigen Verzicht, sondern belohnen uns mit 'nem Vielfachen an Lust. Ich hab so vieles mit dir schon in meiner Phantasie erlebt. Deine räuberische Kraft hat mich überschattet. Und jetzt ... Ich hätte ja nich gedacht, dass das Darüberreden mich so erregt ... Die winzigste Berührung ist wie'n Balancieren am Rand eines Vulkans. Es is doch auch so, dass wir ... Aber weißt du, wenn du oder wenn wir es nich mehr ertragen, das Aufschieben ...«

»Dann?«

»Nimmst du deinen Stab in die Hand wie Moses in Horeb, wo er auf den Fels schlägt, und eine Quelle sich öffnet. So wird es sein, dein Stab wird umflossen werden, wenn wir auf den Verzicht verzichten.«

Sie spielte. Sie stachelte ihn an! Völlig überflüssig also, sich seiner Lust zu schämen. Gewissensbisse wären idiotisch. Oder diente das Verführungsspiel dazu, seine Standfestigkeit zu prüfen?

»Ich fürchte, ich kann nicht mehr klar denken«, überlegte er. »Hoffst du, das Animalische frisst mir Verstand und Gewissen weg? Ich glaub aber, ich bin mittlerweile selbst dazu zu erschöpft.«

Sie zog die Beine hoch, die Knie aneinander. Sie verschwanden unter dem Hemd. Wie unter einem Überwurf. Kurz waren Schamlippen sichtbar gewesen, ihm stockte der Atem, fleischige Lippen zwischen den Schenkeln, dünn überwachsen von einem Vlies, das ausuferte bis zu den Pobacken, vielfach züngelnd. Ein schwärzliches Aufflammen. War er ein Opfer seiner Phantasie? Das alles zu berühren und sich dabei begehrt zu wissen, würde jede nur denkbare Abwehr brechen, dachte er. Würde sie die Beine überkreuzen, dachte er, säße sie bequemer. Und blickgeschützter. Denn jetzt erst fiel ihm auf, wie sich auch die Mitte ihrer Oberlippe ungewöhnlich vorwölbte mit ungewöhnlich tiefer Einkerbung. Davon konnte sich sein Blick nicht lösen, weil er an die andere, eben erst gesehene Wölbung dacht. Und es erleichterte ihn fast, als der ganze Hemdhügel nach vorn kippte, als sie zu ihm kam auf allen Vieren. Eigenartig froh war er, dass sie sich einrichtete, mit dem Rücken zu ihm, und auf ihm sich zurücklegte und ihn mit unter ihre duftige Hülle nahm.

Kleine Flämmchen züngelten am Holzstück im Ofen empor, sah er. Philis strubbeliges Haar kitzelte sein Kinn. Der dicke Hemdstoff klaffte auf. Feste Brusterhebungen ließen sich sehen.

Seine Finger glätteten ihr Fransengefieder. War es irritierender Widerschein vom Ofen her, oder hatten ihre Haare kurz Funken gesprüht, als er darüber strich, und hatten einen Regen winziger Sternschnuppen versprüht?

Ihr Mund wölbte sich seinen Fingern entgegen. Das Rundliche des Kinnes und das Schmale des Halses erfühlten sie und glitten unters flauschige Tuch und zur Schulter. Unabsichtlich streifte sein Arm eine Brust, stieß an zähe Nachgiebigkeit. So sehr ihn das erregte, so hatte es auch etwas Beängstigendes. Phili hatte ihm das Gesicht zugedreht, war ganz nah, beobachtete ihn. Sein Herz klopfte zu laut, befürchtete er. Ihre Augenlider flatterten. Ein Zucken rann übers Kinn. Die Lippen öffneten sich.

Das war absolut kein Verzichten, dachte er, als sie höherrückte und nach seiner Unterlippe schnappte und sie mit den Zähnen festhielt. Ihr Atem war hastig. Lavendels Zunge strich über weiches, süßliches Lippenfleisch, tauchte ein in feuchte Hitze, als suche sie sich den Weg zum Ursprung ihrer Anziehung. Ihre Zungen kamen sich ins Gehege, fremdelten und tupsten scheu aneinander, umkreisten sich wie beiläufig, tändelten und lustsprangen und lagen einträchtig und bandelten an und rangen draufgängerisch und zogen sich zurück in einen nahen Hinterhalt und brachen wieder aus, waren flatterhaft und keck und streunten und begleiteten die Lippen bei ihrer gegenseitigen Begier nach Anrühren und Beinahe-Verlassen und Festklammern. Wie erschöpft lagen sie dann beieinander, die Zungen, und dachten nicht daran, das zu ändern, lagen und folgten den kleinen Regungen des Gegenübers und öffneten sich wieder einem Vorstoß und stöberten beherzt im Verborgenen und zuckelten müßig dahin und ließen sich von den Lippen festhalten, um sich zu entwinden und wieder zurückzukommen.

Und immer wieder geriet seine Hand auf Abwege. Ihm fielen gerade noch rechtzeitig ihre Bedenken ein. Er hatte sich zu ihren Fingern gerettet, die durch seine Haare fuhren, hatte sich mit ihnen verschränkt. Und als ob sie ruhebedürftig wäre, hatte sich ihre Hand dann, ihn mitführend, auf ihrem Bauch niedergelassen, wobei ihre Lippen weiter einander beilagen.

Er war verwirrt von ihrer ebenso sanften wie raubtierhaften Wildheit. Von Zeit zu Zeit vergewisserte er sich ihrer Zunge, die ihm so zierlich vorkam wie ihre Finger und Zehen und die Nase und die Ohren. Und von Zeit zu Zeit rührte ihr kleines, schmales Stückchen Beweglichkeit an das seine, kaum merklich und fast ohne Anspannung, wie um anzuzeigen, dass es da war und das Miteinander genoss. Wie wenn ein kleiner Hund auf den großen lossprang. Dann wieder überließ sich ihre Zunge willig der seinen. Und Philis Bauch war ein wogendes Auf und Ab, als habe sie eine lange und kräftezehrende Anstrengung hinter sich.

Bis sie sich losmachte und »Ach, du!« sagte. Mit völlig veränderter Stimme. Unsicher und tiefer und samtiger und wärmer und leiser als vorher. »Ich hatte keine Ahnung, dass ein einziger Kuss mich ... DAS dürfen wir nie wieder tun!«, beschwor sie ihn mit dieser anschmiegsamen und verletzlichen Stimme. »Keine Lippenbekenntnisse mehr! Versprochen?« Sie unterstrich ihren Hilferuf durch einen nimmersatten Kuss auf seinen Hals.

»Küssen steht auf der Tabu-Liste obenan«, lehnte er sich weit aus dem Fenster. »Überhaupt: Eiszeit! Frigophilie statt sündhafter Philiphilie!«

»Hört sich nach Rettung in höchster Not an. Danke!«, ächzte sie und stattete ihren Dank in Form weiterer Küsse ab. »Allerdings ... das eben ... du warst erschöpft ... ich musste dir neuen Odem einhauchen«, begründete sie den Sündenfall, ihren Tabubruch beendend und ihn nicht aus den Augen lassend. »Und wenigstens haben wir den Trost: Wir sind im Bund mit Jakob Böhme und seiner *unio mystica*, wenn wir der Fleischeslust abschwörn und fern der tierischen Brunst sind. Um ins eigentliche Wesen der Liebe, in Gott, einzugehn, meint er, muss man alle Hindernisse beiseite räumen, sonst leuchtet nicht das Licht der Liebe, und aus dem Vergänglichen wird nicht das Unvergängliche. Und wir müssen über jede Anfechtung froh sein, weil wir uns bewähren dürfen.«

Wie sie da eins an das andre fügte und ihm dabei so nahe war, klang das nichts als lüstern und selbstironisch, fand er.

»Vorher muss ich noch wissen, ist das sehnsüchtige Liebesverlangen für dich also eine von der Satansschlange eingeflüsterte

Qual und von Gott verdammt und ist aber auch Gott selbst?«, fragte er, obwohl er vielleicht jetzt lieber seinen Mund halten sollte.

»... von der Satansschlange ...?«

»Schon gewöhnungsbedürftig, deine Theorie«, platzte er in ihr Überlegen. »Wenn das quälende Verlangen die Strafe für den Sündenfall ist, kann sein Ziel, die Vereinigung in Liebe, doch nichts Göttliches sein, oder? Ich sag dir, wär ich Adam und müsste mich zwischen deinen bitteren Lesefrüchten und dem süßen Erkenntnisapfel entscheiden, geriete die Menschheit erneut in die Verdammnis, fürchte ich. Und überhaupt – mal angenommen, wir wollen keine heiligen Mystiker werden?«

Sie sah ihn mit gerunzelter Stirn an, als ob seine Einwände unbegreiflich wären, und als ob sie sich fragte, ob er ihrer Erklärungsgaben überhaupt wert sei.

»Also – Gott ist die keusche Liebe?«, lenkte er ein und seine Hand schob sich zwischen die Knöpfe seines Hemdes, das ihr über den Weg gelaufen war. Sie ließ es geschehen. Die Haut ihres gewölbten Bauches war heiß.

»Sagt Böhme. Und der hats, glaub ich, von Nicolaus Cusanus.«

»Noch so'n gottergebenes Elaborat?«, protestierte Lavendel und hatte den Eindruck, dass all sein Gefühl in seiner Hand konzentriert war, unter der sich ihr Bauch hob und senkte wie das Meer nach den Gesetzen der Gezeiten.

»Natürlich war er auch'n Sankt Abstinentius.« Das wollte sie ihm offenbar nicht unterschlagen. »Er hat sich'n bisschen auf die Kabbala eingelassen und wusste, nur durch die Wiedervereinigung der beiden Geschlechtssphären zu einer Wesenheit ließe sich das Paradies zurückgewinnen. The winner takes it all.«

Ihm wurde ganz schwindlig angesichts so vertrackter Fusionen und asketischer Türhüter. All ihre Spießgesellen lagen mit im Bett und palaverten, lagen zwischen ihm und Phili. Darüber flatterten irrlichternde Amoretten. Da war kein Durchkommen. Ihm fiel unnützerweise ein, wie er in einem fernen Zusammenhang bei Fichte von der Übung in Liebe gelesen hatte und dass der Mensch damit am göttlichen Leben teilnehme. Und von Feuerbach war ihm dazu in Erinnerung, die liebevolle Einheit von Ich und Du sei Gott. Wie das vielleicht gemeint war, wurde ihm jetzt vorstellbar. Doch hütete er sich, auch noch Fichte, Feuerbach und Komplizen den übrigen Anwesenden hinzuzufügen. Die mittlerweile erreichten metaphysischen Ausmaße genügten vollauf. Sowieso schien Phili auf eine Art Nirwana zuzusteuern, in dem endgültig jede Leiblichkeit und Leidenschaft erloschen waren. Sie war die verrückteste Frau, der er je begegnet war, das stand fest. Das heißt, abgesehen von Tatjana mit ihrer Schwärmerei von ihrer beider mit der Natur versöhnten Sinnlichkeit und dass die Natur das Göttliche sei und sie beide sich im Sex naturalisierten und Gott würden. Für die Rövardotter Bella, erinnerte er sich an ein vertracktes Gespräch, war Sex ein überwältigendes, aber deshalb umso verschwiegeneres und letztlich furchterregendes Thema gewesen.

Dabei war aber fast nebensächlich, was Phili sagte. Das Wie entzückte. Wie sich die Lippen bogen und krümmten. Wie die Laute daraus ihn in einen Sonnenkokon einspannen. Er glaubte schon fast, dass er, wie sie, von einem glühend selbstlosen Liebesflammen, zuverlässig wie ein ewiges Licht, erfasst war. Als ahnte sie seine Verwirrung, führte sie ihre beiden wieder verschränkten Hände an die Unterseite ihrer linken Brust und ließ ihn das Puckern ihres Herzens spüren.

»Du weißt doch, dass ich mich dir insgeheim längst unterworfen hab. Und ich weiß, dass das wahrscheinlich mein Untergang ist. Wenn es so einseitig bleibt. Wer mehr liebt, der ist verloren. Denk an Tonio Kröger!«

Er war weit davon entfernt, sich jetzt über den Liebessonderling Thomas Mann und dessen Alter Egos den Kopf zerbrechen zu wollen.

»Nur bei Gegenseitigkeit wirds erträglich«, erläuterte sie. »Also ...«

Sie setzte sich auf und sah ihn an, mit hochgezogenen Brauen und leicht geöffnetem Mund, und schob sein Shirt nach oben und eine Hand streifte mit lockerem, fragilem Fingerwerk, schneeflockenleicht, über Bauch und Brust und formte Kreise und Linien. Die Fingerspitzen magnetisierten ihn. In ihren Augen spiegelten sich die Kerzen und der Schein aus dem Ofen. Sie sahen wie kleine Feuerlohen aus.

»Gib doch zu, Frauen habens heutigentags schwer mit ihren Männern!«, klagte die Verführerin mitleiderregend. Ihre Finger schlenderten liebkosend über sein Gesicht. »Vielleicht ... vielleicht sollten wir im Park ... und der Wind pustet uns die Träume aus den Mähnen ... Was meinst du?«

Die Kerzenflammen bogen sich. Bernsteinfarben ergoss sich ihr Licht über Bett und Wand. Philis Mund spazierte von einer Seite seines Gesichtes zur anderen. Mal schnupperte sie, mal biss sie leicht, mal küsste sie, mal grub sich die Zunge in eine Vertiefung. Ihr Gesicht war heiß. Sie fuhr mit den kurzen Fingernägeln rau über seine Bauchhaut, was wehtat und köstlich war. »Ich hatte Angst, du kämst nie mehr von deinem Joana-Reißaus zurück.«

Turandot hat ein leichtes Spiel

Dann war sie es, die auf die Uhr sah. Sie sprang auf und zog ihn aus dem Bett. »Lass uns schlafen gehn«, drängte sie. »Vielleicht wach ich nachts auf und hör dein Atmen. Darauf freu ich mich.«

Doch blieb sie vor dem Ofen stehen und sah in die Flamme. Ruhe lag in dem Bild. Es barg Endgültigkeit. Er legte den Arm um ihre Hüfte. Ihr Gesicht schien zu glühen. Die hauchdünne Haut der bogenförmig unter den Augen liegenden Schwellungen gab ihr den empfindlichen Ausdruck, der ihn schon bei Joana so gerührt hatte. Er wollte mit dem Finger darüber streichen.

»Wir ziehn uns jetzt aus, ja?«, bestimmte sie kurzentschlossen. Und doch unschlüssig: »Besser, wir schaun uns nich an dabei. Ist vielleicht besser, oder?«

War das die selbstbewusste Phili des Baukastens oder die turmalinblaue Königin, die im *GAD* die Treppe herabgeschritten war oder eine unbekannte Dritte?

»Manche sprechen zwar von le beau sexe. Von der schöneren Hälfte der Welt«, schickte sie erklärend hinterher, »aber ich fürchte, es gibt auch Ausnahmen.«

»Bescheidenheit, dein Name ist Philine«, sagte Lavendel, nahm jetzt aber wieder an, sie würde ihn auf die Folter spannen wollen.

»Ist wahrscheinlich meine einzige Zier«, sagte sie, schon bei der Bank, »Einsicht und Bescheidenheit.«

Sie knöpfte das Hemd auf, sah er, während auch er langsam begann, sich zu entkleiden. Jedes winzige Geräusch, das ihre Finger verursachten, war wie ein Sog. Wegzusehen wäre sträflich gewesen. Der schmale Spalt im Hemd tat sich weiter auf. Er würde außerstande sein, das Sichtbarwerdende so zu sehen, dass es ihm genau so im Gedächtnis erhalten blieb, fürchtete er. Und ihm war bewusst: Dass sie sich auszog, das hatte etwas für sie beide Endgültiges. Sie blickte zu Boden. Er gehörte ihr.

Ihre Rechte hob und verbog sich und schob das Hemd erst von der rechten, dann von der linken Schulter, und der Arm blieb erhoben und verbarg die Brüste.

»Voilà!«, sagte sie verlegen und runzelte die Stirn, und das Hemd fiel zu Boden, »damit du'n Eindruck von mir hast.«

Von der Maillolfigur Phili. Zögernd gab ihr Arm den Schutz der Brust auf, zögernd sank er herab. Sie presste die Lippen aufeinander. Ging ein Flackern durch den Kerzenschein, sprangen Schatten über die Haut der Skulptur im Bronzelicht. Die Anmut des Entblößten machte ihn hilflos. Sie so zu sehen war einen Moment lang, wie ertappt zu werden, war wie im *GAD* zu stehen, hinter der Mauer, hinter dem Spiegel, war Beschämtheit. Nur einen Moment lang. Ihr Blick, fern jeder Prüderie, erlöste ihn. Oder das Unbeschwerte ihrer fließenden Gebärden. Schultern und Oberkörper waren schmal, die Glieder, je ferner dem Körpermittelpunkt, desto feiner. Es konnte nicht sein, dass sie sich ihm zugehörig fühlen wollte, dachte er in törichtem Stolz, als sein Blick über die weitstehenden Brustkuppeln glitt, die Schatten warfen. Die kleinen, wehrhaften Dunkelhauben darauf wie zwei ferne Monde. Gerade so groß waren sie, die weißen Brustkoppen, dass er jede leicht mit einer Hand verdecken könnte. Und ohne dass sie berührt worden wären, strafften sich karamellbraun Vorhöfe und Warzen, verschluckten die umgebende Dunkelhaut, wurden zu pfiffigen Auswüchsen. Oberhalb der Senke zwischen den Brüsten ruhte die Kamee.

»Das ist mir froh ... früher schon verfall ... ich mein, aufgefallen«, unterbrach er das Schweigen und deutete auf den Halsschmuck und war beschämt, weil er sich verhaspelte. Eigentlich wollte er etwas anderes sagen. Zum Beispiel: *Wie aus dem Mond herabgestiegen, für mich, so siehst du aus...* Aber solchem Mondkitsch konnte sie bestimmt nichts abgewinnen. Joana hatte solche Sprüche eingeschlürft. Nie war herauszufinden, wo sie sie einordnete.

»Das trag ich fast nie.«

Sie griff nach dem Stück und erklärte, als stünden sie sich nicht verwirrt und nackt gegenüber: »Is'n Erbteil. Meine Ururgroßmutter, Freifrau Regina von Venzin ... eine bewundernswerte Frau. Ich hab Briefe von der Kaiserin Augusta und Fontane und Fritz Reuter an sie.«

»Dem *Stromtid*-Reuter?«

»Ja. Und es is Familientradition, das Kleinod nur bei allerwichtigsten Anlässen zu tragen.«

»Verstehe.«

»Wirklich?«

Sie hielt ihm die Kamee entgegen. Ihre Hand zitterte. Gleich darunter die hellen Brüste und ihr Duft.

»Die Freifrau entstammte einer Hugenottenfamilie Janotte. Réfugiés, wegen der Pogrome nach 1685.«

»Und seitdem lebt ihr hier im Exil ...«

»Exil? Weniger. Meine Hugenotten-Ahnen haben sich als preußische Überpatrioten akklimatisiert, blitzschnell, und ihre Degen für die Friedriche und Wilhelme geschwungen. Und sie haben sich zugleich des ortsansässigen Adels angenommen. Heiratsmäßig. Der heimatlose Exilant bist ja leider du.«

Ihre Unterarme waren an der Rückseite fein schattiert. Sie ließ den Schmuck zurücksinken. Das Licht verfing sich unten im durchscheinenden Kräuseldreieck, es war ein Glimmen, aufsteigend zwischen vorgewölbten Schenkeln.

Phili tat ein paar zögernde Schritte weg von ihm. »*Wenn du mich anblickst, werd ich schön*«, sie räusperte sich, »das ist aus'm Gedicht einer Chilenin, Gabriela Mistral.« Die letzten Worte sagte sie kaum vernehmbar. Auch noch: »*Umhüll mich zärtlich durch dein Wort...*«

Also auch sie. Worteworteworte. Sie wendete sich ab. Es sah so aus, als wolle sie sich vor seinem Blick im Bett in Sicherheit bringen, blieb aber beim Ofen. Wartete sie jetzt auf einen umhüllenden Spruch? Doch alles Sagbare hatte sich verflüchtigt.

»Du findest mich vielleicht durchgedreht, aber ich empfinde das als ein Abstreifen des Vergangenen, so vor dir zu stehn«, sagte sie und ertrug das Schweigen zwischen ihnen wohl noch weniger als er. »Bei Thomas Morus hab ich gelesen, dass sich seine Utopier, wenn sie Ehe-Absichten hatten, nackt voreinander zeigten, damit sie sich realistisch entscheiden konnten. Also kik mi an, denk ich bin dine Brut.«

Die Kurve ihres Rückgrates verlief wie in einem Hohlweg. Der Kerzenschein verschleierte ihre Haut mal elfenbeinfarben, mal bräunlich. Sie hielt die Hände in die Hüften gestützt.

Hatte Samir nicht von des Heiligen Morus unschuldsvoller Verehrung der Schönheit geschwärmt? Wer den Schmuck der körperlichen Schönheit verachte, sei undankbar gegen die Natur. Hörte man Samir, musste man Morus für einen indischen Guru halten. Ihre Finger fächerten sich über den Pobacken auf. Wie flaumige pralle Pfirsiche sahen die aus. Oder wie aus Marzipan. Bekömmlich jedenfalls, dachte er, und auch, dass sie so etwas sicher nur mit feministischem Abscheu hören würde. Gabriela Mistral hin oder her. Er musste einen klaren Kopf behalten. Samir Dange mit all seiner westöstlichen Weisheit versagte heute als Gegengeist.

Als sie sich ihm wieder zuwandte, fiel es schwer, nur regungslos stehen zu bleiben. Sie elektrisierte ihn. Im Licht einerseits und schattendoppelt andererseits die Brustkuppen. Phili fuhr mit einer Hand über den Bauch, als begrüße sie jede Erhebung. Er stellte sich vor, sie mit Küssen zu erkunden, beginnend an der Hüfte und hinab bis zum ersten Anwuchs des leichten Sommerpelzes. Im Licht, das ihn von beiden Seiten durchstrahlte, sah der Haarbausch aus wie leichtes Gewölk. Es schlängelten sich die kurzen Härchen und züngelten und loderten und sandten feine Strahlen aus. Er hätte gern das Gestöber gefühlt, die flockige Berührung, gewichtslos wie eine Handvoll Pulverschneekristalle.

Phili verfolgte seine Blicke argwöhnisch. Oder zufrieden? Stellte sie sich vor, was er dachte? Wüsste sie, wie Samir und er spaßeshalber gewetteifert hatten, eine gültige Topographie der Haarverläufe in den weiblichen Geheimzonen zu erstellen, ihre *ordo pilorum*: Wie sichs Mittelpunkte suche, sich allseitig von außen herandränge und Höhen erstürme, um sich in Spalten zu stürzen, wie im Sog eines Strudels, und sie zu verdecken suche – sie würde ihn für verrückt erklären. Joana hatte seine Neugier über sich ergehen lassen. Hatte dabei nur gefragt, ob er sich diese Macken auch als linken Marsch durch die Institutionen verkaufe? Offenbar hatte sie das für sich behalten, vielleicht aus Scham, mit so einem zusammenzusein. Und vielleicht war ihr Fahrrad-Schratt ein Lover, der kein Aufhebens machte von dem, was er sah.

»Kann sein, in mir schlummert auch noch was von dem Glauben«, überlegte er bloß, »dass das Haar der Sitz nicht nur eines Teils deiner Seele, sondern deiner Zauberkraft ist.« Und führte sich ihre Hand vor Augen, wie sie prüfend über den Wildwuchs strich und ihn mit der Schere kürzte.

»Hatte Papst Gregor der soundsovielte also doch recht«, sagte sie in gespielter Verzweiflung. »Dringend hat er gewarnt: Das Dickicht zwischen den Beinen ist ein sichtbares Zeichen fleischlicher Sünde! Deshalb haben die Inquisitoren den angeblichen Hexen vor der Folter ihr magisches Haar weggesengt.«

»Und dann isser beten gegangen zur Maria aus Ägypten, der ein Haarkleid gewachsen war, als sie ihre eigenen Sünden erkannt hatte, zur über und über behaarten Eremitin Maaria, die so auch noch in den Himmel getragen wurde?«

»Parbleu, was du alles zur unrechten Zeit vorzubringen verstehst! Bemerkenswertes Teufelswerk. Bist mir zur Folter bestimmt. Mein Däumler, mein Brustreißer, mein Kniebrecher.«

»Ich bin ein harmloser Allerweltsniemand.«

»Kein Brutalo?«, tat sie enttäuscht. »Du sagst das nur, um mich abzutörnen. Stimmts?«

»Nein, nein. Nur, ich kann dir nicht ersparen: Am Kopf siehst du zwar irgendwie fluderhaarig, doch einigermaßen ungefährlich aus, weiter drunten ... oh, oh ... da erweist es sich, dass du mit den Dämonen im Bund bist.«

Plötzlich machte es wieder einen Schritt auf ihn zu, das Bildnis, und schlang die Arme um seinen Nacken und hing sich an ihn, so dass er sich eingehüllt fühlte in warme und hexenhafte Ewigkeit und dazu, als sie sich auf die Zehenspitzen stellte und ihn küsste, den anrührendsten Widerdruck von federharten Brüsten und Bauch und wolligem Schoß und Schenkeln spürte und sprachlos erlebte, wie sie einmal, zweimal heftig atmete und den Kopf zurückfallen ließ und seine Schultern umklammerte und »Du kannst es vielleicht noch nich wirklich wahrhaben, Johan Lavendel« seufzte und dann, mit ihrem Mund wieder ganz nah an seinem, »mir isses bitterernst mit dir« flüsterte, und dass dann wie zur Bekräftigung ihr Unterleib in ein Wiegen verfiel, das ihn zittern ließ, und dass sie leise »Ich weiß auch« sagte und »ich spiele mit unserem Begehren und unsrer spirituellen Energie wie die Katze mit der Maus, weil beides mir wie'n sicherer Besitz vorkommen will, kann sein, und weil ich in dem Wissen, dich mit allen Sinnen aufnehmen zu können, unmäßig glücklich bin, und weil ich zugebe, ganz egoistisch glücklich sein zu wollen mit und in und um und auf und über und unter dir – und durch dich«, und dann sich noch fester halten ließ, und die Haut um ihre schimmernden Augen weicher noch geworden zu sein schien, und ihr Herz hart schlug, und sie nach seinem Kopf griff, als wolle sie ihn schützen, und »Von meiner Seligkeit fällt bestimmt was ab für dich« versicherte und »Ich weiß« einräumte, fast schuldbewusst, »ich weiß, es wird mühsam, dich mit soviel Habenwollen nich zu verscheuchen, weshalb ich mich höllisch anstrenge, dir in allem beizustehn. Trotzdem muss ich aber auch daran denken, wie es ohne dich is. Für den Fall, dass ich dir nichts bedeute. Ich weiß, wie das is. Alles das. Ffff ... bin ich durcheinander« bekannte, und weil auf ihrem

Gesicht das entwaffnendste Lächeln des Universums lag, erst, und sie dann wie ausgewechselt vergnügt schnaubte und ihren Bauch an den lichtscheuen Troglodyten drückte, den Nimmermüden, und »Muslime meinen, wenn ein Mann und eine Frau allein sind, ist der Teufel als Dritter dabei, und ich fürchte, sie ham recht, ich spür ihn schon die ganze Zeit, vielleicht hat ihn das Bittere Wasser geweckt, was sonst, und ich fürchte, seine Macht endet nich vorm märchenhaften Babylon, dem Babylon der Vorväter, ihrem Tor zum Himmel, dem Tor Gottes, meiner zweibogigen Verschlossenheit, a slice of Babylon. Fffff... Höchste Zeit, dass ich ... dass ich ... mich abkühle ... Ich geh ins Bad, und du verscheuchst so lang den aufsässigen Höllendrachen« sagte und ihn küsste und sich von ihm löste und den ungezähmten Drachen streichelte und ging.

Lavendel sah ihr nach und der heiteren Grazie, mit der ihr Hintern schwang. Er dachte an fiebrige Sambarhythmen. Als sie sich umdrehte und seinen Blick wahrnahm, lächelte sie verlegen.

Die Geräusche aus dem Bad besänftigten ihn. Jetzt, da sie ihn nicht durch ihre Nähe um den Verstand brachte, aber immer noch bajaderengleich durch seinen Kopf wirbelte, konnte er ihrer Absicht, dem Verlust des erotischen Nervenkitzels vorzubeugen, eine Menge abgewinnen. Und dass er es war, den sie wollte, und dass sie sich um ein Andauern sorgte, machte ihn ruhig. Oder doch nicht? Er fühlte sich auf dünnem Eis. Wie sollte sich ihr Verzichten regeln? Alle Verliebtheit, wie vergeistigt sie sich auch gebärdet, wurzelt doch allein im Geschlechtstrieb, hörte er Herrn Möbeus trocken kommentieren und auf Schopenhauer verweisen. Und Samir hörte er warnen, der Firnis der Keuschheit diene nur dazu, die Frauen in der Verstellung zu perfektionieren. Hätte er zu allem nur geschwiegen! Hätte er sie doch reden lassen und sie nur fest im Arm gehalten! Alles wäre anders gekommen. Seine Einwände hatten sie intellektuell herausgefordert! Da hatte sie sich eben verbal erregt und verausgabt und ihr Verzichtprogramm entfaltet und verteidigt.

Und mit welcher Leidenschaft sie das tat: sich anzubieten und zugleich vorzuenthalten! So als wüsste sie, er müsse abhängig werden. Als könne sie als Frau überhaupt davon ausgehen, im Bauch das Allmachtsgeheimnis zu beherbergen, das sie auratisch umgab und ihm bestimmte, sein Glück sei nur das immer zukünftige Glück mit ihr.

Das Feuer war niedergebrannt. Holzreste glühten. Lavendel blies die Kerzen aus und öffnete die Fenster. Zwischen den zerfaserten Wolken, die dahineilten, brach kurz der Mond hervor, schrammte über die Wolkengrate, tauchte Wiesen und Bäume in helles Grau. Dann verfinsterten wieder schwarze Schatten die Nacht. Seit Phili draußen war, hörte er die Geräusche vervielfacht. Etwas wie Saitenspiel tönte fern aus Gärten; vielleicht dass dort ein Liebendes spielt oder ein einsamer Mann ferner Freunde gedenkt und der Jugendzeit, kam ihm Hölderlin in den Sinn. Kälte kroch herein. Mitsamt einem Schwall Rosen- und Buchsbaumgeruch und Nebelfeuchtigkeit.

Gleich würde sie zurückkommen. Lavendel erschrak, wie ungeheuer besessen er von ihr war. Auch von ihrem Verführungsspiel. Und von ihrer seltsamen Gewissheit einer Zuneigung.

Gedämpftes Fröschequaken hinter dem Haus. Es klang, als laufe jemand mit dicken Kreppsohlen über Marmorfußboden, immer im Kreis. Einer der Generale im Herrenhaus gegenüber, bei weit geöffneten Fenstern. Er kroch unter die Federdecke. Kein Wunder, dachte er aber seltsam vergnügt, dass die Frühkirche die Frauen als die Pforte zur Hölle betrachtete. Wie Turandot lockten sie und machten diejenigen, die ihnen verfielen und sie nicht enträtselten, um einen Kopf kürzer. So zählte Phili eins und eins zusammen und führte ihm, den Joana als Erotomanen abgestempelt hatte, eine ordentliche Portion Weiblichkeit vor, seiner triebgesteuerten sklavischen Unterwerfung gewiss? Es gab kein Entrinnen. Turandot hatte ein leichtes Spiel.

Das metallische Rauschen der Bäume schwoll an und verebbte und hörte sich an, als ginge feiner Regen nieder.

Phili kam und rieb sich fröstelig die Arme und schlüpfte nackt zu ihm. Kühl und glatt war ihr Körper. Als er sogleich ins Bad aufbrechen wollte, beschwerte sie sich mit herzberührendem Maunzen – wie er sie auch nur eine Minute allein lassen könne!

Er hatte geduscht und Zähne geputzt und dachte, dass ihr Reiz sich für ihn vervielfachte, weil er sich zugleich vorstellte, wie sie aus seinem Begehren Lust schöpfte. Es war gegen zwölf. Sie hatten noch sechs Stunden bis zu ihrer Abreise. Sechs Stunden, in denen wohl kaum das Vergängliche zum Unvergänglichen werden würde.

Niedergeschlagen und verfroren kam er ins Zimmer zurück. Es war ruhig. Vielleicht war sie eingeschlafen. Er schloss die Fenster und legte sich in die freie Hälfte des Bettes und horchte auf die Windgeräusche. Manchmal knackte es im Ofen. Er gab noch Wärme ab. Einmal beflammte sich ein Holzrest. Unruhiges Flackern ging durch den Raum.

Ihre Finger griffen nach ihm und zogen. »Soll ich verelenden – ohne Nachtkuss?«

Er rutschte hinüber. Sie kuschelte ihren Kopf in seine Armbeuge. Er streichelte über ihre Schenkel und die Halbkugeln des Hinterns.

»Du bist eisig«, stellte er fest.

»Kannst dich gefahrlos drum kümmern«, sagte sie und presste sich an ihn und versicherte mit spöttischem Ernst: »Als du im Bad warst, hab ich daran gedacht, dass Uta-napisti mit seiner Frau nach der Sintflut auf eine Insel in der Ferne gelangt is. Das passt doch. Und dass Uta-napisti nichts anderes heißt als *Ich habe mein Leben gefunden*. Das passt doch auch. Und da hab ich meditiert für dich und hab deine Gelassenheit verstärkt. So dass wir keusch nebeneinander liegen können. So wie Jessie und ich. Denn manchmal, wenn der Weltschmerz ihr zusetzt, kriecht Jessie nachts zu mir ins Bett und hält meine Hand und weint leise vor sich hin. Vor Erleichterung, sagt sie.«

Lavendel küsste ihren Nacken. Ein Wärmestrom ging von ihr aus.

»Du willst weinen?«, fragte er.

»Deine Hand will ich halten. Oder was anderes. Aaah, das is dermaßen schön«, seufzte sie in ihr Kissen hinein, »Ihnen so nah, Seigneur, fühl ich mich ... fühl mich unaussprechlich. Liege in der Arche und wiege mich auf den Wogen, und Noah umarmt sein namenloses Weib, das jetzt seine Lilith ist ...«

Seine mitgebrachte Ruhe war dahin. Sie merkte es.

»Was für'nen Eiszapfen hast du da mitgebracht! Ach du, meine abstinenten Weisheiten von der Liebe«, überlegte sie, wand sich auf der Unterlage ihrer wohlig ermüdeten Theorien und schien die Zügel schießen lassen zu wollen, »o je, meine unersetzlichen Weisheiten ... Ich weiß nich ... Bin gefangen in ihnen wie Svanvithe in der Schatzkammer. Sind sie falsch? Narziss und Psyche ... die lieben sich doch – und sie haben sich anderen hingegeben. Sie wurden in heilige Trunkenheit versetzt und in erhabene Wollust. Und dann ... dann wurden sie zu Tugendengeln erhoben, weil ihre Hingabe eine philantropische war, ein Opfer. Die anderen wollten sie haben, und sie haben sich gefügt. Ich will mich dir fügen. In Liebe und Lust. Wo ich doch dich so mag. Und die Lust. Ich hab noch niemandem ... Ich und die Lust ... Du sollst der Erste und Einzige sein. Du sollst wissen, wie ich ... Mit vierzehn hat mein anderer Mund zu flüstern begonnen. Nur für mich. Hab mir ausgemalt, wie ein Mann, den ich mochte, der neue Vikar wars, der meinen Vater unterstützte, wie er zärtlich zu mir spricht, nur frommes Zeug natürlich, und wie sein Zauberstab, sein Lillewänn, sein kleiner Freund auch mein kleiner Freund würde und in meine Muschi eintaucht, auf einer Kirchenbank, ringsum die Stille des hohen Gotteshauses, wie er sein Schwert aus mir zieht, aus meiner Muschi, und es zuckt und sich taufend auf meinen Bauch ergießt, und wie sie über die Jahre hin immer vulvischer und lustmäuliger wird, sie, die ich Mischiku genannt hab, meine Muschi, mein zweiter Mund, dessen Quelle sprudelte und sprudelte. Und Kukuli wollte das Kitzelding heißen, das ich entdeckt hab, die Kinkerlitze, meine Klitze, die anschwoll und wuchs, die Vorsteherin, dass mir Angst wurde, weil das das Zeichen des Teufels ... Verbrannt worden wär ich als Hexe zur Inquisitionszeit, des Dings wegen, so muskelhart wurde er, mein kleiner Vormast, wenn der Lillewänn sein Fruchtbarkeitsgetänzel tänzelte ... Das tuschelte und sang und lachte mit mir. Ich war im Paradies. Immer vorm Einschlafen. Selig war ich. Musste mich bändigen. Wollte die Seligkeit verlängern. Und zuverlässig und außer der Reihe, wenn ich unglücklich war, hat er die Mischiku gestreichelt und getröstet, verständnisinnig der Lillewänn, ausgefüllt hat er sie, traumwandlerisch, der Segensreiche. Dann war alles gut ...«

Während sie ihm das anvertraute, war ihm, als liege seine Hand auf ihrem Schoß, und er spüre den Aufruhr darin. Was Phili erzählte, erregte ihn. Deshalb wusste er nichts zu sagen. Und bestimmt ahnte sie, wie er sich ihrer gedanklich bemächtigte. Wie er in den Fußtapfen des Vikars mit Zauberstab wandelte. Er war ihres Vertrauens nicht würdig. Zart streichelte er, was seine Hand erreichte. Nur nicht ihren Schoß.

»Erst hatte ich Gewissensbisse, wenn ich mich anfasste«, murmelte sie, »dachte, Gott siehts und züchtigt mich. Aber dann war ich mir ganz sicher, es ist sein Geschenk für mich, dieses Glück.«

Sie hob die Hand und spreizte die Finger. Zeige- und Mittelfinger lehnten aneinander. Das waren die Wohltäter. Er dachte sogleich, dass er ihr niemals mehr die Hand geben könne, ohne daran zu denken, wo diese Finger sich vorher tummelten, und dass es sein würde, als begegne er so ihrer Vulva.

Sie schob den Po an seinem kontaktfreudigen Lillewänn, wie sie sagen würde, egal, was auch immer das hieß, auf und ab und setzte das Nervenbündel in Flammen.

»Mmh ... erst eisig, jetzt glühend ... Und du, bist du jetzt enttäuscht von mir?«

»Nnnnnein ... Im Gegenteil!«

»Als ich dich gesehen hab, warst du der Mann, mit dem ich verschmelzen wollte. In meiner Phantasie hab ich dich benutzt. Schlimm?«

»Das ist ... nein, eher ... ich freu mich, dass ... du ...«

»Von einem Tag auf den andern aber hab ich aufgehört. Hab meine Mischiku vertröstet. Meine Zärtlichkeit sollte dir gehören. Real. Verstehst du? Zärtlichkeit als Blume der Liebe. So bin ich dir verfallen. Mit immer größerer Sehnsucht – aber auch mit Angst, dich zu verlieren, bevor überhaupt unsere Auren sich finden können. Daher das Verzichten. Doch vielleicht schlagen sie uns ein Schnippchen, meine Weisheiten. Wir reden und bedecken unsre dunklen Gefühle. Durch die Worte werden sie zu Hoffnungsschimmern. Aber wenn wir es miteinander tun, hättest du nich Angst, unser Zusammensein nur noch als wechselseitigen Gebrauch unserer Geschlechtsorgane zu erleben?«

Das glaubte er auf keinen Fall.

»Oder würde dir das gerade in den Kram passen?«, ließ sie nicht locker.

»Nein, aber einfacher könnte ich mir ... soll man nicht das Eisen schmieden, solang es heiß ist?«

»Noch mehr schmieden, Johan Eisenhart? Is auch schon verteufelt heiß. Braucht keinen Schmelztiegel mehr. Aber nach Paulus müssen wir sowieso warten, bevor unsere Seelen und Körper sich vorbehaltlos berühren dürfen. Drei Nächte. In der vierten erst darf sich der Mann mit der Jungfrau verbinden.«

»Der Name Paulus ...«

»Hat er aus'm Buch *Tobias* gefischt. Tobias hat mit seiner frisch angetrauten Sara die ersten drei Nächte hindurch gebetet, damit sie nich wie die Heiden in böser Lust die Ehe beginnen.«

»Und danach ist die Lust nicht mehr böse?«

»So isses. Das Teuflische hat sich verflüchtigt. Und dass die schnelle Lust teuflisch ist, beweist Saras Vergangenheit. Siebenmal hatte sie vorher geheiratet. Und in jeder Hochzeitsnacht haben ihre Männer Fleischeslust gehabt, und der böse Geist Asmodi hat sie allesamt getötet.«

»Wen solche Diaboliaden nicht überzeugen!«

»Auch nach dem Kama Sutra müssten wir erst drei Tage miteinander keusch sein, bis wir unsre Herzen gewonnen haben. Am vierten Tag dürftest du mit den Fingerspitzen die Brustknospen deiner Liebsten berühren. Und viel später erst die anderen Lustgefilde.«

Lilith redete wie aufgezogen. Doch seinetwegen könnte das bis zum Morgen so weitergehen. Ihre Pobacken drückten rubensrund gegen ihn, entfernten sich und suchten wieder Nähe. Alles an ihr war Verlockung. Auch ihre Stimme schmiegte sich an. Die Pausen zwischen den Worten wurden jedoch länger.

»Nur – Gandhi ... Dass er oft mit nackten Frauen im Bett gelegen hat, um die Festigkeit seines Zölibates zu prüfen, das mag ich mir kaum mehr vorstelln.« Sie zog die Beine an und atmete immer ruhiger, suchte offenbar die bequemste Schlafstellung, während es in seinen Ohren rauschte, weil sich nun glühwarme und nasse Zugänglichkeit eröffnete. Die Vorstellung ihres erddunklen Schoßes entzündete Blitze. »Ich bin noch so weit entfernt von der Weisheit. Jetzt«, murmelte sie, »jetzt, wo du mir auf'n Pelz rücken könntest, jetzt versteh ich Gandhi gar nich mehr.«

Er versuchte vergeblich die Zuckungen seines munteren Speläologen zu unterbinden. Schauer liefen ihm über den Rücken. Wahrscheinlich merkte sie in ihrer Müdigkeit nichts davon.

»Und deinen ... deinen unkeuschen ... du weißt schon ... würd ich ... würd ich auf den Weg ins Gässchen ... Mein himmlischer Schlawiner ... Yin und Yang verschmelzen ...«, murmelte sie, begleitet von Bewegungen, die seinem blinden Troglodyten die Richtung zu weisen schienen, »das würd ich gern«, sagte sie fast unhörbar. Ihr Murmeln verwob sich mit der Stille und löste sich darin auf. Und er hielt den Atem an, als ihre Hand sich zwischen ihre Körper tastete und das aufgeregte Etwas umfasste, es umschloss, sich behutsam und entschieden seiner vergewisserte und es über ihre Nässe bewegte, dann aber stillhielt, als wolle sie ihn mit in ihren Schlaf nehmen.

»Manchmal ... weißt du ... im Eindämmern ...« Ihre Worte kamen immer zögernder. Oder er verstand nur noch Bruchteile oder er erdachte sie sich. Jedes schloss, als sei genug gesagt, und es brauchte einen neuen Anlauf für das nächste. »... ich ströme dahin ... Regen fällt ... ohne einen Laut ... und wir ... wir ...«

Ihre Finger verwahrten ihn. Oder wiesen ihn weiter. Das war nicht mit Bestimmtheit zu sagen. Vielleicht auch, dass sie ihn zurückwiesen. Oder nichts dergleichen. Das Blut in ihrer Hand pulsierte. Oder war es das Pochen in dem Unbeugsamen? Er fürchtete, dass sie ihn freiließ. Zittern durchlief ihre Handhöhle. Oder es war sein Zittern.

Sie schlief. Nur sehr langsam beruhigte sich sein Herzschlag, sehr langsam verlor sich sein ungestümes Hoffen, dass ihre schläfrige Halbbewusstheit mehr geschehen ließ, sehr langsam klang seine Spannung ab. Er merkte, wie leicht ihr Körper wurde im Schlaf und auch voll Rastlosigkeit. Muskeln schienen sich an Bewegungen zu erinnern und verkrampften und lockerten sich. Feine Nervenschauer liefen über sie hin. Ein Beben im Bein, ein fast unmerkliches Zucken im Arm. In ihrer Kehle ein langgezogener leiser Laut. Er hörte auf ihr gleichmäßiges Atmen. Der Wind rüttelte am Haus.

Einmal erwachte er, als die Stille durch lautes Zuschlagen einer Autotür und Motorenlärm und betrunkene Rufe unterbrochen wurde. Wenig später war nichts mehr zu hören als die Geräusche der Bäume. Ihm wurde bewusst, dass Phili neben ihm lag. Dass sie zu riechen und ihre Wärme zu spüren war. Er hatte das Gefühl, dass ihm nichts mehr geschehen könne, und er schlief wieder ein.

Als der Wecker piepte, schien keine Zeit verstrichen zu sein. Lavendel machte Licht und hielt schlaftrunken die Augen halb geschlossen. Phili beugte sich über ihn. Fein und dünn die Härchen, eine kleine Insel in der Mitte der Achselbeuge, wie gescheitelt. Er drückte einen Kuss in die gestreckte Höhlung. Die Härchen kitzelten seine Lippen. Schwach ein süßer Geruch nach Rosinen. Brüste und Bauch streiften über sein Gesicht, als Phili das Piepen abstellte. Dann verkroch sie sich an seiner Seite, einen Arm über seiner Brust und ein Knie auf seinem Unterleib.

»Ich möcht die Dauer der Trennung einfach verschlafen«, seufzte sie.

Die Zeit stand nicht lange still. Etwas Samtiges berührte seinen Mund. Ihre Lippen. Sie stieg aus dem Bett. Er sah auf ihren glatten Rücken, verfolgte ihre Bewegungen. Noch spürte er den Druck ihrer Lippen und vermisste schon das Anhalten dieses Gefühls.

Prasseln der Dusche. Kurze Schreckensschreie. Er sprang aus dem Bett, versorgte in der Küche die Espresso-Macchinetta mit dem Nötigen, beeilte sich, Brot und Aufstrich aus dem Kühlschrank und Honig von der Stellage zu holen und heiße Milch aufzuschäumen.

Phili kam, frische Sanftheit und einen wehmütigen Zug im Gesicht. Sie trug nur einen Slip und hatte die Arme vor der Brust gekreuzt. Der nächtliche Goldglanz der Haut war kühler Blässe gewichen, die das Küchenlicht vertiefte. Als er an ihr vorbeiwollte, hielt sie ihn fest.

»Als ich aufgewacht bin, war ich'n Moment lang enttäuscht: Ich hab nicht von uns geträumt«, sagte sie, »hätt ich so gern.« Ihre Lippen waren heiß. Sie roch nach Pfefferminz. Warum kniete er nicht nieder und zog das Nichts von Stoff herunter und drückte sein Gesicht in ihren Schoß und murmelte einen Traum hinein?

Wenig später saßen sie am Tisch. Phili damenhaft. Die Haare gezähmt. Das Messer kratzte über den Toast. Sie gähnte und blickte verzweifelt. Das Deckenlicht war kalt. Sie hielt die große Tasse in beiden Händen. Augen über dem Tassenrand. Die weiße Schaumkrone, spitz, zitterte. Lavendel dachte an ihre Brustwarzen, wie er sie fest und auf milchhellem Untergrund vor sich gehabt hatte, und wie sie zitterten, bewegte Phili sich.

Der Kaffee war heiß. Ihre nächtlichen Theorien schwirrten ihm durch den Kopf. Hätte sie entschiedenere Gegenwehr erhofft? Hätte er darauf bestehen sollen, dass wirkliche Liebe nicht körperlos sein könne? Sie räume doch ein, begann er stumm und hellwach mit ihr ins Gericht zu gehen, dass die Sehnsucht nach deren Endgültigkeit heiße, das Vergängliche zu ersehnen. Und dass das Wissen um die Vergänglichkeit und das Bedürfnis nach Dauer wohl den Wunsch wachriefen, das Ersehnte unvergänglich sein zu lassen. Was aber ein Ding der Unmöglichkeit sei, das müsse sie, jetzt bei Tag und Auge in Auge mit ihm, zugeben. Daher doch auch ihre Ausflucht, das ersehnte Vergängliche im Stadium des Ersehnten, des Traumes vom Genuss zu belassen. Was sei das Ersehnen aber anderes als der Glauben an eine Vollkommenheit! Und dabei nicht nur Ersatz des verweigerten Zieles, sondern – weil der angestrebte Endzustand in seiner Wirklichkeit noch nicht einmal gewiss sei – das einzig Erreichbare! Und nehme surrogativ schon den Platz des Verwehrten ein! Bis man schließlich den Ersatzcharakter vergesse und am Schluss schon gar nicht mehr wisse, dass es außer dem intensiven Glauben auch etwas anderes dahinter gegeben habe und der Glaube als solcher schon das Paradies darstelle und er zum orgiastischen, delirierenden Selbstversenkungswahn werde, der sich in partnerschaftlicher Gegenseitigkeit als Glaubensgewissheit aufheize ...

Die rasenden Gedanken rissen ihn aus ihrer Gegenwart und seinem – wenn auch unverlässlichen – Wohlgefühl, bemerkte er erschrocken. Zugleich war da die schmerzende Erkenntnis, wie sehr er ihren Geruch liebte. Oder den Anblick, wie ihre Finger sich um den Messergriff legten. Auch wie sie das *r* aussprach, mit einem winzigen, überaus graziös gedrechselten Rollen weit hinten im Hals. Und wie manche Laute in ihrem Körper nachklangen. Und wie ihn ihr Blick erschauern ließ. Und wie ihre Gedanken überraschende Bilder in ihm entstehen ließen. Und wie sie die Butter aufs Brot strich und dabei ein Gähnen zu unterdrücken suchte.

»Du bist sogar beim Gähnen schön wie der junge Morgen«, bemühte er sich, von seiner gedrückten Stimmung loszukommen, »und dein Gesicht ist voll frisch erwachter Freundlichkeit. Wie es dein Name verheißt.«

»Barbarisch schön, wenn überhaupt. Dass du so früh schon lobsingen kannst, versteh ich nich.« Sie runzelte übertrieben missbilligend die Stirn. »Ich hab auf jeden Fall das große Los gezogen mit dir. Und ich weiß doch, ich seh aus wie ne gebadete Maus«, wehrte sie ab, ernsthafter als erwartet, was ihn sogleich sein ironisch klingendes Hofieren bereuen ließ. Ihre Fingerspitzen strichen über die glatten Lider und die Anschwellungen unter den Augen, die ihrem Schlafgesicht einen leicht zerknitterten und bekümmerten Zug gaben.

»Ohne dich bin ich verloren, Johan Lavendel.«

Ihre Brauen zogen sich zusammen, in ihrer Stirnmitte standen Kummerfalten, als ob sie vom Ende der Welt gesprochen hätte. Dabei schöpfte sie Honig aus dem Glas. Er fädelte vom Löffel. Sie schob das Brot darunter.

Je mehr er von ihr sah, desto blinder wurde er, fürchtete er, und als desto unzugänglicher erwies sie sich. Auch wenn sie sich gerade auf seine Ironie eingelassen haben sollte, versprach er mit unterdrückter Panik und wie in einem Marlitt-Roman: »Ich halt dich ab jetzt fest.« Er wollte ja auch nichts anderes tun, obwohl die Versicherung fad und hohl und viel zu laut von den Küchenwänden widerhallte, wie er fand. Andere Worte hatten sich nicht eingestellt.

Sie saß zurückgelehnt, sah ihn wie von oben herab an, die Lider halb herabgesunken über die glänzenden Augen, mit gelösten Zügen, die Lippen weich geschlossen. Vielleicht fasste sie ihn schon als Erinnerung ins Auge. Eine Weile schwieg sie. Es tat gut, sie so zu sehen, redete er sich ein.

»Tu das!«, sagte sie dann einfach und als ob damit alles entschieden war. Ihr Lächeln erzeugte wieder Grübchen und die mondsichelartige Falte auf Wangen und Kinn, in deren Mittelpunkt ihr Mund den Blick auf sich zog wie eine schutzbedürftige Immaculata.

Sie beugte sich herüber und küsste ihn, stand auf und suchte ihre Habseligkeiten zusammen. Wie von weitem sah er zu. Mal schmiegte sich ihre Hose an, mal fiel sie locker, mal formte sich eine Hinterbacke, mal der Venusberg, mal eine Hüfte. Er war eifersüchtig auf alle, die sie so sehen und sie sich unbekleidet vorstellen würden. Ahnte sie das? Sie kam und fuhr ihm durchs Haar – was seine Bedenken noch weiter nährte.

»Meine Buche ... wenn du sie mal brauchst«, sagte sie, »ich zeig sie dir noch schnell.«

Am Zug umarmten sie sich. Ringsum dunkle Kälte. Er presste sie an sich. Sie legte den Kopf an seine Schulter. Danach drückte sie ihm ein paar Blumen, die sie bei ihrem Aufbruch neben der Baracke schnell zusammengesucht hatte, in die Hand. Kleine blaue Blüten mit kurzen Stängeln.

»Heb sie dir auf! Und in'er Küche liegt'n winziger lettre amoureuse, unterm Teller!«

Sie sah aus dem Zugfenster herab. Die Scheiben waren trüb. Dahinter sie, Renoirs Frau am Meer, ein Bild nur mehr.

Pont d'amour

Letztes Nachtdunkel. Möwen saßen auf dem First des Gutshauses. Verschlafenes Vogelflöten aus dem Venziner Garten. Darüber, fern im Osten, pastöses schläfriges Grau.

Philis Fehlen war noch wenig bewusst. Lavendel beobachtete, wie das Zwielicht des Morgens sich aufhellte. Es war kalt. Die Frühstücksreste standen auf dem Küchentisch. Die Blumen versorgte er in einem Glas. Wahrscheinlich hatte ihr Abschiedsgeschenk eine besondere Bedeutung. Celia könnte ihn einweihen. Spannung löste sich, die er vorher nicht bemerkt hatte. Unter seinem Teller steckte ein zusammengefaltetes Papier.

Chéri, ich bin dir so nah wie niemandem jemals. Der weiche Schwung der Buchstaben rührte ihn. *Niemals möchte ich diese Nähe wieder verlieren. Bitte, bitte, hab Verständnis wegen gestern Nacht. Ob es einfacher ist, bis wir endgültig zusammen sind, uns nicht zu sehen, nicht zu hören, nicht zu berühren, nicht zu riechen, nicht zu schmecken? Ich weiß nicht. Noch immer glaube ich, dass wir es uns schuldig sind, das auf uns zu nehmen. Mich aber bloß nach dir zu sehnen geht vielleicht über mein Vermögen, ahne ich jetzt. Und dir wird es bestimmt nicht anders gehen. Ob meine winzigen Reiki-Kräfte ausreichen, dir innere Ruhe und nicht meinen eigenen Aufruhr zuzusenden, bezweifle ich. Doch ich versuche es. In Eile und ewiger(!) treuer(!) Liebe(!) deine(!) Phili (die ausnahmsweise mal Paulus für weise hält: 'Es ist gut für den Mann, keine Frau zu berühren', rät der (Zwischenzeitlich! Eine andere als mich!! Und dann vergessen wir Paulus!!!))*

Er kroch wieder ins Bett. Ihre Wärme war noch spürbar. Eine Kuhle im Kopfkissen hatte ihren Geruch bewahrt. Bis elf wollte er schlafen, dann mit Geri sprechen, nahm er sich vor. Von draußen in Abständen das ratschende *Arr-Arr* einer Krähe. Von fern gleiche Antwort. Amselrufe drangen herein. Sie klangen, als zupfe jemand an einem straff gespannten dicken Draht. Ihre Zeilen waren witzig und voll Zuneigung, dachte er und langsam schlief er über den gezupften Weisen der Amseln ein.

Heftiges Klopfen und dann Celias »Telefon, Johan! – Deine Redaktion! – Sollst zurückrufen. Inne Küche drüben jibts Kaffee!«
 Nur langsam löste sich die bleierne Müdigkeit. Bedrückend wuchs der Gedanke, keinen eigenen Ort mehr zu haben, an den er sich zurückziehen könnte. Und Philis Stimme nicht lauschen zu können. Ihr Brief lag auf dem Tisch.

Celia stand gebückt und grub Loch an Loch für weitere Buchsbaumstauden. Ihr Körper warf einen langen Vormittagsschatten. Horst beratschlagte sich mit einem kräftigen, blonden, hemdsärmeligen Mann mittleren Alters. Neben diesem, stumm, stand einer, der dem Hemdsärmeligen glich wie ein Ei dem anderen. Daneben ein verdreckter Geländewagen. Aus dessen Fenster reckte sich ein struppiger Hundekopf.
 »Det sin Henry und sein Bruder Rick«, stellte Horst die Männer vor, »Henry beackert unsre Felder, und Rick is jerade mi'm Landwirtschaftsstudium fertichjeworn und sucht ne freie Ackafläche. Und det da«, er wies auf den Hund, »det is Diva.«
 Lavendel ging nach einigen Sätzen weiter und hörte, wie Henry davon sprach, die Tabakernte sei abgeschlossen. Als er die Treppe hochstieg, merkte er, wie nervös er war. In der Küche goss er eine Tasse halb voll mit Kaffee. Er sah aus dem Fenster. Celia hatte sich zu den Männern gesellt. Die Rosen krochen weiß und rot ein Stück das flache Dach des Barackenbaus hinauf. In diesem Rosenhügel haben wir gelegen, dachte er und wählte die Nummer der Redaktion.
 »Schon wieder'n Lieferwagen abgefackelt!«, überfiel ihn Geri. »Dazu Drohanrufe. Und Seine Heiligkeit meldet sich aus der Fincha auf Malle und blafft mich an: *Finger weg von der Story! Ihr dilettantischen Blattscheißer zieht die Sache zu sensationalistisch*

hoch und und und! Aufgebracht war er auch, dass schon wieder du mit im Spiel bist.«

Lavendel traute seinen Ohren nicht. War das Geri, der Presserebell?

»Drohanrufe? Mensch, sollten wir nicht gerade ...«

»Meine Rede! Wir ham Blut geleckt, kannste glauben. Nicht nur, weil dein *GAD*-Typ mit seinen Law and Order-Parolen die Besitzbürger an die Angel nimmt. Hier im Wahlkampf. Da steckt hundertpro ein deutschnationales Netzwerk dahinter. Nee, nee, du hast immer'n guten Riecher gehabt, mein Gudster. Nie ne Nullnachricht. Aber – Gehwald cancelt das Ding. Doch wenns nur das wär!«

»Was? Was noch?« Lavendel stieß Geris schlagartig mutloser Tonfall ab.

»Ich hab ohne Verzug massiv protestiert, kannste glauben. Aber Gehwald fährt scharfes Geschütz auf: Interessenverbände, Werbewirtschaft und pipapo.«

»Was denn? Werbung wirds jede Menge geben bei so'ner Schlammschlacht.«

»Sag ich ja. Aber der Dude besteht auf rigorosem Outsourcing. Dich soll ich aus'm Rennen nehmen.«

»Was heißt das?«

»Kündigen.«

Lavendel verschlug es die Sprache.

»Fristlos.«

»Einfach so?«, stammelte Lavendel.

»Na ja, *einfach so* ja nich. Gehwald sieht keinen Handlungsspielraum mehr, sagt er«, bedauerte Geri und war jetzt nur noch Geri, der wölfische Vollstrecker seines Herrn Odin alias Gehwald. »Mensch, ich weiß, wir sollten dagegen kämpfen. Hand aufs Herz, wir überlegen auch schon ...«

»Erklär mirs: Wieso?«

»Weil jetzt dein Namen fällt in den Drohanrufen. *Lavendels Lügen* heißt es da. Wenn von denen auch nur eine Silbe öffentlich wird, versprechen sie einen feurigen Backlash: jeden Tag'n neuen Wagen zu flambieren. Autodafés wider den undeutschen Geist.«

»Die Faschisten – dass die solche Wörter überhaupt kennen! Und woher wissen die, was wir vorhaben?«

»Ham ihre Ohren überall. Notabene, rein arbeitsrechtlich: da würden von dir Betriebsgeheimnisse ausgeplappert, das störe den Betriebsfrieden, sagt Gehwald, und das sei illegal! Und man habe ihm strikt abgeraten von der sinistren Geschichte. Ich hab versucht ihm die politische Brisanz deiner Entdeckung zu verklickern, aber ...«

»*MAN habe abgeraten*?«, echote Lavendel sarkastisch. »Wer rät ihm denn da ab? Ross und Reiter, bitteschön!«

»Kommt mir auch suspekt vor, verdammt suspekt«, schlug sich Geri kämpferisch auf seine Seite. Auffallend anders als im Juli. »Und dann Gehwalds Spruch, solche Anarcho-Eskapaden seien sowieso Steinzeitjournalismus und erwiesen der Reputation eines modernen Medienservices einen Bärendienst. *Gebt ihm die Papiere*, hat er angeordnet, *muy rapido*!«

»Da ist doch ne Riesen-Schweinerei im Gang! Alles verfilzt! Rechte Kumpanei! Willst du die Hände in'n Schoß legen und zur Hure der Machterotiker werden?«

Lavendel bedauerte sofort, das gesagt zu haben. Geri konnte das nicht einfach so wegstecken.

»Du bist stinksauer, klar«, beschwichtigte der nach einer Pause. »Dass da was faul is, seh ich natürlich. Man sollte den Augiasstall ausmisten. Ich versuchs ja. Aber die alte Spannkraft is halt futsch. Und ohne Basis – du weißt eh, da wächst nichts nach. Das macht mich fertig, kannste mir glauben.«

»Ja, muss schlimm sein!«, sagte Lavendel um Sarkasmus bemüht. Ihm war jetzt nach Heulen zumute. Doch Geri hatte gar nicht zugehört. Nüchtern begann er aufzulisten:

»Also, erstens soll ich dich von der Story abziehen. Zweitens, du sollst keine Mätzchen machen und die Polizei sollst du von dir aus raushalten. Da kennt Gehwald Leute von Rang, sagt er, die er anruft, sagt er, und damit sei der Fall erledigt. Du sollst nur einfach nichts tun. Und damit dir der Abstand leichter fällt, bietet der Konzern dir für die Rechte an der Story und als Überbrückung 25 Riesen. 25 nach Steuern! Die Summe is weit, weit höher als dein Fixum bis zum Jahresende! Ich würds machen. Das sag ich als Freund. Du sahnst richtig ab. Hab mir gedacht: Wow – der Abgebröckelte in seiner Fincha fällt aus der Rolle. Auch gut! Aber trotzdem, du musst mir glauben, ich hab böse Bauchschmerzen dabei.«

»Du bist arm dran«, unterbrach Lavendel ihn und beendete das Gespräch abrupt und ärgerte sich. Geri anzumachen war kein Trost. Besser wäre vielleicht, gründlich über die Verbindungen Gehwalds zu seinen *Leuten von Rang* zu recherchieren und das der freien Presse anzubieten.

Man kaufte ihm sein Schweigen also ab. Brauchte er das Geld? Zu seinem Erstaunen war er mehr erleichtert als erschrocken. Die Arbeit für den Gehwald-Konzern war sowieso ein ständiger Drahtseilakt über manipulierten Wahrheiten. Eigentlich fügte sich doch alles ineinander: Abzug vom Nazi-Thema, Ende mit Joana, Verlust der Wohnung, Gefeuertwerden ...

Er überschlug seine Finanzen. Ihm blieb jetzt genug Zeit, sich nach was Neuem umzusehen.

Aber dass er Kaimanns Bösartigkeit unterschätzt hatte! Auch seinen Einfluss. Hinter den Kulissen reichte man sich die schmutzigen Hände. Das nicht aufzudecken wäre unverzeihlich. War er dafür der Richtige? Joana, fiel ihm ein, Joana hatte ihm vorgeworfen, er habe nie begonnen damit, aus seiner Starre angesichts des verwanzten Machttheaters aufzuwachen und wirkliches Leben einzuatmen und selber zu veranstalten. Er sehe überall selbstgewisse Ignoranz und Lüge und Korruption und lehne daraufhin das eigentliche Leben geradezu panisch ab. Für ihn sei alles abstrahierte Wirklichkeit. Als könne man Welt bis ins Äußerste beschreiben, und als ob man in Wörtern baden und selber Metaphern der Freude und des Hasses finden könne, auch wenn man längst abgestorben sei!

Sie hatte recht. Zeit also, endlich zu beweisen, dass er mit beiden Füßen auf dem Boden stand, dachte er.

Doch bald versuchte er hartnäckig, nicht mehr an die Kündigung mit ihren Konsequenzen zu denken. Denn seine anfängliche ergebene Gefasstheit begann in Panik umzuschlagen: Was sollte werden? Er saß abgeschottet auf dieser Insel und hoffte auf Glückseligkeit und schloss die Augen, und anderswo vernichteten Flammen, was ihm gutgetan hatte. Wo war da Glückseligkeit?

Unter lockeren Wolken und Eschenkronen fuhr er nach Bergen. Auf den warmen Stromleitungen sammelten sich die Zugvögel und bildeten unruhige Ketten.

Parkplatz am Supermarkt. Er glaubte die Salzluft der See zu riechen. Fahnen knatterten im Ostwind. Die Plastikschnüre schlugen an das hohe Metall der Masten, die sich bogen und in ihrer Verankerung ächzten. Es ließ an das durchdringende Windradgeräusch im Vorspann von *Spiel mir das Lied vom Tod* denken.

Unmöglich, sich einzureden, dass er sich befreit fühlen könne.

Er hatte ein Handy gekauft und machte sich vertraut damit. Neben ihm fetzten sich ein Mann und eine Frau, wie mehrere Kisten mit Bier und Mineralwasser, Kartons mit Wein und Orangensaft in ihrem Golf zu verstauen seien.

Er wählte die Nummer Winters, seines Versicherungsagenten, der ihm nicht nur laufend neue Verträge eingeredet, sondern von seinen 18 Lautsprechern im Auto geschwärmt hatte: *Ein Albert Mangelsdorff-Solo, dazwischen, eingestreut, Wolfgang Dauner-Akkorde – und so beschallt gemächlich über die Lande gondeln! Ich sag Ihnen: Gi-gan-tisch!*

Winter meldete sich missmutig. Als Lavendel zu erklären begann, worum es ging, wurde er unterbrochen.

»Üble Sache«, brummte Winter. »Die Journaille weidet sich daran. Tut mir leid für Sie! Ehrlich!«

Lavendel brachte das Gespräch sofort darauf, wie sich die Versicherung zu dem Fall stelle. Winter meinte, es gebe entschädigungsmäßig keine Schwierigkeiten. Der Fall sei eindeutig: Feuer und Vandalismus. Man zahle. Wann, hänge von den Ermittlungen der Polizei ab.

»Was muss ich tun?«, fragte Lavendel.

»Unterschreiben«, beschied Winter ihn kurz angebunden. »Subito! Ich hab ja Ihren Besitz gesehn: den Hausrat, die paar antiken Stücke, die Liberey, die Bildermenge in Petersburger Hängung«, zählte er auf, »vor allem die Maria, Spätgotik, lignum sacrum, holzsichtig. Ich erinner mich gut. Fast so schön wie Eartha Kitt! Der Wert oder Neuwert bei Vertragsbeginn ist ausschlaggebend. 200.000 ist die Vertragssumme. Vereinbart ist auch, dass der Versicherer auf die Unterversicherungsklausel verzichtet. Sie werden voll entschädigt. Kommt aufs Konto. Das Gebäude läuft extra. Hammer nischt mit zu schaffen.«

Das Gespräch war damit abgeschlossen. Die genannte Summe war einfach nicht vorstellbar vor dem Hintergrund, dass alles Bisherige zerstoben sein sollte. Das Verbleibende seiner Existenz drückte sich in zusammenhanglosen Markierungen für etwas noch nicht zu Ende Gedachtes aus. Er hatte Geld wie Heu. Sonst nichts.

Er kehrte am frühen Nachmittag nach Venzin zurück. Schwarze, dicke Wolken schleppten sich schwer und tief und dicht an dicht nach Osten. Es wurde dämmerig. Zwischen den Türflügeln steckte ein Zettel: *Philine ruft 17:30 Uhr an.* Lavendel nahm sich vor, die drei Stunden bis dahin nicht ungeduldig zu verwarten. Er würde sich sinnvoll mit dem Wenigen, das er noch besaß, einrichten.

Neben dem Bücherstapel stieß er auf Philis portablen CD-Player mit Kopfhörern. Es steckte eine Scheibe darin. Traditionelle italienische Volksweisen. Da reinzuhören, war er nicht in der Stimmung, dabei bewegte es ihn, dass sie sich mit *seiner* Musik abgab. Oben auf dem Bücherstapel lag der *Wilhelm Meister*. Passenderweise öffnete sich der Band, wo Mignon ihr *Es schwindelt mir, es brennt mein Eingeweide, nur wer die Sehnsucht kennt, weiß was ich leide* sang. Er las planlos und als ob er jede Äußerung auf sich beziehen müsse. Wurde dabei aber immer rastloser. Phili verdrängte alle Gedanken, die nicht ihr galten. Seine Sehnsucht wurde zum Orkan, gefiel er sich in naturgewaltigen Steigerungen, und sie nahm etwas Unheilvolles an, wenn sie sich anderweitig spiegelte. Er musste sich davor bewahren. Noch immer war doch ungewiss, was Phili im Schilde führte. Und er wusste doch auch gar nicht, wieweit er selbst sich und dem von ihr geweckten Gefühl trauen konnte.

Er lief durch den Park. Er lehnte sich an die uralte und riesige Buche Philis. Die Unruhe blieb. Es trieb ihn zum nördlichen Ende des Parks. Er wollte aufs Feld.

Celia, während sie ihn für morgen zum Mittagessen einlud, übergab ihm den Hörer.

»Johan?« Philis Stimme klang bedrückt.

»Ja?« Er würde sie nicht auf den Brief ansprechen. Auf Gefühlsentwicklungen schon gar nicht. Dass sie anrief, machte ihn froh. Es blieb still. Er glaubte ein Schnaufen zu hören.

»Was ist mit dir?«, fragte er.

»Weiß nicht. Bin traurig«, zagte sie, »mein Körper schmerzt, nichts schmeckt, jedes Geräusch ist falsch, mein Zimmer ist trostlos, die Leute nerven. Meine Abfahrt ... Weiß nicht ... Alles ist complêtement foux!«

»Sind die Franzosen wieder schuld? Oder Kierkegaard? Oder ich?«

»Du natürlich. Weil du nich da bist. Ohne dich verkümmere ich elendiglich, weißt du doch. Ich vermisse dich. Ich könnte schreien vor Sehnsucht.«

»So passt du aber nicht in unser Harry und Sally-Ritual.«

»Harry wär längst bei mir«, behauptete sie zu seiner Verwirrung. Hatte sie vergessen, was sie geschrieben hatte?

»Nach fünf Jahren käm er vielleicht vorbei, um über sexlose Freundschaft zu debattieren, die du willst und an die er nicht glaubt. Und dann wird weiter gewartet. Zwölf Jahre und drei Monate.«

»Du würdest also nich ein unerhebliches Dutzend Jährchen auf mich warten? Kaum erreicht es der Feromon-Duftstoff ihrer Königin Phili aus der Ferne nich mehr, macht sich das Lavendel-Bienchen auf die Suche nach'ner neuen Königin?«

Ihn rührte das Traurig-Spielerische ihrer Worte.

»Willst du nicht weiter aufzähln, wie mittelherrlich es dir geht?«, lenkte er ab. »Das wird dich erleichtern.«

»Dann aber nur, solang ich ab und zu deine Stimme höre, dann wirds besser.« Sie lachte auf, halb besänftigt.

»Das hört sich wieder nach Svanvithe an, dem stolzen und unbeugsamen Freifräulein.«

»Freifrau, bitteschön! Aber stolz kann ich nur sein, wenn ich glücklich bin. Und dazu brauch ich dich. Deine Stimme. Ich liebe deine Stimme. Hab ich das schon gesagt? Deine Stimme ist ... Dass in der alten Kirchenmusik keine Sängerinnen zugelassen worden sind, weil ihr Gesang die frommen Männer Unzüchtiges hat denken lassen, das kann ich leidlich verstehn. Aber dass man Sänger auf unschuldige Hörerinnen losgelassen hat, das begreif ich nich. Denn wenn eine Stimme so was Adagiowarmes und Streichelndes hat wie deine ...«

»Ich bin nicht weniger schlimm dran«, behauptete er. »Nicht nur deiner Stimme wegen. Es sind auch noch viele andere Geräusche. Zum Beispiel, wenn deine Finger über dein Gesicht streichen. Das is'n Geräusch wie'n heller Hauch. Oder meine Hand in deinen Haaren. Oder wenn deine Schenkel leise aneinander vorbeistreifen ... «

Sie seufzte und schwieg. Er dachte, so anzüglich sollte er nicht sein. »Musst du nicht pauken?«, fragte er.

»Wollt ich. Aber ich muss auch für den Umzug packen. Um sechs kommt Janka, und wir fahrn in die Heide zu ihren Eltern. Klausur bis Montagmittag. Nur mit Mallarmé und Baudelaire und Verlaine und Rimbaud und Prévost und Valéry im Gepäck.«

»Bringen dich deine wilden Franzosen nicht vom Regen in die Traufe – sehnsuchtsmäßig?«

»Is nich zu ändern.«

»Ich könnte zwischendurch anrufen. Hab'n Handy besorgt.« Sie wollte die Nummer.

»Reden dürfen wir aber nich vor Montag«, blieb sie unerbittlich. »Wir dürfen die verführbare Phili jetzt nich mehr in Versuchung führen.«

Wie rational und zweckdienlich sie ihr Gefühlsleben in den Griff zu bekommen gedachte, bewunderte er.

»Joana hat sich gemeldet«, sagte sie. »Ich hab ihr von dem Brand erzählt. Sie immer: Das kann doch nicht sein! Was kann nich sein?, sagt Alban im Hintergrund, und sie sagts ihm, und er: Du könntest bei ihnen wohnen, sie renovieren jetzt ne Kate in Koserow, da gebe es Platz genug, nein, sagt dazu Joana, das könne sie sich nich vorstelln, sie drei unter einem Dach, jetzt noch nich. Später schon.«

Wieder Schweigen.

»Ach, Johan«, haderte Phili mit einer Stimme, als hätte sie sich weit in sich zurückgezogen, »ich bin schrecklich unglücklich, weil du nich bei mir bist. Hab ich das schon jemals gesagt?«

Er sah sie vor sich, wie ihre Augen sich verfinsterten unter Wimpern- und Brauenschatten. Das schwarzeste Renoirschwarz war erforderlich, um das zu malen.

»Ich fürchte, ich bin so'ne Einfachgestrickte, die ihr Liebstes ganz nah bei sich braucht. Ohne Unterbrechung, meinetwegen auch enthaltsam; notfalls, sehr notfalls. Und nich dass du denkst, ich streichle mich jetzt unaufhörlich, aus lauter Kummer, nach dem Motto: Erheitere meines Kummers Nacht. Nein, ich hab mich dir angeschworen. Auch wenn Kukuli um Hilfe ruft: Von mir kriegt sie keine. Nur du sollst das tun! Dann ...«

Gleich würde sie abgeholt, sagte sie unvermittelt. Er spürte das Hör- und Vorstellbare sich entziehen.

»Sorry, ich machs dir nich leicht«, sagte sie in verändertem, übertreibendem Tonfall, als wolle sie ihn aufheitern, »ich bin dir vielleicht zu lustvollem Leiden bestimmt. Dir und mir, fürcht ich. Ach nein, fürcht ich nich. Ich bin schrecklich glücklich, weil ich unsre Vertrautheit spür, auch wenn ich weg sein werde. Als ich vor Jahren in Versailles war, hat mir das Vertraute gefehlt, daran muss ich jetzt denken. Die Sprache, in der ich geträumt habe, und die Erinnerungen an Gingst – alles war unwirklich geworden. Ich war nich mehr verwurzelt. War ohne Wissen um Geliebtwerden und wie in der Liebe die Seelen sich ausdehnen und Distanzen überspannen. Jetzt fühl ich mich zwar verwurzelt, aber ich hab während der Fahrt heute Morgen so'n stechendes Gefühl gehabt, dass ich mich räumlich und zeitlich von meiner Lebensmitte entferne. Die pont d'amour zwischen uns hat sich weiter und weiter gespannt und wurde immer dünner. Wie'n hilfloses Kind war ich, das sich die Schuhe zubinden will, aber die Knoten nich hinkriegt. Die Landschaft sauste vorüber. Unser Leben fliegt vorbei, dachte ich. Lauter ungenutzte Tage. Das hat mich krank gemacht. Und alle Sehnsucht kulminierte in der Vision, wie wir uns in'em Meer von Lust ineinander auflösen. Ach, Johan Lavendel, ich will so viel mehr. Aber du musst nich bange sein, wirklich, dass ich zu gefräßig bin.«

Aus dem Wohnzimmer kam die hektische Stimme eines Sportkommentators, der begeisterte Ausrufe für HANSA Rostock fand.

»Johan«, seufzte sie wieder. »Janka is da. Sie überwirft sich grade mit Finja wegen der Grünen und ihrem Verrat am Atomausstieg. Weißt du, was ich jetzt für mein Leben gern täte? Dir über'n nackten Rücken streichen. Unten, am Ende deiner Wirbelsäule, da weck ich die natürliche kosmische Kraft der Großen

Göttin.« Sie atmete tief aus. »Ach, was fasle ich ... Alles Spinnerei. Oder doch nich. Du?«

»Ja?«

»Ich muss dir noch ... Weißt du, wovor ich Angst habe? Dass du genau so bist, wie ichs mir wünsche: nur mir zuliebe. Dass du dich verstellst, mir zuliebe. Ohne böse Absicht, ganz im Gegenteil. Verstehst du?«

»Hm.«

Plötzlich hatte sie es eilig.

»Es geht los. Ich ruf Montag wieder an, ja? Gleich nach der Prüfung. Bevor wir losdüsen. Hab ich gesagt, dass Frieder mich bringt? Drück mir die Daumen, dass ichs bis Montag aushalte ohne dich. Verstehst du mich'n bisschen?«

»Ich glaube«, sagte er, denn was hätte er sonst sagen sollen. Und er dachte, er sollte anfügen, wie sehr er sich freue auf ihr nächstes Mal, wenn sie sich sähen, unterließ es aber, denn es war ihm auch unheimlich, dass sie ihn durchschaut haben könnte, dass sie klarer sah, als er selbst, und wusste, wie verschossen er in sie war und drauf und dran war, ihre Wartephantasie zu sabotieren.

Das Geschirr vom Morgen befand sich noch immer auf dem Küchentisch. Zehn Minuten später, er hatte am Fenster gestanden und dann wieder zu den Büchern gegriffen und im *Werther* geblättert und war auf die Stelle *Ich fühl es lieber Freund, und fühle dass man um kein Haar glücklicher ist wenn man erlangt was man wünschte* gestoßen und war dabei, Goethe als heuchlerischen Schönschwätzer und Gefühlskrüppel und Philinenknecht zu verdammen, und hatte sich entschieden, den Ofen in Betrieb zu nehmen, da meldete sich das Handy.

»Bitte, bitte entschuldige!«, sagte Phili. »Ich bin so durch'n Wind, dass ich alles vergesse. Und dabei rede und rede ich und weiß jetzt gar nich, was bei dir heute war. Das musst du mir noch sagen.«

»Ich bin auf'm Sprung: Holznachschub für den Ofen besorgen«, erklärte er, als ob das jetzt von Bedeutung gewesen wäre. »Und du hast deinen CD-Player vergessen.« Er sagte das, obwohl er inzwischen davon überzeugt war, dass sie ihn absichtlich zurückgelassen hatte. Um deutlich zu machen, wie sehr sie seine Vorlieben akzeptierte?

»Wenn ich schon mich nich vergessen konnte ... Is bei dir in guten Händen, das Ding. Aber sonst?«

Er setzte sie in Kenntnis von seiner Entlassung. Weder erstaune ihn die Haltung des Konzerns, erklärte er, noch gehe für ihn die Welt unter. Im Gegenteil: Sie sei am Aufgehen; aber das wisse sie ja. Er versuchte seine Stimme überzeugend klingen zu lassen.

»Eigenartig«, sagte sie, »wenn du so was Schönes sagst, nehm ichs dir sogar ab und ich verdränge, mich über deine Zeitungsleute und das *GAD* und die Faschisten aufzuregen. Dann freu ich mich nur noch, deine Worte zu hören – obwohl deine Stimme gerade ganz blechern klingt, gar nicht so bezirzend wie sonst.«

»Also beruhigt mein schäbiges Handy deine Sinne. Meine hätten auch so was nötig«, sagte er. »Apropos Beruhigung: Mir fiel vorhin die Beziehung Goethes zur Marianne von Willemer ein, deren Verführungskunst er nicht nachgibt.«

»Weil er verheiratet war?«

»Ach nee, das war für ihn kein Hindernis. Nee. Weil er der Ansicht war, *der Liebe Sehnsucht fordere Gegenwart*. Und weil sie beide die nicht hätten, meide er das Leiden durch Sehnsucht wie der Teufel das Weihwasser, sonst verbrenne seine Persönlichkeit darin.«

Sie blieb eine Antwort schuldig.

»Phili?« Er bereute seine Zweifel und bedauerte, sie nicht ausführlicher mit ihr besprechen zu können, und ärgerte sich überhaupt, diese Willemer-Geschichte aufgetischt zu haben. Hatte er ihr imponieren wollen? In den Ring gerufen durch ihre dichtgestreuten Literaturhinweise?

»Na und? Dann verbrennen wir eben!«, sagte sie entschlossen.

Er sah sie vor sich: Ihr Blick beschwor ihn. »Das Leiden durch Sehnsucht is Glück!«

Machte er sich nicht überhaupt ein falsches Bild von ihr? Er lief im früheren Versammlungsraum der Arbeiter und Bauern auf und ab. Was war das zum Beispiel, dass sie mit französischem Vokabular über ihn herfiel, gleichgültig, ob er folgen konnte? Wollte sie sich ins Unverstehbare zurückziehen? Doch waren die französischen Laute eine wunderbare Melodie aus ihrem Mund! Und steigerten die Gefahr: Sie schlug ihn lebensgefährlich in Bann. Wer wie er, so dachte er, als Kind unter einem Mangel an Zuwendung litt und sich nach dem Entbehrten sehnte und es suchte, der war viel zu leicht verführbar. Aber wieso das unterbinden wollen? Mit fliegenden Fahnen stürzte er sich in ihre Arme – und in neue Furcht vor Verlust? Und wenn schon! Er rannte auf und ab, jetzt von der Seekarte mit den Untiefen zwischen den Inseln über die knarzenden Bohlen des Versammlungsraumes bis zur Küche. Er würde ab sofort der Stimme kein Gehör mehr schenken, beschloss er, die ihm zuflüsterte, er solle nichts aufs Spiel setzen oder dass sich Neues lediglich über das erlebte Alte lege, welches aber immer wieder durchbreche.

Später rief er Samir an und wurde, wie immer, mit einer Flut von Vorwürfen und Andeutungen überschüttet: Welche Ehre, wie er dazu komme, dass der Sahib sich seiner erinnere? Wie lang brauche er noch, seinen gefallnen Joana-Engel zu verschmerzen? Zugegeben, es sei eine böse Zeit. Eigentlich! Dennoch würde es den liebesgeknickten Johan Lavendel zieren, seinem geistervertreibenden Bruder in der Flora, Johannes Wachholder, und dessen Verehrung der ewigen Liebesgewalt nachzueifern – und sich nützlich der Welt wieder entgegenzustrecken. Aber natürlich verstehe er ihn besser denn je, beteuerte er unversehens, habe er doch selber Bedenken, so ohne weiteres darüber hinwegzukommen, dass ihn Ragna, die Undurchsichtige, verlassen habe, beziehungsweise er sie, weil die Unersättliche nebenbei einen anderen nicht nur in der Hinterhand gehabt habe, sondern ... Obwohl er das nicht dumm von ihr finde.

»Sie war überwältigend!«, gestand er. »Ließ mich köstliche Selbstaufgabe im Schoß des Mutterweibes erleben und darüber Sokrates vergessen, der vor den giftigen Küssen der Weiber warnt und dass sie gefährlichere Tiere seien als Skorpione!« Er lachte. »Und Nietzsche ... der hat doch an die raubtierhafte Geschmeidigkeit der Weiber erinnert und dass sie ihre Tigerkralle unterm Handschuh verstecken!« Seufzen. »Jetzt bin ich klüger. Man solle sich nicht verlieben, sagen die Afghanen, wenn man nicht das Herz eines Löwen habe – und wer hat das schon! Ich werde mich also wappnen, wenn ich mit dem suchtschönen Mysterium wieder auf Tuchfühlung geh. Du, mein Lieber, dir sag ich: Genieß es, dein Alleinsein. Genieß das Ausbleiben der Ansprüche und neu infizierter Liebeskrankheit und Erregung, die sowieso nicht erwidert wird. Keine ständig neu angefachte Abhängigkeit von diesen Wesen, die sich perfekt zu Opfern zu stilisieren verstehen. Aber egal. Heut Abend beim Portugiesen? Gegen zehn? Ja? Mit Fischplatte vom Feinsten?«

Lavendel gab ihm einen gedrängten Überblick des Geschehenen.

»Was! Ist doch aberwitzig!«, regte Samir sich auf. »Jetzt steckst du da in der Einöde, und hier jubeln die Geldratten. Ich fass es nicht! Aber ich muss los! Johan, mach mit! Wir bereiten in der Akademie eine Protestkampagne vor. Heide und Nora sind in Hochform! Und der Citoyen Stoeberlin hält eine seiner Kampfreden über die Identitätsgewinner, die entfremdender Verfügbarkeit entzogen sind. Du weißt doch, Stoeberlin, der Utopist und Schönheitsapologet. Später mehr. Heide hat nach dir gefragt. Komm schnell! Solipsistische Individualisten wie du driften ab, wenn sie instinktgeleitet sind. Darfst einfach keinem Weib mehr das Wirtstier machen, um dein soziales Gewissen stillzuhalten. Komm her! Kannst bei mir untertauchen! Dein Freund wartet auf dich! Überleg nicht lang!«

Beinhart, diese Jette

Die Fenster spiegelten die Küchenwand, dahinter war die Schwärze des Gartens. Erst nach einer Weile zeigten sich links vom Herrenhaus die erleuchteten Fenstervierecke des Nebengebäudes. Manchmal erhob sich ein Summen in der Therme. Ein Prasseln riss vom Ofen im Wohnzimmer her die Stille auf.

Er streckte sich auf dem Bett aus und sah sich seine alte Wohnung betreten. Der braune Teppich schluckte das Geräusch der Schritte. In den geschliffenen Glasscheiben des Vertikos brachen sich Sonnenstrahlen. Seine Finger strichen über Kirschbaumholz und arabesk eingelegte Ornamente und gedrechselte Ecksäulen. Die Jugendstilbüste der jungen Französin mit ihrer rätselhaften Überheblichkeit sah unbestimmt herab. Das Perpendikel der Standuhr schwang ruhevoll. Die Kerzen im vierarmigen Rokokoleuchter mit den porzellanenen Farbblüten und Putten flackerten. Das Feuer knisterte und fauchte. Fauchte wie das unberechenbare Wirbeln der Zugvögel übers Feld, als er mit Phili unter den Alleebäumen fuhr. Schnelle Seitenblicke fügten ein neues Bild zusammen. Wenn sie ihrer selbst innewurde, dachte er, dann geschah das bestimmt ohne Schrecken. Der Schlaf machte sie unantastbar. Die Säume ihrer Wimpern bogen sich. Die dichten Eichenbaldachine, unter denen sie nach Puttbus fuhren, gewährten nur Bruchteile von Helligkeit. Das Gesicht schimmerte in weicher Rundheit. Vor dem Ohr zog sich eine dünne Spur feiner schwarzer Haare die Schläfe hinab. Über die schwungvolle Kontur des kleinen Ohres sprangen Schatten. Im glatten Halbbogen der Krempe verfing sich rötliches Licht und verschwand in der Muschelgrube. Rosig das Ohrläppchen. Leichter Flaum glänzte. Hätte er ihr gestanden, wie sehr sie ihn verzauberte, hätte sein Flüstern die Luft ein wenig ins Schwingen gebracht. Fast unhörbare Schallwellen hätten sich in der rosigen Muschel verfangen und wären durch den Gehörgang weitergeleitet worden und hätten die Schlafende in einer unerreichbaren Tiefe erreicht und wären vielleicht gespeichert bleiben.

Im Ofen loderten Flammen und zuckten und schickten Glutblitze in die Lichtlosigkeit des Zimmers.

Sonntagmittag. Im Wohnzimmer Celias und Horsts saßen sie mit Henry, dem Bauern, mit Frau Annika und Kind Ilke, mit dem Bruder Rick. Dann noch mit einem Maler, Gunnar Luvegk aus Greifswald, und seiner Frau, Barbara. Die Namen flatterten vorüber. Er wurde als der Freund Philis vorgestellt.

»Wer wird denn weinen!«, munterte Henry Ilke auf, das Kind, das zu einem kleineren Schluchzen angesetzt hatte. In seinen Augen lag Zuversicht. Er schien unter Dampf zu stehen. Kräftige Hände führten das Besteck mit seltsamer Regsamkeit. Die gleichen Hände noch mal, Ricks Hände, sie waren ruhiger. Der Maler Gunnar drückte wortlos sein Messer in den Teig von Celias speziellem Kohlgericht *Kulobiak*. Lavendel fiel ein, wie Joana am Fenster gestanden und Marlene Dietrichs Lola-Lola-Töne in sich gesucht hatte: *Wer wird denn weinen, wenn man auseinandergeht ...* Sie hatte gelächelt dabei und falsch gesungen.

»Die Böden sind wassergesättigt, Wintergerste drillen kannste vergessen«, sagte Henry im Ton des erfahrenen Rustikus.

»Und wenn das Pladdern anhält?«, mischte sich Barbara ein.

»Wie es Matthäus treibt, es vier Wochen bleibt.« Henry wiegte bedauernd den Kopf und schmunzelte und nährte damit zugleich Zweifel an seinem Spruch, brummte aber hilflos: »De Rägen is nich richtig, ik brug em nich up mienen Acker.«

»Det is in eurem Katen nich so jroßartich, bei so'm Wetter, oda?«, fragte Celia mitleidig den Maler.

»Mein Gunnar-Malör rennt deprimiert im Karree«, sagte Barbara. Sie sah halb seelenvoll, halb ironisch auf ihren schweigsam das Essen zerkleinernden Mann. »So kenn ich ihn gar nicht. Das

Licht fehlt ihm. Nu isser mit den Nerven zu Fuß. Jetzt zeichnet er Steine und deren inwendige Gesichter. Beängstigende Fratzen.«

»Vor der Harke isses dunkel«, murmelte der Maler.

»Kunst wächst aus der Erfahrung«, sagte Horst, vielleicht teilnahmsvoll. Er hatte vergessen zu berlinern.

»Erfahrung hat er zur Genüge«, bestätigte Barbara, »er konzipiert Bilder nach einer alternativen Ästhetik, einer neben der landläufig schönen und reizvollen Fassade. Das Schöne im Gefühl des körperlich verfallenden Menschen will er.«

Das blieb so stehen. Man ließ das Thema Malerei fallen und kam über das Sassnitzer Tierparkfest mit der Hundeschau, zu der sie ihre Diva fast angemeldet hätten, wie Annika, die Landfrau – so hatte sie sich etikettiert – einwarf, wobei ihre braunen Arme sich um das eingeschlafene Kind legten, auf die neuen Kuppel-Pavillons vor dem Binzer Kurhaus.

»Ich dachte, es hackt«, gestand Annika, »denk nichts Böses, komm von den weißen Bädervillen, und dann das!« .

»*Wie schlief an deinen Brüsten der Knabe selig ein!*«, zitierte Horst aufgekratzt.

»*Die Wiegenlieder sangen ...*«, erinnerte sich Celia.

»*... die Wellen aus der See*«, vollendete Horst.

Das Kind stieß unvermutet ein Juchzen aus.

»*Heimweh nach Rügen*, von Arndt«, klärte Celia die Männer auf. »Wat nem Mann bei zwee Kuppeln so allet infällt«, runzelte sie die Stirn, allerdings mit unverhohlenem Wohlgefallen. »Jeden Pionier hamse behämmert mit so'm Stück kollektivem Kulturerbe und jetzt, wennde det hörst, biste jerührt wie Appelmus.«

Der lauschende Lavendel sah Phili vor sich und wie die Kuppeln ihrer Brüste gar nicht zaghaft das T-Shirt strafften. Er versuchte sich vorzustellen, dass sie hier in 30 Jahren Hof hielt, in geistvolle Gespräche versunken den von brüchigen Mauern umgebenen Schlossgarten durchstreifend oder Inselleute und Schriftstellerinnen und Galeristen und Maler und

Musiker aus der Hauptstadt im Salon um sich scharend. Er dabei? Hoffentlich müssten sich die Herren dann nicht wieder, durchglüht vom verdauungsfördernden Marillenwässerchen und mit aufgepeitschten Sinnen, zwischendurch Xocoatl-Bittertrank schlürfend, neu erscheinendem Holunderblütenlikör nicht abgeneigt, nippend und hinunterkippend, aufgeschlossen für Selbstgebranntes überhaupt, wechselnd auf der Zunge den Geschmack von Heidelbeere und Pflaume und Birne, sich ereifernd, in Rage reden müssten sie sich hoffentlich nicht, einig untereinander gegen Übergeschnappte, so wie jetzt, seinen Gästen voran der Hausherr, im Verbalgalopp und mit Stilbrucheskapaden zu immer neuem Unwillen anstachelnd, so in Rage reden, dass man sich ganz allgemein, und immer mühsamer eingängig dem benebelten Lavendel, ereiferte über die USA, die Muskel- und Tittenheimat narzistischer Terminatoren und überschwänglicher Sil-Ikonen und käuflicher Moralapostel, und im Besonderen über die Wildwestpolitik derjenigen Amis, die man nicht zur idealamerikanischen, also zur demokratischen Hälfte zählte, die leider nichts von der neurotischen und intellektuellen und kosmopolitischen und selbstironischen und großherzig zersetzenden Leichtigkeit der Woody Allen- und Susan Sontag- und Spiegelman-New Yorker oder von der hartnäckigen Akkuratheit eines Robert Redford oder von der Integrität eines Spencer Tracy hätten, und nichts vom gottlosen Thomas Jefferson, wie Rick, der ansonsten schwieg, einsilbig pointierte, sondern den Liberalismus als geistigen Defekt abwatschten und Demokratie zur Plutokratie umrubelten – was Henry einwarf und was Horst einen Lacher wert war – und selbstverliebt das globale Gewaltmonopol mit faschistoiden Rambomethoden zu erzwingen trachteten, infantil oder senil, wie sie eben seien, dazwischen gebe es nothing, und wie sie, die amerikanischen *Normalameisen* – das wieder trug der Maler mit schwerer Zunge bei, so habe Stefan George sie genannt, dabei war des Malers Gesicht in ein bürdeloses, leichtsinniges

Grinsen getaucht, – zu Warlords mutierten und in ihren marmornen Gebetssilos lauthals psalmodierten und anschließend aus sogenannter Menschenliebe Abtreibungskliniken nebst Medizinern in die Luft sprengten, von Unfehlbarkeitsvorstellungen erleuchtet und alttestamentlich oder dschisesarmiert, und sich und anderen als Handlungsreisende dollargrüne Freiheitswunder in aller Welt versprachen und dabei als Boten des HErrn in mittelalterlicher Christelei die Patronengurte enger schnallten, all die gottesfürchtigen und hochgerüsteten Reps und Nixons und Busch-Vater und -Sohnemann, der lang schon danach giere, dem glücklosen Vater endlich den Saddamskalp zu Füßen zu legen, um seine Läuterung vom Flaschenkind zum good boy des hauseligen Gebetskreises zu beweisen, und die kriegslüsternen Rednecks in Gods-own-country, die sich den Feind, den sie brauchten, in bester Carl Schmitt-Laune erfanden, in den Startlöchern zum Sadomaso-Kreuzzug, traumatisiert natürlich durch das irre Attentat auf die Twin Towers und manichäisch besessen davon, man lebe im Gelobten Land und nähere sich der geoffenbarten Welt-Endzeit, und von aufgeblasener Heilserwartung und pubertären Siegesphantasien und Opfer- und Whiskyrausch und ihrer göttlichen Menschenrechtsmission und machiavellischem Führungswahn besoffen, die unter die Fahne riefen immer nur gegen schwächere Gegner, die man selbstredend vorher unter frenetischem Geschrei als Großschlächter von gigantischer Gefährlichkeit aufbauschte, um als Weltgeist, mit des Heiligen Augustinus' Segen für den gerechten Krieg im Schädel, weil man ja sowieso mal sterben müsse, um als Ritter Christi mit absolutioniertem Gewissen aufzubrechen gegen die spinnefeinden Legionen der Sünde, staatsmännisch lügend, das heißt der Nation, die angegriffen wird, die Schuld gebend mit Fälschungen, die das Gewissen beschwichtigen, wie Mark Twain schon das ehedem über den US-Schurkenstaat aufdeckte, aufzubrechen ohne Umstände und im Vorbeimarsch ein paar *stabile* Diktatoren, wie üblich, hofierend, sie evangelikal und waffenmäßig aufpäppelnd, um auszuräuchern die Nester der fanatischen Muslim-Scharlatane, Sunniten oder Schiiten, wer kenne die schon auseinander, die mit den blauen Flecken auf der Stirn vom vielen Beten und weil sie den Kopf auf den Boden schlügen, und den Beratervertrag mit IHM, dem Allwisser GOtt Zebaoth allerhöchstselbst im Tornister, um in Wirklichkeit aber – »Wen wunderts!«, hämte Horst für alle – mit ihren Revolvern einzukaufen und Handelsvorteile einzusacken, die Maulchristen und Kolonialphilister, eingehüllt ins fadenscheinige Deckmäntelchen democrazy and freedom, und um das unersetzbare Nahostöl dem Einfluss des Bösen zu entziehen und in die eignen, sakralisierten Petro-Tanks sprudeln zu lassen, um wieder Öl ins Feuer gießen zu können und dabei aus kleinen Terrorflammen globale Bush-Feuer zu machen, und dass dabei GOttes selige Narren das Ideal der gerechten Weltordnung endgültig unter ihren dolchspitzen Rodeostiefeln zerquetschten wie ihre Camel-Kippen, die von Größenwahn beseelten Hillbillies und die um den Preis der lebensbedrohlichen Freiheit aus den Gefängnissen zum ultimativen Pro-patria-mori-Trip Verlockten, und wie sie da, von ihren pfingstlerischen Popen und Bernhard von Clairvaux-Goldlingen, millionenschweren, irrwitzigen Seelenfängern und Maschinengewehren Gottes, immer neu aufgepeitscht, ums goldene Kalb tanzten und messianisch am islamischen Pulverfass zündelten und hysterisch mit ihrem angemaßten Moral-Kredit herumzockten und sich mit Orden behängten, weil sie das Abschlachten überlebten und trotz allem anständig geblieben seien – sie jedoch, die Europäer, Tschieses Kraist, sie würden eselsfromm und konsumparalysiert mit Tunnelblick auf die gefräßige US-Kreuzspinne im Zentrum ihres weltweiten Pentagon-Netzes starren und sich für ein Linsengericht verkaufen und ihrer Selbstaufgabe auf dem abgekupferten American Way of Life entgegenzappeln, als gebenedeite Tiere. Und die Naziratten aus ihren Löchern kriechen lassen, sagte Lavendel und erntete Schweigen. Erschrockenes

Schweigen? *Krieg un Not sleit'n armen Mann dot!*, sagte Henry. Das reizte Horst zu Gelächter, das auch den Maler mitriss und in zügelloses Wiehern überging, als Horst darauf bestand, dass Rick ihm schnellstens nachsprach: *Der Barmixer mixt Whiskey an der Mixerbar*, und Rick *Der Barmixer wichst Miskey an der Wichserbar* respondierte und Henry desgleichen verunglückte, was die Belustigung explosionsartig steigerte.

Die Damen hingegen, die Damen ganz anders – sie entsetzten sich schwesterlich über die noch immer nicht ausgerottete Niederträchtigkeit ihresgleichen gegenüber, wie gerade über das Schattenleben der Frauen im talibanösen Islam, sie, die Damen, flüchteten dann aber aufatmend zu den bedeutenden Weibsbildern der Insel, die die Fischer- und Seefahrermentalität aufgebrochen hätten. Gehörte nicht eine Zeitlang sogar Louise Aston dazu, die gottlose Barrikadenkämpferin? Von Gut Gömitz könne auf jeden Fall stolz wieder die Rede sein, wo es heute biodynamisch zugehe und früher Charlotte von Kathen gastlich die Gebrüder Humboldt oder Henriette Herz, die 15-jährige Ehefrau und Salonnière aus der Spandauer Straße, die mal Lottes Kinder unterrichtete, empfangen habe. Schwärmen würde man von dieser engelgleichen Henriette-Jette, der portugiesischen Berlinerin, mit ihren papillotierten schwarzen Locken, mit Zierkamm darin und Seidenbändern, auch wenn sie trotz ihrer Siebensprachigkeit von ihrer Freundin Rahel Varnhagen für kronendumm erklärt worden sei. Eine wie Annika wüsste zu berichten: Sogar malaiisch habe sie gekonnt! Beinhart, diese Jette: *Ich kann Ihre Liebe zu nichts gebrauchen*, so habe sie einen Verehrer abgekanzelt, der sich spornstreichs Arsen einverleibt habe und mit blauer Haut ... Ja, Philis Haut: Hatte sie nicht nach Nuss gerochen?, war Lavendel inmitten des bleischweren Speise- und Hundegeruchs und ausschweifender Konversation und Gelächter eingefallen, nach Nuss, wo sie nicht mit Jankas Duftgemisch imprägniert war? Also wo? Er wusste es nicht mehr. Nuss aber doch! Und als Horst, in transatlantischem Widerwillen und mit vieldeutigem Seitenblick auf ihn, wie es Lavendel schien, *Der schrecklichste der Schrecken, das ist der Mensch in seinem Wahn* ausrief und couragiert eine weitere Flasche selbstgebrannten Apfelfusels entkorkte, dachte er, der räuberischen Schrecklichkeit seines Phili-Wahnes bewusst, dass Horst ihn vielleicht warnen wollte. Wusste er etwas, was ihm verborgen war?

Am Sonntagabend raffte Lavendel sich auf. Er begriff: Das Bisherige war nicht mehr der im Stillen gewisse Rückhalt, auch als Negatives nicht. Er musste es verabschieden. Merkwürdigerweise ängstigte ihn das nicht. Nicht zuletzt, weil Philis Abreise eine naheliegende Alternative vorgegeben hatte: Paris.

Dass ihre Abwesenheit für sie beide jedoch eine Bewährungsprobe war, durfte er nicht vergessen. Und falls sie ihn von sich aus mitzukommen aufforderte, lag nahe, dass sie es tat, weil sie sich indirekt von ihm unter Druck gesetzt fühlte. Er müsste einen solchen Vorschlag deshalb ablehnen. Womit aber vielleicht genau das einträte, wovon sie gesprochen hatte, nämlich dass sie wie Max und Lisa einander verpassten. Doch vielleicht reizte sie das. Wiese er ihre Aufforderung zurück, könnte sie darin aber auch eine Ablehnung ihrer Absichten und Person befürchten. Andererseits war da auch sein wachsender Argwohn, er werde von ihrer Lebendigkeit abhängig. Dabei könnte natürlich ihre andauernde Nähe sie auf die Dauer entbehrlich machen, könnte ihn frei atmen lassen. Mit solcherlei unergiebigem Grübeln verbrachte er den Sonntagabend.

In Binz war er die Promenade entlanggelaufen. Am Kurhaus die keineswegs anstößigen Kuppelpavillons und ein Estradenkonzert, das der Wind zerpflückte. Auf der Rückfahrt das Alarmsignal des Handys. Philis *Wo bist du?* sprang ihn mit übermütigem Vorwurf an, als enttäusche er sie mit seiner unverständlichen Abwesenheit.

»Wo ich bin? So genau weiß ich das nicht«, zögerte er. Das Gespräch sollte dauern.

»Wenigstens kannst du auf dem Inselchen nicht verschütt gehn«, lachte sie. »Du bist unendlich endlich eingegrenzt. Es hilft, die eigene Welt zu entdecken.«

»Und deine Prüfung?«, fragte er. »Bist du zufrieden?«

»Sehr.«

»Ich freu mich mit.«

»Ach, Johan, wenn du mir das direkt sagen könntest – was gäb ich drum.«

»Was denn?«

»Du dürftest Mündchen geben.«

»Hast du das nicht hinter dir, diese ruinöse Unsitte?«

»Du hast recht. Mehr oder weniger. Leider: weniger. Immer weniger! Jetzt steh ich jedenfalls ungeküsst in der Uni. Wenn die andern gleich fertig sind, gehn wir feiern. Nur kurz. Muss ja noch packen. Und so schnell wie möglich losdüsen. Und wenn ich Fuß gefasst hab in Paris und zu mir gekommen bin, meld ich mich. Vorher nich. Kein Sterbenswörtchen. Kriegst du das gebacken? Bitte, sag ja!«

Auf dem Parkplatz des Supermarktes hatte er den Toyota abgestellt. Er lauschte wieder dem Knattern der Fahnen, dem Knallen der Leinen an die Masten. Neben dem Eingang war ein Informationsstand der PDS aufgebaut.

Die junge Landfrau Annika sah er einen vollbeladenen Einkaufswagen mit Kind Ilke obendrauf schieben, eilig aus dem Laden kommend. Sie steigerte ihr Tempo, als sie an dem Stand vorbei und auf ihn zukam und ihn fast überrollte. Ohne großen Begrüßungsaufwand und den Schritt nur verzögernd, machte sie ihrem Ärger Luft:

»Damit ködern die die Frustrierten! Verteilungsgerechtigkeit – pah! Hat sooo'n Bart! Die wolln nich in'er Wirklichkeit ankommen. Die roten Obersocken hocken doch noch immer wie die Maden in'en ergaunerten Villen und brüsten sich mit ihren IM-Widerlichkeiten! Ich fass es nich!«

Die Worte kamen blitzschnell und messerscharf und passten sich dem Knattern der Fahnen an den Masten an und schlossen Widerspruch aus. Er hätte auch Mühe gehabt, sich auf ihren Gefühlsausbruch einzulassen. Wunderte sich nur, wie diese Schwärmerin des romantischen Rügen plötzlich gnadenlos austeilte, als sei der Weisheit letzter Schluss so leicht zu finden. Hätte er der Vorüberziehenden etwa umständlich mit der krummen Geschichte dieser Verpuppungspartei als der einzig verbliebenen kapitalismuskritischen kommen sollen? Widerstreitendes schoss ihm während ihrer Gefühlsexplosion durch den Kopf. Und eigentlich hätte er nur mit der Freien Republik Greifswald gleich nebenan argumentieren müssen – damit wäre zur Verteilungsgerechtigkeit das Wesentliche gesagt gewesen. Aber darum ging es ihr vermutlich gar nicht. Vielleicht war ihr von Wendehälsen übel mitgespielt worden.

»Ich muss!« erklärte sie auch schon ihren überstürzten Abschied, sah ihn dabei überraschend ruhig aus wolkengrauen Augen an. Er fühlte sich an Philis Schilderung von ihrer Insel mit ihren unvergleichlichen Farben des Himmels erinnert.

»Besuch uns mal! Wär schön!«, sagte sie und lächelte ihn an mit einem Ausdruck, der nichts als Freundlichkeit und Großmut in sich trug, und gab ihm Grüße an die Schlossherrschaft auf und bog um die Ecke.

Der Motor mühte sich. Synkopische Aussetzer, wie gewohnt. Puckern. Töffeln. Kurzes Geknurre. Dann wieder versöhnliches Gebrumme in den wechselnden Schatten der Allee. Dazu Philis Stimme im Ohr. Lavendel hörte sie locken und abwehren, hörte sie sich an Kierkegaard klammern und von Jakob Böhme seufzen. Sie war das Tönen von Lust wie das nächtliche Gurren der untoten Pompejanerin Arria Marcella. Oder war es Clarimonde? Aus dem Bodensatz der Erinnerung erhoben sich Verlorengegangene und narrten ihn. Ließen ihn das leidenschaftliche Bekenntnis von der Frau, die durch die Liebe erst geschaffen werde, widerstandslos nachvollziehen. Mit stummem Erfolg. So war Phili auch Scheherazade, in juwelenbesticktem Gewand und golddurchwirkten Schuhen, mit einem Antlitz licht wie die Tage glücklicher Vereinigung und mit Lippen wie Korallen und Karneolen und Zähnen gleich Perlen und mit zwei Brüsten wie aus Elfenbein, die die Sonne und des Mondes Glanz beschämten, und sie erzählte und erzählte und hielt ihn hin, Woche für Woche, Nacht für Nacht, in Phantasien, die ihn einhüllen sollten und umschlingen und erhitzen und abkühlen und süchtig machen nach Fortdauer.

Phantasien, die dem Vaterkind Phili fremd waren, dachte er. Zu sexueller Wonne brauchte sie ihn nicht wirklich. Doch könnte sie ihr behütetes Sexleben erhöhen wollen durch annähernd inzestuöses Zusammensein mit dem Vatergleichen. War ihr das bewusst? Oder ... nein, Unsinn! Sie wartete, die Kluge, weil sie ihm und dem Vater jeweils gerecht werden wollte. Und bekämen sie beide mal einen Sohn, bündelte sich ihr in ihm das Vaternahe. Mit dieser Vereinigung alles Geliebten wäre ihr vielleicht am meisten geholfen.

Er erschöpfte sich in immer kruderen Überlegungen. Es dämmerte, als er endlich Schlaf fand.

Der Speer Odins

Seit Tagen stand er auf und bewegte sich und legte sich nieder in der Schwebe vorstellbaren Nichtgeschehens. Was sich tat, war wenig nachvollziehbar. Manchmal hörte er Philis Tarantella-Musik. Seine Gedanken umkreisten im Leerlauf die immer gleiche Frage: Setzte er das Beginnen einer Lebendigkeit aufs Spiel, die seine Vorstellungskraft überstieg, wenn er Phili nachreiste, um im wechselnden Licht der mythischen Stadt beunruhigende Betörung aufzuspüren?

Der Verkehr wurde umgeleitet. Malchow – Kisserow – Walow – Minzow – Bütow – Zepkow ... Auf dem Ostseesender beklagte Heather Nova den *Gloomy sunday*. Seit Stunden fiel leichter Regen. Budapester Melancholie. *Mit schwarzen Schatten teil ich meine Einsamkeit ...*

Erst überlegte er, ob die Melodie nicht auch in *Schindlers Liste* auftauchte, dann dachte er an den Vormittag, als er in Gingst das Pfarrhaus umrundete und sich Philis Gegenwart hatte einbilden wollen. Am Grab ihrer Eltern hörte er sie im böigen Wind und im Ächzen der Fichtenäste und Rascheln der Buchenblätter und Streiten der Krähen von der Freifrau Regina von Venzin und Kaninchenfilmen und Parteimumien und der Großen Todesmutter reden. Als Regen einsetzte, war er nach Venzin zurückgekehrt. Die Entscheidung, auszubrechen, war die Sache eines Augenblicks. Celia, vorher im Blumenbeet, hatte sich zur Mittagspause zurückgezogen. Die Stille im Wohnzimmer schien anzuschwellen. Er musste zu Winter, er wollte die Brandstätte sehen und vielleicht würde er am Baukasten halten, vielleicht würde ihn in ihrem Zimmer die Erinnerung an ihren Geruch zur Besinnung bringen.

Erste Anzeichen von Müdigkeit. Er drehte die Fenster herunter. Sein Gesicht wurde nass. Der Dampfplauderer des Ostseesenders schien zwischen seinen entzückten Kommentaren vor Lachen bersten zu wollen, in einem punktgenauen Löwenlachen, dröhnend und abrupt verpuffend, danach zitierte er Lászlós resigniertes *Jeder will was für Leib und Seele. Was satt macht und was hungrig macht. Ilona nimmt sich beides*, dann wieder brach er in hysterische Jubelrufe aus, die ihrer Nichtigkeit wegen traurig machten. Lavendel sah Phili neben der grauäugigen Ilona. Beide stillten ihren Durst. Ilona genoss den Nichtverzicht mit ihren zwei Männern und Phili ihren Verzicht mit dem einen. Er schaltete Heather Nova ab. Die Scheibenwischer schabten ihr monotones Gleichmaß.

In Zepkow gab er einem Einfall nach und fuhr ostwärts über Sewekow nach Berlinchen. In der dortigen Umgebung wusste er den restaurierten Gutshof Storwalde mit seinen Lebensborn-Insassen.

Man wies ihm den Weg zum *Gut*. Der imposante Gebäudekomplex grenzte direkt an einen See. Ringsum, weitläufig, Park und Wälder. Alles menschenleer. In den Fenstern keine Bewegung. Langsam fuhr er vorbei am verschlossenen Tor mit der Bronzetafel *Haus des Volkswohls* und klein: *Stiftungsheim für Fertilisation Ltd*. Ein unbefestigter Privatweg säumte das moorige Gewässer. In sicherer Entfernung, am jenseitigen Ufer, verbarg er den Toyota und sah hinüber in die Kronen der hundertjährigen Ahorne und Eichen, knapp 150 Meter entfernt, sah in deren helles und dunkles Grüngemisch und das rührige Wogen der Blattmillionen. Das war wie in Philis Venzin und machte angenehm beklommen.

Ein mäßiger Wind kräuselte die Wasseroberfläche. Er dachte an die völkischen Zwillinge, die erst unschlüssig gewesen waren und sich dann doch auf die konspirativen Treffen mit ihm eingelassen hatten. Fiona und Kristina. Er hatte die beiden gemocht. Dass sie ihm die Telefonnummer des *GAD* zugesteckt hatten, war ihm verschwörerisch und wie ein erster Schritt ihrer Loslösung aus der Germanen-Phalanx erschienen.

Wenn sie jetzt nicht schon gebärmäßig fürs doidsche Volkswohl tätig waren, könnte er die beiden Maiden noch mal ausquetschen. Zum Beispiel dazu, wie sie zu der Nummer gekommen waren, überlegte er. Aber plötzlich ernüchterte ihn die Möglichkeit, dass sie auf Anordnung hin gehandelt und dazu beigetragen haben könnten, ihn im *GAD* kaltzustellen. Nicht ausgeschlossen. Er war auf ihr blitzblankes Lächeln reingefallen. Wahrscheinlich waren sie gleich nach seiner ersten, losen Kontaktaufnahme als trojanische Pferde auf ihn angesetzt worden.

Ganz von fern streiften ihn Ausläufer seines vormaligen Eifers. Die Lebensborn-Sache war Zündstoff. Verbindungen zu Wirtschaft und Politik deuteten sich an. Er dachte an die Worte, die ihn zu Beginn seiner *GAD*-Tage aus der Nachbarwohnung erreicht hatten: *Schöne solln sich vermehren. Blonde vorneweg.* Da passte eins zum anderen. Trotzdem, er wollte nichts übereilen. Und warum es nicht eingestehen: Der Schlag auf den Kopf war wie ein Urknall der Angst! Wurde er ihnen unliebsam, würden ihn die Glatzen wegpusten.

Er fotografierte das weitläufige, schlossartige Gebäude mit seinem säulenbewehrten Portal und Türmchen, wusste dann aber doch nicht weiter und verließ das Gelände und wandte sich nach Wittstock. Die Nachforschungen waren jetzt sekundär.

Die Straße war frei. Die rissigen Gummiblätter der Scheibenwischer hinterließen schlierige Spuren.

Also, was wäre, zwang Lavendel sich das seit Tagen schwelende Gedankenspiel fortzuspinnen, was wäre, wenn Phili ihn wider ihre eigene Vorstellung fragte, ob er nach Paris komme? Inzwischen wollte er unbedingt dorthin. Nicht nur ihretwegen. Paris wäre als Standort richtig. Von außen her auf Deutschland einzuwirken war allemal wirkungsvoll, weil Deutschen ja nichts wichtiger war als das, was andere Nationen über sie dachten. Was würde er also antworten?

Ja. Er musste nach Paris. Der Entschluss gab ihm das lang vermisste Gefühl zurück, etwas bewirken zu können. Das war das eine. Ihr Brief und die darin erinnerte Befürchtung jedoch waren das andere. Ihr asketisches Konstrukt, sich Liebe verdienen zu müssen, war ja nicht unabänderlich. Aber rüttelte er daran, er, könnte er in ihren Augen verlieren.

Mit jedem Kilometer, den er zurücklegte, verzerrte sich ihm die Situation ins Groteske. Dabei fiel es ihm sogar leicht, ihre Idee als eigensüchtig zu interpretieren. Ein Grund, auszusteigen? Einige Kilometer lang malte er sich seine mögliche Ungebundenheit aus. Es war nichts Verlockendes daran. Das schale Gefühl der Vergeblichkeit, das ihn zu Beginn der Fahrt noch eingenommen hatte, war verflogen. Der Regen war inzwischen ein dichtes Fisseln. Er sah sich dahinfahren und dachte, dass der Mann am Steuer doch auch Gründe hatte, optimistisch zu sein.

Es war gegen sieben. Der Tag verlor sich. Die Luft war feucht und dumpf. Er parkte in einem Nebenweg. Die Straßenlaternen glimmten. Er lief die Henschkestraße entlang bis zum Eckhaus des Schneiders. Kein auffällig oder unauffällig wartender Wagen mit Leuten darin befand sich in der Seitenstraße im Sichtbereich der Bäckerei.

Rußige Außenmauern und der Kamin seiner Haushälfte ragten ins Abendzwielicht. Das Dach fehlte. Die Fenster waren herausgebrochen. Ein weißrotes Plastikband versperrte den Zugang. Er stieg darüber. Es stank verkohlt. Grauschwarze, undefinierbare Schutthaufen versperrten den Weg. Unter den Sohlen knirschte es spröde. Im Wohnzimmer ein Gewirr halb verbrannter Bretter, verkrümmter Stahlgestelle der Sitzmöbel, zusammengeschmolzener Metallmassen, Teppichresten. In der Ecke zum Garten Bücherfragmente, verformte Aktenordner. Die rückwärtige Wand fehlte. Ein Heizkörper bog sich ins Freie. Von dort Gelächter und Elvis' *It's now or never*. Einige Meter entfernt hockte der Bäcker inmitten der Familie und erheiterter

Gäste unter dem Vordach seines Sommerhäuschens. Fackeln loderten und blakten. Der ältere Sohn am Grill. Geruch von Bratwurstfett kämpfte sich in den der Brandstätte.

Der Bäcker hatte ihn bemerkt und kam heran, stand vor der klaffenden Rückfront. Der kleine Sohn daneben. Gaffend mit offnem Mund und aufgerissenen Augen. Die Fackeln warfen einen zuckenden Schein auf die teigigen Gesichter. Die Gäste waren verstummt. Der Bäcker fixierte ihn einen Moment, als erwarte er eine Erklärung.

»Ich sach ma so: Noch keiner meiner Mieter hat die Wohnung so übergeben – futschikato perdutti!«

Verhaltenes Kichern der Leute hinter ihm.

»Von wegen *besenrein* ... Aber hallo! Und – äh – Se ham mich überzeucht: Fristlose Kündigung angenomm'!«

Er hatte sich mit seinem Bonmot an die Gäste gewandt. Die schnaubten los. Er selbst fiel wiehernd ein.

Lavendel unterstellte, dass er für die Lachenden die Rolle einer Witzfigur einnahm, drückte aber dennoch sein Bedauern für die Umstände aus. Der Bäcker wischte das weg, als handle es sich um eine Lappalie.

»Null Problem!«, sagte er betrunken. »Der Schuppen hat nie was getaucht. Ich hab meine Pläne, sach ich ma. Schluss mit Killefit! Hauptsache, die Versicherung blecht.«

»Papa, deine Wuast wär soweit«, war der Sohn vom Grill her zu vernehmen.

»Sehnse zu, was Se brauchn könn'. Wenn die Polizei den Schamott freigibt, wird weggekarrt. Pumpe!« Damit drehte er sich um.

Feiner Sprühregen setzte ein. Lavendel bahnte sich einen Weg zurück. Der Untergrund wurde glitschig. Im Flur schlitterte er über Glasscherben. Unter seinen Schritten zerbrachen und stürzten Überreste zusammen. Joanas Zimmer war verwüstet. Die Straßenlaterne goss düsteres Licht darüber. In der Küche Metallgerippe und Rohre und Porzellanbruch. Die Katze des

Bäckers saß neben dem Kühlschrankskelett. Als er näherkam, fauchte sie. Es klang, als peitschten dünne Stahlklingen die Luft.

Zu einem Viertel unversehrt war das Badezimmer, das an die Backstube stieß. Angesengt hing das Ölbild mit Weideszene über der Wanne. Die fahlgelben, langgestreckten Geesthügel mit den Kühen im Vordergrund. Der Blick der Tiere fiel stumpf auf das Chaos. Lavendel nahm das Bild an sich. *You can dance, you can jive having the time of your life ...* kam es vom Garten her durch die Hausreste. Er verließ das, was seine Wohnung gewesen war.

Die Wohnung, Joana ... Strich drunter, endgültig!, versicherte er sich mehrfach, als er sich noch mal umblickte. Die Mauerreste und Fensterhöhlen waren für ihn kaum mehr als die Kulissen eines Kriegsfilmes, in den er zufällig geraten war. Hinter einem Fenster in seinem Eckhaus stand der alte Schneider. Lavendel winkte ihm zu.

Einige Blöcke weiter fragte er vergeblich nach dem Versicherungsagenten. Frau Winter bat ihn herein. Ob er unterschreiben wolle? Alles sei vorbereitet. Ihr Mann regle schon das Erforderliche, da sei er absolut zuverlässig. Ganz anders als hier im Haus! Den Bewegungsmelder auf der Terrasse zu reparieren, habe er nie Zeit. Unter der Tür, als er sich verabschiedete, fragte sie, ob sie auf irgendeine Weise helfen könnten. Sie sah ihn an, und er wunderte sich über die Ernsthaftigkeit in ihrem Blick und die unverhoffte Teilnahme und fragte sich, woran man messen konnte, ob sie meinte, was sie sagte, und war gerührt.

Robert, Katleen, Natalie, Börrjes und eine unbekannte Frau und ein Mann saßen am Küchentisch. Der Lichtkegel der niedrig hängenden Deckenlampe hob sie aus Rauchschwaden heraus. Auf Lavendels Erscheinen reagierten sie verwundert. Dass er sich in die Stadt wage, wo doch die Nazischaben Amok liefen!, so Robert, und er habe clusterweise Informationen für ihn, so Börrjes. Ein Grübchen spaltete sein Kinn, sah Lavendel, und diese Zweiteilung wiederholte sich im Kleinen auf der Nasenspitze, wie bei jenem Von- und Auf-Löscher. Man schlürfte Mezcal. Das Getränk der Götter, wie Robert schwerfällig erklärte. Aus dunklen Kanälen. Frieder eben. Wie immer.

Die Unbekannte wurde Lavendel als Aglaia vorgestellt. Sie habe die richtige Schleuse erwischt und sei Hals über Kopf der herrscherlichen Infamie Lukaschenkos entronnen. Mit ihrem Kind Sweta habe sie in Joanas Zimmer Asyl gefunden. Der Mann neben ihr lächelte ihn offen an und reichte ihm die Hand, eine duftende, und stellte sich vor: Edgar. Er war mittleren Alters, modisch kurzgeschoren, mit eher weichen Gesichtszügen, aufmerksamem Blick und sympathischer Stimme. Ein Hüne. Er hatte einen goldenen Kugelschreiber zwischen den Fingern.

»Von Phili war noch nichts zu hören«, sagte Katleen.

»Is so ihre Art«, meinte Natalie unzufrieden.

»Und Frieder is auch noch weg«, sagte Katleen. »Trink ma'n Schluck, hält dich aufrecht.«

Sie goss wasserklare Flüssigkeit in ein Senfglas. Es schmeckte harzig, es brannte in der Kehle. Lavendel entsann sich, wie er beim letzten Mal nur von Joana gesprochen hatte. Skrupel befielen ihn, man halte ihn für jemanden, der die Frauen wechsle wie das Hemd. Es erleichterte ihn, dass Börrjes ihn mitzukommen bat.

Sein Zimmer lag im Halbdunkel. Nur der Schreibtisch mit PC war sparsam beleuchtet. Zwischen Türmen von Büchern und Kartons fand sich ein Durchschlupf. Börrjes räumte einen Stuhl frei und aktivierte den PC. Sein Gesicht sah im schwachen Lichtschein ausdruckslos aus und war meist verdeckt von seinen langen verfilzten Haaren. Im Zimmer hing stumpfer Messiegeruch. Als Lavendel unschlüssig den Stuhl heranzog, missverstand Börrjes wohl seine Zögerlichkeit und vermutete, die amatrophen Mitbewohnerinnen hätten ihn in punkto Staubfetischismus übel beleumundet? Ohne eine Antwort abzuwarten, erklärte er gelassen, für ihn sei Staub, der gemeine Hausstaub, pulvis domesticus, nichts Diskriminierendes, sondern eben eines der blickmäßig kleinsten wahrnehmbaren Zeugnisse seines Erdendaseins und von substantieller Werthaltigkeit.

Er loggte sich ein und kündigte eine von den annähernd 900 rechtsextremen Websites an. Lavendel wurde nervös. Mit zermürbender Präzision legte Börrjes nebenbei dar, ohne erkennbar Atem zu holen, dass ein Kubikmeter Luft durchschnittlich 30 Mikrogramm Staub enthalte. Er komme hier in seinem speziellen Biotop vielleicht auf mehr. Und wenn die abrahamitischen Prediger recht hätten, sei ja alles aus Staub gemacht. Mitten in der Welt der Wollmäuse und des tanzenden Staubes bewegten wir Menschen uns als dessen Produzenten mit unseren zerfallenden und zerrieselnden Körpern und Stoffhüllen, und die Fundamentalisten grübelten, ab welcher Zustandsform etwas noch ursprünglich oder nur entstehender Stoffabrieb oder schon Staub sei. Gemäß den Abrahamiten sei vielleicht der nachwachsende Rohstoff noch was Ureigenes. Ab der Verarbeitung habe man schon Staubfrühformen, meine er. Staub also sei das Auflösungs- und Fortsetzungsprodukt von Materie, von Haut- und Haar- und Tuch- und Woll- und Stein- und Totholz- und Papier- und Ungeziefer- und Lebensmittelresten, also eine Ansammlung verbliebener Partikel des zunächst endgültig Gedachten. Demnach existierten wir in einer physisch und ökonomisch unerschlossenen Dimension. Es handle sich bei dem täglichen milliardenkilofachen Abfall um ein bisher missachtetes, aber gigantisches Grundstoffvorkommen. Verwertbar als Dämmstoff et cetera. Aber man habe auch eine ästhetische Dimension. Lavendel solle sich zum Beispiel eine gotische Kirche und bunte Ogivalfenster vorstellen. Ohne die wirbelnden und wogenden Schwebteilchen gebe es da niemals diese farbigen Lichtstreben. Im Altertum war Licht das Heilige, im Mittelalter habe man dem bunt einfallenden Licht Erleuchtungskraft beigemessen. Daran sehe man, wie das scheinbare Nichts zwischen den Dingen einen mikrokosmisch und wesenstiftend umhege.

Man müsse genau hinsehen und sich neu definieren in der aufgelösten individuellen Mikromaterie, die sich unterschiedslos und fern von Klassenschranken – hier lachte er sein typisches Börrjeslachen, das wie ein kurzer Husten klang, tief aus der Brust hervor – mit der von anderen vermische.

Die erwähnten gotischen Spitzbögen riefen Lavendel Maschka und Notre Dame ins Gedächtnis, kurz, wie sie im Bad saß und ihren Schoß öffnete, kurz ihr blasses Gesicht in der nächtlichen Kälte, kurz, denn inzwischen nahm ein martialisches Bild den Monitor ein: Odin mit blitzendem Speer. Börrjes' Vortrag brach ab, er gab den Namen *Hugin* an. Dies Label stamme von der hiesigen *Freien Kameradschaft Gungnir 18*, sagte er, und da sei er, Börrjes blätterte in der Website, auf eine Page mit dem Motto *Taten statt Worte,* gestoßen, darin auf das Dossier *Volksverräter, Antifas – Feinde der Bewegung*, die die Obhut der Gemeinschaft der Aufrechten verwirkt hätten. *Der Speer Odins verfehlt nie sein Ziel!* stand darunter.

Unter einer Hundertschaft von Namen fiel Lavendel derjenige von Möbeus auf, Willem Möbeus, mit der Berufsbezeichnung Privatdozent, zurzeit Servicekraft, mit Wohn- und Arbeitsadresse, Alter und Kurzerläuterung: Linksdemokrat, Demagoge, Defätist.

Börrjes meinte lakonisch:

»Von Lavendel keine Spur, bis jetzt. Die Zahl der heutigen User liegt bei 121. Vergleichsweise mickrig.«

Ohne weiteren Kommentar stieg er aus der Website aus und wies die Suchmaschine neu ein. Lavendel überlegte, ob es ihn entsetzt hätte, seinen Namen zu entdecken.

Börrjes hatte angefangen, von dem Mann draußen zu reden. Ede! Sie beide hätten ja wohl was gemeinsam. Übrigens sei Ede ihrer aller Anwalt und außerdem bei Amnesty International, und in der Funktion kümmere er sich um Aglaias Visum. Ede sei einer der aussterbenden Sorte Edelmensch, ein Robin Hood in Robe. Nach Demos hole er die Leute aus dem Knast. Asylbewerberinnen wie Aglaia springe er bei. Sie habe zu Hause als Journalistin derbe Probleme gekriegt. Ja, und nicht zu vergessen: Animösen befreie er von ihren Zuhältern.

Das war Ede? Lavendel kam nicht dazu, weiter über diesen *Edelmenschen* nachzudenken. Inzwischen prangte eine neue Seite auf dem Schirm: Ein Holzkarren von Rindern gezogen, notdürftig in Felle gekleidete Männer und Frauen umringten ihn, Fackeln und Stangen mit Widder- und Stierschädeln schwenkend. Auf dem Karren halb entblößte Mädchen mit losen Haaren und ein alles überragendes feminines Standbild, nackt, mit Blütenumhang.

»Absender übrigens«, sagte er und deutete darauf, »is ne ganze Reihe von Kameradschaften, technisch verantwortlich aber wieder *Gungnir 18*. Es geht um Nerthus«, erklärte er, »die nordische Göttin der Blüte, aber auch die Todesgöttin. Die Göttin von Morgenröte und Nacht. Sie nimmt das Ablebende in'en Schoß zurück, in Form von Opferritualen, anlässlich von Sonnwendfeiern oder beim Erntefest. Und das«, er hatte einen Film angewählt, düster, flackernd, aufgenommen mit Handkamera, »das is ne Mischung aus germanischem und alttestamentlichem Kultus, hat Phili gemeint, und dass es dir vielleicht was sagt. Wenn du nen Internetuellen wie mich fragst: Sind Esospinner, blutrünstige Aasgeier, tout le monde.«

Bilder zuckten. Aus dem Off erklärte eine gedämpfte Stimme, man befinde sich in einem heiligen Eschenhain, auf ehrwürdigem Boden, am Abend vor der Frühlings-Tag- und Nachtgleiche. Ludendorfferianer aus vielen Gauen und Horsten seien zusammengeströmt. Die Kamera fuhr die Reihen der Andächtigen entlang, an ernsten bärtigen Männer- und in Tücher gehüllten Frauengesichtern. Die eichenbekränzten Priester in Weihegewändern seien um den uralten Opferstein versammelt. Fackeln spendeten Licht. Der im Hain widerhallende Schall der Luren sei verklungen. Nun verstumme das Raunen der Menschen, die sich in scheuem Abstand hielten. Der oberste Priester lege dem

Opfer die Hand auf den Kopf. Es sei vermöge eines Frevels an der göttlich-völkischen Ordnung der Austilgung verfallen. Und es sei ansonsten fehllos und frei von körperlichen Gebrechen. Die Fluchweihe löse das Opfer nun von seinem bisherigen Mindermaß. Die Handauflegung bezeichne durch den Priester jenen heiligen Augenblick, in dem er, der Darbringer der Schlachtgabe, all die Gefühle und Absichten, die ihn nun in voller Glut durchströmten, auf das Haupt des Wesens niederlege, dessen Blut für sein Wollen zeugen werde und der stellvertretend vor die Göttin Nerthus treten solle mit der Bitte um Schutz und mit dem Dank für die vielfach erlebte Gnade.

Lavendel musste an die beiden Hildesheimer Mädchen denken. Gut möglich, dass sie bei so einer Show dabei waren und mystische Schauer sie ihres Verstandes beraubt hatten.

»Jetzt ertönt der kurze Schrei des ersten Opfers«, kommentierte der Sprecher. Man sah nur verschwommene Körper in gemessener Bewegung. Dann ein zweiter Schrei. »Neun Schreie«, sagte der Sprecher, »klingen durch das Dunkel. Neun Geweihte, denen durch Öffnen der Kehle auf der Stelle das Blut entnommen wird. Das vergossene Blut wird in Becken aufgefangen und von den anderen Priestern ausdauernd gerührt, um das Gerinnen zu verhüten. Mit dem frischen Blut umrunden die Priester langsam die Opferstätte.«

Ihre Gesichter, zeigte die Nahaufnahme, waren von starren, metallisch glänzenden Gesichtsmasken bedeckt.

»Worte werden gesprochen in heiliger Ergriffenheit«, sagte der Kommentator. »Dumpf hinter den Masken: *Jeder Schritt ein heiliger Schritt. Unser Blut für die Erde. Unser Blut für die Luft. Gib uns deinen Segen, Nerthus!*«

Die Masken, glaubte Lavendel flüchtig zu erkennen, ähnelten denjenigen, die er von den Besuchern Sonjas kannte, hier verbargen sie allerdings auch Nase und Mund.

Der Rundgang der Priester war wie ein Fanal. Es kam Bewegung in die andächtige Zuschauermenge. Männer und Frauen warfen Tücher und Felle ab und standen nackt und wie erstarrt und mit erhobenen und zum Alter hin geöffneten Händen.

»Ereignisse relativieren sich«, sagte Börrjes in Gedanken, »wenn du dir vorstellst, dass alle Menschen jederzeit ne zunächst fast unsichtbare Aura von Staub erzeugen und um sich haben. Und Teile davon hinterlassen sie als untrügliche Spur.«

»Die Priester besprengen den Stein neunmal auf jeder Seite mit Blut«, erklärte der Kommentator. »Und während der Oberpriester den Segen der Göttin erfleht, wird durch die übrigen Priester mit Wedeln aus Gräsern des heiligen Hains der Rest des Blutvorrats weithin über die Menschen verteilt. Die mit dem geweihten Blut Benetzten wenden sich einander zu, verstreichen den Lebenssaft auf den Körpern der anderen, berühren sich zärtlich und umarmen sich und summen dazu und wiegen sich. Damit ist der Treueschwur der Gläubigen besiegelt. Und während ein Wogen durch die Schar der ergriffenen Gläubigen geht und über ihnen das Summen sich ausbreitet, das von der allgültigen Anwesenheit Nerthus' zeugt, werden die leblosen Körper der Geopferten, die an dem heiligen Akt, neben dem Altar liegend, teilhaben durften, an die Äste der Bäume zu jeder Seite des Altars gebunden. Sie bürgen für Unberührtheit der heiligen Blutstätte.«

Die Kamera zog ruhig über den blutigen Altar und die Blutwedel schwenkenden Priester und die leblosen, blutüberströmten Körper in den Bäumen und die blutigen und ekstatischen Beiwohner des Festes, die sich umschlangen, und entfernte sich langsam.

»Das heilige Opferritual«, sagte die Stimme zurückhaltend, »macht seit Tausenden von Jahren den gnaden- und segensvollen Verkehr der Götter mit ihrem Volk möglich. Nach einer Zeit des schmachvollen Vergessens findet die Gemeinschaft der Aufrechten wieder zu den Wurzeln der Väter.«

Die Szene blendete sich aus. Wieder erschien das Motiv des Holzkarrens.

»Manchmal hab ich den Eindruck, der Mummenschanz ist kein Cyberspaß mehr«, sagte Börrjes skeptisch. »Stell dir vor, die Falschen spielen solche Reenactment-Stories nach!« Er schüttelte den Kopf. Die Dreadlocks flogen. »Das braune Internet ist zersetzend wie ne Milzbrandattacke.«

Lavendel kam das rätselhafte Verschwinden seines Vorgängers Arno Kehler in den Sinn, Maschkas Maler Arno. Hätte er der Polizei von seinem Verdacht erzählen sollen? Aber wovon genau? Dass A.K. umgebracht worden sein könnte? Vielleicht als Opfer solch eines Rituals? Dass man es auch auf ihn, den Wortbrüchigen, abgesehen habe? Dass es ein Programm *Schweigen wie die Fische* gab? Doch glaubte er das alles etwa selbst?

»Die sind dermaßen abgefahren, die Leute«, sagte Börrjes, »ich an deiner Stelle ...«

Lavendel wollte noch fragen, wie oft die Feind-Listen erneuert würden, als es ihn durchzuckte: Er bildete sich ein, draußen Philis Stimme gehört zu haben. Was nicht sein konnte. Er komme gleich wieder, sagte er aber und brach überstürzt auf. Börrjes rief hinter ihm her, er habe noch was Wichtiges gefunden.

»In fünf Minuten!«, vertröstete Lavendel ihn. In der Küche war niemand außer Aglaia und Ede. Sie sprachen Englisch und hatten Rotwein in den Gläsern. Phantasierte er? Er ging in Philis Zimmer, blieb da im Dunkeln und atmete tief ein. Als tue er etwas Verbotenes, fühlte er sich. Seine Augen gewöhnten sich an das trübe Licht, das durch das Blätterdickicht von der Straße her einfiel. Der Futon fehlte. Der Hirtenteppich lag noch da. Das Zimmer roch nach ihr. Er war berauscht von Selbstmitleid und verließ die Wohnung und stieg zum Dach hinauf.

Das Dunkel des frühen Nachthimmels wurde durch die Lichter der Stadt zu fadenscheinigem Grau aufgehellt. Im Georgengarten hing dünner Nebel. Hunderte Fenster der Klinikbauten ringsum leuchteten. Er stand in der Dachmitte und sah auf die Ecke, in der Phili ihm Kuchen angeboten hatte. Verwilderte Tomatensträucher mit vertrockneten Blättern machte er aus. Von den Hanfpflanzen keine Spur.

Als er die enge Treppe wieder hinabstieg, dachte er, dass er ein Vierteljahr verschenkt hatte.

Vor der Küche traf er auf Ede, der im Aufbruch war, aber stehenblieb, zögerte, leicht schwankte, dennoch mit geübter Verbindlichkeit erklärte, und mit bemühter Zunge, er freue sich, den Mann kennenzulernen, von dem Philine oft gesprochen habe. Der liebenswürdige Feuerkopf. Er bekenne, es sei ihm nicht leicht gefallen, dieses Danebenstehen. Sein abschließendes *Na ja* unterstrich eine resignierte Gebärde.

Dass Lavendel sich dazu äußerte, schien er nicht zu erwarten. Dem zwielichtigen *Edelmenschen* Ede kommentarlos zuzuhören kostete Überwindung.

Er habe sie ja nach Paris bringen wollen, in *unsere Stadt*, sagte er, aber sie habe ihn abblitzen lassen. Zu Gunsten von Frieder! Und wieder seine resignierende Gebärde. Er hoffe, sagte er, Lavendel halte ihn nicht für anmaßend, aber ihm liege Philine, das märchenhafte Wesen mit seinem unergründeten Geheimnis, viel zu sehr am Herzen, als dass er nicht die Chance nutzen wolle, ihn zu bitten, ihn inständig zu bitten, wenn er so wolle, fürsorglich mit dieser zarten und ruhelosen Seele umzugehen. Sie, sein Nolimetangere, sei so ungeheuer verletzlich! Auch wenn sie auf Feuerkopf mache, die eiserne Jungfrau!

Mehr als unangenehm war Lavendel diese überväterliche Lektion. Da wurde das gefährdete Pflänzchen ihrer Beziehung von außen her zu was Fertiggewachsenem erklärt, hatte vor allgemeiner Überwachung zu bestehen, sollte Fernstehenden gegenüber verantwortet werden. Lavendel war drauf und dran, Ede in seine Schranken zu verweisen, als sich ihm das Unangenehme der Belehrung auflöste zu Gunsten eines heraufdrängenden Glücksgefühls, weil er und Phili als Einheit erlebt wurden.

Der Anwalt hinderte ihn mit eindringlichem Gutmütigkeitsblick am Reden und seufzte:
»Für dich hat sich dieses zauberhafte Frauenwesen aufbewahrt? And bewared of me.« Er lachte quietschend, als sei ihm ein gewaltiger Scherz gelungen. »Ich dachte, sie braucht so viel Zeit, um für mich und die ganze Chose hier Vertrauen zu entwickeln.« Er bohrte Lavendel den Zeigefinger in die Brust. »War unnahbar ... und verrückterweise immer so«, brachte er leiser und verklausuliert hervor, »als schäme sie sich vor mir ihrer Unschuld. Und vor andern wieder hurenhaft. Und gleichzeitig ... Philine ... Ihre Zurückweisung war anstrengend. C'est la vie.«
Eine müde Handbewegung, und er verschwand im Treppenhaus.
Wieder in der Küche, bekam Lavendel Hunger. Börrjes forderte ihn auf, sich mit dem Nötigen zu versorgen. Als er sich ein Brot zurechtmachte, beschäftigte ihn noch immer Edes nebenbei hingeworfenes *unergründetes Geheimnis.*

Börrjes saß wie vorhin am PC. »Geht schnell«, sagte er und verließ schon das allgemeine Portal, »So'n obskurer Provider bietet das Sexportal *Masque* an. Gut besucht. Da gibts Live-Stream-Angebote zuhauf, auch alte.«
Lavendel aß und trank schnell, auch um Edes verunsichernden Lobpreis von Philis marienhafter Unbescholtenheit zu verdrängen, und vielleicht trug das auch dazu bei, Börrjes' Nazi-Recherchen abzukürzen. Er erwartete keine weiteren Aufschlüsse. Er wollte keine. Die *Volksverräter*-Liste lag ihm schwer im Magen.
Erst erschien eine Homepage, umrankt von einschlägigen Werbe-Grafiken. Dann war da plötzlich, dürftig ausgeleuchtet, aber deutlich, viel zu deutlich: Sonjas Wohnzimmer. Die Einstellung sprang vom Sofa, auf dem Maschka lag, zu einem Gegenüber, das er war, stellte Lavendel entsetzt fest, er, im Sessel, wie hingegossen, den Blick angestrengt geradeaus gerichtet.

›Viel kenn ich nicht von ihm‹, sagte der Mann, der er war, und legte eine Pause ein, in der er seine Position veränderte.

Darauf sie: ›Auf seinen meisten Bildern sehn die Frauen zigeunerhaft aus, halt auch typisiert nach Maschka.‹

Börrjes hielt das Bild an.

»Das bist du, oder?«

»Hm.«

»Kannst du als Konserve aus'm Netz holen. Aber's gibt auch aktuelle Shows.«

Sonjas Badezimmer erschien. Diffus und gekörnt, in mangelhafter Bildqualität, was ihn erleichterte. Der Ausschnitt am Waschbecken. Eine schlanke, dunkle Nackte verließ das Bild. Kameraschwenk. Die Person trat unter die Dusche. Die Kamera lief über einen biegsamen Frauenrücken, über einen rund modellierten Hintern und durchtrainierte Schenkel abwärts. Lavendel hätte schwören können, dass es sich um die Afrikanerin aus der Cafeteria handelte. So hatte er ihre gemessenen Bewegungen in Erinnerung. Schnitt. In der Tür ein großer Mann um die 25 in T-Shirt und Jeans, Typ blonder, sonnenverbrannter Ironman. Er blickte in Richtung Dusche. Das Wasser prasselte

»Duschvorhang wär super«, sagte der Sonnenverbrannte, »du saust alles voll.«

Keine Antwort.

»Gefällt mir nicht. Alles. Ich denk immer noch«, schrie der Mann, »da is was granatenfaul.« Er schrie es und wartete. »Erst demolieren Irre unsre Bude und setzen sie unter Wasser. Wieso?, frag ich dich. Dann horcht dich eine deiner Kolleginnen aus, und – Simsalabim! – wie aus'm Zylinder gezaubert steht währenddessen deine Jamila vor der Kasse und braucht für'n paar Wochen ihre Wohnung nich. Merkwürdig!«

Das Prasseln verstummte nach einer Weile. Schnitt. Wasser stürzte herab, flutete über den Rücken, kullerte, als sie beiseite trat, und perlte, zog als Rinnsale und verkrümmte Adern seine

Bahn und blieb als Nachzügler auf der Strecke und schmückte als Perlenschnüre die Haut.

»Statt dich zu freuen, dass wir Glück im Unglück haben! Und es ist nicht meine Jamila. Ich kenn sie nicht. Reiner Zufall, dass sie da steht und gerade in den Urlaub will und ein Herz hat. Du glaubst eben nicht an das Gute im Menschen.«

Sie drehte sich. Sie war es! Sie drückte Flüssigseife in die hohle Hand. Ihr Leib glänzte. Von den Brüsten tropfte es.

»Soll ich drauf bleiben?«, fragte Börrjes.

»Nein«, sagte Lavendel, obwohl ihn die zögernden und selbstgewissen Gesten der Afrikanerin gefielen. Sie vermied den Blick auf ihren Freund. Die Kamera fixierte, wie sich fingerlang und millimeterbreit, bis zum dunklen Spalt der Schamlippen, der alberne *Landungsstreifen* hinzog, mit Wasserperlen verziert, was von fern, als die Kamera zurückzoomte, eine riesenhafte Vulva suggerierte, deren Öffnung sich über den ganzen Unterleib erstreckte, das Ende der Zweihälftigkeit des Torsos darstellend.

Die Übertragung wurde durch einen Werbespot unterbrochen. Eine Unbekannte knetete die Brüste und raunte verheißungsvoll ihre Internetadresse.

Lavendel überlegte, wie die Afrikanerin in das *GAD*-Puzzle passte. Ob Tulecke seine Aufmerksamkeit auf sie hatte lenken wollen, weil sie als Ersatz für Sonja vorgesehen war? Gehörte sie zu *Aurora*? Kaum. Die beiden ahnten offenbar nichts von der Kehrseite ihrer neuen Wohnung. Er sollte sie aufklären. Aber wie kam er unauffällig in Kontakt?

»Der Absender, bleibt der anonym?«, fragte er.

»Läuft über'n Provider in'en USA. Die Datenspur krieg ich nich.«

Der Ironman trat von hinten mit dem Badetuch heran und hüllte die Afrikanerin ein. Sie legte den Kopf zurück. Er umarmte sie.

»Man kann dem Lieferanten die Lieferung nicht beweisen?«, fragte Lavendel.

»Wenn man wollte, schon. Die Fakten sprechen ja auch für sich. Das Runtergeladene kann ich aufzeichnen, wenn du was brauchst. Soll ich? Aber für lau gehts nich. Die wolln Geld sehn.«

»Nein«, wehrte Lavendel ab, »nein!« Und überlegte, ob er Börrjes sein dokumentiertes Mitwirken begründen müsste. Als hätte er das Ganze nicht nur als Investigator, sondern auch als Kunstfigur unter inszenatorischem Aspekt durchlebt oder um zu erklären, welche Bewandnis es habe mit der unausgesprochenen Verbindung zwischen Betrachter und Darsteller beim Live-Angebot und dem Fehlen der vierten Wand einerseits, und dass sich auf der anderen Seite die Darsteller ja bekanntlich aufeinander bezogen und der Betrachter eigentlich überflüssig war.

Damit die Vorzeichen journalistischer Recherche hervorgehoben würden, wäre es vielleicht gerade gut, besonders anstößige Folgen aufzuzeichnen? Als Beweismittel?

»Der Anbieter kann alles löschen!«, warnte Börrjes auch und verließ die Übertragung. »Ruf mich an, wenn du weißt, ob du was brauchst! Auch, wenn du darüber was ins Web stellen willst, paar Insider-Blogs zum *GAD*.«

Er wolle sich alles noch mal durch den Kopf gehen lassen, sagte Lavendel, bedankte sich mit gemischten Gefühlen und brachte Teller und Flasche in die Küche und wollte am liebsten alles vergessen.

Am Tisch saßen Finja, Katleen und Aglaia, die Neue. Auf dem Sofa lag die Katze.

»Mann, Johan, s'ja gut, dass du wieder auftauchst«, freute sich Finja. Sie hatte vor sich eine Reihe bunter Smarties liegen, symmetrisch nach Farbe geordnet, wie eine Phalanx fliegender Untertassen, in der Mitte eine einzelne gelbe, und steckte sie, sich von außen nach innen vorarbeitend, peu à peu in den Mund.

»'ne gewisse Frau hat Himmel und Hölle in Bewegung gesetzt«, sagte sie, und zwischen den Zähnen knirschten die zuckerkrustigen Flugobjekte, »um dich ausfindig zu machen.« Sie lachte. »Aber das mit deiner Wohnung ... mit den Stiefelnazis ... Widerlich!«

Aglaia hatte ein traurig-müdes Gesicht. Die geschwärzten Haare zottelten an den Seiten ab. Die Augen waren stumm. Wenn sie lächelte, öffnete sich der scharfgerandete Greta Garbo-Miniaturmund, ein blutrot ins Gesicht geritztes Herzmündchen, und ein Lippenband-Ring kam zum Vorschein. Ein Solitär blitzte.

»Müllratten!«, stieß Finja heraus. Die Smarties waren vertilgt.

»Mach deshalb keine dicken Backen!«, beschwichtigte Katleen.

»Lass du dir mal alles abfackeln! Wahrscheinlich warns die üblichen miesen undercover-Scherze. Papa Staat bezahlt, der Verfassungsschutz besorgt sich V-Ratten aus'm Milieu und liefert die Molotowcocktails, die rechten Ratten machen Terror, Papa Staat ruft nach totalitären Gesetzen und verschärft die Überwachung linker Unangepasster. In der Reihenfolge.«

»Im Moment krieg ich hier kein Bein auf'n Boden«, vermutete Lavendel.

»Schätz ich auch«, sagte Katleen. »Du könntest trotzdem jederzeit bei uns wohnen. Wir haben übergenug zu essen. Wir ersticken im Wohlstand.«

»Wir betrachten hier, auf'nem bescheidenen, aber ausreichenden Level, unsere Kampfparole, nämlich Kropotkins *Wohlstand für alle*, als verwirklicht«, bestätigte Finja.

»Davon abgesehn könnten wir uns sofort um ne neue Identität für dich kümmern«, sagte Katleen.

»Ja. Oder du tauchst richtig ab. Warum nich zu Phili nach Frankreich?«, schlug Finja vor.

Lavendel wiegte den Kopf. Von seinen eigenen Überlegungen wollte er nicht sprechen.

Als gehe er für einen Moment hinaus, verabschiedete er sich kurz und machte sich auf den Weg zurück zur Insel. Ließ die

Nacht über sich ergehen, eingelullt von den immergleichen Fahrtgeräuschen, und hatte den lärmenden Bäcker hinter der Ruine vor Augen und Nerthus, die Morgenröte, auf dem geschmückten Wagen und das unheimliche Opferritual und die Afrikanerin unter der Dusche, die sich unwissentlich im Namen Auroras auszog, und für ungezählte Beobachter in der Internetfinsternis, und Börrjes' undurchdringliche Miene, wenn er von Staubästhetik schwärmte. Und da war auch Edes angemaßte Seelsorgerei. Philis Gesicht bildete in diesen Stunden ein dunkles Ganzes.

Umarmung magisch

Wieder Warten. Keines, dem er hätte entrinnen müssen. Hatte er ja ein festes Ziel vor Augen, redete er sich ein. Doch vermisste er sichernde Zeichen. Manchmal aber war er froh über den Mangel an untrüglichen Beweisen. Das ließ das Warten aussichtslos erscheinen. Die Aussichtslosigkeit war ermessbar.

Er hatte Horsts Vorschlag abgelehnt, umzusatteln und bei ihnen auf dem Gut mit in die Restaurierung einzusteigen – man wolle ihm keine Angst machen, aber die Nazis würden ihn auch am Ende der Welt auftreiben, wenn er weiter veröffentliche, ob unter eigenem Namen oder unter Pseudonym! Als Landbürger und Restaurateur aber sei er spurlos verschollen.

Lavendel überließ den beiden Großzügigen sein aus der Brandstelle gerettetes spätromantisches Bild, die dänische *Landschaft mit weidenden Kühen.* Für ihre Galerie! Da waren die beiden nicht mehr davon abzubringen, ihn im Gingster Meldeamt als neuen Mitbewohner auf Gut Venzin einzutragen und neue Papiere ausstellen zu lassen. Und für alle Fälle, sagte Horst, habe er da in Lauterbach einen ausgebufften Legendenmacher an der Hand, wegen eines neuen Namens. Einen Grafiker, diktaturgeschult diskret, versicherte er. Illegal? Was solls! Es bestehe der Zugriff auf gewisse Restbestände eines gewissen Systems. Er müsse nur wollen.

Oft sah Lavendel Philis Tante zu, wie sie sich um die Anlage der schmalen und streng geometrisch-axial auf das Herrenhaus hin orientierten Rabatten bemühte und Kieswege trassierte und ein Rondell abzirkelte, in dessen Mitte auf lichtweißem Postament ein heldenhafter General den Schritt verhielt.

Lavendel versuchte etwas von dem in ihr wiederzuentdecken, was Phili für ihn ausmachte. Sprachen sie über Phili, gewann sie an Wirklichkeit. Das hielt eine Weile vor, verlor sich dann aber in ausufernden Annahmen. Park und Gutshaus waren noch immer verzaubert, seit er sie darin gesehen hatte. Waren Schönheit und liebende Ausschließlichkeit. Doch stumm.

Nichts bot sich mehr an, als sich abends, wenn die Stille drückte und das Feuer im Ofen flackerte, Scheherazade herbeizuwünschen, im Halbdunkel mit ihm das Lager zu teilen und die rötlichen Flammenspiele am gekalkten Plafond zu verfolgen. Er lauschte ihrer Stimme. Sie geleitete ihn, führte ihn zurück in den Baukasten, er hörte auf Börrjes' Erklärungen, das Flimmern des Monitorbildes vor Augen, und sah dann, wenn er bereit war, wie die Tür aufgezogen wurde und Phili im hellen Rahmen stand.

›Du?‹, fragte sie ungläubig, und er spürte schon, wie sie ihn umschlang. Das Wunder hielt an. Biegsam und wie eine gespannte Feder war sie und sah aus, als werde sie tausend Feuer entzünden.

›Komm!‹, forderte sie ihn auf.

Börrjes rief hinter ihnen her, er habe noch was Wichtiges gefunden.

›In fünf Minuten!‹, vertröstete ihn Phili.

Sie durchquerten die Küche. Frieder lag mit seiner uferlosen Strickjacke auf dem Sofa. Es roch nach Zimt und Knoblauch. Joanas Nachmieterin Aglaia stand am Herd und sah ihnen nach.

›Magst du? Frischer Ceylon-Zimt. Arschgut! Kurbelt die Fettverbrennung an! Downt total‹, hörte man Frieder. Und hörte ihn einen begonnenen Monolog über umstandslose Befriedigung ohne fremde Vorteilsnahme im Tamil-Tigers-Land fortsetzen, als sie die Treppe zum Dach hinaufstiegen, und laut hinterherrufen, als gebe er ihnen das mit auf den Weg: ›Das Gleichgewicht zwischen Eros und Thanatos muss verschoben und tabuierte Bereiche der Befriedigung wieder erschlossen werden!‹

Phili zuckte mit den Schultern. Im Georgengarten hing ein dünnes Nebeltuch über Wiesen und Teichen. Das Dunkel des frühen Nachthimmels war diffus aufgehellt von den Lichtern der Stadt und von Hunderten Fenstern der Klinikbauten gegenüber. Sie blieben in der Dachmitte und sahen auf die Ecke, in der Phili im Sommer gesessen hatte.

›Hier hast du mir in'n Ausschnitt geguckt und Jessies Kuchen verschmäht und Natalie beobachtet. Ich seh noch deinen verwilderten Blick.‹

Ihr Gesicht – jeder Millimeter des Näherkommens war schon Wohlgefühl. Lippen zuckten beim Aufeinandertreffen. Seine Lippen. Ihre Lippen. Sie waren trocken und kühl und außergewöhnlich weich. Ihre Zunge stieß an die seine und forderte dazu auf, ihr zu folgen, löste alle Erstarrung, ließ Brandruine, Baukasten, Stadt und Lichter vergessen.

Scheherazade presste sich eng an ihn. Ihr Rücken bog sich. Schatten lagen um ihre Augen und in der Unruhe der Wimpern. Vorher unsichtbare Hauthubbel unter den Augen und Linien um den Mund zeichneten sich ab. Kleine Falten umrandeten die Mundwinkel. Sie waren in unsteter Bewegung. Angreifbar sahen die Lippen aus, aber auch so, als zerschmelze auf ihnen alles, was ihnen widerstehen und noch viel eher das, was ihnen nicht widerstehen wollte. Er musste mit den Fingern über das kühle Hell und Dunkel streichen. Geschmeidig gaben die Wangen nach. Die Unterlippe schimmerte.

Phili zog ihn ins Haus zurück. Als sie die enge Treppe hinabstiegen, dachte er, wie sie das im Sommer getan hatten, und dass ein Vierteljahr verschenkt war. Sie machte sich in der Küche zu schaffen.

›Fuck, warum soll ich mir meine Utopie nehmen lassen!‹, brach es aus Frieder heraus. ›Alle werden da frei geboren‹, begehrte er gegen einen Unsichtbaren auf, ›frei und gleich an Würde und Rechten! Und sie sind mit Vernunft und Gewissen begabt und begegnen einander in geistiger Verbundenheit.‹

Die Weißrussin sah ihn erschrocken an.

›Morgen Abend ist das hier alles so weit weg, ich mag gar nicht dran denken‹, sagte Phili.

Philis Anruf gleich nach der Ankunft in Paris: Sie werde sich wieder melden, ausführlich, nicht morgen, aber bald, sie schreibe, wenn sie sich in die Stadt und das Fernsein von ihm und seine unaufhörliche Gegenwart in ihr richtig hineingefunden habe. Und bestimmt spüre er, dass sie bei ihm sei. Jeden Augenblick! Hoffentlich ertrage er sie noch.

Am fünften Tag seines Wartens begann Lavendel sich in den heraufbeschworenen Bildern weniger geborgen zu fühlen. Wenigstens blieb Joana weiter abgetaucht im Nirgendwo. Die Lehrmeisterin Tatjana mischte sich nicht ein. Bella hatte alle Verbindung abgebrochen. Störend nur Frieder. Was verband ihn mit Phili? Beharrlich hielten sich auch Edes Eröffnungen. Sie meinten doch nichts weniger, als dass er und Phili nie intim gewesen waren. Und Philis gegenteilige Bekenntnisse? Wollte sie als die Erfahrene dastehen? Als eine, vor deren Unerfahrenheit er nicht zurückschrecken müsse? Oder maß sie einer angeblich wiedergewonnenen Jungfräulichkeit höheren Wert zu? Und ihre Offenbarung, wie sie sich selbst verwöhnte, mit Vikar und Lillewänn? Oder hatte sie, oder hatte Ede alles nach Strich und Faden erlogen?

Tagsüber brachte er auf seinem Laptop die *GAD*-Ereignisse unter, immer mit dem unguten Gefühl, sich mit Nebensächlichem aufzuhalten und eine Privatrechnung begleichen zu wollen, statt sich um die Lebensborn-Geschichte zu kümmern. Unzufrieden, denn weder hatte er aufklärend gegen die Nazis angeschrieben, noch hatte er überhaupt belastbare Indizien, was Kaimann und seine Einbindung ins Nazi-Netzwerk betraf. Nur, dass der Mann sich eine Art SA für grobe Erledigungen hielt.

Und zusätzlich plagte ihn die Vorstellung, Phili habe sich in ihn verguckt, weil er vergeben war. Da litt sie an unstillbarer Sehnsucht und hatte diese unerlöste Sehnsucht als Sicherheit. Erfüllung brächte den Einsturz.

Er wanderte am Bodden entlang und wechselte ein paar Worte mit Celia oder Horst oder telefonierte mit Börrjes, dem er Geld geschickt hatte, und der nun die Afrikanerinnen-Show zeitweise verfolgte und frühere Sequenzen auf CD sicherte und der meldete, dass noch kein neuer Detektiv in die linke *GAD*-Wohnung eingerückt sei, seit ein gewisser Lavendel den dortigen Staub von seinen Füßen geschüttelt habe. In Bergen versorgte er sich mit Lebensmitteln.

Die Zeit nach dem Dunkelwerden ließ den Sternenhimmel milliardenfach auseinanderplatzen. Er flog mit und hielt die Geschichtenerzählerin fest.

... mit der er in enger Umarmung auf dem Dach stand. Der Verkehrslärm der umliegenden Straßen stieg als mattes Brausen bis zu ihnen hoch. Ihr Rücken bog sich. Seine Rechte schob sich in den Bund der Hose, bis in die Vertiefung zwischen den kühlen Pobacken. Erregender als diese ... Sie entzog sich ihm. Sie stiegen die enge Treppe hinab. In der Küche entnahm sie Kühlschrank und Regal Zutaten, und als ihre Verrichtungen abgeschlossen waren, forderte sie ihn auf: ›Kommst du?‹

Sie ging voraus. Verschloss die Tür ihres Zimmers. Alle Lichter brannten. Auf der einen Seite stapelten sich Gepäckstücke, Taschen und Kisten, aus denen Kleidung und Bücher hervorsahen. Auf der anderen, getrennt durch einen schmalen Gang, der Futon.

›Du hast'n Rappel‹, warf sie ihm vor, halb ernst, halb zufrieden, ›dass du gekommen bist. Wenn man dir was antäte! Ich würde zur Furie!‹

Ihre Augen funkelten. Die Brauen zogen sich schroff zusammen. Die Zähne drohten furchterregend. Doch ihre Augen sahen sehr wenig gefährlich aus, fand er. Sie umarmte ihn und bugsierte ihn durch die Gepäckhaufen zur Matratze und wies ihn an, sich auszustrecken, mit dem Kopf in ihrem Schoß.

Lavendel erzählte. Samir tauchte in seinem Bericht auf und

immer wieder die Brandstelle. Manche Worte gingen unter in dem Gefühl, geborgen zu sein.

›Dass so schweinheilige Kreaturen wie Kaimann davonkommen ist widerlich. Die angeblich Edlen sind die Ekelhaftesten. Das ist nicht die Gesellschaft, zu der ich gehören möchte. Ich würd so gern an Gerechtigkeit glauben können. Mein Johan-ohne-Land, lass uns was tun! Wer sik nich wohrt ward oewerkort.‹

Das war die Gelegenheit, dachte er, von seinen Paris-Plänen zu sprechen.

›Ich kümmre mich um die Story‹, zögerte er, ›mit gehörigem Abstand. Soweit ich die Abmachung mit Gehwald umgehen kann.‹

›Und wir?‹, fragte sie.

›... wachsen in Getrenntsein und Sehnsucht zusammen‹, sagte er wie berauscht, ›wie die Schuppen eines Kiefernzapfens. So willst du's doch. Dass wir so lernen, uns zu vertrauen. Und je heftiger unsere Sehnsucht prickt, desto mehr birgt sie schon von ihrer Erfüllung.‹

›Aber ich vertrau dir längst!‹, murmelte sie. ›Niemand sonst hab ich je so vertraut.‹ Und dazu schluchzten die Violinen, trauerschwer und mollschwül, und Hannes Wader wiederholte klagend: *Es ist wahr, niemandem hab ich jemals so vertraut wie dir.* Er sah sich die Scheibe auflegen und aus dem Fenster seiner Bäckerwohnung in den Garten blicken. Wie so oft beim Warten auf Joana. Um das Trauer-Maß vollzumachen, sollten ihn noch die Ursulinen-Mädchen mit Brahms' *Gesang aus Fingal* umfloren. Aber da holte Phili tief Luft. Ihre Finger schlängelten sich gewichtslos über seine Brust und bis zum Hals, tänzelten ein frohgemutes Grazioso. Vielleicht wollte sie, dachte er verwirrt, dass er endlich initiativ würde.

›Das mit der Prüfung war übrigens so‹, fiel ihr ein – und sie zog sein Hemd nach oben: ›Wir sollten uns über die legendären Dienstage in der *rue de Rome* auslassen, also die Treffen in Mallarmés Pariser Wohnung, insbesondere im Hinblick auf die Beziehung Mallarmé zu Valéry.‹

Jede zweite oder dritte Silbe küsste sie auf seine befreite Haut, säte sie in einer großzügigen Diagonale von seiner Brust über den Bauch zur Hüfte. Er liebte es, ihr zuzusehen. Seine Finger fuhren ihr vom Nacken aus durchs Haar und umschlossen den Kopf. Er stellte sich vor, wie sich alles darin sammelte, so klein er sich anfühlte: ihre Lust, das jetzt zu tun, ihre verschlüsselte Sehnsucht, ihre Inselerinnerungen, ihre Befürchtungen.

Philis Augen hatten ihr undurchsichtiges Sarder-Glimmen, als sie auf seine Hand blickte, die ihren Pullover langsam hochschob. Sie räusperte sich und zog ihn wieder herunter. Klirrgeschmeide an den Handgelenken begleitete die Wiederverhüllung.

›Da war noch die Sache mit Foucault‹, sagte sie, als sei nichts gewesen.

›Ach, der!‹, wiegelte er ab, um geringschätzigen Tonfall bemüht. Im Stillen leistete er Abbitte dafür. Er verehrte Foucault.

›Wir hatten uns Einiges von ihm angesehn. Hat genervt, all das Freudlose und Bedrohte‹, sagte Phili. ›Doch einer der Prüfer is bekennschwul. Immer fragt er nach Foucault.‹

›Und? Was war damit?‹

›Nichts‹, lächelte sie entwaffnend. ›Gar nichts.‹ Katzenhaft verbog sich ihr Körper. Ihre Hitze floss in seine Hand. Er wünschte sich, seine Fingerspitzen strahlten sein Begehren in sie hinein.

›Ich mag dein Wollustatmen‹, gestand sie.

Ihre Hand ließ sich auf seiner nieder und ermutigte die unschlüssige, ihre Wanderung über die seidenhaarig geschützten Anhöhen und Mulden des Bauches fortzusetzen.

›Liebe ist das Unumgängliche‹, sagte sie, ›glaubst du nicht? Dass ich die Gewissheit habe, dass dein Körper spürbar zu mir gehört, das ist ... Aber nicht, dass da ein Missverständnis ... Denk bloß nicht, dein Körper wäre das Du, nach dem ich mich vor allem sehne!‹

Entfernt beschlich ihn wieder die Scham, dass er im Gegensatz zu ihr von vergänglicher Körper-Begierde eingenommen war.

›Und wenn sich dein Wunsch nicht verwirklicht?‹, fragte er.

›Wird er aber! Weil Liebe sich durch Leiden vertieft. Wie bei Diotima und Hölderlin und ihrer versteckteren Welt der Liebe!‹

›Hört sich erhaben an. Aber das ging schief mit den beiden.‹

›Nur vordergründig!‹, tat sie den Einwand ab. ›Ich glaub an die Dauer der Sehnsucht und dass sie uns weiterbringt.‹

Als Antwort spürte Lavendels Zungenspitze sorgsam dem Flaum nach, der Philis Bauch einhüllte.

›Du tust mir gut‹, seufzte sie auch, ›so gut! Auf einmal is alles so einfach. Warum soll ich nich wie'ne richtige Lilith-Tochter dein Träumen verschönen?‹

Sie überlegte bestimmt neue und ausweichende Verbalannäherungen, die aber verdeckte Rückzüge wären. Um sie davon abzubringen, sagte er: ›Ich erinnere mich vage, hat nicht einer deiner Gedankenväter, Charles Fourier, die *Freiheit der Liebe* gefordert? Hat er nicht auch vor dem Anstauen von Leidenschaften gewarnt, wegen übler Folgen? Sogar vom Dahinsiechen bei Entzug des wahren Genusses.‹

›Du willst die Frau, die dich liebt, aufs Glatteis führen. Er hat das gesagt, ja. Aber mit Einschränkung! Man soll eben seine Leidenschaft veredeln. Man soll sie von einer asozialen zur sozialen Triebfeder wandeln.‹

›Hat er nicht ... er hat doch ...? Ach, Hauptsache, wir verzehrn uns asketisch, oder?‹, dramatisierte er.

›Genau so‹, gab sie ihm recht, dabei im Begriff, die nächste unwiderstehliche Kussoffensive zu starten. ›Unsere kulturelle Mitgift ist die mittelalterliche christliche Opferidee. Kultur is Triebverzicht, weißt du doch.‹

Die Wörter tollten und rangen miteinander. Phili bahnte sich küssend einen Weg, von seinem linken Ohr zum rechten, und widmete sich dem Vorgefundenen mit Lippen und Zähnen und

Zunge. Dabei nestelte sie an seinem Gürtel und schob die Hose runter. Ihre Finger umgarnten neugierig das Freigelegte.

›Weißt du, wie ich mir unser erstes Mal vorstelle?‹, fragten ihre Lippen seine Haut am Hals und ihre Fingerkuppen ihr empfindliches Opfer. ›Unser Bett is moosweich von Rosen- und Lilienblüten und wohlriechenden Kräutern, und darüber spannt sich'n Seidentuch, ganz lose, und darauf verteilt liegen viele Handvoll Orangenblüten. Wenn wir uns bewegen, löst sich das Tuch ganz allmählich, und die Blüten regnen auf unsre Körper herab und hülln uns in ihren Duft und berührn uns wie ätherleichte Küsse.‹

Er sog ihren Geruch ein, als ihr Kopf auf seiner Brust lag. Sein Herz pochte schnell. Er sah die Blüten herabfallen. Sie entzog sich und stand auf. Der Halbdämmer der indianischen Deckenlampe erlosch. Es blieb der hennarote Schein der kleinen Lampe neben dem Bett.

›Mach die Augen zu‹, befahl sie.

Er gehorchte. Sie zog sich aus. Zum Rascheln und schabenden Geräusch von Stoff über Haut kam das Klimpern der Armreife. Er dachte sich die im zauberischen Erdspiegel Gesehene und Unvergessliche wieder nackt vor sich. Bis ein leichter Luftzug sie ankündigte. Er öffnete die Augen. Das Licht hob ihre Silhouette hervor. Sie schien über ihn hinwegsteigen zu wollen. Mitten in der Bewegung umklammerte er die sich spreizenden Beine. Mäßig feste Wadenmuskeln hielt er. Gänsehaut überzog sie. Sie könnte sich losreißen, dachte er. Aber wie angewurzelt blieb sie stehen und blickte über die Schulter herab. Ausufernd das durchscheinende Fell in der Gabelung der Schenkel.

›Ein bisschen unverfroren is das schon, finden Sie nich, Monsieur, was sich Ihre Blicke herausnehmen?‹, wies sie ihn verwirrt zurecht. Die aufgereckten Spitzen der Brüste nickten im Duett. ›Plädieren Sie im Ernst darauf, Ihre Leidenschaft sei fouriermäßig veredelt?‹

Ihr Kinn deutete an Stelle weiterer Worte in die Richtung, wo sich unverkennbare Anteilnahme zeigte.

›Das nimmt sich Freiheiten heraus, Monsieur, gewagte Freiheiten! Ihr Pimpf macht Männchen. Die Noblesse bleibt auf der Strecke!‹

›Aber ich lieg Ihnen zu Füßen, Freifrau, gebändigt und im Staub der Walstatt lieg ich, wie Achill vor Penthesilea.‹

Seine Hände wanderten die herrschaftlichen Beine empor. Im lichten, gestrichelten Haarbusch, aneinandergeschmiegt, die Flügel des verschwiegenen Körpertors, des Tors zur Schatzhöhle, vorenthalten die Lilienlippen, auf ewig gefangen zwischen Scylla und Charybdis. Sie könnten nach der dunklen Linie der zusammentreffenden Hälften greifen, seine Hände, könnten die vertiefte Kerbe, die das trügerische Dämmerlicht des Raumes in sich aufzusaugen schien, entlangstreifen. Könnten die tulpige Blüte umschließen, seine Strauchdiebe. Könnten sie teilen, die Mischiko, die Simila, mit der sie von Kind an vertrauensvoll verbunden war, die vulva voluptaria, die Lustvolle, den Schnappmund.

Doch Phili straffte sich, als wolle sie ihre vorhin begonnene Bewegung abschließen. Rühren konnte er sich nicht. Seine Gedanken standen nicht still. War es soweit? Wurde er jetzt zum zurechtbiegbaren Zappelmann, ganz wie es der Infantin gefiel? Dabei sollte er sich nur weiden an ihrem Anblick, sollte ihr, der faustisch Gelehrten, vielleicht ein ironisch selbstbemitleidendes, ein literaturgewandtes Sprüchlein wie *Ein einziger Blick ergötzt, dass er das ganze Jahr ersetzt* herunterbeten. Doch die Laute würden sich verweigern, fürchtete er. Ein Hustenanfall würde ihm zusetzen. Oder sagten sich die Wörter von allein? Wörter von verführerischen Lippenblütlern oder von Maria auf der Mondsichel, die das Licht in die Nacht seiner Welt bringt. Von zwei Mondsicheln. Von Shiva, dem gesichtslosen Herrn der Hexen, Shiva, dem höchsten Heiler und Magier. Shiva mit den Mondsicheln im Haar. Den Hörnern des Gottseibeiuns. Daran hätte er sich festhalten wollen, doch das Standbild, das sie war, übergoldete sich mit einem Lächeln und ging – als ziehe sein Erschrecken sie herab und als wolle sie jedes Entrinnen ersticken und als bewege sie sich mechanisch und wie er es sich vorgestellt haben könnte – ging langsam, als komme Pandora aus dem Olymp mit einem Übermaß an verhängnisvollen Geschenken, ging sehr langsam in die Knie. War er nicht schon in unsinnigem Taumel? Seine Hände umfassten wie von allein Hüften und Hinterbacken. Schockartig hatte er die Ahnung von etwas Nie-Auskostbarem. Auch von dem Pokal mit Gift, den Sokrates trank. Gift, das er schlürfen wollte. Ihre Muskeln spannten sich und lockerten sich und hielten den Körper auf der weichen Matratze in schwankendem Gleichgewicht. Ihre Haut schien zu gerinnen. Unaufhaltsam drängten sie heran, Schamwälle, beutehungrig. Mit dem Näherkommen wurde der gehegte Pelz noch luftiger, die Spalte abgründiger. Sichtbar sogar feine Kritzer und Riefen in dunkler Haut. Ihm wurde schwindlig. Er schloss die Augen. Auch als wolle er nicht sehen, wie die Wogen sich teilten, als habe Moses die Hand gereckt, und wie die Finger die purpurfarbene Glätte spalteten. Wie sie Hitze spürten. Seine Nase gefüllt vom milden Geruch. Meer roch er, frische Walnüsse, blühende Orangenbäume, wilden Honig, würzigen Thymian. Dabei redete er, wusste nicht was und vielleicht unhörbar, redete ins Ungefähr, staunend über den rosigen Strang des Klitzemuskels, der sich streckte und schwoll, mit dem kirschkernkleinen Kopf, dem i-Tupf, the one in the boat, der Freibeuterin in der Nuss-Schale, ihrem Kukuli, ihrem perlmutternen Kleinod, ihrem sonnenheißen Phili-Kern, ganz nah dem rosigen Venusgrund, the one, die sich erhob und Wächterin und Schließerin der Sesam-öffne-dich-Höhle, der glitzernden Grotte, der sprudelnden Quelle und des nie erlöschenden Feuers war, Vorhut war, die jedes Eindringlings in den Hort der Schöpfung habhaft würde, kein Entwischen zuließe aus der Enge, Amazone war, halb noch im sicheren Unterschlupf, amazing, amön, mit Glanz gerüstet, die Zügel straffend, den Bogen spannend und bereit, ein Knirps von Oktopus, wie harmlos lauernd, mit zwei Tentakelschlingen auf einen Fang aus, oder doch ein rotglühender Komet, der auf ihn zuraste mit geflügeltem Schweif und ihn schaudern ließ bei der Vorstellung lustvollen Untergangs. Schaudern angesichts wuchernder Natur, des tropischen Fruchttriebes mit Blütenflügeln, die hervorwuchsen und hellrosige Vertiefung einrahmten, den Mund im Mund, sich aufbiegend, mit Tautropfen, durchsichtig, an den Rändern hängend und von da herabfallend, ein einzelner erst, dann noch einer, glänzende Tropfen, fadenziehend, einer nach dem anderen, warm auf seine Wange, und die näher kamen, die Flügel, ihm ihr feuchtes Siegel aufzudrücken und seinem trockenen Mund zu schmeicheln, schnäbelnd, und Festigkeit und fellige Weichheit spüren ließen, Härchen in der Nässe, flockenweich und gezähmt, seine Zunge streichen ließen über schmelzende und zerfließende Haut, seine Zungenspitze in die Auffaltung schlüpfen, in deren nachgiebige Haut und an die glatte Koralle stoßen ließen, dass er sie benetzte, die Knospe, den Blütenkelch, dass er mit prinzlicher Hand dem Dornröschen Leben einhauchte und den zagen Calyx mit Tau sich füllen spürte, ihr Seufzen hörte, poetische Seufzer, die aus Minneliedern in seinem Kopf auferstanden, die ihn wappneten, als müsse er – bliebe er ohne sie – zur Hölle fahren.

›Du Schuft, du!‹ Phili zitterte, ›du schuftiger Schuft!‹, beklagte sich mit belegter Stimme: und kam wieder auf die Beine. Endlich. Endlich. Nein, viel zu schnell. Zu schnell, zu schnell! Sein Schwindel hielt an. Ihre Entrüstung verschwamm ihm vor den Augen. ›Betörst die Evastochter mit Dichterworten, verwöhnst sie mit einfühlsamem Streicheln, und sie wird zur hilflosen Beute ihrer entflammten Lust.‹

So stieg sie über ihn hinweg. Ihre Bewegungen hatten etwas Ungescheutes und Schwarzes und Schwingendes und Frivoles und Unaufgeregtes. Aus dem unteren Ende der Rückgratsenke verströmte sich ein Meer zilienfeiner Härchen, sah er. Ihnen entgegen kamen welche aus der Tiefe zwischen den marmorweißen Hinterbacken und sammelten sich in einem Wirbel auf dem Kreuzbein und scherten heerscharweise über den Rücken aus, wie eine schimmernde Wehr, wie die zigtausend gepanzerten Ritter mit ihren hochgereckten Lanzen und gezückten Klingen auf Albrecht Altdorfers wahnsinnigem *Alexanderschlacht*-Gemälde, und verliefen sich – noch dünner und feiner und als silberner Film – zur Taille hin. Und fanden sich nennenswert zwischen den fülligen Pobacken und Schenkeln, deren Trennkerben an ihrer Schnittstelle ein vierstrahliges, schattendunkles Sonnenkreuz bildeten, sah er erstaunt. Die an den Enden leicht nach oben gebogenen Arme des Kreuzes liefen auseinander, aus der Mitte kommend, abgerundet, aus einer ovalen Ausbuchtung. Als Phili sich zu den Gepäckstücken bückte, öffnete sich diese. Aus dem Dunklen vergrößerte sich das geschlossene Lippenpaar. Matter Glanz darauf. Vielleicht hatten die Sumerer, als sie das Sonnenkreuz zum Symbol ihres Schöpfungskultes gemacht und das in Keilschrift verewigt hatten, eine solche Erscheinung wie er vor sich, überlegte er verzweifelt und teilnahmsvoll. Im Tempel auf der Spitze der Pyramide, ganz nah den Göttern, und aus dem Verborgenen erklang betörender Frauengesang, da schlugen Hohepriesterinnen sie mit ihrer Nacktheit in Bann, die Opfernden, die Willigen, denen die Gottesdienerinnen ihren unsichtbaren Mantel von Weihrauch überwarfen, denen sie sich im Wohlgeruch göttlich offenbarten, um zu heilen und zu verzücken. So musste es gewesen sein. Die derart Gefangenen sahen aus der weiblichen Mitte die Feuermagie des Lebens herausstrahlen und vergingen vor Lust und beugten sich der Macht des unerklärlichen Gefühls, taumelten in den ausweglosen Garten der Semiramis.

Hatte sie nicht vom Kreuz gesprochen, Phili, das er tragen müsse? Nichts lieber als das, wollte er denken. Ahnte sie nichts von der magischen Einvernahme, der ihre selbstverständlichen Gesten der Nacktheit ihn unterwarfen? Sie musste spüren, wie die Luft entzündbar war, wie sein Blick brannte. Ihn bedrückte, wie alles an ihr ihm unterwürfige Hochachtung abnötigte, weil sie seine wildesten Instinkte weckte. Wollte sie, dass er zu ihr kam? Jetzt, wo sie sich auf die Knie niederließ, wie um sich vor seinen Blicken wegzuducken, und war doch noch ungeschützter, und die bauschige Schwärze zwischen den fleischigen Schenkeln war sinnlichster Augenschmaus.

Er tat nichts.

Bis die babylonische Waschti, die Erwünschte, die Begehrte, die ihre Schönheit nur dem zeigte, den sie selbst auserwählte, wieder neben ihm kauerte und sich wie eine leichte Woge ihr aromatischer Körpergeruch über ihn ergoss und sie ihm eine Porzellandose vor die Nase hielt und den Deckel abhob. Im Ofen zerplatzte mit lautem Knall ein harziger Einschluss. Er achtete kaum darauf. Zu beiden Seiten der Dose ragten die verhärteten Brustkuppen wie schokoladenschwarze Trüffel hervor. Der herbe Duft bitterer Kakaos und der süße von Marzipan vervielfachte die Verwirrung seiner Empfindungen.

›Trunken von himmlischem Marzipan bist du den Göttern näher‹, überlegte sie, ›befindest dich im Vorhof des Tempels. Warte, sein Tor wird sich öffnen. Das Tor zum heiligsten Tempel der Welt.‹

›Dir will ich nah sein.‹

›Bist du. Je suis très fidèle! Überall bin ich die Deine. Und Marzipan lässt Wehmut schmelzen.‹ Sie hielt eine kleine Kartoffel, dunkel mit Kakao bestäubt, zwischen den Fingern. Er stellte sich vor, wie sie ihm die Kugel wie eine Oblate mit äußerster Behutsamkeit und als gehe es um einen Teil ihrer selbst auf die Zunge legte. Eine Brust geriet an seinen Arm. Die Warze wie in Eiseskälte erstarrt. Ihre langen Wimpern kitzelten seine Wangen.

›Dass diese Schnökerdroge ein amuse gueule und miraculeux is, ein Mundschmeichler, das weißt du aber? Dass sie natürliche Begierden verstärkt! Und dass schon bei ihrem Anblick der Leib wächst in der Liebe – wie man sieht. Mein lieber Scholli, hat Rumtreiber Paulus mal wieder richtig diagnostiziert.‹

Mit Sicherheit war sie mehr bibel- als marzipanverseucht, dachte er und dass bestimmt ihre Lippen um die harte Marzipankugel weich, nass und warm und zuckersüß wären, ähnlich wie bei der anderen, versteckten Kugel, dem kleinen Klitoriskopf in seiner nasswarmen Lagerstatt.

›Im Orient haben sich seit dem Mittelalter die Haremsdamen mit Marzipan in Ekstase versetzt!‹, gab die Priesterin der Nacht zu bedenken und legte das duftende Ding kopfschüttelnd zurück. ›Is doch zu gefährlich!, oh mein König und Wunderschöpf des Jahrhunderts. Ich mute dir zu viel zu.‹

Zur Bekräftigung stupste sie mit dem Zeigefinger an sein Corpus delicti, das tölpelhaft nickte.

›Noch ekstatischer sollt ich nicht werden, meinst du?‹

›Dein Scholli-Lolli? Ich weiß nich. Aber wenn er dich wahrnehmen lässt, wie ich unter Abschiedsschmerz leide ...‹

›Die Zunge des Weisen bringt Heilung, verspricht die Bibel.‹

›Wieso jetzt Zunge? Deine? Deine weise? Für mein Leiden? Der du meine Zuwendungsbedürftigkeit missachtest? Hältst du's denn für gerecht‹, ergänzte sie zu seiner Verwirrung, ›dass jeder Mucks von dir für mich hochexplosiv ist, du aber bist Mister Frigidaire? Is doch dissozial, einerseits der ungezügelte Liederjan da‹, und ein Finger schnickte erneut an das dümmlich ragende Kleinmonument, und sie stellte die Porzellandose ab und lagerte sich neben ihn, ›und andererseits der ausgehfertige Herr Lavendel, wie die beiden mich Nackte und Bloße und Unbeachtete links liegen lassen und noch nich mal solidarisch die Hüllen abwerfen!‹

Wo waren ihre strengen Grundsätze?, fragte er sich, als er sich seiner Kleidung entledigt hatte und sie reglos lagen. Ihr Arm und ihre Hüfte und ihr Schenkel waren weich. Immer mehr glaubte er ihre Liebe zu begreifen – als Wärme und Verstehenwollen. Von weit unten im Haus kamen Techno-Bässe, wie so oft hier im Baukasten. Es gab noch die andere Welt, deren Erschütterungen hier oben ausliefen.

›Mit dir auf'm Berg von Perlen liegen – in Millionen glatter, rollender, rieselnder Rosenquarz-Perlen, Liebe spendender und erotisierender und sanft gerundeter Kügelchen, und ebensoviel perlmuttweißer Perlen –, in einem Meer weißer und hellrosa Perlen, aus der Schatzkammer unserer Babelsberger Augusta, der Königin von Babylon‹, träumte sie kostbare Träume, als seine Hand unsichtbare Linien an ihrem Hals und den Schultern und Armen und Hüften entlangglitt und dann das Muster erlernte, in dem die feinsten Härchen über ihren Bauch ausschwärmten, die ihren Ursprung in der hauchdünnen und dem dunklen Dreieck entwachsenden Achse hatten, aus der heraus zahllose Nebentriebe abzweigten, die in den Nabeltrichter hineinstürzten oder ihn umrandeten und sich auf der Bauchhöhe verliefen oder wieder zusammenfanden in der Magenrinne und hochreichten bis zwischen die Brüste und deren Anhebungen erklommen und überhaupt im Licht der Kerzen Phili wie in einen durchsichtigen Mantel gehüllt erscheinen ließen.

Über ihren Mund huschte ein Zittern. Eine ihrer Brüste kauerte in seiner Hand. Weichheit unter straffer Haut. Noch die winzigste seiner Berührungen fand Antwort. Störrisch die Warze zwischen den Fingern. Er umkreiste sie und nahm sie zwischen die Lippen. Vom Jagdfieber ergriffen, verließ sein Mund die Halbkugel und stromerte durch die Halskuhle und über das Kinn zum Gesicht. Die Haut wurde immer feiner. Ihre Augen waren geschlossen. Die Lider zuckten. Ihr Bauch schien unterdessen seine Finger zu suchen, die gewölbten Schenkel wiesen sie, als hätten sie sich verirrt, weiter zu den Vertiefungen der Leisten, und die dirigierten sie zur buschigen Aue dazwischen. Er durchstreifte die flusig-wollige Weichheit und die Härchen am oberen Ende der Schenkel und deren Rundungen, die sich hauchdünn, wie japanisches Reispapier, und seidenartig anfühlten.

Unwillkürlich und störend mischte sich dabei Maschkas erwartungsvoller Blick ein und wie ihre Zungenspitze über die Oberlippe strich. Phili atmete tief ein, und ein halb gesummter Ton begleitete das Ausatmen. Ihre Hand, Anwesenheit andeutend, umglitt das unsinnig Präsente, und ihr Mund flüsterte etwas von einem hochmütigen Babeltürmchen, das jede Sprache spreche, jetzt aber nur noch die ihre, bis er sich vorstellte, wie sie dem jetzt Sprachlosen Einlass verschaffte und nichts als Hunderte von Härchen den Zugang verwehrten, doch bald klein beigaben.

›Weißt du, was du tust?‹, fragte sie flüsternd. Meinte sie ihn?

Wie zur Antwort schrieb sein Finger auf ihre Bauchwölbung. *Nacht!*, schrieb er, *Der Abend, aller Scharlach mag verstrahlen*. Das reichte von Hüfte zu Hüfte. *Auch der Panther schleicht im Augenblick davon.* Er war am Haarsaum angelangt. *Aber folgt dem Knaben!* umrundete aus der Schenkelbeuge heraus, was wie eine schwarze Sonne strahlte. *Sacht, in schmalen Glutsandalen* schrieb er, Buchstabe über Buchstabe, in ihre geöffnete und feucht glitzernde Mitte, *tanzt er nackt im alten Takt von Babylon ...*

›Und dann will ichs sehn‹, flüsterte sie, als er in ihr war, ›zieh ihn raus, den Lillewänn, den zauberischen, zieh ihn raus, wenn's dir kommt, ich möcht sehn, wie die Fontäne springt. Einmal und noch mal und noch mal. Dein Sperma möcht ich ...‹, stöhnte sie, ›ad fontes ... ipsos ... properandum!‹

Er legte Holz nach und streckte sich wieder auf dem Bett aus. *Ich kann Ihre Liebe zu nichts gebrauchen.* Henriette Hartherz. Neue Besorgnis war nicht abzuschütteln. Wie, wenn Phili ihn mittlerweile auch so cool abfertigen wollte wie Henriette Herz ihren Verehrer? So wie sie Ede, den Retter der Visumlosen, verabschiedet hatte? Und dann war da auch noch der Mensch, von dem sie am Steintor vereinnahmt wurde, während sie doch angeblich nach ihm gesucht hatte? So vieles müsste geklärt werden. Auch seinerseits, das war ihm bewusst. Was, wenn er sich ins Auto setzte? In 15 Stunden wäre er bei ihr. Doch die Entfernung zu ihr maß sich nicht nur in Kilometern.

Schon von weitem fiel ihm das braune Kuvert auf. Es klemmte zwischen den Türflügeln. Eine Nachsendung. Die Adresse der Redaktion war durchgestrichen und durch seine hiesige ersetzt. Zwischen den Fingern spürte er eine harte Form. Er entnahm dem Umschlag eine CD. Sie war unbeschriftet, bis auf die Datumsangabe 24-09-01. Das war vor über einer Woche. Er schob die Scheibe in den Laptop. Sogleich war da ein Raum in trübem Grüngrau. Sicht von schräg oben auf ein Bett. Er wusste, dass es sein Schlafzimmer im *GAD* war. Und als er eine männliche Gestalt in auffälliger weißer Lammfellweste sah, wusste er, dass er es war, der sich da wie verloren im Raum bewegte, der eine Schnapsflasche in der Hand hielt und auf dessen Gesicht die Kamera zoomte und wieder in die Ausgangsstellung zurückwich. Er wusste, dass der 24. September mit seiner überstürzten Flucht geendet und Sonja ihn aus dem Haus gebracht hatte. Seine Erinnerungen an die Nacht waren wenig verlässlich.

Die CD sei nicht von ihm, bestätigte ihm Börrjes am Telefon. Lavendel war doch erstaunt, wie wenig ihn die Sendung berührte. Der Film zeigte ihn beim Verlassen des Raumes. Nach einem Schwarzschnitt tauchte die Lavendelgestalt in Fellweste wieder auf. Sie zerrte eine Frau in BH und Strapsen und Strümpfen hinter sich her. Alles tonlos. Die Frau wehrte sich. Es war Sonja. Nur sie konnte es sein. Den in der Weste sah man nur von hinten. Das war nicht er. Selbst im flimmernden Grau der Aufnahme war der Mann erkennbar stämmiger als er, fand Lavendel. Doch für den außenstehenden Betrachter war er es, sollte er es sein, der Loser der vergangenen Wochen, der Sonja, die sich in heftiger Angst widersetzte und deren Lippen im Schrei verzerrt waren, aufs Bett schleuderte, der schwer auf ihr kniete, ihre Hände und Füße mit Klebeband systematisch ans Bettgestell fesselte und sie schlug und würgte, bis sie regungslos lag. Und es war dieser falsche Lavendel, der dann stand und den leblosen Körper betrachtete, dann sich über ihn beugte und BH und Strapse und Strümpfe grob herabriss und den nackten Körper unentschieden betrachtete und sodann rückwärts aus dem Bild verschwand. Die Kamera blieb lange und näherrückend auf dem bewegungslosen Frauenkörper. Bis der Film abbrach.

War das Wirklichkeit? War Sonja als Mitwisserin endgültig beseitigt und zugleich dem Internetbetrachter eine einträgliche Finalshow geboten und überdies Lavendel als Täter hingestellt worden? Oder war der Gewaltakt nichts als vorgetäuscht – und ein Warnschuss für ihn? Das Fingierte sollte zeigen, wie wenig seine Unschuld öffentlich glaubhaft sein würde. Dabei war ihm, als gehe es um völlig fremde Personen.

Als das Feuer fast niedergebrannt war und er Scheite nachlegte, war die CD so gut wie vergessen, beruhigte er sich. Er hatte damit nichts zu tun! Der Mann in der Felljacke war eine mediale Trickserei.

Er, ein anderer, ein Nichtbetroffener, ein Unangefochtener, ein Gesetzloser, lag ohne Schwere am äußersten Rand der Glut, und Scheherazade war da, die Tochter des Wesirs, anmutig, voll von Reizen und von ebenmäßigem Wuchs, die so viele Bücher und Lieder der Dichter gelesen, der Boten des Unsichtbaren, und ruhte bei ihm, ihrem König Johan ohne Land, ruhte im ahnenalten Holzbett, lehnte am Bettpfosten und beschwor, was darauf wartete, ihm fassbar zu werden, und machte ihn mit wenigen Worten zu Kalaf, dem Prinzen, dem sie sich als anbetungswürdige Prinzessin Turandot zur Seite gab, die in Liebe für ihn brannte und die hoffte, Kalaf werde sie enträtseln. Er lag und lauschte und sah, wie die Märchenhafte auf wundersame Weise in Philis Gestalt neben ihm atmete und wie ihre Lippen sich regten und wie immer begannen: *Es is mir zu Ohren gekommen ...* Dazu von unten leise die Tarantella-Musik. Er streckte sich nach der Porzellandose und griff sich eine der Marzipankartoffeln. Der bittere Kakaostaub verscheuchte Bedenken. Er hielt die Süßigkeit mit den Lippen. Um das Gesicht Turandots, die die unendliche Geschichte ihrer Verlockung lebte, lag, wie ein Band, dünnes Kupferrot, die ovale Umrisslinie säumend gleich der Kinnbinde bei mittelalterlichen Frauenbildnissen. Uta von Naumburg schob die Unterlippe vor, trotzig. Der schmale Nasenrücken schimmerte. Er würde das Süße zwischen den Lippen mit ihr teilen. Die linke Brustspitze bot die Herrscherliche als Ruheplatz. Doch kullerte der Ballen über die sanfte Böschung ins Tal zwischen den Anhebungen und schlug den abschüssigen Weg in Richtung Nabelgrube ein, wo er zur Ruhe kam. Das Gesicht bekam einen schmerzlichen Ausdruck. Alle Geräusche von der Straße und aus dem Haus wurden zu einem melodischen Ganzen, über dem ihr schweres Atmen lag. Die Augen waren schwarze Inseln im Helleren. Mit der Zunge trieb er die Kugel den unterseitigen Hang hinauf, die Herrliche ließ ihn gewähren. Träge kehrte das Ding zurück. Die Zunge half nach und rollte das runde, braune, duftende Ding ins Bärenwäldchen. Die Milde ihres Schoßes mischte sich mit dem Duft von Kakao und Marzipan, als sich die Vulvahälften teilten und die süße Kugel in der Vertiefung Halt fand. In Philis Kehle zerbrach ein Seufzer. Seine Zähne stießen auf weiches, sattes Fleisch und auf das körnige Marzipan. Wer dachte noch an eine Tatarin, ein Wesen aus einer anderen Zeit, eine Brünette, die hingebungsvoll von Phantasien aus Schokolade und von der Muschel sprach, der Concha, in der sich die feinsten Aromen entfalteten? Er biss ins Süße. Seine Zunge löste es aus der geschmeidigen Umklammerung. Es zerging im Mund. Turandots Schenkel, erzählte Scheherazade nun fast wehmütig, schlossen sich um Prinz Kalafs Kopf, als ob sie ihn nicht mehr entkommen lassen wollten, ihn, der an Haarweiches und Feuchtes und Zuckendes und Geschmeidiges rührte und vorsichtig die Säfte kostete, ihn, der jeden Winkel des süß und fruchtig Schmeckenden erkundete, ihn, der spürte, wie jede seiner Berührungen ihren Atem unregelmäßig gehen und laut und stockend und hastig werden ließ. Ihn, der dann mit dem Gesicht auf ihrem bauschigen Vlies ruhte, als hätte ihn der Genuss des Marzipans alle Kraft gekostet. So dass er dort bleiben und nicht an Vorläufigkeit und Unwiederbringlichkeit von Erleben denken wollte. Auf diesem Leib, der sein kaum merkliches Wiegen beibehielt. Mit ihrer Hand an seiner Wange. Mit Wörtern, die sich in ihm verfangen hatten und sich kehrreimartig abspulten – *...und wiegen und tanzen und singen dich ein...* – und sich als Wortgirlande durch seinen Kopf schlangen und schließlich Scheherazade verstummen ließen. Das Klimpern und Klirren ihrer Armreife zerging in nichts.

Im Baukasten war Ruhe eingekehrt. Die fernen Nachtgeräusche der alten Bäume des Venzin-Parks begannen heranzudringen. Vor den hohen Fenstern atmete und pulsierte Paris. Hupen und Motorengeräusche und Rufe wie in *Außer Atem*. Sie hielten sich fest. Lavendel dachte sich verlässliche Geborgenheit. Das lag vor allem auch daran, weil er genau sehen konnte, wie am nächsten Tag, gegen Mittag, als er aus Bergen zurückkam, ein Brief zwischen den Türflügeln steckte. Ein gut gefülltes weißes Kuvert mit 3-Franc-Marke und weich geschwungener Anschrift. Es in der Hand zu halten, machte unersetzbar froh. Noch im Freien riss er den Umschlag auf und zog einige Bogen Papier heraus, großzügig bedeckt mit schwarzen Buchstaben-Schwingen.

Es stellte sich heraus, dass ihm mehrere Versionen des Briefes bekannt waren. Die liebste begann mit der Anrede *Geliebter Johan*, und setzte sich fort: *ob ich französisch oder deutsch denke: Ich denke an dich. Ich weiß dich im sicheren Venzin. Bitte verzeih mir, dass ich dein Unglück mit Haus und Job immer wieder vergessen habe! Terrorisiert habe ich dich in meiner Liebesvermessenheit und mit meinem wankelmütigen Wollen (Hätte ich es mir und uns leicht machen und alles geschehen lassen sollen und wie naturergeben sagen, wie es die Pariser tun: c'est le chat? Das Kätzchen wars.). Ich war völlig durcheinander.*

Du willst mich verstehen, das weiß ich. Deshalb bin ich schon ruhi-

ger. Ich könnte mich unbegrenzt aufgehoben fühlen im Ungeplanten. Doch immer öfter ertappe ich mich dabei, dass ich Sätze im Optativ denke: Wärst du doch hier! Würde ich mich doch an dich schmiegen können! Und dann wieder: Würde ich dir doch besser beistehen in deiner Misere!

Dabei verzaubert mich die Stadt noch immer: c'est beau! Auch wenn ich nur unvollständig da bin und nur eingeschränkt begeistert. Du weißt, warum! Jessies Haus und Wohnung sind wie ein Museum aus den 20ern und – Je ne sais quoi – voll vom Flair jener stillen Tage von Clichy. Unsre Rue Gabrielle und überhaupt Montmartre haben inzwischen was Pappig-Illusionäres, als ob man durch die Filmkulissen von Amélie oder Irma La Duce läuft, mit Grisetten und hungrigen Malern und Akkordeonmelodien über allem. Und Jessie in ihrem Grunge-Style macht plötzlich auf Grisette aus den 50ern.

Die Sorbonne ist ein Moloch. Eigentlich bin ich schon wieder tout fait, wie Jessies Mum sagt (fix und fertig). Aber jetzt ist aller Bürokratenkram geklärt. Und Jessies Vater Henry habe ich doch erwähnt? Er hat hier in einer Presseagentur zu tun. Frieder und er konnten nicht viel miteinander anfangen (F. hat es hier nur eine Nacht ausgehalten, ist jetzt bei Freunden in Nanterre.). Ich habe Henry von dir erzählt. Er meinte, es sei ein Job hier im Büro (Koordination von irgendwas in Richtung Deutschland) zu besetzen, aber auch eine Korrespondentenstelle in Deutschland selber. Wenn dich davon was interessiert, solltest du hier schnell aufkreuzen, meint er, und dich präsentieren. Jessie hat sich gleich unheimlich stark gemacht für dich (Die Seltsame schmökert, seit sie hier ist, Tag und Nacht im 'Hyperion' und bringt sich und uns damit um den Verstand. Ehrlich, sie ist zum Kringeln, wenn sie erklärt, sie wolle hier unbedingt eine Romanze erleben, einen erfahrenen Monsieur bezirzen und ihm seine geheimnisvolle belle dame sans merci sein. Ach, und sie las mir ein Stück vor, das solle ich dir unbedingt mitteilen: 'Ich wollte aus Deutschland wieder fort. Ich suchte unter diesem Volke nichts mehr, ich war genug gekränkt, von unerbittlichen Beleidigungen, wollte nicht, dass meine Seele vollends unter solchen Menschen sich verblute...', so dass ich ein ganz grilliges Gefühl hatte. Ich sage nicht, welches. Dann wieder eröffnete sie uns, sie habe eine Freundin, eine Busenfreundin. Und brachte Simone mit. Umschlungen nur sieht man jetzt beide, Tag und Nacht. Die Eltern schmunzeln. Eine feine Frau übrigens, die sich ihrer annimmt, klug und schön.).

Am schönsten fand er es, wie dieser Brief mit einer verdeckten Einladung endete und sie *Mon cher* schrieb und: *Wenn du am Sonntagmittag nach Hiddensee fährst und über die Dornbuschheide läufst und von der Küste aus aufs Meer schaust, seh ich dich dort vor mir. Wie zumeist kommt der Wind aus Westen. Warte, bis du allein bist, und sei offen für alle Geräusche und Gerüche. Um fünf, wenn der Himmel sich rosig zu färben beginnt, könntest du deine Mignonette hören und spüren und könntest wissen, dass uns das Miteinander gelingen wird, weil wir darauf bauen können, uns selbst nie zu verlieren. Zum Beispiel weil ich dich als den liebe, der sich frei bewegt (und hoffentlich immer weiter auf mich zu), und weil die unerfüllte Liebe uns überwältigt und ewig dauert.*

Sicher weißt du inzwischen längst, was zu tun richtig ist. Allez, Amant! Millionen Bisous von Deiner Phili.

Diese Blätter faltete er zusammen und sah zu den hohen Parkbäumen hinüber. Die Wolken hingen tief und regenschwer. Phili entdeckte er in einem Straßencafé gleich neben dem Metro-Aufgang, an einem der kleinen Tische, und er setzte sich neben sie. Das sah fraglos aus und als finde es in einem Film statt, der sich leichtfüßig seinem Happy End näherte. Gleich würde sie sich ihm zuwenden, und die traumhafte Lebendigkeit fand sich auch in ihrem Blick. Ihr Zuwenden erfolgte sehr langsam. Er dachte an ihr Sonnenkreuz und die Wärme, die davon ausging, und schlief darüber ein. Vielleicht kam er morgen, dieser Brief.

Wenn er erwachte, wurde ihm immer bewusster, dass er Phili einholen wollte. Sie war ihm viele Schritte voraus. Sie wollte mit ihm mehr als Lust. Ihrer Lust war sie sich gewiss. Sie hoffte, mit ihm in einem andächtigen Einssein Liebe zu leben, wie er es sich nur andeutungsweise vorzustellen vermochte.

Und in dieses Bewusstsein griffen immer neue Zweifel an der Wirklichkeit des Vergangenen auf der Insel ein. Bedenken auch, in einem anhaltend apathischen Traum festzuhängen, in hypnotischen Bildern, vielleicht von Phili durch ihre magische Kraft seiner Phantasie entlockt, Bedenken, der Ohnmacht der vergangenen *GAD*-Wochen verfallen zu bleiben, Bedenken, die neu gewonnene Umfriedung würde rissig, Phili habe sich wieder entzogen, ihn ohne Gegenwehr überrumpelt – und er sei nur mehr ein unbestimmter Rest seiner selbst und sie werde immer unerreichbarer. Und mehr als ein Bedenken war die Einsicht, dass Phili ihn körperlich nicht brauchte. Sie brauchte überhaupt keinen Mann. Vielleicht war ihr, die sie einen Traum von sich ergänzender Partnerschaft hatte, das gar nicht bewusst. Sie hatte sich. Sie bescherte sich ihre eigene unio mystica. Und doch glaubte sie an eine Überhöhung, eine Krönung in der körperlichen Vereinigung. Mit ihm! Weil er an den Vater erinnerte? Weil die gängigen Vorstellungen eine Verheißung zu enthalten schienen?

Für sie wäre es ein gesteigertes Bei-sich-Sein. Dieser Gedanke der Überhöhung war Selbsttäuschung. Sie, die so vertraut mit sich war, konnte doch ihr Lebensentfachendes, ihr Eigenstes keinem anderen Menschen ausliefern. Vielleicht hatte sie deshalb die Bedingungen so hochgeschraubt. Sie wollte möglichst unerreichbar sein. Und war es jetzt in Paris.

Er aber, das war seine deprimierende Einsicht, er brauchte sie auf dem ganzen Weg zu solch einer Vollkommenheit, die er sich ein bisschen schon in leuchtenden Farben vorstellen konnte. Brauchte ihr nahes Locken bei jedem seiner Schritte. So schien es ihm.

Hellhörig

Am fünften Tag bekam er ihren Brief. Auf dem einzigen Blatt, welches das Kuvert enthielt, wiederholte sich dringlich:
Komm zu mir, oder ich sterbe.
Komm zu mir, oder ich sterbe.
Komm zu mir, oder ich sterbe.
Komm ...
24mal! Vielleicht hatte die genaue Anzahl eine eigene Bedeutung. Es war Lavendel, je öfter er auf die Satzfolgen blickte, als habe er den Satz früher so ähnlich schon gelesen. Entscheidend war jedoch, sagte er sich, dass zu lesen war, was er empfand. Was er aber nie laut zu sagen gewagt hätte. Auch nicht so melodramatisch. Phili allerdings durfte das.
Nur – der Brief ließ doch noch auf sich warten.

Am sechsten Tag lagen morgens auf der Stufe vor seiner Tür zwei tote Katzen. Sie lagen übereinander. Die Läufe waren zusammengebunden und so verdreht, dass die Anordnung ein Hakenkreuz ergab. Celia und Horst sagten kein Wort. Sie schaufelten den Tieren ein Grab.
Lavendel hob in Bergen so viel von seinem Konto ab wie möglich. Als er mittags nach Venzin zurückkam, steckte ihr Brief zwischen den Flügeltüren. Ein übergewichtiger Brief. Der erste. Aber vielleicht war ihr mit der Entfernung alles Gesagte, das in ihm fortwirkte, unwichtig geworden. Es könnte ein Abschiedsbrief vom vorläufigen Abschied sein. Mit neuen Theorien, umständlich gesuchten Erklärungen zu einer lustvollen Wende.
Tatsächlich, weich geschwungen die Anschrift. Eine Marke mit Dinosaurier-Motiv. Ihre Pariser Adresse auf der Rückseite. Im Hineingehen riss er das Kuvert auf und zog erst einige Bogen Papier heraus, großzügig beschrieben mit diesen schwarzen Buchstaben-Schwingen. Sie in Händen zu halten, machte be-

klommen und erregt zugleich. Er legte die Blätter ungelesen auf den Tisch. Dann zog er eine CD aus dem Umschlag: *La Traviata*. Sutherland und Pavarotti. Quer über die Hülle hatte sie *Lachen verschönere uns die Nacht* geschrieben.

Er stand am Fenster und sah auf die blaue und gelbe und scharlachflammige Bauernblumenwildnis und den dahinter entstehenden Barockgarten. Celia winkte herüber. Um das Dach des Herrenhauses kreiste ein Schwarm Möwen. Die Kronen der Parkbäume waren in sanfter Bewegung. Ein Schwirren lag in der Luft. Ein Ankommen und Aufbrechen. Vereinzelte Vogelrufe durchbrachen die Stille. Er würde in die Welt fliegen.

Doch das Kuvert hatte kein Übergewicht. War in Deutschland abgestempelt. Konnte keine CD enthalten. Simple deutsche 1,10er-Marke. Datum von vorgestern. Kleine blaue zierliche gleichmäßig dahinspringende Buchstaben. Kein Absender. Zwei Briefbogen.

Hallo, Stranger, setzte der Brief ein. *Hallo, Stranger, hier schreibt die, die Du als Maschka kennengelernt hast. Willst Du Dich erinnern?*

Anfangs wollte ich nur Deine Telefonnummer! Hatte ich auch bald raus. Als mich das ewige Kein Anschluss unter dieser Nummer *genervt hat, dachte ich mir, fährst du mal vorbei, bist in gewisser Weise ja der Schutzengel dieses aus der Schlangengrube Entkommenen.*

Angesichts der schrecklichen Bescherung (die ich halbwegs befürchtet habe, weil ich gestern eine Aussprache zwischen Jack und Moses mitgekriegt habe (nicht sehr zufällig), wo Jack was vom Ausräuchern von Bazillen genuschelt hat) habe ich gestern Nachmittag Deinen Bäcker am Eck neben der Halbruine aufgesucht, um da was rauszukriegen. Und wie es der liebe Zufall will, warte ich im Laden und höre aus dem Hinterzimmer Stimmen. Eine davon gehörte der Bäckersfrau, wie sich später gezeigt hat, die andere einem Polizeiorgan. Ging um Anzeige und so. Und die Bäckersfrau fragt nach dem Verbleib des ... (unverständlich), denn man wisse hier fast nichts, habe aber doch noch Verschiedenes zu klären mit dem Ex-Mieter (!). Jetzt war ich doppelt hellhörig. Habe aber leider nur ein paar Brocken aufgeschnappt von der Adresse, die die Polizei ihr im Vertrauen (!) mitgeteilt hat: Rügen – Rittergut Venzin. Besser als nichts, dachte ich, und habe mir daraufhin ein Marzipan-Croissant gegönnt und bin gegangen.

Und schreibe jetzt, weil ich vielleicht einfach jemandem mitteilen muss, dass ich meine Koffer packe und überhaupt bei den Auroras vorzeitig gekündigt habe, weil nämlich auch mir das Pflaster zu heiß wird. Denn Jack hat mit Moses und dem Anwalt rumgerätselt (was ich genauso „zufällig" mitgekriegt habe), ob Dir eine von uns was gesteckt haben könnte, und weil ich seit Deinem Verschwinden die Nase erst recht voll habe von allem hier und weil ich mir unter der Hand ein paar „Geschäftsvorgänge" aus Moses' Rechner zur Absicherung und Erinnerung runtergeladen habe, und weil mir beim Stichwort Rügen meine Otto Mueller-Affinität einfiel und ich fand, dass es höchste Zeit sei, dort auf den vorväterlichen Spuren (auch wenn sie nur fiktiv vorväterlich sein sollten) zu wandeln, und weil ich mich da mit einer Verlegerin treffe und weil ich mich übers Internet im legendären Haus am Dornbusch in Kloster auf Hiddensee hochstaplerisch (Ich konnte es nicht lassen) einquartiert habe (als 'Großkind' des Meisters Mueller sei ich überaus willkommen, hieß es), und weil ich dort ab Donnerstag ein vielleicht längeres Weilchen bleibe, wer weiß, und im dortigen sagenumwobenen Rosengarten, wo die Myrte still und hoch der Lorbeer steht, wie Frau Sielaff goetheanisch behauptet, wo ich also der Eingebung harren werde, wohin es gehen wird mit mir (Wirklich Paris?), und weil ich meine Muellerforschungen und mein Zeichnen und vor allem: das Zusammensein mit meiner Cousine Vittoria aus der Freien Republik Greifswald, die inklusive Familie bei Freunden in Vitte ist, auch mal unterbrechen und mich zum Beispiel am Strand in sonnenwarmen Sand und Bernsteine und Muscheln legen kann (und wenn es nur gedanklich ist).

Das Wissen, dass alles in H. in ein paar Stunden hinter mir liegt, ist wunderbar. Ich fühle mich jetzt schon befreit. So befreit, dass ich gern mit ein paar Worten all das abschütteln möchte, was mein Leben in den letzten zwei Jahren geschützt hat. Warum ich Dir das sagen will? Ich habe das Gefühl, es ist richtig.

Vieles ist anders, als es sich darstellt. Das ist Dir im GAD schließlich klargeworden. Auch Sonja und ich sind andere. Sonja heißt Fleur und ist seit Schulzeiten meine Freundin. Nach dem Abi bin ich mit ihr auf Weltreise gegangen und habe den Maler David Goll, Du wirst ihn kennen, in Toronto heimgesucht. Ich habe ihn geliebt und er mich. Vielleicht weißt Du schon was darüber. Harry Voss, ein Freund Davids, hat später eine Novelle über uns geschrieben. Jedenfalls habe ich später kreuz und quer studiert. Ethnologie, Psychologie, Kunstwissenschaft. Fleur hat das Leben studiert. Danach sind wir zu Vittoria nach Greifswald. Wir haben Harry Voss geholfen, das Kunstmuseum der Republik zugänglicher zu machen. Dann hatte Fleur die Idee, im Rotlichtmilieu zu recherchieren und daraus ein Buch zu machen (Darüber werde ich auf H. mit der Verlegerin sprechen). Wir also inkognito in unsere Heimatstadt zurück. Ohne Kontakt zu unseren Familien. Von meiner Mutter will ich sowieso nichts mehr wissen, seit sie sich eines meiner Bilder von David unter den Nagel reißen wollte.

Und jetzt? Fleur recherchiert zu Ende und kommt dann nach Paris oder sonstwohin nach.

Dass es Dir gutgeht und du in sinnumdämmerndem Schlaf durch rotblühenden Feldmohn streifst und dabei vor Kaimanns ferngesteuerten Hopliten in Sicherheit bist, Stranger, das hoffe ich sehr.

Die aufgewacht ist: Maschka und mehr und vor allem Hendrikje: 0495-459145.

Er ließ die Blätter sinken. Erleichtert wie lange nicht. Gerade als habe er die Lösung in Händen. Oder als wäre ihm ein Aufschub mit anschließender Vorgabe gewährt worden. Maschka bzw. also Hendrikje dürfte inzwischen auf der Insel sein. Wenn er den kleinen Umweg machte, würde sie ihm bestimmt Einblick in die erwähnten *Geschäftsvorgänge* geben. Und womöglich wusste sie über die Entstehung von Sonjas angeblicher Todeszene Bescheid. Das könnte ihn voranbringen. Und warum kein Abstecher zum legendären Antifaschismus-Archiv der Freien Republik Greifswald? Es könnte ihm Informationen über Kaimann und seine Beziehung zu den Ludendorfferianern einbringen. Wenn es eine gab. Er war voll Tatendrang. Und wenn er an Phili dachte, durchströmte ihn Wärme.

... es wirkt, plötzlich befreit, die Brise des Zephyr, da, Göttin, künden die Vögel dich an, ins Herz getroffen von deinen mächtigen Pfeilen. Dann toben das Wild und das Vieh über üppige Weiden, schwimmen durch wilde Ströme: Von deinem Zauber gefangen, begierig folgen sie alle dir, willig, wohin du sie führst. Dann senkst du verführerische Liebe ins Herz aller Kreaturen, die leben in den Meeren und Bergen und fließenden Strömen und in der Vögel belebtem Dickicht, auf grünenden Fluren; den leidenschaftlichen Trieb senkst du in sie ...
De rerum natura, Lukrez

Insel im Wind

Die Habseligkeiten waren verstaut. Erleichtert durchmaß er die Wohnung. Der Geruch des ersten Abends herrschte noch immer vor. Dass er abreiste, vielleicht war es im Sinne Philis.

Wortreiche Verabschiedung durch die überraschte Celia. Hotte sei wieder in Berlin. Lavendel vermochte auf die Frage *Paris?* keine präzise Auskunft zu geben. Sie umarmte ihn. Den Namen Phili erwähnte sie nicht, als ob sie fürchtete, die Verbindung zwischen der Fernen und ihm sei brüchig.

Er telefonierte mit Maschka, die jetzt Hendrikje hieß, er könne vorbeikommen, mit der nächsten Fähre. Es war einen Moment still in der Leitung, einen Moment lang, in dem er sich frei wie lange nicht fühlte, dann stimmte sie zu. Sie hörte sich erfreut an. Vielleicht täuschte er sich auch.

In Schaprode fand er nahe dem Hafen Platz für seinen Wagen. Es war ein milder Herbsttag. Die Wolkendecke sah aus, als reiße sie demnächst auf. Er ging an Bord. Viele Fahrgäste hatte das Schiff nicht. Plattdeutsche Laute dominierten.

Die Überfahrt nach Hiddensee würde länger dauern, als er vermutet hatte. Das kleine Fährschiff kroch durch den Bodden, vorbei an eingerammten Reisigbesen, die die Fahrrinne markierten.

Er ließ das Wenige, in das er eingebunden war, hinter sich. So empfand er das Fahren. Gültiger befreit vom *GAD*. Und von seinen nachtfinsteren Philiträumen, die sie benutzten und ihr Unrecht taten. Er schaltete sein Handy ab. Penelope, die Ferne, würde nicht anrufen. Bald aber stand er ihr in Paris gegenüber. Erst würde er kein Wort herausbringen.

Die Insel kam näher. Welchen Namen hatte Maschka da erwähnt: David Goll? Der Mann lebte nicht mehr. Das frühe Ende des deutschen Malerstars, vor zehn Jahren, die Todesmeldung war aus Kanada gekommen, hatte Rätsel aufgegeben. Damit hatte Maschka zu tun? So wie sie auch mit dem Ende oder Verschwinden Arnos, mit dem sie vorher zusammen war, etwas zu tun hatte? Je mehr er von ihr erfuhr, desto undurchsichtiger wurde sie. Dabei – ihr Lächeln, als sie mit der Weinflasche an der Tür aufgetaucht war … oder beim Austernschlürfen … oder wie er sozusagen in ihrem Bad mit anwesend war, als im Sonnenlicht, das durchs Fenster fiel, ihre Finger in der rosig aufgefalteten Muschel lagen und sie die Augen geschlossen hielt …

Er blieb an Deck, lehnte an der Reling. Träumerisch auf Reisen zu fernen Himmeln … Das Stampfen des Motors kroch in den Körper. Er wollte eins sein mit dem gleichförmigen Rhythmus der Maschine und deren Verlässlichkeit. Das dürfte andauern. Er würde nach und nach seine Unbedenklichkeit wiedererlangen.

Auf einer Bank lümmelte ein altersloser fetter Skin-Glatzkopf in Ledermontur. Zu seinen Füßen, angeleint, ein schwarzer Pitbull mit Stachelhalsband. Lavendel vermied es, hinzublicken.

Zwei Jungen im Kindergartenalter rannten treppauf, rannten treppab und zwischen den Bänken hindurch. Ihre hohen Stimmen sprangen ihnen voraus. Das Bellen des schwarzen Untiers verfolgte sie.

»Na!«, knurrte der Glatzkopf. Stille. Nur Kinderschreie und Schiffsmotor. Das Untier bellte wieder los, heiser und röchelnd, und zerrte an der Leine.

»Muck, Platz!«, knurrte es. Der Wolfshund verstummte.

Eine lederhäutige und faltige Mitfahrerin postierte sich neben Lavendel. Auffallend ihre blütenschillernde Bluse und passend geblümte Segelschuhe.

»Die wern schon noch müd, die Spacken«, sagte sie. Ihr Blick suchte seine Zustimmung. Sie umklammerte den weißlackierten Handlauf der Reling. Die Finger waren gespreizt, Adern traten auf dem Handrücken bläulich und knotig hervor. Die dicksten kamen von den Handgelenken und teilten sich und mündeten zwischen den äußeren Fingern. Wenn die Frau sprach, verschrumpelten mal die Lippen, mal krümmten sie sich wie violettrote Raupen.

Es ging zögernd voran, kriechend fast und als stünden am Bug Seeleute, die mit langen Stangen erst die Bodenfreiheit festzustellen hatten, um das riskante Vorwärtstasten durch die unwegsame Lagune abzusichern.

Man laufe demnächst, vielleicht heute noch, Neuendorf an, so die Geblümte ironisch, steche aber unverzüglich wieder in See. Der Ausdruck *See* konnte hier nur spöttisch gemeint sein, dachte er.

Als das Schiff wieder losmachte, wurde das brackige Wasser des Boddens, durch das man nun nordwärts dampfte, zu braungrünem Schaum aufgewirbelt. Der Skin döste, die gestiefelten Beine auf der Nachbarbank. Eine Plane deckte Särge an der Rückseite des Schornsteins ab. Eine lose Ecke flatterte. Es handelte sich wohl um ein halbes Dutzend Särge, gestapelt und rutschsicher verschnürt. Deren Anzahl könnte ein ängstliches Gemüt befürchten lassen, eine tödliche Seuche raffe auf der abgelegenen Insel im Moment die Einwohner reihenweise dahin.

Die Kennerin neben ihm, seinem Blick folgend, wusste auch hier die Erklärung. Man stelle sich auf Herbst und Winter ein, eine graue, eine raue Zeit oftmals.

»So grau und trübselig, dass was Trübseligeres kaum denkbar ist! Wir Alteingesessenen, wissen Sie, wir lieben das. Aber die Inselgäste! Da hat man Spätherbstsuizide auf der Rechnung.«

Sie sagte das eher nebenbei, mit der unerbittlichen Miene einer Gottesanbeterin.

Das Schiff steuerte Vitte an. Hier wurden die Totenschreine mit Hilfe eines Bordkrans auf den Steg gehievt. Auch die redselige Mitreisende ging an Land. Jede ihrer Hände hielt eine Hand der zwei Kinder. Ein friedfertiges Bild. Als die Fahrt fortgesetzt wurde, war er noch da, der Fette in Leder, nebst Kampfhund, der keinen unbeobachtet ließ.

Lavendel fiel ein, wie Phili von ihrer verwunschenen Insel geschwärmt hatte, vom Dornbusch und dessen Gerüchen und den Kreuzottern. Kampfhunde kamen in ihrem Garten Eden nicht vor.

Er blieb also bei den düsteren Figuren. Suchte er Bedrohung, als Ersatz für den *GAD*-Einschluss oder das Dahinwarten im Ungewissen?

Wie die Inselkundige umklammerte der schiffbrüchige Odysseus die Reling, erwartungsvoll, als sie weiter an Ogygia, der Insel der Nymphe Kalypso entlang und schließlich in den Hafen von Kloster einfuhren.

Etwas abseits von den am Kai Wartenden, die mit zurückfahren wollten, stand Maschka, die *Aurora*-Nymphe und Mueller-Begeisterte, die ihn auf die Insel lockte. Gemessen an ihrem letzten Auftritt, an den er sich vage erinnerte, etwas Raubkatzenhaftes hatte sie an, trat sie hier distinguiert auf. Schwarz und grau der

Pulli, der Rock, und schwarz die Strümpfe. Eine Rosenquarzkette war der einzige Schmuck.

Ihr Gesicht unterm dunkelblonden Haar ließ aufmerken. Es sah offen aus und hell, sah aus wie damals, als er sie heimlich das erste Mal beobachtet hatte. Ihr Blick, im Schatten dichter Wimpern, war eindringlich und sehr gegenwärtig und versonnen.

Seinem verlegenen *Hallo* antwortete ein stummes Lächeln. Sie musterte ihn. Er fühlte sich wie ein Abziehbild seiner selbst.

»Hi, Stranger! Hat dich mein Brief also hergebracht«, sie streckte ihm die Hand entgegen, »auf das Inselchen der Flüchtlinge. Du hast hoffentlich ein bisschen Zeit!«

Ihre Hand war schmal und kühl.

»Das letzte Schiff fährt um sechs«, sagte er.

»Dann komm!«

Sie war gehemmt. Er war gehemmt Auf ihm lasteten die vergangenen Tage und Nächte, spürte er, und Wochen und Monate. Und ihn bedrückte, dass er ihr nur aus dem *GAD* bekannt war. Als einer, der außer sich geraten war, einer, dessen Verfall dauerhaft via Internet zu verfolgen war. Und was wusste er von ihr? Anziehend war sie, schillernd und leichtlebig. Und dass sie ihm aus seinem Käfig zu entkommen half.

Sie musste spüren, wie schwer er sich tat, und hielt an nach ein paar Schritten und umarmte den Verblüfften. Mit jedem Atemzug, den er sie spürte und roch, verflüchtigte sich mitgeschleppter Ballast.

»Besser?«, fragte sie und fasste nach seiner Hand. Sie gingen. Die Wolkendecke wurde durchscheinender.

»Jetzt bist du also Hendrikje«, wagte er sich endlich vor, »oder kommt da noch ein Namen?«

»Dabei bleibt's.« Sie hob die Rechte, als schwöre sie. »Vorhin, übrigens, war ich oben auf der Heide«, wechselte sie abrupt das Thema, »auf dem Leuchtturm. Da bläst der Wind gewaltig. Deshalb ist mir jetzt nach Wärme und irgendwo zu sitzen. Vielleicht essen wir was? Was meinst du?«

Er nickte und erwog, ihr seine Windjacke anzubieten, wie das jeder Filmheld der 50er- und 60er-Jahre getan hätte. Das kam ihm aber zu klischeehaft vor. Sie bogen vom Hafenweg in den sandigen Kirchweg ein. Trotz allem, merkte Lavendel wieder, war er wie erlöst, das zermürbende Venzin hinter sich zu haben, Hand in Hand mit der Halbbekannten. Ihre Finger waren von eleganter Feinheit.

»Im Sommer wälzen sich hier Heerscharen von Tagesinsulanern durch, wurde mir gesagt.«

Sein Besuch war wenig durchdacht. Was wollte er hier? Informationen über Kaiman, klar. Und sie, die Zuneigung gezeigt hatte?

Vor einem reetgedeckten Restaurant hielt sie an.

»Probieren wir's?«

Man musste den Kopf einziehen beim Übertreten der Schwelle. Der Raum war angefüllt mit Gerätschaften zu Seefahrt und Fischfang. Graue Netze hingen unter der Decke. An den Wänden rostige Anker und Bojen und Ölschinken mit Gewoge und Männern mit Südwestern und Wettermänteln. Sturmlaternen gaben Tranfunzellicht. Zwei Männer an einem Wandtisch hatten eine Flasche Sanddorngeist zwischen sich. Im Gleichtakt hoben sie die Gläser. Vor dem Niedersitzen strich Hendrikjes Hand den Rock glatt, die Rückseite nachzeichnend.

Bevor sie sprechen konnten, stand da schon die Bedienung, eine zierliche Frau, lockig und sehr blond, stand mit schiefem Kopf und fuhr sich mit gespreizten Fingern durch die lang herabhängende Haarfülle und warf sie über die Schulter zurück und empfahl Dorsch, vergangene Nacht gefangen. Dorsch mit Cherrytomaten, Lauchringen und Zitrone. Das Leckerste, was man im *sönneken Länneken* heute finde. Backzeit zehn Minuten.

Als die Bedienung grünen Tee zum Aufwärmen brachte und Lavendel stilles Wasser vor sich stehen hatte, platzte Hendrikje heraus:

»Legen wir die Karten auf den Tisch?«

Sie sah vergnügt drein, wie beim Austernessen. Sie pustete

auf den Tee und trank kleine Schlucke. Die Männer am Wandtisch sahen vor sich hin oder auf die Flasche, deren Pegel Niedrigstand hatte.

»Du heißt also nicht Maschka. Hast auch nichts mit Otto Mueller zu tun? War überhaupt alles, was du mir im *GAD* zum Muschelgericht aufgetischt hast, Teil eurer Inszenierung?«

»Teil der Idee, ja. Bisschen was hab ich damals angedeutet, als wir dich aus dem *GAD* geschleust haben. Aber du wirst dich kaum erinnern, warst hackevoll.«

»Hab ich mich danebenbenommen?«

»Nein, nein. Warst manierlich. Trotzdem. Hat doch meine Oma gesagt: Du musst nen Mann betrunken erleben, bevor du dich für ihn entscheidest.«

War auch ihre Oma-Weisheit ironisch? Sie verzog keine Miene.

»Also, du bist Hendrikje, unwiderruflich. Und du bist mit Goll zusammengewesen? DEM Goll ...«, fragte er.

Sie lächelte. Grübchen zeigten sich. Er verlor allmählich die Scheu.

»Wir waren uns anfangs mit dir nich sicher. Du hättest auch'n gutbezahlter Maulwurf der *GAD*-Mafia sein können. Wie Arno, denk ich heute. Vielleicht. Aber als das mit dem Brandanschlag auf deine Wohnung kam, in der Presse, da war uns das ein letzter, ein leider trauriger Beweis. Vorher blieben wir in Deckung, verstehst du? Deshalb auch hab ich dir im Auto damals noch was vorgeräubert von wegen Sex mit dem oder jenem und radikalen Entschlackungsbädern nach getaner Arbeit und so.«

»Alles erfunden?«

»Nie war was mit einem von denen.«

»Und Arno?«

»Nur andeutungsweise. Weil Fleur und ich die Risiken unseres Unternehmens zu optimistisch kalkuliert hatten, konnt ich dann nicht total kneifen, als sich die Lage zuspitzte.«

Was verstand sie unter *andeutungsweise*? Merkwürdig, wenn sie lächelte, glaubte er ihr alles. Aber das war ihm jetzt weniger wichtig als die DVD mit Fleur, die ihm zugeschickt worden war. Er schilderte Hendrikje die gewalttätige Szene.

»Was für'ne Grütze!«, ereiferte sie sich. »Heut früh hat mir Fleur davon erzählt, sie hat den Film gesehn. Ihr aber gehts super. Die Szene ist das Finale. Da wird so getan, als sei Sonja tot. Von dir umgebracht. Dass sie dich mit dem Flickwerk erpressen, wundert mich. Oder auch nich. Fleur ist natürlich jetzt auch raus aus der Story.«

»Gut zu wissen. Übrigens, drüben, im Auto, liegen die Zeichnungen von Arno. Die mit dir. Aus dem *GAD*. Ich hab sie mitgehen lassen.«

»Super! Dann falln sie Kaimann nich in die Hände. Fleur packt gerade ihre Siebensachen. Sie hat den heimlichen Mitschnitt eines Gespräches Kaimann und Moses zur Post gebracht, für mich. Soll total kompromittierend sein. Du könntest ihn bekommen.«

»Sie riskiert Kopf und Kragen.«

»Ja. Das mag sie. Und sie beißt sich durch.«

»Was habt ihr eigentlich vor?«

»Es geht um einen Report über *Aurora*. Und über das Herrschaftsverhältnis zwischen Mann und Frau im imaginierten Raum. So was gibts schon reichlich auf'm Markt, ich weiß. Aber unsere Verlegerin ist scharf auf zwielichtige Authentizität. Gestern war sie hier.«

»Ein Bericht? Mit Bildern?«

»Bilder ausschließlich von dir.«

Er musste bemitleidenswert dreingeblickt haben.

»Nein! Nur die Schurken sind drauf«, erbarmte sie sich.

»Und Fleur, oder?«

»Wohl oder übel. Gefällt ihr aber. Sie is'ne Spielerin. Und tollkühn. Liefert sich knallharte Scharmützel mit Kaimann, Eifersuchtsszenen inklusive. Weißt du ja. Genießt es zuzusehen, wie Menschen sich lächerlich machen in ihrer Triebhaftigkeit und eitlen Selbstsucht.«

»Genießt du es auch?«

»Ich find das Gesindel abscheulich. Ist aber'n Teil der Story. Die lief nach den Vorgaben aus dem *GAD*-Zentrum. Aus denen haben wir unsere Drehbücher geschneidert. Zumindest dachten wir, dass es so laufen würde.«

Fast unbemerkt waren drei Gestalten hereingekommen, breit und in schwarzem Leder, und verschmolzen am Tisch neben dem Eingang mit der Düsternis. Ihre unförmigen Rücken krümmten sich nach vorn, die Köpfe steckten zusammen. Finstere Harpyien. Lavendel sah weg.

Die Kellnerin servierte eine überbordende Fischplatte. Die Dorsche trugen einen Paniermantel. Die Portion war für ausgehungerte Schwermatrosen berechnet. So wie Hendrikje sich mit Austern auskannte, so hob sie auch hier geschickt die obere Hälfte des Fisches ab, während Lavendel unsystematisch Löcher in den Fischleib grub. Stumm häuften sie helles Fleisch auf die Gabeln, träufelten Zitrone darüber und wechselten zwischendurch zum rotgrünen Gemüse. Lavendel hatte lange nicht mehr so etwas Appetitliches zu essen gehabt, stellte er fest.

»Und du?«, knüpfte Hendrikje nach einer Weile wieder an. »Was hat dich in den Tempel der Lüste gebracht?«

Das Kauen gewährte Pausen, in denen er sich Sätze zurechtlegte. Häppchenweise zerging das weiche Fischfleisch im Mund und häppchenweise trug er erst seine Joana-Verstrickung, dann die Nazi-Konfrontation vor sowie den Verdacht, was hierbei das *GAD* anging, schweifte kurz ab zu den süß-säuerlichen Cherrybeeren, kam zu den Phili-Begegnungen und zu seiner Absicht, die Nazispur weiter zu verfolgen. Es erleichterte ihn, von geplanten Recherchen reden und von unterlassenen schweigen zu können. Fast beschwor er sich ein Gefühl wie zu besten Zeitungszeiten herauf.

»Undercover? Ach, du dickes Ei! Das Irre ist, dass solche wie du oder wir, die wir das kaputte System ausspionieren, es gleichzeitig am Laufen halten. Ist doch so, oder?«, resignierte sie.

Die nächste Schnapsflasche zwischen den zwei entschlossenen Männern wurde entkorkt. Vielleicht hatten sie einen Freund beerdigt. Am Tisch neben dem Eingang schüttete man Bier in sich hinein. Die Kellnerin hatte zu tun.

Nach dem Essen hatte Hendrikje vorgeschlagen, den Kopf auszulüften, zumal die Sonne sich durchgekämpft habe. So liefen sie den Kirchweg meerwärts und bogen zum Strandweg ab. Sie hatte sich eingehängt mit der Begründung: *Damit keine Sturmböe mich umbläst.* Das leuchtete ein, und schnell fühlte sie sich unentbehrlich an. So spazierten sie den schmalen Sandstrand südwärts. Die Wolkendecke war verschwunden. Die See war blauer und ungestümer als bei Prora. Roch auch kräftiger. Die Wellen hatten weiße Schaumkronen. Dass der Boden unter seinen Füßen zeitweilig schwankte, schrieb er nicht der klaren Luft zu, die seine Lungen füllte, sondern der überraschenden Nähe Hendrikjes. Hatte Phili, fragte er sich, solchen Aufruhr einkalkuliert, als sie ihn in den Wartestand versetzte?

»Erzähl mal von der Wahnsinnsfrau Phili«, forderte die Gedankenleserin, »was ist das für eine, die dein Denken dermaßen belagert?«

Hendrikje sah auf die Brandung, in der eine junge Mutter mit ihren Kindern herumalberte. Dass sie Anteilnahme zeigte, tat gut. Er wehrte sich gegen ein schales Gefühl, denn ihm war eingefallen, wie Phili nach Joana gefragt hatte. Fast mit den gleichen Worten. Er schob das beiseite und vertraute ihr und dem leichten Wind an, was Phili dachte und tat und was ihn fesselte und was ihn zermürbte.

»Du hängst dein Herz ans Unerreichbare«, folgerte sie, »tust womöglich alles dazu, dass es unerreichbar bleibt. Hat was Selbstquälerisches. Ich frag mich, willst du das Leben aufschieben und aufschieben? Denkst du, es ist unendlich? Willst du leben, ohne zu leben?«

Über Phili sollte nicht mehr gesagt werden, fand er, über Phili und ihn. Er hatte schon zuviel gesagt. Während sie redeten, verloren sich ihre Blicke auf dem Meer.

Sie verließen den Weg und gingen zum Wasser. Mutter und Kinder kamen ihnen entgegen. Die nackte Frau bewegte sich ungezwungen. Lavendel betrachtete sie nur flüchtig. Auch Hendrikje hatte die Frau gemustert und dabei nach ihrer Halskette gegriffen und mit den Perlen gespielt. Er konnte nicht anders, als sich zu erinnern, wie diese Finger vor Wochen auch mit Rosafarbenem gespielt hatten. Lenkte sie absichtlich seine Aufmerksamkeit darauf?

»Dieser Wind«, sagte sie plötzlich, »*von irgendwo bringt dieser Wind, schwankend vom Tragen namenloser Dinge, über das Meer her, was wir sind*.«

Worauf legte sie an an? Sollte er jetzt, wie das in einem US-Collegeliebesfilm geschähe, poetisch mitspielen und *Rühre dich nicht, lass den Wind reden, so ist es das Paradies* dagegenhalten? Und sie würde dann gerührt ein *Ezra Pound* hinzufügen.

Er war reichlich unsicher.

»Ohne dass ich es wollte«, sagte sie in das Schweigen hinein, »gehts mir ähnlich. Mein Herz hängt an meiner großen Liebe. Du wirst lachen, weil die schon zehn Jahre her ist. Und da gabs nur ein einziges Jahr, ein unfassbares Jahr. Ein Jahr, in dem ich wie außerhalb der Welt gelebt habe. Er und ich.«

»Mit Goll?«

Sie nickte.

»Ist für mich ein Namen aus dem Kunstlexikon.«

»Ich bin mit Bildern und Malern großgeworden. Meine Mutter ist Galeristin und hat ihn gemanagt. Schon als Mädchen hab ich für ihn geschwärmt. Zu Beginn unserer späteren Zeit war da der Reiz, ob ich ihn, den Erfahrenen und Enttäuschten, der sich Frauen vom Leib hielt, für mich gewinnen könnte. Es hatte was von einem Kräftemessen. War unreif, ich gebs zu. Doch ich war in seinem Bann.«

»Und er?«
»In meinem. Nach und nach. Zum Glück.«
Die Mittagssonne brannte, als sie weitergingen, erst von vorn, dann von der Seite, da sie in einen Weg zurück zum Dorf einbogen. Sie hatte ihn nicht losgelassen, als seien die Wege hier nur in Verbundenheit zu passieren. Er warf einen Blick zurück. Manchmal schlängelten sich feine Goldlinien über die Wasserhaut.
»Wie Vater und Tochter lebten wir erst. Wie etwas Unfassliches hat er mich ausgemalt für sich und er nahm wohl an, es blättere über kurz oder lang die Farbe ab von diesem Bild und er werde von der Realität ernüchtert.«
Goll hätte ideal zu Phili gepasst, dachte Lavendel.
»Und wenn schon! Das gehört dazu, zur Liebe!, hab ich übermütig behauptet. Man wächst mit der Enttäuschung. Da hat er wirklich seine romantische Phantasiebeziehung zu mir aufgegeben. Kam mir vor, als flößte ich ihm neues Leben ein.«
»Und kein Miteinander des Verzichtens mehr«, stellte er fest.
»Ich weiß, du kannst dem ja auch nichts abgewinnen. Was dich angeht und Phili, meine ich.«
Die mittlerweile fast unirdische Phili war neben der geerdeten und sprühenden und einen Goll wiederbelebenden Hendrikje schwer vorstellbar.

Die Gedanken ließen sie schweigen. Bis sie ihm eröffnete, sie habe sich seit David nicht mehr ernsthaft auf einen Mann eingelassen.
»So sehr hast du an ihm gehangen?« sagte er und dachte, dass auch sie doch so lebte, wie es Phili vorschwebte.
»Du willst wissen, ob ich kein Bedürfnis nach Nähe gehabt habe? Doch.« Sie zögerte. »Und wenns schlimm wurde, ich hoffe, das erschreckt dich nich, da waren Fleur und ich füreinander da. Das geht auch auf David zurück.«
»Er hat das gewollt?«

»Der Kunst zuliebe. Er arbeitete an einem *Sappho und Kypris*-Bild, an einer Hommage an Courbet und dessen *Schläferinnen – Trägheit und Wollust*. Du kannst es dir ansehn, es hängt im Musée du Petit-Palais in Paris. Zur Grundlage hatte Goll auch ein Gedicht der Sappho, darin vergnügen sich Kypris, also Aphrodite, und Sappho in einer Rosenlaube. Und wir sollten das glaubhaft darstellen.

...immer noch rinnt das Wasser,
von Zweigen beschattet
Zum Garten hinab
und tränkt mir die Rosen,
wo ich voll Seligkeit,
während sie lautlos entblättern,
Kypris erwarte ...«

»Ihr habt ihm das nachgespielt? Sag mal, das Bild ... hat nicht die *Neue Pinakothek* in München das ersteigert? Ging durch die Presse. Mensch, hätte ich die Hintergründe gekannt, hätt ich die Museen der Welt nach der Gollschen Hendrikje abgeklappert.«

»Kypris in dem Fall. Um mich gehts da immer nur peripher.«

»Wieso erzählst du mir solche Vertraulichkeiten?«

»Wieso? Mann ... Schwierig ... Vielleicht weil David mir wichtig ist. Und du auch. Deshalb will ich, dass du von ihm weißt. Dir vertrau ich mich gern an. Du strahlst so was aus ... Und dann, du hast – ich hoffe, es kränkt dich nicht. dass ich das sage –, du hast so'ne hilflose Art in deiner Einsamkeit. Wie David. Er war'n ziemlich Hilfloser, was die Unebenheiten des Lebens angeht. Meine Mutter hat das ausgenützt.«

Hatte sie das nicht schon mal gesagt, das mit der Unsicherheit? Er war sich nicht sicher. Schweigend gingen sie weiter. Hendrikje mit dem Blick nach oben.

»Kein Wölkchen mehr«, sagte sie. »Das ändert sich hier an der See, eh man sichs versieht. David hat die Wolken als Leichenwagen seiner Träume bezeichnet. Wie Baudelaire in einem Gedicht. Immer hatte David was von dem im Kopf.«

Tatsächlich hatte sich alles Grau verflüchtigt.

»Es muss dich doch irritiert haben«, sagte er, »dass ich Fleur nicht aus den Augen gelassen habe.«

»Nein. Die Art, wie du da warst ... Das hat mich gerührt. Und Fleur is'ne Hübsche. Das fand auch David. Sonst hätte er sie nicht als Sappho genommen. Aber da war nichts zwischen den beiden. Und zwischen dir und Fleur ja auch nicht. Und deine Phili-Zuneigung, wenn du das wissen willst, die erklär ich mir übrigens als selbstheilende Loslösung von Joana. Liege ich damit ganz falsch?«

»Da weißt du mehr als ich«, sagte er und wunderte sich, wie sie zu Erkenntnissen über ihn kommen konnte, wo er selbst doch ratlos neben sich stand.

Im Pavillon. Mit Goll

Im Dorf angelangt, waren sie sogleich in einen Seitenweg eingebogen.

»Wie wärs mit nem Pharisäer?«, regte sie an. »Keine Ahnung, ob der hier inselüblich ist. Der Göttertrank verleiht Glückseligkeit und ungeheure Kräfte, wie das Soma des Mithras. Du füllst Himmel und Erde aus.«

Auf Rügen hatte er auch schon einen göttlichen Trank zu sich genommen, fiel ihm ein. Er war ihm bekommen. Sie ging auf ein altes, dunkelrotes Klinkerhaus mit Anbau zu, sagte noch, das also sei das legendäre *Haus am Dornbusch*, stockte aber erschrocken.

»Oh nein!«

Über die großväterlich-behäbige Inschrift *Haus am Dornbusch* war schludrig *Robert Mann-Haus* gepinselt. Weiße Farbstreifen liefen herab wie Spritzer von Möwenkot. An der Haustür krakte ein Hakenkreuz.

»Vorhin war das noch nich.«

Er hatte ein schlechtes Gewissen. Das galt ihm, war er überzeugt. Die Nazis hatten ihn. Eine Warnung. Er zog andere mit rein. Hendrikje sah sich um. Die schmale Straße lag verwaist.

»Schweine sind das, Schweine!«

Sie wählte auf ihrem Mobiltelefon die 1-1-0, schilderte die Schmiererei und gab die Adresse an.

»Was! Erst am Abend?« Das Gespräch war beendet. »Die sind unabkömmlich. Demo in Bergen. Wir solln nichts ändern ... Witzig!« Sie zuckte mit den Achseln. »Die arme Frau Sielaff! ... Dann komm mal.«

Sie durchquerten den zypressengrünen Vorgarten. Ein Schwall berauschender Düfte, deren Ursprung er nicht zuordnen konnte, überfiel sie. Man betrat eine geräumige und dunkel gefliese Halle mit moderner Essecke, gemauertem Kamin, durchgesessenen Polstermöbeln, bestimmt noch aus Ulbrichts Zeiten. Hendrikje zog ihn, der die Schiffs- und Seebilder an den Wänden und ein chagallähnliches Strandbild überflogen und vor einer kunstvoll gerahmten Nadelmalerei aus feiner Wolle Halt gemacht hatte und die Farbschattierung durch ineinandergreifende dichte Plattstiche bewunderte und wie da, von Rosen umrahmt, die Zeilen *Mein Mädel hat einen Rosenmund, und wer ihn küsst, der wird gesund!* hervorstachen, zog ihn in die offene Küchennische und setzte den Wasserkocher in Gang und erklärte, sie habe in der oberen Etage eines der drei Fremdenzimmer. Das Erdgeschoss teile man sich, also die Küche und den großen Wohnraum. Die beiden anderen Zimmer oben, jedes mit Nasszelle, habe ein Seglerpärchen, das meist auf See sei, sowie ein grüblerischer, schmerzgeplagter Mensch, ein eingefleischter Vegetarier – Entschuldige den Jokus! – und Opiumraucher, das natürlich aus medizinischen Gründen, wie Frau Sielaff, die im Anbau wohne, betont habe. Nach drei Pfeifen mit grauem Opium würden sich seine Schmerzen mildern, und er schlafe, schlafe – ach, so gut, so gut! Und dann forsche er wieder über die Hiddenseer Badegäste im dritten Reich. Über deren Existenz schweige man sich im *sönneken Länneken* gern aus. Von ihm habe sie die Namen des Inselpastors Arnold Gustavs, dessen anfängliche Nazibegeisterung rasch verglüht sei, und des Ortsgruppenleiters Robert Mann, sagte sie. Im Gemeindehaus habe man den Opiumraucher als Nestbeschmutzer abgetan und zur persona non grata erklärt.

Vielleicht daher die Pinselei?, dachte er hoffnungsvoll. Und nicht seinetwegen.

Frau Sielaff, sagte Hendrikje, habe dazu nur angemerkt, das Länneken trotze allen Stürmen, die Segel im Wind, es habe fest im Slawen- und Schwedensturm gestanden, wie auch im Hakenkreuz- und Hammer-und-Sichel-Sturm, man müsse sich einrichten. Eine Überlebensfrage. Frau Sielaff, sagte Hendrikje, habe von jeher ein sorgsames Auge auf jeden ihrer Gäste. Heute aber seien sie alle unterwegs. Die ehrenwerte Frau Sielaff zum Einkauf in Bergen, der Schmerzgeplagte nach Stralsund. Beide kämen mit dem Abendschiff zurück. Die Segler ließen sich für längere Zeit durch den Greifswalder Bodden wehen. Ihr habe man Haus und Garten in Obhut gegeben. Und jetzt dieses Malheur!

Doch als sei nichts geschehen, brühte sie Kaffee auf und bereitete Pharisäer zu mit Rum und Würfelzucker und Schlagsahne. Haarsträhnen, die ins Gesicht fielen, schob sie mit dem Zeigefinger hinter die Ohren. Das war ihm eine vertraute Geste.

»Du hast die Wahl«, sagte sie schließlich: »Verwunschner Rosengarten hinterm Haus. Eine Duftfantasie. Oder: Mein Zimmer, schlicht und mit Spinnweben in den Ecken und nem Hauch von Opiumrauch aus dem Nachbarzimmer. Vor Ewigkeiten sollen da der große Chagall und seine geliebte Bella geurlaubt haben. Von den Nazi- und SED-Bonzen weiß ich zum Glück nichts.«

Bella? Irgendwie verlockend. Doch er wählte das Verwunschene.

»Gute Entscheidung!«, beschied ihn die Meernymphe Kalypso. »Suchst du uns ein Plätzchen?«

»Angebot zwei wär'ne schlechte Wahl gewesen?«

»Nee, du konntest nichts falsch machen.«

Auf der Terrasse eine Ansammlung von Terrakottatöpfen mit Küchenkräutern. Die Hausrückseite war von wildem Wein zugewuchert. Lavendel schlenderte über Kieselsteinwege, gesäumt von Rosenbüschen und Buchshecken. Erst dominierte Rot links und rechts, dann Grün. Abseits der Wege entdeckte er kleine Wasserbecken. Murmelnde Quellen. Eine wetterbenagte Steinbank mit schneckenförmigen Armlehnen in einem Wall von Hortensien. Efeuumwundene Säulen mit verwaschenen Kameluren ragten auf. Sie trugen Schalen, aus denen es hell- und dunkelrotblütig herabtropfte. Es duftete unglaublich. Die Düfte waren wie Musik. Ein Hauch von Dekadenz brütete über der Anlage mit üppigen Grünbarrieren und unzugänglich wirkenden Lichtungen. Ein windzerrupfter Kiefernwall schirmte am Gartenrand vor allzu ruppigen Nordweststürmen ab. Steinfiguren, athletische Jünglinge und leichtgeschürzte Nymphen, grau und wettergeplagt und efeuumschlungen, verbargen sich im dichten Grün und Rot.

In einem Winkel stieß er auf einen von Kletterrosen umrankten Pavillon. Er befreite den Zugang von wucherndem Blauregen und Weinraute und Spinnweben. Darin Rokokostühlchen und Bank und Tischchen, schmiedeeisern und rostfleckig. Durch Lücken im Rankenmantel schossen Sonnenstrahlen. Er setzte sich.

Immer deutlicher drangen die Geräusche des Gartens ans Ohr. Vogellocken und Summen von Hummeln und Fliegen. Die kirchturmhohen Eichen an der Straße streuten Blättergeraschel darüber. Die Tannen knarrten. Weit weg war der düstere Venzin-Park.

Der Kies knirschte. Steinchen kullerten. Hendrikje erschien. Sie entschied sich für die Bank. Die Kaffeepötte auf dem Tischchen hatten weiße Hauben. Ihr Blick wanderte durch die Kuppel und zu den in Bodennähe verholzten und hakig stacheligen Ranken und wieder hinauf, wo sich rosarot die Blütenkelche drängten und duftend verströmten.

»Schön hier. Grün. Kraft aus der Ewigkeit. Hat mich Frau Sielaff aufgeklärt. Und dass im Herbst hier die Zeit stillstehe. Hilft hoffentlich, die Nazischmiererei zu vergessen.«

»Robert Mann ...«

»Ein scharfer Hund! Meint der Opiumraucher. Dieser Inselpastor dagegen, Gustavs ... Anfangs waren dem die Nazis das Licht in der Finsternis.«

»Messias Hitler? Das Licht der Welt?«

»Dem war der Hitlergruß ein Gebet.«

»Ein Inselpastor im braunen Sumpf ... Trotzdem ... Es riecht gut hier. Passend zu Maschka im Rosenhag. Im mythisch unvergänglichen.«

»Danke, danke! Folgt jetzt die Umgarnung der Gastgeberin?«
Ihr Lachen federte, bestand aus drei leisen, kurzen, in die Höhe schnellenden Tönchen. »Wo wir ganz für uns sind im Blumenparadies der fruchtbaren Isis, da überkommts den Kavalier Johan? Blumen sind eben das Lächeln der Natur, sind wie Liebesgedanken. Apropos: Von Phili kannst du nicht lassen, auch nicht von Joana und Sonja ... Lauter vom Wind Verwehte? Nur die arme Hendrikje, die zum Greifen nah ist, will niemand erhören«, schmollte sie.

Das gleichförmige Summen der Insekten schien immer lauter zu werden. Kinderrufe und Hundegebell mischten sich darunter. Eifriges Vogelgezwitscher erweckte den Eindruck, als sei der Sommer in diesem abgeschiedenen Garten hängengeblieben.

Das Pharisäergebräu schmeckte unbekannt kräftig und süß. Nach dem Trinken haftete Schlagsahne an ihrer Oberlippe. Die rosige Zungenspitze beförderte sie ins Innere des Mundes.

»Auf jeden Fall«, charmierte er unbeholfen weiter, »hat die Frau der vielen Vornamen eine malerische Bleibe gefunden, in der sich Kulturgrößen die Klinke in die Hand gegeben haben.«

»Von Freud und Weigel bis Chagall und Johan Lavendel.«

Mitten durch deren verbliebene Ausstrahlung nun tapste er, der Ungeratene, dachte er skeptisch und zugleich übermütig. Das aufblitzende Gefühl von Befreitheit und der betäubende Duft wirkten aphrodisierend, wo auch Hendrikje so anders war als im *GAD*. Ihr flackerndes Locken war unangestrengter Fröhlichkeit gewichen. Umdüstert hatte er sie dort als Teil der deprimierenden Versuchung gesehen. Hier war sie nur hell. Alles an ihr. Bis auf die Augen. Unvorstellbar, dass diese Frau etwas mit dem sicherlich heruntergekommenen Maler Arno zu tun gehabt hatte.

»Das mit Arno ...«

»Dacht ichs mir doch. Bauz – hat sich deine Miene verdüstert.«

»Du warst mit ihm zusammen, weil auch er Maler war?«

»Zusammen? Nicht zusammen. Ich hab die Verführerin dargestellt, und er wusste, es ist Show. Zugegeben, er war'n Kerl und wär auch in echt ... Aber er hat die Grenzen respektiert. Schade, hat er gesagt und hat es auf seine Weise verarbeitet.«

»Du warst deinem Goll über den Tod hinaus treu.«

»Das war nicht der Punkt. Sowieso fehlte Arno die Glut, wie sie David umgetrieben hat. Nee, das ist ... In letzter Zeit hat David mir außerdem einen anderen ans Herz gelegt«, bekannte sie.

»Goll mischt sich ein, der tote Goll?«

Sie ließ ihr kurzes Lachen hören und nahm seine Hand, die auf dem Tisch lag, zwischen ihre beiden. Es geschah einfach. Keine vorbereitenden, keine abwägenden, keine erhitzenden Gesten, Blicke, Worte. Da waren einfach nur Hände, die ihre Wärme mit ihm teilten. Und die leicht bebten.

»So ungefähr«, sagte sie mit schiefem Lächeln und gestand: »Ich bin aufgeregt.«

Das schiefe Lächeln wurde noch schiefer.

»Ich mag dein Lächeln sehr«, sagte er, »wenn ich das sagen darf, es ist vertrauenerweckend und fröhlich.«

Der Kaffee roch und schmeckte jetzt überwiegend nach Rum. Lavendel schlürfte. Da ihre Hände weiter seine eine umschlossen, hielt er ihr die Tasse an die Lippen.

»Und das mit Otto Mueller und der Herbig-Verwandtschaft«, fragte er, »und deinem Vater, der Lithos und Skizzen sammelt – das ist alles ...?«

»Lug und Trug? Nein, nicht total. David nämlich war ein Herbig-Abkömmling. Deshalb hat er Mueller gesammelt. Jetzt hab ich sie, seine Bilder.«

»Wahnsinn.«

»Liebe!«

Sie zuckte mit den Schultern. Die Haare fielen nach vorn. Er könnte sie ihr hinters Ohr schieben, wie sie es sonst tat. Unbestimmt blickte sie an ihm vorbei.

»Seit Davids Tod gehörte ich nirgendwo hin. Hing wie'n toter Hund überm Zaun, hat Fleur gemeint. Meine Gefühle und meine Sprache gingen verloren. Bis Fleur den Einfall mit der Reportage hatte. *Aurora*. Da war ich ihre rechte Hand. Nur in der Arno-Zeit war ich im *GAD* aktiv. Und an dem Abend mit dir. Im *MA-NU* war ich fürs Herzausschütten und so zuständig.«

»Wie ging es dir bei allem?«

»David hätte es gemocht. Er wollte immer die Wahrheit hinter der Wirklichkeit herausfinden.«

»David, David, David ... Hört sich an wie'n Mantra. Entschuldige, war er außer Maler denn auch Mensch?«

»Und wie! Er war ein gestandener Mann sozusagen. Mit viel Schotter durch seine Bilder. War aber selbstkritisch. Manchmal war er wie'n Ertrinkender. Dann war ich seine Luft. Oder wie'n Strauchelnder war er, der abstürzt in einen tiefschwarzen Schacht. Er hat gesagt«, fuhr sie fort, »ich verkörpere ihm die Schönheit. Ich hatte Angst, er betrachte mich als was Nichtwirkliches, als eine Art Galatea. Bis mir aufgegangen ist, dass er sich hinter dem Kult versteckte. Er kam mit Frauen nicht so ohne weiteres klar.«

»Was du dann geändert hast«, warf Lavendel unangebracht säuerlich ein. Sie überhörte es.

»Im Grunde hatte er ein diffuses Verlangen danach, marienmäßig erlöst zu werden. Und ständig rechnete er mit Entzug der Zugewandtheit. Bei dir spür ich das Gleiche, so'n verworrenes Sehnen und Zurückweichen. Dass ich das an dir mag, hab ich ja schon gesagt.«

Er erinnerte sich nicht und zuckte die Schultern. Über seine Verworrenheit wollte er sowieso nicht reden.

»Was hat er am meisten gemocht«, lenkte er ab, »deinen Charme? Deine Augen? Deine Ohren? ...«

»Alles«, unterbrach sie die Aufzählung, »alles mochte er. Er war hin und weg von einem Wimpernschlag oder einer Zehenkrümmung, einem Härchen auf der Brust, einer Verwerfung der Oberlippe oder dem vielgliedrigen Greifen einer Hand. Von all der Lebhaftigkeit. Oder wenn die Brüste oder der Po willkürlich erschüttert wurden und ihre Form wiedergewannen. Er hielt das akribisch fest. Hat in jedem Detail was Göttliches entdeckt.«

Es war verrückt, sagte sich Lavendel, dass er den toten Goll um die Anhänglichkeit dieser Frau beneidete.

»Nur – was er damals gesehen hat, das verfällt. Sein Bild von mir löst sich auf. Der Ästhet Goll hätte mich verlassen müssen.«

»Glaub ich nicht, dich nicht.«

»Ach, du, lass man. Schmeicheleien haben nen faden Beigeschmack.«

»Eins steht fest, Goll hatte es gut. Er hat im Handumdrehen seine Betörtheit in eine Figur hineingemalt. Kannst du dir vorstelln, wie stumm man sich als Nichtmaler daneben fühlt, wenn man sich ausdrücken will?«

Rosenmund

»Er war bedrückt, als er ... wie er mich gestreichelt hat ... das erste Mal. Es mache ihn fertig, sagte er, dass vor allem mein Busen – er sagte Duttln – nicht so bleibe, so unerschütterlich, so leuchtend, und dass dem schönen Augenblick das Wissen ums Vergehen innewohne. Seine bildnerische Arbeit müsse dem die Stirn bieten. Müsse ihr ewige Unzerstörtheit geben.«

»Siehst du, er wäre geblieben. Und sowieso, da gibts kein Vergehen. Kann ich bezeugen.«

»Wer weiß, wie du das meinst. Aber dein im *GAD* erschlichnes Wissen zählt nicht. Vielleicht wärst du ja wie David auch traurig, wenn du ohne den Schutz der *GAD*-Spiegel ... mit dem Erwähnten, du weißt schon, dem Anlass ... seiner Trauer konfrontiert wärst.«

»Mit der Duplikatur?«

»Mach dich nur lustig über mich, weil mir die Wörter manchmal abhanden kommen.«

Ihre Schüchternheit ermutigte ihn.

»Wenn es nicht zu anmaßend wäre, würd ich sagen: Sehr gefiele es mir. Ich würde sogar ...«

»Was?«

»... den Gollschen Blick riskieren«, vollendete er.

»Oh, oh ... würdest dich überzeugen wollen vom Ausmaß des vergänglichen Leuchtens«, murmelte sie, »wie David?«

Das rechte Ende ihrer Oberlippe krümmte sich höher als das linke, als sie *Leuchtens* sagte. Das sah aus, als stehe nur eine Seite ihres Wesens hinter dem Gesagten. Die verführerisch dazu lächelte.

Sie griff, ohne seine Antwort abzuwarten, nach dem Bund ihres Pullis und begann den Stoff langsam hochzuschieben.

»Das ganze Ausmaß ...«, bekannte sie, »mein Betrachter bekäme nichts Überwältigendes mehr zu sehn.«

»Goll, meinst du, Goll bekäme nichts Überwältigendes zu sehn«, griff er ihr Gedankenspiel auf.

Die Hüfte wurde sichtbar, die noch immer leicht gebräunte Haut über den Rippen, endlich die bauchige Unterseite der einen Brust.

»Ja. Und er würde ...«

Die Brust wurde mit hochgezogen und sprang sogleich zurück, als sie entblößt war, ihre nicht übermäßig große und trotzige Brust, so wie er sie schon kennengelernt hatte.

»... er würde mich hoffentlich ...«

»Hoffentlich was?«

Die Lider ihres rechten Auges zuckten. Machte er etwas falsch, weil er nichts tat und weil sie nicht weiterwusste? Sie senkte ihren Blick und zog seinen mit, dorthin, wo sie ihm weiß und gewölbt und mit bräunlichrosiger und verhärteter Spitze darbot, was der Brüsteverewiger Goll bewundert hatte. Die Haare fielen ihr ins Gesicht. Er strich ihr immerhin den eigenwilligen Schwung zurück.

Erleichtert blickte sie hoch.

»... hoffentlich ... Phili, wenn sie statt meiner so vor dir säße«, sagte sie leise, »was würdest du tun?«

»Statt deiner?« Das war nicht vorstellbar. Oder doch? »Ich ... ich würde ... ich würde achtgeben, höllisch achtgeben würd ich, dass mir nichts entgeht. Und nichts sonst würd ich tun. Dürfte ja nicht. Nichts.«

Ihre Brustwarze war seinen Lippen gewachsen. Wie diejenige Philis im Kerzenlicht.

»Und wenn du dürftest?«, fragte sie enttäuscht.

»Wäre ich durcheinander.«

»Und wenn das vorbei wäre?«

Im leichten Wind richteten sich die bisher unsichtbaren Härchen an ihrer Brust auf.

»Dann ... Ich weiß nicht.«

»David hat die Augen geschlossen und mich mit den Fingerspitzen betastet. Ich sei eine unerschöpfliche artifizielle Versuchung, sagte er.«

Kalypso, die Verführerische, schloss die Augen, als ob sie ihrem Fingerspitzen-Goll damit näher wäre.

»Und wenn du in solchen Momenten für ihn nichts anderes als die Materialisierung seiner Schönheitsidee warst?«, fragte er, schroffer als beabsichtigt.

»Hauptsache, ich wars«, gab sie träumerisch zurück, »oder bin es.«

Erschien sie ihm nicht doppelt reizvoll, weil sie eine umschwärmte Schönheit war, die viele Museumsbesucher im Bild bewunderten, der sie jedoch nie leibhaftig gegenübersäßen?

»Wenn du Phili so sähest«, sagte sie in seine Zweifel hinein und schob, während sie sprach, behutsam auch die andere Hälfte des Pullis nach oben, und das gleiche Schauspiel vollzog sich erneut. Sie überließ sich ihm, mit geschlossenen Augen. Rosenschatten fielen auf sie, »wenn du sie so sähest, würdest du dann über Materialisierung nachgrübeln? Oder würdest du nicht auch die Augen verdecken und mit den Fingerspitzen fühlen wollen? Stell dir vor, ich wär Phili, und sie würde warten, ob du sie so magst, wie sie ist und ob du ihr das durch deine Berührung beweist.«

Er nickte, was sie nicht sehen konnte. Ihre Wimpern und Brauen bildeten eine harmonische Gegenläufigkeit und verstärkten den Ausdruck der vollkommen Friedfertigen, der Wehrlosen und Sanftmütigen.

»Ich glaube, ich würde mir wünschen, dass sie das denkt«, sagte er leise. Sagte es auch, weil Hendrikje etwas der Art hören wollte, wie es schien. Er war schon tief hineingeraten in die leichte Sinnlichkeit dieser Nymphe, die verwirrenderweise Phili hinzubat.

Die Brüste waren geringfügig verschieden. Die linke war größer und lief spitzer zu, die Warze war kräftiger. Oder war das nur der Fall, weil er seine Hand unter die Herzbrust hielt, als wolle er sie darauf lagern lassen. Die andere Brust glimmte im Licht. Er schloss die Augen. Er wollte ihr Spiel mitmachen.

»Und – bist du jetzt auch betrübt?«, fragte sie.

»Wirklich nicht.«

»Du berührst mich, als sei ich zerbrechlich, seidenfeines chinesisches Porzellan. Ich bin ganz sicher, Phili würde das mögen«, flüsterte sie, »würde nicht genug davon kriegen.«

Ihr Flüstern war wie das eintönige Summen der Hummeln. Er streichelte mit beiden Händen, von den Hüften aus, die glatten Seiten und die ovale Nabelgrube und die sich von dort nach oben andeutende Einbuchtung, und was sich alles bot, und näherte sich wieder behutsam und über Umwege den Brüsten, den Goll-Lieblingen, die er umrundete, die er einkreiste, die seine Finger umschlossen. Beugte er sich zu ihr, tauchte er in nicht benennbaren Duft, der sich in den der Rosen mischte. Seine Lippen glitten über die Haut, die sich zusammenzog.

»So gut hätte es Phili also«, seufzte sie und ergriff seinen Kopf. Er hielt die Augen geschlossen und wollte sich nicht vorstellen, wie gut Hendrikje es bei diesem unsterblichen Maler gehabt hatte.

»Deine Lippen auf ihren Duttln ... Zentimeter für Zentimeter ...«, murmelte sie, »möchtest du noch mehr schmecken?«

Er hätte ihre Worte mit seiner Haut, so nah war sie, und auch aus der ahnbaren Bewegung ihres Mundes und aus dem sich verändernden Luftstrom aufnehmen und verstehen können. Ihre Hände betasteten sein Gesicht.

»Phili könnte erwarten, dass du weiter ...«, flüsterte sie.

Unvermutet streiften Schmetterlingsflügel seine Lippen. Ihr Meerluft-Mund. Eine kühle, zitternde, samtige Ahnung von Zärtlichkeit. Das dauerte hoffentlich endlos an. Er verlor sich in dem Spiel der Lippen und Zungen, die sich foppten und einfingen und freiließen. Sein Herz schlug noch schneller. Zumal unterdessen seine Hände über den schmalen Rücken dieser Nicht-Phili glitten. Er mochte die gewölbten Muskelverläufe, in die die Wirbelsäule eingebettet lag, er mochte diese Mulde, die sich den Rücken hinabzog.

»Fhhh!« Sie lehnte sich zurück und zog ihn auf die Bank. Die Blütenkelche der Rosen sah er und dass sie von hauchfeinen und spiralförmig immer dichter und enger zusammenstehenden Blättchen gefüllt waren, die in der Mitte einen Trichter bildeten.

»Du bist ...«, sagte die weiche Stimme neben ihm, »als ob du nichts Schöneres wüsstest, so bist du zu mir.«

Das könnte er auch zu ihr sagen, dachte Lavendel, aber auch, dass sein Schiff bald ablegte.

»Ich erinnere dich an Goll?«, fragte er ernüchternd. Er hatte im Kopf, wie er Phili an ihren Vater und gleich auch noch an den jungen Robbe-Grillet erinnerte, so dass sie in ihm wer weiß wen mochte.

»Kein Stück, äußerlich.«

Sie schwiegen.

»Du findest es schlimm«, vermutete sie, »dass ich von ihm rede, stimmts? Dass ich deine Hand halte und für mein Leben gern deine Lippen spüre. Und dass ich dabei von einer Flamme rede, die in mir brennt. Immer noch.« Sie schmiegte sich an. »Glaub mir, ich bin dir dankbar, dass du nicht wild herumanalysierst. Und überhaupt, dass du gekommen bist, mein Lohengrin ...«

Er war froh über den unbeschwerten Tonfall.

»... um den Bann von mir zu nehmen. Und dir hilft es vielleicht, besser mit Phili klarzukommen.«

»Du hast dich nicht von Goll verabschieden können, das muss schlimm gewesen sein«, analysierte er jetzt doch.

»Plötzlich war er tot.«

Ihre Stimme zitterte. Sein Tod ging ihr noch immer nahe. Aber warum tat sie dann, was sie tat, was ihre Hand tat? Die nämlich seelenruhig über seine Schenkel streunte und eine Mauer der Schicklichkeit nach der anderen überkletterte. Und auf keinerlei Widerstand stieß. Aus dem ziellosen Wandern ihrer Hand wurde ein langsameres Tasten, ein gar nicht gollbedrücktes.

»Ich muss ihn infiziert haben. Mit irgendwas«, rätselte sie. »Er war dankbar für meinen Anblick. Unerklärlich. Fast war ich eifersüchtig auf mich selbst.«

Sie sprach gern. Wie Phili. Das Sprechen war wie eine Decke, die sie über sie beide breitete, um sich darunter heimlich auszuleben.

Der Glockenschlag von der Inselkirche her zeigte an, dass noch eine gute Stunde Zeit blieb bis zum Eintreffen des Abendschiffes. Eine Amsel hüpfte in die Laube und sah zu ihnen empor und machte kehrt. Hendrikjes Hand vollbrachte Wunder.

Es machte ihn glücklich, wie sie ihn wahrnahm. Aber es bestürzte ihn, wie widerstandslos er umstrickt war von den zwei betörenden Frauen. Beide waren bei sich und hatten ein Ziel. Wie einfältig war dagegen sein Empfinden! Hendrikje wollte die Schönheit der Goll-Welt erhalten, aus der sie abrupt herausgerissen worden war, und Phili schwebte eine transzendierte Zweisamkeit vor. Ihm aber, ihm war schlicht nach liebevoller Zuwendung.

Er spürte durch den Stoff ihrer schwarzen Strumpfhose die Kühle und Straffheit der Außenseite und die zunehmende Wärme und Weichheit der Innenseite ihrer Schenkel.

»Dass du hier bist, tut mir gut, weißt du das!«, flüsterte sie.

Sie täuschte sich, er war nicht gut für sie, dachte er. Wie konnte er ihr guttun, wenn er selbst nicht im Reinen mit sich war. Aber sein Herz tanzte einen schwerelosen Tanz, als sie den Reißverschluss seiner Jeans herabzog. Sie nestelte, dehnte den Stoff, und ihre Finger schienen darauf aus zu sein, seine Aufgerecktheit zu zügeln.

Von weit her drang in seine Verwilderung der nächste Glockenschlag der Kirche. Sehr schwach nur noch das Summen der Insekten und das Singen der Vögel und das leichte Rascheln der Blätter.

Millimeter für Millimeter ließ sich ihre Strumpfhose abstreifen.

»Wenn Frau Sielaff ... Gut, dass sie nicht da ist. Und der Opiumraucher! Und die Segler! Wir sind ganz für uns«, seufzte sie.

Unvorstellbar, dass jemand in diese Rosengrotte einbrach. Die Glätte ihrer Haut war nicht von dieser Welt. Seine Hand durchmaß Seidenweiches, stieß auf ein Hindernis, das keines sein wollte, den Mund, der altem, gesticktem Wissen zufolge einen gesund machte. Selbst das Blut in seinen Fingern spürte er pochen.

Hendrikje seufzte erneut, schob seine Hand sanft zurück, stand auf und öffnete den Rock. Er rutschte zu Boden. Ihre Pobacken waren kühl. Ohne weitere Umstände setzte sich sich auf ihn und nahm, was sich bot, gewährte im Bernsteinverborgenen Unterschlupf und sah ihm in die Augen, als suche sie darin nach der Bestätigung, alles ereigne sich auch in seinem Sinn. Was geschah, erlebte er wie im Rausch. Kurz kam ihm in den Sinn, dass dieser Augenblick des Glücks und ihr schwarzer Pulli und dieser Pfeffer-und-Salzrock, die jetzt auf dem Kiesboden des Pavillons lagen, ihm unvergesslich sein würden.

Der Wind nestelte in den Blätterwänden. Lichtteilchen regneten herein. Hendrikje bewegte sich. Was er von ihr roch, das untermalte den Blumenduft. Von einem Wispern begleitet, flog sie auf, flog er mit und trieb dahin, fiel in Glut und in eisiges Wirbeln, flog empor, flog, bis er dachte oder rief oder nicht dazu imstande war zu rufen und stumm flüsterte, sie müsse einhalten! Wenn sie nicht ... nicht sofort einhielte ... wenn sie nicht ...

Sie konnte nicht merken, wie es um ihn stand. Sollte es aber merken, dachte er und konnte nicht weiterdenken, denn sie umklammerte ihn, und er hatte vielleicht doch *Hör auf!* gestammelt und ihre Lippen hatten vielleicht Worte gehabt, die er nicht verstand, nicht verstehen konnte, den einen und einzigen und langsam sich verströmenden Laut. Ein *Nein* oder ein *Ja*. Ein Hauch am Ohr. Ein Ton, der festhing, weil sich alles auflöste in unbeschreibliche Buntheit, weil sie sich verflüchtigte, die Schwere, die auf ihm gelegen hatte, weil alles sich verflüchtigte und das Zittern ihrer Schenkel sich in ihn hinein fortsetzte, und er sie stöhnen hörte und wie sie das Stöhnen erstickte, mit ihrem Mund an seinem Hals, und weil er die Schauder spürte, ein Röcheln hörte aus einer Kehle, an seinem Hals, oder aus seiner Kehle, und ein drängendes und pochendes Rauschen den Kopf einnahm, und weil er fühlte, wie in seinen Händen ihre Haut gefror, und der Wind kühl über ihre Körper, die wie einer waren, strich, und sie dahintrieben auf sonnenfunkelnden Wellen, einem Ufer zu.

Bleib doch, Stranger!

Das Vogelzwitschern kehrte zurück. Der Duft kehrte zurück. Hendrikje weinte. Sein Hals war feucht. Hin und wieder lief durch ihren Körper ein verebbendes Zucken und Zittern, lief in ihn hinein. Er streichelte sie, wo immer seine Hände hinreichten, bis ihre Haut wieder seidig wurde und das Weinen in leises Lachen überging und sie sich in seinen Armen zurücklehnte. Der Kopf bog sich nach hinten, der Mund war weit geöffnet. Es war ein schöner Mund. Ein Mund mit Hunger nach Leben. Das Lachen wurde immer leise und wollte nicht enden. Bis sie ihn ansah, mit aufgelöstem Gesicht. Die Haare klebten an den Wangen.

»Ach, du«, seufzte sie und lachte noch mal und seufzte erneut: »Ach, du!« und wischte sich mit dem Handrücken übers Gesicht. »Da hab ich was angerichtet.«

Sie verbog sich und musterte ihn, als könne der ein anderer geworden sein, der sie an den Hüften hielt, und war wohl überzeugt, dass sie es noch immer zu tun hatte mit jenem Johan Lavendel von vorhin, mit dem sie eng verbunden war, noch immer. Über ihr lagen zitternde Sonnensprenkel und Schatten der Rosenblättchen. Ihre Halskette schlängelte sich auf der erhitzten Haut.

»Ich hatte Angst …«, sagte sie mit einer Wärme, die er nicht von ihr kannte. Sie legte ihre Hände auf seine Schläfen. Langsam schoben sich die Finger über seine Kopfhaut ins Haar und blieben so. Er war abgeschirmt. »… hatte Angst, dass es nicht so sein würde, so schön.«

Sie holte tief Luft. Als sie anfing zu reden, waren es Worte, die vom langen Warten in ihr ganz kraftlos schienen.

»Wegen David. Ich muss noch mal von ihm reden. Weißt du, wir waren in diesem wundervollen alten Haus in Toronto. An einem Nachmittag im Herbst hatten wir Besuch von Fleur. David hatte den *Frühlingssturm* fertiggemalt. Endlich. Er hatte das Bild im Schlafzimmer aufgehängt. Ich hab ihn umarmt und hab mir gewünscht, dass mich niemals etwas von ihm trennen würde. Von unserem Schlafzimmer aus hattest du einen Blick auf riesige Ahorne im Park gegenüber. Davids Lächeln hat mich eingehüllt. Ich hab auf dieses Lächeln gesehn und in die gelben und roten Baumkronen.

Später ging er wieder ins Atelier. Ich blickte in die uralten Bäume und dachte daran, wie schwer er zu erobern gewesen war. Er war rührend um mich besorgt, aber zärtlich angefasst hatte er mich nie, anfangs, als wolle er mich nicht überfordern. Auch aus Angst, der Zauber verfliege. Aber das sagte ich schon.

Und an diesem Nachmittag im Herbst, da kam aus dem Atelier ein ungewöhnliches Geräusch. Ich rannte rüber. Er vor der Staffelei. Zusammengesunken. Darauf das Bild *Die Drei Grazien*. eine Indianerin, eine Innuit und ich. Die Farbe war frisch. Er mit der Stirn an dem Bild. Auf meinen Schoß gefallen. Meinen Bildschoß. Hat den Unterleib verwischt. War wie ne letzte, unbeholfene und sehr innige Liebkosung.«

»Schlimm! Ich kenn das Bild. Sprengelmuseum Hannover. Man rätselt darüber.«

»Irgendwas hätte ich tun sollen. Er atmete nicht. Ich war starr vor Entsetzen. Endlich schrie ich nach Fleur. David war eiskalt. Ich konnte ihn nicht anfassen. Und die Farbe auf der Stirn ... Die Ambulanz nahm ihn mit. Er kam nicht zurück. Ich fühlte mich schuldig. Fleur aber behauptete steif und fest, er sei glücklich gewesen, so glücklich wie man nur sein könne, denn glücklich sei die Seele, die liebe. Deshalb sei sein Weggang für ihn genau richtig gewesen. Ich hab nichts sagen können. Mag sein, dass es für ihn gut war. Mir hat er entsetzlich gefehlt. Von der ersten Sekunde an.«

»Eine traurige Geschichte.«

Sie sah durch die Rosenranken hindurch ins Weite.

»Im Keller der Klinik hat er gelegen, wachsbleich, mein David, mein Farbenzauberer. Ich hatte eine Weltreise machen wollen, daraus is'ne Reise in die Welt von David geworden. In der stand ich dann allein. Fast allein. Fleur hat mit mir gelitten und hat mich gehalten. Mein Lebenlang vergess ich ihr das nicht.«

Sie brach ab und schüttelte den Kopf, was er nicht zu deuten verstand.

Sie schwitzte, merkte er, in blumigen Duft mischte sich leicht ein anderer, der wie frische Tomatenstiele roch, wenn man sie rieb. Er mochte das.

»Ich glaube ...«, sagte er und wollte von der Abfahrtszeit sprechen. Denn alles war zu perfekt und wenig später würde es ihm um die Ohren fliegen. Mit einem Mal hatte er das Gefühl, er sei gestrandet und wisse einfach nicht weiter. Da legte sie ihm die Hand auf den Mund.

»Geh nicht, Stranger!«, bettelte sie. »Du kannst heute Abend den Opiumraucher treffen. Er wird dir gefallen. Du kommst wieder in die Spur. Bleib! Nachts singt dich eine Nachtigall in den Schlaf. Oder ich. Du fühlst dich unsterblich. Und dann nimmst du das Morgenschiff.«

»Ich ...«

»Du willst zu Phili. Ich weiß.« Er spürte sich in ihrem Schoß, noch immer. »Fahr morgen, lass das jetzt unsere Zeit sein!«

Mund an Mund atmete er mit ihr. Seit ihrem Gang am Strand hatte er nicht ausgeschlossen, länger zu bleiben. Doch jetzt hatte sich das Blatt gewendet. Es drängte ihn, mit Phili zu reden. Sie musste wissen, wie wichtig sie ihm war. Und dass er ihr genügen wollte, es aber nicht schaffte. Das musste er bekennen. Jeder Gedanke an sie sei wie ein Funke im Pulverfass, er also müsse davon schweigen, was ihm am Herzen liege, vor allem auch, weil sie seinetwegen von ihrem Vorsatz einer idealen Liebe lassen würde, wie sie angedeutet habe. Er schuldete ihr das Bekenntnis seines Scheiterns. In ihr liebte er das Unerreichbare, müsste er gestehen, in der seltsamen Hendrikje ein unvermutetes Zuhausesein.

War er geblendet? Kalypsos Zauber verfallen? Gefangen in einer lustvollenWirklichkeit?

»Und wenn du das Mittagsschiff nimmst?«, flüsterte der Mund. »Von Sonja kommt Post, vielleicht morgen schon.« In ihrem Gesicht zuckte es. »Wir bekämen Aufschluss über die Beobachtung des Beobachters Lavendel.«

Er schloss die Augen. Ein einziges Fühlen wollte er sein, und diese Gegenwart als Zukunft haben. Was für eine Bedeutung hatten da schon Beobachtungen von kläglichen Beobachtern! Oder ein hinterhältiger Kaimann mitsamt den Hinterhalten des *GAD*!

Er war auf dem Sprung, dachte er aber immer noch, und wollte nichts in Worte fassen, die unauslöschbar wären, und roch den betäubenden Duft der Rosen und hörte das Summen der Insekten um Säulen und Schalen und Figuren in der Farbenvielfalt, und irgendwann war da das Schlagen der Turmuhr. So hatten sie vordem auch Phili und ihr Vater gehört. Sie schien ihm zuzunicken, und er verriet die Frau in seinen Armen, indem auch die weit Entfernte Teil an ihm hatte. Wenngleich sein Verrat nicht ganz so ins Gewicht fiel, weil auch Hendrikje sowohl hier und zugleich in ihrer Goll-Vergangenheit war?

Ach was Verrat! Er sollte leben, lieben, Leidenschaft genießen. Wie jetzt. Lastenlos, bedenkenlos. Ohne bitteres Erwachen. Jetzt und immer. Hatte nicht Phili ihn sogar aufgefordert: Vis ta vie!

Er fühlte sich unter dem weiten Himmel und in der aufgekommenen Abendbrise immer leichter werden. Der Seewind holte Atem, die Sonne verschleierte sich rosig, der Gesang der Vögel verlor sich, ein Frösteln kroch in ihre Körper. Sie umschlangen sich fester. Die Wärme ihres Bauches wollte alles vergessen lassen. Auch das Unerklärliche. Wie kam es, dass er nach wie vor beharrlich in ihr sein konnte und ihre fast unmerklichen Regungen ihn immer neue Schauer spüren ließen? Lag das an ihrer Ausstrahlung, ihrem Lächeln, ihrer Haut? An der Liebesmagie des Rosenquarzes? Hatte sie ihm etwas in den Pharisäer gemischt? Da hatten doch Gefäße mit Ginseng und Safran neben dem Herd gestanden.

Das Signalhorn der Fähre zeigte ihr Eintreffen an. Abfahrt in 15 Minuten.

Wenn er bliebe, durchzuckte ihn ein Schrecken, und wenn die wiederkämen, die gar nicht ihn meinten, oder doch ihn, die Nazis, geriete er immer tiefer in den Schlamassel. Hendrikje aber mit ihnen alleinzulassen kam nicht in Frage. Er würde die Frau umfangen, wenn sie sich heranschöben von den Grenzen des Wahrnehmbaren her, als eisiges Zucken und Flattern sichtbar zwischen den Blättern von Rosen und Blauregen, die asseldüsteren Wesen, die ins Paradies einfielen mit Wolfshund und Sturmhauben und Schlagstöcken und klobigen Stiefeln, mit hechelndem Gelächter, das wie Peitschenschläge niederging und Blüten zerfetzte. In der grünen Grotte war ihnen nichts anzuhaben, glaubte er in diesem Moment anhaltender Unauflöslichkeit.

Der Abend lag im zögernden Westwind.

Von fern war die Brandung zu hören. Wieder rannte Phili zwischen Joana und Vio auf ihn zu, auf der Sandschräge an der Nordsee. Wenig nur, was diese Frau ausmachte, war ihm damals bewusst gewesen. Er umfasste sie, der er nicht gewachsen war, und umfasste Hendrikje, die helle und sanfte und entschiedene Hendrikje, die Frau, die ein bisschen auch noch die frivole Maschka war und mit der er auf rätselhafte Weise noch immer eins war und die nichts daran ändern wollte.

***

Theodor Däubler
Berauschter Abend

Purpurschwere, wundervolle Abendruhe
Grüßt die Erde, kommt vom Himmel, liebt das Meer.
Tanzgestalten, rotgewandet, ohne Schuhe,
Kamen rasch, doch sie versinken mehr und mehr.

Furchtbar rot ist jetzt die Stunde. Wutentzündet
Drohen Panther. Grausamfunkelnd. Aufgebracht!
Dieser bleibt: ein Knabe reitet ihn und kündet
Holder Wunder tollen Jubel in die Nacht.

Nacht! der Abend, aller Scharlach mag verstrahlen.
Auch der Panther schleicht im Augenblick davon.
Aber folgt dem Knaben! Sacht, in schmalen Glutsandalen
Tanzt er nackt im alten Takt von Babylon.

Alle Flammen abgeschüttelt? Auf der Füße
Blassen Spitzen winkt und fiebert jetzt das Kind:
Weltentschwunden? Sterne sind die sichern Grüße
Stiller Keuschheit überm Meere, vor dem Wind!

Im Nachhinein

Prof. Dr. André R. Leroschy, geboren im Jahr des Berliner Mauerbaus, ein Musenmann und Tangotänzer, Sachverständiger für mittelalterliches Schrifttum und Hagiograph, finanzierte sein bescheidenes Leben in Hannover mit Hilfe einer kleinen Erbschaft, die ihm den Freiraum für verschiedene literarische Arbeiten verschaffte. Seit Jahren lebt und lehrt er mittlerweile an der Universität der Freien Republik Greifswald als Inhaber des Lehrstuhls für Mediävistik.

Der vorliegende epische Großversuch (2. Auflage) basiert auf Johan Lavendels Dokumentation Avertissement de la ligne d'ombre (Nachricht von der Schattenlinie) *aus dem Jahre 2001.*

Leroschy hat viele Jahre an dem Roman gearbeitet und ist mit seinem Helden voyeuristisch und schokoladen- und bagaceirasüchtig und zornig und depressiv und euphorisch und klaustrophobisch und heillos verliebt und verzweifelt und hoffnungsvoll gewesen. Er will niemals mehr einen Roman schreiben.

H. Osswald / *Greifswalder Nachrichten (3.8.2017)*

Lightning Source UK Ltd.
Milton Keynes UK
UKHW010643170822
407432UK00002B/405

9 783744 847537